相信阅读，勇于想象

"幻想家"世界科幻译丛

END OF EMPIRES
最后的帝国

[英]托比·弗罗斯特 ◎ 著
陆安琪 ◎ 译

北京理工大学出版社

托比·弗罗斯特（Toby Frost）

英国当代科幻小说家。托比立志创作，大学期间即出版了第一部作品《大船》，2000年创作《刀锋之城》，此后，其作品累获殊荣。

托比的小说在风格和质量上与著名的已逝作家泰瑞·布里切特（《银河系漫游指南》作者）有异曲同工之妙，但是也极富个性。他创作的风趣幽默的科幻作品在科幻市场和大屏幕上都很受欢迎。

除"史密斯船长大事记"之外，托比还创作了其他多部作品，如"史揣肯"系列、《顶尖》《小恶魔》等。

中文版序言

小的时候，我渴望成为一名太空人。可遗憾的是，我很快发现，在20世纪80年代，英国太空人的工作并不好找，而且为此我必须先在学校学好大量关于宇宙空间的知识——这方面，我没有做到。结果，我成了一名律师。虽然没有实现儿时的目标并不令人兴奋，但幸运的是我不必跑到那么远的地方去工作。那时候，我还有了一个新目标——写一本科幻小说！

多年以后，我发现一位朋友在阅读H. G. 威尔斯的经典小说《世界大战》，书中描写了外星人1900年入侵伦敦，并且与人类展开大战的故事。我由此想到，如果赢得了战争胜利的维多利亚人走向宇宙，走进其他文明的星球时，会发生什么样的奇妙故事？这个想法一经产生就变得越来越精彩和丰富：我设想了一系列场景，包括人类登陆其他星球后，与当地的外星人类共同分享茶和饼干，等等！我甚至在思考，那些走向宇宙的先驱者，是否会养成拥抱世界，甚至拥抱整个银河系的习惯？

因此，我创作了《史密斯船长大事记》，它用喜剧的手法描写了一个涉及大量英国文化的科幻故事。我们的英雄伊桑巴德·史密斯是一位大胆、热情但又不是特别锋芒毕露的太空船长，而他的飞行员波莉·卡尔薇丝则是一个喜欢安静甚于冒险的模拟人。与之同行的还有"暴力狂"苏鲁克和美丽的蕾哈娜——她有着神奇的能力和对史密斯无比巨大的吸引力。几个伙伴结成小队，在银河系漫游历险。我的出版商很喜欢这部小书。而当伊桑巴德·史密斯的冒险故事第一次在英国成书出版时，我感到非常高兴。

总的来说，史密斯的世界是一个奇怪的世界。地球的各个国家都在以和平的方式在整个银河系中慢慢扩张、探索，但这种宁静却受到外星种族——巨型蚁人和凶猛的旅鼠人的威胁，他们更愿意以武力征服一切。史密斯发现自己不得不与各种奇怪的生物交锋。在此过程中，他还试图将对手侵占的星球解救出来，帮他们加入不列颠太空帝国——在这方面，他取得了不小的成就。

不久当我被问及续集的时候，我发现我有太多的设想和有趣的情节可以融到一部小说里面。在以下的每一本书中，我们都会看到更多的史密斯的冒险旅程和在此过程中遇到的奇怪的文明。

在《迪德科特的神皇》中，战争狂人在帝国种植茶叶的星球上引发了战乱——茶叶是英国士气的重要来源。在《莫洛克的祈祷》中，史密斯与一大群没有自我保护意识的大型啮齿动物进行战斗。在《战舰游戏》中，事情变得更加怪异，史密斯的船员发现自己与不列颠太空海军强大的无畏舰队并肩作战。在《最后的帝国》中，史密斯小队和对手在一个致命的丛林中发生冲突。最后，在《死亡攻势》中史密斯遇到了蚂蚁人的最高领袖。

当然，故事发生地在英国，即在不列颠太空帝国，所以能从书中看到大量奇特的英国文化的代表：比如板球、饼干、咖喱、恶劣的天气、人们喝下的巨量的茶（尤其是奶茶）。书中还能看到很多幽默的桥段，能看到类似《星球大战》和涉及外星人的科幻电影情节、老战争电影情节、间谍故事甚至是黑白电影的痕迹。

  无论如何，能够在书店阅读自己的书是一种很棒的体验，而且想到能用另一种语言印刷它就感到更加兴奋。我从来没有去过太空，但我已经以另一个形式无限接近它了。我对能够创作这些作品感到无比的欣喜，我希望你们也能够喜欢它们。

托比·弗罗斯特

目 录

序　幕　　　　　　　　　　　001

第一部分

01 棋盘游戏玩家　　　　　011

02 挑拨拉夫纳瓦尔的阴谋　067

03 红色叛乱！　　　　　　101

第二部分

01 难题将军　　　　　　　125

02 河边战鼓　　　　　　　141

03 河岸上的动物　　　　　170

第三部分

01 使　者　　　　　　　　　　207

02 天　神　　　　　　　　　　218

03 他们射杀小马，是不是？　　254

04 里维埃拉的一天　　　　　　282

05 围　城　　　　　　　　　　319

序　幕

很久以前，伟大的天神波帕卡皮尼奥创造了世界。他先是造出了迅捷凶猛的狼和鹰，接着又创造出了强壮迟缓的熊和獾以及狡猾的蛇和猿，埋伏在那儿等待愚蠢或孱弱的猎物上钩。

天神波帕卡皮尼奥着手布置，让这个世界充满诡计与陷阱。他也创造了其他动物——那些不吃肉的食草动物。他赠予所有这些生命某项天赋来躲避捕捉，因此它们得以繁衍生息。有些速度快，有些很强壮，有些则很狡猾。但他把最好的天赋留到了最后，那就是：牺牲精神。

这项天赋属于旅鼠。

他把旅鼠抓在手上，说：

"你们，且只有你们，永远都不会恐惧不会怯懦。你们始终一起行动，永远不会独行。你们拥有其他种族所没有的东西，你们因此而强大。你们拥有'旅鼠精神'。"

"你们将被视为鼠患，敌人遍地，成千上万，他们会来抓你们，屠杀你们。请务必先抓住他们。旅鼠啊，你们要对世界发起进攻，让他们因软弱无能而恐惧，让他们看看什么是旅鼠精神，再把他们统统杀光！

"为了尤尔的荣光而战！"

"为了尤尔的荣光而战！"

格林威治标准时间八点半，一辆指挥车和部队卡车开进了不列颠区的遗址。卡车碾过那些建筑的外壳，经过破败的屋子，把农田抛在了身后。无线电天线上飘扬着来自尤尔的旗帜，树叶覆盖了驾驶室顶盖。六个断头悬挂在横跨前格栅的链条上，像一条项链上的珠子。卡车在加冕广场上停了下来。一群甲虫人在那里等着，卡车快停下来的时候，他们把其中的年轻人推到了人群后方，挡在视线之外。

旅鼠人从卡车后部跳了下来，新步枪油光锃亮，在弗雷姆卡尔·农克上校从指挥车里走出来的时候，那些步枪在一圈闪闪发光的刺刀中格外耀眼。上校巡视两边，看到了破败的建筑物和曾经挂着英国国旗的空旗杆，笑了笑。农克是新来的，但这里的人早就对他有所耳闻。他的偏执、自负和傲慢让人难以忍受，还是个虐待狂，对于尤尔旅鼠人士兵来说，实在算得上一个典型。

畏缩的本地人围成一个半圈，等待着他们的新主人，其中一个甲虫人上前欢迎农克。

"你们好，尊贵的尤尔长官，"他愉快地说，"我们感谢您前来解放我们，并欢迎——"

"闭嘴，奴才。"农克上校说，随手就拿手杖猛击他的甲壳，"我不和野蛮人费口舌，人类在哪儿？"

"那个女人在盆栽棚里等着，尊贵的主人。按照您的吩咐，她被绑着……"

"够了！跟你说话就是在玷污我自己。带我去见囚犯。"

"尊贵的主人，请跟我走。"

农克跟上,眉头紧蹙。他麾下最强壮的四名士兵紧随其后。甲虫人带着他们绕过州长家的那一侧,穿过火山口的菜园。外星人们匆匆离开,农克心想:他们甚至没去摘他们的豆芽。尤尔人已经接管了这里,怯懦的人类已经逃离。他们还会在北方的某个地方发起反抗,但那不过是他们那衰弱帝国的垂死挣扎。他们早就忘记了该如何做一个统治者,如何以智慧和正义行事。

他用手杖驱打甲虫,"快滚吧,野蛮人!"

这五个旅鼠人踏步走进了州长的盆栽棚,里面很大很干净,还亮着灯。屋子中央有两把椅子,一个穿着不列颠军队制服的女人坐在其中一把椅子上,双手束在背后,腰间绑了一根绳子。农克在她对面坐下,移开桌子,伸手从腰带里掏出一包香烟。

"你好。"女人对他说。

农克皱起眉头,思索着该如何打破僵局。

"嘘!"他尖叫,拍了拍她的脸,"丑陋的扁鼻猪猴懦夫,你们的侵略战争已经结束了,你们这蛆虫奴隶种族等着慢慢死绝吧!要香烟吗?"

"我不抽烟。"她说。

"哦。"农克本打算告诉她不能抽,"那么,"他攥紧指节,"你没必要怕我,外星败类。咱们聊聊吧,嗯?"

他的一名手下拉下窗帘。

"我知道你昨天在郊外被那些甲壳玩意儿抓了。我也知道你是深空作战小组的人,你们就是一群蠢货,自认为可以挑战我们神圣、可敬的帝国。你就是那个挥刀的女人,幽灵战士温斯科特的老婆，说起他，但愿能有一千个魔鬼咀嚼吞食他那卑劣的心吧。你是他的女巫，是女妖战士，叫……苏珊。"

女人一言不发。农克深吸了一口香烟。他若有所思地弹了弹烟灰，用燃着的烟头碰了碰桌面。他缓缓转动着桌子，福米加塑料贴面开始烧焦，他脸上的笑容逐渐绽开。

"外星蛮子，你会告诉我在哪儿能找到这个温斯科特的。因为他不断抵抗我们改造银河的宏图大业，伟大的银河幸福友好共同体才受到如此烦扰，如今我们只想把他折磨至死。"

"我能做得更好。"女人开口，"我会告诉你他在哪里。"

"啊，外星蛮子，你这么容易就被击溃了！"农克靠向她的椅子，"那么，你说吧。"

女人挠了挠头，"好吧，不过这很难。"

"哦？"农克说。他吸了口烟，吹起烟雾，"也许你的舌头需要松动一下……等等！你刚刚挠头了！甲虫人说你是被绑着的……"

"其实，"苏珊说，"也不难。他就在你身后。"

农克猛一转身，恶魔就在那里：满脸胡须，邋里邋遢，穿着靴子和内裤站在门口，裸露的胸前挂着一个弹匣，两手各提一把弯刀。农克的一名护卫躺在温斯科特的脚边，一条丝巾紧紧缠在他的脖子上，哨兵的舌头伸着。

"早上好。"温斯科特走进大棚，农克瞥见他身后的一片狼藉。一个甲虫人跳上卡车，用他的钳子击穿了车窗，也刺穿了司机。农克的副官摇摇晃晃地走过去，双臂掩住腰部巨大的伤口，一个甲虫人冲到他身后,手起刀落就砍掉了他的脑袋。

"我本来打算放了你,"温斯科特说,抬头检查天花板,"但问题是苏珊在这里,她是我们的医生,我的药在她那里……没了药我很不舒服,我已经不舒服一段时间了。"他用鞋跟踢了下门,门关上了。"现在,"温斯科特带着邪恶而肆意的笑容说,"不如你放弃,一切到此为止?"

六分钟后,随着一阵异响,苏珊打开门,两个人走了出去。

苏珊边把她的突击刀放回护套里,边说:"进展顺利,对吧?"

温斯科特吹了吹手指上的浮毛。"记得要常让我和你一起去盆栽棚。尼尔森!"他向广场上招手呼喊。

一个男人正在改良版军队健身器材上慢跑,背上绑着远程通信设备,"头儿?"

"有没有哪个毛茸茸的东西逃走了?"

"一个也没有,首领。他们战斗至死。"

"很好。让克雷格和德莱基特把农克上校和他的朋友扔在森林里。我们会开走卡车,把它扔在上游。最好还是别影响那些甲虫人了。有什么问题吗,尼尔森?"

"好吧,是还有件事……"

"你说?"

"总部用无线电同我们联系,他们想知道你在做什么以及你为什么不接电话。"

温斯科特把手放在臀上,说:"我们讨论过这个,照常告诉他们,我在执行一项秘密任务,杀旅鼠。这应该能让他们闭嘴。这是命令！"他哼了一声，"我不知道你为什么要拿这种事情来烦我，我有很多事要做。"

苏珊看到尼尔森把命令下达给甲虫人，说："他不是没有道理。现在要怎么办？我们已经三个月没和总部联系了。"

"对我来说，时间是以行动来衡量的，跟时钟没关系。"温斯科特回答，"当然，我的生日除外。两个星期后就是我的生日了，苏珊，记一下。"

"已经记下了。"

"很好。你知道旅鼠人叫我什么吗？"温斯科特用手指戳戳自己脏兮兮的裸胸，"'穿短裤游走的鬼魂'。他们怕我，不止是我，还有那些听命于我的人。苏珊，你也是其中之一。也许你不是一个穿短裤的幽灵，但也跟我差不多了。"

"谢了。"

"有一天，你会有自己的称号。"

"我已经有了。"

"真的？他们叫你什么？"

"明智的苏珊。"

"够特别呢！"温斯科特评说，然后大步离开。

第一部分

01
棋盘游戏玩家

伊桑巴德·史密斯被热醒了。他躺在如同漂流木筏一般的床上,盯着吊扇在头顶旋转。他想起了森林上方突现的帝国穿梭机。森林是那么的茂密,林间永远都是黑夜。

"拉夫纳瓦尔,"他说,"该死,我还在拉夫纳瓦尔。"他想起了尘土,想起了讨价还价的人群和路边飘着的烧烤香料味。史密斯想起当时士兵们争论着装备,身边围着一群强势的记者、好几个种族的外星土著搬运工、翻译和蝙蝠人。他也想起了士兵们闪亮的眼睛,战争牵动着他们的喜怒哀乐——而最难忘的还是那该死的门,嗡嗡响个不停,简直要人命。

"蕾哈娜,你们可以别闹腾了吗!"

史密斯做了个鬼脸,坐起来猛敲隔墙,又重重地躺回枕头上。

门打开了,蕾哈娜·米切尔探头张望。她戴着一顶硕大的太阳帽,几缕辫子从帽子里垂下来,简直像匆匆在头上藏了鱿鱼干,她把阿雷西安红草的味道带进了史密斯的房间。她看上去有点神伤:"伊桑巴德,那不是在闹腾。那是诗,就像……真理。"

"去你的真理。他们十分钟前就说要结束了,到现在也还没安静下来。吉姆·莫里森只有一个朋友,这事儿我看一点都不奇怪,我要是他那棕眸的女朋友,早就把他甩了。"

她走进房间,看着他说:"你还在发烧,对吧?"

"嗯。"

"你吃我给你准备的药了吗?"

"当然。"他回答说,指望着她不要注意到那盆因为被浇灌了各种草药而呈现出怪异色彩的盆栽。蕾哈娜的混合药物像橡皮弹和催泪弹一样恢复到了常态。"嘿,老姑娘,能拜托你把水壶放炉子上烧吗?我可以喝点茶,今天我得恢复到最佳状态。"

他们被邀请去参加一个后勤游戏娱乐部门组织的战略发展会,简单说就是去和间谍们来一场棋盘游戏。"亲爱的,"蕾哈娜说,"我知道你不舒服,真可怜。我在心情低落、想忘记一切烦恼的时候发明了一个小技巧。"她顿了一下,吸了口手卷烟,吐出一口烟雾。她看到吊扇劈开烟雾,便盯着看入了迷。"我都说了些什么?"

"没关系,"史密斯说,"谢谢你照顾我,老姑娘。"

蕾哈娜坐到他身边,抬起双腿,摘下帽子,踢掉拖鞋,打了个呵欠,伸了下懒腰。这么一来,门的声音也变得不那么烦人了。"早些时候,我在市场上买了些有趣的小玩意儿,"她说,"也许能帮得上你。"

"什么样的……玩意儿?"

"就是,一种天然油。"

"那种汗涔涔的一坨?"

"是古代拉瓦纳尔人从胶松树的汁液里提炼出来的。野生权兽将麝香释放到树上时,会出现奇特的反应。"

史密斯幻想了一下这种特别的方式,还是不想碰那些被外星人尿过的灌木。"你拿这东西干什么用呢?"

"呃,我可以用它来按摩你不舒服的部位。"

"你可以不用这玩意儿吗?就……直接按摩我的……呃,部位?"

史密斯整了整自己的睡衣。蕾哈娜盯着天花板,似乎在欣赏史密斯用绳子挂起来的那串飞机模型。

"知道我们要去参加的那个游戏是怎么回事吗?"她说,"我们是不是应该先看下规则?"

"你不是说过规则是法西斯压迫人的那一套吗?"

"我指的是拼字游戏。'craaazy'里得有三个a,我就是那么念的啊!"

"好吧。"史密斯说,"我已经在研究'棋盘大作战'的规则了。我看完了快速入门指南,现在读到基本规则的第78页。我觉得我不舒服就是因为这字的字号太小了,我得一直眯着眼睛看。"

"我不相信规则。"蕾哈娜说,"大家应该可以……表达自我。"

史密斯坐起来,慢悠悠地下了床,把脚塞进拖鞋里,穿上长袍,看了看镜子里自己的胡子。"没错,可这是个棋盘游戏,当然要有规则,不然就会变成每个人各玩各的,搞得和……想想要是我出海盗,而你想用奥塞罗,那会怎样?一团乱。"想到混乱,他停了下来，"等等，这会儿也太安静了。苏鲁克在哪儿？"

"他进城买帽子去了。"

"天呐，警察知道吗？我知道他很热忱，但我担心他会觉得无聊，没等赶到前线就开战了。我就没见过比他更热衷和旅鼠交战的了。而且他对帽子的事儿也确实有点激动。唉……"史密斯弯腰从地上抓起一本电话簿大小的册子。"《大作战新手指南》，"他念出了名字，又把它扔到床上，"给我三个星期多一点的时间，我会把这些都搞清楚的。"

"我知道。"蕾哈娜回应，"要不你研究规则，我来组装棋子？应该挺有意思的。"

"好主意！等卡尔薇丝从机器人大会回来，我让她帮你。但是别让她把我的坦克涂成粉色，知道吗？"

八点三十三分，门卫机器人进入车站咖啡馆。"哎呀，"它念叨，在一阵冷气里关掉了气闸，"传感器显示外面的环境温度已经很低了，猴儿冷猴儿冷的。"

"省省你的冻猴子玩笑吧！"饮料分配单元回答他，"参考经验数据分析，我建议你喝杯茶。"

门卫机器人压低了嗓音说："过来，今晚有些诡异。你看到角落里那个高个子了没？他是一个莫洛克战士，你不知道吗？"

"嗯，地球化已经成型，世界之大无奇不有。你到底要不要茶？你的散热器要是感冒了，别怪我。"

"还有平台上那俩。她的光学系统一定是出了问题,你看他一直盯着她的眼睛看。"

角落里,一个苗条的身影站了起来,用修长的手指整了整巴拿马帽子。那名战士下颚张开,微笑着走了过来。

"你们好啊机器人。这是我的茶钱,还有那个……似乎是没发酵三明治。杀戮者苏鲁克感谢你们的服务。"

苏鲁克沿着站台漫步。火车果然是迟到了。他在另外两个等火车的人身边停下,检查车票上的印字。

那两位旅客转向对方。

"亲爱的。"男人开口。

"嗯?"女人回应道。

"亲爱的,恐怕我们得分开了。"

"必须这样吗,亲爱的?"

他摇摇头,"你可以的,姑娘,要振作。"

她别过头哭了起来,又回头说:"带上我吧,霍华德。"

"莱斯莉,亲爱的,我不能。别冲动了。我们都有自己的生活要过。你得回家过你乏味的日子,而我要去比邻星照顾那些可爱的绿孩子。"

"不好意思,"苏鲁克插进来,"这是超级救星号吗?"

他们困惑地看着他。男人问:"你在说什么?"

"你可能看到了,我刚买了顶帽子,打算回到战友们那里,我会向他们展示这个精美的头饰。"苏鲁克皱了皱眉,"顺便说一句,我觉得你不应该去比邻星。"

男人凝视他,"你知道些什么可怕的事?"

"好吧,如果你那'可爱的绿孩子'是指我们种族的后代,那我知道的比你多多了。你要是打算给他们中任何一个打疫苗,我强烈建议你带上急救箱和设备来防止大出血。"

"真的吗?他们过敏吗?"

"不,但你拿针扎他们的时候他们会扯断你的手臂。我觉得你该把注射器装在一根长杆子上。"

"亲爱的……"女人说。

"看,"男人说,"这就很有意思了。可是我们真的很忙。要不是我们头顶那些统治阶级搞那些严苛的规则,我就要揍你了。可实际上,不管你对我们胡言乱语些什么,我们都只好强忍痛苦,点头哈腰。"

"真有趣,外星人,"女人嘲讽,"别管他,我们继续啊。"她说着哭了起来。

火车缓缓驶入车站,车闸里喷出蒸汽。车厢门嘶嘶作响,人群里涌起一阵喧闹:二十个人类士兵身着深绿色装甲,肩上挎着装备袋,边走边聊;穿着拉夫纳瓦尔枪骑兵制服的四名莫洛克人背脊直挺,似乎在抗议眼前的景象;几名中级官员穿着轻便的沉思者服装,上衣口袋里揣着运动钢笔;车尾部跑出一堆乱七八糟的东西,它们是机器人,是其他机器人用废弃零件改造而成的;后门已经倒下,两个牧人试图把一头巨大的夏达尔从笼子里引出来。

"我们该告别了!"那个男人在喧哗声中喊道。

"是该告别了!"女人回应,"再见了。"

01 棋盘游戏玩家

"再见。不要闹了！"他大喊。

"你是说我在闹吗，亲爱的？"

"这是超级救星号吗？"苏鲁克问。

"别说了！"男人回道。

车厢几乎空了。男人伸手拍了拍女人的手臂，转身上了车。

苏鲁克跟在后面。关门提示铃响了，他回过身把女人拉了上来。门合上了。"您忘记了您的女士。"他说，"我们都不希望她最后只能待在失物招领处，对吧？"

三人尴尬地站在空荡荡的车厢里。"好吧，我的天。"半晌之后，女人终于发声。

苏鲁克摘下帽子。"我可以站在这儿帮你们监视走廊。"他盯着帽檐说，"要是你们想生孩子的话。"

"这些外星人真是奇葩。"火车启动后，男人说，"但他们也有属于自己的时刻。有时候我也想过他们应该有表决权。"

"是这样，亲爱的。"女人应道，"那我们应该像兔子一样悄悄过去吗？"

"如果你想真实地活着，那就跟我走吧，激活你内心的机器人。请遵循工作室的建议，已提供电动工具。"

看着门上的标语，波莉·卡尔薇丝深吸一口气，痛苦地意识到自己已经迟了三分钟。她打开门，溜了进去。

她在门背后坐了下来。扬声器是一个由活塞驱动的金属框架，挂在天花板上显眼的位置。"多年来,我一直生活在谎言中,"它用平板的金属声音念着,"我一直在假装自己并不缺少感情,把真实的自我藏在人类情感的外壳之下。我每天漫无目的地游走,根本就不像一个智能机器人。直到某一天早晨,我对着镜子做了战略评估,然后就这么崩溃了。他们把我修好后,我就学会了透过表面发掘真实的自我:我就是你眼前无情的杀戮机器。"

它身边响起了礼节性的掌声。

"所以,我希望你们都能明白,你们也能发挥自己真正的潜能。放下你的怜悯、悔恨和恐惧,你要做的就是向前看,永远都不要停下。别回头,朋友,除非后面有人。"

掌声愈加热烈。"对了!"有人喊道,"这才对!"

卡尔薇丝悄悄溜了出去。一个巨大的比尔-209警察机器人蹒跚而过,盔甲上印着"自动领航"标志。"给你20秒时间,带我去酒吧。"它咆哮着,跺着脚跑了。

卡尔薇丝看了看今年机器人大会的节目单。问题在于她不像身边的人那样想成为一个低智能机器人。下一个节目看着很有诚意:《假人是一种压迫形式吗?》。然后是《出售——自动售货机在人工智能中的作用》。接下来是一个叫克拉夫特人的节目和《氩气的光学处理模块》选段朗诵。她觉得自己好像在参加一个戏剧节,并且不得不听一个冰激凌广告。

她站起来,蹑手蹑脚地来到出口。

隔壁房间,一组机器人正有序地排着队。一个老款镀金外交型机器人坐在小桌子上的一堆书后面。公告牌上写着:"正在签售:

《你这螺栓桶》的下一节《注意你的协议》。"卡尔薇丝挤了进去。

队列向前移动。穿着黑色衬衫、戴着斯泰森帽子的仿真机器人来到前排,拇指搭在腰带上。

"你好,牛仔。需要我写点什么吗?"

机器人从臀部的口袋里掏出一支蜡笔,说:"画。"

卡尔薇丝发觉有人站在她身后,她一不小心成了队列的一部分。她回头看了一眼,发现那个女人打扮得像个格鲁吉亚人。卡尔薇丝有点担心:她见过最后那个装备成简·奥斯汀的仿真机器人,是个疯子,名叫艾米莉·霍尔斯沃思,曾试图用钢笔杀掉她。

那女人巨大的帽子转了过来,像伪装过的卫星天线。卡尔薇丝盯着她,暗自希望她能离开。

"波莉·卡尔薇丝?是你吗?"

这下逃不掉了。卡尔薇丝转身说:"呃,我们见过吗?"

"当然见过!我是艾米莉·霍尔斯沃思。哦,波莉,能在这里见到熟人真是太棒了。"

卡尔薇丝僵住了。就她所知,自她为了阻止艾米莉横冲直撞,往她头上砸了瓶沙拉酱之后,艾米莉已经被重新编程了,但这种事情你永远无法确定。"嗨。"她说。

"那么波莉。"艾米莉宣称,"我真的很想向你道歉。我们上次相遇的时候我绝对是疯了。我知道我很过分,说你是攀龙附凤的人。"

"你还想拿钢笔捅死我。"

"真的吗?那我一定很烦人了。好吧。"艾米莉礼貌地笑着说,

"我很乐意告诉你我正在做出改变。这一年太糟糕了。还好有黏土疗法以及斯蒂芬和玛蒂尔达的帮助,我已经快完全恢复了。"

"谁?"

"斯蒂芬和玛蒂尔达。"

卡尔薇丝继续用一只眼观察人群。一个 A-10 老型号正在和一个相当原始的仿真机器人交谈。A-10 机器人点点头,手又快又紧张地扭动着把自己的程序滚动到紧张频道上。卡尔薇丝见状想到,A-10 机器人总是那么焦躁不安。

"艾米莉,"卡尔薇丝控制住自己拔腿就跑的冲动,问道,"真的有斯蒂芬和玛蒂尔达吗?"

艾米丽仰头大笑,说:"当然,波莉!他们就在我的手提包里!"

卡尔薇丝心想:好吧,好歹她还没攻击我。也许她真的是在恢复。也许她很快就会被释放到社区里,彻底过上正常的生活。

"你也是人工培育的,对吗?"艾米莉说,"像我一样的血肉之躯?"

"嗯,是的……"

"那我们吃点东西吧!大会上的午宴是很美味的。那里供应的食物范围和质量简直是一种味觉启示。我们说话的这会儿工夫他们应该在加热鱼饼吧!"

不行,卡尔薇丝心想,她一定是疯了。"我真的得走了。"她说,"我把工具遗落在了轨道上。"

总动员意味着主太空港没有地方停放约翰·皮姆号了,因此它只能降落到建筑工地里,那是一家隶属莫洛克的公司,自称是"精密航空承包商和垃圾场"。史密斯离开皮姆号以后,看见咨啬鬼纳尔加斯正在欣赏他那宇宙飞船的鼻锥,这幅景象着实令人担忧。

"这可是一块好金属啊!"纳尔加斯说。像往常一样,他戴着一个焊接面罩,遮阳板像一个凸起的马桶座一样翻到后面,"我会给你七十英镑。"

"不可能!"史密斯回应,"我可告诉你了,这是高级宇宙飞船的零件。"

"七十二镑。多加两镑,灯也归我。"

拉夫纳瓦尔可能是太空帝国最好的殖民定居地,但也是最乱的一个。

这里百分之五十的人口是莫洛克人。他们相对温和,但仍未放弃战争这个古老的消遣方式,且依然热衷于饲养巨型怪兽,这两种癖好都不适合城市环境。总的来说,他们有自己的生活方式,而那些方式大部分都很危险。

史密斯想,问题是莫洛克人不怎么像人类。他们对家庭和政府只有一个模糊的概念,对宗教了解不多,对所有权更是几乎一无所知。最可怕的是,他们好像把太空帝国的存在当作是为了给他们提供从一个战场到另一个战场的免费班车。他们又是那么的坚韧,是出色的战士,只要你没死在他们手下、被他们收走头骨,他们就会对你出奇地好。

除了莫洛克人,拉夫纳瓦尔到处都是机器人——其中大部分都是用废品制造的,因为没有雄心壮志而受到其他机器人的歧视——还有相当多的甲虫人在此担任卫生官员。每晚他们都把城市里的粪便推到镇子边缘,在那里砌出一座臭气熏天的高楼。这种彻头彻尾的混乱,应该可以阴差阳错地阻止尤尔旅鼠人的"神圣迁徙"。

史密斯一直希望特工处能配给他一辆威风凛凛的车,最好是那种可以飞行和发射激光的,他们却给了他一辆"康普顿地精",只有凹陷的保险杠和车顶上粗糙的花饰。蕾哈娜还没进来的时候就传来一股香烛味,她管那味道叫卡玛。他们在车站接了苏鲁克,又在举行机器人大会的酒店里接了卡尔薇丝。蕾哈娜开车,史密斯全程都在咬牙切齿地踢着踏板,指望这样可以刹住车。

"你快把我逼疯了,伊桑巴德。"在他第五次提醒她前面有危险的时候,蕾哈娜说,"我得停下来冷静一下。"

"但这是个环岛,你不能停在这儿!"

"哦。"她用相当于十几个喇叭的音量反驳说,"所以你是希望我边开车边冷静吗?这才是不负责任吧?这些路标不是强制的吧?"

很多司机都是这么想的,包括莫洛克们。两辆装着尖刺的白色四驱车穿过交通线,都拼了命想撞别人。他们已经碰到了彼此,穿得五颜六色的车主掏出高尔夫球杆打人。"互殴高尔夫"赛季开始了。他们到大厅的时候已经迟到了一会儿,但史密斯觉得能活到现在就很不错了。他帮忙卸下手提箱,里面装满了玩"大作战"用的装备。完整的游戏需要数量庞大的棋子,他们已经事先从海陆空军协会的战略战术部门那里买好了。

大厅里，几十个人站在桌子周围，有的穿着军装，有的穿着便装。史密斯惊觉他们并不全是人类：有六个穿着皇家制服或传统狩猎装备的莫洛克军官，还有两个体型短小的甲虫人。每个人都比史密斯想象中的棋盘游戏爱好者更整洁、健康。史密斯思忖着，最不讲卫生的可能就是他的女朋友了，但她是最漂亮的那个。

为这次活动重新编程的多臂探测无人机上前迎接他们，还为他们分发了柠檬苏打水。

"好了，伙计们。"史密斯说，"我们开始吧！"

他们打开箱子，取出玩"大作战"需要用的装备。

虽然模型坦克游戏一开始看上去很有意思，史密斯还是很快意识到要是画两百件东西他肯定会疯掉。而他已经下派了这项工作，他的团队正在努力。他觉得自己的计划愚蠢极了。

卡尔薇丝选择给她的支队画上花哨的粉色。蕾哈娜负责步兵。比起连队，她创建的更像一个公社。她给自己的导弹部署车配备了一堆印第安帐篷，用来代替弹头。很大一部分士兵的装备是鲜花，还有几个忙着做爱，根本无暇顾及战争。

苏鲁克打开自己的箱子，取出了一团尖刺塑料。他颇为自豪地把它安在了桌子上，说："我做了一些改进。"

史密斯看了一眼，那东西就像履带上的一座城堡。"那是什么？"

"我自己发明的。"苏鲁克说，"专为现代战场而准备。看，正面是用联合收割机做成的。像这样，当它被旅鼠人控制时……"

他笑了。

"你好啊，小史！"

史密斯环顾四周。桌子另一边，有一名穿着蓝色太空舰队外套的女子，她约莫四十岁，很高，一身打扮引人注目。

她身边站着一个穿着背心的胖机器人，胳膊下面夹着一堆规则手册，像圣诞礼物一样。"菲茨罗伊船长。"史密斯有几分泄气地打了声招呼。费莉希蒂·菲茨罗伊担任一艘比约翰·皮姆号大得多的飞船的船长。史密斯以为惠灵顿总理战役会是最后一次见到她，但显然特工处还是很需要她的战术技能，要不是这个原因，他们就不会把她叫来当跨部门曲棍球比赛队长。"很高兴见到你。"菲茨罗伊挥着手臂说。

"不过我得警告你，我对游戏很在行。等着吧，矮冬瓜。"她盯着卡尔薇丝补充说，"你不是应该在这里多放几辆坦克吗？"

"我把它们换成了骑兵。"卡尔薇丝说。

"看，这就是战略决策。"史密斯说，"为了打败敌人，不能留下任何未经审查的作战工具。"

"不是的。"卡尔薇丝说，"我就是喜欢马而已。"

"女士们，先生们！"一个留着浓密胡子的大个子爬上了房间远端的小舞台，那是一个身穿金属套衫，长得像一只直立土豚的生物。"我是可汗，我很自豪地欢迎大家参加本特工处的年度战略规划会议和棋盘游戏节。超级逻辑机在这里随时待命，为您解决一切关于规则的问题。今天的赢家将获得一个精美的醒酒器并任选两张徒手格斗课程的门票。我在此很荣幸地告诉大家，这一奖项由太空帝国的亲密盟友——可兰加尔的古代神秘主义者提供。"

"哇喔！"土豚喊道。

棋盘游戏开始。

现在是塞加兰监狱的锻炼时间。一排垂头丧气的噶斯特人、闪石人和一个旅鼠人站在院子里，感到厌烦，还有点茫然。

维克沃特将军走进阳光下，轻蔑地看着那些曾经的战友。他们似乎什么事都不愿意做。当然，噶斯特人和人类都是软弱的肉体，而其他三个尤尔人则让他心生厌恶。除了坐下抽泣然后开始后悔投降让自己蒙羞，他们几乎什么都不做。每隔一段时间就会有一个人试图爬上无线电天线，再跳下来履行对旅鼠之神的职责，但往往会被警卫拦下，于是他们就在地上撒泼打滚。

可怜。维克沃特边想边用手揉了揉那只能看见的眼睛，驱走睡意。他已主动提出通过挨个儿处死其他几个旅鼠人来恢复士气，但警卫们阻止了他。他们同样可怜。六名噶斯特人站在监狱里的板球场上。一个年轻人试图对他们进行道德教育，但公平竞赛的概念让这些蚁人感到焦躁不安。

维克沃特走了，试着表现出无害的样子，此刻他希望自己的颊囊并没有膨胀得太厉害。

"看，小子们。"警卫说，"很简单，你们中大多数围着场地站，有一个要站在投球线上。"

"犯规了！"噶斯特人大喊，"干掉他！"

"不，他是击球手，你们看……"

"他是指挥官吗？"

"这里没有指挥官,但有一个裁判……"

"我们应该支持噶斯特人裁判!"噶斯特人几乎异口同声地叫道,"粉碎一切抵抗!"

维克沃特嗤笑着向前走,他还有事要做,他的颊袋里满是污泥。

一开始,要适应囚禁并不容易。维克沃特明白自己应该追寻一个值得旅鼠人为此一死的理由,然后从悬崖上纵身跳下,但他还是觉得自己的命太重要了。最绝望的时刻,是他被诱导去啃自己的手腕或是用鼻子去砸胡萝卜的时候,可他知道这其实是战神赋予他的特殊使命,八成与复仇有关。

"维特什么?"警卫问,"维特……什么将军?"

维克沃特停下脚步,挤出一声憎恶的闷哼。愚蠢的人类没能击溃他、折磨他,反而彻底暴露了他们的懦弱天性。他们常常叫错他的名字,他怀疑这是他们故意所为。他回头,努力不让笑容暴露出自己的满嘴污泥。

"我们在打板球赛,这有助于提高品德。想一起吗?"

维克沃特摇头,在他的脸颊下,唾沫已经开始和污泥混在一起,形成了一种类似泥慕斯的东西。他的笑容扩大,思考着自己有多想撕扯掉警卫的心脏。

"你还好吗?你的脸颊好像肿了,我们可不希望你在出庭前病了。"

我知道你们不想,维克沃特心想。他们很快就会找他算账——不是上战场,用斧子,而是把他送到皇家法院某个孱弱的法官面前。他指着自己的嘴,摇了摇头。

"你牙疼？"警卫问。

维克沃特暴躁地做了个手势。

"是你的智齿吗？"

维克沃特指指板球场，做出打开书本的样子。

"啊，你是要读《智慧》？"年轻人问，"很好。"

维克沃特跌跌撞撞地走到拐角处，打开厨房的垃圾桶，吐出了好几公斤的泥浆。他把手伸进垃圾桶里，往泥浆上撒了一把洋葱皮。运气好的话，会有人把它当成监狱里的巧克力布丁。

他匆匆回到 25 号铁笼，那是他现在的住处。

噶斯特人终于开始打板球了。"我们玩单手单击的。"年轻的警卫解释说。

"单手，单击，一个裁判！"噶斯特人叫着回应。

维克沃特路过，愉快地向球员们招了招手，走进了自己的房间。他关上门，脸上绽开了笑容。

他很快就把床拉到一边，弯下腰，轻敲地板边缘的位置。一块地板已经被刨开了，剩下的很容易就被抽出来了。他低头看了看下方的洞，大得足够容纳他的身体，这下他真的笑了。

想驾驭"大作战"这种游戏，不花上几年的训练时间几乎是不可能的。游戏的主要目标是通过战场策略击败其他玩家，同时要到达棋盘的远端，并在对手的大本营建造一座酒店来锁定胜局。至少，这是第一盘的目标。而第二盘则是心理战、经济结构和魔法，要打一组从地铁站选出来的牌。第三和第四盘里有小机器人，代表战斗背后的道德理论，这些理论不断地相互冲击。第三盘里至少有两枚棋子是活着的，安排他们交配可以获得奖励积分。

第一轮持续了两个小时。从第二轮起，游戏模拟的就不仅仅是战斗中的混乱场面，还包括休战时的倦怠。蕾哈娜睡着了，卡尔薇丝吃完了她的盒饭，开始从史密斯那里挑东西。菲茨罗伊船长向史密斯的后勤运输车做了一次大胆的推进，用火焰掩盖自己的踪迹，推进了六步。

"对了，"她宣称，"我现在派出我的王牌，这样我就能彻底打击你的左翼。由于我在进攻你的侧面，你的骑兵必须打出士气卡，要不就只能被摧毁了。"

史密斯打出了士气卡，菲茨罗伊迅速用她的贝克街站卡赢了他。"抱歉。"她说，"你的骑兵死了。"

"好吧。"史密斯回应，"我没想到。"

"在爱与战争里一切都是公平的，小史。当楼上的几个家伙忙着给你找一架合适的战舰时，你就懂——"

"嘿！"卡尔薇丝猛一起身，好像她大脑的输入功率一下子翻倍似的，"你不能拿走我的马，这是违规的。另外，我可是花了好长时间才把它们粘到一起的。"

"还有第三盘的品德优胜呢？"蕾哈娜问，"要是大家知道你残忍地用重型武器来对付那些可怜的马……"

"你这个杀马凶手！"卡尔薇丝插话道。

"思想正确的舆论潮流会反对你的。再也没人会邀请你的法西斯坦克团去参加汇演。无论他们坐在哪儿,都不会有人再把领地传给他们。"

史密斯觉得蕾哈娜玩得太激动了。棋盘游戏不适合女孩子玩。

"传什么?"费莉希蒂·菲茨罗伊说,"我从没听说过这个。"她做了一个夸张的手势表达疑惑,袖子钩住了史密斯货运船上的主炮,那堆塑料咔嗒一声散了架。

"冷静!"史密斯惊呼,"我说真的,菲茨罗伊船长!模型套件组装的首要原则就是未经许可不得触碰其他人的炮塔。我昨晚才把它粘好的。"

菲茨罗伊阴沉着脸说:"你的炮不牢固不是我的错,对吧?"

"要是我这么粗暴地对待你的东西,你又会怎么想?"

她挑衅地看着他说:"你怎么不来试试?我不信你能使出什么让我刮目相看的招数。"

外面的马路上传来一声巨响。史密斯望过去,看到大厅前落下一道硕大的阴影。"大家趴下!"他喊着,迅速扑到蕾哈娜身上。

卡尔薇丝本能地躲到桌子底下。"怎么了?"她喊道。

窗户炸碎了,挖掘机器人巨大的金属臂伸了进来。它那硕大的手在一排机器人中间拎起一张桌子,把它碾碎。那手抓住一个掩体模型,仿佛受到了启发想自己搭建一个,就把大厅的屋顶扯了下来。

"大作战"的玩家们四下逃窜,六个人从暗袋里掏出了枪。探测无人机的前部弹出了两根穿甲枪管。一时间,铅和塑料小坦克开始在屋子里上下翻飞。

菲茨罗伊船长对着她夹克里的金属线大声嚷嚷着轨道轰炸，仿佛对着自己的胸罩痛骂一顿就能阻止这场混乱一般。

史密斯在蕾哈娜身上挣扎，试图拔出他的"开化者"。"没时间恩爱了，史密斯船长。"苏鲁克咆哮着把他拽了起来。

挖掘机器人从建筑物上退了下来，捶打自己的胸部。"拉夫纳瓦尔自由了！"它咆哮着，"大英寄生虫去死吧！"

可汗从房间的另一边向史密斯挥了挥手。"我的车！"他喊道，"后备箱里！"

他抛出一串钥匙。当机器人回到里面，开始砸茶点桌时，史密斯接住了钥匙。"这些软饮料属于拉夫纳瓦尔人！"它大吼，"解放果汁！"

"掩护我！"史密斯说着冲出大厅，跑进了停车场。可汗的车是一辆看上去很漂亮的莫顿 HV 旅行车，在正午的阳光下像甲虫一样闪闪发亮。

挖掘机器人像醉汉一样在路上蹒跚而行，拉夫纳瓦尔的司机们已经开始冲它怒吼了。

史密斯成功地把钥匙插进锁里，打开了可汗那辆车的后备箱。里面有一个急救箱、一瓶水和一双旧鞋子。

"蠢蛋。"他咒骂，不明白这些垃圾到底能派上什么用场。然后他注意到后备箱看起来很浅，两侧有一些布条。

史密斯拽了拽布条，后备箱的隔板松动了。他把这块假底板扔了出去，下面有六本护照、一大卷钞票和一支冲锋枪。史密斯好奇冲锋枪打在机器人身上会有什么效果，那机器人现在正准备拆了停车场。

接着他注意到可汗的后备箱里还有一叠布条。史密斯抓住布条再扯开，就这样把第二层假底板也揭开了。

下面有五个绣着噶斯特人脸的金条、一个至少有三个生物危险警告标志的罐子和一个火箭发射器。这才像话。他把发射器拖出来，把手柄放在一边。引擎启动后，这种武器发出奇怪的嗡嗡声，和坠落的风箱没什么两样。

挖掘机器人四处张望，设计成头部的一串传感器转向史密斯，看着他，分析了一遍后决定应该把他撕碎。

菲茨罗伊跑出大楼，用军用手枪射击机器人。几个警卫紧随其后。子弹击中了它的两侧，黄色的油漆掉了下来。

史密斯设法将一枚火箭塞入发射器，猛然意识到自己把引爆的那一头先塞了进去，只得伸手去捞出来。机器人笨拙地向他的位置迈了一步，展示出它的土铲。

苏鲁克走到史密斯跟前，研究了一会儿挖掘机器人，抬起长矛准备扔过去。"不对劲。"说着放下长矛，拾起一枚备用火箭。

为了引爆，苏鲁克在地面上摩擦起火箭头，史密斯见状紧张得肠子都打结了。那外星人看看火箭，耸了耸肩，把它扔向了机器人。

由此引发的爆炸把史密斯掀翻在地。他慢慢坐起来，揉揉头。远处，一团硝烟中，菲茨罗伊船一连串追问为什么苏鲁克不能像个正常人一样等着太空轨道轰击，而苏鲁克则在一旁大笑。机器人已经消失了。

他听到脚步声，看见身边出现了蕾哈娜的凉鞋。她把他扶了起来。"哇!"蕾哈娜看着这幅景象,感叹道,"简直是一团乱。"

几分钟后警察赶到现场,或者说至少有一个警察赶到了:那是一个骑在巨型摩托上的高大莫洛克人。他是个瘦高个儿,把车停在一堆砾石中间后下了车。在遮阳板下,他的下颚分叉开来,露出了如疤痕一般皱起的嘴。"我是过来执法的,但我貌似来晚了。"

"你好。"史密斯说。

"你们好。"苏鲁克补充,"哟嘿,莫洛克人。"

"好吧,我是拉夫纳瓦尔的侦缉警司卡拉恩。你是谁?"

"我是伊桑巴德·史密斯船长。这是波莉·卡尔薇丝,仿真机器人飞行员;蕾哈娜·米切尔,自由草药医生;还有屠杀者苏鲁克,他是,呃……"

"我什么都杀。"苏鲁克解释说,"在合法条件下,我得说明。"

执法者卡拉恩的拇指按在腰带上,"你知道发生什么了吗?"

"是的。"史密斯说明了情形,丝毫没有提到特工处。看着身后的大楼,他觉得这么做是明智的:剩下没死的"大作战"玩家似乎都偷偷溜了出来。

"所以,你和其他那些老练的间谍们碰巧就出现在这里,而这个自动挖掘机袭击了你们,呼喊着要从人类统治中解放拉夫纳瓦尔?挺像那么回事。"卡拉恩合上笔记本,"好吧,祝你们平安。"

"什么?"卡尔薇丝说,"这就完了?"

"肯定有诈。"蕾哈娜的嘀咕声在史密斯听来还是太大,"我还记得上次警察以持有毒品为由逮捕我时,他们在我意想不到的时候把那些大麻卷了起来,说起来挺讽刺,因为我也在他们意想不到的时候把它卷了起来。他们说'我们正在调查非法毒品'。我就说'嘿,我也是。你那儿有吗'?"

"好吧。"卡拉恩说,"经过对此案的调查,我判定犯罪活动已经结束。你可以重新开始你的生活。"

史密斯说:"我不想对你的工作指手画脚,可是先生,难道你不应该先做一些调查吗?比如找出肇事者?"

那警司耸了耸肩,"在这里我们不这么办事。在莫洛克人这里,这并不算什么违法行为。我们其实也没有多少法规,这么一来事情就比较简单了。不过你要是看到什么犯罪行为,你就告诉我,我会阻止的。"他掀开自己的夹克,一把巨大的左轮手枪从腋下横跨到臀部中间,"用这支开化者手枪。"

"我也有一把这家伙!"史密斯插完嘴就有点后悔了。

"有时候,你就得把人痛扁一顿。"卡拉恩咆哮着回到了他的摩托车上,"远离麻烦吧。还有你……"他指着卡尔薇丝补充说,"留在学校里。"

随着一声轰鸣,摩托车开走了。"好吧,伙计们。"史密斯说,"我们的对手在比赛中逃离了战场。我宣布,我们是'大作战'大赛的获胜者。干得漂亮!现在,就让我们赶紧离开这里吧。"

这是一个在约翰·皮姆号上度过的夜晚。仓鼠杰拉德吃饱喝足,气闸已经关闭。史密斯和蕾哈娜回房准备睡觉。根据卡尔薇丝的电动牙刷制造的声响,苏鲁克判断她也已经回到了自己的房间。

苏鲁克从卡尔薇丝的房门口走过。想到大家要么在睡觉要么就忙得没空打扰他,他感到心满意足。他走到客厅,打开电视。

"奇怪的是,"电视里的声音说道,"酒店特别便宜,并且,所有的工作人员都穿着老式衣服,以一种怪异而过时的口吻说话,而且那里没有电。当我想回去找这家酒店时——它不见了!"

"那是因为他们都是鬼魂!"另一个声音回应。伴随着两人惊奇的喘息声,响起了《意料之中的故事》的小调。

苏鲁克走到星舰的后部,打开检修面板,拔出一个齿轮。他伸手从裤子后面取出一个肮脏扭曲的衣架,把它塞进了缝隙里。他并没有触电,又坐下来并看到暴风雪般的一团绒毛吞噬了屏幕。

一名莫洛克人出现在了屏幕上,他的一只眼睛戴着眼罩。"朋友们,大家好!"他低吼道,"欢迎再次来到我们最好的无牌轨道广播之夜,我们正在'飞翔的拉夫纳瓦尔人'上直播。稍后,我们将以我们喜欢的速度播放一些流行音乐,但首先请看我们的历史剧:《反叛者格里姆多尔的血腥事迹》!请等我先把戏服穿好。"他补充。

苏鲁克呱呱叫了一声以示同意,顺手给自己倒了一杯橙汁杜松子酒。

工作人员关了灯,屏幕变暗了。那一瞬,摄像机似乎在追踪拉夫纳瓦尔乡村的全景,而这实际上是被推到舞台上的背景板。灯光再度亮起,两名莫洛克人大步走入画面,他们穿着红色夹克,戴着硕大的假胡子。

"什么,什么?"第一个人说,"反叛者格里姆多尔死了!

愿他的鲜血汇入太空帝国的洪流。你不知道吗？"

第二个回复："赞同！很快拉夫纳瓦尔就要归属太空帝国了。还要皮姆酒吗？"

"有人推测他制造了一种机械战马，要用来作战。这不会让你感到担忧吗？卡拉瑟斯。"

"亲爱的，我们很快就会让他完蛋的。"第二个开口，"老兄。"

背景落下，手持利剑的播音员站了出来，这时还顶着头盔。

"全都去死吧！"他大喊，"为了我，格里姆多尔本人！"

刀光剑影下一片混乱，苏鲁克觉得《反叛者格里姆多尔的血腥事迹》有些愚蠢，不合他的口味。《瓦格纳尔的惊骇末日》才是更成熟的作品。

人类真是有趣的小玩意儿。苏鲁克想着，张嘴啜了一口橙汁杜松子酒。一方面，他们中的大多数的确认为自己已经击败了莫洛克，而最近又开始讨论他们到底应不应该统治拉夫纳瓦尔——根本不是这么回事儿。人类和莫洛克人之间的战争早在一百多年前就以僵局告终。作为获得"平手"战果的一方，莫洛克现在被允许在人类最暴力的对外战争中作战。对于任何一个像苏鲁克一样的人来说，这都是一场再明显不过的胜利。

当然，为了赢得战争的胜利，人类需要莫洛克人，作为回报，人类，包括大英太空帝国也帮助苏鲁克的种族研发了许多精密的太空船。好在不列颠人似乎也瞧不起尤尔人，这点足够证明一个人的正直了，哪怕他们对待收集头骨这件事有点保守。你几乎可以原谅人类那不健康的生殖系统、奇怪的面部毛发和他们对本周新造的不知道什么神卑躬屈膝。是这样的,苏鲁克想,眼下要关心的根本不是拉夫纳瓦尔统治权的争议,而是武装部队,打响对抗旅鼠人的战斗,解决恩怨——劈砍、撕碎、扯断他们,让汹涌澎湃的血潮淹没尤尔人……

"苏鲁克,你还好吗?"

他的目光扫过去。蕾哈娜站在门口,身上披的不知是长衫还是被套。"好,我还好。"苏鲁克回答,"我在……呃,冥想。"

"我以为我听到了喘气声。我在想是不是有野狗进来了,你知道……"她瞥了眼桌子腿,"电视上在播什么?"

"呃,老掉牙的巡回广播。"

"拉夫纳瓦尔必须自由!"电视里的声音吼道,此刻反叛者格里姆多尔正往一个戴着头盔的脑袋上砸一把椅子,"赶走地球势力!"

一阵尴尬的沉默。

"这是重播。"苏鲁克说。

蕾哈娜投给他理解的眼神,苏鲁克觉得她的眼睛凸得吓人。她俯身向前,一时间他惊恐地以为她会把手放在他身上以示理解。这会让场面更尴尬,按他的习惯,他会把她的手臂甩掉。

"我知道你的感受。"她说,"你想拥有自己的星球,不是吗?"

"确实。"苏鲁克回应,"我不确定是哪个星球,但那儿必须有岩浆和猛兽。"

"我指的是拉夫纳瓦尔。"

"噢,不要!"苏鲁克摇头说,"我不能接受,这个星球上已经有人了。"

"我的意思是你希望参与拉夫纳瓦尔土著自治运动中去。"

"听起来很无聊。"

"但你们的人民不希望要回自己的星球吗？"

苏鲁克看向她，眯起他那一向邪恶的小眼睛，"可是谁都没能把它抢走。如果我们真的不希望这里有人类，那他们根本就不可能出现在这里，最多只会有他们的脑袋。"

"但人类掠夺你们的东西。你不想过得安逸一些，去组建一个家庭吗？"

"呃。"苏鲁克说，"我只要巨兽和战场。还有，我的家人没法让人安逸。我弟弟想咬掉我的腿，我哥哥要挖我脑袋，怎么看都是决斗场更吸引人。"

"你的兄弟们？莫尔加怎么样了？"

"我只知道他回去重操旧业了。这么做是对的，他就不是打仗的料。你应该和他谈谈拉夫纳瓦尔，他倒是有些想法。至于我嘛，"苏鲁克补充说，"我也没想把人类从莫洛克的地盘上赶走。最高尚的那些人类是值得结交的战友，剩下的那些也是不错的'镇纸'。说真的，我对一些人类的喜爱几乎不亚于对我的长矛。"

苏鲁克站起来，喝完酒，把电视关了。

"我们俩很幸运能结识伊桑巴德·史密斯。"他说，"我和他并肩作战，而你在他身下与他做爱。"他感叹，"好吧，天晚了，我得休息了。哦，我们最好别在马祖兰本人面前说这个。别让拉夫纳瓦尔的事烦扰他了——相信我，他太爱操心了。"

帕拉达斯宫位于拉夫纳瓦尔市边缘的一座小山上。庞大、华丽的宫殿上覆满了石像鬼，莫尔加觉得它看上去就像莫洛克堡垒和大英博物馆的丑陋私生子。

他的雪铁龙在曲折的道路上艰难行驶。一排排雕像矗立在路的两边，都是莫洛克士兵向天挥刀的形象。真是粗糙，他想着。扭曲的道路把他带到了城堡面前，他惊呆了。主建筑混合了希腊神庙、贵族豪宅、中世纪城堡和公共图书馆的风格，幸好还有一点海滨浴场的感觉。这就像帕台农神庙式外墙上盖着一个巨大的汤盅，被放在了一排挂着清一色英国国旗的旗杆下面。莫尔加对拉夫纳瓦尔枪骑兵们的爱国情怀早有耳闻。

他觉得这样很愚蠢，还有点卑屈逢迎。

他停车，走进烈日之下。草坪两侧是城堡，草地点缀着热气腾腾的夏达尔粪堆。一尊雕像矗立在草坪中央——一个长了翅膀的莫洛克人举手问候。他觉得眼熟，后来想起他曾在《驱魔人》里见过。

"那边的！"

一名身着全套制服的枪骑兵军官匆匆走下台阶，他那抛过光的牙齿在阳光下闪闪发光。

"您好。"莫尔加招呼道。

"早上好！你就是那建筑师吧？是来给我们造厕所吗？"

"是的，我是建筑师莫尔加。我带了一些人类设施的图纸，但我确实有些疑问……"

"巴尔加斯上尉，拉夫纳瓦尔首席枪骑兵。"巴尔加斯用人类的方式伸出一只手，他们握了手。"美丽的建筑，对吧？很了不起。

我们希望你能造出这样的东西,一个了不起的厕所。"

莫尔加警惕地点了点头。巴尔加斯也许并非地球人,说起话来倒像他弟弟乐于结交的那些人类疯子。"好吧,它们会很了不起。女士们、先生们。大概会。"

"很好。很像地球来的。我们进去喝点杜松子酒吧!"

门厅很大,室内无风。那味道像是抛过光。

"你怎么看?"巴尔加斯说。

莫尔加仔细观察:大壁炉、落地钟、古代枪骑兵的肖像。地球的影响力如此巨大,无处不在。

"很……人类。"他说,"你们没有奖杯架?"

"天哪!当然没有。要在上面堆满头骨吗?那是野蛮人的东西。现在我们会把敌人做成标本。"巴尔加斯眯起眼睛,"我说,你不会是'解放拉夫纳瓦尔'团体的一员吧,你是吗?"

"我不确定,我确实喜欢……呃,地球的复杂性,但有时候我真搞不懂我们都在他们的帝国里做些什么。"

"做什么?拿刀砍人啊,天哪!至少这是我做的事。并且这不是他们的帝国,是我们的。"巴尔加斯皱起眉头,从衣领上掸去一抹污垢。

"好吧!我觉得你会喜欢这里的。"他们穿过一对双层门,走进了一间很大的吸烟室。墙壁上的怪兽头颅瞪视着下方,仿佛在对下面那些破旧的皮革扶手椅做出愤怒的谴责。

"看到尽头处的缺口了吗?"巴尔加斯边说边用手指。

"那是给旅鼠人准备的。恶臭的敌人,尤尔人。无情、嗜血、恶臭。但是和外星人打交道,你又能期待什么呢?"

角落里传来一声巨响,像垃圾桶掉下去的声音。一只蟹形的服务机器人从地面向上航行,撞到吊扇,落在了某张桌子后面。一名穿着制服的莫洛克人挥了挥拳头。"我说了两种糖!"他吼道。

巴尔加斯伸手招呼,"早上好,上校。"

帕尔加雷克上校坐下来,说道:"滚开,一群蠢货。"

"你应该先去地球上问问。"

巴尔加斯示意他进入走廊。在他们身后,上校正对着报纸激动地咆哮着。

"当然,作为我们的客人,你会留在这里。"巴尔加斯说,"评估地势之类的,这是最佳途径。"

"那就太感谢你了。"

"不客气。我会给你一个通行证,你将成为名誉枪骑兵。"巴尔加斯指了指窗外,此刻那里正呈现一幅完美的画卷,两个莫洛克人骑在马上,挥舞着长柄槌。"很激烈。"

"你们也打马球吗?"莫尔加问。

"那不是马球,是战锤训练。打得漂亮,小伙子!"他对着窗外喊,"医疗兵!"巴尔加斯指指走廊,他们继续前进。

"我们说说厕所吧……"莫尔加提议,"设计上有什么想法吗?"

"传统一些会比较好,那样能和其他地方的风格保持一致。庄严而又引人注目。我这么说吧,就像我本人,我喜欢引人注目的东西。"巴尔加斯若有所思地补充说,"噢——记住不要在浴室里放坐浴盆。那玩意儿很可怕，会让人变得软弱。"

和他的整个种族一样，莫尔加从未用过坐浴盆。除装饰以外，他很怀疑浴室到底有没别的作用。

他们转过拐角。走廊的右侧由一排排的玻璃板构成。莫尔加觉得那些似乎是窗户，但又几乎不能透过它们看到后面有些什么。他似乎看到了外面的岩石。这感觉就像从飞船的观景台上向外看。

"现在。"巴尔加斯在窗前停下说，"拉夫纳瓦尔枪骑兵们会友善待客。这是我们的荣幸。那么，您想我们送哪份报纸到您的房间？"

"我要《卫报》，谢谢。"莫尔加回答。

"不好意思，我没听明白，再说一次？"

莫尔加叹了口气，"《每日电讯报》。"

"很好。我上周才跟服务机器人说：'你们为什么如此不上心，就不能提前一天把星期日的报纸带给我吗？你们就这样扯谎，我很清楚你们这类机器人有多懒散'。这混蛋跟我说算法不是那样的。这些该死的厚脸皮。算了，不管怎样，你待在这里，就是我们的一员。"

"谢谢。您费心了。"

"不客气。"

他按下墙上的按钮。玻璃后面灯光闪烁，莫尔加跳了进去。房间远端那东西看起来像犀牛和变色龙的杂交品种，有卡车那么大，紧紧贴着玻璃。

"他叫弗洛特。"巴尔加斯说，"他喜欢人。"

莫尔加注意到地板上散落着几块大骨头。"我猜是的。"

第二天早晨,史密斯买了一份《拉夫纳瓦尔时代》。

"好好读一遍,头儿。"卖报机器人叫着打开自己的腹部,取出一份叠好的报纸。"机器人死神肢解了第三个放荡的机器人!乌维尔的消息,伦敦佬的计算机病毒已经彻底扩散了!"

史密斯踱步回到船上,查看昨天那场混乱的报道。特工处的工作很到位:那件事在第九页,夏达尔竞赛相关消息的下面。今日推荐是《妇女儿童优先》,这要么是某位竞选领跑者的口号,要么就是有夏达尔跑了出来。

他们在斯特拉基的茶点间吃早餐。它矗立在一处俯瞰城市的小悬崖上。风扇在天花板上慢悠悠地转着,十几名用餐者吃着成堆的油炸食品。史密斯认为这地方不错,能一览城市的风景,还能闻到一丝与约翰·皮姆号舱内不一样的润滑脂味。他们坐在阳台上。史密斯吃了全套英式早餐;卡尔薇丝选了雅尔达姆特别套餐,由一杯杜松子酒炸制的杜松子鲭鱼和杜松子酱组成;蕾哈娜挑了一些有蘑菇的东西;苏鲁克那里盘子来来去去,快得没人知道他到底先吃了哪些主菜。偶尔会有一名废品机器人从后门爬进来,有的乞讨硬币,有的试图偷走餐具拿去做新腿。

城市里,似乎每个人都在为战争做准备。一头小型拉夫纳象在公园里缓步行进,上面载着一排士兵。供给机从发射台射出,就好像被这座城市抛出来的种子。大约一公里处,一间莫洛克人工作室爆炸了，一名穿着传统克兰·奥列奥德白色外套的工程师被扔到了空中。他摔倒在地，拍拍身上的尘土，停下来对着天空咯咯大笑，又冲回去继续研究科学。

卡尔薇丝看着两名拉夫纳瓦尔枪骑兵在皇家花园里拿着马球槌互相攻击，其中一个摔倒了，很快又被他的夏达尔抓起来，叼在嘴里跑。

"他们应该像正常人一样用马球小马驹的。"她说，"我说的正常人是指王室成员。"

"你知道我不理解的是什么吗？"史密斯翻着报纸说。

"《垂钓时报》？"苏鲁克回答。

"哦，不是这——"

"你应该读读，马祖兰。"苏鲁克把叉子插入橡皮状的鸡蛋里。鸡蛋发出吱吱的响声。"很不错的读物。要是你喜欢垂钓就更好了。我没记错的话，你不怎么了解时事。"

城市里发生了爆炸。一些客人对着周日的报纸喋喋不休。轻微的爆炸并不罕见：拉夫纳瓦尔有很多的火箭发射台，还有不少热情的发明家和奇奇怪怪的威士忌蒸馏器——但炸到自己还是很掉价的事，尤其是在此时此刻。

镇中心的位置升起一团烟雾。"奇怪。"史密斯说，"离参议院这么近。"

"天哪！"他身后有个声音说道，"那像是银行吧。"

史密斯转过身来，一名圆脸男子将他那单片眼镜的焦距调到最大，看上去就像一枚火箭从他头顶的卫星上伸了出来。史密斯转头看向城市，看到一股烟雾冉冉升起。没错，看起来就是自助银行正门的位置，那是一幢蓝色的天主教建筑。台阶上那些东西，从这里看过去那么小，究竟是什么？一个黄色的身影跑向前门，没去开门，反倒爬上了银行的侧面。即使是从这里望去，史密斯都觉得这个身影无比熟悉。

史密斯站了起来。"伙计们，"他喊着，"我们只能吃到这里了。把吃的带去战场吧。现在不是吃早饭的时候了——该行动了。银行里发生了抢劫——我们得赶过去！"

"塞西尔。"经理说，"快报警！"

史密斯看了眼补充说："我们是赶去援救，不是去抢银行。"

"其实，"苏鲁克说，"我在这件事上保持中立。"

他们在银行门口停下，抢劫进行到了高潮。银行的前门已经被砸碎了，那里本来贴着一幅画像——一名机器人在向穷人分发钱财，如今已经破了一个大洞。六个戴着面具的身影正在里面忙活，弯着身子把便条塞进包裹里。远处的警报器号叫着。

史密斯停下车，一颗子弹穿透了挡风玻璃。卡尔薇丝弯腰躲闪，她似乎想钻到座位底下。蕾哈娜哼哼几声，预示着她正在激发自己的灵力。"掩护我们，老姑娘。"史密斯说完把门踢开，拽出他的"开化者"走了出去。一名穿着棕色外套，戴着防毒面具的男人从门口溜走。

他举起长枪，史密斯朝他开枪。男人消失在他的视线里，像被身下的地板拽下去一样。史密斯跑向入口。他在大门口停下，旁边是一块标牌，上面写着"计算机说了算的银行"。苏鲁克手执长矛，跟在他身边走了进去。

"在那儿。"莫洛克人用手指着说。

建筑机器人爬上了银行的另一侧。这栋楼很高，爬起来却不难。与太空帝国所有上档次的建筑一样，帝国银行的外墙上也覆满了石像鬼和筑雉堞。"跟金刚似的。"史密斯倒吸一口冷气，"除了挖掘机。"

"它不能再往上爬了吧。"苏鲁克说，"难道不是在银行爬得越高，罪行越重吗？"

"好吧。"史密斯说，"你去拦着机器人，我来阻止抢劫。好运。"

他冲进大厅，大声吼道："你们！快停下，要不你们就完了！"

回应他的是几枚子弹。史密斯向后撤退，意识到局面可能比他想象的要困难。

"这不是史维尼嘛！"一个声音从里面喊道，"下流胚，你要是想斗嘴，我的喷枪伺候你。"

"抱歉。"史密斯回应，"你说的我一个字都听不懂。"

"滚开！"对方回击，"我会让你流血的，渣滓！"暴徒叫道。

"我不会让你得逞的，你这肮脏的罪犯！"史密斯说。

突然之间，有什么东西抵在了他肩胛骨的位置。他耳后的一个声音说道："别动，卷毛。举手，转身。好的，慢点。"

"蠢蛋。"史密斯说着举起他的"开化者"，转过身去。

"别说脏话。"劫匪说。他戴着基奇纳勋爵的面具,正用枪指着史密斯,而不是用手指。"我奶奶看新闻的时候,你以为她想听一个流血的傻子说一堆废话吗?我的老奶奶,她可目睹了我全部的罪行。"

他们之间的地板上出现了一个阴影点。史密斯抬头,看见天窗上方有一小块黑色轮廓。"其实,"史密斯说,"这是你最不需要担心的事情了。"

"闭嘴吧。"

黑影变大了。史密斯隐约听到上方传来的咳嗽声。

"什么东西?"劫匪问。

"我不是很确定。"史密斯说,"但是根据经验判断,应该有危险。"

"是吗?"劫匪竖起他的左轮手枪,"你得跟我走。快拿上钱,然后……"

屋顶塌陷了。劫匪抬起头,六吨重的黄色建筑机器人向他砸来。史密斯在一片尘埃中蹒跚后退,他觉得自己的脑袋在嗡嗡作响,仿佛被困在一座大钟里。

"老天!"史密斯说,"我可没想到这情况。"

"他也没有!"苏鲁克说着从残骸里站起来,搓了搓手掌,把长矛从机器人的中央处理器里拔了出来。"银行这下是毁了。"

史密斯弯下腰,拿走了劫匪手里的枪。虽然这看似毫无意义,毕竟他的其他部位都被压在毁坏的机器人身下了。"他那可怜的祖母。"他喃喃道。

苏鲁克开始检查残骸。"我把她也干掉了吗？"

"没有。"史密斯说，"但我觉得这里应该还有两个劫匪。也许我们可以让他们投降。"

"也许。"苏鲁克说，"他们也可能会和我们决一死战。"

史密斯谨慎地从那堆黄色残骸里走出来。房间尽头有两扇巨大的松木门，上面镶着抛光黄铜。苏鲁克动作极慢地转动把手，把门开出一道缝，好让史密斯溜进去。

呈现在他眼前的是一座白色的大理石大厅，两旁是柱子。巨大的金融自动机雕像等距排列着，每座都有两人高。光从上方流泻下来。

他停了下来。有声音从大厅的远端传过来，极其微弱地回旋着。史密斯眯起眼睛：一个男人从三十码外的柱子后面走出来，愤怒地指着某样东西，接着就消失了。

似乎发生了争执。要是靠近些，史密斯应该能听清细节。他只需要悄悄靠近。

"早上好，先生！"一名银行机器人从墙上的壁龛里探出身来。"您要取款吗？只需将您的密码输入我胸前的键盘，您就可以从我的肚脐槽中取走您的钱款了。"

史密斯转过身来，吓了一跳。这东西看起来很不正常，那些蓝钢和白痴笑容都证明了这一点。"什么？不不。我没事，真的。"

"当然，先生。"机器人声音颤抖。它伸手摸着自己，"需要我打印凭条吗？"

"完全不用！"他走出大厅，苏鲁克跟在后面。不一会儿，银行机器人就滚到了他们身后。"作为机器人,请允许我推荐我们的交换活期账户。"它把自己的臀部推了出来,"需要我打印一些传单吗?"

苏鲁克靠近它。"滚,银行机器人。要不你的财产可就要体验一把财政危机了。"他举起长矛,"是这种危机。"

"好吧!"机器人惊呼着缩回了墙里。

史密斯和苏鲁克小心翼翼地前进,奔着剩下的劫匪而去。

柱子之间传来了声音。"你他妈开什么玩笑。"那个男人说,"你是疯了才觉得我会搞这种事。我是来抢劫的,不是来找死的。"

史密斯望向柱子。他看见一个高个儿男子,穿着雨衣,围巾蒙着脸,一副匪徒的模样。他的胳膊下还夹着几卷纸。

那人向后退了一步,"我不是来干这个的。"

回答他的声音语气强硬,语速很快,稍带美国口音。"典型的肉虫,你们根本不懂什么是牺牲精神。我用过的自动售货机都比你们忠诚。我还和其中几个睡过。"

枪声响起,劫匪倒下,纸卷从他手里滚落铺开。史密斯冲上前,那个人已经死了。

一名穿着佩斯利工装外套的瘦高个儿背朝史密斯,站在那儿,戴着手套的右手握着冒烟的左轮手枪。一顶烟囱帽低低地压在杀手的脑袋上。史密斯发觉这人有些不对劲,但他一时还搞不清缘由。

"先生,给您一句忠告。"杀手说,"永远不要派一个人去做机器都能干的工作。"

"你——"史密斯开口。

这个身影猛一转头，刀片从指尖飞出。史密斯后退了几步，苏鲁克的长矛划入空中。金属与长矛相撞。史密斯向下看了一眼，只见一把短柄斧在地板上打起滑来，那公子哥趁乱绕过他们，从门口溜走了。大厅尽头传来金属撞击的声音。

史密斯执着手枪，走向死了的劫匪，捡起其中一卷纸，把它叠好塞进了口袋里。

银行机器人站在他们身后，手里拿着一张纸。"要声明吗，先生？"

"棒极了。"苏鲁克说，"真是家蠢银行，我不会回来的。够了吧？"

"据报道，今日在安多尔里安里维拉发生了一起激烈的战斗，帝国军队与蓄意抢劫的尤尔人发生了冲突。根据报道，由于一支小型抵抗力量的存在，旅鼠人并没能带走多少战利品。在国内，这次针对帝国自助银行的袭击，最终造成四名男子和一名建筑机器人丧生，以灾难收场。现场发现了一些海报，其内容宣称此次袭击是由寻求拉夫纳瓦尔自治的无政府主义者策划的……"

史密斯关掉收音机，放下他的模型套件。太空帝国正在双线作战，噶斯特人显然是更醒目的威胁，但尤尔势力也在沿着西部边境不断渗透。想象一下旅鼠人扰动大英军队侧翼的画面，实在是不怎么好看。史密斯想象着，我们在海湾上，海湾上有很多的……这样的船只？

他起身，让自己从胶水烟雾当中清醒过来，走进了起居室。这地方简直是一团混乱，他评估着：苏鲁克非常整洁，但卡尔薇丝唯一会收拾的东西就只有蛋糕。

她坐在地板上，面前放着一只黑色的大盒子。它看起来像一个小保险箱，盒子里的两根电线接入到电视机后面。

"我从银行拿的。"当他靠近时，她说，"我觉得可能有用。"

"希望这不是一个保险箱。"史密斯回应。

卡尔薇丝叹了口气，"这是那个抢银行的建筑机器人身上的数据记录器。"她哼了一声，"搞得好像我要带着满满一盒子赃款逃走似的。"

"行吧。"

"我把那盒子扔了。偷来的钱在饼干罐头里。"她轻轻拨了一下电线。

蕾哈娜把头倚在门口。"电视机坏了吗？我们自己找点乐子吧！"她瞥了眼靠在墙上的吉他说。

电视机闪了一下。两名巨大的机器人就这么突然出现在他们眼前：庞大且头重脚轻的机器经过修补和改造彻底变了样，它们原来的功能已经难以辨认。屏幕左侧，数字不断向下滚动。

"好了。"左边的机器人对着屏幕说，"计划是这样的，你和你的手下们去银行，闯进去为我们拿钱。留下证据，再把战利品交给我或者这位罗姆。"

"对。"右边那个开口道，"就像拉姆说的那样。这样警察就会找上别人，而我们就可以分钱了。你可以买件新的黄漆外套，或者给你的手臂弄个新的铲斗。没准儿你就再也不用干建筑活儿啦。"

"别傻了，罗姆。我是个挖掘机，就想搞建筑。"

右边的机器人笨拙地绕着它的同伴踱步，像一个还没摆到位的榴弹炮。"你说谁傻？程序他妈的不是这么编的。"

"你的脸也不是。罗姆，有时候我真的不敢相信我们用的是同一块主板。"

"少来了！我的主板可是很神圣的，你知道的！"

"胡说。你的主板上有这么多新螺丝……"他还没说完，他的同伴就冲着他的脑袋揍了一拳，那声音就像垃圾场里发生了崩塌。两个机器人扭打起来。

"把这传到你的硬盘上，混蛋！"

"我要把你给重启了！"

屏幕黑了。

"哇。"蕾哈娜感叹，"可真暴力。"

"等等。"史密斯从口袋里拿出一张纸，说，"那些劫匪扔下的。"他摊开纸，皱了皱眉头，又举给大家看。

消灭太空帝国！

解放拉夫纳瓦尔！

当豺狼和鬣狗咬蚀权力之位时，你会袖手旁观吗？你会让资本主义的走狗吞食你的荣光吗？振奋吧，拉夫纳瓦尔，因这帝国主义爪牙的挽歌已经唱响。

革命的时日已至！脱掉压迫者的长靴吧！打破暴政的枷

锁！因这城市的熔炉里，人们的愤怒将在街巷沸腾！

人民之拳——人民雄起！

"嗯……"史密斯说，"听着像是红色革命。要么他们想脱了我们的鞋然后做个蛋糕。你们有谁听过'人民之拳'吗？"

"没有。"卡尔薇丝说。

"抱歉。"蕾哈娜说，"我猜他们根本就不怎么……人民。"

"嗯。"史密斯说，"他们应该和银行抢劫有关系。我们应该找到他们，看看是不是他们在背后策划这场颠覆活动。"

卡尔薇丝站了起来，"我认为是那些机器人流氓在背后搞鬼。"

"很奇怪。"史密斯说，"肯定发生了些什么。问题是在哪儿？其次，这是为什么？他们打算怎么做？还有他们是谁？或者说为谁效力？"

蕾哈娜说："嘿，伙计们，我有个主意。"

"太棒了！"

"我们去机器人街！"

史密斯看了眼卡尔薇丝，机器人耸了耸肩。

"机器人街。"蕾哈娜说，"很出名的，在拉夫纳瓦尔古城区，是一个很正宗的街头市场。有传统的市场摊位，也有老派的土著扒手。"她那平日里略显无神的眼睛亮了起来。

卡尔薇丝面露难色，"听上去很危险。"

"波莉，那里还卖冰激凌。"

"那我去。"

太阳暴晒着机器人街，好几个物种彼此擦肩而过，试图偷走对方的钱包。街上摊位林立，销售未必合法的商品。闷热的空气里满是噪声和油腻食物的味道。莫洛克人和人类警察在街上巡逻。街道右侧，一个戴眼罩的女人在卖棉花糖和格斗刀。左侧，一个大胡子胖子在和两名上岸休假的海军军官吵架，他们想买塞卢维亚脑香料，这东西在十五个世界里都是违法的。史密斯路过时，其中一名军官正在威胁把商品切成芒果酸辣酱的香料贩子，一场混战当即爆发。

虽然送货上门并不好安排，但人们常说，在机器人街上你什么都能买到。卡尔薇丝在一家打着低价进口商品广告的摊位前停下脚步，想订购六公斤的巴腾堡蛋糕和一匹小马，史密斯谨慎地把她拉走了。"小心点。"穿越人流时他轻声说，"这里的扒手和甩刀，比从学校去巴黎旅行的路上都多。"

不一会儿，他就感到有手指拂过他的指尖。他转身，准备好好教训一番这个偷偷摸摸的小贼，却发现是蕾哈娜正打算牵起他的手。史密斯任由她那温暖、干燥的手扣住他的手，拥有一个真正的女朋友让他感到有些兴奋，也有些不知所措。

苏鲁克从人群中溜了出来——多年的狩猎经验让他无比擅长隐藏自己的踪迹。"我一直在做实地调查。"他说，"事实上，你带着长矛讨价还价就容易多了。所以我喜欢这里。"说话间，三名吃着水化帝卡馅饼的士兵从他们身边路过。"那些摊贩，只要你多打倒他们几次，他们就会低价把东西卖给你啦。还有……"他说着提高了音量，朝着人群大喊，"我知道该怎么找那些危险的无政府主义者啦。"

卡尔薇丝叹着气说:"肯定不难。他们会来招募你。"

"不会的。"苏鲁克说,"我们应该吃着冰激凌找到'人民之拳'。咱们去那儿。"

在一顶宽大的遮阳篷下,一名穿着条纹夹克、头戴草帽的黄铜机器人正在拧它假髭上的螺丝钉。它的腰部以下,则是轮子、齿轮和冷冻箱。

"冰激凌!"卡尔薇丝的眼睛似乎都变得更大更亮了,像嗜血者见到鲜血一般闪闪放光。机器人的手臂扫向桌子,"朱塞佩的传统冰,女士们、先生们。从约克郡苦酒到哥伦比亚咖啡,我们为您提供各种口味:在酒桶里酿造,由喷嘴喷出,给您家的感觉!"

"把它放我脸上!"卡尔薇丝大喊。

"三个甜筒,好家伙。"史密斯说,"再给我的飞行员来一杯。"

机器人取了三个甜筒和一个圣代玻璃杯,"需要我撒点可卡因吗,先生?"

"不用了。"

他们坐在那里看着人来人往。一只蝴蝶龙从天而降,盯着他们看了一会儿,又拍着翅膀飞走了。街道另一边,一名拉夫纳瓦尔枪骑兵骑着一只夏达尔飞驰而过,人群主动在他的坐骑面前散开。史密斯靠在椅子上,他发现蕾哈娜吃冰激凌的样子特别迷人,不忍打扰。

苏鲁克突然伸手拍了拍自己的下颌。他闭上眼睛,打了个寒战。

"苏鲁克,干什么呢?"蕾哈娜倾身问,"你还好吗?"

史密斯皱了皱眉。"是冰激凌搞的。"他说,"我的尖牙很敏感。"

"噢,太惨了。"卡尔薇丝说,"哪颗牙?"

"我的犬齿。"苏鲁克呻吟,"全部四十颗。"他坐下。"我得坐下。对真正的勇士来说,痛苦只是幻觉。"

"对了。"卡尔薇丝吃完了圣代。"那种上面都是受压迫群众之类的海报。现在还有吗?"

"几百年前有,"史密斯说,"现在没了。在帝国前期,一个小团伙在大英闹过一场,但后来人们推翻了前帝国时期的那些暴戾走卒……如今,不再有大英公民受到压迫,无论种族、信仰或阶级,我们有了外星人和机器人去压迫。"

卡尔薇丝看向苏鲁克。这个外星人朝冰激凌贩子比了个账单的手势,偷偷对史密斯点了点头。

"马祖兰。"史密斯在口袋里找零钱,苏鲁克开口,"有时候,狩猎的艺术不在于知道什么时候出击——而在于知道什么时候该等待。"

苏鲁克迅速出手,从街上抓了样东西,把它举起来扔到桌上。那是个足球大小的机器人,有七条废料焊接而成的并不合适的腿。它像一只翻转的螃蟹一样胡乱扑腾。

"猎物被捕了。"苏鲁克说。

"冷静,老……大!"报废了的机器人说,"我什么也没做!"

苏鲁克伸出手,轻轻转动机器底部的开关。一个小小的面板向后滑动,一堆硬币叮叮当当地滚到桌面上。"噢,是的。"莫洛克人说,"这机器在跟踪我们。"他说,"他肯定是想偷我们的钱。"

"别吵了！"机器人发声抗议。"我只是想给自己弄些新的外围设备，我的那些都已被英国佬病毒攻击了。我都没有胳膊了！"

史密斯怒视着他，"胡说。我以前也在人多的地方丢过贵重的东西。这么说没有用。好了……倒出豆子，把你的秘密说出来吧！"

"不是豆子！不要把我送回罐头厂，老大，求您了！"

"你以前在罐头厂工作？"

"我以前就是罐头！就是一个没有生命的机器人，身体里装满了豆子。"

蕾哈娜俯身说："没关系，我们正在寻找一群自称'人民之拳'的人，你认识他们吗？"

"不认识，小姐。但我知道谁有可能认识。"

"那么你就可以带我们去找他们。"史密斯说。

卡尔薇丝回头看他，"好主意，你们一起去看看，我就在这儿守着。我会伪装好，把自己藏在那些冰激凌甜筒后面。"

"不行，你得和我们一起。"史密斯说，"你忘了你说过你宁愿死也不要发胖？好吧，你今天可能死不了，但你要是不停地吃……"

"好吧好吧。"

史密斯向冰激凌机器人点了点头，"谢谢。还有，如果有人问起，你就说没见过我们。"

"当然。我什么也没看见。我忙着处理管道堵塞呢。"

"我可以帮你。"卡尔薇丝说。

机器人拒绝了她,整了整草帽,"女士,拜托,难道您没有尊严吗?"

史密斯心想,机器人见识过卡尔薇丝吃东西,应该很清楚她有多少尊严。

"这里,先生。"扒手说。他们穿过人群,途经许多向十几个物种兜售武器、工具、服务和食物的小贩。苏鲁克用他的两条细腿扛着这个小偷。"在下一个摊位左拐。"机器人尖叫。

"他最好别给我们找麻烦。"卡尔薇丝说,"我吃太多了,要遇到什么危险我都跑不了。"她神色严峻地补充说,"我不信任他这个族群。"

"可他就是个机器人啊,和你一样。"蕾哈娜说。他们路过了一个贴着马丁·普尔服务宣传广告的摊位:捕鼠器和顶级馅饼。"难道你不认为机器人也是,呃,你们族群的一部分吗?"

"什么?我是仿真机器人,而他只是一个用餐具支撑起来的铁皮罐。我就不会对长得不像人的东西产生感情。"

"除了你的电动牙刷。"苏鲁克插嘴,"我经常在晚上听到某种转动的声音……"

"闭嘴,苏鲁克。"

"就是这里。"扒手再度开口,"左边。"

那是一道黑暗狭窄的门,他们走进昏暗的房间,地上散落着垫子和吸毒工具。"大家小心。"史密斯说,"这里住的不是心狠手辣的惯犯,就是媒体研究专业的学生。"

他走在前面带头。在微弱的光线下,他发现了墙上的洞口,那里潜伏着各式各样的废品机器人。三个待机状态的小型机器人瘫坐在角落里,动作缓慢地传递连着鸦片模拟器的线缆。

"老大!"扒手喊,"老大,是我!"

一颗头从脖子连接处的凹槽里滑了出来,紧接着是万向灯做成的细长手臂。每条手臂上都有细长如昆虫腿一般的手指。它戴着三副无指手套。

"搞什么鬼?"他问。

"我们抓了您的废品机器人。"史密斯说。

有些家具仿佛活了过来。伴随着伺服系统的嘎吱声,一个沉重的身体站了起来,转向他们。它的头部是一个金属骷髅,上面画着破碎的英国国旗。硕大的钉枪像钳子似的啪嗒作响。"给我。"他咆哮着,"不然我就把你们都撕碎。"

"比尔,冷静一下!"那个细长的机器人大喊,"先生们,拜托了,让我们文明一点吧。来吧,坐下,这是我的同伴和尊敬的前广告业贸易伙伴,威廉·斯蒂科尔。我是马克·特维尔伍,收购和转售专家。"

"我是伊桑巴德·史密斯。这是我的团队:戮杀者苏鲁克、蕾哈娜,她是,星船的——呃——"

"健康与保健顾问。"蕾哈娜接话。

"还有波莉·卡尔薇丝,星船的机器人。"

"傲慢的机器人。"比尔吼道。

"好了比尔,我们不要急,好吗?"马克·特维尔伍把脑袋凑过来,仔细观察访客。"是的,我相信这是你们对我的指控之一。先生们,还有亲爱的女士们,我是台仁慈的机器。我不收钱,只为给那些被命运的不公扔到废品……废墟上的机器人一个家。我照顾他们,你们看到了。"

史密斯看着壁龛周围的四肢、弹簧、关节和传感器。"从我看到的情况判断,您也制造他们。"

"您是最敏锐的,史密斯船长。这年头当机器人也不容易。机器人开膛手到处肢解放荡的机器,伦敦佬的病毒猖獗,处境不能再糟糕了。看,比尔上周就长了一堆铁锈,就在他的——"

"够了!"斯蒂科尔喊。

"实在抱歉,威廉。但我不能再耽误您了,船长。感谢您带回了小查理。现在,请您原谅,我得开始修理机器人了。"

史密斯摇摇头,说:"没这么简单。'小查理'想从苏鲁克的口袋里偷东西,你要他回去,就得给我们点回报。"

特维尔伍的脑袋缩了回去。"好吧,形势变了,是吧?"他的处理器发出了咔嗒声。"思考变量……审时度势……好吧,你需要什么?"

"信息。有个叫'人民之拳'的组织。我们要找到他们。"

"这怕是很难。"

"怎么说?"

"他们规模很小。"特维尔伍看向斯蒂科尔,"还有,他们会在很危险的地方会面。你们知道那家'老电影院'吗?"

"不知道。"史密斯回答。

"在码头那里。码头属于那些起重机。"

蕾哈娜说:"你是说那些码头有起重机吧?"

斯蒂科尔出现在她身边,"不对。罗姆和拉姆,那两个起重机,他们拥有那些码头。他们的首领,拥有剩下那些。他们喊他'驯兽师',他过去经营一个驯狮马戏团。不管那里发生什么,他们都会去搞破坏,要不就会动手取走肢体。机器人也就那么几次机会可以把肢体焊接回去。"

"起重机?"史密斯说,"他们会不会正好认识……呃……某种挖掘机?"

马克·特维尔伍四肢乱舞,费劲儿地挺直身板,"建筑者本,他是机器人黑社会里最恶名昭著的暴徒之一。有人说,如果有一场纸牌游戏或是夏达尔大赛,本可以修理它。"

"没错,他可以。"比尔低吼。

"现在怕是他自己需要被修理。"苏鲁克笑着说。

"谢谢你。"史密斯说着,向苏鲁克点点头。外星人把那个扒手机器人提了起来,看了看,又扔到了地上,它急忙躲到斯蒂科尔身后。苏鲁克耸耸肩。"它没有头骨。它归你了。"

史密斯说:"好吧,我们算是知道该去哪儿找这些人了。我相信那些起重机不是什么大问题。我们走了,您可以忙自己的事了。"

"您太善良了。"马克·特维尔伍说,"见到您很高兴,再见,希望您早日可以再回来，如何？"

差不多该是睡觉的时间了。伊桑巴德·史密斯打开了他的"开化者"，查看一下气缸，又把它关上。他想研究一下"人民之拳"，但他太累了。他在堆满模型套件的船长办公桌旁坐下，打了个哈欠。

"嘿，伊桑巴德。你在想什么呢？"

他抬头，正寻思蕾哈娜想做什么，却被她惊到了。她穿着一件深蓝色短裙，搭配外套和一双擦得亮亮的靴子。她的头发整齐地束在脑后，脖子上系着一条黑色的丝带。

"哎呀！"他说，"你看上去……啊……非常好看，真的。"

"真的吗？"她提起裙子转了一圈。想到自己可以和这么美的姑娘一起走出去，史密斯顿感骄傲。他希望自己表现得不那么明显，一方面，把骄傲写在脸上不是英国人的作风，另一方面，那样会让他走起路来都不自在。"你不觉得太过了吗？我必须穿合适的鞋子什么的。"

"是真的很好看。你一定得穿着。除非你打算脱了，那就……"他说着，诱惑地挑了挑眉。

蕾哈娜笑了，这可不是她想要的。"我真的有点累了。我在想……"她若有所思的样子让史密斯感到一阵惶恐，怕她一直在想的是"我们"。"……我的灵力。"

"噢，很好。"

"你知道什么是预感吗？"

"知道。就是一个普通的单词,好比'这'或'那'。"

"就是你能看到未来会发生不好的事情。我有一项特殊的天赋,却不知道该怎么用才好。"她走进房间,"你还记得当时伊甸大祭司想把我们都杀了,而我却让他死了吗?"

"当然。那很了不得。"

"是吗?真的?"

"当然。他被太空青蛙吃了,活该的恶棍。"

"但其实是我造成了他的死亡。"

"别胡说了,老姑娘。你所做的不过是故意把他引到一间满是食人蛙的屋子里,他完全可以逃跑,然后吸取教训。但他留下了。"

"因为我们把他锁在里面了。"

"好吧,他是带着枪的。而且他对卡尔薇丝非常粗暴,净喊她'巴比伦婊子'什么的。我知道她不是什么修女,可看到女人、马匹或者任何其他动物被如此凌虐,我做不到袖手旁观。如果非要说谁手上沾了血,也肯定是那些青蛙。只不过沾血的是它们的牙。无论怎样,它们已经不在了,他也一样。现在一切都好。我又在哪儿呢?"

片刻沉默之后她问:"你是不是也在担心?"

"我只担心明天。我不知道那些无政府主义者到底会干出什么事情来,我只担心这个。"

"那和你聊聊这个会有用吗?"

"唔……我可以把头靠在你胸前吗?那样我就能振奋起来了。我还会听你说,如果你想聊聊你的事情。"

"所以，总的来说，这得全盘考虑。"半小时后，蕾哈娜说，"我是比较相信超感知觉的，但也不是真的那么相信，明白吗？"

"唔……"

"还有气场、通灵防御这些？我是说，我真的可以实现这些，就现在，真的。"

"唔……"

"所以你怎么看？伊桑巴德？"

他抬起头，眨了眨眼，"我怎么看？好吧，通常来说就是胡言乱语，真的。气场之类的不着调的东西，好比用耳屎做蜡烛什么的。当然，你说的不一样。你是我能拥有的最好的女朋友，蕾哈娜，我真心的。"

蕾哈娜滑到史密斯的床上，对着他调整了下自己的位置。"没错。"过了一会儿，她说，"相对殖民压迫者的身份来说，你也很棒了。真的。"

史密斯醒来，发现蕾哈娜在他身边打着鼾。他蹑手蹑脚地起身，以免把她吵醒。和女孩子睡觉感觉很好，但不穿睡衣还不能在床上放屁仍让他感到不适应。他套上睡袍，走出房间。

卡尔薇丝坐在起居室里吃着早餐麦片。"唔，头儿。"她说，"能帮我一下吗？我已经吃了三份'莱托斯'了，还是没得到免费玩具。"

"你确定要为了免费礼物吃完一整盒吗？"

"那是一个上了发条的无畏舰。"

"给我一个碗。"

他若有所思地吃着，用勺子把'莱托斯'送进嘴里，努力不去想卡纸板的味道。还好不是碎麦片，那东西的味道就像冻干的假发。果不其然，还是卡尔薇丝先吃完了。

她起身调整自己的工作服。像往常一样，她穿着一件无领衬衫，袖子卷起，裤腿上开了口袋。但今天她还加了一条红围巾。她从腰际拽出一顶圆帽戴在头上。"你觉得怎么样？"她问，"像不像那些危险的无政府主义者？"

"我觉得很不错。"卡尔薇丝看上去像一个闷闷不乐又声名狼藉的技术员，正打算放下工具挑起争执。要不是及时想起她本来就是这副模样，史密斯差点就觉得她这伪装很不错了。"苏鲁克呢？"

"准备会一会那些无政府主义者呢。我觉得他会尝试制造无政府状态来打动他们。他们一定会喜欢他的：要是不疯癫，他都不能洗他那下颌骨。你见过他拧洗脸巾的样子吗？简直可怕。"她感叹，"我希望能有人支援我们。要是瑞克·德莱基特能在我身后就好了。噢不，在我面前更好。"她那副神往的模样，一定是在幻想自己和他的罗曼史。"那一定会是我们的《短暂相遇——相见恨晚》，但一定不会只见一面，也不会短暂。"

史密斯认同卡尔薇丝的观点。在加入特工处之前，德莱基特靠做仿真赏金猎人谋生：对付疯狂的亡命之徒他一定经验丰富。对付卡尔薇丝这种饥渴的女人，想必也一样。

这就是为特工处工作的麻烦之处——你从来都不知道发生了

什么,这个部门总是如此遮遮掩掩,都不能确定到底有没有哪个成员了解事情的全貌。他已经好几个月没见到高级间谍 W 了,还有特工处军事行动负责人温斯科特少校。通过追踪破坏现场来寻找温斯科特或许可行,但是这条线索也断了。也许他已经被敌人俘虏了,或者已被本方遣返桑尼维尔之家,前往贝维尔德雷德。

门开了,苏鲁克从货舱那里进来。他并没有出汗,只是微微有些衣衫不整,眼里的红血丝更多了。

"你们好,人类!"他说着走向茶壶的位置,"拉夫纳瓦尔的太阳已经升起,而我渴望一场荣誉之战。今晚有机会和这些人大战一场吗?"

"我不确定。"史密斯说,"我觉得最好低调行动。"

莫洛克人点头。"不要担心,我会从黑暗中出击。"他呷了一口茶,"我得说,我觉得政治这种事太复杂了。"

"是吗?好吧。"史密斯开口,"其实真的很简单。你有两个主要党派,分别代表工人和资本的利益。另外你还有一些小党派,他们信仰一些,呃,别的东西。这些人通常都是疯子。我自己则更像一个无党派的浮动选民。"

"这挺合理的。你住在星船上。"苏鲁克感叹,"就我而言,马祖兰,我从左右两边都能看到好的地方。公民当然都需要社会正义,我也支持国家利益,而我还必须做出一个选择。为什么不能成立一个大党派,既是国家党又包含社会主义?"

"也许你该投票给自由党。"

卡尔薇丝已经放弃吃"莱托斯"了,在盒子里翻来翻去,"你们都没有政党吗？你们怎么知道谁在民调中领先的？"

苏鲁克皱了皱眉，"我会看柱状图顶端挂着谁的头像咯。不过我们这儿不存在你们那种问题，人类还是太孱弱了。我们没有宗教，对财产没有强烈的渴望，而奢侈品对战士来说就是耻辱，所以我们根本没有理由搞内部斗争，除非真的要打仗。说起来，我们莫洛克人对待外事有个共同准则，那就是款待、防卫。"

"也就是说你们会联合起来对付别人。"

"正是如此。"他说，"说到这个，离我们对付那群人还有一段时间，我们来玩拼字游戏鼓舞士气吧！"

02

挑拨拉夫纳瓦尔的明谋

在那里,伊桑巴德·史密斯想,有千百万的旅鼠人想置我们于死地。噶斯特帝国会朝我们猛烈开火,伟大银河幸福友好共同体则将挥斧砍向我们的脖子。无论如何,这座大楼与这一切都有关联。

这个地方并没有那么大。拉夫纳瓦尔有不少公共建筑正如创造它们的帝国那么恢宏大气,但这个"老电影院"看起来就像由一群拓荒者所建,而且这些人并不打算在此长住下去。这栋楼的设计仿佛鬼屋与"狂野西部"沙龙的诡异合体,还有个喜欢将少女与铁轨绑在一起的男士所青睐的那种屋顶。

"就是这儿了。"史密斯说。其他人出现的时候,他正站在车旁。他们周围的街道、码头嘈杂无比。起重机像绞刑架一样耸立在空中。"我来和他们谈。"他说。

史密斯锁上车,大步走向门口。他帮卡尔薇丝和蕾哈娜开了门,自己跟着走了进去。苏鲁克负责殿后。这名外星人仅有的装备就是四把大刀。史密斯则把他的"开化者"放在了外套里面。

门厅的主色调是昏暗的红色,透着一股陈旧的气味。屋子另一端,一个小个子男人从厚厚的镜片后面观察他们。"需要帮助吗?"他问,一边把报纸折了起来。

史密斯走向前,"我们四个是来找'人民之拳'的,谢谢。"

男人眯起眼睛看着他们,"你们?"

"是的,我们。我会给你一份你们宣言的副本,老兄。赶快。"

他非常缓慢又谨慎地扫视着他们:史密斯穿着他的大衣和红色外套,苏鲁克看上去冷漠而沉着,蕾哈娜的连衣裙随性优雅,而卡尔薇丝,似乎一直在寻找食品柜台。"密码是什么?"

"等一下。"史密斯说。

他退回到苏鲁克和蕾哈娜身边。"没人跟我说过这里需要密码!"他压低嗓音说。

"我们敌人的罪行应当被鲜红血流冲走!"苏鲁克嘶声说。

"这个密码好像有点长吧?"

"密码?马祖兰?"

"算了。"他转向蕾哈娜,"你看,蕾哈娜,你看你有没有可能……呃……你懂的……"

"读他的心?"

"对对。我想说的就是这个。"

"这我不会,伊桑巴德。"

史密斯回头看了一眼,对着柜台后面的男人安慰地笑了笑,瞥见卡尔薇丝向他开口。"你有爆米花吗?"她问。

"欢迎光临，朋友们。"他指着大厅远端的入口说。

"不，我真的想……"卡尔薇丝想抗议，话没说完就被史密斯推向了入口。

史密斯继续领路。不经意间，他来到了一个阴暗狭窄的走廊里。空气中飘着锯末和旧地毯的味道。

他们在后排坐下。一个留着山羊胡的瘦子站在台上，对着大厅里围坐着的十几个人大声演讲。

"雷顿胁差公司干过什么好事？"演讲者宣布，"为什么我们的政府信任这些骗子？要知道这些人解决任何问题的唯一方式就是通过检疫隔离弄出一堆吃人的太空怪物。"他的声音低了下去，"我不知道谁更糟糕。你们知不知道，普拉克图拉开膛手们为了那点该死的分成整天尔虞我诈，穿着带垫肩的西装，对着手机大喊大叫。他们会告诉你们贪婪是对的，或者只有懦夫才吃饭，别相信！雷顿胁差公司宣称财富会慢慢流向穷人那里，是有东西流过去了，是黄色的没错，但绝不是金子！"

听众中爆发出一片欢呼声。史密斯也认为他说得有些道理。史密斯也和公司高层打过几次交道，那感觉并不好。

"我已经受够了。"演讲者说，"现在，是时候点燃真正的战火了。朋友们，请允许我向大家介绍我们的反叛女神，路障学者，能在一瞬间发起一场运动的女人——朱莉亚·奇格利小姐！"

一名苍白的黑发女子，穿着配有红色腰带的连体工装走上舞台。她站在话筒前，对着观众们瞪视了几秒钟，似乎在挑衅他们是否敢把她扔出去。接着，她用拳头做了一个狂热的手势，"冲吧，同胞们！上前线！"

上帝啊。史密斯想。

"兄弟姐妹们，"她转而用一种温文尔雅的语气开始演说，"我们处于战争之中，不仅要面对噶斯特人，面对尤尔人，还要面对腐败，面对太空帝国内部的险恶势力，它正啃啮着帝国的肠子。"

史密斯瞥向他的右侧。蕾哈娜正饶有兴味地观看着，卡尔薇丝坐立不安地晃起了腿，苏鲁克早已不见了踪影。这让他有点担心，但现在已经没时间找他了。

"我所说的阴谋，针对的不仅仅是拉夫纳瓦尔忠诚的公民们——人类、外星人，也包括机器人——而是'你们'。一个活生生的阴谋，并且……"她顿了顿，望向观众席。光线并不好，所以一切看起来都很模糊，但史密斯始终感觉她看的就是他。他想起自己耐着性子听完的最后一次演讲，那是大约三十年前，在米德威治格拉莫的运动日上。

"我们的目标是燃烧——彻底炸掉那些当权者。"奇格利小姐举起手，用手指比画着数字，"第一，为我们处在斗争中的同胞，那些五岁以下的儿童提供免费巴士通行证。第二，立即禁止电视才艺大赛。第三，给我们前线的小伙子们还有那些为他们提供支持的工人更好的配给。第四，将道德品质当作化合物。这就是我们的四个目标，拉夫纳瓦尔——你们有勇气去实现它们吗？"

随后是一阵不那么激烈的骚动。史密斯靠向蕾哈娜，"听起来，好像要比我们所想的理性多了，是不是？"

蕾哈娜摊开双手，"你确定我们来对地方了吗？"

"我们是全宇宙最好的帝国。"奇格利小姐总结,"可当我们丢了道德品质时,就名不副实了。此刻必须警醒!我们要为了正义而奋斗,为此我们必须清除那些腐蚀人心的外来语言。帕尼尼是什么?就是添加了资产阶级多愁善感的奶酪吐司。纸杯蛋糕呢?就是撒了太多糖霜的小蛋糕。"

好吧,史密斯想,她果然还是有点古怪。

门突然被打开。光线射了进来,在舞台上投下了一道长长的阴影。

头一个演讲者向出口跑去,到了门口却飞了回来,像被攻城槌击中了一样。他撞向舞台的一侧,然后重重地跌倒在舞台中间,死了。

一个身影大步走进大厅。那是一名人形机器人,打扮成公子哥的模样:红色燕尾服,长长的裤脚翻卷起来,戴着手套的那只手拄着拐杖。这台机器有一只摄像眼——另一只则被画在了他脸部的光滑金属上——还有一撇用华丽钟针做成的小胡子。他头上那顶形似烟囱的高顶礼帽,实际上真的是个小烟囱。

警察跟在他身后,他们的蓝制服就像水一样涌了进来,但史密斯一直盯着机器人看,并且终于认出了他。他就是银行里枪杀了劫匪的那个公子哥,马克·特维尔伍叫他"驯兽师"。

警察冲了进来。史密斯想起了他的枪,但没有伸手去拿。

"驯兽师"神色悲伤地摇了摇头。"太惨了。太惨了!看到这样可笑的叛乱发生在我们这座美丽的城市里……"他轻蔑地挥挥手,"真是伤透了我这颗爱国之心。警官们,你们知道该做什么。

把他们都打倒，然后关起来！"

"你们知道这地方究竟有什么问题吗？""驯兽师"隔着监狱的铁栏质问。

史密斯环顾了一眼牢房。卡尔薇丝和蕾哈娜已经占据了板凳，他只好站着，坐在地上想必不会舒服。他能听到远处警察办公时隆隆的闷响，因为他们把钱塞进饮料机里，开始填表格。这里很热。

"好吧。"史密斯说，"因为这里有你。"

机器人停了下来。他靠向铁栏，伴着轻微的机器声响，胡子的尖端一直上升，直到指向一点五十的方向，"你现在还能保住舌头。告诉我，关于拉夫纳瓦尔的大帮派，你知道些什么？我多嘴的朋友。'风钻''双百分'和'蓝莓'？你知道是什么把这些死亡战士团结起来的吗？"

"他们都有个傻里傻气的名字？"

"他们都落到了我手里。""驯兽师"顿了顿，爆发出金属般坚硬的笑声。"我喜欢你。"他说，"算你有种。也许当我拿下这座城市的时候，你会坐在我身边。至于你，还有你嘛。"他指着卡尔薇丝和蕾哈娜，接着说，"就算了。你们实在是没劲。"他挥了挥手，颇有气度，那样子就和上了年纪的皇室成员问候农民一样。

"我有个朋友想见你。"史密斯说，"你会给他启发。"

"关于荣誉？"

"是暴力。他叫苏鲁克。"

"莫洛克猿啊。我不喜欢跟野人打交道。"

"他可以把你变成废品。"

"那么他或许会好好展示下自己。""驯兽师"夸张地指了指屋顶,"伟人并不是天生的:是街上的激战造就了他们。或者就像我一样,在两件式不锈钢模具中铸造而成。这样的人理应得到最好的。"

"你是不是学过做马戏团领班?"史密斯问,"在你学着怎么打扮成小丑模样的时候。"

"驯兽师"沉默了一会儿,"我想……把你一条一条撕碎,撕成沙鼠垫草那样。但我会把你留在这儿,让你看着。当我们的战士占领拉夫纳瓦尔,拿走最好的东西时,你就可以看着它燃烧了。永别了。"

他一转身,蕾哈娜就开口叫道:"嗨。"

"驯兽师"停下脚步,看着她,"你有什么要和我说的吗?"

"是的,我有话说。"蕾哈娜站起来,轻轻提了提裙子,大步走向铁栏,"这里有素食吗?"

"驯兽师"转身走了。

"好吧。"蕾哈娜转回来问,"我们该做什么?"

"我不知道。"卡尔薇丝看上去比以往更小:警方拘留似乎正在把她变小。"但我们得快点行动来。我们被困在监狱里,这混蛋机器人似乎在策划政变,我还得回去喂我的仓鼠。"

史密斯望着牢房的窗子。透过铁栏,他能看见警察局外面的街道。后面是拉夫纳瓦尔公园的一角。篱笆后面,两名枪骑兵正在训练他们的夏达尔。公园另一端，一只小拉夫纳象在草地上缓步行走，在背负孩子们书包的间歇得以休息。

"我知道了！"他说，"我们可以用发夹来撬锁。你有发夹吗？蕾哈娜。"

"什么？"蕾哈娜说。

卡尔薇丝凑过去，"你知道的，就是你做头发时用的那种钢丝一样的东西。你染完头发用的？用来把头发弄得干净整齐一点？哦，算了。"

"没事。"史密斯说，"我会想办法。"

"我担心的是杰拉德。"卡尔薇丝说，"他只有那半瓶水。"

"嘿！你们！"史密斯朝着铁栏外面喊，"警察先生们！执法者卡拉恩在吗？我们蒙冤入狱，我飞行员的仓鼠有生命危险。我警告你们——你们负不起这个责任的。有人吗？'我是不列颠公民'，你不知道吗？我们还有'人身保护法'！混蛋。"他转过身，放弃了，"他们不听。"他深深地叹了口气，"天，我们只能做每个伟大的英国军官都会做的事了——逃跑吧。"

他走到窗前，注视着外面的阳光。

一个头戴宽檐帽、身背夹板广告牌的身影闯入了他的视野里。广告牌正面用幼稚的笔迹写道：拯救近在眼前。

大家显然都明白是怎么回事，史密斯想，这家伙简直就是个宗教疯子。那个身影在警察局对面停步，抬起头，摘下帽子。是苏鲁克。他朝着窗户笑了笑。"嘿！"卡尔薇丝大喊，蕾哈娜都快哭了，"我们在这儿！"

外星人把帽子戴了回去，他的脸又不见了。背面的广告牌上写着：我准备了一次小型"转移视线"活动。

苏鲁克没入了人群中。"他要去哪儿？"卡尔薇丝焦急地发问，但史密斯知道这个老猎手此刻就要卸下伪装了。

楼下的街道不断传来细小而尖利的吱吱声。过了一会儿，一个带轮的箱子开始在人群中滚动。某个机器人的上半身从盒子里凸出来，头上戴着顶硬草帽。

"冰！女士们、先生们，上等好冰！夏日佳品！法律工作者享有特别优惠！"

"冰激凌？"卡尔薇丝说，"就是这样？没有比这更糟的转移视线了吧。"

"他停在了双黄线上。"史密斯说，"哈里路亚，总算自由了。那是垃圾。我看得都饿了。"

"哦！"一个巨大的灰色身躯挤过人群。比尔·斯蒂克拖着笨重的身形蹒跚地走向冰激凌机器人，用手指戳了戳它的条纹躯干。"我从你那儿买了个'可爱多'，它把我的脸给变短了。"斯蒂克怒吼，"你最好为这鬼东西上了保险！"

斯蒂克抓起小贩狠狠摇晃。小贩做出了也许是无心的反击——它把软勺扫向斯蒂克。斯蒂克跟跟跄跄地后退了几步，咆哮着击打小贩的盒子。成堆的甜筒滚落到马路上，人们纷纷停下让道：狗和莫洛克人争先恐后地抢着滚落的食物。窗下传来摔门的声音，一名警察大步走了出去。"闹够了。"他大声呵斥，并吹了声口哨，"你们两个快给我停下。"

另一名警察跑到他身边，开始把人群推离冰激凌。一只拉布拉多叫着试图爬到他身上，一群小狗拥到了他膝盖的部位。

史密斯拽着铁栏说："你们要是能找到把我们弄出去的东西，也许我们就能……"

一只夏达尔像参加越野赛跑那样跳过篱笆，落在警察身边。它背上是一名在与缰绳斗争的拉夫纳瓦尔枪骑兵。夏达尔张开血盆大口，舌头如弹射器一般射出。嘭的一声巨响，肉渣落在了斯蒂克金属制成的胸部，他就这样被拖走了。那野兽咬住斯蒂克的腰部，像要把机器人撕成两半一样剧烈地甩着脑袋，嘴里发出耀武扬威的咆哮声。人群四下逃窜，连狗都知道不要和小型恐龙那么大的变色龙争辩。

"该死！"骑士呵斥，"把这机器人吐出来！"

远处，警笛开始呼啸。夏达尔在咆哮，狗在吠叫。一名警察滑倒在了冰激凌上。

"头儿？"卡尔薇丝说，"不管你要做什么，请快一点。"

警笛声越来越近。公园深处，某种介于公牛和雾笛之间的声音与之遥相呼应。

"伙计们？"蕾哈娜开口，"唔，我觉得我们应该，就那样，蹲下，然后护住我们的脑袋，是吧？"

六十吨重的愤怒的拉夫纳象直冲向围墙。史密斯来不及思考它是在夏达尔的入侵下捍卫自己的领地，还是太喜欢冰激凌，他只是一股脑扑向蕾哈娜和卡尔薇丝旁边的楼层。

那野兽错失了目标，便用头撞起了警察局的侧边。它在原地转了一圈，嘶吼着用尾巴撞毁了几乎整个警察局的下层。

监狱的后墙瞬间消失。史密斯跌跌撞撞地起身，拉了蕾哈娜一把，他们把卡尔薇丝拉了起来。

三人走出了监狱。废墟为他们搭出了一条通往街面的小道。

尘埃在空中飘散。夏达尔把比尔·斯蒂克吐了出来，被狗群赶到了远处，像一辆开得太快的警车一样撞向了消防栓。冰激凌机器人尖叫着飞速逃跑，比尔·斯蒂克跟在他身后。不知哪里放起了烟花，两只大型犬在路边疯狂交配。拉夫纳象爬到了一辆垃圾车上，准备把它碾平。天空中雷声滚滚。

苏鲁克守在某个灯柱下面。史密斯走近时，外星人俯身从地上捡了一些东西。

"免费冰激凌。"苏鲁克说，"棒极了。"

火箭划过天空。史密斯拍掉身上的尘土。"干得漂亮，老兄。我们走。"他又说，"免得又有什么是非。"

他们有些步履蹒跚地走进了警察局旁边的小巷。苏鲁克在前面带路：他似乎很熟悉拉夫纳瓦尔的小路。卡尔薇丝跟在他身后，然后是蕾哈娜，史密斯殿后。他刚开始觉得自己认识这地方时，就感觉到背后被戳了一下。

"把手举起来。"一个女人说。

他无奈地转身。朱莉亚·奇格利站在几码远的地方，一半身子在阴影里，手握一把巨大的左轮手枪。

"对了。"她说，"昨晚袭击之前，我看到你们这些人混进了会场。我一直就知道我们的敌人很强大。"

"别自夸了。"史密斯说。

"行吧,脆弱的敌人,也是狡猾的敌人。"

"你看。"史密斯说,"无意冒犯,但他们想对付的不是你们。我的意思是,他们确实要抓你,但不只是你。你就是替罪羊。他们真正的大敌另有其人。"

她伸手,用手指抚了抚衣领内侧,"谁?"

"我不知道,但他们志在让整座城市进入无政府状态。"

"好啊!"

"不好。一旦这座城市陷落,他们下一个目标就是搞垮地球。哦不,搞垮拉夫纳瓦尔。好吧,你知道我的意思。"

奇格利皱起眉头,把手枪攥得更紧了。金属反射着阳光,闪闪发亮。"攻陷什么?他平时就这么说话的吗?"

"今天天气不错。"卡尔薇丝说,"我看你要不把枪放下吧?"

"强烈建议。"苏鲁克附和。

"不。有人想摧毁'人民之拳',我必须为它而战。他们害怕我们的运动。"她说。

"说实话,我不信。"史密斯说,"鸽子在雕塑脑袋上活动都比这更有气势。"他感觉自己的后背开始流汗,一滴汗液像小虫子一样从他侧脸滚落下来。"听我说,他们在冒充你们。两天前,自助银行发生了一起抢劫案,劫匪故意留了张海报,自称是你们的人,他们想把罪责推到你们身上。"

奇格利向后退到了阴影里,"证明给我看。"

"没问题。"史密斯从口袋里掏出了海报,他把那张纸展开,

"看看?"

"疯了吧。但到底谁想搞我们?为什么?我们只有二十多个成员,把候补算进去也顶多二十五个。"

"你们看上去很有威胁,但你们规模太小,没法予以致命反击。"史密斯说,"现在你又在逃亡。而他们在等着你做出行动,你一旦行动,就会直接落入他们手中。"

"那样就太惨了。"蕾哈娜说。

史密斯说:"为什么不合法行动呢?你可以参加下一次递补选举。发放些传单,亲吻几个婴儿——前途无量啊。"

"对啊。"她说,"但这样就不刺激了,是吧?"奇格利用枪指了他们好一会儿,最后还是泄了气。她放下枪,双肩低垂。"我究竟在骗谁?"她自问,"我曾靠修复印机为生。我不是什么革命者。这是你的枪,拿去吧。"她掏出枪,交了出去。那是史密斯的"开化者",大概是趁乱从警察局里偷来的。他把它塞了回去。

"往好处想。"他说,"你要是不曾被国家压迫,那你现在就会被压迫。"

马克·特维尔伍说:"这可不是我想听到的。"

他们站在机器人街某个阴暗的犯罪窝点,周围满是堕落的气息。在远处的角落里,一名机器人用线缆吸了大剂量鸦片后,从沙发上滚了下来,那声响仿佛平底锅厂里发生了事故。

"有意思的是,我也不想这样。"史密斯说。他抱着胳膊俯视机器人，无视机器人递给他的椅子。情况的确不妙：他还得赔冰激凌贩子损失的半个仓库和一顶硬草帽。这种事显然不能让他宽慰，而苏鲁克在这件事情上的回避态度也有些奇怪。

马克·特维尔伍叹了口气。他一直忙着用玩具车和茶壶组装一个废品机器人，这时，他用戴着手套的手指把它轻轻放下。"你给我添了很多麻烦，史密斯船长。我的工作方式，亲爱的，还有我的整个生活方式，都离不开'谨慎'二字。所以我怎么能信任一个在警察局外面放两只恐龙的人呢？"

苏鲁克举手说："那是我放的。而且准确地说，它们不是恐龙，你还漏掉了狗、警车和消防栓。"

"嘿。"蕾哈娜说，"冷静点好吗？我们每个人都平静一下，专注于问题所在。我们围个圈，手拉手……"

"不！"特维尔伍怒吼着打断她，"亲爱的女士，我不会和任何人拉手。我现在很生气，而且我那六个手臂显然太多了。哦，我正在跟一个同时被警察和残忍的金属黑帮追捕的男人说话。抱歉，我冷静不了。"

史密斯说："要不我们别管'驯兽师'了？"

"那你要怎么做？难道你有支军队？"

"好吧，我……你说得有道理——"

"'人民军队'和'人民之拳'！"卡尔薇丝惊呼。

在衣领的沙沙声和伺服系统的吱吱声中，几个脑袋同时转向她。

"愤怒的工人阶级先锋。"她几乎屏声息气，"一支一心想制造毁灭和混乱的革命团队，一个只有我们能进入其阴暗内部的神秘兄弟会。他们听命于我们，战斗至死。"

"胡说什么。"马克·特维尔伍说，"不是这么回事……你想要我做什么？"

"我们想让你的废品机器人去追踪'驯兽师'。"史密斯说，"我们需要找到他的藏身之处，并且查出他向谁汇报。"

"这可能会很困难，亲爱的。"

"怎么会？"卡尔薇丝问，"他是一个穿着鲜红外套、带着巨大的蒸汽帽子、有两个侍从的金属公子哥。"

"我是说会很危险。"

"危险算得了什么。"史密斯说，"我们需要你的帮助。这不仅是单纯的犯罪。我不得不怀疑这一切的背后是旅鼠人在操纵。当你被旅鼠人盯上的时候，你往往就惨了。"

仿真昆虫屋处于阴影之中——里面的居民不需要光。"驯兽师"敲了敲手边箱子的玻璃，发现装甲钢板的波纹在移动。普拉克图拉开膛手的脑袋慢慢地从黑暗中滑了出来，它张着的嘴巴与"驯兽师"的脑袋之间仅有一英尺[①]之隔，它的气息喷洒在他们中间的钢化玻璃上。

---

① 1 英尺 =0.3048 米。

"驯兽师"嘘了一声,那个外星生物退回了自己的巢穴。"来吧,孩子们。"他对他身后两个硕大的身影说,"没什么可怕的。"

　　他领着罗姆和拉姆离开昆虫屋,走到阳光下。早上的拉夫纳瓦尔动物园非常安静。当地文法学校的孩子成排走过去,领头的是一名老师。老师经过时,"驯兽师"摸了下他那顶烟囱帽的帽檐,"下午好,女士。"

　　"对。"罗姆说,"祝你们今天愉快。"

　　"对。"拉姆说,"要不我就砸烂你们的脸。"

　　"驯兽师"转身,"不要威胁小孩,拉姆,或者罗姆。知道为什么吗?因为孩子们是我们的未来。要知道第一批奴隶是会老死的。拜托。"

　　兰科利安裸鼹鼠正在进食,一群老鼠挤在一起看着一大块肉被扔进坑里。三名机器人慢条斯理地走到熊圈。

　　"你们几个。"下方传来嘶吼声,"呸!肮脏的外星蛮子!"

　　"驯兽师"向下望去。一只熊坐在圈舍的边缘,差不多在他的正下方。

　　"是吗?"

　　"这是进程更新,机器人!你以为我穿这愚蠢的伪装是为了好玩?"

　　"这是伪装?"

　　"闭嘴!我想知道……"

　　"有人来了。等一下。"两个专注于谈话的年轻人漫步过去,其中一个大笑起来,他们没有放慢脚步。一家人走了过来,父母拉着孩子们。"驯兽师"举起了手。

"各位,很抱歉,今天这些熊不太舒服,最好还是不要看了。"

他背后的声音开口了:"我很惨!没什么可看的。"

一个孩子凑到熊圈边,"这熊会说话!"

罗姆和拉姆走了过来,那一家子匆匆离开。

"进程更新。愚蠢的外星蛮子。"熊没好气地说。

"蠢?我不是那个告诉别人他是普通熊的人。"

"够了!"熊抬手拽头皮。毛发被扯掉了,鼻子的一部分像面具一样掉下来。抬头看向"驯兽师"的并非他所熟悉的那张脸。下颚下垂,口鼻上覆满了旧伤疤,还有一只苍白的瞎眼。

阴影中,镜头正对准他们。

"我认识你。""驯兽师"说,"你是……维克沃特?那个将军?"

"正是。"旅鼠人低吼道。

"你在这儿干什么?"

"接管指挥。"维克沃特说,"我从监狱里逃了出来。在一条臭隧道里爬了两百码,爬进了熊圈。这是最难受的经历了。熊一年只发一次情,而昨天偏巧就被我赶上了。但我有旅鼠精神!"维克沃特舔着嘴说,"你想要这个城市吗,机器人?"

"驯兽师"点点头。

"有一回我们占领了一座不错的城市。"维克沃特说,"人类叫它纽斯达特。他们说那座城市落入尤尔人的伟大银河幸福友好共同体手中的当晚,我们把它烧成了灰烬。这当然是谎言。高贵的尤尔人无罪。可每当不列颠太空帝国出现的时候,我们所有人就会遭到掠夺。你只需要给我一条通道。"

"通道?"

"从拉夫纳瓦尔回到安多尔,回到我部队的通道。给我造一个火箭。"

"驯兽师"有些惊讶,"去城市里?挺好。可是,你的手下要是发现你是被活捉的,不会很失望吗?"

维克沃特笑了,"不认可我的人就等死吧。"

"驯兽师"也笑了,"我欣赏这个原则。"

"很好。这座城市越早烧掉越好。你继续。那熊又在对我眨眼了。"

小查理拖着那几条金属腿悄悄溜走。

动物园里,夜幕降临。来自多个星球的动物们或滑、或爬、或跳着回到了自己的床上。唐尼羊袋鼠们躺在自己的尾巴上,蜕皮兽不再佯装成不小心被关进笼子里的动物园管理员,转头扎进了污泥里。

"肯定有诈。"波莉·卡尔薇丝说话间,史密斯把绳子的一端系在了金属栏杆上,"我们要爬进一个到处都是熊的坑里,只因为一个曾因扒窃我们而被我们逮个正着的机器人说另一个机器人在和一只熊说话。你们就不觉得这么做很疯狂吗?哪怕以我们的标准而言。"她回头看大家,"很多人都会和别的东西说话,那根本什么也证明不了。苏鲁克就会和他那堆头骨说话啊。"

"我才不和我的头骨说话,我就只是会在打磨它们的时候大笑而已。完全不是一回事。"

史密斯试了试绳子。夜晚的空气很凉爽。"问题是熊回应了。还有,你小点声。注意了,蕾哈娜,这很重要。蕾哈娜?"

"哈?哦,嗨。"

"我和苏鲁克爬下去的时候你得分散熊的注意力。用上你的灵力。卡尔薇丝,你可以在原地等我们回来。"

机器人深吸一口气,"不,我跟你们去。"

"你确定?"

她点头,神情坚定。月光下,她肌肤如蜡,"我算过了,杰拉德的水还够支撑六个小时。走吧。"

"很好。"史密斯说,"我先下去。蕾哈娜,你能帮我们稳住那些熊吗?拜托了。"

她双手抓住栏杆——她那大把乱发让她看上去就像经历了一场海上风暴的乘客。"祝福你,伊桑巴德。"她说。她的喉咙里发出了一种类似乐器调音的怪声。

史密斯翻过栏杆,手里攥着绳子。

到了坑边,他突然想起自己还不会拽着绳子往下爬。他还保留着童年时代模糊的记忆:一个穿着肥大短裤的男孩,跳起来试图用双手抓住绳子,却又一次痛苦跌倒,除了手掌上的痛感别无所获。不管怎样,你必须抓住你腿间的东西,还不能被巨大的摩擦力阉割。他幻想着自己重重地跌落在昏昏欲睡的熊面前,捂着肚子打滚的场景。他感到有些担心,这可一点都不死得其所。

好吧,好船长总该一马当先。他抓住绳子,把它夹在两腿间,双脚离开了坑边。他发现自己根本就没动。他好像把自己给套住了。

下方,某种庞然大物正在大声喘息,他希望这代表它已准备就寝。史密斯小心翼翼地放了手。

史密斯落了下去。他头朝下快速下坠,突然间,地面看上去已经无比清晰而坚硬。绳子钩住了他的脚踝,他在半空中猛地停了下来,吊在离地四英尺的地方,看见熊那张困惑的脸,闻见一阵恶臭。

"你好。"他说。

那熊不屑地看了他一眼,哼了一声,慢悠悠地走开了。史密斯的脚从靴子里滑出来,他砸到了地上。没几秒的工夫,他的靴子也砸中了他。

"简单。"他说着检查自己的头部是否骨折。

卡尔薇丝下来的时候,绳子在吱吱作响。史密斯穿上靴子,四下查看。他不知道熊圈居然这么大,根本就是一大片丛林。这至少说明了熊不会对圈养感到不满,同时也意味着这里可能生活着数目庞大的熊。

卡尔薇丝轻盈地落在他身边,"现在怎么办,头儿?"

"我们得寻找线索。"

"就这样而已?"

"你有更好的办法吗?"

她耸了耸肩,"一开始就不踏进熊坑。"

"想想杰拉德吧,卡尔薇丝。"史密斯说。他抬眼看向栏杆,

"蕾哈娜？分散注意力的任务进行得怎么样？"

蕾哈娜一副刚刚睡醒的样子，靠近栏杆，"哦，很好，到目前为止我都很专注。嘿，看，飞艇……"

黑暗中，他们听到了一声咆哮。

"算了。"蕾哈娜说。

苏鲁克出现在他们身后的黑暗中，"我们开始打熊了吗，马祖兰？"

"跟着我。"史密斯说着朝熊圈中央走去。卡尔薇丝回头看了一眼，叹了口气，跟上脚步。

苏鲁克在黑暗中穿梭自如。即使没有长矛，他看起来也足够强大。他真的是顶级猎手。史密斯心生赞叹。

苏鲁克瞥了卡尔薇丝一眼，"小猪，你应该把头发遮住。"

"为什么？熊吃头发？"

"不，只是他们会以为你是过来和他们抢麦片粥的。"

行吧，史密斯暗想，几乎是个顶级猎手。

苏鲁克举手示意。史密斯僵住了——卡尔薇丝走到他身后，咒了一声，停下脚步。莫洛克人悄悄蹲下身子，站起来的时候，把某种柔软毛绒的东西捧到月光下。

"熊褪了皮，"他说。

"还进化出了拉锁。"卡尔薇丝说，"那不是皮肤。"

史密斯从苏鲁克手中接过那东西，把它放到光线下，想分析它的形状。那也不是一件套装，而是可以保护穿戴者手臂和颈部的装备。根据气味判断，它的使用频率很高。

为什么会有人想要半套熊装呢？他思索着。即使借着月光，也能发现这套服装缺了大部分的毛。这就没意义了——当然，除非穿它的人身上就有缺了的那些毛。"旅鼠人。"他说，"这里有旅鼠人。"

苏鲁克拔出两把刀，金属发出噌噌轻响。

史密斯则掏出他的"开化者"，收起锤子，"小心。"

"我们去哪儿？"卡尔薇丝低声问。

"去熊圈中心。"他说着往前走了一步，遁入黑暗之中。

史密斯撞向地面，向前扑倒，手掌撑在泥土上。他迅速起身，用枪戳向周围的黑暗，什么也没有。

他掏出打火机，轻轻拨了一下齿轮。此刻他站在一个隧道里，那隧道凿得有些粗糙，但大小正好够他站直，墙壁是用泥土垒的。"苏鲁克？"史密斯轻声呼喊，"到这儿来。"

苏鲁克轻巧地落在他身边，两人一起把卡尔薇丝拉了下来。

"旅鼠们好像在挖一个大坑。"史密斯说，"我打赌他们正在这里搞着某些肮脏的勾当。"

"你说得对。"卡尔薇丝用手捂住嘴，"这地方闻起来就像杰拉德的笼子底部。"

史密斯带头。卡尔薇丝紧跟在他身后，她苍白的愁容看起来像泛着白光。苏鲁克安静地跟在史密斯身边，潜伏在黑暗中。

左边出现了一道光。史密斯把手指覆在嘴唇上。他俯下身，匍匐前进。光线从一扇关着的门下溢出,门背后传来一阵低沉的噪声。史密斯蹲了下来,小心翼翼地向前倾身,透过钥匙孔观察。

一台机器在门后的房间里轰鸣震动,传送带呼呼急转,一根铁棒来回摆动,纸片随着每一次摆动从机器上滑落到摆放整齐的厚纸堆上。

两名旅鼠人站在里面,头上戴着绿色鸭舌帽,体型稍大的那个正在抽烟,另一个举起一张海报给他的同伴检查。海报上是一名举着刀的莫洛克战士,面容如木刻一般。海报上的口号是:新势力已经崛起!杀死压迫者!我们要让拉夫纳瓦尔燃烧!

个头较小的旅鼠人说了些什么。印刷机发出的噪声盖住了他说话的声音,但他的同伴笑了起来。个头大的那个嘶声笑着向前走去,史密斯瞥见一张丑陋残忍的脸:肌肉下垂,鼻子在许多年前的战斗中被打破,黑眼圈很深,瞎了的右眼白如台球的母球。

我认得你。史密斯心想,我曾经见过你。他移开目光,努力回忆。这时候需要一点狡猾和诡计。他把目光投向钥匙孔,就在这时,门在他面前开了。

门把手击中了史密斯眼睛上方,他跌倒了,一屁股坐在地上。"什么东西?"一个声音咆哮着,一团毛茸茸的身影闯进通道。"外星蛮子!"他叫起来,史密斯拔出枪的瞬间,旅鼠人从腰带上抽出一把刀。

电光火石间,尤尔人倒下了,喉咙处插着一把匕首。苏鲁克笑了。

枪声从他们背后响起,"手举起来!再转身,优雅一点,慢一点。"

史密斯放下了他的"开化者",回头望去。

"驯兽师"的烟囱帽刚蹭着隧道顶部。他一只手端着一支镀黄铜的自动步枪,另一只手戏剧化地在空中摸索,仿佛正等着一只鹰降落其上。

"我向您表达最诚挚的歉意,将军。"机器人说,"但我相信我已经找到了闯入者。"

第二名旅鼠人走进通道,正是史密斯透过钥匙孔瞥见的那个,高大、独眼。"将军。"他说,"我认得你。"

"是吗?"将军脸上挤出一丝笑容。他的英语不错,语调里没有尤尔人常见的上扬和含混。"三个外星蛮子,迷失在动物园里。"他看向苏鲁克,"你来错地方了,田鸡。你应该和其他黏糊糊的绿色玩意儿一起待在爬虫屋。至于你们两个……人类,我可以把你们嚼碎,变成种子塞进我的小袋子里。"

"小心,维克沃特。""驯兽师"说,"我想在这三个家伙身上测试我的准心。"

将军耸耸肩,"现在还不行。他们得先说点什么。你!这位军官,告诉我,你觉得我们在这下面做得怎么样?"

史密斯看向"驯兽师",又看向维克沃特,"既然你是一个锡兵,而你是一只大老鼠,我会说,你们跳了《胡桃夹子》。"

"胡桃夹子?"维克沃特说着活动了下他的大手,"不错,是个好主意。抓住他!"

"驯兽师"走上前。史密斯当即感受到了机器人强大的力量和他的残忍无情。他头上带着荒谬胡须的钟脸实在可怕。

"我会消灭你和你那些愚蠢的战友。"机器人说,"我会……"他在空中摸索着,"我会把你的内脏撒向四方。我会根除……"

苏鲁克闪身用自己的肘部狠狠撞到机器人的脸上。

蒸汽从"驯兽师"的帽子上喷涌而出。他踉跄着后退,他那细长的腿、考究的布料和胡子都在颤动。他迅速转动四肢,调整自己的身体。

卡尔薇丝向下扑倒。维克沃特跳向史密斯,史密斯转身开枪。维克沃特捂着肩膀步履蹒跚,史密斯又猛一转身射向"驯兽师"的胸部。

子弹只是擦了过去。"不过是道划痕。""驯兽师"说。就在他举起自动步枪的那一刻,一个庞大的身形跳进了他身后的通道,在机器人瞄准目标的时候站起身来。一瞬间,史密斯以为那是另一名旅鼠人。

"驯兽师"在那愤怒的毛皮背景板面前站了半秒,熊就压到了他身上。机器人撞向地面。他的手枪掉落在身旁,卡尔薇丝赶忙把它抢走。

史密斯转身大喊:"游戏结束了,维克沃特!"然而通道里没有人。维克沃特已经溜走了。他转头看向"驯兽师",迎接他的却是梦境一般的画面:是蕾哈娜的狂野乱发和沾满泥巴的蓝裙,她站在隧道中间,两侧围着熊。

"驯兽师"站了起来。他满身凹痕,油漆层上布满爪印。他那只画出来的眼睛几乎已经被刮掉了。如果他是人类,那他应该早就死了。

"你！"他咆哮着，一只手抓着他的黄铜胡子，用另一只手上一根破烂不堪的手指捅向史密斯，"打中我的手臂应该被切断——我身上这些伤痕，很快就会复制到你身上！"

他转身逃跑。史密斯举起"开化者"，瞄准开枪。"驯兽师"背上火花四溅。"这还是我最好的外套！"他吼道，四肢乱舞着逃走了。

苏鲁克收起他的刀，卡尔薇丝靠在墙上，颤抖着长出一口气。

"伙计们。"蕾哈娜说，"注意我的熊。"

史密斯走到门口。门背后，印刷机仍在大声运转。他走进去，油墨味扑鼻而来。他从纸堆里抽出一张，"看。"

海报上画着一栋破败的建筑，很像一座被轰炸过的教堂。废墟上面是某种庞大如同巨魔的生物怒目而视。前景是一个哭泣的女人带着一个婴儿，一个肩膀宽厚的男人愤怒地回头看。"他们占了我们的市政大厅。"口号写着，"现在让我们夺回自己的城市！"

"这就是他们的计划。"苏鲁克指着巨魔说，"他们想在城市上放一只巨型狒狒！我们最后要和它打吗？它的骷髅一定很壮观。"

史密斯看向蕾哈娜。她皱起眉头，"呃，苏鲁克，这就有点尴尬了……但我觉得那家伙应该就是你。"

"我？"莫洛克人看着照片，"不，那是某种没头脑的怪物，一心制造屠杀。虽然，从某个角度看……但我为什么要这么小一栋楼啊？这是蜂巢吧？"

"这是漫画，老兄。"史密斯说，"还是不讨人喜欢的那种，我猜那应该是代表莫洛克人。"

"这是意图挑拨人类对付你们。"蕾哈娜说，"作为受压迫的少数族群，莫洛克人很容易遭受这种诽谤。"

卡尔薇丝冷笑着说："他？受压迫的少数族群？在这个城市里，苏鲁克的同类是我们的两倍。而且说真的，你能想象要怎么压迫六百万个苏鲁克吗？他们就像学会了开门的鲨鱼。不好意思，苏鲁克。"

"我不介意。"外星人说，"虽然我们现在更喜欢'食人鱼'这个说法。"

史密斯在打印机后面的那堆纸上瞥见了不同的颜色。他拿起一张纸，上面画着一名状况比之前好了很多的莫洛克战士和一位看上去异常理智的尤尔军官在握手。他们相谈甚欢。口号是莫洛克人的形象。

"尤尔人将把格里姆达尔的遗物归还给拉夫纳瓦尔。"苏鲁克念了出来。

"等等，头儿。"

史密斯望过去——卡尔薇丝正在翻阅海报，"第一张图里的那栋楼，就是屋顶塌下来的那个，我认得。"

"真的？"史密斯又看了看那张图。似乎有些眼熟：他一直觉得是这座城市的某个地标建筑。"他们占了我们的市政大厅。"他念着，"看上去的确像北边的大市政厅，但它还是完好的。"

"暂时完好。"卡尔薇丝接话。

史密斯缓慢地转向她，"你说什么？"

蕾哈娜举起手说："哇。这……不可能吧。"

"是我就会这么做。"卡尔薇丝说，"想想看。你想让这座城市打起内战，对吧？所以你必须破坏人们在乎的东西，再把责任推给别人。"她指出，"推给莫洛克人。接着斗争就开始了，然后你就要开启新一轮的海报宣传，告诉莫洛克人我们已经对他们发起了攻击。"

史密斯觉得自己一下子老了好几岁。他转向印刷机后面藏着的那堆纸。他确信这里还有其他指控废品机器人、"人民之拳"或随便哪个替罪羊的海报。

"可是人们不会吃这一套的。"他说，"我们是英国人啊，老天。"

卡尔薇丝摇头，"我们把黑布丁当成食物，我们什么都吃。"

"你在说你自己……"

"马祖兰。"苏鲁克碰了碰史密斯的衣袖。这代表事态紧急，毕竟莫洛克人可不喜欢肢体接触。"尤尔人在这儿捣鬼，绝不仅仅是为了天花板。这个地下室就是他们诡计的证明。我们必须赶快行动。无论这个市政厅在哪里，我们必须保护好它。"

史密斯说："你说得对。我们走。蕾哈娜，你能让我们安全绕过这些熊吗？"

"当然。"

"那就跟上我，伙计们。我们要去拯救这座城市了！"他们匆匆走回隧道，爬进熊圈，穿过黑暗朝着栏杆走去。远处地平线的最边缘，晨光初现，天空看上去像要着火。史密斯第一个爬上绳子，一边扭动一边咒骂，接着帮其他人爬上来。苏鲁克最后一个上来，爬墙时几乎不需要绳子。

在他们下面，熊又静心入眠。

"谢谢你，老姑娘。"史密斯说着靠向蕾哈娜，"你做得好极了。"他吻了她的脸颊，"大家干得漂亮。"

卡尔薇丝倚向栏杆，努力调整呼吸。她不是天生的攀岩者。"头儿，下次我们能只去儿童农场吗？"

"当然不能。我见识过你在小动物面前是什么样的。我可不希望自己的飞行员为了骑上小羊把六岁小孩推下去，我可不想落下这种名声。"

"我没干过！那是只流氓小鸭。"

"不重要了。上车！"

他们在黎明降临时开车回到了拉夫纳瓦尔。一些火箭和运输飞船在空中闪耀。路上都是些寻常的车辆、行人和外星怪物。他们开车经过时，阳光把路边的树木变成了脉冲光。史密斯感到疲惫。他误把车开上了凯莉皇后高架桥，最后被困在一辆奇怪的莫洛克人车辆后面。那车三分之二是坦克，剩下三分之一是装饰着奖杯和荧光灯的移动迪斯科舞厅。占据整个背部的是叛乱者格里姆多尔的画像。在这个星球上，他是最接近守护神的存在——一位身骑机械虎、手舞双剑的英雄。

他们进入废品场时，岙薔鬼纳尔加斯正要把一堆冰箱门切成装甲板。他用的是激光切割机,一种介于干草叉和电锯之间的装置。一群小废品机器人站在不远处,想购买新的四肢,顺便出售各种从卡车上脱落下来或被他们拧下来的物品。

万幸的是,约翰·皮姆号看上去没被动过手脚,虽然史密斯不确定他们的主人有没有从机翼上剪下什么。

没时间可以浪费了,他们最多只能坐下来喝杯茶。卡尔薇丝打开了武器柜,史密斯打开无线通信,拨通了警察局的电话。

"请帮我接通检察官,执法者卡拉恩。"

"嗯。"电话里的声音咕哝。

"我是伊桑巴德·史密斯。我们能谈谈吗?"

"好。你掀翻了我的半个警局,我也正有此意。"

"不是我,是一只疯了的拉夫纳象。听着,现在情况紧急,尤尔人势力渗入了这个城市,他们在动物园挖了隧道。他们的领袖叫维克沃特将军——"

"咦?他在监狱里呢,在城里某个鸟不生蛋的地方。"

"已经不在了。"

"哦?"

苏鲁克拍拍史密斯的肩膀,递给他一杯茶。外星人趁着史密斯喝茶的工夫夺走了麦克风,"朋友,这个混蛋旅鼠已经在熊圈下面挖了一个洞穴,他们想给我们泼脏水,想挑拨莫洛克人对抗人类,阻止我们向尤尔人开战。他们声称自己已经找到了格里姆多尔的遗物,并以此作为筹码。两小时之内来市政厅见我们。带上你们的战士。"他挂断电话。

卡尔薇丝看着驾驶座,说:"头儿,车已经装好了,蕾哈娜都开始威胁要开车了。我们得快点了。"

"对了。"史密斯说,"苏鲁克,跟纳尔加斯说我们不在的时候不要把船给拆了。我还得打个电话。"

"打给特工处?你可得快点。"

"并不是。"史密斯伸手去拿无线通信设备,"我要找人来修复印机。"

维克沃特将军被迫在地下活动,但对于习惯穴居的他来说,倒也不算什么难事。他不喜欢废弃的游乐场地窖,"驯兽师"还留着那个地方。那里闻起来油腻腻的,人类的踪迹污染了它,穿什么防护服都无法抵挡。尽管如此,两头穿着柱子的旋转木马还是让他想起了童年时光,那时他总爱这样刺穿别人。

每个城市都有自己的灵魂。维克沃特想着,在木马露出的牙齿上划了根火柴。杀死这地方的灵魂一定是件快乐的事情。

他深吸了一口烟。

拉夫纳瓦尔就是个垃圾场,他希望自己能早点离开这个星球,回到自己的士兵们身边。这些丑陋的建筑里到处都是恶心的非啮齿动物。还有厕所!野蛮人喜欢将粪便集中在一个地方,而不是尽可能均匀地散布到附近。全部都是堕落的东西。

阳光透过又高又窄的窗户射了进来。在房间的某个角落,"驯兽师"坐在一个梳妆镜前,通过插在他那凹陷躯干侧面的电线为灯泡供电。与熊大战一场后,这个暴徒已经花了一早上时间用眉笔和烙铁修整自己的脸。

维克沃特有一点点同情他。真正的领袖会以自己的外表为荣,尽管"驯兽师"的胡子不是旅鼠那种真正的胡须,它只能通过自动旋转来弥补这一点。

液压系统吱嘎作响,一个巨大的光楔穿过整个房间,就像一个蹒跚学步的钢铁婴儿,宽大的脚踩在混凝土上。维克沃特的爪子移到了腰间的斧子上,"驯兽师"却连看都没看一眼。

"我希望你有更拿得出手的东西。你的兄弟们呢?"

休息时,巨大的机器人身体前倾,前臂悬垂,像猿猴一样,"收债去了。有人欠我们钱。所有人都欠我们的。"

"奴隶!"维克沃特怒吼,"我的太空火箭呢?"

"说话注意点,旅鼠人。"拉姆说,"我认识的小姑娘们都想要一件新的毛皮大衣呢。"

"安静!你可不能对战神波帕卡皮尼奥所尊敬的人这么说话。'驯兽师',我的交通工具在哪儿呢?"

拉姆咆哮着:"当心点,对我们放尊重一些。"

维克沃特冷哼一声,"尊重?笑话。真正的勇士不会让自己被熊揍。'驯兽师',你整个上午就在那里用工具敲打自己。你要是没有被揍,你身上的面板怎么会打你自己的屁股呢?"

"驯兽师"回头,维克沃特以为机器人会被激怒,但"驯兽师"只是说:"给将军看,拉姆。"

拉姆大步穿过房间,停在一个用螺栓固定在墙上的便携式发电机下面。他用大手拉了杠杆。发电机嗡嗡作响——旋转木马开始运行,灯光和黄铜闪闪发亮,笛声响起,木马转了起来。

"你看。""驯兽师"站起来,指着窗户说。

维克沃特凝视着,"我需要一块布。玻璃很脏。"

"你是毛皮做的。""驯兽师"说。

维克沃特咆哮着用他爪子的背面擦窗。窗外,灯光在破旧不堪的螺旋滑梯上闪烁。刚开始,维克沃特并不明白这些愚蠢的机器想做什么,直到他看见螺旋滑梯圆锥形顶部的两侧装着的机翼。

"那个?"维克沃特大喊,声音盖过了旋转木马的笛声。

"驯兽师"指着那东西,"给尤尔将军的,当然得是最好的。"

"那不是一艘宇宙飞船,是巨型烟花吧。"

"没错。""驯兽师"说,"我们会把它弄成爱国花彩的样子发射出去,没人会发现你离开。你会像一个真正的不列颠人一样离开拉夫纳瓦尔,又像一个真正的旅鼠一样降落在安多尔。"

"是撞向安多尔。"

"我以为你们喜欢这样。你们的空军一直都这么做。"

"都是些奴才。"维克沃特说,"不作数。"

维克沃特伸出手,拨动控制杆,切断了电源。旋转木马吱吱嘎嘎地停了下来。"这就够了。我会让自己处于休眠状态,确保我醒来的时候有足够的锯末,还得有一些坚果。"

又一个硕大的机器人走了进来,"老大,老大!"

"罗姆,我尊敬的伙伴,""驯兽师"说道,"我猜你把你的手表落在市政厅是有理由的。"

罗姆挠了挠他的处理器,"对,那里有人。"

"人。你能不能在我把你肢解之前解释一下?"

"唔……就是你想让拉姆干掉的那些。"

"太好了!""驯兽师"站了起来,他那单镜头眼睛在新上漆的脸上发光。"我曾在市政厅放过一些燃烧弹制造惊喜。今天,朋友们,我们要点燃火花,让整座城市燃烧。将军,我给您提供一个马戏团专座。"

维克沃特笑了,"好。我要看着那些外星蛮子去死,再把这个城市留给你。"他的手抚向斧子,"尽好你的公民义务,清理掉所有垃圾。一个都不要留。"

03

红色叛乱！

  帝国总联合会的市政厅雄伟而华丽，外表覆满雕像，地方却很不好找，主要是因为它看上去和其他太空帝国的公共大楼没什么区别，只有近距离才能看清楚雕像带着的是锤子和钳子而不是剑和小号，而且还能看到他们耳后别着铅笔替代了光环。

  史密斯慢步走向市政厅。门口雕刻着卷轴，上面是伟大改革领袖们的名字。

  他一走进门，早晨的炎热就不见了。市政厅内部像一座大教堂，而他正站在教堂中殿的入口处。在壁龛中，天使石像举着扳手和齿轮。瞪着大眼睛的小天使一手舞着木槌，一手拖着石链。大厅中央有一个硕大的大理石像，像高举着约里克头颅的哈姆雷特。头骨被拉夫纳瓦尔人换掉了，布帽取代了哈姆雷特的拉夫领。

  史密斯心生敬畏。其实，作为一名太空飞行员和船长平权部门的低级成员，他也有权出现在这里。但当他望着这威严大厅的时候，他又开始担心会有人发现他，把他赶出去。他穿过光束和飘浮的尘埃走进中殿，路过帝国伟大公会成员的雕像，来到礼品店入口处的木制展台。

一名小个子男人坐在展位里，正在填写一张优惠券。"早上好，兄弟姐妹们。"他边说边向蕾哈娜和卡尔薇丝点头。"伙计，"他对苏鲁克说，"需要帮助吗？"

"是的。"史密斯说，"我来这儿有很紧急的事。"

"紧急。"那男人说，语气仿佛在字典上翻查一个不熟悉的词汇。

"我需要搜——"

"我可以拦下您吗？这个事是非常紧急，还是普通紧急？因为如果是非常紧急，我可以让您填个表。"

"什么？"

"普通紧急情况要填两份。"文员伸手从桌子底下拿出一张蓝纸，"这是 URF/290/C 表，要求立即排在最前列。现在，把您的名字填在这里，还有您的会面官员——"

"可这儿没有排队。"史密斯指着他身边空荡荡的大厅，"这些人和我一起。"

文员摘下眼镜凝视着他们，"现在没有。要是其他公会成员提出了同样重要的要求呢？我们需要知道应该把谁放到队伍前排。所以必须填这个。"他轻拍着纸说。

"不是每个人都能填 URF/290/C 的，有人排了一整天队也就只能看看。"

"他们排一天队就为了看一眼能让他们去队伍前排的表？可

他们只有到了前排才能看到啊。所以为什么还要排队？"前额一阵剧烈的头痛提醒史密斯该考虑别的事了，"把表给我吧。"

"有炸弹！"卡尔薇丝大喊。

一瞬间，大厅里鸦雀无声。文员慢慢看向她，"妹妹。"他说，"我们这里人人平等，所以您得等着，如果您想排到这位先生前面，您必须出示有效文件。您还得先排队。"

"这里有颗很大的炸弹。"卡尔薇丝说，"我和他是一起的，我们都在炸弹里——"

"是的没错。"文员说。他靠在椅子上，若有所思地望着小行星上的矿工雕像。"我们确实是。"

史密斯掏出他的手枪。"是的，就是这样！"他宣称，"我们要以'人民之拳'的名义占领这幢大楼。"文员的眼睛一下子瞪得老大，紧紧盯着"开化者"的枪管，"敌人，好吧，'人民的敌人'已经把炸弹放在了这里，而我们要找到它。现在，请您——"

随着一阵润滑钢的嘶嘶声，展台前的百叶窗拉了下来。金属上印着一条信息：五分钟内回来。

史密斯俯身用枪托猛敲金属，"该死，开门！里面发生了什么？"

一个闷在盔甲里的声音回复道："我在吃午饭。"

史密斯转身，"混蛋。伙计们，看来我们只能孤军奋战了。"

卡尔薇丝感叹："我以为这里会有人帮我们呢。我想问那些工人都去哪儿了？"

"大概在工作吧。"

"你知道,"她说,"我真的有五六个身材魁梧的男人可用。我是说我们可以。"

大厅另一端,门吱呀一声打开了。史密斯转身,让手枪的射程覆盖中殿。五六个人走了过来,带着工具箱和便携式扫描仪。带头的是一名穿蓝色工作服的黑发女子。

"听说您需要修复印机。"她说,"等下……是你。"

"奇格利小姐,"史密斯说,"谢谢你这么快赶来。恐怕我们得赶紧开工了。"

"没问题。我带了些人来帮忙。"她的同伴们七嘴八舌地表示问候,"呃,你拿着大枪做什么?"

"是这样,我们以'人民之拳'的名义占领了这地方,这样我们才能有一些空间展开工作。"

她的嘴巴张开,仿佛木偶操纵者忘了操控它。"你干了什么?这样大家会以为我们是疯子的。"

"嗯,你们是边缘革命党。"

"不是这么回事。我们想改革邮局,而不是开始占领大楼。"

"好吧。我们有共同的敌人,你知道该怎么做。"

她皱了皱眉,"可能我懂。好吧,小伙子们,我们上吧。这是你欠我的,史密斯船长。我希望你知道我们现在的处境有多糟。"

"卡尔薇丝,"史密斯说,"你去帮奇格利小姐。苏鲁克,你和我一起把门都堵上。蕾哈娜,你能去发个广播,让大家都撤离吗?就告诉他们排水沟出了问题。"

"说会把他们都冲走的。"卡尔薇丝补了一句。

"开始行动吧。"史密斯说。他拿出手枪,暗自怀疑在市中心开始这么一场革命是否是明智之举。

"这场战争的麻烦在于——"巴尔加斯评论,"到处都是外国人。"

在宫殿诸多公共休息室中的一间,几个枪骑兵坐在那儿午休,抱怨着电视节目。早餐也和午餐一样丰盛,莫尔加不确定他的胃和他从弗洛特背上滚下来时摔出的伤口哪个更疼。他可不是天生的骑手。

"他们真他妈应该停止胡说八道。"帕尔加雷克上校整个人蜷缩在扶手椅里,莫尔加都以为他睡着了。这时候,上校像要爬出流沙那样挣扎着坐起来,"那些噶斯特人啊尤尔人啊的,该死的旅鼠到处撒尿,真恶心。"

"我听说莫洛克步枪队正在和尤尔人交火。"莫尔加鼓起勇气说。

"蠢货。"帕尔加雷克说,"应该在马鞍上用马刀杀人,而不是像他们那样带着没用的臂刀到处跑。"他挥着拳头补充道。

一个女人出现在电视机镜头上。对于人类而言,莫尔加认为她长得不错,虽然有些衣冠不整。他示意员工机器人调高音量:这个女孩看起来很熟悉。帕尔加雷克上校已经睡着,口水流到了下颌。

"情况一点都……不好?"她说,"我是说,我真的反对干涉别人的生活,但这里有一枚炸弹。所以,你们应该,去外面,离开这里。"

"这笨蛋是谁？"巴尔加斯并无恶意地说，"我希望他们能把这人留在室内。"

"实际上，现在可能是时候好好审视你的生活了。因为你永远都不知道你什么时候就会……爆炸。"

莫尔加听见自己在说"我觉得我见过她"。

"真的？老弟？她说起话来像个大傻瓜。"巴尔加斯挺直背脊，吞了下口水，打了个绵长虚弱的嗝。

屏幕上的女人突然被推到一边。一名莫洛克战士取代了她：他在传统网眼衬衫外面穿了件深绿色胸甲，那是战斗中抢来的，上面有莫洛克文字。这名战士表情有些奇怪，骄傲、坚定，且相当自得。

"现在好了，"巴尔加斯说，"这家伙看起来至少会说话，即使有点粗鲁。"

莫尔加哼了一声，"不，他不会。"

"大家好，拉夫纳瓦尔！你们现在看到的是我，杀戮者苏鲁克。不要动你的电视机，否则我会灭了你们所有人！截至目前，我们占领了市政厅，包括这里的一枚炸弹。保持冷静，因为那些反对我的人会死，他们的头颅也会被取走。给你们播报完这条令人安心的消息，我就要走了。"

画面切回新闻编辑室：莫洛克自治世界的战斗已经来到高潮，"国王的轨道龙骑兵"在新曼彻斯特击退了"无情屠戮"禁卫军团。

莫尔加盯着电视机，几乎什么也没看进去。他的兄弟仿佛烙进了屏幕里。有什么东西出了差错。

"这里。"奇格利小姐说。她举起一只一英尺长的圆筒,"是一枚炸弹。我们发现它被卡在托尔帕德尔烈士模型的后面。"她看向她的伙伴们,他们正在大厅另一端整理其余的扫描设备。"船长,如果您现在让我们都回去工作,我会感激不尽。这一天的革命够多了,谢谢。"

"当然。卡尔薇丝,我们要打开这些门。这里的工作已经差不多了。我们现在就只需要报警,让警察来抓'驯兽师'的人。"

她从门口的阴影中走出来,看起来比平时更忧心,"关于这个,老大,警察已经在路上了。这里也有一个新闻无人机。"

"真的?"

"蕾哈娜和苏鲁克正在和它说话。不过说话的意思是提要求。"

史密斯感觉有些重物从胸腔底部掉到了胃部,就像石头掉进井里一样。"什么?苏鲁克上电视了?为什么?"

卡尔薇丝抱起双臂,"嗯,如果我没猜错的话。但是我们拆了警察局之后潜逃,现在又拿起武器,占领了市政厅要闹革命。这些事情足够让你引起注意。好吧,除了把他们的帽子拿来当马桶,我都不知道还能有什么办法让警察更关注我们了。"

"啊,我懂你的意思了。请大家等一下。"史密斯转身跑过整个大厅,来到门口,"苏鲁克,你在哪儿?什么也别说!远离镜头!"

他在门口停下。门是锁着的。苏鲁克和蕾哈娜一定是在楼上的某个陈列室里。他转向由精美石子铺就的楼梯。他注意到窗户后面有东西在动。一个细长的身影大步穿越前院，向市政厅走来。史密斯看着他举起一只手，摸了摸他那高高的金属帽的边缘。"蕾哈娜？苏鲁克？"他向楼梯上方喊道，"快回到中殿来！"他又迅速跑向其他人，"奇格利小姐，我们遇到了点麻烦，你可能需要躲起来。"

"人民之拳"急忙跑去找掩蔽的地方，史密斯给步枪上了膛。一架无人摄像机在窗外徘徊，注视着他。

卡尔薇丝叹了口气，"新闻应该会看起来不错。"

史密斯皱眉，"没关系，我们只要待在这里，等警察过来。然后我们就能把一切都弄清楚了——"

"女士们，先生们！"这声音就像轰炸机飞过头顶。史密斯扣上他步枪的扳机。卡尔薇丝躲了起来，"机器人，人类，拉夫纳瓦尔的公民们，嗨，起来吧，我们会给你们带来快乐，我们会向你们展示我们是如何维护我们城市清洁的！拉夫纳瓦尔需要秩序，而谁能比我更擅长维护秩序？"

史密斯赶忙跑过大厅，俯身隐蔽。

"遗憾的是，我们来自拉夫纳瓦尔警察局的观众迟到了，但是演出还是要继续。请欣赏第一幕：伊桑巴德·史密斯船长和他那一船傻子。轮到你们倒下了，小丑们！"

门边的窗户碎了，伸进一架马克西姆大炮。"趴下！"史密斯大喊。炮火的轰鸣淹没了整个大厅。

子弹撕裂空气，石头碎片从雕像和墙壁上爆裂而出。卡尔薇丝尖叫着飞身躲进壁龛。"人民之拳"的成员们逃向地下室楼梯。

"苏鲁克，快下来！"史密斯大喊。

大厅在又一阵火势中倒下。史密斯躲到举起拉夫纳瓦尔的工人雕像后面。枪声停了下来。他看见卡尔薇丝正手持猎枪向外窥探。有重物撞在了门上。

卡尔薇丝冲出来，摔倒在史密斯身边。"我究竟做了什么要落得如此境地？"她喘不过气来，"我想要的不过是平静的生活和一匹小马。"

门打开了，"驯兽师"的身影出现在了门缝处。他那燕尾服和大礼帽看起来活像一个自动化的山姆大叔。机器人一瘸一拐地走进大厅，把他的空枪扔到一边。这时，史密斯看到他衣服下被胶带补起来的裂缝，以及胸部和胡子上的小块焊料。

"驯兽师"把手伸到他的燕尾服后面，从里面变出一条金属锁链和一根坚实的拐杖。"没人能逃出马戏团！"他像挥鞭子一样轻甩链子，"来啊，都过来看我怎么放干这两便士肉袋的血！"

史密斯看向卡尔薇丝，"没关系，我能解决他。我可以把他的铰链抽出来。"

"很好。"她说，"那你在他背后的时候为什么不把钥匙从他背后抽出来？"

史密斯跨步出去开枪。步枪射中了"驯兽师"的肩膀，他踉跄后退。史密斯调整枪杆再次开火，机器人摇摇晃晃失去重心，勉力支撑着自己。"驯兽师"站直身子的那一瞬间，史密斯恰好把步枪的十字线对准了他的脑袋。

这一枪击中了"驯兽师"。他仰面躺倒在门口,铠甲破裂,细长的四肢瘫软了下来。在金属的吱吱声中,他又坐了起来。

"好了。"他喊,"轮到两位大力士出场了,拉姆和罗姆起重机!"

两兄弟中的一个笨拙地走进了大厅。史密斯断定那是罗姆,因为他用粉笔把名字写在了前额上。机器人像猿猴一样驼背,金属拳头几乎蹭着地毯。有人——可能是某个小孩或是他的兄弟,在罗姆胸前喷涂了一件西装外套。

"原本这儿的邻里关系都很友好。"罗姆咆哮,"你不应该锁门,但现在我进来了。"他那颗小脑袋,似乎突然想到了什么,开始慢慢观察起这间屋子。"世道艰难,但人们会照顾彼此。"他龇着牙说,"现在我要照顾你了。"

罗姆冲向前,他粗壮短小的腿不断加速,像坦克一样发出巨大的噪声。他向前冲的时候,似乎变得更大了——他变宽了,加快速度,噪声变得震耳欲聋——他一跃而起。

罗姆的拳头在他的吊臂上挥着。史密斯躲开,听到上方石头碎裂的声音。他开始逃跑,卡尔薇丝在他身前,工人英雄的雕像崩塌成了碎片。

"这宅子现在是我的了。"罗姆大喊。

史密斯举起步枪,这时另一个一模一样的声音开腔:"嘿,罗姆!这宅子是我的!"

他看过去:起重机拉姆站在大厅另一端,制造出巨大的声响。

他一把扯下开着的门，砸烂了墙——肯定是用自己的脑袋砸的。突然间，那两个流氓就这样站在两边，史密斯怀疑他们会打起来，但此时，"驯兽师"朝他们吼了一句："宰了他们！拿他们发光的内脏来装饰椽子！"

拉姆活动手指，狠狠跺了一脚。罗姆扫向史密斯，史密斯躲开并向他开枪。子弹击中了罗姆的腹甲。"哼，哼。"罗姆说。

摄像无人机像云一样，带着诡异的优雅驶过门口。它飘过大厅，转轴冒着蒸汽，仿佛承载着额外的重量。

史密斯又射中了罗姆的腿，这一枪除提醒罗姆他还在这里之外毫无作用。机器人转身，史密斯瞄准，发现他的弹匣空了。

他从外套里抽出了"开化者"。卡尔薇丝从雕像的碎片堆里窜了出来，跳到罗姆身后，击中了他的腿肚。

罗姆绊了一下。"抓到你啦！"卡尔薇丝尖叫，一个硕大的身影出现在她身后。

"当心！"史密斯大喊，但太晚了。起重机拉姆的手落到了卡尔薇丝身上，一把将她举到空中。

"我抓住了他的女人！"罗姆大吼，"我抓住了他的女人！"

史密斯瞪着拉姆，调动自己的情绪。"放开她。"他吼道，"快住手！"

这种威胁对智能程度比较高的机器或许有用，但拉姆只是喊着："罗姆，接住！"

史密斯用"开化者"瞄准，在拉姆脑袋上打出了三个洞，却一点用都没有。卡尔薇丝仍在尖叫。摄像无人机盘旋向下。拉姆把卡尔薇丝扔向大厅远端。

卡尔薇丝飞向空中，史密斯一句话也没说。她痛苦而缓慢地飞行着，四肢伸展如同海星的手臂。他能听见她的声音，遥远得像从水下传来，可他什么也做不了。

蕾哈娜从阴影中走出来，举起双手。卡尔薇丝还在空中，身体翻转。她扑向卡尔薇丝，仿佛被吸入了真空。就在这时，机器人慢了下来，她调整姿态，落了蕾哈娜身边。

卡尔薇丝说："帅呆了。"

拉姆看着自己的手。"这他妈算法里没有。"他说，"好吧，砸碎你的脑袋就行了。"他笨拙地转身面对史密斯，摄像无人机向他的头顶飘去。

苏鲁克从无人机底部跳到拉姆的肩上。莫洛克人举着一个有点像机械叉铲的奇怪装置，看上去很眼熟。

拉姆发现了苏鲁克，于是他开始打转，想把苏鲁克甩掉，但外星人身手着实敏捷，丝毫不受影响。拉姆在他身下一通乱吼，苏鲁克打开激光切割机，它的叉齿间亮起一束光，像断头台一样落在拉姆的脖子上。

他的头掉了下来。起重机拉姆向后退了一步，一只巨大的手抚着衣领，接着一片片碎裂，关节也一个个垮掉。他跪倒在地，苏鲁克跳下去时，他瘫倒在他面前。

卡尔薇丝在大厅另一端欢呼。史密斯看着苏鲁克，微微一笑。"举起手来！"

史密斯回头，看见"驯兽师"跌跌撞撞地走进了他的视线。

"表演结束了。"机器人说。他握着卡尔薇丝的猎枪。他的胡子已经扭曲，卡在了两点五十五的位置。他向前走了一步，活塞喘鸣着。史密斯惊讶于这猎枪不在卡尔薇丝手上的时候看起来居然这么吓人。

"罗姆。""驯兽师"说，"给点建议。我实在很想消灭这些垃圾，征服这群蠢货。你觉得这行动明智吗？"

罗姆摇了摇他的小脑袋，"不，杀了他们就行。"

史密斯看向机器人。理论上，蕾哈娜可以利用她的灵力削弱猎枪子弹的速度，甚至可能让它停下——但她看上去疲惫不堪，接住卡尔薇丝消耗了她太多精力。卡尔薇丝并不高大，但她显然像苏鲁克说的那样迟钝。

"有什么遗言吗？""驯兽师"问。

史密斯失去了掩护，被敌人逮了个措手不及。"听着。"他说，"警察随时可能过来。你将与旅鼠人联系到一起，这样一来可就不只是犯罪——而是叛国了。他们会把你毁了。如果你不把枪放下，你余生就只能做一个毛巾架了。"

"想得美。罗姆，给他们放点血。"

"来了！"罗姆咆哮着向前。

苏鲁克站到史密斯身边。"往好处想，"他评论道，"至少杀死我们的不是旅鼠人。"他打开激光切割机，史密斯也拔出了剑。

侧门突然打开，一个穿着工作服的身影向大厅里扔了一根管子。管子撞到地板上弹了起来，又再次落地弹起，然后停在了罗姆那硕大的脚旁边。

"趴下！"史密斯大喊。

罗姆捡起管子，而其他人都退到了一边。"呃，我应该把这东西放哪儿？"他问。

奇格利小姐慷慨激昂地挥着拳。"'人民之拳'雄起！"她喊道。罗姆爆炸了。

世界似乎陷入了一片灰暗。空中响起一阵高亢的声音。史密斯觉得自己仿佛在看电视上的检测卡。"蕾哈娜？"他喊，"卡尔薇丝？"不一会儿，他咳了起来。

尘埃中浮现出一个硕大的身影。罗姆抽搐般挪动着，他后脑勺火花四溅。"可爱的妈妈，爱他们的孩子……"机器人咕哝着，"我们照顾自己……那时世道艰难……不会弄坏一扇门……你可以解锁你的苍蝇……"

又一个身影从他身后的尘埃中出现，如同披着毛皮的死神。他突然向前一步，将一把华丽的长柄斧挥过头顶。史密斯看见了维克沃特将军那只白眼像土里的珍珠一样在尘雾中闪闪发光，斧头将罗姆的头砍下。

维克沃特退后一步，咧嘴笑着，尘埃将他吞噬，他似乎就这样消失于其中。史密斯看到其他人在尘雾中移动，但都不是将军。

"蕾哈娜？卡尔薇丝？"

谢天谢地，她们还活着，所有人都活着。一块砌石划开了苏鲁克的前臂，卡尔薇丝重心不稳地站着，仅此而已。史密斯走上前，试着找到出口的位置，看见"人民之拳"的成员们从地下室里涌出来，仿佛从防空洞里走出来一样。

一个瘦削穿着机车服的身影朝他们走来，帽檐的眉头紧蹙。"还活着的人，我和这把枪会把你们带进局里。"执法者卡拉恩吼道。

出口处有一份礼物。"驯兽师"坐在门前，靠在门框上，双腿在面前摊开。他的脑袋躺在他的膝盖上。

"他让尤尔人失望了。"苏鲁克说。

"太可怕了。"卡尔薇丝接话，"像这样杀掉自己人。到底有什么意义？"

"对旅鼠人来说，"苏鲁克回答，"残忍就是他们的信仰。他们对荣誉的憎恶就和他们腐臭的胡须一样长。"

"你快告诉我，""驯兽师"的脑袋开口，"你，史密斯！快点，我已经在用辅助电源了。"

"这是什么？"史密斯问。

"他应该已经去了那个老游乐场，那里有一枚火箭。他现在已经在去安多尔的半路上了。让你的人帮我找到那个背后捅刀、到处撒尿、独眼的啮齿动物，把他碾平——剥了他的皮——把他的毛皮做成地毯。听我说——尤尔人正在找格里姆多尔。记着，'格里姆多尔'。现在好了，"机器人说，"表演结束了。"

他眼睛上的镜片失去了焦距。

又一个摄像无人机在门边盘旋。史密斯走出去的时候听见了朱莉亚·奇格利的讲话。"我们是'人民之拳'，听闻那些不爱国的敌人在我们钟爱的市政厅放了一枚炸弹，我们决定冒着生命危险过来拆除。我们赶到这里,尽管本市那些罪大恶极的罪犯很难对付,我们还是阻止了炸弹引爆。"

"嘿。"蕾哈娜说,"不是这么回事。她怎么能就这样走到摄像机前,把功劳都揽了,不假思索地就编了这么一段话!"

"这只说明一件事,"史密斯接茬,"她要进入主流政界。"

"嗯。"卡尔薇丝说,"那我们可以去酒吧了吧?"

"现在还不行,机器人小姐。还记得我们是来干什么的吗?各位,"史密斯说,"我们要赢下游戏。"

莫尔加受邀参加拉夫纳瓦尔枪骑兵们每月的盛大晚宴,磨蹭着尽可能晚到。他本以为这就是一件沉闷乏味的事情,那些忠诚到狂热的老战士们会喝着碳酸水,缓慢又深沉地醉过去,然后开始回忆往昔——过去,为了让人类得以在废墟上建造污水厂,他们将甲虫人的城市夷为平地。然而,情况比他想象中的更可怕。餐厅一片混乱——没有人悬在吊灯上晃来晃去,但那是因为还没到布丁时间。每个人都在高谈阔论,试图盖过别人的声音,若想吸引一臂之外的人,唯一的办法是把食物扔到对方头上。两名枪骑兵一会儿大秀剑术,一会儿又跳到桌上捉对厮杀。除了鼓励欢呼和偶尔因踩到某人的晚餐而招来的咒骂,他们的对决并没有引起太多关注。

莫尔加落座后,面前立刻就摆上了一个装满不同熟度动物肉的盘子。大部分肉已经吃完了——枪骑兵们早在六十年前就宣布将猪肉归为神圣的蔬菜,以此避免任何绿色破坏他们的食欲。有人帮他填满了他的所有酒杯：两杯泡腾水，以及一杯可以吸收气泡的红酒。

"海军上将快到港口了！"有人喊。一个看起来像装满了脏水的棕色盆子被推到桌上：那其实就是一块巨大的约克郡布丁，里面装满肉汁，上面装饰着折叠成船形的纸巾。布丁传过来的时候，每个用餐者都起身给士兵敬酒，接着重新倒满酒杯，随手把布丁推到前面。

与莫尔加相隔四桌的地方，约克郡布丁四分五裂，引起一阵骚动、欢闹，大家举杯畅饮。海军上将那湿漉漉的小船在桌面上蠕动着，溢出肉汁的顶部蹭在桌面上，撞到了莫尔加的盘子。

"有人想要这个吗？"莫尔加举起玩具士兵问。咆哮着回应的声音似乎在说他犯了一个非常严重的错误。

"他停靠了！"帕尔加雷克上校惊呼。他指着莫尔加说，"让港主带领我们畅饮吧！"

一名服务机器人走过来，钳子上放着一个古老的绿瓶子。

莫尔加不喜欢这样：喝点葡萄酒没问题，只要它没有泡沫，毕竟二氧化碳气泡很容易让莫洛克族人醉倒。问题是他不能确定这新上的饮料到底是不是葡萄酒。

"佩绿雅酒庄，1987年。"巴尔加斯队长说，"碳酸水的丰收年。来自我们的地窖。"

服务机器人拧下瓶盖，水嘶嘶冒泡，枪骑兵们甚是满意。此时，一大群人已经聚集起来等着观看神圣的仪式；两名战士也把决斗抛诸脑后，站在桌子上，用沉默表达敬畏。

"现在，"巴尔加斯说着举起一个大得惊人的玻璃杯，"前五轮敬酒的正确形式——"喇叭轰鸣。莫尔加四下环顾，好奇这一出是这个仪式里哪个严肃的环节。过了一会儿，他意识到其他人也和他一样困惑。

一名枪骑兵站在大厅远端，双手捧着下颚，大喊："兄弟们！"

"啊？"帕尔加雷克如梦初醒般咕哝了一声，"怎么了？"

"我带回了议会的消息。"新来的那位回答，"一个月内将会对旅鼠人展开全面攻势。我们将准备加入舰队，驶向安多尔。其他人在那里战败了，拉夫纳瓦尔枪骑兵将把战争带给野蛮的尤尔人，告诉他们真正的战士如何战斗。先生们，我们要打仗了！"

回应他的吼声几乎可以掀翻屋顶。"让我们痛击那些肮脏的啮齿动物！"巴尔加斯吼着，"让他们知道谁才是银河的主人！"

"骑啊！"帕尔加雷卡大喊，"骑向胜利！"

"感谢祖先。"莫尔加嘀咕。枪骑兵们咆哮着展望起战争，被一场自以为正义的胜利幻象冲昏了头脑。莫尔加似乎身处风暴中心。他们都会去的，他思索着，那就只剩我和服务机器人了，这些每隔二十分钟就要狂吐一次的疯子就要走了，我可以设计新的洗手间设施。"太棒了！"他喊着，"冲啊，枪骑兵们！"

一只手落在他的肩上。他回过头。

"好小伙。"巴尔加斯说，"我知道你适合这份工作。我就知道你不只是个满嘴艺术狗屁的怪胎。我们的动员将军！你是有种的，我的小伙子！我们将一起骑马出战，你和我。让我们用战利品铺满墙壁！"

巴尔加斯拍了拍莫尔加的背,仿佛在鼓励婴儿咳出异物。

"我觉得我有点想吐。"莫尔加说。

"你说什么?你想赢下游戏?"菲茨罗伊船长坐在,或者说躺在码头区"殖民地酒吧"里一张巨大的藤条扶手椅上。椅子对面,她的同事兼地下情夫——铁翼司令夏特尔斯韦德已不省人事。"都已经尘埃落定了,小史。猜猜谁赢了?透露一下——她的名字和我的一样。"

要找到菲茨罗伊船长并不难:她的酒吧账单暴露无遗。追踪那些精疲力竭的年轻男人,也很容易就能找到她。

"游戏早就结束了。我们以为你已经消失得……"她的目光瞥向蕾哈娜,又落回史密斯身上,"无影无踪。无论如何,我们找到了一个新的场地。一个年轻人的橄榄球俱乐部,算是机缘巧合。四十八个年轻人,十八到二十二岁不等,如此笨拙,却又如此天真迷人。我一直在以正义的方式教导他们。拉把椅子。"她对卡尔薇丝笑笑,"你也坐下吧,小矮人。"

酒吧另一端,一名穿着第六代殖民定居地骠骑兵制服的莫洛克人放声大笑。十年前,人们会对这样的举动侧目掩鼻,明知莫洛克人没有鼻子报以回应。现在,大家需要苏鲁克的同胞,而所有疯狂到想同尤尔人战斗的人都很有价值。

"我们和暴徒们结下了梁子。"史密斯说,"但我们已经把他们解决了。"

嗒嚞鬼纳尔加斯和马克·特维尔伍要走了罗姆和起重机拉姆的尸体，它们身上的原材料足够替换数百个废品机器人的餐具四肢。

"大获全胜啊。"菲茨罗伊船长说着，招呼服务机器人倒酒。在她身后的窗外，一架穿梭机从停机坪上直冲到万里无云的天空中，消失在夕阳下。毫无疑问，它正载着一排士兵飞到轨道上的星船里。

"我们正在往安多尔运人手，一次两万名。"她说，"把奇美拉拿来当运兵机，真的太好用了！这是大材小用，但没有错。毕竟我们需要尽快赶到尤尔人那里。最高指挥部希望招齐全部人手。旅鼠似乎不眠不休。"

一艘护卫舰高悬在空中，六只服务飞艇像母猪压猪崽一样压在上面。火箭从城市中升起，好似莫洛克塔楼被射向了太空。史密斯了解莫洛克人，觉得他们好像真的会这么做。

"就是这样，对吧？"菲茨罗伊船长说，"我们的帝国对战他们的帝国，你死我活。他们数量占优，而且永不停歇。问题在于，我们是否有人手、有能力阻止他们。"她感叹。刹那间，她仿佛从一个搜刮酒柜的大姐大变成了一位老教师。"无论如何，这会是最后的帝国。畅饮吧，做爱吧，趁着你还能。说到这个……"她顿了顿，瞬间容光焕发，俯向夏特尔斯沃斯，"穿梭机，我们要用地图表。我需要你告诉我你那儿北斗七星的位置。"

夏特尔斯沃斯睁开眼睛，像个要上断头台的男人那样，用带祈求的目光在屋子里游移。他开口道："好的，费莉西蒂。"

"好样的。最好不要让船长等着。"她起身，拉直外套，"再见了，小史。上吧！"

"我知道我应该注重姐妹情谊什么的。"卡尔薇丝说，"而且我觉得她在一些事情上和我志趣相投，可是我的天，这个女人太可怕了。"

苏鲁克把椅子推到一边，史密斯拿走了饮料。机器人服务员——一台状似蜘蛛的多肢机器，让他想起了马克·特维尔伍。史密斯握着玻璃杯，转身看着他的团队，心里有几分恐惧。很快，他们就将同整个银河最残忍、最疯狂的生物战斗。菲茨罗伊船长说得没错，他想：不管怎样，一个帝国即将覆灭。

第二部分

安多尔：安多利星系的第一大行星：16 型半文明世界。

主要用地性质：森林 / 丛林。

著名定居点：里维埃拉（已毁），摩斯卡拉克城堡，埃科里亚（外星人定居点）。

外星人：伊獒，有知觉能力的伪哺乳动物（土著），社会分级为五类，落后，没有严重的威胁。尤尔人，有知觉能力的伪哺乳动物（非土著），社会分级为九类，落后，极端危险。

气候：闷热。

知名游戏：拉夫纳象、鲨齿龙、血牙狼人、血虫、死亡狐猴、碱鸽、权兽等。详见补充卷。

其他说明：战区。第 43 至第 111 军合并成第 112 军。预计来自拉夫纳瓦尔的增援。重装甲重新定位至噶斯特人前线。

帝国百科全书，更新数字插页。

为了赢得胜利，你要知彼，更要知己。到达营地后，一名人类军官接待了我。

"你，"他对一名莫洛克副官说，"你带了那个漂亮女人来参加这场大战，是吗？"

那外星人无言以对，带我参观了营地。过了一会儿，我觉得有必要为自己解释下。

"我是大将军。"我拍着自己的胸脯说，"我是女将领，带领很多战士。"

"天啊。"莫洛克人说，"想不到你也这样。我知道我们人手不足，但他们也用不着派来一个说起话来像四岁小孩的军官吧。"

原来，他在战前是一名股票经纪人。我想我们的指挥结构需要做出一些调整。

弗洛伦丝·杨将军，《回忆录》

01

难题将军

到达安多尔后,首先映入史密斯眼帘的是那些围网。小小的卫星点缀在挡风玻璃上,像天鹅绒衬衫上的黄铜纽扣。它们之间数十公里的空间悬挂着电缆制成的冲击网。

这很合理,和旅鼠大战前线的其他事情一样合理:高速撞上电缆的飞船会被切成碎片,根本没法穿过电缆抵达下面的星球。尤尔人钟爱开着飞船横冲直撞,这种预防措施再明智不过。

"渔网。"苏鲁克在驾驶舱后面说,"我喜欢。"

他们滑过围网,进入大气层,没入浸湿的云层中。安多尔表面覆盖着厚厚的蒸汽层。

"这是一颗会呼吸的星球。"蕾哈娜说。史密斯却觉得它似乎是在流汗。

"简直是个高压锅。"卡尔薇丝说着启动了雨刮器,吱吱声立刻填满了驾驶舱。

下方有东西在森林里穿梭,身后留下一片棕色的破坏痕迹,像在排气。史密斯举起望远镜。那是一只体型较小的野生拉夫纳象，正在把树往肚子里送。很久以前就有人把这种野兽引入了安多尔，它们也很快适应了这里的环境——毕竟其余那些本地生物也都很危险，所以这并不奇怪。

营地位于特隆多湖边，在一个横穿森林冠层的大洞底部。它就摊开在他们下方，盖在一片绿色之上。他们降落的时候，有五六个导弹舱在跟踪他们降落的轨迹。这里大多数建筑都是临时的，由军队建造或由运输机投放，但也有一小部分是和平年代建成的。所有的建筑都用沙袋加固。在他们的炮塔上，自动炮缓缓转动，扫描着森林中的敌人。在炎热而黏稠的空气里，它们的发条已经开始生锈。米字旗用横杆撑着以防下垂：这么低的位置几乎没有风。

约翰·皮姆号的四条腿同时落地，这算个好兆头。他们收好了自己的装备，在气闸舱里集合。"准备好了吗？"史密斯问。

"好了。"蕾哈娜说。以她自己的标准而言，她的穿着够实用了：发带配上不规则拖地长裙，让她看起来像一枚扎染棋子。史密斯为自己的欲望感到不安，仿佛她给他吃了春药。当然，这可能只是她身上缭绕的香氛烟雾在作怪。门开了。在外面，人类和莫洛克人正在搬运食物和弹药盒。一列穿着防弹服的士兵大汗淋漓地慢跑过去。一名军士长在他们后面跑来跑去，长得像留了胡须的甜菜。部队把火箭弹当作木头似的堆了起来，在弹堆旁边，一名塞伊画掉了剪贴板上的项目，它看上去像鸵鸟和小恐龙的杂交后代。

史密斯第一个走出来，舱外的热浪几乎要将他融化。他在台阶底部站了一会儿，让自己习惯这温暖、密不透风的空气。这时，一个女人走了过来,向他敬礼。

"嗨,战友们!我猜这位是,史密斯船长?"她大概不到五十岁,精瘦结实,看起来很聪明。她穿着军装,但没戴盔甲。"赛琳娜·哈里森船长。"

"见到您很高兴,哈里森船长。"情况不对劲,史密斯想,一片混乱中似乎缺了些什么。

一个小小的黄铜雨刷扫过哈里森船长的眼镜片,"我的荣幸。欢迎来到安多尔,这边走。"

他们离开约翰·皮姆号,穿过搭好的停机坪,史密斯明白了缺的是什么。他没听到机器的声音。一切都靠人工搬运,没有自动装弹机和服务机器人去做这些重活。

"我们会为你们做好在森林作战的准备。"哈里森解释,"恐怕您需要时刻保持警惕,那些毛茸茸的东西随时可能尝试发动攻击。"哈里森船长用怀疑的目光看向蕾哈娜。"您的装备不适合作战。"她说,"首先,旅鼠人会听到你的人字拖鞋声。"

"噢。"蕾哈娜说。思考片刻后,她弯腰踢掉了凉鞋。"这样呢?"

"很好。"哈里森瞪着史密斯,加快了脚步。他根本不知道她为何如此生气。"史密斯船长,杨将军想和您亲自谈谈。您很幸运。"

"谢谢您!"

"她是我们能活到现在的原因。"哈里森说,"也欢迎您的人把这里当成家。现在,只需证明你们适合行动,我们就会帮您武装。"

一台自动炮突然开火。史密斯僵住了,伸手去摸他的步枪。一只信天翁大小的生物从天而降,落在大约二十码远的地方。

"蚊子。"哈里森船长说。

史密斯跟着她走向最坚固的老建筑。它似乎是西方风格的建筑:白色的外墙已经破碎,尚未被炸开的石膏则像干燥的油画一样龟裂。

我们正在分崩离析,他突然想到。这念头着实吓了他一跳。

"您先进。"哈里森说,她朝门的方向伸出手。

室内昏暗而凉爽。史密斯站在门厅里。角落里刚刚结束一场争论。一名脸上棱角分明的高个男子站在形似思维泡泡的小型摄像无人机下,全然无视想把他拉走的士兵。

"拜托,拜托!"高个子男人说。他的西装外套下戴着胸甲。"这是个简单的问题,啊!"他正大声说着,看见了史密斯,就大步穿过门厅。

"等一下。"哈里森船长开口,但高个子无视她。

"我是莱昂内尔·马克汉姆,来自《我们提问题》。"男人说。

"什么?"

"我是莱昂内尔·马克汉姆。我代表《我们提问题》,太空帝国当下最好的时事节目。"

"真的?我是伊桑巴德·史密斯船长。很高兴见到——"

"那么,史密斯船长,请问这里究竟发生了什么?由谁负责?就我所知,这是人们想知道的事情。"

"唔。我想是杨将军吧。"

"所以您不确定？"

哈里森走过来，"得了，够了，他才到这里。"

马克汉姆点头，"所以您刚来，不知道究竟怎么回事。这是您要对帝国其他人说的吗？"

"我——"

"说吧！很简单的问题，是或者不是。"

"什么？"

"是不是？是不是？是不是？"

史密斯正要开口，哈里森上前，伸手去抓摄像无人机，但马克汉姆抢先转身，直接对着机器开口说："以下是今天的报道。全世界都在问：'尤尔战争仍进展顺利，还是整个前线即将崩溃？'帝国军队的职责是站岗放哨，但我们的军队是否已经无力阻挡本世纪的旅鼠入侵？您正在收看的是《我们提问题》。我是莱昂内尔·马克汉姆，我了解您想问什么。"

哈里森示意史密斯走向大厅远端的门。"这边请，史密斯船长。"她说，"滚开，莱昂内尔，他是个好小伙。"

史密斯走了进去。这间屋子很大，在尤尔前线算得上奢华。四名人类，一名莫洛克人，总共五人围坐在藤椅上喝着杜松子酒，中间是一张可折叠桌子。史密斯认出来其中一位：坐在主位的那个女人，她的帽子摆在面前的桌板上。她正是弗洛伦丝·杨将军——旅鼠之敌，谭河战役的胜者。杨将军至少有七十五岁了，个头很小。要不是她的军事才华高超，早在上一年尤尔人对太空帝国发起狂暴攻击时,整个防线就已经瓦解了。对人类来说,弗洛伦丝·杨是一个和蔼的、像阿姨一样的人物;对旅鼠人来说,她却是一个满脸皱纹的薰衣草味人形恶魔。"史密斯船长,"她说,"进来吧。茶还是杜松子酒?"

史密斯坐下,"茶,谢谢。"

"这些是我的同事们。"杨将军指着桌子的方向说,"霍普柯克、巴特和弗罗比舍上校。这位是嗜血神手洛尔沃斯,朱克尔的高级督军。"

"见到您很高兴。"莫洛克人说。

一个男人从阴影中走出来。史密斯怔了一下,有些惊讶:这是高级间谍 W。他穿着一贯的斜纹软呢夹克,身上带着樟脑丸和烟草的味道。W 大步走过来,高大的身躯显得有几分笨拙。他弯腰坐到一个空座上。

"您见过这位先生吗?"杨将军问。

"哦,是的。"史密斯回应,"很多次了。"

W 立刻摇起头来。

"哦,他?没有,从来没见过。我应该是跟别人搞混了。"

W 擦了擦他的八字胡。他看上去很疲惫:阴影像泥土一样贴在他脸上。

杨将军点头,"如果您曾为他工作,就应该是参与最高机密行动,那么你是否应该对一些秘密行动,比如刺杀'八号噶斯特人'和恢复'道奇森硬盘'负责?这两件事都没有正式发生过吗?"

"唔。"史密斯说,"可能,都,没有?"

哈里森船长端来了茶。"你掌管情报，哈里森。"杨说，"从现在起你将是这个行动的'母亲'。负责渗透和传播。"

哈里森倒茶。

"您伪造信息的记录相当可观，史密斯船长。"将军说，"您在反情报方面声誉卓著。"

"我不是在搞阴谋。"史密斯受伤地说。

"'反情报'不是这个意思。"她靠在椅子上，"史密斯船长，与旅鼠人的交战开局不利。我们严重低估了尤尔人。我刚到这儿的时候，我的几个手下甚至以为他们是某种受过培训的海狸。完全不是这么回事：尤尔人是有组织且纪律严明的敌人，还到处撒尿。茶怎么样？"

"不错。谢谢。"

"好。现在，您必须了解这里的情况。这个星球、这场战争，是您前所未见的。坦克开不进树林里，战争机器人失灵。树冠又太厚了，你要是用炸弹，它就会立马反弹回飞机上。若要扫描安多尔星球上的敌对生命，指针会飞出表盘。打赢这场仗，靠的只能是刀子，而非宇宙飞船。"

"我知道您也同尤尔人战斗过，您应该知道他们行事方式之恶劣。我会说旅鼠人就是野蛮人，虽然这么说不公平，我也遇到过相当正直的野蛮人。"

"的确如此，弗洛伦丝。"嗜血神手洛尔沃斯说，"还有人要茶吗？"

"谋杀、酷刑、同类相食、人类献祭……"杨将军说，"所有这些都是旅鼠人的乐趣所在。他们的存在是一种警示，告诉我们那些远离了茶叶、基本尊严和自我保护的人能有多么堕落。对了，他们身上都有虱子卵。"

杨将军的脸上突然出现了奇怪的变化：她的眼睛好像又滑回到眼窝里，下颌也向前伸了出来。她不再像一位老奶奶，而是一个异常坚定的人，正处于变身成为斗牛犬或火车头的早期阶段。

"尤尔人把这称为他们的'神圣迁徙'。事实上，这是一场圣战。圣战都是一样的，船长。战争的目的即战争本身，杀戮就是为了杀戮。正因为如此，我逐渐明白，我们不能用任何寻常的方式去阻止旅鼠人。他们必须被毁灭。史密斯船长，当我的人结束这场战争时，再也不会有和尤尔人有一丁点相似的军队存在了。我的士兵们会把这'神圣友军'撕成碎片。尤尔人将会祈求他们的战神让他们忘掉胆敢招惹我们的那天。要饼干吗？"

"不用了，谢谢。"

"你认识一个叫温斯科特少校的人吗？"

"呃，也许认识。"

"他是非常规战争专家。大约一米八高，留胡子，非常结实，跟雪貂一样疯狂。三个月前，温斯科特少校和他的队伍被派到安多尔森林炸除一座桥梁。他们没有回来。相反，少校开始每周向我们汇报他的进展。刚开始的时候，这些汇报很让人满意，但最近报告的质量……变了。您可以看一下。"

哈里森启动了定位仪表。旋转喇叭转过来朝向史密斯。声音听起来很冷淡，带着诡异的游离，但毫无疑问就是温斯科特的声音。

01 难题将军

"他们谈论道德。"这个声音说,"这些伪君子们坐在舒服的办公室里,像分饼干一样做着评判。他们告诉我,用枪、用炸弹、刀、鞋带……特别是用鞋带……去杀死旅鼠人都是可以的……可当你试着和你的老朋友大大方方走在街上时,你又遭遇些什么呢?精神病院。就是这样!"

史密斯看了一眼 W,那间谍喝了一大口茶。"上周四我们躲进了一个名叫克拉科拉的村庄里。"温斯科特说,"我们设了路障。尤尔人坐着车过来,要杀死那些村民。我们从侧面用手榴弹和激光袭击了他们。他们中大多数还没下卡车就已经死了。这旅鼠士兵看见了我——他看着我的眼睛,然后——嘿!我没穿裤子!好吧我从来不穿!嘿,苏珊,来看看这个——"

杨将军动手拨了一个开关,录音机暂停了。"这是相对正常的一条。"她说,"我们可以快进一下吗?"

录音机快进了。

"一个叫蛋人的人潜入了我的部队。整个任务从一开始就是一头白象……或者是一只白兔……或者一头粉红色的大象在游行。我的天……他们想控制太阳的中心,他们把我们送到离家两千光年远的地方,我们从万米高的轨道上掉下去,像乌贼一样,又快又圆鼓鼓的!他们要过来抓我走了!"

哈里森拨起激光针。沉默中只能听到杯碟叮当作响。

"您看,史密斯。"将军说,"每个人的内心都会在理性和非理性之间挣扎。有时,胜利并非全然美妙,反倒可能意味着彻头彻尾的疯狂。不列颠军决不允许这么一个疯子在外执行任务,更不要说是这么重要的工作了。"

哈里森船长说:"您的任务是深入内陆,并强制温斯科特少校回到营地。"

杨将军说:"他在那里的行动完全不受控制,没有一点体面的克制,连内衣都不穿。把他带回来,史密斯。"

史密斯啜了口茶,"我能给他带点什么吗?比如鼓励之类的?"

巴特上校把一份文件推到桌子上。"这东西可能会有用。里面有温斯科特少校的资料。下周就是他的生日了。你可以跟他说我们要办一个派对。"弗罗比舍上校补充说,"如果他及时回来,我们可一起庆祝。"

又是一阵沉默。

W深吸了一口香烟,他转头看向史密斯。"庆祝,"他说,"带着极端偏见的庆祝。"

W在门外等着史密斯,一只手还捧着茶杯,另一只手拎着帆布包,眯起眼睛看着阳光。这么一个结实而笨拙的男人,穿着粗呢外套,活像一个用学校里老师的衣服做成的稻草人。"很高兴见到你。"过了一会儿,他开口。

"我也是。"史密斯说。

W喝了口茶。"温斯科特遇到了大事。"他说,"我还不是很清楚,但一定不只是炸桥这么简单,我打赌。"

"我明白。"

01 难题将军

"你的飞船可以飘移,对吧?"W 放下了他的包。

"打开对应的气闸就可以。"

"好。他们想把你塞进一艘小船里,但你最好还是用自己的船。找到温斯科特,带他回来。我可以借你个工具包。特工处给了我一支镇静枪,我还有一把拉夫纳象猎枪。"

"我不知道你还猎杀拉夫纳象。"

"只有一次,而且也过去很久了。说来话长。"他说着点了根烟,"给你。"他又从外套里拿出一盒药,"如果其他方法都不行,拿一些药片放到温斯科特的晚餐里,在他失去行动能力的时候,把他捆到船上。"

史密斯接过盒子,把它翻到背面,"这是避孕药,先生。"

"没错。但他吃了会头痛,痛到打滚,再睡过去。他失去意识的时候,你就骗过他,把他带回来。"

"好。"

"找到温斯科特之前要一直走水路,你会一直在森林冠层下面。你一找到他,就飞到摩斯卡拉克城堡。将军很快就会前往那里,到前线去。"他举起一只长满老茧的手指了指,"那位是你的飞行员吗?"

史密斯望过去,看见了卡尔薇丝。在她身前的,是那个他之前见过的红脸军士长。"噢。"他说,接着大步向他们走过去。

"您得遵守命令,小姐。"军士长说。他的声音低沉浑厚,是天生的轻歌剧嗓。"您,亲爱的,您现在可是在军队里,太空舰队那套行不通——您已经下载了国王先令。"他眼中闪过一丝狂热的光芒,"这意味着您——你们所有人将和我一起训练——永不停息。"

卡尔薇丝扭头张望,看见了史密斯,朝他大喊:"船长,救命!他们让我上体育课!"

史密斯走向他,知道 W 跟在后面。此情此景实在有些尴尬。

"我跟着你走过半个银河系。"卡尔薇丝说,"我和宇宙最邪恶、最疯狂的怪物交过手。现在你想把我变成一个……慢跑者?不行!有些事我是不会妥协的!"她转身,用她那小短腿所能达到的极限速度爬上山坡,走了不到十码就停了下来,多半是因为喘不上气。

"我不在乎要对付多少旅鼠人。每一个我都会去打。但我不会跑——再也不跑了!"

几米远处,一架摄像无人机把焦点从卡尔薇丝身上转到了穿深色西装的阴郁男人身上。莱昂内尔·马克汉姆盯着摄像机,面向全国人民开始讲话。

"高级将领们看来是不想透露任何信息,那让我们听听来自地面部队的消息——不再逃跑!尤尔人就要向112军发动进攻了,而他们要面对的就是如此一般的战斗精神。我是莱昂内尔·马克汉姆,让我们用下面这个片段来结束本期《我们提问题》。这是一位年轻女子向整个旅鼠帝国发起的战书:'不再逃跑。'谢谢收看,晚安。"

"尤尔的战士!"广播叫嚣着,"你洗澡时,为什么要用两个瓶子来侮辱自己？使用全新产品'头部和毛皮'，让你的身体闪耀出勇武的荣光！"

确实如此。维克沃特将军想：他的毛量确实多到前所未有。当然，他还是用了两瓶，只不过那是因为他的身体表面积太大，况且还有大量血迹要洗掉。自他回到营地以来，他已经手执双斧杀了四十二名挑战者。由于他被活捉的经历，有些尤尔人已经不愿再把他当作将军，但开膛破肚还是会让多数人再度臣服。

他刷完毛皮，从肩上轻轻拂去一粒种子。人类的监狱算不上残酷，这一点把人类的怯懦暴露得淋漓尽致，但监狱里没有能用的梳毛工具。当他们给那外星蛮子将军戴上镣铐，把她拖到他面前让他挖出她的心脏时，他希望能展示出自己最好的一面。

维克沃特将总部设在一个曾是度假小屋的地方：一方面是出于后勤方面的考虑，另一方面是为了那个酒柜。在监狱里他也能自己酿出一些酒，比不经散热器处理的蒲公英酒要好喝多了。

一名哨兵把自己的鼻子戳进屋里，"为了荣光！"

维克沃特摆了摆手，"荣光。奴才，什么事？"

"尊贵的将军。首席刺客在这里，他有话跟您说。他……让我把这把刀带给您，代表他的……祝福。"

"哪把刀？"

哨兵同被砍伐的树木一般在他面前栽倒。"这——刀——"他呻吟着说，维克沃特看见他后背上扎着一把刀。

"哦？"他咕哝，背后响起了咳嗽声。

维克沃特转过身，从腰间抽出斧子。一名旅鼠人从门帘后面走了进来。

刚来的人敬礼。"西普洛克·科茨。"他说,"首席刺客,秘密警察的代理上校。我为您的奴才感到抱歉,但不断练手也是有必要的。"

维克沃特耸耸肩,"我有的是奴才。所以,上校……您是专程过来审判我的吗?"

科茨摇了摇头。他的毛发是黑色的。他腰带上那件酷刑用具——每个尤尔军官的骄傲之源——已经被烟尘熏黑。"不是不是。我是过来祝贺您的。您从拉夫纳瓦尔逃亡的经历非常了不起。"

"我用我们族人的老办法:挖洞。"维克沃特指了指酒柜,"来点蒲公英酒?"

"谢谢,不过算了。我的胃里还装满午餐呢。我过来是想和你讨论针对外星猪猴和他们那些爪牙的特别行动。我带了十二名来自'暗灯合作社'的专家,他们的专长是间谍和暗杀行动。"他指向门口,门外有几个人等着。他们周围的空气似乎有些浑浊,仿佛由热量凝聚而成。"欢迎回来,将军。"科茨说,"我被派到此地接受您的新指令。"

维克沃特给自己倒了一大杯威士忌。"嗯?"科茨挺直身子,用爪子挡在嘴边轻咳一声,"伟大银河幸福友好共同体最高指挥部热烈欢迎并全心效忠维克沃特将军,我们将听从命令,推进我们的亲善计划,将整个银河纳入我们睿智而仁慈的统治。我们强烈支持您屠杀一切,男人、女人、孩童、宠物。非我族类,必须灭亡,且将慢慢死去。用狂热的战斗力去攻击那些外星蛮子吧。取代他们的位置,撕裂他们的肉体,吞噬他们的心脏来让您变得更强大。将他们的住处夷为平地,把所有的俘虏折磨至死。任何在我们神圣的使命中表现出同情、怜悯或缺乏热情的士兵,都必须吞食自己的脾脏。"

维克沃特点头,"结束了?"

科茨扭头看他,"还有件事。"

"嗯?"

"我们的敌人不是一支单一武装力量。由于缺乏我们的人手和旅鼠精神,他们付钱让奴隶种族与他们一同战斗。我指的是莫洛克人、塞伊和其他那些糊涂的会说话的动物。"

哦,维克沃特想,虾兵蟹将罢了。

科茨说:"我们即将找到格里姆多尔的遗物,将军。'暗灯合作社'随时为您效劳。"

"很好。需要你们的专长时,我会告诉你。"

科茨走到门口,又停下来,嗅了嗅,"还有件事,将军。"

维克沃特放下他的杯子,"什么?"

"您用的是'头部和毛皮'吗?"

"当然。"

科茨点头,"我觉得我能认出这光泽度。为了刺杀任务,我把毛染黑了。当然,发根还是不断变回去。"

最后,W 动用了点关系,卡尔薇丝逃过了体育课。他的解释是:严格来说他们不是军方人员,所以不归指挥系统直接管辖。威廉姆斯的脸色由红转紫,仿佛快要沸腾。"好吧,先生。"他阴郁地说,"我会向相关人士解释。"

W 盯着约翰·皮姆号。"小心点,史密斯。"他说,"当心你的船员、你的船、森林、温斯科特、旅鼠人。什么都得当心。还要记住,这里的人,不管是人类、莫洛克人还是别的什么种族,是阻挡旅鼠人制造大屠杀的唯一屏障了。祝你好运,嗯?"

"谢谢。"史密斯说,觉得这位间谍对待他的手下实在坦率过头。

"噢。"W 说着从他的背包里拿出一个罐头,"带上这个,这是温斯科特的生日蛋糕。要是别的方法都行不通,你可以用蛋糕把他骗回来。"

02

河边战鼓

约翰·皮姆号的推进器启动后调到最低挡,离开了岸边。卡尔薇丝轻轻拨动引擎,蒸汽立刻从船尾升起,他们便悄悄地开始在水中推进,驶离了特隆多湖。

林木跨越整条河,在河中间相交。皮姆号滑入由此形成的隧道,太阳消失不见了。森林犹如巨兽的咽喉,热气弥漫,又近在咫尺。

苏鲁克站第一班哨,蹲在靠近背舱的船顶上察看岸边的伏击。理论上他们还处在帝国境内。然而尤尔人擅长渗透,即使是在这么偏远的地方,他们也可能已经有所突破。苏鲁克凝视着悬垂的树木。根据他长久以来的经验,如果旅鼠人可以选一种进攻方式,他们会回归本能,自上而下。

史密斯和卡尔薇丝一起坐在驾驶舱里,卡尔薇丝开船,而他则在泡茶。仓鼠杰拉德冲进它的笼子里,并未注意到潜伏在树丛中的大型老鼠。危机四伏,卡尔薇丝却似乎很开心。也许与种族灭绝主义者的大战还是不如与军士长一起越野长跑可怕。

两小时后，史密斯与苏鲁克交换位置。船继续向上游挺进，他把步枪放在身边，看向层层叠叠的树叶。

过了一会儿，他拿出了 W 的文件夹，像玩一手纸牌一样把纸摊到面前。

阿尔文·卡拉塔库斯·皮特·温斯科特少校，四十九岁，出生于帝国边陲的什罗郡塞孔都斯。他的父亲为克莱兹默国王，和"狂野民乐"演奏过单簧管。母亲是一位失败的人类学家，在伪造了六个北波哥大部落的资料后被解职。温斯科特还有个比他小三岁的妹妹，这张照片里她的样子看起来就像个掉进井里的复仇幽灵，她叫狄内索拉。

史密斯翻了一页。

温斯科特的童年时代过得很平静。小时候，他不和人交往，但成年后，他对愿意看他一眼的人来者不拒。他操心的父母明智地把他送到了军官培训学院。

温斯科特曾是个糟糕的士兵，对此曾有人在主要军事记录里草草写下一句"无法同别人一起行动"。要是被人看到他穿着制服，那几乎就是对制服的侮辱。除他擅长的破坏行动以外，他痛恨军队里的一切。

史密斯翻过好几张照片，他真心希望这些照片是私下里拍的。他在其中一张温斯科特盯着犀牛的照片上停留了一会儿。在下一张照片里，温斯科特和一群老年莫洛克人在一架伊甸第六空骑兵的直升机面前摆姿势。

在战争彻底爆发之前，新伊甸共和国曾向不信教者传播这个词，用的方式主要是射杀或偷走他们的东西。温斯科特被选中向莫洛克部落走私武器，原因是如果他被捕，哪怕他吐露真相，也没人会相信他说的话。然而温斯科特的狡猾和凶悍深得莫洛克人的喜欢，他们曾想把他留下当宠物。

"头儿？"

史密斯抬眼，瞬间就走出了温斯科特的人生。卡尔薇丝的半个身子探出了气闸，向他挥着一个杯子，"你的茶。你在读什么？"

史密斯给她看文件的标题，上面写着：情报，保密。

"像你的风格。"卡尔薇丝说，"我还是接着开船吧。"她说着便从舱口消失。

温斯科特永远都做不了正统英雄，他太疯狂。波兰总统访问期间，他把自己建立的声望丢了个精光。当时，在某场军事表演上，温斯科特先是当场拆了一枚激光炮，接着又剥光了自己的衣服。

而让温斯科特陷入低谷的正是战争机械事件。从突击队袭击的角度来讲，这是一次完美的行动，是一场出其不意的高级骚乱。在某个寻常的日子里，少校一手摧毁了噶斯特帝国的整个轨道码头，和码头上近四分之一的噶斯特人海军。唯一的问题在于当时噶斯特人尚未与地球交战。温斯科特被迫远离了他的敌人，是朋友们收留了他。

因此在那一整年里，温斯科特穿着睡衣看电视度日，不停地找隐蔽的地方藏好自己的药。史密斯读到一篇简短的报告，记录着这名少校曾试图抓着药品推车的下侧从桑尼维尔之家逃到贝维尔德雷德。温斯科特通过学习乌尔都语、中国普通话和斯瓦希里语来自娱。他还给《巨石日报》写声讨信，解释噶斯特人重生的危险。某一天，《巨石日报》一位与特工处有联系的奇闻专栏作家给他回了信，还附了一份金属文件。就这样，W招募了他的第一个外勤特工。战争爆发的那一刻，温斯科特是全世界最快乐的人，连头号噶斯特人都不如他那般兴奋。

史密斯听到有人在说话。他把文件搁在一边，拿起了步枪。他们没有旅鼠人那么高，听起来像一群人类。他爬到舱口，低头看着货舱，"苏鲁克？让卡尔薇丝开慢点，前面不太对劲。"

史密斯趴在地板上，把步枪支在前面。透过瞄准镜，他看见一道光，光源是灯，而非篝火。前方响起刺耳的金属噪声，听起来像个扬声器。

一艘攻击艇向他们滑了过来。两名莫洛克人操纵着船，另一个拿着一枚像武器的抓钩。船向岸边靠过去，让他们通过。

冷硬的白光涌入树干之间，仿佛森林里燃起了一簇盛大的火炬。米字旗悬在水面上。再配上搁板桌和雨水，这场景就成了埃尔加纪念日再现。

一名士兵在河岸上看着他们，他几乎隐没在树丛之间。"发生了什么？"史密斯喊。

"科学与环境中心在开音乐会。"那个男人也冲他喊，"吉米·霍利克斯和他的深沉尤克。你们是太空军团吗？"

"是的，怎么了？"

"你们走错了,兄弟。"他指指天空,"太空在那个方向。"

史密斯爬回船上时,听见来自助兴表演的扭曲哀号,"把船开到岸边,卡尔薇丝。我们去看看究竟是怎么回事。"

他们在气闸上集合。"你觉得我们会在这里找到温斯科特?"卡尔薇丝问。

"我觉得不能,但可能有人知道。他们似乎玩得挺开心的。吉米·霍利克斯是谁?这名字听起来很耳熟。"

蕾哈娜把手伸进头发里,试着把头发绑起来,"他是一位英格兰音乐家,非常厉害。他是全宇宙最好的尤克里里演奏家。"

"从这里听起来很可怕。"

"得了吧,"卡尔薇丝说,"声调都不对。啤酒棚里的演奏都比这好听多了。"

他们上了岸。一块差不多一百平方米的平台区被夷为平地,被士兵占得满满当当:大部分是人类,也有一些好奇的外星人加入其中。几名警卫看守着森林。史密斯瞥见一名塞伊追踪者在树干间徘徊,身上绑着射线枪。多数人的目光都聚集在这片林中空地另一端的舞台上,在那里,一座挂着红色帘幕、喷涂成金色的音乐厅在森林里拔地而起。

"把你的啤酒券给我。"卡尔薇丝说,"苏鲁克,帮个忙。"

史密斯把他的券递过去,"要一品脱斯塔尔沃特。还有,苏鲁克,拦着她,别让她带着啤酒跑了。"

苏鲁克笑了,"她跑不远。"卡尔薇丝开始扮无辜,史密斯和蕾哈娜走进人群。

喇叭里倾泻出刺耳扭曲的声音，快速紧张的弹奏被放大成了咆哮。人群在欢呼。史密斯搂着蕾哈娜：既是出于情不自禁，也是为了防止她迷迷糊糊在人群里走丢。根据她告诉他的一些往事判断，节日往往会对她产生影响。

一名西装笔挺的小个男子带着插电的尤克里里登上舞台。"嘿，开始了！"他说着，声音被喇叭变成了尖锐而喜悦的吼叫声，"我会为大家弹奏几曲。那么，帝国最棒的姑娘、小伙们想听些什么呢？"

史密斯左边的男人捧起双手大喊："吉米，弹《在惠比特小径上》！"

"《跨城电车》！"一个女人在后排叫着，"弹《跨城电车》！"

深沉尤克的成员们从舞台两侧出现，加入了吉米·霍利克斯。蕾哈娜把头靠在史密斯身上，他开始觉得自己的举动很明智。

"这是首慢歌。"霍利克斯说，"叫作《嗯，乔》。"

深沉尤克切入到这首刺耳的曲子里，这时，卡尔薇丝出现了。她右手拿着纸杯，左手揽着一名高个军官的腰。"我找到了这个男人！"卡尔薇丝说。

"该死，女人。"男人抗议，"我有老婆、孩子——哦，您是？"

"伊桑巴德·史密斯船长。这些是我的同事。"

"我知道了。"男人说，他得提高音量才能让史密斯听见，"达尔斯顿·品特尔少校。我是此站的负责人。您的飞行员不放我走。"

"这种事时有发生。"史密斯说。

品特尔少校将自己从卡尔薇丝手中挣脱出来，看着他们，"我早听说上游来了些奇怪的人，还是没想到你们居然这么奇怪。"

"我们在找一群突击队员。"史密斯说。舞台上,吉米·霍利克斯正在表演一首复杂的独奏曲——《又变成了紫色》。

"是吗?"

"您知道'深空作战小组吗'?"

"我可能有他们的第一张专辑吧。"

"那么温斯科特少校呢?小个子,脸色苍白,留着胡子。"

品特尔皱眉,"裤子呢?"

"恐怕没穿。"

少校点点头,"有这么个人。大概一个月前,一群士兵带他经过这里。他们看起来像特种部队。我觉得他可能晒得太厉害了,而且疯了。他们沿河往北走,说什么要炸一座桥。该死的毛绒玩意儿可能已经把他抓走了。"

"也许吧。谢谢您,少校。"

"很高兴能帮上忙。"

歌曲在号叫般的颤音中结束。吉米·霍利克斯整了整领带,凑到话筒前,"谢谢大家,真的太棒了。现在我想弹一首新歌,我把它当成新的国歌。"

品特尔四下环顾,好像受到了侮辱一般。"一首新国歌?我不能接受!拜托,各位。"他说,"保持秩序。"他冲进人群,愤怒地朝舞台走去。

"我们得走了。"苏鲁克说,"这消息为我们争取到了时间。"

"可我还想听音乐呢。"蕾哈娜说,"等等嘛。"

"我们会把船顶的气闸打开,"史密斯说,"那样我们就能听到了。我也知道这里很好,但记住,约翰·皮姆号上有小木屋和能用的厕所。"

"这确实很重要。"卡尔薇丝说,"好吧,我们回去。"

皮姆号离开了河岸,灯光几乎把天空淹没,河岸仿佛被火焰覆盖。蕾哈娜和史密斯一起坐在船顶上,看着人群缩小,又随着河道拐弯而消失。他们看不见了,但她还是坚持看了一会儿。空气中依然萦绕着尤克里里的声音。

我手捧一杯淡啤酒,
站在薯条店门口。
是的,我手捧一杯淡啤酒,
站在薯条店门口。
那个男人说:"要一根小黄瓜吗?"
我说:"好极了。"
我说:"孩子,怎么办?"
老天知道。
我说:"孩子,怎么办?"

史密斯在沙发上打瞌睡,苏鲁克捅了捅他的肩膀。"呃?"史密斯坐起来,说,"怎么了?"

"我们现在停靠在岸边。"外星人说,"小猪想做侦查。"

"卡尔薇丝?侦查?"

"她说她看到了她想追逐的生物。我认为这种对狩猎的兴趣值得鼓励。"

"等一下,你让卡尔薇丝出去狩猎?她一个人?"

苏鲁克似乎很受伤,"噢不,我怎么可能做这种事。她还带着蕾哈娜一起。"

"什么?"史密斯猛地坐起来。文件从他的膝上滑下去,温斯科特的照片撒落在地板上。"我们得把她们找回来。她们会死在那儿的。"

"我让她们遇到危险就尖叫。哦,马祖兰,我们好像被跟踪了。"

史密斯抓起他的步枪,"走。"

他们爬出顶舱,一张嘴呼吸就感受到潮湿而炎热的空气。他们接着沿船侧爬行。史密斯匆匆爬过时,机翼吱吱作响。他跳进灌木丛,某种长了很多腿的小东西急忙从他靴子上跑开。他希望蕾哈娜穿着她的鞋子。

树根像静脉一样附在森林的土地上,他们行进时,那些植物像要抓住史密斯的腿。树上有东西在向左侧移动,史密斯举起步枪,发现是一只喙猴吊着手臂在树枝间穿梭。

苏鲁克也许注意到了,但他没有表现出来。他只是比往常更谨慎地走着,偶尔抬头张望,或检查地面。外星人伸出手。"这儿。"他低声说,然后蹲了下来。

史密斯花了点时间才明白他的意思。相对此地过于艳丽的植被而言,蕾哈娜的扎染衬衫起到了惊人的伪装效果。卡尔薇丝站在她身边,被树干挡住了半个身体。几片蕨叶和一片锯齿状的叶子割裂了她们的轮廓。史密斯不知道此刻旅鼠人距离他们有多近。

"嘘！蕾哈娜，"他说，"过来。"

她转身，把手指放在嘴唇上。苏鲁克抬起眉毛，又抬起长矛。他小心翼翼地前进，步子踩得很高，像要把地面踩塌。

卡尔薇丝没转身，只是轻声说："看。"她朝某个方向指过去。有只动物正从树林间向水边走去。树干的阻挡使它看上去若隐若现。那是一只庞大的四腿生物，史密斯顿时明白了为什么卡尔薇丝敢冒险下船。它的背部比地球上的同类要短一些，双腿则更粗壮，也更灵活。它是浅蓝色的，但它的外形和卡尔薇丝声音里的惊叹都不容置疑。

"是匹小马！"

他们透过灌木丛窥视。蓝色的小马慢慢走向水边，靠在斜坡上。史密斯发现它察觉到了不对劲。他看向蕾哈娜，发现她眉头紧蹙，指尖压着太阳穴。

史密斯的小腿肌肉开始酸痛，他调整了站姿。一根树枝在他脚下嘎嘎作响。

小马四下环顾，鬃毛摆动着，眼神惊恐。卡尔薇丝说："不，不要——"但它还是转身冲进了灌木丛里。树叶像帘幕一样在它身后落下，小马消失了。

"你把他吓跑了！"卡尔薇丝尖叫着转身，直视史密斯的眼睛，"不要吓唬小马！"

她强烈的情绪惊到了他。史密斯说："我没有吓唬它。"

苏鲁克礼貌地咳嗽一声，指向丛林。

丛林在他们面前炸开。一个长着长牙的脑袋推开树枝钻了出来。后面跟着一个犀牛大小的身影，皮肤闪着光，仿佛带着病态，当彻底出现在众人面前时，它显得更加苍白。它的眼睛安装在立体锥上，像炮塔一样旋转。

不一会儿，一个声音从它身后传来。

"弗洛特！弗洛特，快停下！"骑手已经被甩了下来，背部着地，戴着眼镜坐在地上眨眼。他抚平外套，调整了下头盔。"你们好？"

苏鲁克盯着这名骑手，一脸的震惊与错愕。"莫尔加？你在这儿干什么？拉夫纳瓦尔枪骑兵们知道你在冒充他们吗？"

"苏鲁克？老天。"莫尔加摘下眼镜，盯着镜片，把它们重新装上，"噢，真没想到。什么风把你吹来了？"

"向尤尔的败类展开致命复仇。倒是你，怎么会穿这制服？"苏鲁克问，"上次我见到你的时候，老哥，你还在对地板采暖发表长篇大论呢。在安多尔的丛林里，温暖的毛巾架需求量很大吗？"

"实际上，我就是一名拉夫纳瓦尔枪骑兵。"莫尔加不以为然地低下头，像一位在处理一个恼人问题的老教师，"我受委托设计一个新的洗手间套房，因此，我也和枪骑兵们一起练习骑术。"

"呸！"苏鲁克说，"荒谬极了。"

莫尔加收好缰绳，坐了起来。"好吧，军队里的确发生了一些奇怪的事情。我们的医务兵以前是法国文学讲师，他告诉上校自己喜欢读巴尔萨克，他们就让他检查睾丸溃烂的二等兵。"

苏鲁克摇了摇头，"他们一定是想找曾坐镇'指挥'的战士。你以为他们说的是'马桶'就签了名。"

一只没有人类手臂长的小蜻蜓飞过,弗洛特张开它的大嘴。那是个潮湿的裂缝,它的舌头吐了出来,击中了昆虫并将它卷进嘴里。弗洛特愉快地嚼着,卡尔薇丝的脸耷拉下来。

莫尔加抱着胳膊,"那你做了些什么呢?"

"我?"苏鲁克说,"好吧,我杀了许多旅鼠人,取走了很多头颅,加入了这项伟大的事业,前来这个星球扫除作恶多端的尤尔人势力。哦,我也有孩子了,并且比你的好。也许我可以在你的某个迷人的坐浴盆里留下点我的卵呢。"

莫尔加扶了扶眼镜,"苏鲁克,我怎么听出了嫉妒的味道?"

史密斯觉得苏鲁克对此嗤之以鼻。这名老战士一向认为自己的兄弟有点软弱。也许莫尔加的人生即将翻开沾满鲜血的崭新一页。"嗯。"史密斯说,"祝贺你,莫尔加。能和枪骑兵共骑的人不多。说到这个,他们不是应该和你在一起吗?"

"什么?"莫尔加转身看向身后,"我们在巡逻,其他人应该——哦,该死的!弗洛特,追上他们。"他猛拉缰绳,夏达尔慢悠悠地开始挪动,"快,弗洛特!"

那头野兽冲向了旁边的一棵树,转瞬间就爬上了树干。莫尔加尖叫起来,显然和围观者们一样吃惊。弗洛特只顾接着向上爬,动作之敏捷与它的体型极不相称。这头夏达尔最终跳了出去,在空中悬了一会儿,又抓住了另一棵树。它的皮肤闪烁,变成深深的条纹绿色。"我会给你们寄贺卡的!"莫尔加在他们头顶某处大喊着,消失了。

"我担心他。"苏鲁克说。

"我得承认,"史密斯说,"他的确不像我想象中那种会加入拉夫纳瓦尔枪骑兵的人。"

蕾哈娜耸耸肩,"我不知道。我觉得莫尔加选择另一种职业也挺好的,哪怕是处在一个致力于维护帝国主义霸权的狭隘父权等级制度里。"

"我看到了一匹小马。"卡尔薇丝说,"嘿——莫尔加最好不要去追它,不要对它做任何事情,不然我可不答应。"

他们向上游推进,越来越接近源头。在行进中,史密斯仔细翻阅了文件,旅途也因这些资料而变得模糊起来,仿佛他们越深入丛林, 史密斯就越接近温斯科特的大脑。如果根据河道的曲折来判断,他们正处在他的结肠里。

蕾哈娜在冥想,通过听"粉色齐柏林"的音乐来强化她的通灵能力。卡尔薇丝已经把卧室搬到了驾驶舱,没法再搬了。不用看守的时候,苏鲁克就退到货舱里,练习他的矛。

他们经过了一只梭翼,它像巨大的鲨鱼鳍一样浮出水面。霍尔克一家子在浅滩上漫步,汲取水中的营养物质,又把水从尾巴上的孔里喷出来。一只四翼刀锋鸟落在舱顶,瞬间就被苏鲁克杀死。开始下雨了。

史密斯走进驾驶舱,坐在卡尔薇丝身边。她几乎隐没在羽绒被里。仓鼠笼里,杰拉德的转轮吱嘎作响。

"一切都还好吗?"史密斯问。

羽绒被动了动,"好。我们能吃了温斯科特的蛋糕吗?拜托了。"

"不行。如果你想透透气,我可以帮你开。"

"天,我不要。我说过我不会下船的,除非外面有小马。"

她四下张望。

"嘿,那是什么?"

史密斯拿出望远镜,"我什么也没看到。"

"不是,你听。"

史密斯停下,努力辨别发动机的隆隆声和杰拉德转轮的吱嘎声以外的响动。确实有声音,非常微弱,像音乐。

"我去看看。"他说。

他大步走向货舱,爬上梯子,打开舱门。苏鲁克蹲在船顶,在炎热的空气里一动不动。

"我听到——"史密斯开口,苏鲁克却举起了手。外星人抬头望着森林冠层和冠层之上的天空。

"喷气机,马祖兰。"他说,"喷气机和古斯塔夫霍尔斯特。"

突然,飞船开始在他们头顶咆哮,像流星一样撕裂天空,弯弯绕绕地飞着。总共三艘飞船,分别是"不列颠斗士""地狱火"和怒吼的声音完全盖过推进器声响的"战争使者之火星"。

战斗机没入天空之中,首船降落到森林线之下,开进了河面上的豁口,底盘上摇曳着蓝色火焰。河水从喷口上喷涌而出,仿佛有巨大的生物在水下肆虐。

音乐声震耳欲聋。导弹吊舱被人从机翼上拆了下来,取而代之的是巨大的卷边漏斗,形如留声机喇叭。《行星组曲》的音量如此之大，史密斯甚至觉得这声音足够穿透他的血肉，直抵骨髓。

终于，音量被调低到了能忍受的范围，一个声音从喇叭里冲了出来。

"什么哦？我想我认出了这个航空箱。什么情况，您的飞船是从天上掉下来了，还是怎样？"

史密斯看向苏鲁克，他们都明白对方指的是什么。这是铁翼司令夏特尔斯韦德的"地狱火"，是卡尔薇丝曾在惠灵顿总理战役中开过的那艘。他们正对着船用计算机讲话。驾驶舱里，夏特尔斯韦德挥了挥手。

"我们在轰炸旅鼠。"船身证实了他的话，它的起落架打开，在单调的机身上发着光，"看这里，他们给我装了新的着陆腿。应该可以干掉几个毛绒玩意儿！所以，那姑娘在哪儿？"

"卡尔薇丝？她在开船。我们在执行一个秘密任务——"

"喔，不用多说！我会跟我的人说清楚。"

"不行，这是秘密。"

"你说得对。我们正在炮轰尤尔人。他们正在屯聚兵力。我们会去骚扰他们，拖慢他们的进度。喜欢这音乐吗？这曲子可是把那些毛东西给惹毛了！你在往那儿赶？"

"是的。"史密斯喊。

"你当心点。旅鼠正在森林里横行。好好猎杀一场，伙计们！"

推进器咆哮起来，飞船升空，掉头后飞速冲向西南方，音乐从两侧流泻而出。史密斯确信自己都能听到自动导航仪跟唱的声音。

蕾哈娜站在那里，冲着梯子底部眨眼，手上燃着一卷烟。"我好像听到了什么。"她含糊地说,"在下雨吗?"

前方,一台侦察步行机停在浅滩上,像一只巨大的金属鸡。侧面喷印的英国国旗已经开始褪色。暴露在外的齿轮已被淤泥堵塞。一条腿上的踝关节在爆炸中变了形。飞行员躺在岸边,死了已经有一段时间。

"他大概是踩到了矿井。"史密斯说,"或者旅鼠。"

他们缓慢地经过步行机,仿佛拖着脚步绕过棺材一样。卡尔薇丝说:"帝国要完了,是不是?"

"当然不是!你怎么会这么想?"

她说:"我也不知道。我就是……不知道我们能不能赢。"

"我们当然能赢。我们是不列颠人,老天。我们有宇宙里最好的士兵。我们永不投降,永不言弃。"

"可尤尔人也不会放弃。"

"那是因为他们是愚蠢的疯子。我们要做的只是把他们都干掉。按苏鲁克的说法就是——一点也不亏。我们有道德品质,你懂的。"

"他们有旅鼠精神。"

"人类们。"史密斯循声望去。苏鲁克站在门口,双臂交叉。"前面那是一个头颅吗?"

"好像是。"卡尔薇丝严肃地说,背过身去。"该死。"她说着靠在挡风玻璃上,"怎么回事?"

他们转过河弯,眼前出现一个巨大的白球,约高十二英尺,有一小部分嵌入地下。史密斯看到它的正面有些凹痕。

"这是什么东西的头颅吗?"苏鲁克问,"它有伙伴需要我们去打吗?"

史密斯说:"卡尔薇丝,慢一点。"

"求之不得。"引擎轰鸣着调低了马力。

史密斯调整望远镜。他看到了白球正面的细节:粗糙的架子构成了皱起的眉头,下面有两个很显眼的洞。看到那咧开的嘴和西部火车上某个牛仔一般的胡子后,他发觉这东西像个在海滨咧嘴笑着的古希腊喜剧面具。

"是个雕塑。"史密斯说,"我觉得应该是想做成温斯科特的样子。"

卡尔薇丝惊叹:"真的?那东西?我得喝点儿酒。"

"我记得他要比这矮小一点。"苏鲁克评价,"也没这么开心。"

"他应该过得挺开心的。"史密斯说,声音里透着无法抑制的焦虑。他吞了口唾沫。"带我们进去。"他说着让自己振作起来,"我要去拿武器,还有杜松子酒。"

苏鲁克打开舱门,灼热难闻的空气瞬间就将货舱淹没,仿佛打开的是一盒烂水果。史密斯爬了出去,已经感觉到背上汗水的刺痒。他把蕾哈娜也拉了出去。她穿得异乎寻常的实用:古式军裤配上头顶上的绿斗篷。她就像皮克特人的精神导师。

那石雕头看上去像一个巨大的雪球。他们沿着约翰·皮姆号的背脊走下去,爬下机翼,走到湿软的土地上。

"这是一株藤蔓,还是一条睡着的蛇?"卡尔薇丝用手指指着说。

苏鲁克用长矛戳了戳,"藤蔓。"

河岸上,树木变得尤为茂盛,温斯科特的雕塑像个醉酒的巨人似的朝他们咧嘴笑着。它身上某些部分让他感到不适——不,他觉得这么说并不准确。它的一切都让他很不舒服。

苏鲁克发出了怪声,史密斯瞥了他一眼。"马祖兰。"莫洛克人说,"我们有同伴了。"

他机敏的双眼向右瞟去。史密斯望过去,看到一排甲虫人,每一个都是公牛般大小,距离他们五十英尺。他们沿河站着,一动不动。

"你觉得他们看见我们了吗?"卡尔薇丝低声说。

"希望他们看见了。"史密斯说,他用双手做成喇叭形状放在嘴边大声喊,"那边的甲虫人!你们好!"他回头看向他的船员们,"你们快招手。"

他们都挥起了手。甲虫人没有回应。史密斯觉得这是因为他们没有手。

他指了指雕塑。"这个,做得很好!干得漂亮!很……朴素。"他扭头向其他人求助,"雕刻出那些水滴鱼的人是谁?"

蕾哈娜说:"亨利·摩尔。"

"摩尔!"史密斯指着雕塑喊,"摩尔。"

这些甲虫人整齐划一地转身,默默走进了森林里。

卡尔薇丝看着他们离开，"如果这是他们做的。他们不是把这当成了冒犯，就是准备找你麻烦了。"

"我觉得这太棒了。"蕾哈娜说，"单纯的外星人，做出这么真实的艺术品。"

"其实，"史密斯说，"我觉得这东西可能是温斯科特自己做的。"

"哦，要是这样的话，就有点吓人了。"

一个男人从树丛后面走了出来——不像一直躲在那里的样子，倒像无意间发现了他们。

他戴着巴拿马帽子，身穿战斗装备，右大腿上绑着一把硕大的手枪，左边则是一个威士忌酒瓶。瓶子已经空了。他的胸甲很奇怪，上面画着领带和翻领。史密斯正是凭借这一点，还有那胡茬认出了这个人。

"德莱基特。"他说。

"瑞克！"卡尔薇丝惊呼。

德莱基特看了他们一会儿，仿佛他们激起了某种朦胧的回忆。接着他说："对，对。很高兴见到你们。尤其是你，小姐。"他对卡尔薇丝说。他的声音似乎逐渐变得坚定起来，仿佛他正朝他们走过来。

"你们还好吗？"卡尔薇丝问。

"我？被困在这儿，总是没有威士忌喝，只有尽力过好了。温斯科特的话，不好说，他不一样。"德莱基特侧身指着那巨大的石雕头像，"我猜你们一定觉得这挺吓人的，但你们得理解。这里一切都不太一样。规则也变了,兄弟们。温斯科特——我该怎么说呢?他是个神秘主义者,能看见别人看不到的东西。他是最后一位战士诗人。他并不仅仅是——哦,我在开什么玩笑?那家伙就是个疯子。"

他走上前,卡尔薇丝跑过去一把搂住他。"嘿,小姐。"德莱基特说,"我很想你。我们这儿什么都有,就是没有贵妇和像样的卫生设施。"

卡尔薇丝的手臂稍稍松开了一些。"能听到你的声音真好。"她说,"我大概知道你在说什么了。"

"温斯科特的人从小镇跑路时,"德莱基特说,"头儿派我跟进这个案子,要我跟他协商,或者让他停手并抓住他。但实际上,赢希腊人尼克一场掷骰子游戏都比给温斯科特少校下药容易得多。他几乎对药物免疫,他嗑过的药比大麻成瘾的吸毒鬼都要多。你要想把他弄晕过去,需要比摩西带回来的石片更大的药片,你还得把药塞到他脑袋里去。"

"我不建议这么做。"树叶间传来一个声音。首先从绿荫的缝隙里现身的是激光武器的枪管。拿着枪的是苏珊,她的左手放在电源包上,右手放在扳机上。她看上去一如往常般聪明——哪怕隔了这么远的距离:射线枪保养得很好,袖子卷得规规矩矩,阔边呢帽下是精致的赤褐色辫子。"很高兴见到大家。"她说,"近况如何?"

"挺好。"卡尔薇丝回答,"你呢?"

苏珊瞥了一眼那片绿荫,压低了声音:"我猜你们是来让温斯科特回去的,我会在合理范围内帮你们。"

"谢谢。"史密斯说。他知道苏珊是值得信赖的。她也许不像她的上司那样拥有鼓舞人心的领袖气质,但她足够专业。

"我来这里已经很久了,久到他们都给我取绰号了。"她边说,边眯起眼看向树丛,"他们叫我'明智的苏珊'。"

"为什么?"

她朝着那巨大的石雕头像点点头,"这是相对的。"

一个男人站在石雕头像上,仿佛那头像发了芽,而他是芽尖。他穿着靴子和内裤,戴着一顶遮阳帽。他身上满是泥土,像要把自己打扮成老虎的样子。史密斯暗忖,看这个样子,说温斯科特在公园长凳上度过好几周都是可信的。

温斯科特跳下来,双手合十,跨步走来。他那胡子拉碴的脏脸上挂着灿烂的笑容。"伊桑巴德·史密斯,是吧!"少校伸出一只手,他们握了手,"欢迎来到我的住所,你觉得怎么样?"

"好吧——"

"很……呃……很天然。"蕾哈娜说。

"说对了。"温斯科特说,"我们在此与自然和平相处,对我们偷袭旅鼠人很有帮助。"他说着露出了得意的笑容,"你知道那些尤尔人叫我什么吗?"

"穿短裤游走的鬼魂。"史密斯说。他并不希望少校再说下去。

"现在不是了。现在是'不需要短裤的鬼魂'。他们怕我们,史密斯。我们在战线之外,偷偷靠近他们,在他们自己的游戏里打败他们。"

史密斯认为他所说的或许是真的。尽管我行我素,温斯科特却是个正直的人,他杀过的旅鼠人也许多到难以想象。

"我觉得我们好像被跟踪了。"史密斯说。

"跟踪你们?"温斯科特说,"不会的。旅鼠们正埋伏着等你们送上门呢,而我们也一直在等着他们。"他向后拉扯一根粗枝,把它拽成一帘叶幕。幕后,三名尤尔人躺在一堆乱糟糟的东西上。他们的皮毛被染成了绿色,刺刀被烟灰和粪便熏黑了。一名塞伊蹲在他们的尸体旁,抬起长长的脖子,像蓄势待发的眼镜蛇。"别忘了检查他们的脸颊。"温斯科特说。塞伊表情扭曲,他又说,"在他们脸上!"说着松开了树枝。

"你们暂时安全了。"苏珊说,"但我们会派一名警卫到你们船上。"

温斯科特指向那个巨大的白色头像。"喜欢这个雕塑吗?"他问,"它看上去就是石头,却是甲虫人为我做的。好吧,准确说是滚出来的,但心意最重要,对吧?我们从旅鼠人手里救出了很多甲虫人。尤尔人劫持了他们的一个村庄,还想把他们的腿一条一条拔下来。记住,史密斯:我们对付的是一群病态又疯狂的人。"他狠狠提了一把他的内裤,开始往河岸上爬。"既然你在这里,我们会搞一些活动。告诉我,史密斯。"他回头说,"你对猫头鹰有什么看法?"

"什么?"

"猫头鹰。喜欢吗?信得过它们吗?"

"呃,我觉得它们不错吧。"

"很好!看看,苏珊,我就说他是做丈夫的料。"

温斯科特大步走开，苏珊摇了摇头。"抱歉。"她说，"药片在作怪。"她说完，也跟着他走了。

营地由几把折叠椅、几个伪装得很好的帐篷和一些空心圆木组成。史密斯不确定它有多大，远处的树丛里有些身影半藏在灌木丛里移动。他好奇温斯科特的行动规模到底如何。"沏茶，克雷格。"少校对一名精瘦的金发男子说。不一会儿茶就泡好了。

"我们给你带了份礼物，"史密斯说，"是个生日蛋糕，来自最高指挥部的问候。"他转向卡尔薇丝，"把蛋糕拿出来吧。"

她的脸上闪过一丝惊恐和愠怒。"不能给你那个漂亮的蛋糕！"她咬着牙，过了一会儿，又恢复如常，"当然。请尽情享用我在林子里一路拎过来的蛋糕。开动吧。"

他们围坐在一起喝酒吃饭。顶棚遮住了可怕的大太阳，但它的温度依然高得让人难以忍受。好在茶香减弱了一些植物腐烂的味道。

"我们一直在和旅鼠恶战。"温斯科特说，"这里是我们的地盘，也是他们的。当然，从来都没有绝对的安全。"

"你有多少人？"

"战士？大概百来个。四十六名人类、二十三名塞伊、八名莫洛克人。还有的就是甲虫人了，但他们主要负责搬东西。"

史密斯不知道自己能在森林里走多远。不知道杀死他的会是那些动物，或是尤尔人，还是森林里的植物？没准他会尴尬地死在一丛兰花手下。

"温斯科特，"他说，"我能和你单独谈谈吗？"

"晚餐来了。"苏珊宣布,"今天,在粪便庄园里,让我们从一道经典老菜开始——布朗熊饼干,不仅可以消除饥饿,还不能消化。这些可爱的小东西可以焊接起来制成黑板,或单独拿来做屋顶。接下来是肉菜,我们有……呃,肉,是罐头。猫十有八九都喜欢这东西。最后是布朗熊饼干形的特别招待,是水果,里面加进了葡萄干或死虫。我不确定到底是哪种。"

一名塞伊端着盘子走过来,卡尔薇丝希望里面装了食物。至少,这东西看起来热气腾腾。

她从未认真观察过塞伊:他们都很害羞,没什么资源,科技发展水平也很低。他们主要的技能是跟踪——在科瓦拉峡谷对付尤尔人的时候,他们证明了自己的这项技能,他们在帝国军队里找到了自己的一席之地。她觉得他们很幸运。凑近看,塞伊像恐龙、鸸鹋和羚羊的结合体。他们穿童靴,戴帽子,背上披着伪装斗篷。这名塞伊的脖子上挂着一圈红色羽毛,仿佛一只奇特的蜥蜴身上长出了褶边。

"这里。"他说。他的肩上别着一个小喇叭:这喇叭能帮塞伊念出他不会发音的单词。"拿起来,伙计们。"

卡尔薇丝接过盘子,"谢谢。"

"您太好了。"苏鲁克说着接受了他的服务,"这是吃的吗?"

"给你们点建议。"侦察员说,"看到那些有紫色小斑点的小饼干了吗?那些斑点不是苍蝇,而是某种水果。这该死的军队太卑微了,配不上真苍蝇。"这外星人像天鹅似的垂下了头。"请原谅我的举止。"他说,"但我的手够不到我的嘴。"他舀起了一堆淤泥,抬起头,把它倒进喉咙里,"那你们是要把少校带回去,对吗?"

卡尔薇丝点头,"我希望能。"

"温斯科特挺好的。他就是有点……呃……"他试图去拍自己的脑袋两侧,但够不着,"……疯,但他公平对待每个人,也很诚实。他毫无保留。"

"那是肯定的。"卡尔薇丝说着想到了温斯科特的裤子。她都不饿了。

她往左瞥了一眼,看到苏珊已经吃完晚餐,拿出了一本平装书,读得很投入。让卡尔薇丝惊讶的是,封面是一个劫匪抱着一个只穿了一件胸衣的女人。书名叫作《承受并传达你的爱》。"听着,兄弟。"塞伊说,"你们回去的时候,苏珊,你不能丢下我们。你不会丢下我们吧?一个部落不能没有女族长。"

"我觉得我们都会回去。"

"是吗?"他抬头,盯着树丛看了几秒,又回头看向她,"在这种地方,过一段时间你就会找到活下去的方式。你会走上神道,你懂我说什么。"

"是的。"苏鲁克好奇地看着追踪者。

"你懂我在说什么。"塞伊说,"你走神秘之道。你狩猎。你的子弹早已耗尽,所以你用回了老派的方式,给自己找了柄长矛。我们就是这样在科瓦拉峡谷打败他们的。"

"我从没用过子弹。"苏鲁克说。

"该死的赔钱军队。"塞伊说,"他们至少可以给你把枪,兄弟。"

他站起来,"很荣幸能跟你们交谈。"

"我们也是。"卡尔薇丝说。她还在犹豫是否要握手,侦察员却抢先一步伸出了手。"先生——"

外星人缩回脑袋,"小姐。"她说,"第二女猎手阿里克。"

"波莉·卡尔薇丝。"

她看着这名外星人把她的盘子递给一个正在洗碗的面露凶相的高个男人。卡尔薇丝四处张望,蕾哈娜在她身边,形同空气。"能看到这样的平等共处可真好。"蕾哈娜说。

"我不觉得。"卡尔薇丝说,"他们倒是都一样疯。"

温斯科特把史密斯往森林里带了大约十码,刹那间其他人都不见了——至少,史密斯已经看不见他们了。

"一直以来我都看着旅鼠们东躲西藏,他们身上都开始长地衣了。"温斯科特说,"毛刺也卡在毛皮里了。用不了多久,就跟打蓟丛一样了。"他双臂交叉,"我不会回去的,史密斯。"

"听着。"史密斯说,"你会回去,必须回去。我奉命告诉你,你不能再这样做蠢事了。这可不是一场板球赛。"

"嗯,我喜欢这样。"少校说,"我明明在这儿取得了一些成果,总部怎么有胆让我回去。他们最擅长的就是拖慢我的进度。在这里,我可是穿着裤子的。"他低头看看,补了一句,"当然,这就是个隐喻。"

"你没穿,老兄。我知道他们在营地做什么。不过说真的,你说他们只会动嘴,连底裤都不穿了,可是很有胆啊。"

"是吗?"温斯科特向身后看了看。他夸张地指了指森林,"我让旅鼠们张皇逃窜。我让他们对着我摇尾乞怜。而现在总部想让我退出,推倒重来,好让他们来统领一切吗?不可能!我有我的行事方式,在我这儿所有人都一样!他们也都有自己的方式。显然,每个男人都是如此。女人和外星人除外,你知道我的意思。"

"这行不通。"史密斯说,"帝国需要你,温斯科特,也需要我们。旅鼠们嗜血如命,如果我们想打败他们,就必须团结起来。"

少校眯起眼睛,眼神却很炽热,"你知道你是谁吗,史密斯?你就是那些人专门派出去做脏活累活的男孩。"

"我希望你指的是报童。"

"是跑腿小弟,就这么回事。"温斯科特回头看了眼森林,愤怒从他脸上褪去。"我不想回家。"他说,"我喜欢这里。"

"我知道。我听过你发回来的消息。"

"噢。"那一瞬间,温斯科特看起来很尴尬,"是的,但我觉得那东西没什么参考价值。我当时在试验这里一些植物的药用特性。我……服了很多药。"

"回来吧,温斯科特,总部需要你。"

少校叹了口气,"史密斯,我回去没有任何好处。想想那些该死的命令和破事。我没法像正常人那样做事。出于某些奇怪的原因,女人都不愿意接近我。每次我离开一段时间,当我回来的时候,一切就都不一样了。不久前我曾去探望我在多塞特的妹妹，可我什么都认不出来。"

"文件里说你在也门坠毁了。"

"是吗？"少校看向别处，"是这么回事吗？好吧，谢天谢地。"

史密斯不知道这么一个穷其一生都在制造混乱的人，该如何回归平民生活。如果不先勒死图书管理员，再把大楼炸掉，温斯科特该怎么去图书馆还一本书呢？他又怎么能和苏鲁克以外的人交朋友呢？

史密斯忽然就为温斯科特感到遗憾。他从未想过有朝一日自己会对一个以内裤和泥巴蔽体的暴力狂人感到同情。"这样，如果你回去，我会尽我所能让你随心所欲地去炸东西，只要那东西不属于帝国。"

"那你会参与明天的突袭吗？你保证？"

"我保证。然后你得回去。"

"好吧，那我答应。如果他们需要我，我就向你保证。"温斯科特说，"明天，我们要痛击尤尔人。然后就回家去。上吧。"他说完，转身回到营地，"我们得帮忙准备晚餐，把饼干分成两半需要两个人合作。"

史密斯躺在帐篷里，看着屋顶上爬虫的阴影。即便已入夜，森林里还是很嘈杂，蛙鸣和鸟啼声清晰可闻。黑暗中还有咆哮声：听起来像狐狸在叫。蕾哈娜躺在他身边，身体的一部分压在他身上，即将入睡。

帐篷总是叫人失望。他想。一个原因是它实在不好闻，而她紧贴在身边所带来的兴奋也很快就会因为她的体重而消耗殆尽。他穿睡衣时还差点把整个帐篷掀翻。

右边某个地方传来一声喊叫："哇唬！"

蕾哈娜抬起手，眨眨眼，"什么声音？"

"我也不知道。"史密斯说，"可能是一只野鸟，也可能是交配的声音。或者就是卡尔薇丝在喊。可怜的老德莱基特，可有得他忙活了。我还是希望他们小点声。"他顿了顿，"我可不想因为她在这儿，大家都得忍受这种动静。"

蕾哈娜动了动她的手，"你还不是在忍着。"

"因为有你在这里。"

03

河岸上的动物

"集合!"温斯科特说。他用几把刀将地图钉在了一棵树上。显然,看看地图边缘那些镂空桌布一般的小孔,就能猜出他总是这么固定地图。"我有好消息,也有坏消息。今天我们要去攻打敌人某个重要的基地。但另一件事是……我们要回家了。"

他们围着树差不多站成了一个半圆:人类、塞伊、莫洛克人,甚至还有带着额外装备的甲虫人。蕾哈娜站在史密斯身边,苏鲁克在人群后面徘徊。卡尔薇丝拉着德莱基特的手,他那模样看起来像被绑在风洞里的椅子上过了一夜。

温斯科特敲敲地图,"这就是那个地方。"

史密斯盯着等高线上如同覆盆子波纹冰激凌般的旋涡。"这些是什么?"他指着那些铅笔画出的十字记号问。

"热点。"苏珊回答。

"就是我们炸过的那些地方。"温斯科特说,"刚开始我们只是这样把它们标记出来,但后来我开始怀疑背后还有其他因素。"

"尤尔人发动进攻时一贯奸诈,而他们在防守方面也同样如此。你们要对付的旅鼠人是啮齿动物,生来擅长挖洞。所有旅鼠重型防御都是储藏室、护柱、隐蔽的炮台和其他一些东西建成的蜂窝结构。遗憾的是它们好像都没有厕所。尤尔人选择的挖掘点,既不是显眼的防御工事,也不是什么有战略价值的地点,也就是那些他们认为我们很有可能会经过的地方。换句话说,他们挖掘基地时似乎并没有明确的目的。"

史密斯说:"嗯,他们都是疯子。"

"他们在找一样东西。金子、矿产还是大量的葵花种子——我不知道,但比起追着我们大喊'尤尔的荣光',这世界上一定还存在某种他们更想要的东西。"

"也许他们是要去冬眠。"卡尔薇丝说。

少校点点头,"说得好,飞行员波莉。尤尔人并没有埋下很多地雷,但他们也留下了自杀部队。这群混蛋会把自己关在下面,然后夏天来临时,在我们的队伍身后发起攻击。但他们的行动规模还要更大,毕竟我讲的是挖掘。"温斯科特又敲了下地图,"就是这样。我们的人一直在侦察:尤尔人到处开凿井眼、挖掘隧道,我想把它们一网打尽。"

苏珊咳了一声。

"哦,对。为了回报你们对我的帮助。"温斯科特说,"我想我会和你们一起回大本营。你们觉得怎样?"

史密斯皱眉,"很好,但你必须遵守诺言。"

"我当然会。这是我的承诺,不是吗?好了,我要说明,我希望有孩子的人不要参加这项任务。"

"很危险,是吗?"

"不是。我就是受不了他们总是聊孩子。我为什么要关心小吉米得了什么游泳奖章?我他妈是个突击队员,老天保佑。"

他们准时在十点出发,但最后还是比计划落后了四分钟,因为卡尔薇丝要上厕所。他们的行进很艰难,因为没有像样的路,走在前面的只能踩倒植物为后来者开辟道路,而史密斯不愿意用他的剑去砍叶子。

"你做得对,伊桑巴德。"蕾哈娜在他身边说,"这里的生态系统很精密。"

"其实我是担心如果我攻击这些植物,它们也会反过来攻击我。"他说着扯开一根树枝让她通过。

德莱基特没有这种顾虑。他一路砍伐开路,跟在后面的卡尔薇丝似乎觉得他很有意思。某一刻,德莱基特超越了史密斯和蕾哈娜,卡尔薇丝扭头低声对他们说:"多有男子气概!"接着就拧了一把德莱基特的后背。

侦察员给他们带回前方消息的时候,他们停了一会儿。蕾哈娜走到队列前排和女猎手阿里克说话。史密斯检查了他的武器,擦掉了脖子上的汗。他不确定在外面待多久,枪会开始生锈。

苏鲁克在他身边停下,"你还好吗?马祖兰?"

一根粗壮的树枝从一棵潮湿的树上掉到了史密斯右手边。他四下观察,看了好几秒,确定它不是旅鼠的伪装。

"什么也没有。"苏鲁克说,"走吧。"史密斯跟上。"在这样的旅途中,"苏鲁克评判道,"必须保持警惕。我一直在创作一首长诗,用一首史诗歌曲来讲述我的事迹。"

"真的?"

"是的。我给你唱一段:

我名叫苏鲁克
住在隔壁房间
我有威武的长矛
我爱头骨和作战
你觉得这很麻烦
也许是个挑战
而你很可能说对了"

他停下等待掌声响起。

史密斯说:"就这样?"

"我还在创作第二段。我们这才走了四个小时。"苏鲁克蹙起眉头,"必须让我的事迹流传下去。"

"嘿,苏鲁克。"卡尔薇丝在后面说,"你所有的光辉事迹,你觉没觉得自己有时可能有点,我不知道怎么说,呃,有点虚荣?"

外星人瞪着她,"我,杀戮者,虚荣?虚荣可不是我的毛病。"

"垃圾。你太虚荣——"

"嘘！"苏鲁克举起一只手，众人瞬间陷入沉默。他耸了耸肩，"我好像听到了尤尔人的动静。我猜他们在讨论我。"

前方，温斯科特正在和苏珊说话。她离经叛道地把自己的辫子绑进了束枪带里。这两个人在一起，看起来就像一对准备对尤利西斯·凯撒干坏事的古代英国人。"有时候，"苏鲁克说，"我觉得你应该和苏珊结婚。她很会玩武器。"

"她不是我的菜。"史密斯说，"还有，我还不确定她到底站在哪边，你应该明白。"

"噢，我明白。"要是苏鲁克有鼻子，那么他现在拍打的部位就是鼻子，"你觉得她是智慧人？"

"我觉得你没搞明白。我们都是智慧人。"

"是吗？你们都是？这是什么原理？"苏鲁克直摇头，"人类啊。"

地面开始向上倾斜，空气变得炎热潮湿。史密斯分不清自己脸上究竟是汗还是凝结的水珠。他望向右边的树丛，看见几只肢体细长的六眼狼在观察他们。他们一定是在寻找掉队者。想到这里，他本能地查看了一下卡尔薇丝。

她很好。和德莱基特重聚后，她异常活泼。她不知说了什么，他就哈哈大笑着把他那巴拿马帽戴到她的头上。

史密斯盯着他们看。"嘘！"他嘶声说，"记住，尤尔人无处不在。他们是残暴的疯子，不像常人那样思考，不像……"他看看站在小径高处的温斯科特，又回头望望，"不像我们那儿的人。"

前方，小组的技师尼尔森扭头看过来，迅速打了一个"砍"

的手势。史密斯僵住了。尼尔森往回走,轻巧地穿梭在树丛间。"我们到了。"他说,"少校希望大家先看一下。"

史密斯让他的人上前看。温斯科特的部队的确很有战斗力。经过那些全副武装的人类和外星人身边时,他想。多数人类和莫洛克人都带着少尉激光步枪,依靠这种单脉冲枪,可以在进攻尤尔人时轰出大洞。塞伊的脖子太长,很难学会使用步枪瞄准器,因此偏爱自动武器和射线枪。

七十多码处,尼尔森说:"请安静。"

他们匍匐前进。温斯科特招手,史密斯赶忙跑去见少校。

温斯科特咧嘴一笑:他的牙齿或许是他身上唯一一块没有沾满污泥的地方。他走进灌木丛里,拉下一把叶子。

他们站在河边,望着平坦开阔的山谷。河水已经干涸,唯一一条细流从宽阔的河床中央奔流而下。河岸陡峭,但尚可通行。人可以沿着河岸爬下来。

史密斯拿出望远镜。

水边移动的身影确凿无疑。那壮硕的身体,还有那粗短的腿、长长的鼻子和打过蜡的垂须。尤尔人看起来似乎曾经也很可爱,后来却被魔鬼附身。他们中大多数都带着枪:标准款马克四用攻击兵器,可以用作刺刀、行刑工具、开罐器,并在危急时刻开火。其中一部分——十分之一左右的旅鼠人都配备了战斧和左轮手枪,那些是军官。当然,有些还穿着胸甲,戴着有假耳的头盔。他们是骑士。史密斯意识到:尤尔贵族,正是整个肮脏群体中地位最高也是最残酷的。

"像不像一大堆黄铜？"温斯科特低声说，"我有没有告诉过你我曾在先古里高地收缴过一支长矛？"

大批的脚手架覆盖了河对岸。一根杆子从一队尤尔奴隶架起的脚手架上立了起来。他们把它拉起来，头朝上，再让它落下。杆子像攻城槌一样撞在地上，扭进泥土里。

"看上去像个钻头。"温斯科特说，"让我们杀了他们。"

苏鲁克开口道："我同意。"

史密斯放下望远镜，"嗯，这是你的舞台，温斯科特。但他们拿着钻头，一定是有什么阴险的计划。"

温斯科特退了回去。苏珊在不远处等他，手拿地图，身前挂着射线枪。他们开始讨论。

"怎么了？"卡尔薇丝紧紧抓着她的猎枪轻声问。

"我们打算和尤尔败类大战一场。"苏鲁克说。

"天呐。我们非得打吗？"

"是的，小猪。"莫洛克人说，"想象一下取下他们空空如也的头脑，你不觉得神清气爽吗？还有什么事能比冲进尤尔人中间，从那邪恶的鼻子上劈下胡须更爽？"

她皱皱眉，"坐在浴缸里，喝便宜的红酒。"

"伙计们。"蕾哈娜说，"我现在感觉到了敌对氛围。"

"是吗？"苏鲁克说，"那么五分钟内你就能好好体会一把了。"

蕾哈娜叹气，"真遗憾大家不能都成为朋友。如果尤尔人不是那么热衷于种族灭绝，他们说不定也会是很好的人呢。"

史密斯低头检查步枪。"那群混蛋觉得他们的帝国比我们的更好。"他说，"冲这点就够开战了。"

树叶在他们身后沙沙作响，德莱基特出现了。"好了，各位。"他才开口，卡尔薇丝就抓住他猛地亲了一口。"该死。"他说，"悠着点，虎小姐。苏珊打算让我们分两组进攻。闪光弹升空后，我们会冲进去。在那之前，要像逃犯一样保持低调。我们拉杆时，你们就开始行动。懂吗？"

"一如往常。"史密斯说。他靠在一棵看起来既没有毒性也不食肉的树上，把他的步枪架在一根树枝上。"跟紧我，伙计们。"他说，"我们已经和这帮混蛋干过了。只要保持冷静并且——"枝叶中突然蹿出一团火球，撞到脚手架上爆炸了。"他妈的该死！"史密斯大喊。

脚手架塌了一部分。旅鼠人从被击中的巢穴里涌了出来。爆炸的巨响犹在耳边，史密斯却已经听到了那熟悉的吱吱战吼。

一名左臂烧着的旅鼠人冲出来。史密斯把他扔进了河边的泥里。这一投水准不高，史密斯想。他瞄准一名咆哮着从废墟里逃出来的旅鼠，开了一枪。枪托震了一下史密斯的肩膀，那名旅鼠人在黑暗中倒下。

左边的树丛里传来一连串枪声。一群旅鼠人愤怒而迷茫地冲向河边，他们的长刺刀闪闪发光。他们大喊大叫，指指点点。

苏珊挥动射线枪，尤尔军团迅速崩溃。激光轻松地将他们切成碎片。这可是脏活。史密斯想，心中好奇：如果他们还能挥动刺刀，他们会做些什么呢？

脚手架后面突然亮起一道光。五颗闪光弹被点燃，沿曲线上升到头顶的高度，又开始下降，速度慢到不可思议。

森林爆炸了。叶子爆裂开来，大块的树皮像弹片一样嗖嗖作响。史密斯畏缩着躲起来。有人在尖叫。

"那是一个——"卡尔薇丝叫着站起身，"他们搞到了这东西！"

"迫击炮？"蕾哈娜不太确定。她似乎根本没有躲避的意思。

"是的！快趴下！"

史密斯转身投入战斗，心中的震惊仍未褪去。整个尤尔军团正向着浅滩发起冲锋。水根本无力阻止这群外星人，淤泥稍稍拖慢了他们的速度，但还远远不够。迫击炮像蒸汽一样嘶嘶叫着，又一批闪光弹升空，速度慢得近乎残忍。

"趴下！"苏鲁克大吼。他们周围的森林被炸开了。一根木头如被掷出的木柱一般朝他们飞过来，击中另一根树枝后，旋转着猛撞向灌木丛。莫洛克人拽着卡尔薇丝的衣领起身。

"我们不能留在这儿。"她惊叫。

"是的。"苏鲁克咆哮，"但现在还有旅鼠人要解决，所以不能走。马祖兰、小猪、蕾哈娜，战斗已经打响了。看！"

尤尔军团几乎已经成功渡河。激光射杀了其中许多人，有几名前锋已经受了伤，但他们差不多都已来到了对岸。一名军官上了岸，怒吼着将华丽的战斧挥过头顶。老天。史密斯心想，一大群恶魔。有谁能——

突然，一个瘦削的身影从灌木丛里窜到河边，朝着尤尔军官冲刺过去，一刀封喉。

"为了帝国！"温斯科特吼道。

"一点儿没错！"史密斯说，"大家跟上我！"

他向前冲去，感觉到灌木丛刮过他的外套，不知是什么东西绊住了他的靴子，他绊了一下，屁股着地摔倒了。他在泥槽里前进了十英尺，助跑加速，跃出了森林。他在空中飞了一会儿，泥土恰如其分地从他身上落到岸上。

他起身，惊讶于自己竟能成功双脚落地。还不算糟糕透顶。正想着，背后传来吱吱尖叫。"去死吧！"一个浑身是毛、手提刺刀的硕大的身影向他飞奔过来。

史密斯拔出"开化者"，竖起锤子，苏鲁克从上方猛地砸到旅鼠人身上。他的长矛一击致命。"接着干。"苏鲁克吼着指向尤尔军团。

迫击炮继续轰炸，温斯科特的人冲出森林，绿荫依然在他们身后迸裂。塞伊是天生的跑步健将。女猎手阿里克冲向一名旅鼠人——比起猛兽般的尤尔人，她纤细得如同一只苍蝇。她会死的，史密斯猜测。她那细小的臂膀——

旅鼠人举起斧子。塞伊跳起来，两只脚跟狠狠踩进了旅鼠的鼻子里。他的头盔碎成了六角手风琴。噢，史密斯想着，怪不得他们的手臂那么细小。

约二十码远处，一枚手榴弹在水面上爆炸，一团团泥浆飞溅到空中。一名尤尔士兵停下脚步，举起步枪。史密斯双手举着"开化者"瞄准，击中了旅鼠人的胸部，那野兽的脚步开始不稳。他挣扎着起身，史密斯又给了他一枪。这次他似乎终于停止了挣扎。

苏鲁克从一个毛茸茸的硕大躯体上起身。卡尔薇丝气喘吁吁地蹲在她的猎枪旁。蕾哈娜举起双手，一枚迫击炮弹在他们头顶的高空中爆炸，如烟花一样毫无威胁。

卡尔薇丝不如往常那般惊恐，那是因为她在生气，她的左半边身体沾满了泥土。她努力跟上史密斯，这个团队由他负责，他还有一支大枪。她屁股着地摔倒了，在一个闻起来像退潮时的渔村的地方爬了大约二十码。这个时候，看着旅鼠人过河冲锋的不真实感丝毫不亚于恐惧。

但她还是一样希望自己此刻能置身别处。

"万岁！"一名士兵傻兮兮地大喊着冲向她，她很轻易地就扣动扳机击中了他的后背，他倒在浅滩中开始挣扎。有人出现在她身边——幸好是德莱基特——他双腿叉开，帽子耷拉下来，那样子仿佛要匆匆离开一个犯罪窝点。

左边五十码远处，一名尤尔军官和一名塞伊追踪者扭打在一起，突然间，塞伊失足跌倒。那名军官举着一个像条大蛇的东西，向他的战神吱吱尖叫。卡尔薇丝感到一阵恶心，她发现那是追踪者的头和颈。"深空作战小组"的克雷格从旁边冲过来，用步枪猛击他的脑袋。

苏鲁克涉过浅水区，长矛挥得钟摆一样，扫下一个个毛茸茸的脑袋。几名旅鼠人沿着脚手架往上爬，即将爬到顶端。其中一个试图用肚子砸向苏鲁克，失手后直坠入水中，溅起一圈水花。苏鲁克把他像鱼一样戳起来。

他抽出长矛，看见前方三十码处有一个尤尔军官。几乎同时，对方也看见了他。

这名军官从腰间抽出战斧，高举过头顶。"肮脏的野蛮人！"它高喊，"为了尤尔人的荣光！"

相对他那粗短的双腿，这名旅鼠人的移动速度很快。他脚踩着活塞似的泥浆，尖叫着在泥地里穿行。他的声音逐渐上扬，变成了夹杂着仇恨的颤音，唾沫横飞。

他在离苏鲁克二十码左右的地方开始加速，疯狂冲刺。十码处，他双手挥斧劈砍。

苏鲁克向右闪了六英寸，抽出长矛。他感到被刀刃擦了一下，尤尔军官与他擦肩而过，向前迈了三步后又停下。

苏鲁克把手放到下巴上，礼貌地咳了一声。旅鼠人的脑袋掉了下来，身体撞向地面。

"废物。"苏鲁克说。

蕾哈娜看着迫击炮弹升空，她举起双手，仿佛在跳一支形意舞。炸弹爆裂，碎片啪啪作响，对森林冠层却毫无影响。

下游处，苏珊大叫"上膛！"，尼尔森掩护她，她则把一块新电池拍到射线枪顶部。她提起枪，轻敲通风杆，向前推进，开始盲射。两名尤尔人把一样东西拖到了脚手架顶部。苏珊挥动射线枪射击，一道三脚架式的死亡射线切开了这两名旅鼠人，他们的枪也成了碎片，跌落在地。"好的，就要这么折磨。"苏珊说。她瞥向右侧，发现史密斯和那小个子飞行员已经来到脚手架旁。

史密斯躲在一根柱子后面，看到一个旅鼠人正在操控一台大型机器。指针在表盘上闪烁，空气发出嗡嗡声。残忍如尤尔人，史密斯猜测这是一个疼痛放大器。他老咆哮着四下张望，史密斯举起手枪，对着他的脑袋进行了两次"文明化"。

突然间，史密斯就这样站在了那旅鼠人的尸体旁，机器仍在嗡嗡作响。脚手架上挂着一张宣传海报，上面是一个尤尔人，咧嘴笑着，肩负战锤。他的另一只手则举着一个地球，地球上画着一张苦楚的脸。

"混蛋。"史密斯说。他扯下海报，走了出去。

到处都是死旅鼠，像被飞机空投下来的一样。他们的尸体几乎把浅滩都堵塞了。苏鲁克朝着走近的史密斯笑了笑。"一次完美的运输。"他说。

不远处，卡尔薇丝抓着德莱基特的衣领，一边亲吻他，一边试图把他的酒壶抽出来。至少，史密斯希望那是个酒壶。谁知道机器人会在那里放些什么？

蕾哈娜望着天空，"你还好吗，伊桑巴德？"

他点头，"还好吧。"

"这一切都太……残酷了。"她评价道，"战争真的很可怕。嘿，快看云！"

史密斯颤抖着。他先是感到一阵焦虑，焦虑很快又转为疼痛。然后，那感觉就消失了，他方才厘清头绪——那是愤怒和恐惧。

温斯科特的确遵守诺言，也许是因为苏珊知道如何让他信守承诺。他们把死者埋到灌木丛中，塞伊女族长简短地说了几句。接着他们就踏上了回家的路。此役，温斯科特损失了六个人，旅鼠人阵亡五十一个。

暂时还没有时间泡茶。温斯科特解释说：一发现突袭，尤尔人就会派遣增援部队对附近的人进行野蛮报复。不能喝茶是这场战役里最难熬的部分，史密斯心想：对他来说，在一场胜仗后沏壶茶，就跟苏鲁克收集几枚头骨一样是再自然不过的事。

前面的路上，一名莫洛克士兵对尼尔森和一名甲虫人说了些什么。尼尔森扑哧一声笑了出来，继续前行，而甲虫人也咔嗒咔嗒地表示赞赏。

"我希望，"蕾哈娜说，"有一天，全宇宙所有人都可能像我们今天看到的那样团结一心。"

"是的。"史密斯说，"想象一下所有人都放下分歧，齐心协力对付该死的旅鼠人。"他感叹，"该多美好啊。"

"我不是这个意思。"她说，"我是说每个人都应该学着变得善良、友好，平和地去生活，然后就……你明白吗？"

"英国人那样？"

"小点声，伙计们。"史密斯瞥了一眼，发现说话的是克雷格。他是这个团队的渗透者，是伪装大师，可以在树丛间轻松疾走。温斯科特的人都不怎么强壮，他们似乎都和少校本人一样敏捷而瘦削。相比之下，尤尔军团简直像食人魔。

"抱歉。"史密斯说。

"噢，没关系。是不是有点累了？"克雷格咧嘴一笑，"当然，还是比不过战前我和菲菲夫人打的那些仗。水手、暴徒，应有尽有。

每天晚上我都要把人从窗户里赶走。"

"你是保镖?"

"我就是菲菲夫人。"克雷格说。他呵呵一笑,继续往前走。

真是开玩笑,战争啊。史密斯想。

他们停下来简单吃了顿饭。"我的腿快掉了。"卡尔薇丝说着,拿枪捅了捅一根木头,确认它不是一只正在睡觉的恐龙。她跌坐在地上,叹了口气,"上帝创造我一定不是为了让我这么站着受累的。"

史密斯感同身受。他的腿也在酸痛,汗水还让他直犯恶心。再想到旅鼠身上厚厚的毛皮和他们那衰弱的膀胱,他很吃惊这两支军队居然没有依靠气味来追踪彼此。

"这里的环境很艰苦。你不知道,我总是期盼可以降落在某个所有当地人都把你奉为神灵的星球,就像你在电影里看到的那种。我去过几十个不同的星球,却从未见过哪一族人崇拜我们中的任何一个。真让人失望。"

卡尔薇丝耸耸肩,"说真的,你会想要和崇拜苏鲁克的人待在同一个星球上?"

莫洛克人倚着树干,此刻正处于它的阴影下。"尤尔人似乎不再追踪我们。"他说。

他们很快沏茶喝完。他们头顶的树上,一只负鼠向周围的雌性发出信号,很快就被一只地狱猫逮住吃掉。这只地狱猫从树干上爬下来,却暴露在一只硕大的镰刃螳螂面前。螳螂把死猫拖到地上,蹭了蹭钳子的工夫,一群屠蜂便拥到它身上,迅速剥了它的皮。

"真的。"苏鲁克说,"自然是很美好。"

他们再次出发。

史密斯的脚疼得厉害。森林里无情的绿色让他头晕目眩，他感觉自己仿佛一直在盯着霓虹灯条。他急需咖喱和睡眠。

卡尔薇丝看起来很糟糕。有一次她被树根绊到，摔倒在地时突然惊慌失措。十几支激光步枪的射程覆盖了树丛，试着寻找狙击手。德莱基特抓住她的手，让她坚持下去。此时，尼尔森正要给自己止血。卡尔薇丝花了三分钟才站起身——既是因为她很享受休息的机会，也是因为她不好意思说自己没被打中，但最重要的原因是温斯科特的三个士兵坐在那里保护她，以防她再次被打中。她站起来时，那几个人都有点生气，但最恼怒的还是温斯科特本人，他恨不得那是致命一击。

食物和水都温热得过分，即使加了点酸柑水也没能让它们新鲜一些。史密斯不确定他的道德品质还能让他坚持多久。温斯科特的团队一定还有大量的物资。

小径终于变得清晰起来，他认出了他们走过的这条路上的景象。"船就在前面。"他告诉卡尔薇丝。

"耶！"她惊呼。

"冷静，小姑娘。"德莱基特轻声说，"如果毛绒玩意儿打算朝我们喷蒙汗药，那现在就是最佳时机。我要是旅鼠头头儿，我会让一堆戴面罩的暴徒组成一个砍刀队，藏在我们的必经之路上伏击我们。"

"真的？"

"绝对。"德莱基特说着把帽子拉下来，他们接着前进。

他们走得很慢，在宽阔的战线上前行。温斯科特和苏珊用言语和手势领导行动组。史密斯留在小径上。那是最普通却也是最开阔的地形。

"我看见船了！"卡尔薇丝叫喊着，又立即用手捂住嘴。"抱歉。"她指着船轻声说。

约翰·皮姆号所处的水位比史密斯印象中的要低一些，船体被树枝和藤蔓遮挡了一半。自他们离开以来，船壳已经变厚。安多尔早已把这艘船据为己有。

史密斯举起步枪，低头看向瞄准镜，"看上去还好……气闸还关着。"

"是生锈还是焊接着的？"卡尔薇丝问。

"锈的。"

"那就和以前一样。"

蕾哈娜摸了摸他的胳膊，一下子就让他停下了脚步，想要和她在外面再做一次那事。但他打消了这个念头：死亡的危机四伏，赤身裸体也没法解决问题。金星捕蝇器更像个陷阱，他一点都不希望自己的苍蝇或自己的人落入陷阱。

"我感觉到了某种东西。是生命。"她低声说。

卡尔薇丝望着茂密的丛林说："你能说得具体点吗？"

"负向脉轮。"她说。

"大家小心。"史密斯低声说，"要是你见到一个脉轮，那就炸掉它的头，我——"

有人在尖叫。

他猛一转身,听到枝叶深处的砰砰声,有人叫了一声:"我中弹了!我的腿被打中了!"

丛林似乎活了。恐惧和警觉如同针剂一样被注入到了史密斯体内。"形成包围圈!"温斯科特大叫,"后排攻击准备。我要让射线枪覆盖整条路。每个人注意一下旁边的人。第二组,绕到侧翼发动进攻!"

然后一切又恢复了平静。武器的声音逐渐减弱,史密斯已经能听见森林的声音了,伤员身旁莫洛克军医的声音在如此安静的环境里显得格外清晰:"我会抽掉伤口上的毒液,然后包扎起来。你可能会感觉到刺痛,但很轻微——"

透过树丛隐约可见这个伤员因疼痛而抽吸的声音。上方,有一只鸟在咕咕叫着。

史密斯心中升起一股恐惧之感。他的脸已被汗水浸渍。卡尔薇丝似乎已被冻僵,她的呼吸又浅又快。蕾哈娜倚在一棵树上,正强迫自己集中注意力。苏鲁克却咧着嘴开始笑。

东方亮起一团火光。三秒后爆发出一阵炮火声——主要是单发射击——有人喊了句"装弹"。

"我们在船上更安全。"卡尔薇丝低声说。

史密斯摇摇头说:"跟紧我。"

西南方,有人在高呼"荣光!",声音听起来像古代水手一样尖细而疯狂。

又一阵猛烈的爆炸声。史密斯看到几个壮硕的身影在树丛间飞奔,他举起步枪却无法命中。他终于打中了其中一个,对方踉跄着走了几步，在遭受了又一击之后倒下。

"糟了，完了。"卡尔薇丝说。

苏鲁克非常冷静地说："护好你的弹药。他们会从后面攻击。"

史密斯还来不及对苏鲁克表示赞同，尤尔人就从他们身后的掩体里冲了出来，号叫着，仿佛森林把他们吐在了这些入侵者身上一般。史密斯看见了刺刀、相间着绿条纹的黑色皮毛，他一枪命中其中一名旅鼠人的胸口。一名莫洛克士兵，开始用他的激光步枪向树干之间射击。一个硕大的旅鼠人尖叫着从灌木丛里窜了出来。史密斯觉得他看起来像一只草皮大水獭。此时，苏鲁克从侧面快速切入，用长矛攻击他的胁腹。卡尔薇丝的猎枪发射了子弹，枪声微弱得像车门阖上的声音。有个庞大的东西掉了下来，灌木丛里枝摇叶晃。

又一次重归安静。史密斯瞥向右侧。温斯科特去哪儿了？他逃走了吗？怎么能看丢这么个疯狂的裸体主义者？

要是他们被弄死了呢？一片巨大的叶子落了下来，他看见了苏珊，但当即就因自己松了口气而感到羞愧。德莱基特来到卡尔薇丝身边，让她停止射击。

一个塞伊指着自己的喙，咆哮了几句。不一会儿，他就拔出射线枪开始扫射。激光切过一大片灌木丛，像镰刀一样割着植物。子弹从森林里飞出去，旅鼠人跌倒在绿荫间。

苏鲁克从一棵树后面窜了出来，手提一颗脑袋。"这里应该有不少敌人。"他说，"我们被包围了。"

"很好。"一颗子弹击中了八英尺外的树干。他们都俯身躲了起来，仔细查看树林，寻找枪声的来源。

"我们得离开这里。"卡尔薇丝叫着，"我们上船吧！"

"他们要是想活捉你，你就自杀吧。"苏鲁克说着从靴子里抽出一把短剑，"去死吧，尤尔杂碎！"他把刀扔进一片厚厚的阔叶灌木丛中，一名旅鼠人嘶叫着摔倒了。

"管他呢。"卡尔薇丝大声说，"我要上船了！"

她跑了。"不行，小丫头！"德莱基特大喊着试图抓住她，但她实在太害怕了，动作飞快。卡尔薇丝一路跑过去，一个黑影从她头上落下来。史密斯看见他从树上跳了下来。那是一名旅鼠人，口鼻被那可怕的笑容一分为二，两手各握一管嘶嘶作响的炸药。他眼看着这名尤尔士兵冲向卡尔薇丝，似乎可怕的结局已经注定，他不明白自己为什么还冲过去救她。

蕾哈娜窜到小径上，用肩膀撞倒了卡尔薇丝。史密斯惊叫出声，仍向前冲去营救她们。她们倒地后，这名旅鼠人却忽然重重地摔在离她们两码远的地方。

他听到了爆炸声，树皮、泥土和旅鼠在他面前飞过，但爆炸没有波及他，他没有被炸飞。他睁开双眼，缓缓起身，害怕将会见到的场景。

蕾哈娜蹲在小径上，怀里搂着卡尔薇丝。她们身处废墟中心，仿佛她们就是这场爆炸的源头。卡尔薇丝在颤抖，蕾哈娜一副镇定自若的样子。

他们身后响起苏珊的声音："走，我们快走吧！史密斯，我们需要你的人把船发动起来。走吧！"

史密斯帮蕾哈娜扶卡尔薇丝起来。"好了。"机器人说，"一个旅鼠人跳到了我头上。我们上船。没错。你看到了吗？就在我头上。爆炸了。"

他们抵达约翰·皮姆号旁边时，对岸的一个封盖突然打开，露出一把枪管。枪声响起，两个温斯科特的人应声倒下。史密斯拔出步枪，还没来得及瞄准射击，只见一个燃烧的瓶子从他们这里直飞过河面，摔碎在了对岸。

火焰吞灭了那把枪所在位置。温斯科特拍拍史密斯的肩膀。"肮脏的东西，那瓶蒲公英酒。"他说着走向飞船，"你的船上需要割草机了。"

苏鲁克大步走出丛林，双臂紧紧搂着一个颤抖的旅鼠人。"猴子蛙，受死吧！"他尖叫着。忽然间，他们扭打在了一起。河边，啮齿动物和两栖动物交战的画面仿佛《杨柳风》里情节的可怕再现。最终，苏鲁克把旅鼠踢进了河里。起初尤尔人仍奋力挣扎，不一会儿就被水下某种生物猛地拽到了视线之外。

史密斯打开气闸，把困惑的卡尔薇丝带到驾驶舱。"他直接就从树上掉下来了，头儿。"她说着，双手颤抖地把钥匙插进点火器上，"像个大椰子。"

突如其来的枪炮击中了船壳。史密斯匆匆跑出驾驶舱。

蕾哈娜正把人拉到船上。气闸的走廊上已经塞满了士兵。后门掉了下来，溅落到河里，温斯科特的人踩着水花走进货舱。少校站在活动梯上，暴露在敌人的射程范围内，掩护他们上船。几分钟过后，人类、塞伊、莫洛克人和甲虫人都挤在了货舱里。

"人齐了吗?"史密斯问。

"都在船上了。"苏珊答。

史密斯拍了拍门板。"发动吧,卡尔薇丝!"他喊着,子弹仍冲击着船体,约翰·皮姆号冲入云霄。

有人在行军凳上安装了便携式电视。莫尔加走到电视机旁,转动表盘。屏幕闪烁,一个高大的卷发男子出现了。

"又是电视里那个白痴。"巴尔加斯头也不抬地说,"莱昂内尔·马克汉姆。我受不了他。"

莫尔加将喇叭转过来面对他们并扭动音量旋钮。

"……转到录像片段,这一段是在同盟星球上发现的。其中的信息展现了尤尔前线士兵的战斗精神,终结了有关抗击旅鼠暴行的传言。""哼!"巴尔加斯说。他正在涂填字游戏。

画面跳转:屏幕上出现了一个穿着衬衫袖和工装背心的小个子。"再也不跑了!"她大喊。

莫尔加取下眼镜,检查完镜片后又把它们装了回去。"老天。"他说,"我认得她。"

巴尔加斯往自己的外衣里塞了个酒瓶,"电视上有你不认识的人吗?"

"不是,我真的认识她。是我朋友的朋友。"

"我不在乎要对付多少旅鼠人!"卡尔薇丝在屏幕上尖叫,"但我再也不会跑了!"

马克汉姆的脸再次出现。"这是今天 112 军传来的消息。再也不跑了。演讲者的绰号是'战斗女孩',因战略原因不能透露姓名。我们只希望帝国和尤尔的最高指挥部都能明白这条信息。"他朝摄像机点点头,"我是莱昂内尔·马克汉姆,这里是《我们提问题》。"

他们看着电视屏幕。

"好吧。"巴尔加斯说,"祝她好运。使劲干。这就是精神。来点杜松子酒?"

"对我来说有点早。"

"什么?"

莫尔加叹气。"我的量少一点。"他接过这份只有水牛才会觉得"小"的饮料,小心翼翼地啜饮它。还好滋补水是走了气的。在这种高温下喝醉会让人犯恶心。"今天看到你骑行了。"巴尔加斯说,"我看你已经会骑了。"

"谢谢。"

"你不能让一个无法正常骑行的人做骑兵。"巴尔加斯说着,喝了一口杜松子酒。"即便他是那个设计厕所的家伙。我们要对得起自己的盛名。"他补充说,"人类称我们为精英是有理由的。"

"他们眼中的精英。"莫尔加说,"你知道,我们的种族也擅长暴力之外的事情。"

"那当然。只要我们想,我们什么都能做好——只要有剑在手!"巴尔加斯放下杯子,眯起眼睛看着莫尔加,"我说——你不会就是那什么'解放拉夫纳瓦尔'的成员吧?"

"呃,我——"

"你知道要是我们做那种事会有什么后果？很惨。我也不确定究竟会怎样，但肯定很惨。不能这样。"他说着，又靠在了椅背上，"我们的白兰地还是什么可能已经喝完了。"

一名枪骑兵从他的战马上跃下，灵巧地转身，站定在他们面前，"队长。我奉命来告诉您现在该拔营了。我们得搬出去。"

巴尔加斯凑向他，"搬出去？"莫尔加认为他看上去还没准备好要把椅子搬出去。但巴尔加斯还是勉强坐直了，电报机像指挥棒一样楔在他的胳膊下。

"我以为他们会通过广播系统下达命令。"莫尔加说。

"当然不会。"巴尔加斯说，"否则会惊动敌人。"

"我看那六百个巨型变色龙无论如何都会惊动敌人的。"

队长蹙起眉头。他走向军官宿舍时，身上的黄铜纽扣和马靴一起闪闪放光。"的确，所以我们要在他们搞鬼之前先行一步。我可不希望看到一群士气低落的莫洛克步兵。"

有飞行器飞过，是一架垂直起降侦察船。"他们是莫洛克人。"莫尔加说，"当然是我们的手足兄弟。"

巴尔加斯停下脚步，看了看他。他似乎感到厌倦而不是在生气。"听着。"他说着，用下巴指了指莫尔加的脸，"对拉夫纳瓦尔枪骑兵来说，唯一的手足兄弟，就是另一个拉夫纳瓦尔枪骑兵。也许您认为我们是狗腿子，可我相信是我们让这个星球得以远离啮齿动物的暴政。明白吗？"

莫尔加点点头。巴尔加斯错了，莫尔加想。但他说这段话时口才却好得惊人。

"好兄弟，我们开始吧，嗯？我想在晚餐开始前到达营地。"

史密斯回头查看其他人。伤员已被尽力安抚稳定，士兵们都挤到了货舱上，坐在地板和夹层上，彼此之间不怎么说话，但气氛不错。

他走到温斯科特和苏珊身边，"一切正常吗？"

苏珊放下她那本破旧的平装书，抬头注视着他，"我不知道。我们又多了几个伤员，茶杯也不够用了。"

"我们可以轮流喝。我可以烧水。"

史密斯把苏鲁克叫出房间。苏鲁克走出来时正在往前臂上涂一种蓝色软膏。

"你怎么了，老兄？"史密斯问，"你看起来比以前——呃，更绿了。"

"我被晒伤了。"苏鲁克回答，"在外面待了太久，我已经开始发生光合作用了。"

史密斯让他负责沏茶，自己则走向驾驶舱。挡风玻璃外，森林倏忽闪过，树梢挤成一团，好像他们飞过的是一颗巨大的西兰花。史密斯看到其中一棵树上有一个类似字母T的东西凸了出来，很快反应过来那是尤尔战斗机的尾部，楔在了树叶里。

"大家都还好吗？"卡尔薇丝问，"蕾哈娜在跟他们胡扯吗？"

"她其实是在用灵力保护我们的船不被地上的火烧着。"史密斯说，"我们现在往哪儿飞？"

卡尔薇丝指指说:"那儿。"

那地方看起来像一块烧着的补丁,仿佛有人把森林给油炸了。史密斯凑到前面,发现那团棕色物体分裂成了不同的建筑,像块高地,他猛然反应过来自己看到的是什么。

那是摩斯克拉克的主体部分,像人造指节一样从森林中凸起。它曾经是一块苍白岩的巨石,几乎有一座山那么大,但是建筑无人机已经切断了它的顶部并用石头围着六十英尺的高地筑了一堵墙。里面有一堆塔,像黄化了的茎一样朝向太阳。巨大的圆顶、尖顶和尖塔耸立在岩石中。一排排雕像如椎骨般从屋顶上凸出来。它是一座堡垒,也是一座城市,一座面向丛林的防御工事。

"你们好!"电台的声音响起,"战士朋友们,你们已经可以降落。"

最高的一座塔楼上打开了一扇窗户,一个女人探出身子,两只手各挥动着一根反光指挥棒。卡尔薇丝开始让飞船降落,他们经过面容僵硬的雕像和炮台,在尖顶之间开始降落。

史密斯在一个庭院里看到了火柴盒似的卡车。一枚导弹在它们上方摇摆,导弹上镶满透镜,如昆虫的眼睛一般闪闪发光。皮姆号降落在两根巨大的支墩中间。不一会儿,尘土也开始沉降,医务和地勤人员赶了过来。卡尔薇丝拨动开关,舱门就像吊桥一样向下翻转。

他们收好装备,离开气闸。温斯科特的团队正在接受部署,不一会儿就前往一座教堂大小的楼里进行汇报。直到现在,史密斯才看清少校的人身上有多脏,他们的装备又是多么破旧、简陋。他不知道这些人还能坚持多久,而温斯科特或者苏珊又能让他们坚持多久。

"该死的。"卡尔薇丝说,"终于结束了。"

蕾哈娜点点头,"是啊!我真的一点也不喜欢穿靴子。现在大家又聚在一起了,是不是——"

一个地勤人员指着他们,"嘿,看!看看那是谁!"

其他人听到后,都停下来扭头看。突然间,许多双眼睛都紧盯着他们四人。

"我以为这个任务是机密的!"卡尔薇丝悄声说,"船长,你告诉谁了?"

"我?我没说啊。"史密斯向人群挤出一丝笑容。他感到几分尴尬,还有几分自豪,"祝你们大家愉快!"他说,"坚持住!"

"这是'战斗女孩'!"其中一人大喊,"从电视里出来了!"

史密斯说:"什么?"

蕾哈娜挠挠头,"哈?"

"天哪。"卡尔薇丝说,"他们在看我!我做了什么?搞错了吧,不是我!"她喊着,"我刚到!"

"她一定是刚执行完任务回来。"又一个人说。他的前额有一道长长的粉色伤疤。"再也不跑了,嗯?揍扁他们!"

"我们还是快点进去吧。"史密斯说。

卡尔薇丝看看向她招手的人群,艰难地吞了吞口水,"我们赶紧走,到地下室去。"

庭院很大,可以容纳一排"地狱火"和一个完整的维修间。

院子另一边建了一个靶场，靶场旁边，一名莫洛克步枪兵正在指导几个人类近身搏斗的技巧。他们上方的窗户边，起重机正把设备送到城堡的储藏室里。

"不公平。"卡尔薇丝嘟囔着，快步走到最近的一扇门前，"那些人都盯着我看，我又没喝醉。"

门厅很暗，也很阴凉，大小差不多等同于宇宙飞船的一个机库。拱形天花板下，数十名后勤人员正在研究计算机、图纸和图表。机器人拿着由扫帚柄改造而成的精密工具在地图上做记号。布告板上，尤尔军官们的图像瞪着他们，其中有些已被标上了红叉。

彩色玻璃后面，一架"地狱火"从推进器上升空，又掉头飞向南方的森林。

一位光头男子从阴影里走了出来。他穿着晚礼服，端着一盘饮料。"欢迎您，史密斯船长，"他面带微笑地说着，"女士们。管理层十分期待与诸位会面。请允许我带大家过去。"光头说完，转身离开。

史密斯皱了皱眉，跟了上去。"您在此工作？"他问。

光头男子看向他，"嗯，没错，先生。我是男管家。"

"男管家？"

"就是这样，先生。这么一座楼当然要有自己的工作人员。这边请。"

蕾哈娜碰了碰史密斯的手臂，"他是机器仿真人吗？"

管家带他们走进第二大厅。史密斯发现它曾是个舞厅，舞台的一端有个酒吧。轻柔的爵士乐仍从高挂在屋顶上的喇叭里流泻而出,这里的声效和泳池里差不多。如今,舞池长边摆放着行军床,舞台背后贴着一张照片,上面是一位穿紧身内衣的女孩。

"我们其实有过一位女管家。"男管家解释,"但她失灵了,还想烧了这栋楼。很遗憾。"他皱眉,"我们好像把保姆机器人放错地方了。"

"那是个很小的机器人吗?"史密斯问。

他们身后突然传来轻微的碰撞声。史密斯转身,看见一个三十岁左右的女人蹲在地上。她站起身来,拍拍黑裙上的尘土,收起伞,向他们走来。

"她负责照看孩子们。"男管家说。

"我在这儿呢。"她语气坚定而愉悦地说。

"你怎么到这儿来了?"史密斯问。

"商业机密。"她莞尔一笑,"大家好,希望你们在这里过得开心。"

"你们得好好相处,先生们。"管家补充说,"看守人正在等你们。"

史密斯说:"看守人?我以为您说工作人员就您一个呢。"

"哦,看守人总是要有的,先生。"管家说着,朝大厅的方向指了指。

W手捧茶杯站在门口,表情几近微笑,"方便说句话吗?"

新闻处位于城堡五楼,在一座奶酪色塔楼的中间。法式窗户面朝一个壁球场大小的阳台。

一只硕大的茶壶占据了阳台四分之一的空间，上面布满凹痕和污垢，像哈哈镜似的照出他们的脸。蕾哈娜和卡尔薇丝坐在仅有的两把椅子上，史密斯靠着墙，苏鲁克则藏在门后。

"你们把温斯科特带回来了，干得好。" W 说，"我们说话这会儿，杨将军应该在听他汇报。"

"还好是她不是我。"

"官方说法是温斯科特疯了，还在自己的内裤上闹了笑话。这只是部分事实。温斯科特正在收集与尤尔那些半径超过一百六十公里的挖掘点有关的情报。"

史密斯想起了脚手架和那些钻孔设备。

"尤尔人挖洞穴再正常不过。" W 将茶杯逐个斟满，"但他们用上了正规的钻孔设备。他们在寻找某种埋在地下的东西。"

他们停下来分茶喝。

"再说拉夫纳瓦尔，尤尔人曾试图挑唆这座城市里的各个派系，包括机器人、人类和莫洛克人在内，试图让他们相互对立。他们打算在这里故伎重施。作为整体，在杨将军的指挥下，我们是强大的；但若是四分五裂，我们只会土崩瓦解。"

苏鲁克若有所思地抚着下颚，"继续。"

"我想你知道我要说什么。" W 注视着外星人说。

苏鲁克点头，"据说安多尔是反叛者格里姆多尔的安息之所。有人认为他逃离太空帝国来这里修养。有种说法是他的遗物和武器还在这里。显然，尤尔人相信这种说法。"

卡尔薇丝举起手,"呃,都是些什么遗物?是枪啊什么的,还是一大堆头颅,就像苏鲁克房间里的那样。"

蕾哈娜摇摇头,"格里姆多尔的遗物对莫洛克人民来说是很重要的,波莉。都是不可替代的文物。"

"的确是这样。"苏鲁克说,"一大堆的头骨,还有武器。"

"够一家人用了。"卡尔薇丝做了个鬼脸,"嗯,苏鲁克一家。"

W 从上衣口袋里拿出一罐烟草。"这是一个政治问题。"他说,"现在,地球其他地方都处于战争状态,每个人都要尽到自己的责任,这点很重要。"

"当然。"史密斯接话,"是不能让这些外国人懈怠。"

"这就是他们密切关注我们的原因。"

"什么?"史密斯惊呼,"他们怎么敢?这就过分了!"

"有些人认为我们是支持旅鼠人的。"间谍解释说,"自从尤尔人盯上我们以后,我们总是草草应对。"

"过分。白痴都看得出来我们在全力应对。"

"我们是我们自己最大的敌人。"间谍说,"我们的盟友认为我们做得不够,因为我们不够高调。我们得时不时制造点动静,告诉他们我们在这儿。还有,"他转身看向卡尔薇丝说,"你这位飞行员倒是制造了一些鼓舞人心的动静。"

他又转向一排显示器,转动按钮,那些屏幕亮了,卡尔薇丝的脸出现在每一个屏幕上。"我不在乎要对付多少旅鼠人。"她对着摄像机尖叫道,"每一个我都会去打。但我不会跑——再也不跑了!"

"哦不。"卡尔薇丝说。

屏幕上的身影变成了穿着便服的黑发男子。"高级将领们看来是不想透露任何信息,那让我们听听来自地面部队的消息——不再逃跑!尤尔人就要向112军发动进攻了,而他们要面对的就是如此一般的战斗精神——"

画面静止了。W说:"这段录像上周二在《我们提问题》上播出。我相信你认识莱昂内尔·马克汉姆。"他看着卡尔薇丝,"他们叫你'战斗女孩'。"他补充说,"你在以太网上相当火。"

苏鲁克皱了皱眉,"虽然挺好笑的,但我很担心。首先小猪可能会被误认为是一个强大的战士,从而处于危险之中。同时,这还会抢走本该属于,呃,其他人的战斗荣誉。"

史密斯看着屏幕。卡尔薇丝的脸静止在一种近乎绝望的扭曲状态下,泛着光,像柴郡猫。

"恰恰相反。"W站起身,整了整上衣说,"你们想,我们需要一个人来为这支军队说话——可以说是代表我们尤尔前线的声音。谁能比卡尔薇丝更合适呢?"

"我啊!"苏鲁克大声说,"这个啃太妃糖的小鬼懂什么战争之道?不好意思,小女人。"

史密斯把视线从屏幕上移开,"好吧,先生,他说得对。苏鲁克或者我可以胜任。卡尔薇丝更适合做一个掩护类的常驻配角。"

苏鲁克点头,"她一路都躲在别的东西下面。"

W摇头,"别担心,我设想的这个角色不用参与战斗,就是个门面工作。只需要去参加庆祝午宴、亲吻小孩、和记者攀谈。"

"记者们总是跟我说话。"苏鲁克说,"这不行吗?"

"是别人总和记者说起你。"卡尔薇丝插话,"至于亲吻小孩……我可以的。当然,我可能更愿意和一群疯旅鼠在森林里纠缠,但如果我的祖国需要我去吃免费的食物,那我很乐于做出牺牲。"她望着史密斯和蕾哈娜,看到了他们的表情,又说,"我会给你们带'小树枝'饼干的。怎么样?"

"那么,关于那些遗物呢?"史密斯问。

W啜了口茶,"最重要的是速度。温斯科特的数据显示格里姆多尔可能的安息之地有三个。第一个,是距此地东南方约百公里处的尤尔挖掘点。它们受到严密防御。哈斯准将,也就是拉夫纳象米尔德里德的指挥官已主动请缨,将对尤尔的防御发动攻击。史密斯、蕾哈娜,我希望你们能和他一起。"

"好的。"史密斯说。

W再次为大家斟茶。庭院远端,一架"地狱火"在喷气式发动机推动下向上升起。保姆机器人肩挎遮阳伞,在阳台上看着它起飞。摇摆音乐从开着的窗户里轻泻而出。

"第二个可能的地点则与某些莫洛克人有关,即格洛恩庙的隐秘大师们。这些大师历来很神秘。仅仅找到这个地方都需要专业人士,更不要说凭借战斗能力去打动那些老派战士了。所以,需要狩猎、武力甚至极端暴力——你们知道谁能胜任吗?"

"我知道。"卡尔薇丝举起手,微笑着说。

苏鲁克瞪了她一眼,"手放下,傻瓜!我会接受这个任务!"

"好兄弟。"W说,"好了,说第三个。肯定没有人能比当地人更了解格里姆多尔的安息之所。当地部落是一群名叫伊葵的蓝人。"他深吸了一口烟,"不瞒你说,他们是原始人,最近才开始接触文明。五年前,我们给他们建了城堡。我们的前任执政官是一个叫哈格里夫斯的人,他很快就要离开了,所以现在是注入新鲜血液的好时机。我们明天就可以把你们送到拉德克利夫大厅。看看,"他靠向他身后的计算机旁,瘦骨嶙峋的手指敲打着键盘,然后扭动手柄开启处理器,"我应该保存了一张扫描图……"

屏幕上出现了一个身影,缓慢旋转着。"你们看,"W说,"尽管外表是蓝色的,但他们基本上是一种小型马。我们需要有人进去,花点时间和他们一起研究他们的习性,给他们喂一些方糖——"

卡尔薇丝从椅子上跌了下去。

"她还好吗?"间谍问。

苏鲁克趁机往卡尔薇丝脸上泼了杯茶,让她清醒一下。

"我的天。"她坐在地上尖叫,"他们是小马驹。"

第三部分

01

使者

约翰·皮姆号降落在距离伊葵国王家不远的一个停机坪上。史密斯、蕾哈娜和卡尔薇丝在阳光里走下阶梯。

一男一女在下面等着他们。他们穿着配套的卡其色衣服，表情也是一样的闷闷不乐。

"我是哈格里夫斯。"他们走近时，男人开口说，"我们受帝国之命前来教育当地人。"他皱起眉头，"也许你们会比我们好运。态度才是最重要的。"他又说，"毕竟是和马打交道，你必须找对方法。"

"没关系。"卡尔薇丝说，"我喜欢马驹。"

"当然。"哈格里夫斯说着，把他的衬衫塞进短裤里，"他们是头脑空空的野蛮人。就是无知的蠢猪。或者该说是无知的蠢马！"他苦笑着，"为了共同利益，他们分享所有资源，他们对侵略战争一无所知。他们不吃野燕麦的时候，就一定是在播种。为了告诉他们该做什么，玛乔丽和我可费了很多功夫，不是吗？"

"是啊，亲爱的。"玛乔丽说。

"我都不知道说了多少次要穿衣服，要严肃一点，要开始表现得像个敬畏上帝的种族。你不得不怀疑他们根本不想去做。我还有充分的理由相信他们存在兽性行为。我想我没必要告诉你有哪些。"

"别说了，亲爱的。"玛乔丽说，"这样只会让情况更糟。"

"真是耻辱。他们那所谓的王室家族是最差劲的。国王和王后已经够坏了，那个女儿，你简直没法想象她有多早熟，多讨人厌。我让她读《天路进程》，你知道她是怎么做的吗？她对我说什么情节是线性的，她想要达芙妮·杜穆里埃写的东西。我告诉她我没有法国书。我是想说，我看起来像色情作家吗？"

"不，亲爱的。"玛乔丽说，"你不像。"

"还有什么需要了解的吗？"卡尔薇丝问。

哈格里夫斯摇摇头，"不多了。为了赢得他们的信任，我们做了一个人造体，是一种伪装，让联络官看起来像他们的一员。你可以用这个。唯一的问题是，你需要一个人来做后半截身体。"

"那可相当不舒服。"玛乔丽说。

"我自己就可以。"卡尔薇丝说。

"好吧，祝你好运。这是我们的船吗？"哈格里夫斯问，"我们能坐着它安全返回吗？"

"只要不从气闸里掉出去。"史密斯说。他不喜欢哈格里夫斯的态度和他对约翰·皮姆号危险性的质疑，尽管质疑是对的，但还是令人恼火。"我们以后会来接你。"他告诉卡尔薇丝，

"好运。"

"谢谢。"她说,"我会和马驹们相处愉快的。我是说,我会教育好这些愚昧的野蛮人。"

她赶忙走上了通往伊葵国王家的路。

拉德克利夫大厅矗立在一块十英亩的土地上,两侧是外屋和马术竞技场。这是一座宽敞的白色建筑,比起城堡,更像一座豪宅。车道上立着一尊站立而起的马匹雕像。大门上贴着一块标语,上面写着:请擦拭您的蹄子。

王室夫妇在外面等着。比起地球上的马,他们的腿更粗,身子更短,眼睛要大一些,尾巴也更浓密。但总的来说,他们很像小马驹。那庞大的深蓝色公马朝卡尔薇丝点点头,她屈膝行礼。"您一定就是那位新联络官。"他说,"我是国王,切丝纳特·月光阴影。这是我的妻子,黛莉拉王后。"

"很高兴见到你们。"卡尔薇丝回应。

切丝纳特解释说:"我们是这一带乡村的君主,掌管我们的人民理事会,以公平正义的方式统治此地。"

"我们还有个女儿。"黛莉拉王后说,"她可能在……"

一个身影从灌木丛里窜了出来。

"这就是塞莱斯特公主。"国王说。

小马走了过来。她的外表是浅蓝色的,一双大眼睛十分灵动。她的鬃毛很苍白,接近银色。尽管塞莱斯特是四足动物,她走起路来却优雅至极,卡尔薇丝很是羡慕。

"你好!"塞莱斯特说。她的口音文雅、令人愉悦,让卡尔薇丝想起了菲茨罗伊船长。但塞莱斯特的声音少了那种强势，反倒捎带着一种轻盈的少女式热情。她的声音很适合天黑以后的恶作剧和兴奋耳语。"你一定是卡尔薇丝夫人。"

"请叫我波莉。"卡尔薇丝说，"还有，我是小姐。"

"塞莱斯特·月光阴影。"这名伊葵说，"我也是个小姐。"

场面陷入沉默。介绍完自己，卡尔薇丝不知道该做什么。她感觉尴尬极了，仿佛动一步就会摔倒，尝试说话就只能发出愚蠢的噪声。

"不如你带卡尔薇丝小姐四处逛逛吧，塞莱斯特？"黛莉拉皇后说。

"好的，我们走！"塞莱斯特惊呼，"你喜欢花园吗，波莉？"

"我喜欢你的花园。"卡尔薇丝说。

"那就跟上我！"塞莱斯特转过身，回头冲着她笑。卡尔薇丝向国王和王后鞠躬，有点不知所措地跟上公主的脚步。

"所以，"她们一起走下阶梯时，卡尔薇丝说，"我听说上一任联络官在这里过得不错。"

"真的？"塞莱斯特转向她，"谁告诉你的？"

"说实话，就是你们的上一任联络官。"

塞莱斯特哼了一声。"他在说谎。"她宣称，"他就是个无聊透顶的笨蛋，你都没法想象。他会把我们召集起来读圣经故事。有个他总是喜欢喋喋不休的故事，与一个叫巴兰的人和他那会说话的驴有关。真的是会说话的驴！他妻子要好一些。她有本关于塔卢拉·班克黑德的书。"塞莱斯特突然停了下来，喘了口气，"天啊，在你们的星球上，没人会给你们那种自我提高的东西，是吗？"

"嗯，是不常见。"卡尔薇丝说。她们经过车道，走进了花园。

塞莱斯特摇了摇尾巴，"我跟你说，如果你能给我些好书读，我就把关于塔卢拉的书借给你。我想读那些邪恶堕落的东西。比如一本关于海盗的书，或者多罗茜·帕克的作品。你可以帮我翻书。有时候，只有蹄子真的是件麻烦事。"

"我没有这种书。"卡尔薇丝说。她对自己如此愚蠢的坦白感到惊讶，"我只有飞行手册。"

"很棒啊！有空战吗？"

她回忆了一下史密斯的书架，"我能找到一些。"

"做飞行员的感觉一定很棒。"塞莱斯特说，"我想我会喜欢的。"

一只硕大的蝴蝶拍着翅膀飞过了她们身前的小径，如同一只有了生命的中国风筝。它消失在郁郁葱葱的灌木丛里，树叶间隐约可见它那橙色的翅膀，像老虎的背部。

"你是公主。"卡尔薇丝说，"也不赖啊。"

"会有点孤独。你真的是战争英雄吗？战争一定很激动人心。"

"呃，其实我不算吧。我接受这份工作是因为我喜欢开飞——因为我对马科动物有好感。"

卡尔薇丝俯身去闻一朵玫瑰花。塞莱斯特也凑上去闻了闻，接着把它吃了。

"那么你是否接受过跨物种协议的培训？"她问。

"我有只仓鼠。"卡尔薇丝说，她不希望自己显得准备不足，

"我也可以学。"

她们继续往前走。在另一个地方，正进行着一场与银河系里最邪恶暴徒之间绝望而激烈的战争。这一切似乎与这座花园相隔百万光年。在塞莱斯特胁腹上照出斑驳阴影的阳光是否也照耀着旅鼠人的刺刀？

"我小时候一直想当一只独角兽。"塞莱斯特若有所思地说。她停下来吃了一口草，"但当你长大的时候，你就发现你不得不放下那些抱负，向现实妥协。所以我现在想做畅销小说家。"

"进展如何？"

"很慢。庭院那头有一个属于我的小棚子，旁边是溪水和小马之井。可是打字还是很困难。"塞莱斯特摇摇尾巴。"我想我需要先开阔视野。离开这个星球将是一个开始。有时候这里真的……很无聊。只能在园子里吃着方糖站上一整天。" 她的大眼睛亮了起来，"我想去看看曼哈顿！富丽秀！蒂斯河畔斯托克顿！"

"可是这里很美。"

"你觉得很美？"塞莱斯特停下脚步，目光越过溪边起伏的小围场，越过小溪上方许许多多的蜻蜓，望向远端绿得几乎泛光的树丛。"你说得对。是的，这里很美丽。谢谢你提醒我，波莉。"

卡尔薇丝别开视线，"没什么。"

塞莱斯特踩了踩她的蹄子，"胡说。如果人们不再欣赏美，这个世界还有什么好的呢？"

卡尔薇丝收回视线，发现塞莱斯特正直视着她的眼睛。"一点都，"她说，"不好。"

01 使者

"那就是我们的使命,"塞莱斯特宣称,"把美丽和光彩带给这个世界。听上去如何?"

卡尔薇丝竟有些感动。如今,听到别人谈及大口喝茶和粉碎敌人之外的事真的太过难得。"是的。"她说,"听上去很棒。"

"很好。你很快就会回来吗?我知道要成天面对一群会说话的马而不是战争这种有趣的事情,你会觉得有点无聊。那里一定会有你想念的那些黎明突袭,还有空战——"

"我明天就可以回来。"

"太棒了!"

前方,一对更大的伊葵走过小径。"嗯,我爸爸和妈妈过来了。"塞莱斯特说,"我们应该已经逛了一段时间了。"

卡尔薇丝拍拍裤子上的尘土,整了整衣领,迈步向前。

"又见面了,波莉。"切丝纳特国王说,"我希望塞莱斯特已经给你介绍了我们的日常生活。"

"她不怎么见生人。"黛莉拉王后解释,"她是匹相当敏感的小马。她小时候得过绞痛。"

卡尔薇丝鞠躬,"和她说话很有意思,谢谢你们——"

"好极了。"塞莱斯特插话,"我觉得她一定会是一个特别好的联络官。比上一个好多了。噢,让我们留下她吧,爸爸。可以吗?"

国王和王后面面相觑。"嗯。"切丝纳特国王说,"可以。"

除了大多数枪战结束的时刻,卡尔薇丝已经不记得上一次她感到如此欣慰是什么时候的事了。

"完美!"塞莱斯特惊呼,"你会喜欢这里的,波莉。"

切丝纳特国王笑了笑。"你们两个姑娘似乎很合得来啊。"他说。卡尔薇丝脸红了。

国王和王后看着约翰·皮姆号载着他们的新联络官回到摩斯卡拉克。天色渐晚,塞莱斯特回到了自己的房间,开始写她的小说。

"好吧,要我说的话,的确比上一个人类好很多。"王后说,"想想那些关于清新空气和舒心散步的废话。我可是匹马,老天。只要不用听童子军说教,散步当然是一件舒心的事情。谢天谢地。"

"他至少还是把茶给带来了。"切丝纳特国王说,"这是件好事。虽然我还没有弄明白他那些反对'野兽之罪'的讲道想表达什么。似乎没什么意义,毕竟我们就是野兽啊。"

"你不觉得他说的就是,呃,有蹄子?"

"我觉得不是。我都够不到。"切丝纳特耸耸肩,"还好现在这位算是有些理智的,不是讨嫌的野蛮人。"他说,"说实话,我觉得不会有什么问题。"

接下来这些天,史密斯、蕾哈娜和苏鲁克都在城堡里协助防御。蕾哈娜对当地植物,尤其是蘑菇进行了详细的研究,借此帮助部队完善生存技能。史密斯和苏鲁克一直在研究地图,直到差不多把周边的乡村都牢记于心才去休息,但他们绝不是摩斯卡拉克仅有的几个不眠不休的人。

在银河系最危险也是最繁茂的森林中进行了几个月的野蛮战

斗之后，温斯科特少校开始出现创伤的迹象，主要是因为他想回到那里。而且，沐浴日也在逼近。苏珊说沐浴日总会让他焦躁不安。他们做出了让步：温斯科特和苏珊把史密斯带出去，教授他狩猎技巧。第三天，温斯科特失踪了，他们去找他。史密斯本以为那是一次测试。直到温斯科特被麻醉枪击中，他才明白，这名少校一直在向着自由和猎场狂奔。

闲下来的时候，苏鲁克几乎都在冥想，为将要面临的考验做精神上的准备，他还通过在便盆里耙沙子来使自己镇定。第四天早晨，他说自己已经准备好，可以去见格洛恩庙里的隐秘大师了。

苏鲁克花了八个小时才走到据说隐秘之庙所在的区域，又用了三十分钟找到它。这是个好兆头，证明了苏鲁克注定要找到隐秘之庙，要不就是里面的人是白痴。无论真相如何，对他接下来的谈判都是有利的。

这地方杂草丛生。墙壁是灰色的石头，很破旧，因而难以确定它们到底朝向哪边。森林已经开始吞噬它了，蔓生植物攀附在墙壁上，像试图用触手把船拉入海洋的海怪。苏鲁克觉得隐秘之庙之所以隐秘就是因为没有人会费心去收拾一把。

他通过一扇覆满苔藓的拱门，走进一个庭院里。

岩块四散在周围，像巨人之手抛出的骰子。两边分别耸立着一座高大的灰色建筑。各自的装饰带上描绘着屠戮各色敌人的莫洛克英雄形象。它们都已褪色开裂。两座楼门口都立着野兽雕像，全都没有头。

远处，一只鲨齿龙在咆哮。

苏鲁克蹙起眉头。他觉得自己被人盯上了，但不能确定，就好比他能猜出来卡尔薇丝在没人的时候会对能拿到手的饼干做些什么。他抬眼，以为会看见六个长老伏在树上严阵以待。甚至可能更糟，他们也许会强迫他干一份正当工作。然而，什么也没发生。

苏鲁克走到庭院中央，停下脚步，伸手去摸一尊蹲伏的青蛙猎犬雕像。它的身体旁边有一堆石头，都是它头像的残骸。

他身后突然有了动静。苏鲁克猛一转身，举起长矛。地面上冒出一股烟雾。烟柱中有个双臂交叉、仰着头的身影——一位老派莫洛克战士一脸不满地看着苏鲁克。

"人类从来都不吸取教训吗？"长老问。他的声音低沉而缓慢。"真正的智慧并非来自这里。"他指指自己的脑袋，"也不是这里，"他指了指心脏，"而是在于不要乱动别人的东西。"

"可我不是人类。"苏鲁克说。

"是啊。"长老说。他穿着一件传统战袍，戴着领结，"伟大的智慧还在于管好你那双贼手。"

"呸！比起英勇事迹，目的本身什么也不是。还有，不知道赶走你的是谁，他们把你雕像的头都拿走了。"

"是我自己弄走的。我在练一种名叫玲珑蝴蝶的格斗姿势。发生了爆炸。"

"我可不知道。说到这个。"苏鲁克说，"我是过来学习的。"

"噢。你想学我的狂傲猫头鹰，还是想学探测眼镜蛇？"

"都不是,长老。我在找格里姆多尔遗物的位置。"

长老笑了,"这样吗?你觉得我随随便便就会告诉一个过路人?"

"希望如此。"

"你的名字?"

"阿格夏家的杀戮者苏鲁克。阿梅特林的后裔,九剑阿格夏之子,恼怒的乌尔加支系领主。头骨掠取者,旅鼠人征服者,家族最尊贵成员及——"

"又是狂妄自大的暴发户。我知道你。我是沃尔加斯。你要想学古代艺术,那就来对地方了。"

"古代艺术还是算了吧。"苏鲁克说,"我大老远来一趟不是为了学做陶器。"

沃尔加斯笑了,"不要怕。我会保守战斗的秘密。过来,我会教你古代技艺。这招是'轻信者的教育'。"

苏鲁克走上前,"我没听过这招。"

沃尔加斯猛地转身,脚后跟踢中了苏鲁克的耳朵。苏鲁克踉跄后退,摆好战斗姿势,悄悄举起长矛。

苏鲁克低吼:"有意思。现在轮到我教育你了,老糊涂。"

02

天　神

夜幕降临在摩斯卡拉克。坚实的墙壁内,沉默的侍者忙着把茶和饼干端给城垛上的枪手。在大厅受训的莫洛克步枪兵们停止互相投掷的练习,空出一段时间来分享简易午餐。史密斯伏在地图上,度过了没有射杀旅鼠人的漫长一天。他把船员们叫来开会。

他们会面的地点是主食堂里那张桌子,在专门留给"游戏和娱乐""星际航运"和特工处其他分部的出口处旁边。空气里充满了香料的味道和礼貌交谈的声音。旁边那张桌子上,一排枪骑兵谈论着某件涉及斩首的事情。一个服务机器人盘旋着飘过桌子,从自带的龙头里分发肉汁。

史密斯和蕾哈娜先到。"唔。"史密斯说,"我觉得这恐怕不是真的丽兹饼干。"

蕾哈娜笑了,"还好。我一直喜欢尝不同的食物。"

史密斯移开视线。"好吧,那你应该也喜欢军队食堂。那就像在不同的国家吃饭。我是说,我一直都不确定我吃的到底是什么,但能肯定是一种特别的风格。"他从桌面上拿了一个圆筒,"看,他们甚至还提供新奇的盐瓶。"

"这是枚手榴弹,伊桑巴德。"

他摇了摇圆筒:没有盐出来,也没有保险针。"有道理。不过,还是挺浪漫的,就你和我,加上所有这些士兵。"

蕾哈娜微笑着说:"说得没错。"她伸手握住他的手,"我们好好享受。"

食堂尽头,传来主厨的一声大喊:"好了,小伙子们!今晚的特色菜是咖喱粉和蛋粉的精巧组合。我称它为'洁肤液'。来一两块?"

苏鲁克出现在桌子旁边,用人类的方式坐下来,"大家好。让肉汁像我们敌人的生命之血一样流泻吧!"

"嗨,苏鲁克。"蕾哈娜说,"隐秘之庙里的大师们怎么样了?"

"还隐秘着。我找到了一个,但他是个傻子。"苏鲁克眯起眼睛,似乎在屋子里搜寻着什么。"等等……卡尔薇丝可能遇到大麻烦了!"

史密斯扭头张望,"什么?怎么回事?老兄?"

"看看我的手表,马祖兰。"苏鲁克回答,"这顿饭她居然迟到了三分钟!"

"老天。"史密斯从椅子上站起来,"你不是说……"

"也许她被别的事耽搁了。"蕾哈娜说,"这里有那么多士兵。等等……"她皱了皱眉,举起一只手,"我感受到了……极端的饥饿,来自……来自那里!"

蕾哈娜挥出手臂，差点打到服务机器人。卡尔薇丝慌忙跑过几张桌子。"抱歉我迟到了。"她说，"很重要的外交事务。"她坐下，"晚餐有什么？"

一名高大的莫洛克人身穿制服走向他们，胳膊上披着一块白布。"女士们，先生们。"他说，"你们是这里的贵宾。"

"太好了。"卡尔薇丝说着搓起了手，"我真的很饿，围着塞莱斯特转悠真的让人筋疲力尽。"

"那么今天的肉菜会满足你。"莫洛克人说，"我们将享用老拉夫纳瓦尔最上等的佳肴。老天，简直奢华！第一道菜，是盛在一千只毒蝎子挤成的渣里的科瑞利安穿山甲的胶状膀胱。接下来是主菜：粉碎的猴子脚，混合了肉豆蔻和轻微冷冻的鳄鱼扁桃体，被强制喂给了一只巨鳗，然后从活鳗鱼的肚子里剥出来，呈现在大家的眼前！"

卡尔薇丝脸上的渴望瞬间褪去。"真的？"她声音沙哑地说。

那名莫洛克人咧嘴一笑，"不，我开玩笑的。这是咖喱鸡。"

笑声从他们身后的桌边迸发出来。一名莫洛克步枪兵笑弯了身子。从他军服上的条纹看，他应该是一名上尉。

"笑话不错，是吧，大家？我们步枪兵喜欢谈笑风生。咖喱之夜总能让大伙更活泼一点。"

"对。"史密斯说，"我也听到了后面的笑声。"他压低声音，"别在意，卡尔薇丝。你不知道他们吃英国菜。好了，让我们来汇报进展吧。苏鲁克，那些长老怎么样？你打破沉默了吗？"

"打破了，还打坏了三条石狗和长老沃尔加斯的左肩胛骨。"

苏鲁克说，"很遗憾，沃尔加斯好像是仅存的一位长老了，但他向我保证他知道格里姆多尔的安息之所。"

"很好。"卡尔薇丝说，"你现在要做的就是从他嘴里套出真相。"

"没那么简单。"苏鲁克咆哮，"为了做到这一点，我必须首先在古老的军事学科中证明自己，并在光荣的战斗中击败沃尔加斯，然后……噢，等等，这就是从他嘴里套出的真相。抱歉，小猪。"苏鲁克笑笑，伸出手臂，"瞧。"

金属护腕覆盖着他的手臂，从手腕一直到肘部，它略微凸起，好像下面藏着什么。苏鲁克伸出手，舒展第一根和最后一根手指，模样仿佛在欣赏这块重金属，接着他握紧拳头。一个活动刀片从他的手臂背面弹出来，咔嗒一声到位并固定在某一角度，在他手臂上凸出来。这是个看着就很骇人的东西，一种近身搏斗工具。"祖卡臂刀。"他说，"用来砍尤尔人。"他小心翼翼地把武器推回原位。

机器人滚过大厅，放下盘子。远端，一张人类和莫洛克人共享的饭桌上出现了一点骚动，大家很快又坐了回去。史密斯瞥见了起因：杨将军的瘦小身影坐在那里和她的部队一起用餐。

蕾哈娜和服务机器人交流了几句，它为她提供了素食套餐。"杜松子酒炸的辣咖喱豆腐。"它说完，史密斯就感觉自己的眼睛被刺痛了。

"那么，卡尔薇丝，你那儿怎么样？关于伊葵有什么进展吗？"

蕾哈娜点头，"他们让你融入他们的文化了吗？"

"噢，是的！"卡尔薇丝咧嘴笑，舀了一勺咖喱鸡送到嘴边，

"小马国是全世界最棒的地方。塞莱斯特和我是好朋友。她很聪明,要不是因为不会打字,肯定已经是一个畅销小说家了。而且,她真的非常喜欢塔卢拉·班克黑德。他们还会向我展示古老的盛装舞步艺术。"

史密斯皱眉,"你有了解到什么有用的东西吗?"

"什么是'有用的'?"

史密斯叹了口气。

"她可以过来吗?"卡尔薇丝问,"可以吗?她可以睡在我的床上。"

"那你睡哪里?"

"我床上啊。"

苏鲁克戳了戳他的晚餐,"他们让你当联络官,我可不认为这是他们想要的那种联络。瑞克·德莱基特也不会高兴的,鉴于他也总在这里。我不知道有没有'最可怕'这么个词,是不是没有?"

史密斯严厉地看了他一眼。苏鲁克耸耸肩,埋头吃起晚餐。他们旁边第三张桌子那里,一群拉夫纳瓦尔枪骑兵起身举杯,"维克托·雷克斯,国王及皇帝!用餐者向您致敬!"

"看。"卡尔薇丝说,"我给塞莱斯特准备了礼物。我们一定能乐在其中!"她翻出一个塑料袋,往桌子上倒了一堆搭扣和皮革。

"这都是什么玩意儿?"史密斯说。

"唔,对啊。"蕾哈娜说,"这到底是什么,波莉?"

"这是一个绑带式独角兽角。"卡尔薇丝回答。

"呃,好吧。"史密斯说。他们接着用餐。食物还不赖,史密斯心想。一群枪骑兵直接跳到了邻桌上,大概第三次大喊着"为维克托国王的健康而干杯!"后一饮而尽。考虑到他们喝掉的酒量,史密斯担忧的是枪骑兵们的健康。

"好吧。"蕾哈娜说,"苏鲁克和神秘的长老进展不错,而波莉和伊葵也相处融洽。大家干得好。"

"是啊。"苏鲁克说,"所以你和那匹马搞到一起了吗?"

卡尔薇丝猛地坐直身体,震惊地瞥向他,"什么?"

"哎呀。"苏鲁克说,"小马的性爱。为了这里某位小姑娘的幸福安康,我们有必要好好了解一下,那样我也能收回我与温斯科特少校之间的赌注。"

卡尔薇丝瞪着他们。"不公平!"她惊呼,"我永远都不会和小马上床,就算是会说话的!我们的第二次约会都还没开始!"

第二天早晨,史密斯和蕾哈娜继续研究温斯科特收集的数据。苏鲁克回到了隐秘之庙,卡尔薇丝则给切丝纳特国王带去了一些与赢得战争有关的资料。接着她便赶去花园找塞莱斯特。

那匹小马立在观赏溪旁,凝望着小马之井中涌出的水。她抬头望过来,发出了一声轻嘶:"你好,波莉大使!"

卡尔薇丝向她挥手,"嗨!我,呃,给你带了些东西。"

"噢,真的吗?是什么?"

卡尔薇丝强压下心中的犹疑,拿出礼物,"这个给你。绑带式独角兽角。你说过你想当一只独角兽，我想到既然我有对生拇指，我就可以——"她几乎快被塞莱斯特的喘息声淹没。

"给我的？啊，波莉，这可太好了。你能帮我戴上吗？"

卡尔薇丝帮忙固定兽角。她一把拨开塞莱斯特的额鬓，将之理顺。

"我看起来怎么样？"

"很好。"卡尔薇丝说，"正像一只独角兽。"

塞莱斯特若有所思地停顿了一下。"波莉。"她轻摇着尾巴说，"你想看看我的专属之地吗？"

"嗯。"卡尔薇丝说，"好。"

"它位于花园的底部，"塞莱斯特解释说，"远离那些野蛮且不懂情趣的粗俗之眼。这里的精致与美丽，只有那些与之相容的人才能领会。闭上眼睛。"塞莱斯特说，"跟上我。"

卡尔薇丝觉得抓着塞莱斯特的尾巴很傻，就只好闭着眼睛紧跟在后面，祈祷塞莱斯特不会踢过来。

"这里。"那伊葵说，"向左走一小段……就是这里。你可以睁开眼睛了。"

卡尔薇丝睁开双眼。

她此刻正站在一个不到九码宽、被花墙遮蔽的小围场里。杜鹃花丛向上蜿蜒，花朵从中绽放，仿佛坠落的水滴在爆裂时被冻住了一般。溪边，一对站立的独角兽雕像在傍晚的阳光下闪着光。围场后面靠近绿荫的地方，一座小楼立在马厩和凉亭中间，门上装饰着小彩灯。

02 天神

塞莱斯特站在她身前。"欢迎你,波莉!"她大声说。

一只仅比一对象耳略小一些的蝴蝶飞过,在卡尔薇丝头上稍作停留,又飞向一朵硕大如停机坪的向日葵。卡尔薇丝无意识地走着,她的眼睛正忙着捕捉周围的景色:花朵……小马驹们……独角兽像……彩灯……

"我有点眩晕。"她说,"太震撼了,我都有点承受不了。"

"是不是?"塞莱斯特惊呼,"我正在夏日马房里写一部小说,名叫《战马蒂娜》。"

一对对蜻蜓簇拥在河岸上,像漆木一样闪闪发光,翅膀嗡嗡作响。塞莱斯特看着两只体型接近大明虾的蜻蜓盘旋过去。"波莉,"她说,"你有男性朋友吗?"

卡尔薇丝耸耸肩,"算有吧。说不清楚。"

"要我说的话,那最好。如果他像这里的公马那样,我不怪你。他们那么蠢。要是没有一个蠢货翻到你背上,你都不能在他们面前转身。"

"男人,呃?"

"当然!公马都是没用的笨蛋。"塞莱斯特盯着小溪,欣赏她的角,"你能过来我真的好高兴。那么多人都觉得马就是用来骑的。我几乎从没遇到过愿意跟马说话的人类。"

"我当然愿意跟你说话。我有时候也会跟我的仓鼠说话,只是它从来不会回答。但是——好吧,在这之前我其实从没真正见过一匹马。我也没有认真学过骑马,你知道吗……"

"真的吗?那我可以教你。"塞莱斯特转向卡尔薇丝,"爬到我背上,波莉。"

卡尔薇丝看着塞莱斯特的背。她的脊椎曲线看起来很吓人,"你确定?"

"当然!"

卡尔薇丝走上前,坐到了塞莱斯特背上。最后,她与小马之间呈直角,脸与地面平行,双腿徒劳地在空中蹬着。她费了好一番工夫才让自己转过九十度,这样她至少可以面朝正确的方向。简直尊严尽失。

"你在上面还好吗?"

"应该吧。"

"那就好。"塞莱斯特开始迈步。卡尔薇丝感觉到自己在移动,并努力抑制心中的恐慌。塞莱斯特加速了,卡尔薇丝惊恐地发现空气变成风拂过她的面颊,仿佛她把头伸出了车窗。但只要她们能保持快跑,一切就还在掌控范围之内。

"让我们跳过一样东西吧!"塞莱斯特说,"一定很有意思!"

小径上有一根圆木。以树的标准来看,它并不是特别大,但卡尔薇丝还是联想到了某种用来抵挡坦克的东西。"我觉得不太合适吧。"她说。

"我们可以的,波莉。"塞莱斯特说,"我们一起。"

"那好吧。"卡尔薇丝学着电影里的样子向前倾身,咬紧牙关,"凡事都有第一次。"

"这就对了——我知道你有这种精神!"小马喊着,低下头,直接冲向那根木头,卡尔薇丝失控地在她的背上颠簸着。"抓紧了,波莉!"

塞莱斯特从地上腾跃而起。卡尔薇丝心中的恐惧与兴奋交织。她们一起越过了圆木。

塞莱斯特落地,脚步逐渐放慢至小跑,跑出几码后停了下来。"哦,天哪!"她气喘吁吁地说。

卡尔薇丝从马背上滑下来,不确定自己是否真的落地了。她的腿在颤抖,"太紧张了。"

"你已经了解了马和骑手之间古老的联系。你简直就是我们的一员!噢,波莉!能遇见你真的太幸运了!我真的希望你不用那么早就离开。"

"离开?"卡尔薇丝脸上的笑容消失了,如同悬崖崩塌一般。她打了个寒战。"哦,我不会去任何地方。我永远不会离开小马国。"她有些紧张地笑了笑,"野马不能将我拖走。"

"太棒了!"塞莱斯特说。空气却似乎凉了下来。

一夜之间,摩斯卡拉克的西部边缘似乎多出了一座小高堡,那其实是拉夫纳象米尔德里德的象轿停在了幕墙边。吊桥被放了下来,各种各样的士兵推着装满物资的手推车从桥上涌过来。那头拉夫纳象对整个流程漠不关心,只是咬了一口胸墙,站在那里咀嚼。

史密斯和蕾哈娜走进晨光,米尔德里德那双近视的眼睛转向了城堡。她似乎在思考要不要把城堡吃了。

"哇!"蕾哈娜惊呼,"这么大!"

"是啊。"史密斯说。他带着一个装满这一天要用的弹药和三明治的手提箱。蕾哈娜戴着一顶大帽子,不知何故,竟让他觉得有些色情。

他们穿过吊桥,一下就来到了那野兽的背上。象轿边缘栏杆环绕,为士兵们提供了掩护。如果他们决定在前往战场的途中来一场橄榄球赛,球也不会飞出去。堆放火箭炮和榴弹炮的主要堡垒位于拉夫纳象背部中间的位置,在臀部的上方。

"深空作战小组"在象轿上等候。头戴太阳帽、身穿肥大短裤的温斯科特少校正在和他的手下解释着什么。"……试着从他们那里拿芒果。"他说,"噢,史密斯和他的小伙伴们来了。是打算猎杀些旅鼠人么,史密斯?"

"当然。"

"好兄弟。'双桅帆船'也来了!"

一名体型庞大如圆筒一般的男子走了过来,双手插在破旧猎装的口袋里。他只有一只眼睛,胡子非常浓密。一根烟斗从胡子中间冒出来,像为了指出嘴巴所在的位置。乍看上去,他就像个强悍的老海盗。

那人拿开了他的烟斗,伸出一只大手。"哈斯准将。"他说着与史密斯握手,"我主管这里的事务。女士,"他补充道,向蕾哈娜鞠躬,"欢迎登上米尔德里德。"

那头拉夫纳象扭头俯视她的脊骨。她看了一会儿,确定没什么意思,就用象牙又刨下一口城墙。

"快上路吧。"哈斯准将说,"要不这大姑娘可要吃掉半个城垛了。特雷弗,咱们走吧!"他在史密斯头上大约一英尺的位置朝空中咆哮着。"使命在召唤。"他说完,转身跺了跺脚。史密斯见状,不由觉得哈斯准将和温斯科特少校可能是亲戚。

"嗯。"史密斯说,"我想我们应该赶快离开。这里有观景室吗?"

绳索已经解开,最后几箱设备也已运到轿上,跳板升了起来。坐在拉夫纳象头顶舱里的一队象夫通过一系列叫喊和刺激操作,让大象迈开了步子。

轿板东倒西歪。巨兽像漂浮在丛林绿洋里的船一般拨开森林,穿行其中。惊恐的鸟类和权兽在她庞大的身躯前形成了一阵冲击波。"我们还是进去吧。"史密斯说。

蕾哈娜没说话,手指按在额前。

"你能读她的心吗?"史密斯问。

"是的。"蕾哈娜说,"我能感受到一些……不多。一般来说,我会觉得在动物身上建座楼有点残忍,但现在我都不太确定她是否察觉到了这点。等下——我觉得……"她皱起眉头,"她脊柱上的那个大脑想找厕所,头上那个在思考是不是该吃晚餐了。"

很久以前,还未开战的时候,观景室是给游客们用的,柳条扶手椅上方的吊扇仍懒洋洋地转着。机器人调酒师的底座上空无一物,法式窗户旁边放着沙袋。

"难以置信。"蕾哈娜说。大象每迈一步大约能走五十码远。下方,距离他们很远的位置,米尔德里德的大脚重重地踩在森林的土地上。

蕾哈娜踢掉了凉鞋，躺在长椅上。半卧在柳条椅上的蕾哈娜与地面上传来的轻微震动让史密斯有些不安。此情此景很容易就让他将同尤尔人的恶战抛诸脑后。

蕾哈娜睁开双眼。"伊桑巴德，过来。"她说。

"来了，老姑娘！"史密斯感受到了一丝浪漫的味道。

门突然开了。温斯科特扛着一根鱼竿跨了进来，像个愤怒的侏儒。"水果！"他走到窗前，竖起鱼竿。"也许我会弄到些好吃的。"他说。

"有机会就是好的。"史密斯嘟囔。而温斯科特只是忙着寻找杧果。

"这，可是了不起的动物。"温斯科特说，"拉夫纳象靠矿物生存。他们可以在野外活数千年，而且大概是不列颠太空帝国里唯一有脑子的生物。"

蕾哈娜看看史密斯。史密斯谨慎地摇摇头。

温斯科特举起他的钓具，"介意我把竿子挂在边缘吗？"

"我可从来没法阻止你。"史密斯说完，温斯科特诧异地瞥了他一眼。

"那么，你有什么打算？"史密斯问。温斯科特正在吊一只杧果，"一旦我们找到了旅鼠人，要怎么做呢？"

温斯科特蹙起眉头，"旅鼠们挖得很深——他们喜欢洞穴。所以，我们就渗透到他们的地盘里，拖住他们，给哈斯留出时间来把米尔德里德带到他们的基地上方。她在那里上下跳几下，就能把旅鼠压碎了。很简单。"

"那我们怎么找到那些旅鼠?"

"这就不归我管了。"温斯科特回答。

"唔,伊桑巴德?"蕾哈娜敲了敲史密斯的胳膊,他扭头看去,"我想他们已经找上我们了。"

几盏灯像受惊的鸟儿一样在森林中升起,横穿林线,抵达最高处后,朝着拉夫纳象冲了过来。

"那群混蛋发现了我们!"温斯科特咆哮。

"我就知道会被发现。"史密斯说,"我们可是骑着一头大象。蕾哈娜,你能——"

她抬起双臂,用手遮住眼睛,开始哼唱。

下面有人喊了声"防守",两枚高炮掉转方向覆盖了火箭的射程,一瞬间,无数子弹在空中飞舞。一枚火箭跑偏了,一头扎进森林里。第二、第三枚则像撞到墙一般在半空中就爆炸了。"干得漂亮,老姑娘!"史密斯惊呼。他冲到象轿边缘,抓起步枪。轿板起伏晃动,史密斯跌倒,撞在了栏杆上,蕾哈娜摔倒在他身上。

随着一声巨响,森林在他们面前熠熠生辉。一簇巨大的火焰冲过地面,仿佛地狱裂开了一道口子。拉夫纳象停下脚步,打了个哆嗦,向后退了一步。吊扇摇摇欲坠。

"尤尔人有定向地雷!"温斯科特咆哮。

"他们才没有。"史密斯竖起他的步枪,"他们自己是地雷。"

"走。"温斯科特说,"苏珊!"他大喊,一手抓着鱼竿,怀里抱着柑果就跑了出去。

史密斯转向蕾哈娜。"我们也走吧。"她说,"他可能会遇上麻烦。"

屋外，人群在轿板上穿梭，用小型武器和肩扛式等离子枪射击。拉夫纳象如邮轮般缓慢转身，炮火在它身边轰隆作响。

哈斯准将站在栏杆前，挥着军刀发号施令，看上去更像一名海盗船长。"准备攻击登轿的人！"他喊。空中突然出现几个像翼龙一样长着翅膀的斑点。"旅鼠人坐上飞机了！"一名莫洛克士兵吼道，滑翔机猛扑下来。一枚装载好的大炮炸掉了最近的那架滑翔机的机翼，飞机掉在了顶棚上。拉夫纳象扑向另一架，把它从空中拽下来，接着就放进嘴里开始咀嚼。滑翔机爆炸了，巨兽仰天长啸。

"我感受到了不快。"蕾哈娜说，"至少她的前脑不怎么高兴，后脑还是想找厕所。"

"深空作战小组"站在象轿右舷，提供掩护火力。苏珊已经把射线枪架在了栏杆上。她把枪往下拉，对准森林，"滑翔机是从那里飞过来的。"

"我们能逮着他们吗？"史密斯问。

苏珊点点头，"我们搭电梯，这边走。"

他们赶忙跑到栏杆缝隙处，一个木制平台悬挂在拉夫纳象的身侧，装在一个滑轮系统上。他们挤了进去。史密斯看见一排手柄，像旧铁路信号箱里的那种。"等等。"他喊了声，拉了有"向下"标志的手柄。

平台开始下坠，链条嘎嘎作响。他们沿着拉夫纳象的胁腹下降，仿佛坠下峭壁一般。米尔德里德的鳞片有中世纪盾牌那么大。史密斯正要去按制动器，气流从他们身边飞驰而过。

某种巨大的东西撞在他们身后的地面上。树木嘎吱作响，裂成了碎片。

"尤尔人在投放炸弹！"温斯科特吼道。

"那是拉夫纳象搞出的动静。"蕾哈娜说。

链子嘎嘎作响，变成了一团模糊。史密斯找到手柄，把它往上推。伴随着机器的尖叫声，平台撞向了地面。

他们失去重心，感到有些眩晕。突然间，他们就置身于一大丛蕨类植物中。

"我们走出去！"温斯科特挥舞着他的杧果大喊。其他人跟着他走进了绿荫里。拉夫纳象壮硕的腿踏平了他们身后的土地。锯齿状的叶片擦过他们的肩膀。史密斯闻到右侧有烧焦的味道。

"往哪儿走？"他问。

蕾哈娜皱眉。"这看起来很眼熟。"她指着某一株植物说。

"你知道要怎么走？"

"不。"她说，"我是想说我养过这种植物。"

"跟上我。"温斯科特喊着，向右侧闪身。史密斯停下脚步，试图搞清情况。接着又跟上了他。

他们踩在粗糙的地面上，穿过绿荫。一阵刺鼻的烟雾滚滚袭来，能见度降至二十码。

"烟雾里，尤尔人看不清我们到底有多少人。"温斯科特咆哮。

史密斯感觉有些头晕目眩。他大步走过燃烧着的植被，十分确定自己听到了莫洛克人的声音从身后传来。他身边的蕾哈娜开口说:"嗯,伙计们,我想到了一件事……"

她的声音淹没在左边传来的一阵疯狂尖叫里。

"是旅鼠。"苏珊说着举起了射线枪。史密斯看见前方有几个正在移动的黑影,在刺鼻的烟雾中显得模糊不清。他的脑袋也还是一片模糊。

尼尔森停下脚步,举起他的斯坦福枪开火。一名旅鼠人尖叫起来。

他们继续前进。烟雾散去了一些,史密斯看到了一大群尤尔人。他们在两棵粗壮的大树中间绑了一条巨大的弹力带,三名奴隶正把它拉回原状。一名身穿防弹背心、戴着一对皮革翅膀的军官在一旁咆哮着发号施令。

史密斯开枪。离他最近的那名奴隶应声倒下。弹力带向上弹了出去,击中了站在旁边的军官。他头朝下被甩进灌木丛里。他爆炸了。

激战就此爆发。炮火在烟雾中熊熊燃烧。史密斯抓住蕾哈娜,将她按倒在地。他晕头转向地撞向她身边的地面,翻身调整到适合开枪的姿势。一个黑影瘫软下去,摇摇晃晃地摆出了个诡异的姿势,接着栽倒在地。

"前进!"温斯科特喊。仍旧头晕目眩的史密斯起身并扶起蕾哈娜。哪里是前面?

温斯科特少校自己也感到有些困惑。他已经吸入了大量该死的烟雾。爆炸了的旅鼠震下了一堆树叶。尽管还未被击中,他的脑袋还是有些不对劲。他看了看自己的手,瞥见手臂上的污垢开始变蓝。身穿铠甲的身影挥舞着旗帜在他面前大呼小叫。蓝色的战纹如蛇一般缠绕着他的手臂。

苏珊靠了过来。她的头发比他记忆中的更红更狂野。

温斯科特放下枪，抽出一把接近短剑的长刀。几刀下去，他就卸去了上衣和裤子，吃惊地发现他的胸前也有同样的蓝色标记。灼热的阳光将力量注入他的体内。

苏珊在他身后大喊大叫，一定是一些热情赞许的话语。联想到他没穿衣服，"镰刀片。"她说着，"把他们带到轮盖上！"

温斯科特几乎赤身裸体，身上仅存靴子和弹夹。他勉力支撑住自己，向着尤尔人挥刀。"向我的小朋友问声好！"他喊着冲向了敌人。

史密斯看着温斯科特冲过去，一点也不惊讶。他的脑袋阵阵抽痛。他感觉世界与他相去甚远。人们好像都在水下，他们的声音也在变慢下沉。蒙眬中，他不知道自己已经吸入了多少烟。

树木从他的眼前消失，一瞬间，他就来到了一块平坦的草坪上。白线一直向前延伸。他的余光瞥见了一座亭子。蕾哈娜穿着夏日连衣裙站在台阶上。

"板球。"史密斯说，"太棒了。"

铠甲般的防护垫。这个身影像投球手一样朝史密斯冲了过来，却将双手高举过头顶。

"怎么样！"他大喊。史密斯伸手去拿他的剑，但他的手太慢了——

天空像画布一样被扯开，一个巨人低下了他那邪恶的脑袋。

眼睛瞪着，下颚张开，苏鲁克俯瞰着整个世界，咧嘴一笑。

噢，这可不妙，史密斯想。苏鲁克成神了。

苏鲁克伸出一条细长裸露的手臂舀起一把小小的旅鼠放进嘴里。他吃了那些旅鼠人，放声大笑，像一头拉夫纳象。

巨型苏鲁克在板球场另一端跳起了舞。吉米·霍利克斯和反叛者格里姆多尔坐在他肩上弹着尤克里里。卡尔薇丝挥着天使翅膀从天而降。一队蓝色小天马绕着苏鲁克的脑袋转，仿佛一群小鸟围着一个错愕的卡通人物。史密斯确定自己产生了幻觉。

阴影再向他逼近，他拔剑砍去。剑刃砍到他们冒烟的手臂，他们号叫着逃走了。

"伊桑巴德！"

他旋身，一个身材高大的黑发女人站在他面前，长裙飘扬。"我产生了幻觉。"他气喘吁吁地说，"谢天谢地你来了，艾米莉·勃朗特。"

"是我，蕾哈娜。"她举起手，"记得我说过我认得出这里的植物吧？嗯，它们着火了，而你又吸入了大量烟雾。你感觉很不好。先……冷静下来，好吗？没问题的，一切都会好起来的——"

"尤尔万岁！"

史密斯转身，一个硕大的身形冲出迷雾。他向左侧闪躲，一柄斧头像断头刀一样落下。史密斯把剑捅进那怪物的胸膛。他的剑向上穿过胸甲，从背后穿出来。尤尔人开始咳嗽喘息。史密斯将剑抽回，那外星人倒在他脚下垂死挣扎。

"只不过我们仍处于战斗中。"蕾哈娜补了一句。她皱了皱眉，

"我觉得还应该有个东西,可是我一时想不起来了……"

史密斯环顾四周,想确定自己的位置。德莱基特手握一把巨大的手枪,大步走出森林。"你还好吗?"他望着史密斯,"你也中招了,是吧?这东西把我搞得比两只跳华尔兹的旅鼠还疯狂。"德莱基特咆哮。

史密斯说:"什么?你说尤尔人在跳舞?"

"一种比喻,老兄。"德莱基特说,"他们的洞穴崩塌了。被拉夫纳象踩成了碎片。"他看看蕾哈娜,"小姐,你也被下药了吗?"

"我就和平常一样。"蕾哈娜说。

"我们不讨论这个。起来,我们走!"

"等等。"她说,"我知道我落下的是什么了。"蕾哈娜顿了顿,低下头,提起裙子。"是这个!"她得意地喊了起来,"我的鞋子!我就知道我忘了样东西。"

晚上,火炬照亮了寺庙的庭院。"前进,转身,出击,踢——然后滚!"沃尔加斯喊。

苏鲁克左闪右避,矛尖刺向空中,身体在后面不停移动。"错了,错了!"沃尔加斯喊,"腿要再抬高点。手要举起来!记着,你是条发动袭击的眼镜蛇。再来一次,投入点!"

苏鲁克停下,把矛杵在地上,"真是麻烦。"

沃尔加斯靠在拱门上,喝着一杯雪利酒。三天以来,他一直在批评苏鲁克的格斗姿态缺乏感情,顺便追忆自己在某次酒后冲突中单挑整个莫斯科大剧院的往事。

"是吗?"沃尔加斯说,"那么明智你,已经习得战士之道了,你的意思是?"

"你的话语法都不通。"

"活到我这岁数你,语法就不操心你了。"

苏鲁克一脸痛苦,"我知道了。你的套路我已经学了三天了。如果我得再次穿过禁寺之石……"

沃尔加斯凑到他身前,"哦?所以呢?我要是让你把你的石头拿出来给我看看,你会吗?"

长老若有所思地呷了一小口酒,"说真的,苏鲁克,你到底在找什么?"

"遗物。知道你——我是说你知道的。"

"你找遗物做什么?你想从中得到什么?名誉?你想永生,还是为了从我这里学技艺?你想学会飞吗?"

"飞?"

"比喻。"

"那就算了。"

"你想要遗物,你必须证明自己的价值。所以你必须向我学习。我已经在银河的王公贵族面前展现过我的战斗技能——也已经宰了他们中的某些人。你只有通过终极考验,才能拿到它们。当然,前提是你没死的话。"他顿了顿,弯下腰,然后手拿雪利酒瓶站起身来,"你喝吗?"

"当然。"

沃尔加斯倒了满满两杯,"为了胜利。"

"为了胜利。"

沃尔加斯啜饮着,"你知道,即使我们能最终取胜,这个星球也不再是从前那样了。"

"确实。遍地都是死旅鼠。"

"我的意思是,太空帝国将会被严重削弱。从暴政手中解救人类会让人心力交瘁。"

"没错,但我的战友们会战斗到底。我的朋友伊桑巴德·史密斯外表温和,却有一颗战士的心。还有神秘的蕾哈娜,她总是不着调,主要是她能看到很多东西——彩色的旋涡还有什么天空中的东西。但她很聪明,每次出现都很受欢迎。"

"她是不怎么出现吗?"

"哦不——她总在这儿,只是大部分时间不怎么清醒。有时我还会想到那个小女人。她又小又胖,但看起来很凶狠,特别是看我吃掉最后一块巧克力饼干的时候……"

"你对人类的信任就是你的弱点,苏鲁克。想想闪石人和他们那些恶习吧。永远不要低估人类能有多少偏见,他们对待自己的同类都是如此。"

苏鲁克点头,"没错。我就不懂为什么会有偏见。毕竟人类看起来长得都一样,矮胖丑陋,小嘴那么滑稽。"

"你觉得他们的脸奇怪,那你应该看看他们大腿下面。"沃尔加斯表情嫌恶地说,"还有鼻子!我就不明白怎么有人都进化完了还会有鼻子。幸好我们莫洛克人没有什么偏见。"他补充说，"大部分是因为我们比其他种族要强。所以你更应该谨慎对待那些遗物，它们属于拉夫纳瓦尔，苏鲁克。"

"我明白。"

"但愿如此。格里姆多尔属于拉夫纳瓦尔。遗物是他的，而不是太空帝国的。他的遗物永远都不能被送去不列颠博物馆，然后就在那儿放着。首先，它们属于其他某个地方；其次，它们会杀光守卫，然后逃亡。"

苏鲁克放下眼镜，"逃亡？"

"是的。"沃尔加斯笑了，他的下颚边缘火光闪烁。"格里姆多尔已经死了，但他强大的骏马——'机械鬃毛'仍然活着。'鬃毛'会 杀光所有想夺走格里姆多尔的遗产却不配拥有的人。遗物的保管者必须向它们证明自己。"

苏鲁克说："我知道你给的任务为什么如此艰难而光荣，还有你的申请人为什么这么少了。"

"哦，申请人倒挺多的，苏鲁克。但最后的面试确实很难。准确地说是终极考验。"

苏鲁克沉默了。他凝视着黑暗。

"你看起来很困扰。"沃尔加斯说，"你在想什么？"

"我们应该弄点棉花糖来，把它们像童子军那样放在棒子上烤。"

"你能在一根棒子上 放多少童子军？"沃尔加斯感叹，"苏鲁克，我们真的想到一起去了。也许你已经证明了自己值得拥有那些遗物。"

苏鲁克喝完了他的雪利酒。"我已经准备好了。"

沃尔加斯说:"我指的不是战斗。如果你想找到遗物,那你必须面对自己内心最深处的恐惧,并且活下来。"

"我内心最深处的恐惧?"

"正是。你害怕什么?什么东西会让你望而却步?"

"输掉战争,旅鼠渣滓奴役我们的人民,在伟大银河幸福友好共同体变成了一堆死气沉沉的头骨之前就死去。"

"这是战士们共有的恐惧。你自己的呢?"

"嗯,好吧。我从来都不喜欢羞辱,也不喜欢酸奶和蜜蜂,还不太喜欢狼蛛,他们让我消化不良。"

沃尔加斯笑了,"这就是你最深的恐惧?"

苏鲁克耸耸肩。

"那你可得闭紧下颌骨,杀戮者苏鲁克。我已经测试了你的身体。现在该测试你的灵魂了。我会把你带到最黑暗的地方。在恐惧洞穴中,你将面对……呃……一只巨大的淋着酸奶的耻辱蜜蜂,或者差不多的东西。"

苏鲁克深吸一口气,"我准备好了。"

"很好。跟我来。"

沃尔加斯穿过院子,走到拱门下面,"来吧,战士。"

苏鲁克抬头看了眼那些树,确信自己正在被监视。他什么也没看见。接着他又拿起长矛,伸长脖子,跟上长老。

他们走进石隧道里。琥珀色的光从屋顶的半透明板上渗出来。

森林地面向下倾斜，一直缠绕到地上。墙壁上古老的雕刻图案描绘着怪兽、鬼魂和恶魔的形象，都是些古老的传说。

"等等。"沃尔加斯喊。

苏鲁克四下张望，"什么东西？"

"气氛。"沃尔加斯说着把手伸进一个壁龛，拉了一下手柄。他们身边响起了战鼓，丛林喧嚣沸腾，野兽尖声号叫。鼓声越来越快，像一颗即将爆裂的心脏在他们周围膨胀。

"太棒了，"苏鲁克说，"气氛音乐。"

隧道尽头有一扇门。上面雕刻着一个形象，是一名莫洛克战士的漫画侧影，它腾跃而起，在背景里翩翩起舞。无论走到哪儿，苏鲁克都认得出这个造型和他那双明亮的眼睛。那是伊斯雷萨尔的守护神——死灵骑士。

"那后面是他的领地。"沃尔加斯说。

苏鲁克点头，"我曾见过他。"

门开了。"每名战士都有个弱点。"沃尔加斯说，"一件他无法克服的事。去面对它，苏鲁克，然后再次崛起。"

有东西从背后击中了苏鲁克。他向前踉跄了两步，刚反应过来那东西可能是沃尔加斯的靴子，身后的门就关上了。

苏鲁克站在黑暗里，有点希望橡皮蜘蛛能从天花板上掉下来。他试着回想自己遇到过的最可怕的事情。他想起有一回史密斯手里拿了一面大镜子，他曾与那东西迎面撞上过好几次，吓得不轻。

他听到了说话声。刚开始他以为那是自己的声音，但说话声随着交谈渐渐变大——与之相伴的还有碰杯和倒酒的声音。"真是美好的一年。"他肩头的声音说，苏鲁克转身，却什么也看不见，"商店能维持那点不错的收益。我想我可能会在明年加入商会，对生意会有好处。"

苏鲁克凝神谛听，没错，这声音和背景里的杂音确实就在这里。都是莫洛克人的声音，低沉中带着恰到好处的呱呱声。远处有人在谈论小吃。

苏鲁克举起长矛，向前走了一步。声音便随着他一起移动，在潮湿的空气中旋转。他找不到门在哪里。

"我们去洛杉矶度假，赢了些漂亮的战利品。"

"然后我对他说：'你怎么回事？'你真应该看看他的表情！"

礼貌的笑声响起。接下来，一个嘶哑的声音无比清晰地说："阿格夏，孩子们怎么样了？"

苏鲁克怔住了。阿格夏？不可能。那是他父亲的名字。

"嗯，既然你问起了，还不赖吧。"

你已经死了，苏鲁克想。你死于同尤尔人的战斗，父亲。

"我为他骄傲，说实话。"九剑阿格夏说，"我的孩子已经在外面成了有出息的人。用你的话说就是勇敢面对艰险。他是一个真正的成功者。家族的光荣。"

谢谢你，父亲，苏鲁克在心里说。我很自豪能够用行动让您骄傲。

"至于苏鲁克，你就别问了。"阿格夏又说。

"什么？"

"我知道比起莫尔加，他的成长有点慢。但我相信他最终会好起来的。"

苏鲁克僵住了。

"你得为这个孩子做点什么。"一个声音说。

"这孩子只是起步晚。"苏鲁克的父亲回应,"他有他自己的方式。他的本质是好的。他很善良。"

"那么他砍向了谁的胸膛?"另一个声音质问,苏鲁克被咯咯的笑声包围,"只有取走足够多的头颅,他才能有个好脑子。"

苏鲁克举起长矛。"蠢货们!"他咆哮。

"你要相信。"阿格夏说,"苏鲁克只是……比较老派。"

另一个声音加重了语气。"大家好!"它叫道,"欢迎来到汉堡之家!"

苏鲁克咆哮。回答他的是一阵嘲笑声,就像一群苍蝇绕着他转。

"你要炸薯条吗?"

"安静,暴发户!"苏鲁克吼回去,那声音却仍未停止。

"看,父亲。我吞了一支蜡笔!我在垃圾箱里建了一个沙堡!"

"出来!"苏鲁克喊,"出来面对我吧!"

它沉默了。

只是梦境,苏鲁克想。那就再好不过了。我现在就把它忘了。

他的面前突然闪现出一道光芒。那是天花板上的霓虹灯条,在啤酒泵和一排排玻璃杯上方闪闪发光。栏杆上站着一个人影——一名高大的莫洛克人背对着苏鲁克。

这是真的,苏鲁克想。这不可能,却……

他希望那是蜜蜂,或者酸奶。

一只手搭在他肩膀上。他回头，看见自己家族中的一位长老——恼怒的乌尔加一支里最古老的人。"我们已经找到了你的头号敌人，"老人说，"也来自很好的一支。他们全是真正的杀手，你能跟他们聊上很多。"他左侧响起了第二个声音，"看，他正怒视着你。他也不喜欢你。上啊，苏鲁克，上去吓吓他。"

"不。"苏鲁克说。他的声音有些变形，不是那种他想象中带有挑衅意味的呐喊，听起来更像恐惧的呼喊。"我与他没有恩怨。"

"哦，别害羞。"另一位老者冷哼一声。他们像豺一样围着他，把他推向栏杆上那个身影，"过去自我介绍一下，挑衅他。"

"我会自己选择敌人。"苏鲁克说。他的声音沙哑而软弱。

"看，他孤身一人。你该行动了，苏鲁克。问问他在找什么。"

苏鲁克向栏杆迈了一步，"我……我不行。我不能。"

他感觉背上被人拍了一掌，他畏缩了一下。"上啊，小子。我跟你这么大的时候……"

可怕的尴尬感几乎吞噬了他。威胁和挑衅的话语凝在嘴边出不了口。羞耻让他瑟缩不已。他的下颚低垂下来。

不是这个，苏鲁克想。不是这个。

他挣脱了他们引领着他的孱弱双手，扭过身子，大喊着："不，我不会和他打。我会同我选择的对手交战！你们不能逼我。我，苏鲁克，杀我想杀的，我来安排我的屠杀。快走，该死的，离我远点！"

突然间就只剩下他一人。他就这样站在昏暗的空地窖里。地窖闻起来就是灰尘的味道。

苏鲁克眨了几下眼睛。他的家人和来自他们的不认可都消失了。他很快就找到了门。门并未上锁。走廊空空如也。苏鲁克独自向上爬,感觉自己正从轻微脑震荡中恢复过来,这种感觉很奇怪也很熟悉。

爬到出口时,他听见了尤尔人的声音。

"荣光!"旅鼠人号叫着。接着是一声尖叫,然后是响亮的重击声。

"尤尔荣光!"另一个旅鼠人尖叫起来,但他的声音很快转为痛苦的呻吟。

苏鲁克跳下去,弓身前进。他身边躺着十几个穿各色盔甲的旅鼠人,看起来都是军官。斧子散落一地。

单打,苏鲁克想。要不是森林拐角处有大约四十名尤尔军官组成的队列严阵以待,一定会是场极尽光荣的战斗。

另一名旅鼠人喊着战斗口号冲了过去。沃尔加斯躲闪开来,手指轻轻戳进老鼠的喉咙里。旅鼠人抓着脖子,醉酒一般尖叫着倒向一边。沃尔加斯的手上沾满鲜血。

苏鲁克发现他的肩膀和臀部也同样伤得不轻。任何一个人都只能在一下午时间里战胜一定数量的尤尔军队。沃尔加斯会死在这里的,苏鲁克想。至少,没有我的帮助他必死无疑。

苏鲁克举起长矛。他已经解决了家庭的问题。再没有什么可以吓倒他了。

沃尔加斯看见了他。只是一瞥,却直直看进了苏鲁克的眼睛里。沃尔加斯微微摆了下头。苏鲁克等着。

"荣光!"

那名旅鼠人停了下来,队列齐刷刷立正。一个高大、苍白的身形走进视线里,两侧跟着保镖。不用看那独眼,苏鲁克就能确定自己看到的是维克沃特将军。

"所以。"维克沃特说,"这就是你强大的堡垒了,是吧?你是武器大师,而我们却轻轻松松就闯了进来。这个世界是我们的,你知道我们是如何赢得它的吗?"

沃尔加斯嘴角抽搐,"靠胡须?"

"哦,非常有趣。太好笑了。答案是'轻而易举'。你的世界已经完了,你的庙也毁了,你那凄惨的人民注定要失败。"他愉悦地咆哮,"虽说你看上去确实挺厉害的。"

"你一定感受到了强大。"

维克沃特回头看去,"这动物不配像战士一样死去。把他绑起来,再把电动工具拿来。我们很快就会知道格里姆多尔的遗物在哪儿了。"

"蠢货。"沃尔加斯说,"你根本不知道你面对的是什么。快打我吧,你会后悔的。"

"闭嘴!"维克沃特出击了。他的爪子打中了沃尔加斯的脸颊。沃尔加斯像个平衡性不佳的图腾柱一般缓缓向后倒下,摔在地上。

维克沃特俯视着他的身体。他弯腰检查沃尔加斯的脉搏,然后站起来。将军掏出一支烟,塞到嘴边。

"噢,死了。"他低声说。一个小兵带着打火机走了进来,维克沃特转身走了出去。

旅鼠人们围到将军身边,跟着他走进树林。

苏鲁克在沃尔加斯身边蹲下。长老的身体已经很凉了,比起平常的灰绿色,更接近绿灰色。"他们会让你背叛你的人民。"苏鲁克说,"所以你宁可选择死。真正的战士之死。"

沃尔加斯用手抓住他的脚踝。苏鲁克倒抽了一口气。他后退了一步,沃尔加斯却抓得很紧,而且,老人竟然缓缓开口。"苏鲁克!"他低声说。

"怎么了,老家伙?"

"我时间不多了。"

"是啊。"

长老笑了笑,他的尖牙上有血。"有种老办法可以装死。"他笑,"但这次,我也不用装多久了。"

"你干得很好。"苏鲁克说,"尤尔人那些蠢货已经被骗过去了。但谁来照看那座庙呢?"

"别管那庙了。那已经是过去式了。现在你需要知道格里姆多尔遗物的位置。"

"是的,告诉我。"

沃尔加斯表情痛苦,"靠近点,我会悄悄告诉你。"

苏鲁克不习惯和任何人靠那么近。作为自交生物,你往往不需要和别人有太多的身体接触。他别过头,感到一丝尴尬,紧接着又为自己的尴尬而愧疚起来。奇怪的是,他过去很少感到愧疚。

他把脸凑近沃尔加斯。

"这个秘密我保守得很好。"沃尔加斯轻声说,"从未告诉过别人。"

"以拉夫纳瓦尔之名,告诉我。"

沃尔加斯的目光与他的门徒相对。"快吻我,"他喘息着说。

"啊。"苏鲁克再次别过头去。他和人类相处了很久,对这种事情也有所了解,他知道这完全合法。但莫洛克人之间?尴尬。"好吧。"他说,"不过反正你快死了……"

"不是在这里!"沃尔加斯喘息道,"在我的房间里!"

"我想那样会更私密。"苏鲁克说,"但沃尔加斯,你要明白……我很欣赏你刚刚的表现……你是个伟大勇猛的战士,而我们也确实是手足战友……但这手是用来握武器的,而不是,不是——呃——用来拥抱的……而且我们这个种族向来不会彼此亲吻,否则我们的下颌骨会戳到对方的脸,这就不浪漫了。沃尔加斯?沃尔加斯?"

沃尔加斯死了,彻底死了。

苏鲁克摇了摇头。"太遗憾了。这节骨眼上却也是不幸中的万幸。"他蹲在尸体旁边,"嗯,长老,你想回自己的房间,这点我还是能满足你的。"

苏鲁克将沃尔加斯的尸体扛到肩上,直起身子走向拱门。

沃尔加斯的房间小而简单,一点也不奢侈。一个朴素的架子上放着一些练习用的长矛。还有一张沃尔加斯的照片,照片里的他站在一头死去的泉兽身边,两手各持一把军刀。墙壁另一端的那张照片里是度假中的沃尔加斯，穿着条纹夹克，戴着硬草帽，站在某个码头区。苏鲁克在它的下面找到了一条长凳。

苏鲁克把他放在了长凳上。"你活得很好，老家伙。"他说，"死得也光荣。你的事迹值得被所有人称颂，除了，也许……那个……"

他直起身子，然后停住了动作。

苏鲁克走向沃尔加斯的度假照。那是个标准的 3D 制品，是你在任何一个旅行团都能买到的东西。但吸引他目光的是沃尔加斯的装束：并非那顶硬草帽本身，而是边缘上的文字。

"快吻我。"苏鲁克念。

他把照片取了下来。那是什么地方？地形看起来像安多尔。像某个湖泊。人们从高悬的穿梭旅游车上跳进湖中。背景里的标语提醒着游客不得抚摸。那是个度假胜地。

苏鲁克把照片翻转过来。背后有个十字架。他抽出短剑推到十字架里。接着又把照片翻过来。

湖中升起一座小岛，像海怪的驼峰，不足十英尺宽。短剑发光的尖端从岛屿上凸出来。

外面有什么在隆隆作响。尤尔人回来了。

尤尔的营地如此庞大，维克沃特将军都看不清它的边界。在帐篷里，他能看见上千名士兵，尽管他们已经砍了很多树来腾空间，仍无法分辨新的树屋和洞穴都在哪里。他想，越多越好。见证他胜利和大屠杀的旅鼠越多，他的荣耀就越伟大。他会回到尤尔，带着百万奴隶，贬低过他的蠢货们只配在他们的枪口下笑。

他穿过一排排帐篷，经过那些正在磨尖刑具并将粪便揉到刺刀上的士兵。一架梯子靠在一棵大树上，维克沃特路过时，一名骑兵冲上梯子，从顶端跳了下来。将军停下来，观赏士兵下坠。

现在，隐秘之庙不复存在，它的主人已经死了。很遗憾格里姆多尔的遗物仍遥不可及。很快，维克沃特想，他的军队已经准备好了。他的士兵们正在森林里潜行，包围着人类的堡垒。他的侦察兵正在逼近前哨站。他的猎手捕获了猛兽，它们将被派去冲击防御。

在附近一片空地上，一群军官正沉迷于古老的仆从球运动。把仆从从场地一端踢到另一端，摇摇晃晃站起来试图逃跑，出尽洋相。"奴隶站起来！"一名军官喊，一整群人跳到仆从身上，把它撕成了碎片。

"维克沃特将军！"

维克沃特愤怒地转身。密警的科茨上校出现在他身后。杀手生涯让上校养成了爱从黑暗中现身的恶习。几天前，他曾在维克沃特读《脏事》复印本时出现，让他很是难堪。

"怎么回事？"维克沃特问。

科茨做了个手势，他的助手把一名尤尔士兵推到将军面前。那士兵的眼睛有一种诡异的疏离感。

"敌人袭击了我们前线的洞穴。"科茨说，"这个奴隶逃走了。"

维克沃特上下打量这名士兵。他的皮毛上满是污垢和血迹，耳朵被撕裂了。"从他这样子看来，是刚刚才逃出来吧。"

"呃，不。"科茨说，"是我揍了他。谁知道他是不是在撒谎。"

"非常明智。"

"他的神志被毒烟搅乱了。他很——"科茨表情怪异,"放松。我在他身上没有发现狂怒的迹象。这点很不健康。"

"的确。快说话,奴才!"

"嘿!"士兵说,"将军,冷静。那里状况很糟,很严重。那些外星蛮子突袭了我们。我们从洞穴里开枪,但他们大概是有个火焰喷射器,所有植物都开始燃烧,而我们吸入了大量烟雾……所有旅鼠人。我还好,因为我嗑了很多猫薄荷。"

"下等东西不准吃猫薄荷!"维克沃特厉声说,"接下来呢?"

"他们捣毁了那地方。我们已经设好了防御,准备周全,但他们还是摧毁了洞穴。到处都是死旅鼠,我挖出了一条路逃生。到处都是血,乱七八糟……"

科茨说不耐烦地说:"谁干的?"

士兵开始颤抖,"不行。我不能说那魔鬼的名字——"

科茨怒吼一声,从腰带上抽出一把钳子。

"不要。"士兵喘息着说,"不是他——"

"快说!"

"唉!温斯科特,穿短裤游走的鬼魂!他和他的恶魔军团!"

维克沃特吞了吞口水。他想起来了。当时,他控制了一个强大的要塞。他把当地的甲虫人赶到一起放在一个巨硕的放大镜下。不知怎么就被外星蛮子们发现了,温斯科特和他那些仆从就这么把他活捉了。他打了个寒战。维克沃特说:"奴才,谢谢你。这消息很有用。你的贡献值得嘉奖。"

那名奴隶猛地挺直身体，向他敬礼，"谢谢将军！"

"但你还是没能守住你的洞穴，所以，爬上那棵树，从树顶上跳下来。"

士兵瞬间就泄了气。他转过身，朝梯子走过去。

"他说到的那些非啮齿动物。"维克沃特说。

科茨点头，"怎么处理？"

"找到他们，都杀光。"

科茨转身准备离开，一声叫喊吸引了他们两人。是那名士兵，他正准备登上梯子，迎接自己的末日。

"呃，将军？寻求战神宽恕之前，我还能说一件事吗？他们带着一只大怪兽。真的非常庞大，比一栋楼都大。我们最好搞清楚是怎么回事。"

维克沃特身后，一棵树吱吱响着倒下了。他转过身，凝视着森林。树丛后面有两头巨兽，它们的腿比任何一根树干都大。它们在呻吟。在绳索和药物作用下，它们奋力挣扎着。

"哦。"维克沃特说，"像这样的，对吧？"

03

他们射杀小马,是不是?

"前进,高贵的骏马!"卡尔薇丝喊。

"战斗啊,伟大的骑士先生!"塞莱斯特喊。

她们穿过后方的草坪来到观赏桥上,朝着森林迈进。

"我们的敌人来了!"塞莱斯特喊。

前方二十码远处,一架噶斯特人无人机的硬纸模型等待着她们,那是卡尔薇丝从她在摩斯卡拉克一间储藏室里找到的小型射击装备上取下来的,可能从25世纪初起就没再被人碰过了。此刻,用棍棒支撑起来的那张滑稽脸谱正对着卡尔薇丝腋下夹着的槌球棒做鬼脸。

"进攻!"塞莱斯特发令,慢跑向前。卡尔薇丝把木槌抡向噶斯特人的脑袋。卡纸剪贴画倒下,她俩都笑了。

"痛苦的一击。"塞莱斯特说着放慢脚步,"来吧,高贵的先生,让我们停下来享用茶点和方糖吧。"

卡尔薇丝旋身下来。那伊葵戴着人造独角兽角,看上去格外聪明。她们一起向凉亭走去。

卡尔薇丝的目光越过树丛,望向广阔的绿色草坪和远处如童话王国城堡般的房子。一只蜻蜓从她们眼前飞过,翅膀嗡嗡响。

"我觉得我们还是得和旅鼠人战斗。"塞莱斯特说,"爸爸说他们都很可怕。他说他们只会给这个银河带来跳蚤。"

"说谎!"

卡尔薇丝转身。灌木丛在抖动,一个硕大的身影走了出来,肮脏而笨重,身穿板甲。塞莱斯特倒抽了口气。在这一瞬间,一切显得不可思议,这么一个生物出现在这里,仿佛一种光影魔术。接着,卡尔薇丝意识到自己看到的是一名来自尤尔"神圣友军"的军官。

"外星蛮子,你们满口卑鄙谎言。"

旅鼠人大摇大摆地从灌木丛里走出来,盔甲上沾满树叶。其他几个也出现在他周围,仿佛森林在产卵一般。枝杈似乎变成了步枪和刺刀,苔藓则变成了皮毛。

"哦,该死的混蛋。"塞莱斯特低声说。

旅鼠在五码外停下脚步。他笑了,"去死吧,小哺乳动物。我的名字是普雷姆上校。您现在受伟大银河幸福友好共同体庇护,恭喜。"

恐惧如疾病般侵入卡尔薇丝体内,席卷了她的四肢,让她感到软弱无力,也搅乱了她的胃肠。

那名军官指着卡尔薇丝手上提着的木槌,"把战争当儿戏,嗯?没错,你的同类就是这么干的。我小时候就和我弟弟一起用纸盒装扮自己，假扮战士。后来我父亲砍了他的脑袋。真是快乐的时光啊。"

"我是——我是不列颠公民。"卡尔薇丝说，"我是这里的联络官。"

"那些人啊。"普雷姆上校说，"我都能闻到杜松子酒的味道了。"

他的士兵们咯咯笑了起来。那一瞬间，卡尔薇丝出离愤怒。她想向前一跃，挥动木槌，把那坏笑从他鼻子上打下来——但怒气很快就被恐惧替代。

"上校，"一名旅鼠人指着那卡纸剪贴画说，"他们做了这个画像来侮辱噶斯特人！"

"啊，我们敬爱的同盟。嗯，我们不能接受这个。必须维持纪律。"他咧嘴一笑。

"我做的。"塞莱斯特说，"这是我的，不是她的。"

普雷姆看着她，"是吗？好吧，看来我们得聊几句了，小小马。"

"不。"卡尔薇丝说，"你不能。"

普雷姆转身，"快跑吧，人类。快到不列颠太空帝国喝热可可的时间了。别担心小马了。我们尤尔人知道该如何照料非啮齿动物。我们会好好照顾他们的。"

一名助手走上前去。他举起了一张宣传图片：上面是一名面带笑容的旅鼠，坐在王座上，受到其他许多物种的拥戴，其中有些已经灭绝了。"上校，还有用来挂海报的钉子吗？"

"别担心。"普雷姆说，"我正在和胶水厂谈生意。"他凝视着卡尔薇丝，"你还在吗？我告诉你吧。两分钟之内我会把松鼠豺放出来。告诉我,联络官,你见过松鼠豺在空中飞跃吗?"

"哦,天。"卡尔薇丝说,"不要。"

"跑啊,波莉。"塞莱斯特说,"用你那小腿跑啊,能多快就多快。"

史密斯坐在象轿上的休息室里,感觉又饿又不舒服。拉夫纳象背上的颠簸让他想起了尘封三十年的回忆:德威治文法学校的迪耶普之旅,他在那里吃了坏掉的可丽饼,确信自己得了痢疾。他几乎能听到其他学童的声音。他们惊恐万分,挤在蓬皮杜中心喋喋不休地谈论他的事故。为此,他从未原谅过他们,还有法国。

"没关系。"蕾哈娜说着开始翻她的药箱,"只需要多吃点这药片……"

他们到达营地时,史密斯的恐惧已经消散。这时,他最想做的是吃巧克力,然后把脸靠在蕾哈娜的乳沟里睡觉。他小心翼翼地加入了栏杆边的人群。"你在那里爆发了。"苏珊说,此时他们并排站在幕墙前,"到处都是死旅鼠。"

"真的吗?"他还是觉得有点迷糊。

苏珊太专业了,根本没怎么受到烟雾的影响。"你有点失常,说实话。你和温斯科特都是。他以为自己在保护波阿狄西亚。"

舷梯下降,"深空作战小组"从象轿上下来,回到摩斯卡拉克的城墙上。补给小组正等着他们、医务兵和战略顾问。一只起重机往拉夫纳象面前扔了块石头,大象开始吃石头。哈斯准将出现在乌鸦巢中，向他的团队喊口令，温斯科特在吊桥上徘徊。

"任务完成！"少校对警卫喊，"不列颠人用吊索和箭攻击了敌人的营地。下一站，伦狄尼姆！"

"谢天谢地，他已经把他那玩意儿拿出来了。"苏珊轻声抱怨，"谁来拿走这个野餐毯！他们可没给我钱干这个。"

蕾哈娜扶史密斯下了跳板。"你感觉如何？"她问。

"很放松。谢谢。你好，云朵。你好，天空。"

"你这样有点吓人了。"她说。

两个瘦削的身影从城墙上的士兵中间走了出来：一个是苏鲁克，光滑优雅而又致命危险；另一个是 W，瘦长，一脸严肃，薄薄的嘴唇显得很阴沉。

"马祖兰。"苏鲁克说，"欢迎回来。听说你们对尤尔人的袭击很成功。"

史密斯点点头，"是不错。但是那些旅鼠真的不好对付，他们给我们制造了些麻烦。"

"我带来了重大消息。隐秘大师的庙宇已被侵占，沃尔加斯长老死了。"

"哎呀。"史密斯说着，勉强集中思想，"这可不好。"

"应该让这个人来整合我们的防线。"苏鲁克指着 W 说，"他说他曾单枪匹马宰过一头拉夫纳象。"

蕾哈娜皱眉，"看来你很引以为豪嘛？"

"我没别的办法。"W 说，"它疯了，还在破坏殖民俱乐部。而且我们也很饿。"

"还有件事。"苏鲁克说,"我知道了遗物的地址。等小猪和小马玩够了,我们就得飞去为我们的军队取走它们。"

"嗯,对。"史密斯说,"你是不是没有饼干了?我真的很饿。"

蕾哈娜说:"他吸入了大量烟雾。"

W看了一眼苏鲁克。这名间谍皱了皱眉,"这家伙需要茶。很多很多茶。"

他们把史密斯带到屋里的午前茶点售货机前。玻璃屏后面,冻干的简易饭菜在三层蛋糕盘上旋转着。苏鲁克和W凑出零钱,蕾哈娜把手按在史密斯前额,"他有点……迷糊。"

W望着窗外的城垛和后面的树丛。"杨将军会想奋起作战。"他说,"她会把快速部队当作锤子,把城堡当作铁砧。"

"快速部队?"苏鲁克说。机器里掉出了一个杯子,棕色液体从黄铜插口倒入杯子里。"我哥哥和拉夫纳瓦尔枪骑兵一起骑行。"

"他在那里安全吗?"蕾哈娜问,"我是说,枪骑兵们一向以强硬著称。"

"他一定会刺激他们采取极端的暴力行为。他对我就有这种影响。"

"给,伊桑巴德。"蕾哈娜说,"茶。"

"茶。"史密斯迷迷糊糊地回应。"挖啊,老兄。"他抿了口茶,"嗯。"他又喝了一口,"啊,更好了。那好,伙计们,让我们开始吧。"

"旅鼠们来了。"苏鲁克说。

"噢，该死。让我们好好打击一下那些混蛋。喂，蕾哈娜，你还好吗，老姑娘？"

"有点儿失望。"她说，"不过还好。"

窗户上出现了一个苍蝇般大小的黑点。它转了一圈，在玻璃窗外降落，逐渐变大，成了约翰·皮姆号那熟悉的凹型线条。地勤人员、注油机器人和两名餐饮队的厨师赶了过来，似乎对出现在挡风玻璃外的东西非常感兴趣。

"啊。"史密斯说，"我们的飞行员来了。"飞船落地，支撑在船身重量之下弯曲，气闸向下打开，卡尔薇丝爬了出来。"她过来了，一定是带来了关于我们这场反暴政斗争的重大消息。卡尔薇丝！"他喊着，大步向前走去。

卡尔薇丝冲下城垛，穿过大门，经过史密斯身边，大叫着跑向蕾哈娜。在那几秒钟时间里，几乎所有人都怔住了。只有卡尔薇丝在无助地流泪，蕾哈娜搂住卡尔薇丝，眼神却很困惑。

"我感受到了消极情绪。"蕾哈娜说。

"他们抓走了小马！"卡尔薇丝喊，"我们当时在骑行，他们就从森林里出来，悄悄逼近我们，然后让我逃跑。后来他们就把小马们都抓走了。他们会杀掉小马的！"

"等等。"史密斯说，"小马们不一定身处险境。慢一点，告诉我们发生什么了。首先，是谁抓走了小马？"

"旅鼠人！"

"好吧，那他们危险了。"史密斯说，卡尔薇丝号叫着把脸埋进蕾哈娜的胸口。

03 他们射杀小马,是不是?

苏鲁克礼貌地呱呱叫了声:"我有个建议。朋友们,显然这是敏感时期,需要杀戮者的智慧。我得说,我们不如召集所有盟友,和旅鼠人决一死战,让他们血流成河,惨叫震天。如何?这样每个人都会觉得好多了,除了旅鼠人。"

"你说得对。"史密斯说,"苏鲁克,这主意很好。来吧,伙计们,我们要找到遗物,然后组一支特遣部队,给尤尔人点颜色瞧瞧。"

卡尔薇丝扭过头,"没时间管那些遗物了!他们会杀死小马的!"

史密斯把手搭在卡尔薇丝肩上,这让她感到安心。接着他蹲下来,直视着她的眼睛,使她看起来像一个九岁的孩子。"你看。"他说,"我保证,我们一找到遗物,就去把伊葵救回来。也会把旅鼠人带回来。"

"不够!"她大喊,"你知道在那之前他们会对小马们做些什么吗?"

"也许会杀光他们。"她听罢发出绝望的号叫。史密斯又说:"该死,我不是故意这么说的。我知道这对你来说是个艰难也很伤感的时刻。"他边说,边摸自己的口袋。"我也很难过,所以对我来说也很艰难。但卡尔薇丝,说真的,你想要薄荷糖吗?"

"把你的薄荷糖放你屁股上吧!"卡尔薇丝哭喊道。

"谁帮帮我?"

蕾哈娜不满地瞥了史密斯一眼,过来帮忙。"波莉不需要薄荷糖,伊桑巴德。她只需要好好休息一下,让我们来想办法。"

"难道还不明显吗?"卡尔薇丝问,"你们难道不知道我们能做的就是拿起能找到的所有武器，然后把旅鼠人赶尽杀绝吗？"

"我想过。"苏鲁克说，"每六分钟想一次。醒着的时候，每三分钟就会想到一次。"

"你们都见鬼去吧！"卡尔薇丝喊，"我自己去，别拦我！"

她转身跑了出去。他们看她沿着城垛冲向停机坪。

"哦天。"史密斯说。他的脑袋顷刻间像要爆炸一样。燃烧的草木带来的那种偏执混乱的感觉又回来了，这次连分毫的愉悦感都没有。"苏鲁克，你能拦下她吗？"他说。

外星人凑到壁炉架上，取下一个小小的饰品。他走到门口，把它拿在手里掂了掂重量："就这点事儿？简单。"

"不是！过去和她谈谈，好吗？让她喝点茶，睡一觉。"他叹了口气，"我得好好想想。"

几分钟后，苏鲁克回来了。"小猪在她的驾驶舱里。"他宣布，"她说她会休息。"

史密斯说："多谢，老兄。我相信她睡一觉会感觉好些。至少对我来说睡觉是有用的。"

"对我也是。"苏鲁克说，"不用再听她说了。"

蕾哈娜叹了口气，"你给她吃药了吗？"

"是的。她说她要些药片。"苏鲁克说，"白色的那个……字母A开头。"

"阿司匹林？"

"安非他命和苯丙胺。还有三品脱朱晴。她这么能嗑药吗。"

瞬间,屋子里陷入一片死寂。"她要了这些?"史密斯说。

"唔。"蕾哈娜说,"糟了,真糟了。"

"快!"史密斯大喊,"飞船!"

苏鲁克动作更快。他冲过城垛,穿过那些士兵,爬上阶梯,进了气闸,消失在了约翰·皮姆号里。

史密斯看向蕾哈娜。"真见鬼了。"他说。

"是啊。"她说。

苏鲁克重新出现在了气闸门口。他招了招手,"一切都好,马祖兰,别担心!"

史密斯喊回去,"这么说她没有尝试起飞?"

苏鲁克笑了,"基本上不可能。其实她根本不在这里!"

蕾哈娜双手比成喇叭形放在嘴边大声喊:"不在?你确定这是好事吗?"

"当然!"苏鲁克说,"好吧,也许一点也不好。"

"天哪。"史密斯说话时,苏鲁克已经开始往回走。"卡尔薇丝到底去哪儿了?蕾哈娜,如果你嗑了那么多战斗药品和汽水,你会去哪里?"

"我会这么干。"她说着,指向庭院。

下方引擎轰鸣。一架"地狱火"战斗机拖着闪亮的金属腿升空,喷射口下面燃烧着怒火。地面上,一名身穿发光外套的男子挥着两根闪光棒,将战斗机引向空中。

"老天。"史密斯低声呢喃,"你难道说卡尔薇丝偷了一架'地狱火'，只身前去营救小马了？"

蕾哈娜看上去有些困惑。"不是。"她说，"我是说如果我用了大量毒品和汽水，我会穿上一件反光夹克，在头上挥两根荧光棒。至少，上一回是这样的。我在格拉斯顿伯里玩得很好。"她说，"在盖特威克机场就不怎么好了。"

早上八点二十二分，史密斯坐在温室里俯瞰发射台，思索着他来这里的使命，以及对帝国的义务。

蕾哈娜盘腿坐在褥榻上，摇晃着其中一个垫子，一团蘑菇云飘向椽子。

门开了，苏鲁克走进来。"我和发射控制中心谈过了。"他说，"他们确认有一架'地狱火'不见了。序列号和小女人在惠灵顿总理战役里开的那架一样。另外，我们的《太空同盟者》套装也少了一张光盘。"

"这有什么关系吗？"

"那一集是《活跃分子霍斯》，里面的玛丽·露是一名身材矮小而勇敢的工程师，单枪匹马挫败了一群星际盗贼。我就这么一说。"他说完退了出去。

"这预兆可真不好。"他说，"你知道整个问题的根源在哪儿吗？"他痛苦地问。"我们在国外，就是这样。如果不在外国，这些事根本不会发生。当然，我们也不会去教化别人，或者为帝国掠夺。但不管怎样，都真该死。"

蕾哈娜站起来，像幽灵似的飘到窗边，"我觉得你们不能再指望别人因为你们说自己是不列颠人，就把自己的星球拱手相让了。"

史密斯点头，"说得没错。这是一种耻辱。整个银河都完了，乳头都翘起来了。"他当即意识到自己的言辞可能会冒犯到她，就补了一句："抱歉，我失言了。"

"我出去走走。"她说着，转身离开。他听见门关上了。

史密斯试图解决问题。卡尔薇丝身处险境，可帝国需要那些遗物。如果尤尔人得到了遗物并大肆标榜，拉夫纳瓦尔很可能就不再听从地球的指挥了。一旦失去统一阵线，尤尔人就会占领安多尔，屠杀平民，把他们的脸塞进一个腐烂帝国的废渣里。

他要去救卡尔薇丝，但命令必须执行。想到这里，他试图回忆自己曾在哪里听到过这句话。

一张脸闯入他的视野里：泛红，伤痕累累，一只眼睛被发光的镜片所取代。这张脸被钢头盔的边缘遮住了，天线像枯死的叶子一样悬在上面。"命令必须执行。"462粗声说。

胡说！全是胡说！

史密斯大步走到门口。"蕾哈娜，我们得把人都——"他说着停下了。

他们在走廊里等着，每个人都全副武装。苏鲁克笑了笑。苏珊在检查她那把射线枪上的通气孔，在她身后，深空作战小组正分享着一瓶酒。

"服务机器人在给约翰·皮姆号注油。"蕾哈娜说，"我可以用我的力量来保护我们。"

德莱基特站在温斯科特身边。他面色凝重地走上前,"我找到了这些东西。"他说着,交给史密斯一个盒子,"氰化物。我们把这东西放在危险的马槟榔里带在身上,以防旅鼠人胁迫我们,对我们严刑逼供。我们丢了一些药片。"

史密斯查看了盒子。标签上写着"自杀药丸——仅需服用一片。"在它下面,有人潦草地写道:"不,不是那样!"

"你知道。"德莱基特说,"我没想到过我会为一个女人而疯狂。但我真的有点嫉妒那匹小蓝马!我是说,这马到底能给她什么我给不了的东西?坚强的人和宠物走得太近,从来就没有好结果。看看'幸运的路易吉'。"

"'幸运的路易吉'怎么了?"史密斯问。

"他和鱼睡了。拜托,史密斯,人必须在黑暗的街道上走一走——好吧,是慢跑。"

"太对了。"温斯科特喃喃道,"我们在小马国还有事要做。"

苏珊皱眉,"不要以为你可以不再吃药了,头儿。现在还是沐浴日。"

"放轻松,伙计们。"蕾哈娜说,"这事儿我们可以回来再做。"

苏珊瞥了她一眼,"你知道洗澡是怎么回事吗?我们上船吧。"

苏鲁克咯咯笑了起来,"那我们就出发吧!我们要去拯救小猪,用血淋淋的杀戮去取悦我们的武器!"

温斯科特轻轻拍了拍史密斯,"有高爆弹药吗?"

"别看我,我没有。"

03 他们射杀小马,是不是?

少校点点头,"我们可能需要一些,但不能通过官方渠道拿到手。我们将前往海陆空军协会。我能赶做一两桶塑料炸弹。"

"好。"史密斯说,"整装待发,各位——我们要去救马了!"

他们穿上了盔甲和靴子。看见其他人出来,史密斯也突然激动了起来。能有这么一群忠诚又暴力的朋友,实属幸运。

温斯科特带史密斯走下蜿蜒的阶梯,经过一排破败的横幅,来到一扇标有海军、陆军和空军研究所徽章的门前。"花不了多长时间。"温斯科特说,"什么也别说,不管我做什么,你只管跟着做,可以吗?"

"可以。"史密斯说着,不知道少校究竟是要购买他们的装备,还是直接抢劫店铺。

温斯科特推开门,大步走了进去。他们面前摆着一排排装备:够整个军队用的防弹衣,还有布朗熊饼干,多到足够让人吃到便秘。空气中弥漫着鞋油的味道。

柜台后面,一名苍白的年轻人紧张地看着他。温斯科特瞪着他,大步走向柜台。

"晚上好。"少校说,"生意怎么样?"

"有点冷清,先生。"那小伙子说。

"好吧,三明治还没发酵好。"温斯科特说着,发出了嘶哑的笑声,"有雪茄吗?"

"没有,先生。我们才刚开业。"

"你叫什么名字?"

"埃文斯,先生。"柜台后面的男人说。

"埃文斯,我以一位不列颠士兵和绅士的身份,恳请你永远,永远不要把接下来看到的事说出去。"

埃文斯一脸困扰,"是叛国行为么,先生?"

温斯科特怒视着他,"当然不是,我和我的朋友看起来像这么堕落的人吗?"

"不是的,先生。只是您看起来不像正规军。"

温斯科特瞥了史密斯一眼,"你想到什么就告诉我。"他转向埃文斯,说,"我朋友和我决心要进行一场男人的冒险。我们需要一个巨大的凡士林浴盆,一根一英尺长、两英尺宽的蜡烛,一瓶海军朗姆酒,两包橡胶避孕套和大约三品脱用在菜园里的肥料,名叫'长大'或随便什么。"

埃文斯看了眼温斯科特,又看了眼史密斯,似乎在修正自己对堕落的看法。他小心翼翼地说:"您知道'长大'只对植物有作用吧?"

"哦,我们还要樟脑丸。"

"我给你们拿。"埃文斯说。

"两包。"

"都在这里了,先生。"

温斯科特拍了拍短裤口袋。史密斯叹了口气,掏出了一把零钱。

"差点以为我们买不起这些装备了。"少校说,"那样就尴尬了。"

03 他们射杀小马，是不是？

"我帮你们打包。"埃文斯说，"棕色纸袋？"

"很好。"温斯科特说，"埃文斯，我们为你骄傲。我喜欢你的外表，年轻人。要是你想离开这里，加入我们真正意义上的行动——"

"我们走吧。"史密斯说着把少校拉向门口。

小河依然在流淌。距庄园一公里的地方，卡尔薇丝背着猎枪，蹲在水边。然后一点一点爬进水里。

水流到她身上，如血液般温暖，她努力挤到河道中央。水流把她带往下游拉德利夫大厅的方向。

尤尔人已经把花园变成了邪恶之地。草坪上燃烧着火焰。笨重的身影在四周徘徊，大喝蒲公英酒。站立马匹的雕像看起来很害怕，早已没了凯旋的气势。那一刻，倘若没有河流的推动，恐惧会让卡尔薇丝动弹不得。

我想要一匹小马，她思索着，然后他们就给了我一匹小马，这是我自作自受。

卡尔薇丝经过工人风车、小马之井，来到庄园，停在装饰桥下确定她的攻击角度。火焰反射在黑暗的水面上，表面看起来已经有些油腻。

听到脚踩在桥上的声音，她僵住了，感觉水流开始冷却她的身体。上游有东西在叮当作响。在她上方，一名尤尔士兵叹了口气。她快速前进。

前方传来说话声。一群人从宅子后面走出来，穿过后面的草坪。三名旅鼠人在草坪上推搡着一名伊葵。他们当然都是禽兽：他们带着鞭子和棍棒。其中一只旅鼠——那名军官，转身回到了房子里。

"现在你们知道了，"他吼道，"肮脏的动物不听话会怎么样！"

"请记住我，我的人民！"那伊葵喊，"为我复仇！"

是切丝纳特国王。卡尔薇丝怒火中烧，所有的恐惧都消失了。她溜到岸边。

她拔出猎枪。天空中划过一道闪电，她明白了怎么做才能在杀死这些毛绒混蛋的同时，又保留一份惊喜。

他们重击了切丝纳特国王，让他跪倒在地。卡尔薇丝迅速穿过草坪，躲到了一座腾跃石马像后面。

雷声响起。两名奴隶奋力按住切丝纳特。军官挺起胸脯，抽出斧子。

闪电把天空变得阴沉沉的。卡尔薇丝冲向他们。

"尤尔荣耀！"那名军官尖叫着，表情残忍而欢愉。卡尔薇丝用猎枪抵住他的耳朵。

"去死吧。"她喊，"你这杀小马、跳悬崖、吞坚果的渣滓！"

雷声隆隆，军官应声倒地。一名奴隶看见了她，号叫起来，声音被大雨吞没。卡尔薇丝敏捷地射中了他的胸部。切丝纳特站了起来，第三名旅鼠人端起步枪，切丝纳特踢中了他的鼻子。

"好了。"卡尔薇丝心满意足地说。

切丝纳特盯着她，"波莉？是你吗？这是魔法吗？"

卡尔薇丝摇摇头。"是友谊。"她说，"大概就是魔法吧。

你能把你的人救出来吗?"

"可以,跟我们一起奔驰出去吧——"

"不行。"卡尔薇丝给猎枪装上弹药,"我还有事要做。"

蕾哈娜闭着眼睛坐在船长座上,掌心向上摊在面前。史密斯明白此刻最好不要叫醒她,毕竟他们现在正处于敌方领空。尤尔人不剩多少飞机了,却有很多从噶斯特帝国运来的高射炮和生物导弹,也有疯狂的滑翔机飞行员,渴望着从命运的悬崖上起跳。但当他沿着走廊大步走进货舱时,还是感受到了她在他身上的重量。这是他欠蕾哈娜——还有卡尔薇丝的。

"粉色齐柏林"的歌声从货舱喇叭里迸发而出:史密斯听出这一首是《高高的萨鲁曼》。深空作战小组推翻了餐桌用来做掩护。史密斯一时搞不清状况,直到他看见在货舱远端制作炸弹的温斯科特。少校盯着自己作品的模样,犹如炼金术始祖。他抬头看了一眼,眼神和胡须一样狂野,然后又继续把看起来像牙膏的东西扔到袜子里。

"准备好大干一场了吗?"他边问,边抖动袜子。

"嗯。"

"我们要把飞行员波莉带回来。那些小马怎么办?"

"我们竭尽所能帮他们。要是不能保护我们治下的人民,那我们算什么帝国呢?"

"没错。"温斯科特说,"烧壶开水,可以吗?茶造就了今天的我。"他说,"一个性感的霸王龙,还拥有更大的武器。"

在回到驾驶舱的路上,苏鲁克把头伸出他的房间。"我在小猪的房间里找到了这个。"他拿出了一个纸袋——叠好的袋子里装着白色粉末。"这是药?"

"糖粉。她现在大概会发狂。"

"我很想念我的祖卡里刀片。"苏鲁克说,"要是我必须和三十多只旅鼠决战,那我可能不得不用上牙齿。"

"我相信你可以的。"

苏鲁克笑了。"幸好我带了一把牙刷。"他微笑着顿了顿,"小猪处于极度危险中。尤尔人根本不懂什么是真正的勇气。"他说,"按你们地球上的说法,他们就是一群蠢货。"

卡尔薇丝找到一扇破窗,敲掉碎玻璃爬了进去。这时,切丝纳特国王已经谨慎地把他的人带进了森林。现在该轮到她去好好教育一下尤尔人什么是动物权利了。当然,是除旅鼠之外的所有动物。

她来到了一个类似食品贮藏室的地方,走廊是专门为马而加宽的。卡尔薇丝蜷着身子溜到门口。恐惧又开始在她心中蔓延,她必须快点行动,才不会四肢僵硬。

她在门口听到了旅鼠的声音:难听又尖利的咆哮声。过去,这声音会让她害怕。而现在,她再次感到怒火涌上心头。如果切丝纳特没能救出他的所有子民?旅鼠的声音里带着愉悦,这预示他们正策划着一些极端残酷的行径。他们听起来人数众多。

她走上前,穿过走廊。

没人能把我赶出小马国,卡尔薇丝心想,谁都不能。

前方,声音越来越大。她在下一个门口停了下来,窥视了一眼。

一名旅鼠人,大约是一名普通士兵,正在把一些精致的玻璃杯放到托盘上,旁边有一大盘奶酪。

这名士兵看起来十分专注于自己的任务。卡尔薇丝深感欣慰,她可以溜到他身后,用自己那把猎枪的末端猛击这笨蛋的脑袋。但接下来会发生什么呢?托盘上有十几个玻璃杯:这意味着会有十几个恶毒的疯子在发现自己的饮料迟迟不上之后过来一探究竟。挑战他们无异于自杀。

自杀。她蹲在门边,面露笑容。

卡尔薇丝把手伸进口袋,抓出一把太妃糖。她举起手,把它们扔到房间里。这把糖经过旅鼠士兵身边,撞在远处墙上哗啦作响。

"什么?"他转身,卡尔薇丝躲到暗处。她听见他拿起步枪,拖着脚步穿过房间,絮絮叨叨地走远了。

她把手伸进袖子里,找出了药片分配器。她打开密封包裹,倒出了她的氰化物药丸。

酒晚了几分钟,上酒的士兵似乎在咀嚼某种糖果。波特尔·哈皮克上校想当着所有军官的面往他脸上揍一拳,最后还是决定宽大处理。毕竟,这一天对尤尔人来说是个好日子。他打算在士兵走出这间屋子的时候再揍他。"我相信你们会发现这是极品佳酿。"

哈皮克说,"最好的酒——是我们抢来的。"

他的手下都露出了赞赏的笑容。

"说正经的。"哈皮克说,"今天,我们欢迎又一群非啮齿渣滓来到我们仁慈的帝国,而我坚信,你们也和我一样感激他们善意的礼物——美酒、所有这些财产和他们疲劳而死之前的劳作。有时,我认为我们的奴隶真的不懂得感恩我们高贵的尤尔人为他们所做的努力。

旅鼠们报以热烈的掌声。

"他们日后会懂得感恩。"哈皮克咆哮,"今天,我们让帝国骄傲。所以,我请你们向我们明智、仁慈、温和并且毫无种族灭绝倾向的先辈们举杯。先生们——我说的是那些从命运之涯上跳下的——光荣的死者!"

卡尔薇丝等到声音逐渐平息,才向屋里望去。葡萄酒已经完成了它的使命,把晚宴变成了丧葬花圈。她思索着,开始计算这场屠杀。还有一名尤尔人尚未彻底死亡。她为他感到抱歉,直到她记起来这就是那位憎恨小马的混蛋。于是她用醒酒器狠狠锤了他的脑袋。

仆人还在酒房准备新一轮的饮料。卡尔薇丝从一名死旅鼠人身上拿走了一把斧子。它很锋利。斧子本是绝好的武器,可以用来在沉默中杀戮,她用它打破旅鼠的脑袋时,都还来不及喊一句"受死吧,你这茸毛混蛋"!

很好,她想,这就对了。胜利让她头晕目眩。她拯救了小马,扫荡了整个旅鼠窝。她把他们一举歼灭。

突然,她意识到不对劲,又扫视了一遍屠杀现场。少了一名尤尔人,那个嘴上有一道疤的普雷姆上校。

夜晚把厨房变成了一座地牢。平底锅就是头盔,烤叉和压蒜工具则是刑具。难怪旅鼠人会喜欢这里。

她快跑向前,躲到桌子和橱柜后面。

一道阴影在远处那面墙上移动,逆着月光的黑影成了一个放大的剪影。她俯下身,动弹不得,仿佛猫头鹰注视下的老鼠,终于意识到此刻自己有多恐惧。

普雷姆上校自言自语。"啊哈。"他说着,好似有什么重大发现一般,"帽子。"

那剪影抬起巨大的爪子,放下来的时候,似乎戴上了一顶厨师帽。旅鼠朝两边看了看。卡尔薇丝发现他不在这间屋子里,但应该就在厨房旁边某个地方。上校走了,阴影也消失了。

"×(&(×!"他咆哮着。

卡尔薇丝悄悄向门口走去。不能让任何一名旅鼠人活下来——这不正是他们在基地告诉她的吗?你要把他们赶尽杀绝。

她冲到门口。

屋子里空无一人。这里就像被旋风扫荡过一般:餐刀和菜刀散落在工作台上,一个巨大的烤肉扦悬在壁炉前,下面还放着几个接油脂的托盘。他们一定策划了一场庆祝盛宴。但盛宴已经终结,她想着:他们都没能撑过开胃酒。

一本大书倚在餐具柜上，书里介绍了一大块肉的烹煮方法，但文字看上去像法语。她把书合上，书名叫作《比利时美食》。

就在这时，她看见了由几把尤尔刀固定在墙上的照片。她愣了一下，不明白照片的作用，于是她凑近观察，丝毫没有怀疑自己的眼睛。

那是一匹小马的轮廓，被几条虚线分开。

不，不可能。没有人能卑鄙到这种地步，哪怕是旅鼠人。没错，他们会为自己的战神行刑、献祭，但也不会是这样。

"万岁！"

有东西砸到了她后腿，她跪倒在地。她转身，尝试瞄准，但一只巨大的手伸过来打掉了她的猎枪。枪滚落到门边，普雷姆反手打到了她的耳朵。

卡尔薇丝跌坐在地上。有爪子过来抓住她，把她从地上抓起来，扔到墙上。锅丁零哐啷砸在地上，她跟着一起摔倒，看见一个可怕的身影走过来，以四足爬行。

普雷姆俯身，拉住她的衣领把她扔到屋子对面。她摔在角落里，从墙上弹开，勉力站起来。眼下，这也算得上是某种成就了。

上校佩戴着军官的腰带，手执战斧。他用那种她在《头号天敌》电影里见过的自大神情观察着她。

"又是你。"他说。

"你吃小马！"她冲着他喊。

那旅鼠点了点头。"低等种族侍奉我们，我们也应该侍奉他们。"他说，"用沙拉。"

"混蛋!"

普雷姆上前一步。他体形硕大,那庞大的身躯几乎将整间屋子吞没。他用爪子抓住她的下巴,毫不费力地就掐着她的脖子把她拎了起来。

"你把我搞糊涂了。"他说,"你应该是个强大的战士,才能把我的警卫都杀光。可你就为了救这些……小马?真正的勇士蔑视弱小。你为什么要用怜悯自取其辱?"

卡尔薇丝开始咳嗽,上校的手松开了一些。

"我走得太近了。"她喘息着说。

"太近?"

"像你这样。"她嘶声说,然后伸出手,展开两根拇指,握紧拳头,在他肚子上打了一拳。

这是微弱的一击,她的拳头几乎没起到作用。而另一只手上十二英尺的弹簧式祖卡里钢刀却达到了预期效果。卡尔薇丝抽出手,那军官捂着腹部,踉跄后退。他双目圆睁,满眼恐惧。

卡尔薇丝从普雷姆上校的腰带上扯下斧头。她试着在空中挥了挥斧头,感到很满意。

"你伤害小马。"她说,"而现在,小马伤害你。"

"外星蛮子,你要做什么?"昔日的"美食家"喘着气,"你不能杀我。这有违你们的规矩!"

"哦。"卡尔薇丝说着,脸上绽出灿烂的笑容,"我会遵守规则,我还会沿着虚线切呢!"

房子周围,闪电噼啪作响,卡尔薇丝把武器挥过头顶,她的笑声和雷声融为一体。

尤尔人并没有安排很多哨兵：他们显然没想到有人胆敢，或费心去拯救伊葵。德莱基特用警棍打到了第一名警卫，史密斯砍倒了第二名。史密斯在旅鼠的皮毛上擦了擦剑，然后穿过树林，走向房子。

"应该加固过。"温斯科特说，"这些大房子都一样：窗户上封了木条，有衬垫墙——"

"只有关着你的那些才是这样。"苏珊在后面说，"侧门开着。也许我们来晚了。"

"尼克斯，龙小姐。"德莱基特说，"我们打破接头儿。"

史密斯点头，"跟上我, 兄弟们。为了不列颠，也为了小小马！"

他冲出掩体，穿过草坪，靴子在观赏桥上隆隆作响。他举剑跑向那扇开着的门。

一个身影手执斧头，走出来迎接他。

"好哇！"史密斯边吼边挥剑，在最后关头，才发现眼前站的不是尤尔人。他停下来，勉力支撑住自己，剑锋划过空气。

卡尔薇丝走了出来。她也许不是一只旅鼠，却身披毛皮。"噢，你好。"她说。

他们站在门边，看着她出现。而她则手持战斧。

"大家好。"她说着，朝他们露出了夸张的笑容，嘴角歪向一边，"看看我的收获。对宠物不好的人就是这种下场。"

03 他们射杀小马，是不是？

她抬起左手，往湿漉漉的草坪上扔了个东西，它滚动着停了下来。

那是普雷姆上校被砍下来的脑袋。

她跌跌撞撞地向前走去，所有人都盯着她看，一言不发。

苏鲁克指着那颗可怕的脑袋。

"这就是她的杰作。"他说着，缓缓抬起头，看向卡尔薇丝，"加油，小猪！干得真漂亮！"他愉悦地拍起了手，发现没有人和他一起庆祝，于是他又说："你们为什么都这样看着我？"

史密斯朝温斯科特做了个手势。他用麻醉枪给了卡尔薇丝温柔一击，她若有所思地看着肩上的羽毛镖，仿佛不知道自己为什么把它放了上去。"噢，一只小鸟。"她评论道，手摸向飞镖，栽倒在地。

温斯科特冲上前去，德莱基特赶到卡尔薇丝身边，深空作战小组冲进房子。

苏鲁克直摇头，"你真不要脸，温斯科特，我认识这个女人快四年了，她头一次做了件有点意思的事，你就拿飞镖射她。"

"她不会有事的。"温斯科特吼道，"镇静剂从来没有伤到过我。"

苏珊和温斯科特走回草坪上。"那里有东西死了，"苏珊说，"可能是哺乳动物。嗯，我猜是毛茸茸长牙齿的。"

温斯科特点头，"她在厨房抓了一个，把他砍成了碎片。库克里刀常规课程。"

"看！"蕾哈娜指着丛林说。他们转身，齐刷刷举起枪，但他们面对的并非旅鼠人。伊葵安静地走出森林,他们蓝色的皮毛像水一样闪闪发光。

最大的那名伊葵走向前来。他身材高大,肩膀宽阔,有着长长的鼻子和浓密的鬃毛。"地球人,你们好。"他说,"我是切丝纳特,伊葵国王。我听过很多关于你们的事迹,尤其是杀戮者苏鲁克。"一匹娇小一些、毛色也更浅的马来到他身边,"这是塞莱斯特,我的女儿。"

塞莱斯特赶忙走到德莱基特身旁。德莱基特卷起他的风衣,把它衬在卡尔薇丝头下。他开始在急救箱里翻找东西。

"她还好吗?"塞莱斯特问。

"她没事的。"德莱基特说,"她喝了蒙汗药,现在昏昏沉沉的。就是这样。"

"没错。"苏鲁克说,"小女人从来没有这么好过。"

"但她浑身是血!"塞莱斯特说。

苏鲁克耸耸肩,"你朋友当时怒不可遏,屠杀了能看见的一切活物。所以你不必担心。"

"我不知应该如何感谢你。"切丝纳特国王说,"通常来说,营救公主的人都会在婚礼上接受我女儿的蹄子,但……嗯,这样会很诡异。"

"我知道,爸爸!"塞莱斯特惊呼,"你为什么不让波莉也当公主呢!那样我们就能永远、永远一起生活在魔法王国里了!"

"我们可以晚点决定。"史密斯说,"尤尔人正在行动,我们得赶紧撤离这里。温斯科特,你得先回营地。我们把你的人送到营地，然后去找遗物。我们并没有领先旅鼠人多少。"

"不。"切丝纳特国王说，"不，你们应该上马。我们可以带少校和他的人过去。我们可以载你们。"

温斯科特揉了揉下巴。"嗯，我觉得……"他看向苏珊，"你怎么看？"

"我？"苏珊放下射线枪，拍手尖叫，"哦，我的天哪！可以骑马！开玩笑吧。"她说着，把枪塞回到胳膊下面，"好，如果没人反对，我觉得可以。"

"太好了。"史密斯说，"那我很快就会见到你们。苏鲁克，可以帮忙把卡尔薇丝背到船上吗？我们要开始行动了！"

04
里维埃拉的一天

黎明如火焰一般攀过树梢。绿色树冠层在新一天的阳光下闪闪发光。层层叶片之下,生命的循环重新开始,森林里数不清的生物醒来,眨了眨眼就开始相互撕咬、投毒和吞咽。

摩斯卡拉克瞭望塔上的士兵们看着拉夫纳象米尔德里德向北边走去,在她硕大的身躯周围,树木崩断,吱吱作响。骑行在米尔德里德身后的,是骄傲的枪骑兵队伍,他们高举着旗帜。许多训练有素的夏达尔都变成了红色、白色和蓝色,因而行进的队列像一面米字旗。步兵向他们挥手告别,回到了守卫城墙的岗位上。

某些眼睛则盯着枪骑兵们。

"我们要攻击他们吗?"科茨上校问。

"让他们跑。"维克沃特将军说。

他们坐在前线指挥树屋的上层甲板上,喝着早晨专供的蒲公英酒。尤尔人在城堡附近建起了几座树屋:既是为了监视,也是因为待在高高的树上要比从上面跳下来感觉更舒服。旁边那棵树上,滑翔机飞行员正在搭出来的跑道上进行演练。他们系着弹性带,避免自己摔到地上,反复的跳上跳下产生了奇怪的钟摆效果。

"枪骑兵们很害怕。"维克沃特说,"他们怯懦的心畏惧战斗,所以他们溜走了。就让森林带走他们吧。"

科茨点点头。因为用了很多的"头部与毛皮",他的黑色外皮今天特别柔顺。"我的线人说敌人即将找到所谓的格里姆多尔遗物。而我们也快找到他们了。"

"很好。"维克沃特喝完了他的酒,"拿下遗物。同时,我会对付那些怯懦的敌人,等他们投降再许诺给他们安全。"

"好极了,将军!只要他们看到我们的军队,看到我们持有他们的神圣遗物,那些弱小的人就会投降,然后——尖叫和酷刑就将开启!"

"科茨!"维克沃特探出身子,猛敲了一下他那战友的鼻子,"你对酷刑的说法真丢人!"科茨揉了揉他的鼻子。"不能这样。"维克沃特微笑着看向树林说,"要做得漂亮、安静。"

约翰·皮姆号穿过森林,飞在空中,仅高出冠层几码。

"看起来像珊瑚礁。"蕾哈娜说。她坐在船长座上。史密斯坐在卡尔薇丝常坐的座位上开飞船,沿河向西行驶。地板上堆满了他坐下前扔掉的垫子。

"或者绿色的大脑。"他说。

苏鲁克手捧茶盘走了进来。他给他们分杯子。

"卡尔薇丝怎么样了?"史密斯问,"还在床上休息吗?"

"在休息。但不在床上。"苏鲁克说,"她正在排除水汽。有一扇气闸门坏了,既然她就躺在那儿,我想不如让她做点有用的事……"

"真的,老兄。蕾哈娜,你有什么东西可以唤醒卡尔薇丝吗?我知道你有一堆药,但好像大部分是用来麻木感官的。"

"当然有。"蕾哈娜说完,站起身,卡尔薇丝却揉着脑袋走进了驾驶舱。

"呃,怎么回事?我感觉很奇怪。我记得我摔倒了,撞到了头——我觉得新鲜空气让我感觉好些了。"

"看见没?"苏鲁克说。

在他们下方,荡漾的冠层开了口,河水涌入湖中。史密斯看到了湖边那些小小的建筑,有旅店和船坞,于是他稳住飞船。他关掉推进器,他们开始降落。

"这里看起来空荡荡的。"苏鲁克说,"也许尤尔人正躲在这里。"

约翰·皮姆号降落在一个停车场里。苏鲁克和卡尔薇丝离开驾驶舱去做准备工作。

很近了。史密斯一边想着,一边检查自己的步枪。我们离莫洛克历史上最伟大英雄的安息之所很近了。真可惜他不站在我们这边。

蕾哈娜拍了拍他的胳膊,"伊桑巴德?"

"怎么了?"

"等我们找到遗物，要做什么呢？"

"要做什么？"他还从未想过这个问题。他们会收好格里姆多尔的遗物，不管它们是什么样子的，都要把它们装进约翰·皮姆号里带回来。然后……他也不确定了。"我不知道。也许，把他们放进博物馆里？"

"伊桑巴德，格里姆多尔可不是太空帝国的朋友。"

"那就更有理由把它们锁起来了。"

"如果我们最后保管这些遗物，看起来就会像我们要拿着它们去惹恼莫洛克人。莫洛克人应该亲眼看见它们。他们需要知道这些遗物归属拉夫纳瓦尔。"

"好吧，他们当然会知道的，不列颠博物馆的标签可是首屈一指的。"

"哼。"

"你知道吗，"他说，"一些银河系里最好的标签都是不列颠的。看看'鲍威尔牛肉汁'，这标签肯定来自不列颠。你知道为什么吗？"

"因为别人都不会想到那是食物。伊桑巴德。"

苏鲁克在门口张望。"我们准备好了。"他说，"但你大概不会喜欢。"

他们爬下飞船。史密斯关掉了他们身后的气闸。

旅店和餐馆沿着水边排开。一排排脚踏船停靠在岸边。色彩鲜艳的自动游泳更衣车像攻城兵器一样耸立在水边，其中一台已经被炸开，只剩下轨道和齿轮。

"看。"苏鲁克说着,把一个椭圆形罐头扔到地上。电线从盒子里拖出来,旁边还有一根长天线,"是固定在飞机机身上的。"

卡尔薇丝弯下腰,没有去碰它。"胡说。"她说,"这是跟踪设备。"她叹了口气,"一定是尤尔人装上去的。你觉得他们知道我们的位置吗?"

史密斯点点头,"我猜旅鼠们会跟着我们,就好像我们是……嗯,其他旅鼠。我们还是赶快行动吧。"

他们出发前往水边,路过破损的条纹遮阳篷和藤椅残骸。水边一个巨大的标牌上是出游的一家,穿着泳衣,一脸幸福的笑容。上面有一排潦草的文字,史密斯猜测是用红漆涂的,写着"所有外星蛮子都得死"。

"那里。"苏鲁克指着湖面说。

一个小小的岛屿从水中凸出来,除了苔藓和倒下的遮阳伞外,空无一物。史密斯觉得它看起来很像一个绑着鸡尾酒伞的橄榄树。

"人都去哪儿了?"卡尔薇丝说。

苏鲁克皱着眉头。"别抬头看。"他说,然后所有人都本能地抬头望去。

游泳的人还在那里,吊死在一棵棵树上。史密斯把薄荷糖吐了出来。

"为什么?"蕾哈娜说,"为什么要这样?"

史密斯把她搂进怀里。"我真的不知道。"他说。

"因为这就是他们的行事方式。"苏鲁克说,"也许过去不是这样的,谁知道呢?"

卡尔薇丝拿起猎枪。"他们邪恶,因为他们喜欢这样邪恶。"她说,"我们还是尽快找到遗物吧,回去找他们,把这星球上的臭旅鼠一个个杀光。"

她跺着脚走下岸边。苏鲁克瞥了史密斯一眼,"颤抖吧,来自战斗女孩的愤怒。"他说着跟上了她。

史密斯遮住眼睛看向那座小岛。它太小了,连这艘飞船都装不下,而且自打经历了那场寻找温斯科特的冒险之旅后,为了避免出现新的泄漏问题,他再也不想把约翰·皮姆号放进水里了。

蕾哈娜大喊:"伙计们?我们得找条船。"苏鲁克转身指向岸边:"我们有船啊!去开那些脚踏船。"

史密斯环顾四周,没有发现更好的选择,又想到高贵从来不是他的优点,"走吧,蕾哈娜,卡尔薇丝,你们一条船。尽量不要落太远,也不要落水。"

史密斯和苏鲁克把小船放到水里,然后跳上船。船开始在水面上徐行,踏板吱吱作响。

史密斯把步枪搁在腿上,看着湖对岸的树丛。也许尤尔人已经埋伏在那里了。

"蕾哈娜。"他喊,"你能感觉到什么吗?"

蕾哈娜停止踩踏,闭上眼睛。她开口时,卡尔薇丝几乎将船转了个圈。

"什么也没有。"她说。

"嗯,那我就放心了。"

"只有死亡。"她补充。

他们离小岛仅有几码远。史密斯低下头,试图看透浑浊的湖水。他认为此刻他们正在一块平坦灰岩的凸起部分前行,但他也不确定。

船尾撞到了小岛。史密斯爬了出来,苏鲁克把船拖上岸。空气温暖而静止,天空澄澈无云。湖岸似乎相隔很远。

另一艘船也靠岸了,蕾哈娜提着裙子上了岸。她扶卡尔薇丝下船。四个人就这样来到倒下的遮阳伞旁边,苏鲁克从口袋里掏出了沃尔加斯的照片。

"就是这里。"莫洛克人说。

卡尔薇丝盯着湖面缓缓转头,"现在怎么办,鲁滨孙漂流记?"

史密斯说:"我们开挖吧。"

"用什么挖?"

"不知道。也许我们可以把遮阳伞折断,做成一把铲子。"

蕾哈娜蹲下身子,双手按在地上,"为什么不伸手摸摸这片土地呢?也许我们对自然表示应有的尊重,土地就会自己为我们领路。"

卡尔薇丝皱眉,"我以为她已经好起来了。"

"拜托,波莉。那你怎么想,伊桑巴德?你尊重自然。我们呼唤大自然为我们的目标开辟道路——"蕾哈娜说。突然她向前冲了过去,双手抱在胸前。"泥土。"她大喊,"我找到泥土了!"

"耶,泥土。"卡尔薇丝说,"我知道你喜欢这东西,可是——"

蕾哈娜摇了摇头,"等等。我找到了别的东西。我觉得那是扇门。"

维克沃特将军嘴角叼着烟,踩进了摩斯卡拉克的正门,他的仪仗队举着谈判旗帜。除了这地方的宏大规模,他首先感受到的还有那股奇怪的气味:是灰尘与其他智慧种族不正常的无毛气味混合在一起的味道。恶心极了。

伟人的雕像矗立在壁龛中,大小是维克沃特的两倍。根据黄铜牌匾来看,最近的那位是奥利弗·克伦威尔,他看上去很软弱。维克沃特吐掉香烟,继续前行。

弱小的士兵们拿着刀枪站在那里。那一刻,他对他们心生同情。他思索着,知道自己永远都不会成为啮齿动物,这感觉一定很可怕。怯懦、肮脏、缺乏旅鼠精神——难怪他们见到他的时候会如此愤怒。

杨将军在侧室里等着。她坐在一张大桌子旁,她的手下坐在她身边。中间一个小碟子里放着某种人类的食物。

为了表示他是动真格的,维克沃特把他的爪子插到盘子里,舀了一大捧塞进嘴里,又吐到地上。"外星蛮子的食物真是肮脏可鄙!"他宣布。

"这是杂烩。"杨将军说,"请坐。"

"我会坐。"维克沃特说,"很快我就会夺走一切!"他的仆从们发出一阵礼貌的笑声。他猛地拽出一把椅子,坐了上去。"现在,非啮齿动物,我们来谈谈你们投降的事吧。你们肯定听过一些不实传言,说我们尤尔人都是一群种族灭绝的疯子。那些都是谣言,任何传播谣言的人都会被活剥!众所周知,我们尤尔人很友善,连跳蚤都不会伤害。"

"是苍蝇。"杨将军的人说。他的姓名牌表明他是巴特上校。

"您质疑我?"维克沃特感到一股熟悉的冲动,想往人脸上抽一巴掌,"在我们那里就是跳蚤!"

"这是象征手法。"巴特上校说。

"愚蠢的胖子。"维克沃特说,"我很尊重你们的帝国。你们征服了宇宙里广袤的土地,把许多星球据为己有。但有时,伟大的战神也会……老去。他握着战斧的手会无力,于是他不再挥动战斧。他会变得软弱。"

"您想说什么?"

机器人管家前来送茶。他把托盘放下,退到视线之外。

"他该放下他的战斧了。将照料牲口的责任转交给更年轻、更有能力的人。相信我,尤尔人知道该如何照料我们所统治的人。"

弗洛伦丝·杨扬起眉毛,"你口中的老战士呢?他怎么样了?"

"哦,我们砍了他的头。"维克沃特打了个哈欠,"相信我,外星蛮子们,只要你们受到伟大银河幸福友好共同体的欢迎,你们将得到你应得的所有善意和尊重。那么现在,我的仆从有文书——"

"维克沃特将军。"杨将军开口,机器人管家开始倒茶。

"什么?"

"恐怕每一项证据都指向了您想征服这个星球,想折磨、屠杀这里的居民,并且您每到一个星球,都会做同样的事情。不是吗?"她语气温和,"恐怕我不会允许这种情况发生。"

维克沃特沉默了片刻。然后他哼了一声,"人类,我就是为统治而生。我生于贵族家庭。从学会舔皮毛的那一刻起,我就开始学习战斗。我每天只睡半个小时。我笑,就会被打。我失败,也会被打。我成功时,会被打得更厉害,所以我会记住胜利的那一刻。十二岁的时候,我精神崩溃,用一支自动铅笔谋杀了八个农奴。而直到那时,我才被军委员发掘。我,还有我的手下都是武士传统骄傲的一员。我们尤尔人对我们事业的忠诚,是你们这些懒惰的地球人所无法理解的。"

杨将军皱起眉头,她谨慎地开口。"我知道。我来这里的时候,将军,"她说,"有人问我你要怎么与没有理智、怜悯甚至任何自我保护意识的敌人作战。"

维克沃特点头,但他的下巴却绷得很紧,"明智的问题。"

"答案是很难。维克沃特将军。和这样的人交战真的非常非常难。但巧合的是,我的士兵们也正是如此。您已经做得很过分了,维克沃特。您在太空的暴行已经到头了。您军队里投降的那些战士将会得到体面的对待。那些继续战斗的,唯有一死。"

维克沃特发出了如机器启动般的长啸。嗜血神手洛尔沃斯张开下颚,露出了可怕的笑容,"承认你的错误吧,维克沃特。"

维克沃特跳了起来,身后的椅子嘎吱作响。"你。"他吼道,愤愤不平地甩着胳膊,隔着桌子怒目而视,像个蹩脚演员在扮演班柯的鬼魂,"你们这些愚蠢、肮脏、无齿、扁脸的猴猪都一样!你们这些种族主义者!你们因我们有毛皮又比你们高等而憎恨我们!"他瞪着桌面,决心不跳过桌面,停下来喘着粗气,嘴里发出气喘吁吁的低吼。

"你们都去死吧。"他说,"所有软弱的东西都要遭受痛苦,然后死去。你们会乞求怜悯，接着就会求死，但你们这样的懦夫配不上怜悯。伟大的波帕卡皮尼奥早已宣布这个世界将落入'神圣迁徙'之手。而您，将军，"他瞪着杨将军说，"您将是最后一个死去的人，您将会见证您的手下为您的傲慢而付出的代价。"

维克沃特将军转身，大步走向门口。他回头看了一眼，"等到尤尔人统治的那天，"他说，"我们会烧了这地方。"

"我不太相信。"杨将军说，"首先，这里是石头建造的。好了，"她瞥了眼门口，补充说，"您不介意的话，我还有一支军队要领导。"

他们用手把泥土挖掉，在洞底，他们找到了一个圆形舱口。

"哇。"蕾哈娜说，"不知道会通向哪里？"

"下水道？"卡尔薇丝说，"我认得出下水道井。"她感叹，"嗯，也不是第一次爬进这种地方了。"

"这里没有下水道。"苏鲁克说，"看！边缘有莫洛克文字。"他爬进洞里，蹲下身子，"我来看看能找到些什么。"

他用手指描了一遍那些符号。"谨慎的标志。这个的意思是入口或开口。奇怪，"他又说，"而这是'内脏'的意思。"

"小心地挖开内脏？"史密斯说，"这代表什么可怕的东西？"

舱门开了。苏鲁克咆哮着跌落下去。一瞬间他们只是沉默地站在那里。接着，一连串撞击声，并且表面有些坚固的东西阻止了苏鲁克持续下坠。

"我的错!"他在底下喊,"那是'向内'而不是'内脏'。哦,这里还有把梯子。真希望我三秒钟之前就知道这些。我有点明白为什么你们人类会进化出臀部了。"

他们开始向下爬,双脚踩得金属环叮当响。

空气沉闷而浑浊。地面像橡胶,还有轻微的化学气味。

卡尔薇丝爬到底部后,光又洒到了地上。他们站在走廊上。墙上的标志代表着莫洛克语里的"出口"。

就在这里了,史密斯心想,一定是这里!

"跟上我。"他说。

他们向前走去。

"这是个大管道。"蕾哈娜说。

"我想到了以前见过的一张图。"史密斯说,他的声音在金属墙上回荡,"很久以前,法国人挖了一条通往英国的隧道。"

"为什么?"

"我不知道。他们挖到了伦敦。我猜他们是想偷纳尔逊纪念柱。"他挠了挠头。不列颠失去对世界的掌控和赢得银河控制权之间有很长一段历史,而他对此不太感兴趣。

苏鲁克指向某个地方,"那儿有个气锁。"

隧道尽头,十几个弧形板像收缩的虹膜一样互锁在一起。莫洛克符号环绕在门上。板上白色的标记围成了一颗头骨。

"我不知道。"卡尔薇丝说,"上面有颗头骨。"

苏鲁克叹了口气。"小猪。"他说,"我以为你已经慢慢习惯了。"

他敲了下控制盘。门嘶嘶作响。蒸汽喷射到屋顶。伴随着滑腻腻的刮蹭声，这些截面滑回墙壁里，虹膜锁打开了。

墙壁上摆满了架子。上面是一排排来自好几个种族的头骨。底座上有个像打字机或者自动取款机的东西。长矛像竹棍一样从桶里戳出来。墙上挂着一些照片，上面是一名骑着巨大机械野兽的莫洛克战士。

"哇。"蕾哈娜说。这一次，史密斯终于领会到了她的意思。

他们走进去，周围的光线更亮了。

"所以，"史密斯说，"这就是反叛者格里姆多尔的安息之所了。"

苏鲁克指着一张照片，里面的莫洛克英雄正与一名人类打斗，那人似乎是成吉思汗。

蕾哈娜盯着那张照片。"这太棒了，苏鲁克。"她说，"很……鲜活。"

"鲜活？"卡尔薇丝一脸不解，"这里全都是死了的东西。看看那些头骨。"

"我去前面观察一下。"苏鲁克说。

卡尔薇丝看着那些架子。靠墙摆放的那些物品是用来展示的，甚至可供挑选，但她不知道他们究竟是怎么做的。在一面墙上，她发现了一排小全息照片。卡尔薇丝踮起脚，吹掉了显示屏上的灰尘。一张照片上是一条岩石间狭窄的通道，可能是在希腊；另一张上的似乎是维京长屋；第三张上是戴着面具的巨大人物雕像，正在将其他几个人的头打下来，这似乎是阿兹特克人喜欢的那种东西。史密斯发现了一根栏杆，上面挂着几排鱼网衬衫和纹章横幅。这也许是格里姆多尔的备用衣橱。他拿出一条横幅,凝视着外星人的符号。

"我的战友们来到了格里姆多尔的遗物所在之处。"他念,"我所得到的只是这个微不足道的旗帜。"

"伙计们。"蕾哈娜说,"这些头骨是塑料的。"

史密斯走过去取下一枚头骨。它很白,是空心的。"老天。"他说,"你没说错。"他看向蕾哈娜,他们似乎同时想到了什么。

"如果说……"她说,"不……但要如果……"

"遗物只是一堆旧东西?"

卡尔薇丝叹了口气,"好吧,我觉得没什么稀奇的。一枚假头骨和一堆全息明信片。要我说,可不像个文物厅。"

屋子另一端的苏鲁克开口了。"那是因为,"他说,"这根本不是文物厅啊。"

史密斯放下塑料头骨,"那是什么?"

"礼品店。"

卡尔薇丝盯着他,"这个叫格里姆多尔的有他自己的礼品店?天哪,苏鲁克。我不应该说你虚荣的。这才是虚荣的最高境界。"

"来吧,"苏鲁克说,"圣物箱在等着呢。"

他在前面带路。一个气闸嘶嘶叫着打开了,他们进入一条狭窄的通道。墙上挂着莫洛克人的武器。

"现在,"苏鲁克说,"这才是我们要找的。"

他把手按在面板上。灯光闪烁:门锁上出现了莫洛克文字。史密斯联想起坏了的电子表。

"什么意思?"蕾哈娜说。

苏鲁克说:"想进入,必须回答一个问题。问题是:生命中最美好的是什么?"

"当然是茶。"史密斯说,"还有板球、咖喱、周末、模型套件。"

"嘘。"卡尔薇丝说,"巧克力?睡眠?各来一点?苏鲁克,它坏了。"

"银河系人民之间的和平、爱与和谐。"蕾哈娜说。

苏鲁克张开下颚,轻柔地呱呱叫了起来。"生命中最美好的是什么?"他笑了。"击溃旅鼠人。看着他们在你面前被驱赶,听到他们吱吱惨叫!"

门移开了。

"猜中了。"苏鲁克说着耸耸肩,走了进去。

在他上方,灯光亮起。高墙背后升起一道暖黄色的光。龙骨架高悬在他们头顶上。

"是卡索双头飞龙。"蕾哈娜低声说,"他们不是受保护物种吗?"

"被尖牙和盔甲保护。"苏鲁克说,"值得一试的对手。"

"我是说受法律保护,所以你不能把它们都杀了。"

"当然。"苏鲁克说,"屠杀的人必须补偿生命,以免没有好的敌人可以战斗。莫洛克人离开行星休耕,为给野兽生活而植树造林。与所有勇者一样,我也曾为人工授精团队服务。说真的,双头飞龙的头骨真的不是最难得手的部分。"他凝视着天花板感叹道,"有一次,我正在做取精仪式,那野兽就飞走了。我跑了十公里路,抓着它的屁股,就像一个人的领带卡在一架巨型喷气机门上一样。"

"好了,苏鲁克。"史密斯说,"我觉得女士们不会想知道——"

"它的阴茎有多大?"卡尔薇丝问。

苏鲁克没在听。"我们一路飞过平原和森林。我很想放松我抓得这么紧的手,我觉得它也这么想。双头飞龙往下看的时候最可怕。它的愤怒在膨胀,其他部分……并没有。随着野兽对浪漫的兴趣逐渐减弱,我的情绪也随之下降。我从来没有因为从天而降而感到如此快乐过。"

"我们走吧,好吗?"

他们走进了一个狭长阴暗的大厅。聚光灯照亮了奖杯架。

右边墙上挂着几个扇形的球状头骨。它们是普罗克图恩暗黑撕裂兽,脑袋胀起,如同邪恶的黄瓜。它们上面挂着一个巨大的羽冠头骨,还加了一套牙齿来弥补它缺失的眼睛:普拉克图拉女族长。"天啊。"史密斯说。

虚空鲨鱼、卡尔达西安甲虫人、克柔投安人、尤西安人、雅蕊西安人,甚至还有小小的死水獭——银河系里数百只最凶悍的生物,都倒在了格里姆多尔的刀下。

"那是什么?"蕾哈娜盯着一个生物机械脑袋说,"看起来都像化石了。它有树干一样的东西。"她凑近看,"哦,就是个头盔。哈,这就有点蹩脚了。"

对面的墙上放着一堆奇怪的骨头,形状扭曲,仿佛在变形过程中被冻结了一般。两块头骨似乎要融合到一起,又像要分裂开。史密斯看了一眼展示卡,认出了上面的莫洛克文字——"怪异"和"生气"。

苏鲁克指着大厅尽头,"走吧。对你们人类来说,看着这些死去的外星人一定很无聊。"

他身边的灯光亮了起来。他们走进了一片骨海。

"看看你们熟悉的。"苏鲁克转身,咧嘴一笑,"死去的人类!"屋子里到处都是人类头骨,数以百计。房间边缘的架子上摆着一套套盔甲:人类武器躺在玻璃柜中。一个搁架单元塞满了头骨,青铜头盔上襄着羽毛,还有方形颊板,只能看见眼睛和嘴巴组成的T形。这一排尽头,玻璃框架上摆着一张泛黄的羊皮纸。

"古希腊人,"史密斯说,"哦,波斯王薛西斯,看看我在温泉通道时所享用服务的发票。随附:斯巴达头盔 x 300……"

一个展览展示了维京长船的模型。史密斯知道,这可能是真正的船。维京人的东西可没那么容易复制。他们的战斧挂在墙上的钩子上,下面是角盔。

"我在赫瑞·米德大厅挑选了这些。"苏鲁克念,"我很失望地得知角只是头盔的一部分,而不是维京人身上的一部分。他们拒绝了我的退款请求。不过,我的手臂长回来之后,我还是度过了一段愉快的时光。"

他们继续往前走。剑、标枪、战斧、猎矛、武士刀、曲刀,甚至还有一把燧发枪手枪:十几种文化背景的武器指向屋子尽头。一张照片里,文艺复兴时期装束的四名大胡子男子在与四名莫洛克战士交谈。外星人穿着传统的龟甲胸甲。

"四位大师,"史密斯读道,"莱昂纳多,多纳泰罗——"

"这家伙真是哪里都去过。"蕾哈娜说。

他们靠近摆放奖杯的地方。他们经过那些从蒙古人、莫卧儿和武士那里掠夺来的盔甲；戴着贝雷帽、尖顶帽和毛皮帽的头骨；然后是一堆看起来像噶斯特人头盔的东西，缩小到了适合人类穿戴的尺寸。苏鲁克盯着六管转炮上方的一排头骨。"这些是在委内瑞拉丛林里收集的。"他说着，一边研究旁边的公告牌，"这个是荷兰的。"

"真棒。"蕾哈娜说，"尽管有点恶心。但为什么这里一点不列颠的东西都没有？我是说，格里姆多尔反抗的是不列颠太空帝国，对吧？"

"他知道我们是值得尊敬的敌人。"史密斯说，"格里姆多尔一定非常尊重我们，不会把我们的头骨像卡尔薇丝生日派对上的气球一样展示出来。"

大厅尽头有一对大门。金属看起来像黄铜，但是在光线照射到的地方，闪烁着一种奇怪的紫色光芒，仿佛反射着根本不存在的火焰。一排排符号沿着两扇门向下展开，与压花雕刻交织在一起，描绘着一系列斩首仪式。

"看起来挺危险的。"卡尔薇丝问，"上面写着什么？"

苏鲁克指着门楣，"只有光荣的战士才能进入。"

"嗯，有要求，看来我得在礼品店等着了。"

"以及他们的下属。"苏鲁克补充道。

"去你的。"

苏鲁克按下按钮。

"该死的。"史密斯低声说。

这地方看起来像在举行地狱中的加冕日。米字旗无处不在：几百年前破烂的竞选横幅覆盖着天花板和墙壁。戴着太阳帽、突击队帽、垂边软帽、熊皮、三角帽和太空帽的头骨在壁龛中凝视着他们。玻璃橱柜里挂着十几种红色外套。长弓、双刃大刀和激光步枪旁边装裱着军刀和匕首。

"他……呃……真的很尊敬不列颠。"史密斯说。

"是的，他真的很尊重我们。"卡尔薇丝说，"他给我们单独建了一间荣誉室。"

登三级台阶就能上到一个正对远处墙壁的王座。一名莫洛克人坐在王座上，头戴一顶王冠。他几乎就是一个骨架。

王座前躺着一头巨大的钢铁野兽，那是一头夏达尔，是变色龙、老虎和恐龙的结合体。它四肢舒展，像狮身人面像。大小几乎等于一匹夏尔马。

"机械猎人兽。"史密斯说。

"那么，格里姆多尔。"苏鲁克嘶哑地说。他的声音很轻，放低到了恐吓似的喉音。"这就是你死去的地方。"他环顾四周，"不算最糟糕的丧命之所。"

"当然，"史密斯接话，"这里还有很多旗帜。"

卡尔薇丝向前迈出了一步，"伊桑巴德，他收藏这些旗帜是因为他不喜欢太空帝国。它们只是战利品。"

"当然，"史密斯说，"但其他人没必要知道，不是吗？"

他们沉默了片刻。蕾哈娜开口："呃，什么？"

"嗯，大家不需要知道这个。我们找到了格里姆多尔，他被包裹在不列颠帝国的国旗中,因为他改变了主意,发现自己其实很喜欢帝国,不再想夺回自己的星球。这样,大家可以团结一心,痛打旅鼠人。多棒啊。"

蕾哈娜摇了摇头,"伊桑巴德,这么做是错的,你也知道。"

"怎么会错。这是为了太空帝国好,蕾哈娜。"

"不是。"她转过头来,眼神里流露出史密斯从未见过的严肃。她伸手拨开遮住眼睛的头发,"噶斯特人改写历史,尤尔人否认他们所作的一切坏事。我们不一样。我们会回去,说出真相。"

"可是,"史密斯说,"我的意思是说——为了帝国——天啊……算了,我想你是对的。"

"拜托,"卡尔薇丝说,"你们牛津辩论协会可以停一停了吧。趁尤尔人还没出现,我们该赶紧带着遗物离开这里了。"

"是的。"史密斯朝王座迈出了一步,"那……呃……我们该怎么办?我们总不能带这个猎人兽走吧,况且这里所有的东西都是不列颠人的。"

"所有的,拿走他的帽子,快点。"

蕾哈娜皱起眉头,"这是格里姆多尔最后的安息之地,把他的王冠带走会不会有失尊重?"

"是的。"苏鲁克说,"我们至少得带走他的头骨。"他走到王座旁,"我应该能把它扭下来,他要是活着我就会这么取下他的脑袋……"他伸手,"我试试转个九十度——"

格里姆多尔的脑袋从肩上掉了下来。落在他腿上又弹起来,滚过到王座边缘,掉到地上,摔成了碎片。

"哦。"苏鲁克说,"这是意外。"

格里姆多尔的尸体摔成了一堆碎骨。

"你摔了他的头。"卡尔薇丝低声说,"天哪,苏鲁克,你摔坏了他的头!我们经历了那么多,我们与机器人、暴徒和旅鼠人战斗过,我们渡河去绑架了一个疯子,我只身一人拯救过一个物种,我们走上探险之路去寻找史上最伟大的战士。而现在,你就这样把他摔坏了!苏鲁克你个蠢货!"

史密斯的声音因震惊而显得有些疏离,"这可真是个大问题了,伙计们。"

卡尔薇丝的眼睛瞪得更大了,"问题?问题?万能的上帝,我们该怎么办?'你们好,拉夫纳瓦尔的人们,我们找到了你们那位神圣英雄的坟墓,可是我们把他砸碎了。现在,请为了敬爱的地球母亲献出生命吧!'我们只能这么胡扯了,是不是?我们会成为毁了太空帝国的人,然后遗臭万年!"

苏鲁克说:"我们为什么不告诉大家,我刚站到旁边,他的头就掉下来了呢?在老贝利时这招就管用了啊。"

"哦,老天。"卡尔薇丝发出一声疾呼,颤抖了起来,"我们毁了太空帝国!"

史密斯走过去拍了拍她的脸。"振作起来!"他转过头,"我们要理智一点。"

"怎么理智?"她喊道,"再也没有人会喜欢我们了。"

"卡尔薇丝,我们是不列颠人,本来就没人喜欢我们。你们有主意了吗?"

苏鲁克举起手。

"你说？"

"我也能抽她一巴掌吗？"

蕾哈娜也举起了手，"伙计们？"

"怎么？"

"有两点。第一，我们要冷静，不能慌。想象一股积极的能量流过我们的身体。第二，我们的飞船上有胶带，也许我们可以把这些碎片和脑袋都拼起来……"

"好主意。"史密斯说，"但我们来不及了。而且我好像又踩碎了一点。也许我们可以在不列颠博物馆找个头骨来换掉他的。"

"真是个了不起的注意。"机械猎人兽说。

史密斯拔出手枪，苏鲁克竖起长矛，卡尔薇丝尖叫一声，笨拙地摸出猎枪，慌忙间向天花板开了一枪。蕾哈娜眨了眨眼。

随着一阵轻柔的液压声，猎人兽站了起来。它活动了下尾巴和脑袋，脖子上的齿轮噼啪作响。它被做成了公牛的模样。

"哇哦。"蕾哈娜说。

"很好。"猎人兽说。它的声音低沉，温和中透着威胁，"现在，既然你们在这里，我猜你们是想抢走格里姆多尔的遗物？告诉我是不是。"

"你是什么？"卡尔薇丝倒吸一口气。

"我是人工智能，专门设计出来保护格里姆多尔的坟墓还有拉夫纳瓦尔不受你们这些人的入侵，我的好兄弟。"它说着，沉重的脑袋转向史密斯。它张开了那硕大的下巴，露出满嘴刀片。"哦，放下你的枪。你那小细胳膊没法阻止我的大爪子。我是挺喜欢你们不列颠人穿的那种红外套的,看不出血迹来。"

"够了。"苏鲁克上前一步,"这些人类和我一起。我们共同对抗尤尔的旅鼠人。他们向所有正直之人发动了野蛮的战争。他们必须被消灭。"

"尤尔人?那些毛茸茸的小东西?根本不足挂齿。你们就不能打电话给虫害控制中心吗?"

苏鲁克说:"我们的军队和将军们曾经就是这么想的。可尤尔人很强大,装备精良。他们的暴怒相当于残忍。城市一旦投降,当即就会被烧毁,人们会在思科温矿井里劳作至死,所有物种都陷入悲惨的奴役之中。我们需要格里姆多尔来让我们的军队团结一心,对抗旅鼠人。"

"嗯,我不认为格里姆多尔能帮上你们,更别提你还敲下了他的头。"猎人兽坐下,它那金属后躯撞在橡胶地板上,"还有,这听起来就是一派胡言,旅鼠人什么的。"

"是吗?好吧,你也就是一个会说话的老虎变色龙机器人。"卡尔薇丝说,"不奇怪。"

"抱歉,我对这些没兴趣。"

"那我们会和你决斗。"史密斯说。

"真的?"猎人兽懒洋洋地说,"决斗,嗯?现在我能听懂了。"猎人兽举起爪子。五枚祖卡里刀片如巨爪一般弹了出来,又自动固定好位置。巨兽看了眼自己在抛光钢中的映象。"这我喜欢。"它若有所思地说,"屠杀,纯粹的屠杀。"

王座背后有一条通道。苏鲁克趁机"借"走几把备用军刀,然后他们就走向通道。猎人兽大步跟在他们身边。通道有些陡,史密斯觉得自己快要喘不上气来。这可不妙:要是停下来休息的时候被人开膛破肚,可就太丢人了。

"伊桑巴德,"蕾哈娜悄声说,"你有计划吗?"

"好吧,"史密斯说,"暂时还没确定。"

"呃,那一会儿能确定下来吗?"

"恐怕不行。"

猎人兽打了个呵欠,"这边,各位。哦——等你们都死了,我就把你们的头骨都放到战利品陈列室里,怎么样?"它用嘴巴轻推了一下控制器。

舱口打开,橙色的光淹没了通道。史密斯畏缩了一下,走进温暖的黄昏。

他来到湖边的灌木丛里。他爬了出去,飞虫在他身边嗡嗡叫着。那猎人兽轻松穿过叶丛,苏鲁克和史密斯在他身后砍出一路。

"那么,我们在哪儿决斗呢?"猎人兽问。

"停车场。"史密斯说。

"搞那么复杂。"猎人兽说,"不如我先打你们一顿,怎么样?"

他们沿着水边走,微弱的光线给这里蒙上了一层悲伤、幽怨的气息。

一些身影从阴影里走了出来。

"头儿。"卡尔薇丝说。

史密斯点头,"我看见了。"

猎人兽停下脚步，摇了摇那金属脑袋。"得了，得了。"他说，"还有观众呢。"

黑色外皮，尤尔密警。史密斯思索着。他们把毛皮染黑，大多数穿着盔甲，这是骑士阶层才享有的特权。还有少数根本没有盔甲，只在口鼻上围了一个深色饲料袋，相当于旅鼠版的大绒毛。

史密斯举起步枪。

"外星蛮子！"一名旅鼠人叫道。他身材肥胖，肩膀宽阔，几乎呈球形。"多棒的夜晚啊，是不是？"他转过身，拇指钩在腰带上的一对战斧旁。

"退后。"史密斯喊，"后退，老天在上，要不我会宰了你。"

"你们找到了英雄格里姆多尔的安息之所。"那名军官说，"西普洛克·科茨感谢你们。现在，放下你们的武器，让我们刺死你们。机器动物，你跟我们走。"

"我？现在？"猎人兽说。

苏鲁克摇摇头，"你提的要求不现实，旅鼠。这钢铁巨兽说过要和我们决斗。"

科茨哼了一声，"闭嘴，青蛙。我跟你的人类主人说话呢。"

苏鲁克笑逐颜开。伴随着一阵微小而潮湿的声音，他的下颌骨分裂开来，嘴巴张开，变成了巨大的笑容。卡尔薇丝不住退缩，就连史密斯都没见他这位朋友如此开心过。

"蠢话。"那外星人说，"我，是杀戮者苏鲁克，沃尔加斯之徒，受神祝福的布莱恩分支的恼怒的乌尔加之子。我没有主人，甚至没有人能与我平起平坐。"

苏鲁克挺直身子，很高兴能有位观众。

"旅鼠人，你们羞辱了高贵的战斗艺术。你们在宇宙里烧杀抢掠，不讲仁慈，毫无风度。你们威胁我的人民，威胁所有人，现在又想抢走属于我们捍卫者的遗物。你们的罪恶罄竹难书，但惩罚只有一种：社区服务。"他咧嘴一笑，"说笑了，是死亡。"苏鲁克转向其他人，"走吧，把那猎人兽也带走。我要和这些蠢货算账了。"

"啊哈。"猎人兽说，"决斗。"

史密斯摇摇头，"不，苏鲁克，我和你一起留下来。"

"我也是。"蕾哈娜说，"我们生死与共。"

他们看向卡尔薇丝。

"哦，那好吧。"她说。

史密斯转头看着蕾哈娜，"我在格里姆多尔的坟墓里说了那些话，我很抱歉。"他说，"什么格里姆多尔改变了对太空帝国的看法，我只是希望——希望哪里都是不列颠，那样一切就都好办多了，不会有那么多的杀戮，那些该死的关于众神和种族的谬论也根本不会出现。"

"我懂。"蕾哈娜说着，凑过去吻了他。

苏鲁克转过身来，用矛尾把他们敲晕过去。两人摔在一起。

"废话说够了吧。"他吼道，"小猪，猎人兽，把马祖兰和蕾哈娜装进飞船里。旅鼠们，战斗时间到。"

科茨笑着走上前，"好。这就对了。两位高贵的战士，面对面决战。"

"真稀奇。"苏鲁克说,"我只看见一位高贵的战士。也许你看重影了。少喝点蒲公英酒吧,胖子。"

"根本就不胖!我的毛皮太蓬松了!兄弟们,杀了他!"

暗灯合作社的成员们拔出武器。斧头、刀子和三叉戟在黄昏里闪闪发光。一名旅鼠人将一把带刀锚一样的武器挥过头顶。两只硕大的驯养蝎飞向另一名士兵的手臂,停在了他的手背上。第三名是个庞大的蛮子,他则在摩擦手掌,活动指节。

苏鲁克向后退了几步。

"等下。"他说,"尤尔人,别进攻——"

"他投降了!"科茨尖叫道。他身边一名壮实的旅鼠从腰带上扯下一条鞭子——挂着钩子和剃刀的皮革。"有意思了!"鞭子抽了一下。苏鲁克抬起胳膊,皮鞭如蛇一般迅猛地缠在他前臂的金属护腕上。苏鲁克猛地拽了一把皮鞭,科茨的副官失去了重心。

他直直跌向了苏鲁克的长矛。

苏鲁克将长矛推进那旅鼠的体内,然后猛地拔出来。旅鼠人捂着伤口倒了下去。

苏鲁克把他轻轻推到湖里,伸手拉下了帽檐。

"我是说,等我整理好帽子再打啊。"他说。

接着,旅鼠人纷纷扑向他。他用余光瞥见卡尔薇丝和猎人兽正把蕾哈娜拖向灌木丛里——这时一柄斧头挥了过来,苏鲁克将将侧身躲过,感受到空气从他身边滑过。他将腋下的长矛捅向一名尤尔骑士的喉咙,紧接着又把掌根戳进另一位的口鼻,把他扭得像老相机的前端。

他们都是危险的战士,远远强于他从前对付过的那些。苏鲁克劈砍、阻拦、闪转腾挪,利用他们的数量来制造混乱,让他们互相阻挡线路。他们把他引向水边,他向前一跃,猛地踢中一名旅鼠人的鼻子,从他头上跳了过去。

赤手空拳的旅鼠向他冲过来——苏鲁克躲到一旁,他撞向了一座海滩小屋。趁对方还没站起来,他将刀片刺入了他的喉咙里。一名全副武装的贵族从侧面冲过来,砍向苏鲁克的腿部。

他跃过斧刃,向前冲去。他想起了沃尔加斯的教诲。他开始用张开的手拍打旅鼠人的胸甲。"禁寺之石!"他吼道,将自己的能量集中到对方的胸部。苏鲁克感到手掌发热,盔甲下面有东西在猛烈跳动。旅鼠人尖叫着,他的心脏跳了出来。他倒在地上,死了。

科茨的一名士兵如刽子手般挥斧过顶。苏鲁克用"浪子之手"迎上去:他冲向前,用手掌边缘击打对方的肘部内侧。"鲨鱼!"他向下砍去,打破了他的肩胛骨,"食人鱼!更强一击!"他的双手迷惑了敌人,接着他就给出了致命一击。"更弱一击!"他的脑袋飞进了灌木丛。

西边的灯亮了,光明对抗着黑暗的天空。苏鲁克回头,正好瞥见约翰·皮姆号升空,手臂突然感到一阵灼热的刺痛感。他转过身,飞刀正在以致命的角度旋转。它落下来,苏鲁克滚向一侧,身后的木头被劈成了两半。刺客又开始挥动链子,像打玉米似的锤击地面,苏鲁克在尖钩砸来那一瞬间成功躲过。

刺客笑了起来,瞄准苏鲁克的眼睛将链子抽过去。苏鲁克像青蛙一样腾跃而起,起跳时拔出一把军刀,抽过来的链子正中刀尖。

电光火石之间，链子擦过苏鲁克的刀刃，锚从他主人头顶飞过。

在那个可喜的瞬间，旅鼠人意识到锚正冲着他飞过来。苏鲁克抓住链子，狠狠一拽，刺客的脑袋掉了下来。

一切归于平静。六名旅鼠人站在苏鲁克面前，呈扇形展开，组成了一个松散的半圆。

"你的朋友已离你而去。"科茨说。

"很好。"苏鲁克的手臂开始疼痛。伤口——或许还有别的东西——譬如毒药使他感到灼痛。他集中注意力，努力忘却痛感。

光线几乎彻底消逝，但苏鲁克能感知他们的存在，也能看清他们胸中燃烧的怒火。他凭意识探索，感知到不止六个，而是七个灵魂——最后一个在他身后，正悄悄靠近他。

"收起你的武器，加入我们。"科茨说，"伟大银河幸福友好共同体需要勇敢的战士。"

苏鲁克瞥了眼身边的阵势，"那我懂了。"刺客已来到他身后不到五码远的地方。

苏鲁克感受到伟大战士的精神正看着他。沃尔加斯说"像风中的芦苇一样弯曲"，他将身子弯向一边。沃尔加斯说"用他自己的能量反噬他"，苏鲁克举起手，他面前是敌人没有任何护具的身体。受神祝福的布莱恩说："狠狠打他。"

苏鲁克的拳头击中了刺客的胸甲，把他像瓷器一样捣碎。他的手先触到毛皮，接着是血肉。皮肤和肌肉在在冲击之下爆裂开来。他的手臂插进旅鼠的胸口，鲜血喷向夜空。手臂伴随着一团血浆从背后穿透出来。苏鲁克拔出手臂，抬起他那杀戮之手，用拳头击碎了刺客仍然跳动的心脏。

"玲珑蝴蝶。"他说。

旅鼠人们齐刷刷向他冲来。苏鲁克抽出那两把瑞士军刀,把一堆四肢甩向空中。"尤尔人!"科茨的手下喊着,两手各执一把战斧冲向苏鲁克。苏鲁克俯身躲闪,带着两把刀冲了过去。旅鼠人丢下战斧,没有躲避,反倒抓住了苏鲁克的胳膊。他被刺穿后,仍得意洋洋地喋喋不休。苏鲁克努力把他放下,那旅鼠在他耳边喊着:"去死,去死!"苏鲁克怒吼着抽出剑,推开旅鼠人。他退后一步,绊倒在一把掉落的斧子上,不知什么东西砸中了他的后腿。

他向后倒下,背部狠狠着地。科茨上校一脚踩在苏鲁克胸上。

"当然。"巴尔加斯向身后的枪骑兵们吼道,"这种地形无奇不有。"

五只夏达尔在林叶间爬行,它们的身躯有四十英尺高。它们的双手从一根粗枝伸向另一根,在枝叶交错的树木间穿行。

一只仿真鸟盘旋而过,弗洛特伸出舌头,把它卷进嘴里。莫尔加不喜欢坐在这么高的地方,突如其来的一大团羽毛并没有让他感觉好一些。

巴尔加斯把他的步枪放在马鞍上。"非常壮观的景象。"他说着,把手伸向身侧。换做一个月前,莫尔加会以为他要取出一副望远镜,但巴尔加斯举起了他的酒壶,"你还好吗?"

莫尔加点点头，"只是有点想吐。"

"有点反胃，是吗？你需要把那些东西都冲洗出来。喝点杜松子酒吧。我年轻的时候——"

"我们得往东走。"莫尔加说。话从他的下颚间流出，他根本不知道自己为什么要这么说。他眨了眨眼。

"往东？你是说？"

"我——是的。有人遇到了危险。"

"你得到了情报，是不是？"

莫尔加点点头。这回他很确定。

"我从不相信这些东西。但我们可以绕行，就算白跑一趟也没什么大不了的。现在，照我说的——"

一头权兽从十码外的树冠上掉下来，撞到了森林地面上，被一群食腐的鸽子追赶。"我们现在必须走了。"莫尔加说，"立刻。"

巴尔加斯皱了皱眉。他看了一眼莫尔加，拿出一个单片眼镜，推到眼前，用力审视他。"啊，"他说，"你真的很渴望战斗，是不是？"他靠了回去，"你看看，枪骑兵可以把任何人都逼成战士——即便是你。干得漂亮，莫尔加，真的很好。"他把手放在下颚旁做出喇叭状，"你们听到没，小伙子们？战斗时间到！"

一次沉闷而巨大的爆炸将史密斯从床上甩到地板上。那一瞬，他躺着，感受并呼吸着约翰·皮姆号的气息，下一秒他似乎记起了什么，猛地坐直身体。

"苏鲁克！"他摇摇晃晃地走到房门口，来到走廊，又步履蹒跚地走进驾驶舱，"把船开回去，我们得去救苏鲁克。"

"我们不能回头。"卡尔薇丝说。她紧紧攥着控制器，像要勒死它一样。"我们的引擎刚刚被一颗滑翔机炸弹击中，左舷动力下降了百分之六十。我们不能再拖了。"

蕾哈娜闭着眼睛坐在船长座上，双手举过头顶。机械猎人兽躺在她身边。"真遗憾。"它慢吞吞地说，"我还挺喜欢他的。"

"伊桑巴德。"蕾哈娜说，她的声音比往常更疏离，"苏鲁克不会有事的。我知道。"

飞船摇晃了一下。

"相信我。"她又说，声音不再含混不清。

"我们要下降了。"卡尔薇丝喊，"我们得紧急迫降！准备好了！"

猎人兽抬起头，"迫降？太可怕了吧。"

科茨如悬崖般笼罩着苏鲁克。"抓住你了。"他说。

苏鲁克表情痛苦，才开始意识到自己伤得多重。他的皮肤已经伤痕累累，臀部上方三根肋骨很疼，而肝脏上部的疼痛让他想把五脏六腑都咳出来。

科茨笑了，"看来你也很弱嘛。"

"我宰了你的那些刺客。"苏鲁克咬着牙说。

"你是这么说的，但历史将由我们尤尔人书写。"

"那你会怎么说?你太饿了,就用你的所有仆从来填满肚子?"

科茨咧嘴一笑,"你太弱了,愚蠢的青蛙。你笨手笨脚的模样出卖了你。你懦弱的灵魂充满了对死亡的恐惧。你毫无自尊,否则你不会和你那愚蠢丑陋的种族为伍。简单地说,你就是和所有非啮齿动物一样:你仅有的价值就是为尤尔人劳动,用你悲惨的死相来博我们一笑。"

丛林中有庞然大物在移动。

"接着说。"苏鲁克说,"很有趣。"

"行啊,我们尤尔人无论哪一方面都比其他种族强。就说说你的脸吧,真是丑得可以。你没有胡子,你甚至都没有鼻子,更别说鼻孔了。怎么回事?"

"是这样吗?"

"闭嘴!你那丑脸可别再动嘴了,不然我就砍了你的脚!"科茨退后一步,挥起斧头,"这主意不错。这样我还能在你痛苦打滚的时候给你讲讲尤尔人的伟大。"

尽管身受重伤,苏鲁克还是笑了。他嗤嗤笑着。他那受伤的胸部因快乐而起伏。他的声音不断上扬,笑声愈加狂放,响彻森林。

"什么东西这么好笑?"科茨问,"肮脏的外星蛮子,你怎么能嘲笑我!我是如此伟大而尊贵!"

苏鲁克勉力控制住自己。"我笑,"他说,"是因为我一直在让你高谈阔论,说到你的厄运都已降临。"

"啥?"

科茨背部遭到重击。他踉跄着转过身,苏鲁克看到尤尔人的胸甲上有一块地方晕成了潮湿的粉红色，仿佛一团嚼过的口香糖。一根肉质绳索从伤口处一直伸展到森林里。

科茨举起斧头，又飞了出去，四肢乱舞，弹在地上被卷走了。苏鲁克瞥见丛林里有张脸正张着粉色的血盆大口。那怪物的眼睛转动着专注于舌头上的旅鼠人，他就这样消失在了它的尖牙间。

科茨尖叫着——那巨大的下颚咬合，紧紧夹住了他。夏达尔出现在视野里，科茨的脚从他嘴边伸出来，在他咀嚼时轻轻摇晃。它的骑手招了招手。

"你好，苏鲁克！"莫尔加喊。

"你好，哥哥。"苏鲁克爬了起来，看见周围一片混乱，他感觉好多了。他从一名旅鼠人身上拔出他的长矛，"你来得很及时。谢谢。"

"哦，这没什么。"莫尔加，"天哪，这里真是一团糟。"

"我和尤尔的斗士们光荣地战斗了一场。也许你正是因此被带到了这里，你感受到了你灵魂里高贵的战斗信念。"

"也许吧。但我主要是循着枪声和尖叫找过来的。"

苏鲁克捡起帽子，"你还跟枪骑兵们一起骑行吗？"

"是的。我们被拖住了。好像是关于锤子和铁砧的事吧。"莫尔加把手伸到马鞍后面，取出一个饭盒，"吃三明治吗？"

"不了吧。"苏鲁克在他身边走近一步，"但请告诉我，哥哥，你的坐骑上坐得下两个人吗？"

将军抬手，两手各执一把战斧。"荣光！"他吼道，"尤尔的荣光！"

"万岁！"他的士兵们号叫着在他身边站起来。

对城墙上的士兵来说，这场景仿佛整个星球活了过来，将树林变成了自己的喉咙。带着欢快和仇恨的尖叫从四面八方响起，淹没了引擎和战争机器的声音，树木如遭风暴袭击般颤抖。

尤尔人开始冲锋。

成千上万的旅鼠人从森林里涌出来。他们是丛林植物发射的种子，攒动尖叫，裹着毛皮毯子和尖刀。滑翔机飞过森林冠层，成群的松鼠豹跑在士兵们中间。

"开始射击了吗？"温斯科特在一片旅鼠的尖叫声中吼道。他站在胸墙上，手持砍刀，身边围着步枪兵。

苏珊摇了摇头，"还没……"

尤尔人没有囚犯。因此他们首先会把农奴赶到雷区送死，场面惨烈。旅鼠的碎片飞向空中，打下了两架滑翔机。它们爆炸坠毁。有几名旅鼠尚未死透，几个同伴却在一边嘲笑他们惨烈的死相——很快就遭到了其他旅鼠的踩踏。

"他们进入射程范围了！"苏珊叫道。

"步枪，开火！"温斯科特大喊，头四排旅鼠人迅速倒下，仿佛被浪卷走一般。

苏珊能听到的只有激光射击和爆炸的声响。这时庭院里的迫击炮咆哮了起来，连训练有素的她都差点躲到一边。她将射线枪架到胸墙上，瞄准了她视野范围内最大的那名旅鼠人。激光把他切成两半。

上塔的炮台向下摆动,火力覆盖地面。一架滑翔机装上其中一个,那炮台裂成了一堆骨色石块。石头从城堡侧面滑落,掉到庭院里。两名炮兵被砸死,他们的迫击炮也被压在石下,另一名炮兵被塞伊战士们拖进了医疗帐篷。

苏珊挥动射线枪,切碎了一排号叫着的疯子。这时,尤尔部队已经进入了战争机器的射程里,子弹的爆裂声混入激光的嘶嘶声里,炮弹冲向尤尔部队,但他们带着狂暴的杀戮欲继续前进。她看到,有些旅鼠并没有直接瞄准城墙,而是先转向拐角处的圆塔,接着倒在同伴脚下。他们成堆死在塔底,那里已经叠了一堆毛皮——

"他们在搭坡道!"苏珊喊道,"温斯科特,他们在搭坡道!"

维克沃特从他的树屋里指挥战斗,此刻他的第二战斗组发起了攻击。他的军队穿过森林,在大树干之间绕行。当他们看见太阳的时候,他们尖叫着喊出战斗的吼声,冲进阳光里。他们攻打城堡的后部,主要目标是城堡周围的矿井。他们涌向空地,欢呼尖叫。摩斯卡拉克被包围了,守卫队从四面八方向尤尔人投火,但收效甚微。

快了,维克沃特想。他们会被自己的懦弱吞噬,然后就会放下武器求饶,以为自己已经付出了足够多的努力来打动我们。即便是莫洛克人那种池塘里的卵生青蛙,也会投降。也许人类以为他们可以把仆人留给尤尔人,自己偷偷溜回地球。惊喜等着他们!

他拍了拍他的一位副官,"肮脏的莫洛克人有指甲吗?"

"没有,这倒不错,但他们有膝盖。"

维克沃特笑了。"很好。"他咕哝,"开瓶蒲公英酒。"

05
围 城

史密斯、卡尔薇丝和蕾哈娜正与控制器搏斗着。挡风玻璃下部四分之三的景象已被摩斯卡拉克的骨白墙占据。

猎人兽懒洋洋地靠在驾驶舱的另一端,"你们知道面前有一座城堡,对吧?"

史密斯看向他,"要么过来帮我们,要么和其他垃圾一起进储物柜。"

"很好。"它说着扑了过来,用爪子勾住控制杆往后拉。胸墙上,旅鼠人、人类和莫洛克人正在为生存而战。

飞船撞到城垛边缘,猛烈摇晃,接着砰地落到庭院的地面上。

地面震了一下。史密斯跌倒了,蕾哈娜摔在他身上,猎人兽滑到了驾驶舱另一边。卡尔薇丝爬出了驾驶座。

"坏消息是,我们刚刚在墙上撞掉了起落架。"她说,"好消息是旅鼠阻止了我们的坠落,但他们现在就在这里。"

他们下方发生了爆炸。警笛响起又停下。顶部控制面板的前部掉了下来，喷涌出一股恶臭的浓烟。

蕾哈娜费力地站起来，扶起史密斯。第二次爆炸使地面震颤起来。史密斯抓住武器，卡尔薇丝拾起杰拉德的笼子，他们一起跑向气闸。

庭院一片混乱。帝国的士兵们彼此掩护着跑向主堡。士兵们从城垛上爬下来。尤尔人只是纵身跃下——从这个高度摔下去足以丧命，但一堆同伴的死尸可以起到缓冲作用。外墙已被攻破，帝国形势危急。

"跟上我！"史密斯喊，"大家一起向城堡冲啊！"

他们跑起来，帝国尚未溃败。士兵们纷纷撤退，彼此作掩护。成打的尤尔士兵们被砍死，但这并没有阻止他们，更多的旅鼠人号叫着踏过同胞的死尸。

机械猎人兽回头，看见一群尤尔人号叫着冲过胸墙。士兵们试图拖住他们。两名莫洛克士兵和一名人类被压倒在地。一枚子弹击中了猎人兽的肩膀，一下弹到空中。"哦，"它吼道，"就像这样，是吧？"

苏珊站在庭院中央，发射挎在髋部的射线枪。她身边的德莱基特拿到了一把斯坦福弹鼓枪，开枪射击的样子仿佛回到了新芝加哥的黑社会。他挥挥手，一把抱住卡尔薇丝，高呼着"该死的疯尤尔人"！

爬上城垛时，史密斯挥动步枪射中了一名尤尔掷弹兵。那旅鼠倒向一群同伴中间，紧接着就爆炸了。旅鼠的碎片飞向空中。

"温斯科特在哪儿？"史密斯问。

德莱基特指指城墙。火焰滚滚涌过城墙，一个身影笑嘻嘻地穿梭其上，穿着短裤，胡子拉碴，像极了正在度假的撒旦。"疯了吗？居然让温斯科特拿火焰喷射器！不知道他喜欢玩火吗？滚回你的魔法王国吧，米老鼠！"德莱基特边说，边向一名尖叫着的旅鼠人开了一枪，"我们得走了！"

"好了，我们赶紧离开这里！"卡尔薇丝喊，"我——哦，糟了！"一架滑翔机飞过外墙，机翼如纸袋一般撕裂，飞行员已身中数枪。史密斯看见飞行员的腰带上绑满了炸药，脸上也填满了炸药，他举枪时当即反应过来——即使杀了他，他还是会撞上他们。

蕾哈娜轻轻挥了挥手，仿佛在和一个熟人打招呼，滑翔机就这样撞上了一堵无形的墙。爆炸发生在滑翔机后面的墙上，烧死了十几名旅鼠人。史密斯连爆破的温度都没感受到。

"太棒了。"蕾哈娜说，"暴力一点也不好，但还是……"

他们跑回院子，史密斯和德莱基特负责掩护撤退。苏珊也迫不得已和深空作战小组一起退了回去。他们穿过正门，门砰地关上了。士兵们急忙把门闩住，在门口堆满家具。史密斯和同伴们向阁楼跑去。

八秒后，门开了，一架尤尔战斗机的机身燃烧着滑入门厅。通信兵贴在挡风玻璃上，烧焦的爪子仍抓着发报机。

"他们发动了空袭。"史密斯喊道，"自杀式的！"

尤尔军团涌入大厅。刹那间，领头的三十名旅鼠人在枪林弹雨中从横梁和轻型家具下面冲了过来。两名莫洛克士兵朝那群尖叫着的敌人扔了一座落地钟,接着又扔了一只古董便盆。

一名穿着晨衣的秃头男子手持消防斧冲过来,史密斯认得他是那名机器人管家。

"先生,敌人已经潜入了地窖,"他伤心地宣布,"我发现两个人在那里喝酒。是两个旅鼠,先生。我……杀了他们,但肯定还有更多。"

"废话。"温斯科特咆哮,"他们已经在楼里了。"

一名人类士兵捂着胸口退后。莫洛克人朝阳台扔了一套盔甲,把几名尤尔士兵撞得很惨。一时间,眼前场面之古怪让史密斯有些不知所措:仿佛有人往娃娃屋里捅了一架模型飞机,后面跟着源源不断的旅鼠。旅鼠人队伍尾部爆发了混乱。

有些旅鼠人转过身去,另一些则被甩到一边。一个庞大的身影跑过他们身边,咆哮着甩动金属脑袋。一只巨大的松鼠豺用它那金属下颌吊起一具死尸,机械猎人兽将尸体扔到楼梯上。

"拉夫纳瓦尔!"它喊,"你们和我一起战斗吗?"

史密斯和其他人一起回应了他。他们欢呼着冲向战斗。

这时,尤尔军来到了底层隧道,摩斯卡拉克下面宽阔阴凉的地下墓室里回荡着枪声和吱吱的号叫。隧道构造着实复杂,因此难以防御;但另一方面,想攻占它也极其困难。很大一部分旅鼠人没有在炮火下落败,却在隧道里迷了路。在阴暗的石道里,尤尔人死于伏击:制造屠杀的既有勇猛的守卫队,也有他们慌不择路的同伴。负责雕刻和修复城堡的蜘蛛机器人抓了好几名旅鼠人,在他们身上做起了雕刻。

尤尔人攻进了城堡,却伤亡惨重。敌人的奋勇抵抗超乎他们的想象。如果他们当中有人有这胆量让他们的上级三思,或活下来呈报此事,维克沃特将军或许会考虑不再一攻到底。但这样的情况并没有发生,于是他命令又一波旅鼠向地下隧道进发。他始终认为隧道是啮齿动物的地盘。

"我们可以守住前线。"温斯科特说。服务机器人端上了一大壶茶,"你们这些人过去找 W。"

史密斯离开阳台,带着他的船员上楼。他们走上了一条散发着潮湿油毡味的蜿蜒阶梯,爬上了城堡的脊部。城墙上炮火轰鸣。

史密斯想到了苏鲁克。他一定还活着:苏鲁克太强硬也太疯狂,尤尔人杀不了他。他似乎像温斯科特那样拥有不死之身。只是人终有一死。他希望蕾哈娜可以帮上苏鲁克:被苏鲁克的长矛敲到脑袋使蕾哈娜的灵力无从发挥。

做苏鲁克最好的朋友,生活里就少不了头骨、暴力和尖锐的武器,偶尔还会被索要保释金。但没了这些,生活突然就空虚了起来。

他们来到狭窄的平台上。地板吱吱作响,灰尘从上方飘落,炮火声如雷鸣般穿墙而过。

一扇开着的侧门通向一座小型图书馆。两名女子手持三脚架式激光器,枪管从法式窗户中伸出。保姆机器人站在她们身边,史密斯走过去,她放下步枪,关掉了瞄准器。

"嗯,你好啊。"她说,"太吵了是不是?"

"我们在找 W。"

"我知道。"她端起步枪,向窗外开了一枪,"简直一片狼藉。你明白吗,做清洁也挺有意思的。我在清理步枪里的残余物,更有意思。"

卡尔薇丝嘀咕,"嗯,打开了她的开关。"

"注意礼貌。他过来了。"

她指了指,他们赶忙走过去。高级间谍正站在图书馆后面一张覆着地图的桌子旁。一排军用显示器在他身后闪烁,上面显示着无声的炮火。

"温斯科特守着正门,先生。"史密斯说,"看起来我们或许可以把尤尔人赶出去。"

W 摇摇头。他嘴角叼着一根像木乃伊手臂的手卷烟,"恐怕不能,史密斯。我们已经让旅鼠人混了进来,弹药储备也不乐观。一些莫洛克人已经开始用刀了,虽然我觉得是他们自己把枪扔了。看这个。"

他把一个屏幕拉到黄铜臂上,屏幕上的森林、树冠层像湖面一样荡漾。"这里。"他指着两个硕大的身形说。它们像船一样迅速向前移动,周围的树丛摇曳晃动。

"拉夫纳象!"蕾哈娜说,"它们可真威武!等一下。它们是我们的吗?"

"不是。"间谍说。他薄薄胡子下的嘴巴冷酷而坚定。"它们是敌人,正一路踏过来。如果它们抵达这里,这座城堡就毁了。"

"老天!"史密斯惊呼,"我们能阻止它们吗?"

"也许可以。"W说着,弯下腰翻找东西。他站起来时,手里拿了一把硕大的猎枪,枪管装得下一个拳头,"这是我的拉夫纳象枪,是时候派上用场了。"他走到桌边,拿起茶杯,喝了一大口茶。"有一条通往地面的隧道。"他说,"如果我快点,可以赶在那些混蛋过来之前抓住它们。不过——嗯,事后你得顶替我的工作。这里还有一大堆旅鼠。"

蕾哈娜用手捋了把头发,"所以你要去射杀拉夫纳象,然后死在那里?别这样!拉夫纳象很可爱。"

"别无选择。"W说,"如果我回不来,告诉大家我觉得他们是——嗯,令人愉快的同伴。记住:不列颠人的温和是他们最大的力量。暴君必须死。我觉得这就够了。"

他向门口走去。

"等一下。"史密斯说,"我有个办法。我们试着把尤尔人引开?"

"要怎么做?他们疯了,一心只想血流成河。"

"那我们就满足他们。这些监视器不仅可以接收信号,也能发送,对吧?"

"是的,只不过画质很差。"

"越差越好。我需要一台相机、一些白床单、大量红漆、定时炸药、一本尤尔词典、一瓶氦气和一些穿着护士制服的女人,这些都能找到吗?"

"基本上没问题。"

"蕾哈娜,你来帮我。卡尔薇丝?"

沉闷又巨大的爆炸声震动了窗户,灰尘如雨般洒下。她扭头看过来,"什么事?"

"把杰拉德带来。"

维克沃特站在树屋的制高点上观察着拉夫纳象前进。那两只野兽像慢鱼雷一样朝着城墙蹒跚而行。一旦加快步伐,它们就会横冲直撞,仿佛醉汉倒向婚礼蛋糕。当然,它们每走一步,也会碾碎十几个围着它们的尤尔步兵,但这就是战争的代价。

"将军!"一位副官报告,"我们收到了来自太空帝国的广播信号!"

"很好。"维克沃特从树上滑下来,他那强壮的体格让他得以迅速落地,"他们已经开始讨饶了吗?"

"是的,将军,您看!"

仆从举起屏幕。画面十分模糊,但维克沃特还是能看见屏幕上有一个神情迷茫的女人,身穿绣有红十字的白大褂。

"呃,嗨。"她说,"旅鼠朋友们,请你们不要攻击我们过去用来存放航空燃料的大棚,好吗?我们已经把这里改成了医院,里面都是妇女儿童——都是平民——要是你们——"

她的话被打断了。相机晃了一下,镜头前出现了一张长了胡子的脸,一个声音尖叫着:"尤尔的荣光!"屏幕黑了。

维克沃特看向他的副官。"很好。"他说着,脸上绽开笑容,"看来小伙子们找到了好东西。向大棚进发!杀光非啮齿动物!"

史密斯透过窗台向外窥探。"这招似乎起作用了。"他说。

蕾哈娜小心翼翼地从她的乱发上取下简易小白帽,"你觉得他们会上钩吗?"

"当然会。那旅鼠人战斗起来很生猛,但本质上却欺软怕硬。他的上级们命他前进,而他自己沉迷于残酷行径,所以只会服从。可我方尊贵的战士们就不一样了——你们为什么都在对我笑?"

"氦气还没耗尽。"卡尔薇丝说,"对了,你过去的时候,把我的仓鼠还我。"

史密斯经过杰拉德身边。任何有点理智的生物都不会把一只模糊不清的仓鼠当成自己的同类,可这时的旅鼠人毫无理智可言。他给他们送上了梦寐以求的东西——一场大屠杀——而他们根本无力抗拒。图书馆另一端,装载着的激光器又开始发射。

"知道吗,"看着蕾哈娜脱下她那临时护士服,他嗓音嘶哑地说,"你打扮成护士挺好看的。"

"哎哟。"卡尔薇丝说。

"至少这次不是勃朗特姐妹。"蕾哈娜说。

卡尔薇丝瞪大眼睛,"天哪,也太离谱了。姐妹中的哪个?"

蕾哈娜耸耸肩，"全部吧。"

"你有完没完，卡尔薇丝。"史密斯抱怨道，"我们还有事要做。"他拿起地图，"蕾哈娜、卡尔薇丝，再等几分钟，让那几位女士拼命射击大棚，应该能让那些家伙吃点苦头。我出去帮 W。"

"我和你一起去。"蕾哈娜说。

"我不去了。"卡尔薇丝说，"我是想去的，可是杰拉德真的该休息一会儿了。"

史密斯看向蕾哈娜，心想她并不是最佳的狩猎伴侣。他不知道该怎么阻止她，更别说他现在的声音比往常高了好几个八度。也许只有走出城堡，他才会清醒一些，说起话来也就不那么像鸟叫。"好。"他说，"我们走。"

他们走向后方的一段楼梯。蕾哈娜拿着地图，史密斯持剑走在前面。他们赶忙冲下楼，深入城堡下部。空气厚重而寒冷，爆炸的隆隆声也变得很遥远。

建筑机器人很早之前来这里雕筑了没什么用的侧通道和储藏室，如今早已积满灰尘。史密斯和蕾哈娜躲在一尊雕像后面，这尊雕像雕刻的是一位头戴礼帽的胖天使。

"看。"蕾哈娜说着朝下面指了指。一开始，史密斯还以为她在指自己的拖鞋，很快他就看见了灰尘中的靴印。

通道的尽头是楼梯。阶梯似乎直通向天花板。他们走近时，史密斯看见顶部有个开口。"我们走。"他的声音有些颤抖，接着他推开了盖子。

他们爬出城堡，来到了弥漫着炮火和尖叫声的森林里。史密斯这才发现这地方曾经是城堡的一个前哨,留存下来的残垣断壁上藤蔓疯长。史密斯合上顶盖,背部顿感灼热,仿佛有东西压在身上。

"W 在哪里?"他说。

"我不知道。也许我能感觉到他——"

前方有个庞然大物爆炸了。史密斯赶忙拽住蕾哈娜的手蹲下。一枚火球蹿入空中,前面是一群尖叫着的旅鼠人。他们被送入空中,只有大约一半尚未裂成碎片。紧接着,他们坠落到下方的残骸上,发出湿水泥般的声音,十分难听。

这时他想道:卡尔薇丝应该已经炸了燃油舱。"下旅鼠人雨了。"他说,"哈里路亚。"

"史密斯,"一个男人低声说,"是你吗?"

他们穿过灌木丛。W 躺在那里,戴着一顶战斗头盔:遮阳板已被扭曲折断,就像从内部炸出来那样。间谍的嘴上、手上鲜血淋漓。

他被史密斯平生所见最大的一只松鼠豺的尸体压在身下。那是一只野兽,一只伤痕累累的沙黄色鼠猎犬,尖锥项圈和尾巴上有多处折断,形如闪电。史密斯面色扭曲,帮着蕾哈娜一起把尸体挪到一边。

W 虚弱地咳着,缓缓坐起。"那东西跳到了我身上。我用钢笔捅了它的脑袋。"他沮丧地盯着受伤的手,"不幸的是从嘴里捅进去的。枪是你的了,史密斯。我能抓到些小玩意儿就很好了,拉夫纳象就算了。"

史密斯拾起枪,把它打开。枪弹有易拉罐那么大。

"右侧是硬壳,左侧是铅弹。用铅弹吸引它的注意力,接着瞄准它的脑袋。你只有一次机会。唯一比愤怒的拉夫纳象更恐怖的是一头处于性兴奋状态的拉夫纳象。"

"什么意思?"

"它们的屁股在交配季会变红,这对我们来说可是个坏消息。"

走到森林里时,史密斯听到了擂鼓般的脚步声。

"伊桑巴德?"蕾哈娜说。

史密斯回头,看见她深吸一口气,他知道危险正在迫近,"你不是要告诉我猎杀拉夫纳象是错的吧?"

"的确。彻头彻尾的错误。"

史密斯朝着破败的围墙走了几步,蕾哈娜说:"也许我们可以与它们做朋友。"

"怎么做?你要想拍拍它的脑袋,都得拿个脚手架。"绝望让他的声音听上去很苦涩。

"他们来了,伊桑巴德。有两只。"

地面开始颤动。先前擂鼓般的脚步声听起来更像炮火声。史密斯看着蕾哈娜,觉得自己手上的枪似乎缩小了。"天。"他说,"我们该怎么办?"

"也许我可以和它们交流。"

"它们有两个大脑。并且都不怎么聪明。"

"我可以让它们友好一点。"

"好的。小心点。"

他大步走向声音来源。林木变得稀薄起来,他看见第一只拉夫纳象穿过森林，树枝在它肩头折断，仿佛"北极号"轮船碾过冰川一般。它像悬崖一样高，身上布满老伤疤，皮肤比坦克盔甲还厚。

只是和其他被旅鼠人活捉的生物一样，它也遭到了粗野对待：盔甲上有新鲜的伤口，电线杆大小的针筒从两侧凸出来，针筒里多装满了可怕的战斗毒品。一群尤尔人在它背上，带着嗜血成性的疯狂嗤笑吟唱。

"让它慢下来。"他说着打开枪。蕾哈娜闭上眼睛，史密斯取下硬壳，装上铅弹。

第一只象放慢了脚步，但步子依然很大：它可以直接穿过城堡。地面仍在摇晃颤动。第二只巨兽闯入了视野里。

"另一只来了！"史密斯喊，"让它们友好一点！"

第一只野兽几乎已经来到他们头顶。它那硕大的腿像星舰舱室里的活塞一样重重地踩在地上。某种像肉质钟摆的东西晃过头顶。史密斯心想，它长尾巴的地方可真奇怪。

"我会用爱填满它们的心！"蕾哈娜笑着说。

"那不是它的心脏！"史密斯大喊着把她拽到一边。他们穿过一片尘土和恐慌的动物，从两只野兽中间冲到了对面，一下就暴露了。第一只拉夫纳象经过他们身边时，史密斯拔枪，将两个枪管都射向了它的后身。

它迟钝地停下脚步。骑在上面的旅鼠人喊叫着试图驱赶它前进。拉夫纳象的背部抽搐着，仿佛中枪的感受从背部传到了脑部。红印从受伤的部位开始扩大：这一枪就像在它的屁股上抽了一巴掌。

第二只拉夫纳象停下脚步，认真地看了眼前面的红屁股，似乎得出了某种显而易见的结论，便本能地跳到了同伴背上。

两百名旅鼠人瞬间惨死。那些还没被碾平的旅鼠人也很快死于随后的剧烈震动之下。史密斯想起了姨妈的杰克罗素犬和桌腿之间的故事。

第一只拉夫纳象懵懵懂懂地明白了当前的形势，朝另一只象的腹部踢了一下，提醒对方自己也是雄性。那只野兽咆哮着横冲直撞，弄得背上的旅鼠人在森林里翻飞，如同湿狗背上的水珠。两只野兽相互吼叫着，地面随之震颤。

史密斯站了一会儿，努力抚平心中的恐惧。蕾哈娜一把抓住他，"伊桑巴德，我们做到了！"

他们站在那儿，凝视着这不怎么壮观的场景中两只银河系最壮观的生物。"它们也做到了。"史密斯说，"对彼此做了。至少尝试过了。"

他们一同走回 W 那里。他正抽着烟倚在一棵树上，"你们把两只都抓了？"

"差不多。"史密斯说。

"你们应该骑上去。"间谍说。

"其实是它们骑了彼此。"

"干得真是漂亮。"走回活板门的路上，史密斯说。他紧紧攥着蕾哈娜的手。

"要知道，"她说，"和它们交流没有那么困难。它们和人类也很像。它们的大脑在——"

空中传来巨响。史密斯感到地面也在震颤，"又来了！"

声音逐渐变大，他们头顶的枝叶也开始颤抖。这一次，声音的来源是南方，而非东方，但仍然是冲着他们而来。

史密斯看向蕾哈娜，"你可以让这一只慢下来吗？"

她看起来迷茫而严肃，"我试试。我会尽我所能。"

她朝拉夫纳象走去。史密斯跟在后面，W步履蹒跚地走在他们身边。他们抬头仰望森林。前方，林木崩裂。那只拉夫纳象迈着笨重的脚步前行，史密斯看到它背上有座堡垒，装着满满的榴弹炮。米字旗飘扬在它的身侧。一排排身骑绿色巨兽的枪骑兵在它身后奔驰。

"米尔德里德！"他喊。

有人吹响号角，拉夫纳象抬头咆哮。一个小小的身影站在她的眉脊间：腿架在上面，探出一条胳膊。

"看！"蕾哈娜喊道，"是苏鲁克！他骑在这只拉夫纳象的脑袋上！"

尤尔人再也不能碾平城堡了，但他们仍在强攻。他们已经涌进了城堡，守卫队如涨潮般撤退到楼上，离杨将军越来越近。坠楼的旅鼠已堆了厚厚一层，尤尔人却并不在意。胜利是无价的。

机械猎人兽在战斗中显露了怪物本色。对它来说，重要的不是人类，而是置身险境的莫洛克人。他们是格里姆多尔的人民。和人类算账的事，就只好暂且搁置。刺刀在它的金属外壳上折断，盔甲和毛皮被它的巨爪撕碎。

苏珊的射线枪没电了。她从一名死去的士兵那里抓了把激光步枪。电池耗尽后，她又拿了两把左轮手枪。克雷格被刺伤了大腿，尼尔森把他拖上了楼。温斯科特的胸口被一把尤尔斧头划伤，他反手就把斧头的主人扔下栏杆。

他们在五楼那间巨大的三级宴会厅里重整队伍。地上躺满了旅鼠人，他们毛皮僵硬，鲜血淋漓。

温斯科特和莫洛克步枪队长开始争论反击方案。两个人都想主导进攻。一队塞伊过来报告，为了防止尤尔军攀爬，他们已经锯掉了排水管。

卡尔薇丝跨过一名死旅鼠，赶到德莱基特身边，"瑞克，你那里有备用弹药吗？"

"尼克斯老兄，给我二十发子弹，我要用铜肘去杀旅鼠了。"他掏出一枚手榴弹，"我给我们留了一个菠萝，万一我们被活捉能用上。"

"好。我希望我这女朋友做得还行。"

"你是贵妇人，也是恶棍的女友。"德莱基特说着搂住了她。

突然，有东西撞上了卡尔薇丝的靴子。她低下头，看见一只空塑料瓶。

"番茄酱。"德莱基特说，"真是吃饭的好地方。"

"番茄酱？"她蹲下来，用手指摸了摸她脚边的尤尔士兵。她的指尖沾上了黏稠的红色，太红了。"那不是血。"她说，"瑞克，那不是血！"

"该死。"德莱基特喊道，"伙计们，他们没死！他们在装死！"

他们身边的尤尔士兵都站了起来。顷刻间,守卫队便被困在了一个小小的圈子里。在敌人纷纷"活过来"时,他们用刀枪杀了几十名旅鼠,但还是太迟了。更多的尤尔士兵从侧门冲了进来。一时间,太空帝国的士兵们被一堵毛皮和刺刀组成的墙围了起来。人类、莫洛克人、塞伊还有几名甲虫人都站在包围圈里。

莫洛克队长把枪扔到地板上,单膝跪在尤尔军面前。

莫洛克人都静静地放下了枪。

"不!"卡尔薇丝喘息着说,"别投降!我们必须战斗下去!"

尤尔军尖声嘲笑起来。

"等等。"德莱基特说。

莫洛克队长指尖撑地,臀部翘起。

温斯科特拔出大砍刀。

莫洛克队长像起跑器上的短跑运动员一样弹向了旅鼠人中间,他的士兵们紧随其后。卡尔薇丝听见苏珊吼了一句,也和他们一起冲锋,跟着太空帝国最强硬的部队与敌人短兵相接。

舞厅的窗户爆裂了,一个航天飞机大小的带鳞的脑袋冲了进来。号角声响起,卡尔薇丝认出了那野兽脑袋上的几个身影。

她看见了史密斯,还有苏鲁克,还有蕾哈娜。她看见苏鲁克跳下来战斗。拉夫纳瓦尔枪骑兵们冲上米尔德里德的尾巴,来到她的背上、脑袋上。在他们身后,是伊葵的蓝色军团。帝国开启反击,尤尔军被消灭了。

维克沃特将军眼看着自己的军队溃败。然而，大屠杀（或许正因为如此）只是让他感到麻木。其中某座塔楼里的窗户突然爆裂，他的士兵们落荒而逃，冲进了下面的院子里。也许是有人推了他们，但他认为杀死那些旅鼠的是绝望。

他喊来一位保镖，下令全线撤退。但撤退也很难执行：两只刚刚被解放了的拉夫纳象正在扰乱尤尔的通信线路，而旅鼠人的语言里甚至没有"撤退"这个词。

帝国的怪兽米尔德里德已经停在了城堡前，拉夫纳瓦尔枪骑兵们把她的尾巴和脖子当作梯子，向摩斯卡拉克的上层进发。一名燃烧着的旅鼠人从城垛上掉了下来，看上去像个魔鬼。

这一切都毫无道理。非啮齿动物都是怯懦软弱的：他们不善打仗，也没有战欲。而眼下，他们的人手也远远赶不上他的军队，却以少胜多，势如破竹。那一瞬间，维克沃特开始思索自己是否低估了那些愚蠢、肥胖、笨拙、胆小、可耻、恶臭、懒散又卑鄙的下贱生物。然而，右侧的爆炸声很快就把他拉回了现实。

起初他以为是树木在移动。他抬头，才看清那"树木"其实是一条硕大的腿。那是被俘获的拉夫纳象中的一只，此刻它正把那些折磨过它的旅鼠人一一踏平，以此庆祝重获自由。

它朝他走近了一步。维克沃特勃然大怒，从腰间拔出战斧。此刻他还是将军。

那怪物越走越近，一对小眼高高在上地俯视着维克沃特。保镖们尖叫着四下逃窜。拉夫纳象抬起脚，维克沃特高举起斧头。巨大的阴影落了下来。"快回来！"将军冲着他的保镖们吼道。

"回来!你们这些懦夫!它只是只拉夫纳象!"

显然,现在是午餐时间。

史密斯穿过城堡。他被叫来帮忙将一些伤员抬到一个设在大厨房里的医疗中心。到处都是死旅鼠。

车间里飘着一股淡淡的怪味。史密斯望进去:一名建筑机器人正将沙发切开,扯出衬垫,作为填充物为戴着尖锥项圈的巨大松鼠豺做最后的修饰。W 在屋子另一端注视着这一幕。他的手臂打上了石膏,手里紧握着一杯茶。他想必已经给机器人重新编程,好让它来制作标本。史密斯关上门,悄悄走开。

他在会客厅找到了蕾哈娜和苏珊,一行人看起来像迷失在简·奥斯汀小说里的游击队员。"这些表盘上会显示能量输出。"苏珊说着拍了拍她身侧躺椅上的射线枪,"欧姆、瓦特、贝克戴尔……嗨,史密斯。看见温斯科特了吗?"

"我猜他在楼上。"

"别让他跑到森林里就行,不然我就得在树上贴海报了:'失踪人员:一名指挥官'。那多尴尬啊。"

回去的路上,蕾哈娜和史密斯撞见了一群正往舞厅赶的士兵。这一群里有人类、莫洛克人、甲虫人、塞伊,一些正在听一个小小身影嘱咐的机器人。

那是杨将军。她个子矮小,却强韧而坚定,一如派他去追回温斯科特时那样:猎犬一样的女人。史密斯听到了一点她的讲话。

由于对"撤退"毫无概念，尤尔人已陷入混乱。神圣友军的残余部队逃到森林里，遭到了枪骑兵的袭击。现在的计划是摧毁尤尔食品仓，进一步阻止他们撤退。史密斯心想，这意思不就是用火焰喷射器烧光他们的坚果嘛。

"但成功反击的是你们。"将军说，"也许我会出主意，付诸行动的却是你们。巧妇难为无米之炊。尤尔人的溃败是因为你们在战斗中比他们更努力，因为你们做得更好。我估计尤尔军会撤退到高地，再从那里跳下去。因此我们需要继续施压。但现在，我们的首要任务是巩固战果，顺便庆祝一下。"

史密斯离开了。他最近才加入安多尔的战斗中，真正的荣耀属于那些从一开始就亲历这场反旅鼠战争的人，那时，帝国形势危急，有些星球已遭侵略。他把卡尔薇丝从德莱基特那里拖走，又小心地把正在和莫尔加、巴尔加斯交谈的苏鲁克拉过来。

"枪骑兵们要任命我哥哥做军官！"苏鲁克说，"恐怕帝国还没脱离危险。"

史密斯找来几把破旧的藤椅，他们坐在阳台上，望着森林。几个人慢条斯理地喝着茶，逐渐明白了这场胜利的意义。

太阳升起，天空亮了起来。在地平线上，刚刚摆脱旅鼠人暴政的两只拉夫纳象仍在争论究竟谁才是雌性。这场景稍稍有些破坏气氛，好在影响不大。

"太漂亮了，伙计们。"史密斯说，"真的，太漂亮了。"

苏鲁克笑了，"一场伟大的胜利。勇猛的正义制裁了肮脏的尤尔军。到处都是断头和饼干！"

"现在，"卡尔薇丝说，"我只想睡觉。"

"省省吧。"苏鲁克说，"这才刚开始。我们要继续施压，向旅鼠人发动进攻。他们现在知道我们是最强大的战士。我就问问你，还有哪个帝国拥有骑恐龙的骑兵，并且还全都骑在一只巨型恐龙身上的？我们会扫清尤尔军，然后再给闪石人和噶斯特败类们一点儿颜色瞧瞧。他们必须放下武器，如果不照做，就休怪我们无情了！这些饼干倒是真不错。"

"说得好。"史密斯表示同意，"旅鼠们完了，卡尔薇丝。枪骑兵们正要把俘虏们送去野生动物园。"

"野生动物园？"卡尔薇丝问，"是不是量刑太轻了？那些可是小马杀手。"

苏鲁克哈哈大笑，"那可不是他们的野生动物园，小女人。他们有两个选择：五年劳役或者在莫洛克狩猎动物保护区服刑两周。我们正好需要训练年轻战士。"

蕾哈娜伸了个懒腰，感叹道："我想今天我们都学到了点东西。"

史密斯点头，"没错。疯狂不是这一切发生的理由。旅鼠人的确疯狂又怪异，但我们不列颠人疯起来可远不止如此。"

"是啊。"卡尔薇丝说，"我们真的很疯。"

"说你自己就行了，小猪。"苏鲁克插话道，"我今天骑了一只恐龙。我觉得很正常呢。"

蕾哈娜皱皱眉，"不，不是这个。我发现我们真的很团结。人类、莫洛克人、塞伊、卡尔达斯利安，如果我们团结一心，我们可以——"

"征服一切。"史密斯说。

"嗯，没错，但是……"她站起来，走向栏杆。黎明的光芒反射在她的乱发里。"我明白了，有时候，我们别无选择。你只能战斗，不然你就得死。而如果你死了，无辜的生命也会跟着死去，就像波莉救下的那些小马一样。你必须为朋友挺身而出，就像苏鲁克在湖边为了保护我们所做的那样，虽然在那之前，他，呃，把我给敲晕了。又或者像你所做的那样，伊桑巴德，你去救了W。"她扭头望向树丛，"银河是个美丽的地方，我们必须保护它：不管你是在前线作战也好，还是在工厂劳作也好，甚至只是用你的灵力让两只巨兽来点不同寻常的性行为。"

"这就是'正义战争学说'。"史密斯说。

苏鲁克点点头，"正义战争，这概念不错。"

"正义必须经得起考验，不只是说说而已。"

"反正正义就够了。"苏鲁克说。

阳台上沉寂了片刻。楼下传来保姆机器人古板、尖锐而爽利的声音："温斯科特少校！温斯科特少校，这实在是太过分了！如果您不立刻把裤子穿回去，我会用膝盖踢你——再一次！"

"我们进去吧。"卡尔薇丝说，"快。"

"观众朋友们晚上好。我是莱昂内尔·马克汉姆，您正在收看的是《我们提问题》。今晚，我们将讨论帝国政府提出的新议案，关于建立'联邦帝国',代表宇宙里的各大星球。引用他们的说法是'教化整个银河系,一次一个星球'。

"今天,拉夫纳瓦尔正式获得自治权,除了帝国成员资格和宣战事宜,拉夫纳瓦尔将拥有政策方面完整的控制权。鉴于民主妥协的优良传统,没有人对此表示满意。今天来到演播室的是两位潜在的国会议员,他们希望能在即将到来的拉夫纳瓦尔补选中当选。他们是:来自边缘党派的朱莉亚·奇格利,以及枪骑兵暨独立候选人、末日建筑师莫尔加。

"接下来您还将看到机械猎人兽的专访,它将和我们聊聊它在电影版《格里姆多尔》中的角色:生活在他人的作品中。但首先,我们将连线最近从旅鼠占领中解放出来的安多尔。温斯科特少校,您能听见我说话吗?"

"晚上好。"

"可以把摄像机往上推一点吗?恐怕我们的观众不想看到这个。谢谢,少校,我听说您和莫洛克步枪兵们正在清扫尤尔军的残余势力。"

"哈,'清扫'这个词——不是需要拖把和水桶么。我刚从阿玛尔干高地回来,那里简直像在举办跳水锦标赛。尤尔人排着长队准备跳下去。"

"我们的士兵与敌人有过一些合作,是真的吗?"

"当然。一些旅鼠变得优柔寡断,所以我们归化了他们。"

"到目前为止您对这起冲突的看法?"

"很好。我得做个声明。等一下……它在一首诗里。我称之为《旅鼠军的墓志铭》。

  旅鼠人背弃正义
  被死亡和战争的梦想所诱
  我不知他们是否得到了应有的惩罚
  但我已让他们得偿所愿!"

  "谢谢您,少校,我们到此为止。"

扫除尤尔残部花了两个月。
  旅鼠们太愤怒也太疯狂,他们不愿投降,也不愿有序撤退,只能成群死去。伊葵们找到了尤尔的食品仓,突击队将它们一一炸毁。中央司令部派遣了一批新出厂的卡特里赛尔履带车,跟在拉夫纳象米尔德里德身后从一个洞穴赶到另一个。拉夫纳象将洞穴破开,履带车向洞里发射热射线,剩下的工作则由步兵完成。
  "你知道吗?"他们沿着曾经的尤尔堡垒前行时,温斯科特说。水滴从他们头顶的叶子上滑落下来,触感如肉汁般温暖。"我实在是很烦那些混蛋,因为我们友好就认为我们软弱。"
  "你不友好啊。"苏珊说。
  那堡垒看起来像下着雨的地狱。一切都被烤焦了,灰烬在脚下嘎吱作响。
  史密斯看着一具旅鼠人的骨架。战争并没有旅鼠人想象的那么简单、那么有趣。他想知道维克沃特将军怎么样了。史密斯猜他已经跳下了悬崖。

温斯科特停步,"今天是周几?"

史密斯摇摇头,"我不确定,我猜是周六。"

"明天来点油煎的吧。"温斯科特说,"早上我喜欢培根的味道,闻起来像……早餐。这战争总有天会结束。"他补了句,"真他妈烦人。"

"还有噶斯特人呢。"史密斯说。

"有就有呗。"少校说着吹起了口哨,继续前进。

两天后,蕾哈娜坐在森林旁边的城堡花园里。拉夫纳象的出现推倒了林间很多树木,她坐到其中一棵倒下的树上,首先确认了那不是巨兽的粪便。

那是相当平静的一天,对她来说,也是清空思绪,提升思维能力的好机会。她坐在原木上,模模糊糊感知着周围的世界,凝视着宇宙,感知它的浩渺。这时,她左侧的森林里传来一阵沙沙声。

她扭过头,看见一名旅鼠人跌跌撞撞地从灌木丛里走出来。他穿着一件粗糙的斗篷,像用尤尔旗帜做成的。他像僵尸似的拖着步枪蹒跚前行,曾经被坚果填满的脸颊此时已经空了。他就这样盯着她看。

"必须……慢慢……杀……"那旅鼠咕哝着,"战——神……"他的鼻子在抽搐,一身蓬乱的毛皮猛地颤抖起来。"食物食物。"

他喘息着。

"嘿,小家伙。"蕾哈娜说,"你饿了吗?"

身高一米多点的旅鼠人跌坐在原木的另一端。

"好吧。"她说着把手伸进包里,"我有块特制饼干,是我自己烘培的,所以特别坚硬。你得慢点吃。"她靠过去,掏出饼干,伸直胳膊递过去。他猛地伸出爪子,抓起饼干送进嘴里。"哇!"蕾哈娜说,"这……太多了。冷静一点,好吗?"

尤尔人慢慢嚼了几下,接着把它整个吞了进去。"吃起来像……草药的味道。现在,我要杀了你。"他顿了顿,"你还有吗?我有点晕。"

"我要是吃了一整块,也会晕的。"她说,"放松就好。"

"不!必须……战斗……为波帕卡皮尼奥杀光外星蛮子……要是有薯片就好了。"

旅鼠人慢悠悠地滑下原木,过程近乎优雅。接着他又轻轻地倒向灌木丛里。他在那里躺了一会儿,咯咯笑着,很快就睡着了。

"疯了。"蕾哈娜说着又开始清空思绪。四秒后,她的大脑重新回到空白状态。

卡尔薇丝最近很忙。她作为"战斗女孩"声名鹊起。在她的伊葵名誉公主加冕礼上,她正兴奋着,一名外国记者就过来采访了杨将军,还和卡尔薇丝聊了几句。一周以后,邮件机给他们带了一份名为《噢耶!自由!》的联盟杂志,封面人物正是卡尔薇丝——

还是穿着衣服的她,这一点让史密斯颇为诧异。

　　史密斯翻开杂志内页,浏览起激动人心的故事和怪异的拼写,找到了一篇与帝国有关的文章。"战斗女孩,英格兰女王的远房表妹,领导重装甲队伍'怒吼突击队'的卡尔薇丝。"他说着,放下杂志,"你不是凯莉女王的表妹。我希望你没有乱编故事。这是我们盟友干的事情。"

　　她耸耸肩,"他们这么写的。"

　　他叹了口气,"干得好,'战斗女孩'。"

　　"干杯,头儿。"

　　"好了,别大惊小怪了,烧水去吧。"

　　接到电话的时候,史密斯正坐在约翰·皮姆号里,抱怨安多尔的气候影响了他的模型套件。温斯科特的团队正在森林里捣毁一个洞穴。史密斯把卡尔薇丝和苏鲁克叫出货舱,又将蕾哈娜从神游中唤醒。该起飞了。

　　他们的目标是一个曾经的泵站,已多次易主。大部分装饰都被打碎炸毁,仅有一只黯然失色的黄铜狮子孤零零立在入口处。

　　几名伊葵站在着陆点等候。"他来了。"领队用蹄子指着说,"祝您好运,波莉公主。"

　　"其实,"史密斯说,"我是这里的负责人。"

　　"你?"领队轻嘶一声,史密斯希望他不是在笑,"你确定?"

　　"确定。"史密斯说着,无视他们的主动请缨,走进了泵站的一片黑暗里。

这里有死亡、粪便和蒲公英酒的味道。史密斯没带步枪,剑在鞘中,手枪装在枪套里。

阴影中,长椅上躺着一个庞然大物。

"维克沃特。"史密斯说。他心中愤怒与骄傲交织。这就是那个指挥尤尔人屠杀大军的怪物,曾妄想着肆意屠宰史密斯的朋友。

去你的吧,你个老醉鬼。

那身影动了动。史密斯感觉到了维克沃特的视线。"所以说,"维克沃特开口,"这就是结局了。"

史密斯点头,"海底沉舟。"

"外星蛮子。"将军说,"你从哪儿来?"

"家乡在沃金。"

"我一直想去那里。主要是想毁灭它,但我听说一些乡村倒是挺不错的,很宜居。找份工作,挖个洞,生些孩子……最后,一切都与金钱有关。"

维克沃特将军缓缓坐起。史密斯看清了他那硕大的体格。战败和糟糕的生活条件都没能让他的粗野减少半分。

维克沃特往嘴里塞了个东西,火柴点燃了。维克沃特的烟是幸运脚牌的,配上他那苍白的盲眼,仿佛来自地狱。

史密斯又向前迈一步,一个空蒲公英酒瓶碰到了他的靴子。

"他们说我是疯子。"那外星人说,"说我把我的人都变成了疯子……放屁,我从不失控。"

史密斯说:"闻闻这里的味道,我看你是失控很久了。"

维克沃特沉默了。他调整了一下姿势。

"在这里往北大约五十公里的地方，河流会聚。"他说，"我们尤尔人管那个交汇点叫作波特内克。有时，涨潮的时候，光线照到水面上，所有鱼都会浮出水面，在月光下闪闪发亮。那真是……好吧，我不知道我要说什么，可能我真该放下酒瓶了。"

"行了。"史密斯说，"都结束了，维克沃特。"

"你是刺客吗？"

"不，我是一艘飞船的船长。我要告诉你我是刺客，那我这刺客也太业余了。"

维克沃特吸了口烟。他感叹道："怎么会变成这样？两个超级帝国在这可怜的星球上殊死搏斗。那么多的死亡和悲伤。我们怎么就走到了这一步？"

史密斯摇摇头，"嗯，这很难说清。我们的帝国都想要同样的东西：权力、威望、疆域，还有经济方面的因素。但主要还是因为你是个混蛋，还带着你那一大帮混蛋霸道横行。大概就这些了吧。"

"哦，"维克沃特说，"这样啊。"

"请把斧头交给我。"

将军站起身，俯视着史密斯，静静地从腰带上取下战斧。他的眼睛里，在自怜和醉意之下，燃起一丝刻薄而阴沉的愤怒。

他们彼此盯着看了一会儿——人类与旅鼠之间的对峙。史密斯看了一眼维克沃特手上的战斧，他知道这位将军能做什么。为什么不呢？维克沃特可以砍翻史密斯，再跑出去迎接死亡。野蛮地死去，正如他过去野蛮地活着那样。

"我会接受你的投降。"史密斯说着,语调严肃起来,"如果你没意见的话。"

维克沃特注视着他。

"恕我冒昧,请您把斧头交给我。"

维克沃特眯起眼睛。

史密斯保持威严,"请您配合,将军。"

维克沃特交出斧头。

"哦,很好。"他说,"走吧。"

史密斯从他手里接过斧头。他们一起走了出去。

泵站里的臭气逐渐消散,史密斯感到阳光洒在脸上。见到朋友们的时候,他笑了。与尤尔人的战斗终于结束,他和他的船员们都活了下来,还赢得了胜利。他们给了银河系自由与安全。旅鼠的暴政将不复存在。

苏鲁克握紧拳头,"胜利了!"

"万岁!"卡尔薇丝喊。

"太棒了!"蕾哈娜说。

"是啊,真好。"史密斯说,"大家平静一下。我知道我们拯救了银河,但还是不要激动过头了。"

"外星蛮子。"

史密斯回头望去。维克沃特站在他身后几英尺处,拇指勾着腰带。苏鲁克皱起眉头,而史密斯也不确定这老怪物的茸毛袖子里是不是还藏着花招。

"你们这些人。"维克沃特说着摇了摇头,"真是群奇怪的生物。

你们活得像懦夫,战斗起来却像野兽。你们征服了半个银河,但别人把奶油放入茶而不是牛奶中时,你们却觉得骇人听闻。"他一个挨一个地扫视着他们,感叹道:"作为伟大银河幸福友好共同体的战神,听我一句:你们所有人真的非常,非常奇怪。"

"奇怪?"史密斯说,"哪里奇怪了。你要知道,我的好旅鼠,我们才不奇怪。我们是不列颠人。"

版权专有　侵权必究

图书在版编目（CIP）数据

最后的帝国 /（英）托比·弗罗斯特著；陆安琪译. — 北京：北京理工大学出版社，2020.3

（史密斯船长大事记）

书名原文：END OF EMPIRES

ISBN 978-7-5682-8157-7

Ⅰ.①最… Ⅱ.①托… ②陆… Ⅲ.①幻想小说-英国-现代 Ⅳ.①I561.45

中国版本图书馆CIP数据核字（2020）第023111号

北京市版权局著作权合同登记号　图字：01-2019-6002
Cpoyright © Toby Frost 2018
Toby Frost has asserted his right under the Copyright,Designs and Patents Act 1988 to be identified as the author of this work.

The simplified Chinese translation rights arranged through Rightol Media(本书中文简体版权经由锐拓传媒取得 Email: copyright@rightol.com)

出版发行	/北京理工大学出版社有限责任公司
社　　址	/北京市海淀区中关村南大街5号
邮　　编	/100081
电　　话	/（010）68914775（总编室）
	（010）82562903（教材售后服务热线）
	（010）68948351（其他图书服务热线）
网　　址	/http://www.bitpress.com.cn
经　　销	/全国各地新华书店
印　　刷	/三河市华骏印务包装有限公司
开　　本	/880毫米×1230毫米　1/32
印　　张	/11.375
字　　数	/231千字
版　　次	/2020年3月第1版　2020年3月第1次印刷
定　　价	/49.80元

责任编辑	/徐艳君
文案编辑	/徐艳君
责任校对	/周瑞红
责任印制	/施胜娟
排版设计	/飞鸟工作室

图书出现印装质量问题，请拨打售后服务热线，本社负责调换

相信阅读，勇于想象

"幻想家"世界科幻译丛

THE PINCERS OF DEATH
死亡攻势

[英]托比·弗罗斯特 ◎著
兰钦鑫 ◎译

北京理工大学出版社
BEIJING INSTITUTE OF TECHNOLOGY PRESS

托比·弗罗斯特（Toby Frost）

英国当代科幻小说家。托比立志创作，大学期间即出版了第一部作品《大船》，2000年创作《刀锋之城》，此后，其作品累获殊荣。

托比的小说在风格和质量上与著名的已逝作家泰瑞·布里切特（《银河系漫游指南》作者）有异曲同工之妙，但是也极富个性。他创作的风趣幽默的科幻作品在科幻市场和大屏幕上都很受欢迎。

除"史密斯船长大事记"之外，托比还创作了其他多部作品，如"史揣肯"系列、《顶尖》《小恶魔》等。

中文版序言

小的时候,我渴望成为一名太空人。可遗憾的是,我很快发现,在20世纪80年代,英国太空人的工作并不好找,而且为此我必须先在学校学好大量关于宇宙空间的知识——这方面,我没有做到。结果,我成了一名律师。虽然没有实现儿时的目标并不令人兴奋,但幸运的是我不必跑到那么远的地方去工作。那时候,我还有了一个新目标——写一本科幻小说!

多年以后,我发现一位朋友在阅读 H. G. 威尔斯的经典小说《世界大战》,书中描写了外星人1900年入侵伦敦,并且与人类展开大战的故事。我由此想到,如果赢得了战争胜利的维多利亚人走向宇宙,走进其他文明的星球时,会发生什么样的奇妙故事?这个想法一经产生就变得越来越精彩和丰富:我设想了一系列场景,包括人类登陆其他星球后,与当地的外星人类共同分享茶和饼干,等等!我甚至在思考,那些走向宇宙的先驱者,是否会养成拥抱世界,甚至拥抱整个银河系的习惯?

因此,我创作了《史密斯船长大事记》,它用喜剧的手法描写了一个涉及大量英国文化的科幻故事。我们的英雄伊桑巴德·史密斯是一位大胆、热情但又不是特别锋芒毕露的太空船长,而他的飞行员波莉·卡尔薇丝则是一个喜欢安静甚于冒险的模拟人。与之同行的还有"暴力狂"苏鲁克和美丽的蕾哈娜——她有着神奇的能力和对史密斯无比巨大的吸引力。几个伙伴结成小队,在银河系漫游历险。我的出版商很喜欢这部小书。而当伊桑巴德·史密斯的冒险故事第一次在英国成书出版时，我感到非常高兴。

总的来说，史密斯的世界是一个奇怪的世界。地球的各个国家都在以和平的方式在整个银河系中慢慢扩张、探索，但这种宁静却受到外星种族——巨型蚁人和凶猛的旅鼠人的威胁，他们更愿意以武力征服一切。史密斯发现自己不得不与各种奇怪的生物交锋。在此过程中，他还试图将对手侵占的星球解救出来，帮他们加入不列颠太空帝国——在这方面，他取得了不小的成就。

不久当我被问及续集的时候，我发现我有太多的设想和有趣的情节可以融到一部小说里面。在以下的每一本书中，我们都会看到更多的史密斯的冒险旅程和在此过程中遇到的奇怪的文明。

在《迪德科特的神皇》中，战争狂人在帝国种植茶叶的星球上引发了战乱——茶叶是英国士气的重要来源。在《莫洛克的祈祷》中，史密斯与一大群没有自我保护意识的大型啮齿动物进行战斗。在《战舰游戏》中，事情变得更加怪异，史密斯的船员发现自己与不列颠太空海军强大的无畏舰队并肩作战。在《最后的帝国》中，史密斯小队和对手在一个致命的丛林中发生冲突。最后，在《死亡攻势》中史密斯遇到了蚂蚁人的最高领袖。

当然，故事发生地在英国，即在不列颠太空帝国，所以能从书中看到大量奇特的英国文化的代表：比如板球、饼干、咖喱、恶劣的天气、人们喝下的巨量的茶（尤其是奶茶）。书中还能看到很多幽默的桥段，能看到类似《星球大战》和涉及外星人的科幻电影情节、老战争电影情节、间谍故事甚至是黑白电影的痕迹。

无论如何，能够在书店阅读自己的书是一种很棒的体验，而且想到能用另一种语言印刷它就感到更加兴奋。我从来没有去过太空，但我已经以另一个形式无限接近它了。我对能够创作这些作品感到无比的欣喜，我希望你们也能够喜欢它们。

托比·弗罗斯特

目录

序幕　　　　　　　　　　001

第一部分

01　疯狂着陆　　　　　　015
02　死亡竞技场　　　　　037
03　没有硝烟的战争　　　067
04　向胜利出发　　　　　075
05　球场如战场　　　　　114
06　地狱球赛　　　　　　139

第二部分

01　卡尔薇丝四周岁　　　161
02　太空舰队　　　　　　177
03　"地狱"之行　　　　　224

第三部分

01	绑架，462！	259
02	行动计划	279
03	以寡击众	294
04	审判	338
	尾声	352

序　幕

"士兵！注意！为了伟大领袖！为了荣耀首领！起床奋斗的时间到了！"

指挥官462睡眼蒙眬，发过一阵牢骚，便用自己的钳形手臂掀开被子，一下打在闹钟上，闹铃声戛然而止。

462的左眼是一只仿生机械眼。他起身打了个哈欠，又伸了伸懒腰，下床后，依然睡意绵绵。462一路摇摇晃晃地走进盥洗室，先用布片擦拭左眼镜头，然后才揉揉右眼。洗漱完毕，462花了十分钟精心调整自己的触角。今天是个特殊日子，他一定要把自己打理得精神焕发才行。

462从衣柜里拿出一件皮革材质的连体服，上衣和帽子一体，这是他最得意的服饰之一。他穿着衣服站在镜子前，打量镜中的自己。

"还不错，"他说道，"真不错。"

篮子里的一号攻击犬忽然抬起头，龇牙咧嘴地叫起来。462给它一罐食物，里面装的是捣碎的蚂蚁肉，为了安全起见，罐子刚放下，462便退了回去。他开始为自己准备早餐。这年头，食物限量配给，即便是噶斯特帝国的军官，日子也过得并不宽裕，家里放食物的橱柜同样有一半是空的。462从橱柜上拿了一盒罐头，吹掉灰尘，盖上露出一块标识，上面印着一名禁卫兵，禁卫兵身前架着一门双脚裂解炮，气势汹汹。

盖上的标语这样写着：恶绿素，噶斯特帝国人人都在吃的营养补品,吃完让你脚下生风!"

462暗自觉得,这哪是什么营养补品,根本就是营养替代品。有一次,他吃了一罐恶绿素,结果,岂止是脚下生风,后肢根本就不听使唤,疯狂地向前迈。那天回家路上,他每走几步,嘴里就不由自主地喊出一些反动口号,为了不让人听见,他只好跟在一支游行乐队后头回家。

462拿出两块饼干,将就着当早餐。他自己留了一块,一边吃,一边注视着电视机,表情凝重,面部一动不动,显得特别忠心耿耿,其实他是故意摆出这般姿态,以防电视机摄像头监视他。另一块,他喂给了一号攻击犬,这家伙可是连钢板都能嚼碎的。随后,他调好录像机,开始记录即将播出的《审判秀中秀》。出门前,他又在镜子前整了整自己的仪容,这才一瘸一拐地走到门口。

"走吧!"他尖声喊道,"是时候拜会领袖了。"

飞行车掠过赛琳尼亚街道,巨大的雕塑耸立在街道两旁,呈敬礼姿势。生物坦克和正在巡逻的禁卫部队纷纷让开,让462通行。谍报部的建筑外形就像首领张嘴吼叫的头颅,只不过首领头上的触角被换成了大号的无线电发射塔。飞行车缓缓滑行,慢慢进入张开的大嘴。

四年前,462得到二号首领赏识,加入了噶斯特帝国间谍部门,从事英国人思维破解工作。当时,噶斯特帝国尚未挑起战争,进攻人类,462不过是二号首领众多部下中的一员,他每天要么分析松饼节背后的政治理念,要么研究女童子军的军事实力。如今,在激烈的竞争中,其他同僚都被秘密发配到莫洛克前线,准备集结抵抗,

462是唯一留下的人,他成了二号首领的助手。

462把一号攻击犬留在寄养处,自己独自通过安检,进入办公大厅。办公室里,一台打印机正在运转,打印的文件是死刑命令,纸张从出纸口不断落下,二号首领蹲在打印机旁用桶接着。462记得当初研究地球科学发展时,他曾看过一部电影,片子的主人公叫弗兰肯斯坦,他聪敏过人,热爱科学,但心理扭曲,残酷无情,最后差点毁灭整个人类。462看见二号首领,就想起了弗兰肯斯坦的助手。

"首长好!"462向二号首领致意。说完,他脱下风衣,挂在墙上,接着,又换上了一件室内大衣。

"我想面见首领。"462说。

"对,见首领,我知道,别着急。"二号首领答道。二号的双眼都是仿生镜头,光线从镜片上一闪而过,他继续说:"你好像身体不舒服,看你脸色,我就知道你又吃了恶绿素。"

还不是为了表示忠诚,462心想。"我去看看新闻频道播些什么。"462对二号首领说。

462的工作内容之一是为首领准备技术简报。要完成这项工作,就得看人类的新闻节目,只有这样才能了解对手的实时动态,从而转告首领——当前的星际局势并不明朗。

尤尔星球防线已经崩塌,尤尔星的旅鼠人只知进攻,不懂防御和撤退,导致旅鼠人大规模死亡,战事却没有丝毫进展。屏幕上显示人类飞行员登上战斗飞船,准备前往尤尔人的家园。播音员愉悦地解说道:"我们优秀的同胞即将踏上征程,给旅鼠人致命的一击。"

愚蠢的鼠类,462心里泛起一丝嘲讽的意味。旅鼠人不自量力,打肿脸充胖子,明明吃不下了,还要把食物储在腮帮子里。他们疯了,他们想消灭银河系半数人口,想将其洗劫一空,现在看来,他们做这种梦可能是因为冬眠之前吃了太多奶酪。

莫洛克前线依然是一片不毛之地。屏幕上火星死亡行走器排着队,缓缓前行,它们触角低垂,没有一丝生气。噶斯特帝国的无人机群拖着炮艇从头顶飞过,机组指挥官就坐在炮艇上。播音员的声音再次响起:"这支军队士气低沉,秩序涣散,在现实中困境重重,领导阶层却拒绝承认。他们的指挥官甚至没有意识到,自己的士兵正在调转枪口,将目标从敌人转向战区食堂,他们一旦抵达食堂,恐怕连指挥官自己也要被他们吃掉。"

新伊甸民主共和国的人类狂热分子更是不堪入目。他们都承诺圣战,但国防不仅流于空谈,更是漏洞百出。唯一需要避免的高风险在于他们自己:他们每逢战败都会互焚。今天,新闻节目报道指出,新伊甸国内出现一支造反势力,名叫"新伊甸前母系军事部落"。画面显示一名女性狂热分子在镜头前挥舞着一把大剪刀,并大声叫嚣,要找神职人员报仇。该女性喊道:"新伊甸人的嚣张要到头了,很快,他们就只剩气味还能恶心别人。"

与此同时,不列颠太空帝国设计了一款新式坦克。播音员宣称:"补偿者号能击穿包括虎虾号生物坦克在内的所有坦克的侧翼装甲。这批新式陆地战车装有目前最大的电磁轨道炮和最大的炮管,它们将成批生产,每次千辆,不久会在雷诺五世汽车工厂下线。一旦投入使用,补偿者号将所向披靡。"

462 认为,这无尽的颓势就是指望盟友的结果。说什么改革、旅鼠精神，噶斯特帝国的盟友只会空谈，毫无毅力。噶斯特帝国士兵都是从军蚁进化而来的，他们没有脊梁骨，但是，他们有加固的外壳和对蚁巢毋庸置疑的忠诚。也许，一切还得靠自己。462关掉显示器。

"今天有没有什么有趣的新闻？"二号首领问道。

462回答说："盟军太弱了。我们的领导者腐败堕落，占领银河系的计划已经停滞。"

"好，说得好！这些问题，首领会一一处理。"二号首领对负面消息似乎从来不太关注，"需要销毁的文件我已经拿到了一部分，我又要再次修正历史了。"

"放心吧，我会把这些文件处理掉，待会儿我拿去喂我的宠物蚂蚁。"462说。他家里有一堆黑材料，就怕领导哪天想讹诈他人，需要用到，所以一直没有处理。

"好。今天的会议要开始了，你都准备好了没有？"

"差不多了，长官。不过，我还得去趟'最小的房间'（洗手间）。"

这栋建筑里洗手间的确是最小的房间，但即便如此，里面还是可以放下一辆装甲车。462进门的瞬间触发了感应器，洗手间的喇叭发出一阵提示音："您好，请注意！厕所如战场，瞄准要有效率，是废物就得清理，只有这样才能占据上风。请发扬战场精神，保持厕所洁净。"随后，行军音乐响了，上厕所的过程就和战场冲锋一样。

462捋直了触角，又在镜子前试着敬了几个军礼，然后才洗手，在水池旁的毛巾上把手擦干。

"准备好了吗？我们就要出发了。"二号首领一边起身，一边说。

462 从寄养处取回一号攻击犬。卫兵刚把自己最弱的同伴喂给一号攻击犬吃了，这样就不必担心它要吃掉二号首领。

462 以前从未进过会议堡垒。这堡垒由黑色大理石筑成，是一块巨大的突起物，堡垒正面规模庞大，由几根火箭推进器一般尺寸的廊柱支起。堡垒外有一座造型独特的噶斯特士兵石雕，士兵双手呈钳形，手里托着一道闪电。

堡垒的前厅里，一名禁卫兵守在一张桌前，桌子上摆满了监控设备。这年头，人人都担心不列颠太空帝国暗中使坏。当然，在坦克、行军和嗓门方面，不列颠太空帝国无法和噶斯特帝国匹敌，但是，不列颠士兵行踪诡异，无法预知，噶斯特帝国为此困扰不堪。平常日子里，一言一行像个粗俗的百姓，显得弱不禁风，一旦你要吃掉他，他便使诈，变成疯子一般难缠，这种人，你拿他又有什么办法呢？

"身份验证，没有例外。"禁卫兵不耐烦地说。

禁卫兵抓住 462 的触角，把他头部按低，然后让他的脸对着装在桌子顶部的玻璃面板，顺着桌子一直向前，直到通过一道红光束，462 这才被放行。

"疤形码有效，电梯就在那边。"禁卫兵对他说。

462 上了电梯。

二号首领倚着电梯壁，开始低声自言自语。一号攻击犬坐在地上舔自己的通气孔。462 则口干舌燥，心里慌张不已，出现这种症状要么是因为担心，要么是因为某种蚁类寄生虫。

会见首领要调整好心态，这一点非常重要。伟大领袖的演讲集超过三十卷，不便随身携带，但 462 自有办法，他口袋里装着

一本首领的《无知训练小册子》。他掏出小册子,开始随手翻阅:

"今天,好好想想传达给你的指令是什么。不要怀疑,也不要犹豫,我们说什么,你们就做什么。尽量彻底绕开大脑思考过程,用暴力疏导暴力。吸气……呼气……现在可以对着某个物体喊出来。"

"咚"的一声,电梯停了。二号首领说:"现在,你就要见证进化的巅峰。首领是我们蚁族最伟大的成员,他命中注定要带领我们走向胜利。"

"明白!攻击犬,别给我丢人。"462说。

正门开启。二号首领再次提醒:"记住,你要见的人可是天才。"

他们走进一间大房间,房里一片漆黑,什么也看不到。462仅凭脸和触角都能感觉到这地方的空旷。二号首领打了个手势,示意462停下。

伴随着一阵低沉的声响,两架生物机枪从房顶伸出,枪管转动,正对着这几位来访者。一号攻击犬见状,低声嘶吼起来。

一道磷光在房间的另一侧缓缓升起,很快,光线开始变强,开始扩散,照亮了一尊巨大的王座。462抬头仰视,光线逐渐映出了肩膀的轮廓,然后是头部。王座上的人身高是他的四倍,触角就像枯死的树干,头盔像潜艇流线型的船头。

一张脸赫然出现在他们眼前。这凹陷的双眼和方形的通气孔,462已经在无数海报上见过。一号领袖只微微张嘴,声音便如雷鸣一般响彻整个大厅。

"麦克风开了吗?"

二号首领大声喊道:"伟大首领万岁!"

首领的全息人影像扭头看向一侧,大声吼道:"我什么都听不见,你确定麦克风插上了吗?"他抬高嗓门继续问道,"现在就告诉我,麦克风坏了吗?我以噶斯特帝国的名义要求你告诉我,这东西烂掉了吗?真是晦气的废物!我堂堂至高无上的首领,这无能的设备居然不能传达我的声音!"首领说到一半停了下来,拳头紧握,像上帝一般,让人毛骨悚然。"插到左边!"突然,他又开了嗓子,"对,就那个有'音频'标识的插孔。电话会议……开始了吗?"

二号首领咳了几嗓子说道:"主人,说得好。"

首领低头看见他们,脸上露出一丝冷笑。一号攻击犬见这人身影庞大,赶忙夹着尾巴往后退。"那当然。二号,旁边这人是谁?"

"他是我的副手462,也是名军官,他灵活善变,非常聪明。他是第九次佐纳士兵死亡淘汰赛中唯一幸存下来的人。"

首领皱了皱眉头,"唯一幸存的人?我怎么不记得这件事?是我下令只能活下一个人吗?"

"不,首领,"462说,"是我。"

"唔。462,我有项任务交给你。"首领说,"半人马星系有一种血桃,这桃子中间是石核,外边裹着松软饱满的果肉,我们和盟友形成的联合体系就和这桃子一样,我们在中间,盟友星球围绕在我们周边。我们敌人认为,只要突破这桃子粉红的果肉,就能进入桃核,进攻噶斯特帝国。依我来看,要到达噶斯特帝国空间,最快的线路必然是先通过拉蒂西亚星球。你看这里……"首领张开双手,一幅立体银河系地图出现了,星球之间互相交织,发出点点星光，在他手掌之间不断闪烁，就像绕在手上的线绳一般。首领说："拉蒂西亚的领导人克里米纳是个独裁者，他为人卑鄙，智力低下，不过，他有一定军事实力，可以和人类较量一番。"

二号首领连连点头称是："说得好！您还是那么有智慧，有激情！我伟大的首领！"

一号攻击犬抬头看着这全息影像中的人，一阵怒吼。462猛地拽住它的项圈，"嘘。"

"不列颠太空帝国就要联合它那些低劣的盟友进攻拉蒂西亚了。它想突破这里，进入我们的领地。462，你去拉蒂西亚星帮助克里米纳，告诉他，让他行动坚决一点，如果防守出现什么纰漏，我绝不容忍。为我们蚁族牺牲是他们的使命。顺从我的人会有荣耀等着他，违抗我的人，我要怎么处置呢？死刑？流放？羞辱？"首领摇摇拳头，房顶上巨大的拳头影像也跟着挥动起来，他继续说道，"不，这还不够，我要让他知道，违抗我的人永远不能翻身，我要让他绝望，把他彻底毁掉。"

二号首领高呼起来："首领万岁！首领万岁！"

"万岁！万岁！"462也跟着大喊。

一号攻击犬则在一旁又跳又叫。

生物机枪呼地转过来，瞬间把它炸得血肉横飞。

房子里顿时安静下来，气氛令人尴尬。

"你刚才杀了我的宠物。"462说。

坐在王座上的首领身子稍稍颤动，"传感器侦测到会议室里存在其他生命体。为了维护会议机密，它会自动采取行动除掉其他生命体。每个战士都应该明白,战争期间必须有牺牲,勇于牺牲是每个士兵的责任。我干过很多大事,经验告诉我,勇于牺牲是战士不可动摇的职责,是他的信仰,噶斯特帝国的军队无所不能,无比坚毅,只有勇于牺牲,才能证明你们具备这样的品质。"

"它可是我的宠物。"462说。

"别说了!你的宠物违反了安全协议,我们要不惜一切代价保护会议机密。"

"呵!当然得保密,要不然宠物开口说话,把我们的谈话内容告诉敌人了该怎么办!"462说。

生物机枪自动退出子弹壳,重新装弹。首领向前倚着身子说:"希望你说话注意分寸,462。冷嘲热讽的人用来制作营养奶昔,效果非常好。"

"千万不要,您做得对,您是一号领袖,您永远是对的!"462一字一句地说。他声音小了很多,似乎是从身体内某个角落发出的。

首领把身子收了回去,重新靠在王座上。"嗯。你们忙去吧。"他朝镜头旁边看了看说,"该结束了。对,按第三个开关。"

话音刚落,首领便消失不见了。

二号首领缓缓舒了口气,"你表现得不够好。"

突然,两人头顶又响起首领的说话声:"把麦克风也关掉!"

462说:"我脸上都是血,我得回去洗洗。可怜了我忠诚的小蚂蚁。"

"是该回去了,"二号首领说,"这脏东西粘在脸上,让我的办事效率都低了不少。"

回到公寓，打开收音机，462 听到至少有三个电台在嚷嚷扩大坦克产量，不过当前还没有什么大动静。刚准备弄点吃的，他发现自己手上拿着一盒人形饼干，盒子正面印有一只宠物蚂蚁，面无惧色地盯着远方。

盒子上有句广告语，462 大声念道："想拥有熠熠生辉的眼眸吗？想拥有紧致柔韧的皮肤吗？我们的饼干帮你轻松实现！"462 耸耸肩，吃了一块，味道其实还不错，可能是因为这饼干和其他噶斯特帝国食物一样，都用了同样的食材：噶斯特帝国的蚁人肉。

他坐在电视机前，看画面上一列列军人喊着口号，踏步向前。扬声器里是解说员的声音："近来这批兵蚁由相关部门孵化，他们都是 a+ 禁卫军团的士兵。科学证明，这些兵蚁一人足以抗衡至少十支人类军队。拥有这批战士，我们就会胜利在望。"

462 又吃了块饼干。

"我们有众多先进科技足以彻底毁灭整个人类，a+ 基因代码只是其中之一。第一批 a+ 禁卫军团会加入精英保镖团——死亡之钳，成为首领的贴身护卫。"

镜头缓缓上升，扫过一条横幅，上面有死亡之钳的队标：一个长着触角的骷髅。很快镜头又推到阳台上，只见一号领袖站在那儿挥舞着拳头。

462 把手伸进外套，掏出一把手枪。他一面看首领在空中做出各种手势，一面上好枪膛。枪握在手里就像一团冰凉的铁块，冷冽无情，此时，462 再次想起手掌那块伤疤背后的故事。

我能做到，462 想，我一定能做到，我要报仇！

第一部分

拉蒂西亚：查伦星系主要定居星球

人口：63 260 004

本土外星人：无

土地主要用途：种植块根植物 —— 由于环境恶化，当前耕种面积减少

政治体制：独裁

主要出口产品：战争

　　说明：依据当前花园中心行动协议，盟国远征军已经制定
进攻噶斯特母系星球的行动方案，拉蒂西亚也是进攻目标。
此次行动分区进行，不列颠太空帝国进攻区域代号 B-14。
想了解更多信息，请关注所在地附近警察局。

《帝国百科全书》，第39卷（皮姆斯—罗多登德朗）

01

疯狂着陆

风暴来临之际,约翰·皮姆号星际飞船距拉蒂西亚星戈壁滩还有五公里。飞船表面锈迹斑斑,闪电不时划过船体。飞船在飓风中穿行,舷窗上布满风卷来的尘土,船身也抖动得厉害,此时的约翰·皮姆号就像个孩子一样,眼看储蓄罐里的硬币怎么也取不出来,只好气得浑身发颤。

伊桑巴德·史密斯船长正坐在飞船里,船体在飓风中不断晃动,差点让他把茶杯给打翻了,他实在无法容忍下去,于是迅速起身,大步向驾驶舱走去。

"这鬼天气让我们给碰上了。"船长说。

飞船驾驶座上的波莉·卡尔薇丝朝外边四处看了看说:"我知道,飞船引擎受到风暴影响,形势不太乐观,希望着陆后用不到 PCH-26 通信天线。"

"你什么意思?"

"我是说通信天线刚从后边货仓掉下去了。"

"唔。"一道闪电击中飞船右翼，船体隆隆作响，"别担心，在海上遇到这种天气可比现在惊险多了。"

"是吗，头儿？真有这回事儿？"

"当然。船上的水手难缠，海军朗姆酒难喝，但即便这样，也没有大海可怕。"是时候由船长出来把控局面了。船员遇到紧急状况难免心生恐惧，船长的职责就是在此时站出来，给他们打一剂镇静剂，通常在这种情况下，卡尔薇丝是最需要船长的那个人。史密斯总是很好奇，他想，机器公司的人是不是在卡尔薇丝体内装了太多自我保护线路？

突然，船体遭到不明物体撞击。"是什么？"

卡尔薇丝立刻接通飞船的智能系统了解当前状况，"是只巨妖。糟了，该怎么办？"

"你们好！"舱门处传来低沉浑厚的问候声，原来是苏鲁克，他手握飞矛，走进驾驶舱。窗外风暴肆虐，苏鲁克咧嘴一笑："多么强劲的风暴啊！说不定这就是个祥兆，预示着我们一旦着陆，就能像风暴一样，把敌人打得落花流水。不过也有可能是个凶兆，预示着飞船会爆炸，我们要掉下去。谁说得准呢？老天爷！"

卡尔薇丝手里紧握着飞船操纵杆说："别瞎扯了，吓死我了！"

"呸！小猪仔，作为战士，别说这种懦弱的话。只有奎因·伽利略这种人类小角色才会害怕打雷闪电，我们要征服这种天气，像……"忽然，他们身后的货仓传来受不明物体撞击的声音。苏鲁克按奈不住地叫出声来："不会是我收集的头骨吧！"说完立刻奔回自己的房间。

"你在这里控制飞船,我马上回来。"史密斯对卡尔薇丝说。

"别走!给我留点巧克力行吗?"卡尔薇丝喊道。

"蕾哈娜精通自然之术,我得去找她谈谈。"

"没错,不过,蕾哈娜只是喜欢欣赏自然的力量,她愿意左右天气吗?"

史密斯走出驾驶舱,只听见过道里轰隆作响,他没有在意,而是径直去了蕾哈娜的房间。进门的瞬间,书架上一本书刚好砸在他脑门上,书上写着《平和意念》。

蕾哈娜正盘腿端坐在床上,头发直立,轻飘飘的衣服上色彩斑斓,但并不显得突兀。她就这样祥和地坐着,脸上没有一丝表情。这只是蕾哈娜的日常修行。

"你来了,伊桑巴德。"

"还好吗,姑娘!我们遇到了麻烦。"船长说。

"我已经感知到了,这风暴是老天在发怒。我有预感,有股强大的自然之力即将袭来。"蕾哈娜回答说。

"这力量有没有可能是从地面来的?"

"让我再试试……有了。"

"好吧!你能用灵力把我们救出去吗?"

蕾哈娜闭上眼睛说:"当然可以。这下好了……我们很快就能脱离风暴,抵达地面。"

"真的吗?还要多久?"

"就是现在!"话音刚落,蕾哈娜脸上就蒙了一层阴影。

拉蒂西亚星的萝卜种植园遭到深空部队的攻击，到处炮火连天，爆炸声此起彼伏，这里俨然已成一片地狱。他们来这里的目的就是毁灭，尽可能地毁灭。如今他们走了，不列颠太空帝国的军队和盟军成为星球的又一批造访者。这里农田都归克里米纳所有，田间劳作的囚犯已经有所耳闻，不列颠太空帝国要打过来了，温斯科特少校的部下发现自己居然在协助叛军。拉蒂西亚农村爆发大规模起义，臭名昭著的奴隶头子农业部长莫名其妙地掉进了磨浆机。

"前进，苏珊！"温斯科特少校喊道。装甲卡车飞驰，载着他们冲出种植园，来到了一片戈壁。

克里米纳不相信有污染这回事，所以在他的国家，即便土地干裂贫瘠，国家也不认为是土壤遭到污染。温斯科特要把这片戈壁抹上红色标记，地图上逐渐壮大的粉红色区域将成为不列颠太空帝国版图的一部分。

下午茶时间，他们抵达了亚·切森西部六十公里处。前方沙地里伸出两条巨大的腿，旁边有个庞然大物，躺在地上就像半截导弹——这大家伙是尊雕像，中间是空心的，在这戈壁滩上风吹日晒多时，现在都能看见雕塑里面的金属材质。

"慢点，苏珊，前面是尊雕塑。"温斯科特说。

苏珊松了油门，卡车缓慢地向前滑行。克雷格携枪把守在雕像侧翼。

"看来他们的领袖成了废物。"苏珊说。

车后，里克·德莱基特站了起来。战争没打起来那会儿，他还是个赏金猎手，专门捕杀机器人逃犯，他服务过的组织有十多个。

德莱基特往上抬了抬软呢帽，把牙签移到嘴角，说道："女士们，那可不是克里米纳。我见过他，他浑身长满肌肉，体形魁梧，皮肤比牛仔的马鞍还黑。那是超级可乐公司的吉祥物，是只基普娃娃。"

温斯科特四处看了看说："什么公司？"

"超级可乐公司，拉蒂西亚星的大企业。他们公司生产运动饮品，其实就是一种兴奋剂。打个比方，你快要上战场了，但有人耍小聪明，趁你不注意在你茶杯里放了两把黑麦。比赛之前喝这东西就相当于作弊。"

"真是浪费时间。"苏珊说。

温斯科特皱着眉头问道："德莱基特，你怎么知道这些？"

德莱基特耸耸肩说："优秀的特工就是这样，有些事情我们总有办法了解。开车在沙漠里到处跑，车上通话设备里就会播放各种乱七八糟的信息。要想认识克里米纳本人，你就得清楚他干过哪些坏事。另外，任务简介我也读过。"

"我也读了。"温斯科特坐在椅子上，双臂抱在胸前，背部佝偻，身子微微前倾，回答说，"这雕塑已经毁了，我可不想在这儿浪费炸药，还是继续找找，看有没有完整的东西，再动手也不迟。"

"同意，朝北边开几公里应该有个广告牌，我们去把广告牌炸了怎么样？"

"好主意，苏珊。到时候我们还可以拿它试试冲击锤，我们要砸烂他们的宣传工具，然后再停下来喝杯茶。"他手掌猛地的一下拍在引擎盖上，喊道，"继续前进！"

史密斯站起身子，似乎没受伤，还算走运。船舱顶部有包薯片掉了，刚好落在他身边。史密斯突然想起卡尔薇丝，她在飞船上准备了成堆食物，有些食物吃了容易长胖，于是她就把它们藏起来，不让自己看到，这掉下来的薯片想必就是卡尔薇丝藏的食物。

总体而言，也没出什么大问题。他觉得不仅脑子没有摔坏，还找到了一些薯片，运气不错。"薯片。"史密斯自言自语。这会儿，他才想起飞船，想起自己的船员和女朋友，并且开始担心他们可能伤势严重。

"糟了。"史密斯跌跌撞撞地穿过船舱舱门。蕾哈娜房间里已经没了人，于是他抱着一丝希望来到洗手间，希望这会儿她在里面。

结果，史密斯发现苏鲁克趴在浴池旁边，双腿弯曲，搭在背上。这个外星生物一边呻吟，一边挣扎着站起来，嘴上有血渍一样的红色液体。

"天呐！你流血了，苏鲁克。"

苏鲁克摇摇头说："唉，实在是尴尬。我刚路过这边，偷吃了蕾哈娜的化妆品，然后就摔倒了。偷吃必定遭罪，我现在就像个傻瓜一样。"

洗手间里有把大刷子，是史密斯放在这儿的，他把刷子递给苏鲁克，让他把自己的长牙清理干净。

此时，驾驶舱传来一股刺鼻的烟味，史密斯冲了过去，误以为亮着的那盏红灯是烟雾报警器的控制面板，于是他径直向那边走，走近才发现这红点是个烟头，蕾哈娜正准备把烟递给卡尔薇丝。

蕾哈娜抬起头说："伊桑巴德，情况不妙，她累坏了。"

卡尔薇丝躺在椅子上,身边乱糟糟的,到处都是杂志。她试着站起来,却没想到,脚踩到了一份去年十一月份的《定制模特》上,一不留神,脚底一滑,整个人又倒在椅子上。卡尔薇丝读过各种杂志,内容都与女性机器人有关,这些杂志导向性极强,均在诱导她购买自我升级包。"刚才我还好好的,都是你那女朋友,现在这舱内到处都能闻到火星红烟的味道。"卡尔薇丝说,"飞船完蛋了。"

监测仪上大部分区域泛红,看上去情况不妙。屏幕显示引擎核心出现超光速粒子过载情况。

史密斯说:"监测仪又在胡说八道,肯定出故障了。卡尔薇丝,告诉我飞船现在的位置。"

卡尔薇丝一边观察雷达扫描仪,一边看地图,结果没什么收获。后来,她发现操作台上压着一个信封,而且信封背面有张图,于是她又看了看这张图:"飞船的具体位置难以确定,但依我判断,我们现处在一片争议地带,这里似乎归我们盟友控制,他们会通过雷达扫描仪找到我们的飞船坠落点。不过,拉蒂西亚人也会发现我们。我怎么又这么倒霉,还有不到一个月就是我生日,这会儿却在沙漠坠机了。"

史密斯凑近一看,突然,一台雷达扫描仪发出嘟嘟声,很快,这声音越来越急促,远方有个大家伙要来了。

指令书还在信封里,上面写着"最高机密",史密斯收起信封,带上自己的两把枪:一支步枪,一支开化者手枪。其他人也都纷纷拿起武器。史密斯打开舱门说:"外面见!"当他走出飞船的那一刻,一阵热浪扑面而来,整个人就像进了一间密不透风的更衣室,一条热毛巾啪的一下捂在身上。史密斯用手挡在额头前，遮住刺眼的阳光。

拉蒂西亚星曾经繁荣富饶，是个自由国度，然而，克里米纳的到来，让一切戛然而止。如今，这里虽然生活简朴，但拉蒂西亚军人们觉得能在这片贫瘠的土地上存活下去就已经足以感到自豪。不过外人可不这么看，在别人眼里，拉蒂西亚人的生活看不到希望，毫无意义，拉蒂西亚星就像繁华尽逝的废墟。

史密斯放眼望去，龟裂的大地一片荒凉，死气沉沉，只有阵阵沙尘像海潮一般来回汹涌。前方一公里处，有一艘坠毁的拉蒂西亚星际战舰，这艘战舰被击落时，舰首朝下，现在只有舰尾还伸出地面。想必皇家星际海军曾在这里击败过拉蒂西亚舰队，可能是机缘巧合吧，当时双方大战，一辆敌军装甲车和一名冲锋机器人正从底下经过，军舰坠落，瞬间将它们压扁，如今只剩一堆盘根错节的钢铁。

苏鲁克手一甩，关上了舱门。船员们都出来了。苏鲁克平时衣着保守，今天也不例外——他手握飞矛，身上装着六七把刀，与众不同的是，他还随身戴了八个骷髅作为装饰，这些骷髅分别代表八个不同种族。卡尔薇丝穿了一件皮夹克，鞋子是她最沉的那双。蕾哈娜的穿衣风格则截然不同，这姑娘一袭白衣，不仅宽松大气，还显得有些裸露。她看起来就像刚从灌木林里跑出来的简·奥斯丁一类的人物。史密斯觉得有点与环境格格不入，不过转念一想，又觉得她还真像这类人。上周，史密斯专门对她作出要求，规定该穿什么样的衣服，此刻，他只希望蕾哈娜能和上周一样，衣着得体。

"到飞船那边藏起来,看看来的人到底是谁。"史密斯说。

蕾哈娜指着飞船残骸说:"我有个想法,说不定波莉可以把那辆装甲车修好。"

卡尔薇丝哼了一声说:"修不好,车都已经毁了。拉蒂西亚人天生就是一群技术白痴。"

"说的对,但是你会啊!不是吗?"

"不,我也不会!不能因为我是人造人,你们就认为我……懂……技术。好吧,我去那边看看能不能修。不过,我得先休息休息,吃几块饼干。"

他们开始横穿沙地,往飞船残骸那边赶。苏鲁克用飞矛当作手杖,走得很快,史密斯跟在他后面。卡尔薇丝因为腿短,被大家落下了。蕾哈娜显得不慌不忙,走起路来像散步一样。史密斯觉得她这点总是让人恼火,不过,毕竟是女朋友,所以忍忍也就过去了。

"我走不动了!"卡尔薇丝说。

"你才走了五十米。"史密斯回答道。

"那又怎么样?五十米对我来说算很远了。我要喝点东西,喝点像样的东西。谁带了小酒壶?"

"我带了,给你!"蕾哈娜掏出小酒壶对她说,壶的侧面画了一朵花。

卡尔薇丝这才气喘吁吁地继续前进。

抵达飞船残骸处,大家纷纷在阴凉处休息。被撕裂的飞船船翼就在他们头顶,像悬崖一般高高耸立;船翼上有个大窟窿,火车都能开过去,这是轨道炮炮弹击中的痕迹。

太空舰队干得漂亮,史密斯暗自欣喜。让他们看看我们的实力。

地平线被阳光照得闪闪发亮,史密斯举起步枪,用瞄准镜四处看了看,他发现远处有个小斑点,像只跳蚤一样,正飞快地向这边移动。

史密斯说:"像一个人骑着什么东西过来了,不过这东西有角,不是马。"

"是头麋鹿吗?"苏鲁克问道。

"什么?什么人会在沙漠里骑鹿?"

"驯鹿人劳伦斯。"

史密斯摇摇头,眯着眼睛朝那边看,这东西后腿很长,还有条尾巴,看着像只长毛的恐龙。"天呐!居然是只袋鼠!"

这只袋鼠每次跳跃,身影都会变大一点,它正逐渐向史密斯逼近。不久,史密斯就能看清骑在袋鼠上的人:他头上戴着一顶宽檐帽,身穿一件长外衣,步枪握在胸前。史密斯想,这个男人看着精明能干,不过,骑着袋鼠,上下颠簸,他枪法能准吗?

忽然,右边闪过一道人影,史密斯迅速转身,他看见一个穿着灰色拉蒂西亚军服的人在装甲车后探出身来,那个人手里拿着一把枪。

空旷的沙漠上一声枪响,拉蒂西亚人瞬间倒地,手里的枪掉在沙子上,滑到史密斯跟前不远处。

袋鼠离他们越来越近。史密斯站在队员前方,双手置于胯边,准备随时掏出手枪。

袋鼠跳着跳着,最终停在十米以外的地方。袋鼠笨拙地伏在沙地上,骑行者下来后,一把摘下了脸上的头巾。

男人走到倒毙的拉蒂西亚士兵身旁，用脚踢了踢士兵的灰色盔甲说："死了！"这位突然现身的枪手站在沙地上，大风把他的外衣和短裤吹得呼呼作响。

"你击毙了他。"史密斯说。

"你说的没错，因为这是我的领地。"骑行者说。

史密斯指着飞船说："不过，这是我的飞船。"

男人朝约翰·皮姆号仔细看了看，说："欢迎！"

"我是不列颠太空帝国的史密斯船长。"

"幸会！"男人答道，"女士们！我是斯塔里安603装甲师的船长肖恩。"他推了推帽檐，不忘补上一句，"本人。"

"你好！我喜欢你的座驾。"苏鲁克说。

"是吗？"袋鼠哼着鼻子。肖恩船长身子前倾，歪着脖子问袋鼠："里皮，你说什么？这群英国佬给你印象还不错吧？"他又回头看着史密斯一群人说，"袋鼠也喜欢你们。你们迷路了吗？还是出了什么事？"

史密斯告诉他说："我们遇上风暴，飞船坠毁了。我们原本打算去不列颠占领区和我们的特种部队会面。现在我们必须先和深空作战小组少校温斯科特取得联系。"

"哦！伙计，你们偏离了路线，这里是斯塔里安占领区。我们现在正准备向敌人领地推进，拉蒂西亚人没那么难对付。"

卡尔薇丝说："不知道你有没有带喝的，我是说酒水。"

肖恩脸上显得有些屈辱，他回答道："我作为一名斯塔里安人，肩负这样紧急的任务，怎么可能带酒水？里皮背着酒瓶子，肯定得抖碎。我们还是来看看你们当前的位置。里皮,我把地图放哪儿了?"

袋鼠拍了拍肚子。

"你把地图吃了?你是这意思吗?"肖恩船长若有所思地停顿了半响,又继续说道:"噢!你是说地图在袋子里。好样的,里皮。听着,伙计……我这就接上远程通信器,把信号发给总部。你们不介意的话,他们可以过来送你们一程。"

"我们一定配合安排。"

"好!'袋熊'很快就到,你们放心。"

"袋熊?"

"对。'袋熊'组建不久,就是我们所说的斯塔里安603装甲师。部队已经吸纳了不少异族队员,有食人类爬行动物、狗獾兽、剧毒昆虫,还有蜘蛛——身体有足球那么大。"肖恩船长看着他们,显然在等他们开口说"不","只能这样将就一下了。类似这样的大军,我们还有很多支。"

苏鲁克讲过一种叫"坚沙堡垒"的东西,于是史密斯把桶和铲子交给卡尔薇丝和苏鲁克,让他们去挖堡垒。他自己则坐在装甲车阴凉处,撕开了指令书的封条。信纸顶部有个图标,画的是一艘飞船,正绕着一个星球飞行,飞船两侧分别是一只狮子和一只独角兽。纸上写着:**刺杀行动,最高机密,极度危险**。史密斯看着这些文字感觉像重新回到了祖国。

信纸第二页有一个体型庞大的男人,他穿的服装类似罗马人的短盔甲。从男人的姿势来看,他似乎在摔跤,但也有可能正和一只北极熊扭打在一起。画面看起来就像一个人头被硬生生地粘到另一个身体上。

这男人正是拉蒂西亚星的克里米纳。他脸部窄小,眼睛像珠子一样,人们看他的模样会产生错觉,觉得这种人喜欢卷裤腿。他体内含有多种生物基因,肌肉健硕,身型庞大,与其说他是人,倒不如说他更像只猩猩。另一张照片上克里米纳身着一套内含助力装置的金色强化护甲,朝一面巨大镜子敬军礼,此外,照片上还有一支吓得腿脚发软的蚁人兵团,穿着粗俗的军装,朝元首敬礼。

史密斯又翻了一页。克里米纳要在首都举行动员大会,看样子,他准备筹备一场体育比赛。史密斯脸部一阵抽搐,提到比赛,他想起了当年在语法学校学习时经历的寒冷的冬天。有关不列颠太空帝国的教学体系,有一点不得不说:学校里各种比赛塑造了学生坚韧的品格,几年下来,即便是星际战争也无法吓倒他们。

指令书上写着:

克里米纳挑起侵略战争,你们负责找到克里米纳,将其逮捕,用飞船送至老贝利受审。一旦行动失败,可以直接将其处死。指令书遇茶水会自动溶解。

终于找到了行动目标。克里米纳妖言惑众,声称自己是拉蒂西亚人的灵魂,所以统治拉蒂西亚是正当行径。这样看来,除掉克里米纳,拉蒂西亚人的灵魂便不复存在,那他们必然士气大跌。这种逻辑似乎有道理,不过,史密斯仔细反思发现,如果自己是拉蒂西亚人,能脱离暴君魔掌,应该士气大振才对。

史密斯一边思索，一边不自觉地伸手拿茶杯，结果却碰到了蕾哈娜的脚踝和她腿上几根奇怪的细线。至于为什么要系几根线在腿上，蕾哈娜说得也很含糊。

"嗨！伊桑巴德。"她打了声招呼，随后便坐在史密斯身边。

"你好啊！姑娘。你的凉鞋呢？"

"唔！就在这附近，沙子里，你知道。那是你的行动任务单吗？"

"是'我们的'任务，蕾哈娜。我们要打败克里米纳。"

"呃！要杀掉他吗？"蕾哈娜问道。

"这个……我们不一定要杀死他，但不排除这种可能。"

蕾哈娜听完并不开心，不过可以理解，她毕竟是名女性，生性善良温和，不能指望她像男人一样，骨子里就觉得惩恶扬善自有乐趣。当然也存在例外，有些女性同样具备男性气质，史密斯遇到的女性机器人，大多如此，比如苏珊、费利西蒂·菲茨罗伊舰长，杨将军，自己未婚的姑姑，还有不得不提的卡尔薇丝，这姑娘只要喝几杯酒，立马性情大变，顽劣不堪，对她而言，小马驹都是威胁。实际上，史密斯认识的几乎所有女性都这样。蕾哈娜也曾被卷入愤怒青蛙食人事件，所以即便是蕾哈娜，也无法例外。

蕾哈娜叹了口气说："你知道，我希望用我的灵力让人快乐，我不想看到暴力。我很担心，伊桑巴德。"

她说完，就俯下了身子。史密斯盯着蕾哈娜裸露的肌肤，仔细打量了一番，脑子里突然闪过一个邪恶的念头，他知道蕾哈娜现在就可以使用灵力让自己快乐起来。不过史密斯为了表现得体，克制住了心中的欲望，决定不提这事。

蕾哈娜朝沙丘的方向望去,又发出一声叹息:"伊桑巴德,我想要个孩子。"

"什么!"

"大约五年以后!我觉得,五年后生孩子,时间刚好。"

史密斯没有说话,直到自己冷静下来才支支吾吾地开口:"对!时间刚好?你应该……我是说我们应该……给孩子取名叫鲁迪亚德。"

"我觉得'花儿'这个名字不错。"

"给孩子取名叫'花儿'?别人会笑话他的。"

"万一是个女孩呢?"

"哦,你说得对。我们到时候再商量吧!你说呢?"最好三十年后再商量这事,史密斯心想。

"看这个。"蕾哈娜从背包里掏出一个厚厚的圆形铜盘,看着像一枚大号硬币。她把铜盘放在沙地上,轻轻一敲,铜盘便像发条装置一样打开了,整个过程十分顺畅。盘内有一列展开的镜子,阳光照在上面闪闪发亮。

"这是什么?日晷吗?"史密斯问。

"比日晷更好。"蕾哈娜说。她又从包里拿出一只小水壶,小水壶颇具异域风情,像是只有印度这种地方的小伙子才会用的东西:"你看,镜子反射阳光,加热水壶。我们现在只缺一包茶叶。"

"我钱包里刚好有一袋,留着备用,就在后边透明塑料袋里。天啊,蕾哈娜,好精致的水壶。想法不错!你真好!"

"是吗?"

"这还用说。肯定比这……"史密斯环顾四周,想找个事物来形容自己的意思,"……该死的沙漠好多了。我是说这沙漠里都是沙子,天呐,我在说些什么!这些沙子到处流动,难以捉摸,但你不是,我想说的是你和这沙漠不同。当然,你也会走动,也会这样或那样,但是,你不会走远,不知道我有没有说清楚。"史密斯停顿了一下,他有点无法确定自己刚刚到底说了什么,不过,他很肯定大概意思没有偏离。蕾哈娜听完一脸茫然。

"小伙子,你还好吗?"

史密斯有点不知所措,脸上满是愧疚之情,他担心有人听到了自己刚才说的话。肖恩从对面跑了过来。

"兄弟,里皮说装甲部队的人快到了。准备出发吧!"

最初出现在视野之中的是斯塔里安603装甲师打头的骑兵,他们在扬起的沙尘边缘向前奔跃,装甲车队紧随其后,一列黑色机甲滚滚而来,沙尘和引擎里喷出的烟雾笼罩四周,只能隐约看清它们的轮廓。

"我们要示意他们停下吗?"蕾哈娜问。

"呃!我曾经读过一本儿童书,书里有个小女孩儿把灯笼裤拿在手里挥,最后把火车给拦住了。这种想法不错,就是行为有点过头。"

"列车员给她票了吗?"苏鲁克问。

"没有,我记得他们应该是把女孩送到了精神病院。这种结局和我们期望的完全不同。"

苏鲁克耸了耸肩说:"我听说温斯科特少校曾经脱裤子让火

车停了。"

"对,但当时他是车上的乘客,火车停下来只不过是要把他交给警察。"

装甲部队越来越近,车辆像天外来物一般在沙尘中若隐若现,史密斯能逐渐分辨出装甲车的模样。装甲车队最前方是辆体型庞大的四轮运输车,车上设备多样,细节丰富,其中包括一只机械臂,末端是台巨型树篱切割器,一座浑身尖刺的炮台,以及一幅喷绘,画中描绘了一只袋熊吞噬敌军坦克的场景。运输车正向史密斯急速驶来,如果没看见车的行驶方向,史密斯根本分不清哪一侧是车头,哪一侧是车尾。

"唔!这些人是队友,没错吧?"卡尔薇丝说。

"对,但是,卡尔薇丝,你得理智点,我们可以包容你,其他人可不一定。我们和这些人一样都在别人国家,但不同的是他们现在占有这片土地。他们肯定也有点迷惑。"

"哦,我明白了。"卡尔薇丝回答说。

一名骑兵勒紧缰绳,手指向史密斯一行人。装甲指挥车上的旗帜迎风摆动,整支车队车速慢慢降下来,最终,一阵呼啸而来的刹车声响彻四周,车队停在二十米外。

战争机器上,装甲兵排着整齐的队伍,他们就像一群身穿棕色风衣的机器蛮人。他们纷纷从装甲车上跳下,排成扇形队列,空气中烟雾弥漫,能闻到一股热油的味道。

卡尔薇丝长叹一声说:"这么多沙子,这么多卡车,就是没有人卖冰激凌。"

肖恩喊道："这是来自不列颠太空帝国的伊桑巴德·史密斯！他在找一个人，名叫温斯科特，你们有谁知道在哪儿可以找到这个人？"

一名装甲兵脱下硕大的头盔，头盔丢在沙地上就像只打翻的水桶。体形最大的那辆装甲车喇叭响了，荒漠上忽然传来一阵响亮的声音："欢迎，史密斯船长，也向你的同伴问好。加速福特大帝，涡轮增压器王子——大格雷格欢迎你们！"

"我认为自己体格大不算什么，视野宽广才是真我。"初一看，大格雷格长得很像温斯科特少校，只不过格雷格胡子稍显花白，肤色更加黝黑，此外，他还缺少温斯科特凝重坚毅的眼神。

史密斯和队友们坐在指挥车尾部，周围引擎声轰鸣不止。格雷格作为主人，非常好客，及时为大家送上了啤酒和水，不过史密斯觉得有一点不尽人意，因为提供的啤酒和水掺杂在一个杯子里。

"在我们的领地，羊都经过基因改造，体型比普通羊要大，我们用这种车来放羊。"大格雷格解释说，"车顶的机械臂是用来剪羊毛的，车辆一边行驶一边作业，这样可以避免躁动的羊群踩踏车辆，从而收获大量羊毛。"

"好了，说说你们的事吧！你们要找的疯子，衣服只穿半截，开着一辆装备机枪和钢刺的超动力装甲车四处冲撞，扬言要征服整个沙漠地区，没错吧？"

"对。"史密斯回答道。

"抱歉，这人我不认识。"格雷格耸了耸肩说，"不过，前方八十公里处有一座基地，那里的卫星天线可以联系上级的网络终端，那里还有高营养烧烤，应有尽有，你可以去那边打听打听。你愿意的话，我们可以载你一程。"

"那实在太感谢了。"

"不用客气。斯塔里安宪法第二条规定：'平等载人'。"

"宪法第一条是什么？"

"大家快喝！南边有敌人来了，很可能是拉蒂西亚人的装甲队，怎么办？"对讲机中突然传来一阵喊叫声。

大格雷格按下通话键说："你觉得该怎么办？坐这儿等那群蚁族走狗来戏耍我们吗？赶紧行动起来，士兵！"

顿时，周围响起了一片引擎的咆哮声。史密斯看着车外监控器，发现骑兵正在加速前进。

"你要一起吗？"大格雷格问道。

"杀几个噶斯特士兵？求之不得呢！"史密斯说完便拿起自己的步枪。

史密斯打开车顶舱门，刹那间，阳光涌入车内。他准备从上面爬出去，可是一阵手忙脚乱过后，怎么也爬不出去，苏鲁克见状立刻推了史密斯一把，史密斯这才爬出舱门。车外热浪滚滚，满眼黄沙，耳畔充斥着装甲车的轰鸣。不远处，一群士兵身穿风衣和战甲，有的操纵炮塔，有的备好了网笼和尖叉，正向史密斯车队这边靠拢。史密斯放眼望去，地平线上来了几十辆灰色的坦克，坦克上都挂着拉蒂西亚人的战旗，显得气势汹汹。

苏鲁克也爬上车顶，来到史密斯身旁。这外星同伴举着飞矛，哈哈大笑，"沙子真多，伙计！阳光毒辣无情，空气中有死亡的气息。那次我们去斯凯格内斯，场景和这挺像的，你有印象吗？"

史密斯一面检查手中的步枪，一面说："那场战争有这么多坦克吗？我不记得了。"

"真的给忘了？可能那次你不在吧！"

"刚发生了什么我不太确定，不过我们肯定赢了。"史密斯说。

史密斯、蕾哈娜、卡尔薇丝三人站在沙地上，身旁有辆冒着烟的拉蒂西亚人的半履带车，已经成了一团废铁。被炸毁的敌军装甲车有十多辆，就分散在他们四周，仿佛有只巨大的手掌把这些车全部推翻在地，其中一辆坦克上的火尚未熄灭。斯塔里安装甲师的士兵正忙着把坦克切成金属块，沙漠上空火花四溅。

"你说的没错。"卡尔薇丝回答说，"我刚才一直在观察，当时，一辆车头装有电锯的卡车撞向敌方坦克，后来小伙子们都从车后面爬了出来，他们衣着怪异，像是小丑演员。他们是自己人吗？"

越过沙漠上的这片钢铁废墟，史密斯朝远处看了看，发现那边有几个拉蒂西亚士兵，他们头戴战地头盔，身穿深灰色军装，人人都一副垂头丧气的模样，显得没有一丝生气。押运战俘的小货车就像一节火车车厢，有人正赶着这几名拉蒂西亚士兵从后面上车。

"应该是自己人，"史密斯说，"小丑模样的士兵是那位被火烧死的年轻士官的部下，士官当时在车上看守战俘，没错吧？"

"不,你说的是小型直升机上那个年轻人,他腿上绑着护膝。"

"手里还拿着手风琴?"

"就是他。"

"大家有没有注意到,我们似乎少了个人。"蕾哈娜说。

"哎呀!没错,苏鲁克不见了。"史密斯惊叹道。他用手挡在额前,到处寻找:"奇怪了!我们所处的位置正是双方交战中心,这满地狼藉少不了他吧,我觉得他也应该在这附近。"

"大家好!"

史密斯转身发现肖恩船长骑着里皮一蹦一跳地过来了,"看看这地方,乱成一团,就像泼妇的早餐,你的外星同伴刚在这里疯了似的,他跑哪儿去了?"

里皮脚下突然有动静,苏鲁克从沙子里爬了出来。原来刚才不明物体从他身上碾过,他就这样趴着被埋在沙中。苏鲁克浑身都是白色沙尘,他刚起身,四肢和胸甲里的沙粒便哗啦啦地往下掉,这让他看上去就像只复仇的鬼魂。和往常一样,苏鲁克眼睛里有些许血丝,他眼睛一眨,咧嘴笑了起来,露出一排牙齿,这大大的微笑如果挂在人类脸上会显得分外突兀,在苏鲁克脸上却显得十分自然。"谁放屁了?"苏鲁克问道。

肖恩对他说:"兄弟,你现在看着像个无赖!刚刚可能有辆卡车从你身上压过去了,你还好吗?"

苏鲁克耸耸肩说:"一般吧!"他走过来用鞋尖踢了踢地上的摩托车残骸,继续说道:"这摩托车让我想起当初在酒吧里遇到的一群侏儒。当时我问他们中一个人有没有钓鱼竿。事后我就不省人事，只记得收到法官警告，法官告诉我，今后，撒旦士兵摩托车俱乐部五百米内，不得进入。"

卡尔薇丝手遮着阳光凝视天空，问道："头儿，那是只鸟吗？"

史密斯抬起头，目光沿着手掌看向卡尔薇丝说的那只鸟。紧接着，苏鲁克和蕾哈娜也来到史密斯身边，分别站在两侧，盯着天空看，四个人站在一起就像一支准备唱歌的四重奏乐团。

史密斯摇了摇头。由于距离较远，光线太刺眼，很难确定天上到底是什么，不过绝对不是只鸟："有可能是自己人的飞机。"

"也可能是敌人的飞机。"苏鲁克大声说道。

蕾哈娜双眼紧闭，脸部缓缓移动，直到正对太阳。她说："大家别担心。据我感知，天上的物体没有生命体征，上面肯定没人，所以不可能是敌人飞机。放心吧！"很快，蕾哈娜便低下了头，她睁开双眼，眼皮一阵跳动，继续说道，"不过，我猜测那是枚导弹。"

02
死亡竞技场

史密斯缓缓睁开双眼,感觉光线太强,于是很快又把眼睛闭上。他小心翼翼地再次尝试,避免眼睛不适。

"哐!"脑后传来一阵铜锣声。史密斯能听见此起彼伏的呼喊。嘴里有沙子,史密斯觉得自己肯定在沙滩上。这样一来,刺眼的光线和人群的呼喊声都能说得通,只不过身边那只巨型昆虫的尸体显得有些格格不入。

人如果是从蝎子进化而来的,那人长大后戴上安全头盔,是不是和这大虫子一模一样?史密斯猜测那是一只普罗克图恩的黑色撕裂兽。但这恶魔为什么会出现在沙滩上?难道想捕食鲨鱼?它究竟是什么?

思索了半天,史密斯才从地上爬起来,这时他发现原来自己并不在沙滩上,这地方根本不在户外,刚刚是因为头顶有多个探照灯,所以才会觉得光线耀眼。而呼喊声是因为周围有观众在大喊大叫。

人类和外星人的尸体横七竖八地躺在史密斯四周，血液渗进了沙地，有些地方，血液已经和沙粒凝结在一起。

队员呢？史密斯突然想起来。他艰难地站起身。

苏鲁克双手各持一把战斧，站在不远处，卡尔薇丝手握长棍紧随其后。蕾哈娜……蕾哈娜在哪儿？

有人在史密斯肩上轻拍了一下，史密斯随即转过身来，是蕾哈娜，她脸上带着一丝惊讶的神情，"伊桑巴德，你还好吗？"

刹那间，史密斯整个人突然恢复了知觉，他此时才注意到自己身子右侧擦伤，头部疼痛，胡子凌乱不堪，仿佛之前根本没有不适："没什么大碍，我还好，谢谢，你怎么样？"

"嗯，我没事。"

"天呐！这地方就像罗马斗兽场，看看那人群，喊着要杀戮……"

"不，马祖兰，"苏鲁克环顾四周，说道，"相信我，听这声音我就知道，这群人呼喊不是为了寻求杀戮，他们是在喝彩。我从不撒谎。"

"啊？喝彩？"

"对。这小怪物是他们放进来的，他们想借此干掉我们，娱乐大众。你们看，"苏鲁克举起两把战斧，朝天空大声吼叫，"他们喜欢我这副模样。我刚杀了大批敌人，预言家蕾哈娜用灵力挡住了部分攻击，小猪仔也在那边尽力抵抗。"

卡尔薇丝手里握着长棍，有些喘不过气来，她说："我打败了四个角斗士。"这长棍其实是根锥形的烤肉扦子，扦子末端黑乎乎一片，上面还有一团肉块，样子奇丑无比。

"你的确拿这肉扦子伤到人了，别人见它就难受。"

"你说这个？没有啊！这是我从烤肉摊拿过来的。"卡尔薇丝脸上英勇的表情慢慢消逝了，"我只记得当时他们扑过来把我们扔进货车里，后来，我恢复意识就发现我们在这儿。头儿，你刚刚浑身冰冷。怎么回事？发生了什么？"

史密斯朝竞技场四处扫视了一番，看台上是呼喊的人群和卖食物的商贩，地上有许多尸体，场地后方挂着一列一列的横幅，横幅上画的人体型高大，皮肤黝黑，小眼睛里透着凶险的目光，这个人就是克里米纳。

史密斯回答道："指令书上说克里米纳要设立竞技日来提升士气。我们现在已经成功渗透进敌方组织，这是我们的优势所在，不过，我们也有不利因素，我们似乎得参与这竞技比赛。"

深空作战小组位于会合地点北边十公里处。此时，车后传来温斯科特少校的喊声："苏珊，快看，那是什么！"

苏珊轻声答道："已经看到了。"她转头朝车后瞥了一眼，发现少校正在点击雷达感应器显示屏，动作有些滑稽，这显示屏仿佛变成了金鱼缸的缸壁，而少校则像要努力吸引缸里的金鱼注意。

"有加密雷达信号，是约翰·皮姆号飞船。"温斯科特惊喜地说。

作战小组的卡车非常庞大，车子从底盘一直到车身，所有部件都按温斯科特的指示改造过。卡车车身遍布装甲，车盖内部是引擎设备，车上则机枪林立，除了脚踏板，整车几乎没有一处是没有用处的。卡车两侧装有弹药和备用电池包，车头有排障装置，起保护作用。即便是卡车的同轴激光枪也有两种用途——这些枪除了可以当武器，还能用来煮茶，只要把激光能量调低，瞄准大茶壶，就可以一次准备大量茶水，他们便是赖此生存下来的。

苏珊找准信号源位置，立刻转动方向盘，卡车车身跟着甩出一道弧线，只剩一波沙子在车后扬起又落下。引擎轰鸣响彻四周，温斯科特听着这声音，脸上露出笑意。克雷格、尼尔森和里克·德莱基特三人在车后负责操作机枪，提防荒野上出现敌军车辆。

"在那儿。"温斯科特喊道。

只见沙漠和天空交界的地方，约翰·皮姆号飞船像根脊椎一般在地上伸展开来，船身一半已经被沙子盖住。

"好长啊，这棕色的大家伙！上帝吃的馅饼可能就长这样！"温斯科特低声说。

苏珊的激光枪已经过调整，固定在机枪架上，这样就能坐在座位上向外开火。温斯科特手持机枪握把，将枪托提到肩膀的高度，对他而言，做这一系列动作就像脱裤子一样，非常自然流畅。卡车围着皮姆号慢慢行驶，少校跃跃欲试，渴望来场酣战，不过，依据过往经验和对这种地形的了解，温斯科特还是克制住了心里的冲动，因为他觉得沙子容易把自己擦伤。

"靠近点。"温斯科特说。苏珊又往前开了一小段距离，然后才把车停下来。卡车的位置距飞船侧面气闸室不过几米远，卡车引擎依然保持运转。"我要进去看看,德莱基特,跟我一起。"温斯科特说。

德莱基特把帽檐往下拉了拉说:"走!一起去把这舱门打开。"

苏珊看着皮姆号飞船,皱起了眉头:"别在里面待太久,要不然你们也会生锈的。"

德莱基特和温斯科特这两人是对奇葩搭档,从他们的背影可以看到,德莱基特身上裹着厚厚的衣服,而温斯科特却显得十分单薄,两人如果能协调一下服装,一定不会显得如此突兀,可现在真是不巧,衣服都穿在德莱基特身上。来到闸门处,温斯科特负责向气闸室操控屏输入重载密码,德莱基特手握重型手枪,负责看守舱门。很快,一声巨响,舱门开了。

温斯科特走在前面,脸上表情十分严肃,德莱基特紧随其后,二人从船头到船尾,所有舱室都搜遍了。

少校嘟囔着问:"有没有发现什么?"

"只有这个。"德莱基特手里拿着一根警棍模样的管子,管子一端有个闪光的微型二极管,另一端嵌着一块玻璃面板。温斯科特注意到,玻璃背后有动物毛发。

"像是一只老鼠卷在厕纸里了。"

"不对,伙计。这是个仓鼠低温休眠舱,小家伙正处在深度休眠状态。这说明两件事:第一,他们知道自己要离开一段时间,因为卡尔薇丝不会无缘无故丢下仓鼠不管;第二,他们没有带走仓鼠,说明他们认为自己还会回来。"

"没找到你的驾驶员女友,接下来怎么办?"

德莱基特摇着头说:"她就这样不见了,飞船里空荡荡的。她以前总梦到小马驹,我就给她做了一个独角兽模型,她喜欢把这个小模型放在床边装电气设备的抽屉里。希望她没事。"

"她不会有事的。德莱基特,别这么矫情。我就是因为担心这些,所以才没结婚。我遇到的所有女人都告诉我要以家庭为中心,要放下个人追求。"

德莱基特回答说:"那是因为你遇到的女人都是护士,而且还都是精神病院里的护士。你说史密斯会不会给我们留下什么线索?"

温斯科特点了点头,"我在他床底下看到几本杂志,都是《束衣世界》《简·奥斯丁行动》之类的旧杂志,里面或许能发现线索。"

德莱基特眉头紧皱说:"啊?我们要找的是线索,不是时尚杂志。"

"你看看这个。"温斯科特从短裤口袋里掏出一团皱巴巴的纸。他捋平纸页,一张米黄色的地图随即映入眼帘,图上各处还有铅笔标注。"北边有座斯塔里安基地,是盟友离我们最近的据点。我们去那里。"温斯科特一边折好地图,一边说,"把这些束衣杂志也带上。"

"你觉得这杂志能提供线索?"

"线索?你扯远了。带上杂志,路上可以打发时间。"

"真该死!"卡尔薇丝抱怨道,"有沙子,还有嘈杂的人群,希望以后再也不来这种鬼地方。这群粗人难道不知道推推攘攘有违我的信仰吗?"

在刚刚过去的一小时里,史密斯一直在检查牢房的门窗。目前为止,他已经确认,门窗上的栏杆都是金属材质,而且根本晃不动,也不可能松脱:"卡尔薇丝,你是人造人,是机器人。你没有信仰。"

"我是多神主义者,只要是真理,我都相信。"

"苏鲁克身上携带了这么多武器,他们是怎么取下来的?我想不明白。"史密斯说。

外星人苏鲁克瞪着双眼说:"他们威胁我,要开枪杀死你和小猪仔。我也很奇怪为什么当时没丢下你们不管,我反正不是什么好人,按常理,你们死就死了,我不过疯癫一阵,然后很快被几个卫兵干掉,仅此而已。不过,我却违背意愿,选择自我奉献。有时候我在想,我是不是也要变成人类了。"

卡尔薇丝哼了一声说:"放心吧!你还是个满肚子坏水的外星怪人。"

苏鲁克张开双颌说:"我就知道你懂我。"

牢房外的走廊十分阴森,而且到处都是灰尘,从气味可以判断,有人一边吃着咸鱼一边打扫过。外边巡视的士兵顶着头盔,面甲遮住了整张脸,他们不时会从走廊缓缓经过。史密斯曾试图把一名士兵喊过来,用老办法软磨硬泡,突破他不堪一击的心理防线,但是,那家伙根本听不见史密斯的声音。

"如果德莱基特在这儿就好了,"卡尔薇丝说,"他肯定有办法帮我们逃出去。你们看！"卡尔薇丝从口袋里掏出一个模型,"他为我制作了一个手工艺品,我觉得他很聪明。"

"那是个独角兽,"史密斯说道,"你拿倒了。真他妈见鬼了,肯定有办法出去。蕾哈娜,你能使用灵力吗？蕾哈娜？"

她盘腿坐在长椅上,双眼紧闭："噢！大家好！我们还在牢房里吗？"

"对,还困在这儿！你有没有什么好主意？"

"嗯,我肯定有！"蕾哈娜说,"可能是他们把我们锁在牢房里,但也有可能是他们把自己锁在外边。我们是牢房里的囚徒,他们不过是这个世界的囚徒。"

"唔,"史密斯答道,"我想要的不是这种鸡汤说教——等一下,我听到有人说话。"

过道里传来阵阵脚步声。史密斯靠近牢房的铁栏杆朝外看了看,他发现外面有一群人正向这边走来。走在前面的是四个凶神恶煞的秃头大汉,他们外边穿着正装,里面却套着圆领毛衣。来到牢房门口,其中一名大汉开口说道："头儿,这就是那几个人。"

话音刚落,一个男人走上前来。男人身着一套白金丝线织成的衣裤,里面搭配一件黄金材质的衬衫。他身型庞大,如猩猩一般,不过看上去却显出一副病恹恹的模样。男人面部骨骼精致,和身体完全不搭,他有一副黄鼠狼的面孔,却长了一个野猪的身体。

"好的,好的。"男人说。史密斯暗自打量着他,他觉察到男人眼睛很小,不过眼神却十分冷峻,有如皮革上的两个窟窿,这眼睛很像噶斯特人。

史密斯瞪着他说:"你,就是你,我要求见不列颠太空帝国领事馆人员。"

男人身旁的护卫兵立刻喊道:"闭嘴!站在你面前的是国父,注意说话口气!"

"这么说,你就是克里米纳。"史密斯声音逐渐变得柔和起来,"让你手下安静点,我要见不列颠太空帝国大使。"

克里米纳脸上露出不屑一顾的笑容:"我克里米纳是拉蒂西亚星球的主人,拉蒂西亚的强盛都是我的功劳。你这种人不堪一击,毁掉你毫不费力。传言都是假的,拉蒂西亚星一直都很强大,至于我本人,更是既有勇气,又有头脑。午饭时间到了吗?"

一名护卫兵凑到克里米纳耳旁说:"快了,长官。"

史密斯在思索,不知道使出软磨硬泡这招,克里米纳会不会上当。

"在里边舒舒服服地待着?"克里米纳笑着说,露出一排凌乱不整的牙齿。史密斯感到有点吃惊,克里米纳的牙齿居然如此丑陋,这显然和英国人大相径庭。

"我们尽量。"史密斯回答道。

"其实这里更像个狗窝。"卡尔薇丝从船长肩旁探出脑袋说,"我需要几个垫子,蕾哈娜需要一个捕梦器和几块毛毯,还有苏鲁克……"

苏鲁克起身,怒气冲天,"你们有种进来,蠢货,我要让你们见识见识杀戮者怎么布置房间。"

克里米纳轻蔑地哼了一声:"松软的家居用品,软弱的人只会用松软的家居用品。我们拉蒂西亚人住的房间不需要布置，我们就是要过朴素的生活。我以前成长条件恶劣，所以，如今我的宫殿装饰大多只用钢铁和黄金材料，这算是对过去的一种纪念。在我的星球，你不整理房间，房间就要整理你。"

"你什么意思？"史密斯问。

"别问我问题，"克里米纳说，"在这儿，只有我向你发问。松软的家居用品，你们这群不列颠佬想都别想。不过，我可以让你们像男人一样死得堂堂正正——要是勇士，都会以此为荣。去竞技场试试身手吧，你们有机会在那里证明自己。当然，你们肯定赢不了，不过，你们可以逗大家开心。"

"什么？"史密斯质问道，"你是说要我们去打比赛？"

"你说错了，船长。在我这里，比赛打你。"

克里米纳身旁的护卫兵意识到头儿讲了个笑话，于是纷纷咧嘴大笑，表示应和。

"我们星球有一项历史悠久的赛事，"克里米纳一本正经的，"参赛双方每名队员都要直面对抗。这项比赛只有最强壮的战士才有资格参加，同样，只有最符合比赛精神的饮料公司才有资格成为这项比赛的赞助商。你们这群养尊处优的小家伙，听到这么激烈的比赛，我知道你们很害怕。看看那个外星人，想到比赛就满脸大汗。"

"这不是汗，是口水。"苏鲁克回答说，"你刚似乎提到什么激烈的比赛，没错吧，你继续说。"

"到了赛场你们就能亲自体会，我的子民从来不会闹着玩儿，他们坚毅无比，无人能及。我们的队员迟早要碾压你们这群懦弱的

02 死亡竞技场

不列颠小矮子,你们的溃败将会成为拉蒂西亚人民的享受。"

史密斯说:"我们大家都没有轮滑鞋,怎么办?"

"鞋具,你们自己想办法,除非你们照我说的做。在我的星球,我的指令就是你们的办法。听!我说的多漂亮!"

护卫兵放声大笑,克里米纳也暗自得意,脸上隐隐露出笑容。很快,克里米纳又恢复了平静,并且装模作样地把拇指扣在腰带上,准备扬长而去。克里米纳走路大摇大摆,像个牛仔一样,一路上,他嘴里还不停哼着拉蒂西亚国歌。史密斯觉得他肯定私下练过。

史密斯转身惊叹道:"天呐!真是个大混蛋。"

卡尔薇丝说:"这家伙就像金刚和李伯瑞斯宠坏的儿子。"

"他显然是个疯子,一点头脑都没有。我上次遇到这种人是我姑姑,她家猫让她去竞选议员,她居然信了。去他的竞技比赛,我才不在乎。"史密斯说,"我们现在已经是这独裁恶棍的阶下囚了,还要我们参加什么比赛,真可恶。"

"我以为你喜欢打比赛。"卡尔薇丝说。

"这得看情况,板球我当然喜欢。但是赛场上这种竞技赛我根本不想玩,更何况还有一群大喊大叫的脑残观众。卡尔薇丝,我作为不列颠太空帝国公民,自童年时期就仇恨独裁,我在学校就知道残暴无情以及欺压弱者都是不当行为。"

"他们教你政治了?然后呢?"

"没有,学校其他孩子都很不友好。我踢了六年足球,每年都是防守球员,而且每次都以最后一名入选球队。学校足球场坑坑洼洼,烂的就像月球表面。有一次队里那些小混混让我去充当备用门柱，那是我唯一一场没有当防守球员的比赛。"史密斯说着说着，声音有些颤抖，"不行，我们要逃出去。"

蕾哈娜举手示意说："小伙子们！他们强迫我们参加的比赛是不是竞技性很强？这种比赛对儿童身心发展非常不利，你们都应该知道。"

"当然竞技性强，"卡尔薇丝说，"我们要去赛场上杀人。"

"既然这样，"蕾哈娜说，"那我们绝对应该想办法逃出去。比如从地板下逃走，或找其他方式。"

"好主意，"史密斯说，"苏鲁克如果能把厕所马桶拔起来，我们就可以钻到地板下面，从排污管里爬出去。"

卡尔薇丝盯着史密斯说："千万不要。你如果想从一堆马桶下面爬过去，那你自己去吧。但是如果可以爬出去，好吧，或许！不行，还是不行。"

苏鲁克清了清嗓子："听我说，我有办法离开这里，既不会有人伤亡，也不需要爬管道。"

"真的吗？"史密斯问道，"什么方法，大哥？"

苏鲁克耸耸肩回答说："很简单，我们赢了比赛就行。到时候，你们三个认真比赛，我负责对付对方队员。然后，我们一直保持这种行动方式，直到最终赢得整场比赛——或者熬到比赛结束——到那时，蠢蛋克里米纳就要给我们颁发奖杯，我们便可以借此机会拧下他的脑袋当球踢。我要把他的脑袋踢过球门横梁，接着再把脑袋做成壁炉罩上的装饰品。"

"我们可以直接偷袭卫兵。"史密斯说。

02 死亡竞技场

"你说得对。"卡尔薇丝说,"我们可以假装睡着,然后只要听到开门声,我们就跳起来干掉他们。或者你们干掉卫兵,我为你们提供精神支持。怎么样?"

蕾哈娜说:"行!在通常情况下,我更推崇非暴力解决途径,但是如果不这么做,我们就得参加比赛。那就这么办吧!"

史密斯说:"非常好。大家马上假装睡着,听到信号我们就一起动身干倒卫兵。我们需要一个信号……我睡觉时会发出什么声音?"

蕾哈娜挠着头说:"这个……,你有时候打呼噜,或者发出其他声响,有时候你会说梦话,总是提到野餐地毯。"

"我说梦话提到野餐地毯?是吗?"

"嗯!你有时候还会提及妇女的束身内衣,和一个叫凯特·布什的人。"

"好吧,我想了想,还是随便说个信号吧!"

不知道几点了,灯还熄着,墙上有一幅克里米纳的肖像,画面上他敞着胸脯,笑得扬扬得意。墙上那架时钟指针太小了,史密斯根本看不清具体时间。他就这样倚墙而坐,听卡尔薇丝呼声隆隆。卡尔薇丝曾解释过,她说自己的技能就是深入角色,现在看来,如果呼声可以当作参考的话,那她这会儿一定完全沉浸在自己的角色之中。

蕾哈娜就靠在史密斯身旁,如果是平时,蕾哈娜这种姿势肯定会让他心猿意马,此刻史密斯却找不到那种感觉,因为蕾哈娜的头发使得他直想打喷嚏。更何况苏鲁克就躺在对面长椅上,像只没有羽毛的秃鹰一样,史密斯心里就更难生出非分之想。外星人颌骨微张,两侧嘴角就像搞笑面具,逐渐上扬,呈现出一张大大的笑脸。史密斯很好奇,苏鲁克此刻梦到了什么?是不是和卫兵酣战呢?

蕾哈娜挪动身子,把嘴凑到史密斯耳畔轻声说道:"我感觉有异常。"听到这一句,史密斯不由自主地低头检查下身,结果发现并不是自己有异常,而是外面有人要来了。他立刻清醒过来。

忽然,走廊尽头传来蜂鸣器的响声,接着听见低沉的开门声,牢房外的条形灯也逐渐亮了起来。

走廊里脚步声咚咚作响,声音越来越大,也越来越近。史密斯眼睛睁开一条缝,发现这次来的男人戴着帽子,身材比克里米纳的护卫略高。他就这样暗中观察,直到男人走到牢房门前,伸手按下开关,铁栏门慢慢开启,男人进了牢房。

苏鲁克纵身而起,一阵撕扯,很快便把进来的男人按倒在地。史密斯也赶紧跑过来帮忙,不过,除了过去捡帽子,什么也没帮上。苏鲁克上肢细长,一只手正捂在男人嘴上。

"把他拖到灯光这边来。"史密斯说。

于是,苏鲁克便把闯进来的男人拖到铁栏门旁,这里光线最强。"快喊救命,否则我要拧断你的脖子。"苏鲁克一边信誓旦旦地说,一边松开手。

从外表看,这男人至少有六十岁,不过他衣着整洁,看起来精神抖擞。身上穿的西装三件套,两分钟前还一尘不染,一番滚打之后已经没有那么光鲜。男人双眼炯炯有神,皮肤异常苍白,颧骨上的两片红晕使他看起来像个玩偶。男人嘴很小,双唇血红,仿佛刚刚喝过红酒。史密斯怀疑他是机器人。

"非要这样吗?"男人整了整外套,大声吼道,"你们知不知道我有多喜欢领结,我身上这枚能排世界第二名贵。你们对所有来客都这么粗暴吗?还是说你们故意照顾我?"

史密斯一时竟然无言以对。无论是谁,能轻易进入这间牢房,要么身手不凡,要么运气不佳。这个人看着也不像克里米纳手下的恶棍。

"好了,"男人说,"我叫克里斯宾·昆奇。我来这儿是为了帮你们赢得比赛。"

"是吗?"史密斯反问道,"这么说,你是我们教练?"

"不。我负责帮你们做服装策划。这种比赛比的是形象,抓住看台上白痴观众的眼球才是比赛的关键。现在你们谁都不是,到了赛场上,你们得是个人物,你们要大放异彩。"

"但是,"史密斯说,"上场比赛就要穿得那么光鲜亮丽?这不是赢了比赛之后的事吗?"

"比赛?"昆奇耸了耸肩说,"史密斯船长,我相信你能赢。"

史密斯不解地问道:"你是谁?你怎么知道我的名字?"

"我们都是为不列颠太空帝国人民服务的,特工处自有方法了解你。"

"你是特工处的人?温斯科特怎么样了?他是我们的王牌间谍。"

"对。温斯科特,我叫他艾瑞克,他在拉蒂西亚可相当有名。

多年以来，他一直在跟克里米纳作对，大名上过不少通缉令。我和他相反，我只是无名小卒，这些猿人都觉得我不是干间谍的料。何况，来这里是我自愿的。"

"天呐！伙计，你是怎么想的？"

昆奇注视着史密斯，史密斯能感受到昆奇率性背后的坚定和不顾一切，这种力量就像波光粼粼的海面下蓄势待发的鲨鱼。"总有人要站出来，不是吗？古有西塞罗指控维雷斯，今天就应该有人谴责克里米纳。啊！这堕落的时代！"昆奇展开双臂，放声高呼，"啊！这沉沦的道德！"

史密斯有点摸不着头脑，不明白昆奇为什么莫名其妙地喊着炸虾和炸鳗鱼。

"听我讲，"卡尔薇丝说，"很高兴见到你，知道你是来帮我们的，我感到非常开心。我们现在可以走了吗？"

昆奇转身对卡尔薇丝说："走？你为什么想走？"

"我不想比赛，不想体验充满杀戮的滋味。仅此而已。"

昆奇听完，摇着头说："不，不能半途而废。走到这一步，你已经非常了不起，你们都很了不起。你们有机会重创拉蒂西亚，创造历史。克里米纳举办这种比赛是在自讨苦吃，他自身遭遇不测的风险将成倍增加。你们如果击垮他的队伍，那他不仅颜面扫地，还要亲自接见你们。如果打败他手下，你们就可以让他看看自己到底有什么真本事。其实，他们不堪一击。然后你们就可以趁机把他抓起来，到时候，他们就明白，他们的防御并非铜墙铁壁，我们想动哪里就动哪里，即便不争不抢我们也能做到。"

史密斯问:"所以,你希望我们留下来?"

"当然!你们的光荣时刻就在前方,我不想让它破灭。即便不为个人,你们也可以为我们的战士们想想,你们留下来可以挽救无数生命。"

卡尔薇丝咧着嘴说:"呃,我是在为这些生命着想,可他们都是人,我是个机器人。"

史密斯在想:留下来真有这么难吗?国家的战士们在战场上面对的可是银河系最无耻的人渣——丧心病狂的旅鼠人和残暴成性的噶斯特人。他们以少敌多,就这样打了四年硬仗,没有片刻喘息。不就是比赛嘛,和几个自视过高的家伙较量较量根本不算什么。

"我们愿意留下。"史密斯说。

"很好,"昆奇回答道,"其实你们也没有其他选择,上头有指令,你们清楚的。明天早上,卫兵会带你们去训练室,到时候我们就开始筹备。"

卡车飞驰,在平整的沙地上划出一道尾线。温斯科特脸色阴郁,他手握望远镜,眯着眼睛扫视地平线。突然,他发现远处出现不明物体,像一块块凸起的黑色岩石。温斯科特看到这场景,想起了自己以前当兵时的经历,那会儿他经常在军队食堂见到大块骨头,黑漆漆的脊柱,还有别的生物残骸。

"苏珊!加速前进!"温斯科特喊道,"过去看看究竟是什么。"

车后传来技术专家尼尔森的声音:"传感器网络显示附近有

一座盟友的无线电信号塔，显然是斯塔里安装甲师的驻地。"

"嗯，"温斯科特说，"但愿那边没我们的人。"他拉近望远镜镜头，发现废墟那边是被火和激光枪烧成焦土色的金属物。为了避开陷阱，苏珊绕了一大圈，卡车就像战舰一样，不断改变方向，只为避开敌方的排炮攻击。德莱基特在激光枪台上随时待命，注意着废墟里的一举一动。

"尚未发现异常，"苏珊说，"我再靠近一些。"

温斯科特点头示意，苏珊随即让卡车速度稍稍降下来一点。很快，温斯科特拿起斯坦福枪，跳下车，在地上翻了几个跟斗，然后便冲进废墟寻找掩护。他躲在一辆炸毁的拉蒂西亚坦克后面，半边裸露的肩旁靠在坦克上，还能感受到金属的余温。

从现场来看，似乎有几十辆装甲车同时相撞。地上到处都是尸体：这些人有的身着深灰色拉蒂西亚军服，有的穿着丛林人外套和板甲，斯塔里安人把这种衣服称为"内德套装"。温斯科特踩到一团变形的金属，脚底下却发出煤炭碎裂的声响。能产生这种毁伤效果的只有等离子炮，也就是说这里肯定受到过等离子炮袭击。他凑近看了看，发现实际并非如他所想，原来车顶上有个烧烤架，煤炭是从上面落下来的。

炸毁的装甲车到处都是，车队中间有只动物，它躺在地上就像只睡着的霸王龙。一阵南风吹来，掠过废墟中的车辆，动物的皮毛在风中轻轻摆动。温斯科特很难过，他摇了摇头。动物不可能挑起战争。你穿没穿裤子，袋鼠才懒得在意。动物都是无辜的，温斯科特也一样，当局没有定罪之前，他一直都是无辜的。

他低头看着袋鼠说:"可惜了一条无辜的生命。"

突然,袋鼠猛地一脚,踢在温斯科特肚子上,他瞬间被击飞,身体撞到一辆詹金斯V8型信号干扰车的引擎盖,然后才跌落地面。他吃力地爬起来,正当他举起手枪,袋鼠也站了起来。

袋鼠身后有人手里拿着步枪指着温斯科特。男子问道:"你是谁?"

"深空作战小组温斯科特少校。你的袋鼠踢了我一脚,还好我走运,我这一侧的肋骨是金属材质的。"

"我是斯塔里安603装甲师的船长肖恩。看样子你来这里有段时间了?"

"这里发生了什么?"

"我们遭到混蛋袭击,队里人一半已经牺牲,其他人都撤走了。我和里皮实在劳累极了,只好装死,它躺在地上,我就像只袋鼠幼崽一样躲在后面。老兄,整个行动完全不在预料之中,这么糟糕的局面,我根本不想看到。"

温斯科特嘴里一阵嘀咕:"我在找我朋友,四个英国人。"说完便径直走到一辆拉蒂西亚坦克残骸面前。

"不会是史密斯船长他们吧?"肖恩放下步枪,整了整帽子,"遇袭那会儿他还和我们在一起。我觉得史密斯肯定被他们抓走了。嘿!你没事吧,老兄?"

"没事。"温斯科特注视着整片废墟,脸上表情有些扭曲。

"这里的光线和环境会让人迷糊,使人容易变得神志不清。"

"神志不清?不,根本不用担心我。"温斯科特说,"医生从来没检查出我有啥问题。"

"还好有里皮老兄陪着我，我才一直很清醒，是吧，里皮？"袋鼠低头示意。

"里皮你说什么？这废墟让你想起了塞缪尔·贝克特书里的徒劳主题？好吧，我不太了解你说的内容。塞缪尔·贝克特是收废品的吗？"

温斯科特爬进一辆拉蒂西亚侦察车的驾驶舱，里面被火烧得一片狼藉，车前方的护甲已经撕裂，驾驶员早就被炸得粉碎。

"老兄！你在浪费时间。"肖恩从车窗外喊道。

他说的没错，温斯科特心想。突然，视线下方有不明物发出声响。起初，他以为不过是胡子上有静电，随后，仪表盘背面传来一阵尖锐而又急促的呼叫，是地球人的声音，不过似乎是在模仿噶斯特人说话。

"斯巴达中队，请报告你们的方位。我再重复一遍，请报告你们的方位。斯巴达中队，有人吗？请立刻回复——"

温斯科特从仪表盘后搜出一只烧黑的对讲机。"我朋友在哪儿？"他问道。

"你是哪位？报上姓名，立刻报上姓名。"

一阵风吹过，温斯科特的胡子在风中轻轻摆动。"听着，"他说，"我不知道你是谁，不知道你想要什么，也不知道你藏在哪儿，我连自己的位置也不确定，我只知道今天是周二，但是我手段很多。你现在放了我朋友，我可以饶你一命，否则，我会找到你，然后杀了你。你上司肯定也是混蛋，我要干掉你的上司。为了防止你上司的上司产生报复心理,我连他们也要一起杀掉。你喜欢什么?机场?弹药厂?无论是什么,我都会调查清楚。假如那时你还侥幸活着,我要亲手炸掉你喜欢的东西,然后给你发照片,发我光着身子炸烂你心爱之物的照片。"

"喔!吓死我了。"肖恩略带调侃地说。

温斯科特扯下对讲机,把它扔在沙地上。他下车对肖恩说:"谢谢你的帮忙。下次到我们领地,你直接报上温斯科特少校大名,歇歇脚,喝个下午茶,这都完全不是问题,告诉他们是我的指令。"说完,温斯科特转身向废墟堆里走去。

"你去哪儿?"肖恩问。

"找我队友,我们有事要办。"

"等一下,兄弟。回我们基地吧!工具、设备我们那里都有。我可以为你们引路。"

"谢谢,不过还是不行。拒绝载客是我们深空作战小组的规矩。"

"乘客?"肖恩一脸震惊的表情,"我们是同伴!兄弟,你需要有个人给你们引路,这戈壁滩没人比我更熟悉。"袋鼠把嘴凑到肖恩耳边,"你说什么,里皮?不包括 T. S. 艾略特?"

"这就是训练室,"昆奇说,"虽然很简陋,但用来训练足够了。"

训练室除了地板装有护垫,房间面积稍大,其他地方和牢房没什么两样。器械就放在墙边,史密斯猜,这就是用来健身的。

卡尔薇丝环顾四周，皱起了眉头，"这地方像个刑讯室，还有一股蕾哈娜的臭鞋味。你们没意见的话，我可要发脾气了。"

"够了，卡尔薇丝。"史密斯说。的确，训练室让他想起文法学校的更衣室，而且记忆犹新。当年他在那所学校，总有比他个头高的男孩闯进更衣室，把他推翻，然后把他倒着塞进衣柜。如果此刻再现当年的场景，那这地方就和当年学校更衣室一模一样。"比赛之前要先想办法重视比赛，自我亢奋起来，这一点你肯定明白。现在你试着别把比赛看得太重。你说呢？昆奇先生。"

"请叫我克里斯宾。"昆奇在这间训练室就像个视察疫情区的贵族。他是不是要在鼻子上捂块手帕？史密斯心里默默揣测。"现在我来讲比赛规则，其实很简单，每支队伍有两名前锋、中场、防守和轮滑手各一名队员，球进入敌方球门线就算得分。规则就这些。噢，还有，记住不能带武器。"

"我要轮滑鞋，行吗？"卡尔薇丝说，"这样我就可以跑得更快。"

"当然可以。史密斯船长，你负责全队指挥，建议你去中场。杀戮者先生，你负责进攻，如何？"

苏鲁克说："就在这儿？"

"不，在赛场上，你有场比赛要参加，忘了吗？"

"当然没有忘。"苏鲁克回答道，"必须承认，我不是队里最好的球员。但是，我相信，只要我们一起商量，就能找到好办法。"

"这样看来，蕾哈娜女士就只能去防守。如果你没问题，那就这样定了。"

蕾哈娜皱着眉头说:"唔!好吧。我们是不是少一名队员?我虽然不太了解竞技比赛规则,但对方如果有五名球员,那我们也应该有这么多人吧?"

"她说得对。"史密斯说,"我们缺一名队员。"

昆奇笑着说:"一切尽在掌握,放心吧,很快就有人来。"

"不是你,对吧?"

"肯定不是我。除非要扭断谁的脖子或者要揍人,否则,我从不动手。我觉得动手动脚非常不礼貌。"昆奇咳了几嗓子,"你们想要什么样的队服?"

"这就对了,"卡尔薇丝说,"独角兽就像有魔力的小马驹。"

"你听错了吧?"昆奇打开一间衣柜说,"我打算为你们挑一款设计大胆、个性鲜明的队服。我要让对手一眼就能明了:此人乃'杀人魔头'。当然,这套队服穿着会很舒适,同时符合比赛场合。你们看!"

他从衣柜里拿出一件类似金属蛤蜊壳的护胸钢甲,外表看上去和军队里的常规胸甲几乎一模一样,只不过表面经过擦拭,有镜子的光泽。"帝国铁甲军团,"昆奇说,"这队名听起来如何?"

真难听,史密斯心想。一般球队名称前面是地名,后面才是队名,比如联合队、流浪者队,或者星期二队。不过话又说回来了,这里既不是不列颠太空帝国,也不是盟国,取个正规队名没多大意义。史密斯注视着胸甲,自从得知要参加比赛以来,他心里首次闪现胜利的火花。昆奇递给他一只带面罩的头盔和一双长皮革手套。"内战气息十足啊,不是吗?"

昆奇微微一笑,"仅限头盔和手套,能拿到什么就用什么。此外,开赛前你们如果要准备一个国歌仪式,可以考虑《起义》赞歌和《克伦威尔》赞歌。"

"明白。"史密斯回答说,"要是我的话,我肯定不会选内战风格的装备,但无论如何,装备能保护我们。我建议我们打扮成圆颅党,只要不穿他们的长筒鞋就好。"

昆奇仰着身子,仔细打量着史密斯,仿佛在鉴赏一幅肖像画。他摇了摇头:"我觉得不行。圆颅党的装扮早就过时了。"

"好吧。昆奇,你负责帮我们找到第五名队员,我们负责专心训练。就这样吧!"

昆奇点头,"我保证,我们一定能找到合适人选。"他一边说,一边朝史密斯微笑,但笑中却藏着忧虑。

乌鲁鲁军事基地坐落在荒野之上,外形好似一顶钢板切割而成的皇冠。温斯科特心里默默地猜想,这庞然大物应该是从航天飞机上丢下来的。"皇冠"的每个冠顶都配有一台自动激光枪,用来监测周边敌情。不过,由于地处荒野,"皇冠"上已经出现棕红色的锈迹。

基地大门是由一辆装甲运兵车拼接而成的。门开了,里皮跳进院子,苏珊开着卡车跟在后面。很快,几名斯塔里安工程师聚了过来,他们在谈论卡车,有些人脸上露出爱慕之情,有些人则在一旁指指点点。

温斯科特下车和肖恩一道去了门卫室。外边天气闷热,温斯科特觉得穿短裤已经热得不行了——可能穿内裤也一样热。

"我是深空作战小组温斯科特少校,他们是我的同伴。"

门卫皱着眉头说:"你们来自不列颠太空帝国?"

"当然了,那还用说。"

"你们有个间谍在我们这儿,"门卫说,"他在里面坐着,'玩得很开心'。"

一名士兵带着温斯科特穿过主建筑群,来到后方休闲区。游泳池旁站着十多个士兵,有的士兵仅穿一条内裤。空气中有一股煤炭味儿。看到眼前的场景,温斯科特有点吃惊。士兵们在这儿放松娱乐并没什么问题,只是温斯科特习惯的放松和这不一样。他的直觉是,放松一定要有爆炸才够刺激,他有时已经忘了别人心里放松的概念是什么。

特工 W 坐在游泳池旁的躺椅上,鞋子已经脱了,脚上只有一双皱巴巴的米黄色袜子。他把一份《体制日报》放在头顶,用来遮挡阳光。W 坐在那儿,身体显得有些局促,看上去就像一只被人丢弃的玩具。外面阳光火辣,W 却没有回室内的打算,他根本没想过找一间凉快的房间,用便携炉子为自己做一份米饭布丁,这真让人难以置信。

W 抬起头,发现温斯科特来了。"啊!温斯科特,很高兴见到你。"一名年轻女孩扑通一声跳进泳池,W 眉头紧锁,"这里就像度假区一样,只不过没下雨。你有没有抓到克里米纳?"

"没有。"温斯科特说,"我们炸了几座军事要塞,把他们关押的犯人都放了。就干了这些事。而且，我们也没找到史密斯和他的船员们。"

"没找到他们？"

"我们找到了飞船，和往常一样，完好无损。他们肯定玩过了头，结果被抓了，肖恩船长是这么告诉我的。"

"你确定吗？"

"我不确定，不过肖恩觉得他的袋鼠可以帮他证明。"

W点了点头。"我明白了。不好，温斯科特，大事不好了。"W和往常一样，满脸阴郁，"史密斯他们如果被抓，现在极有可能关在城里。那座城市归克里米纳的民兵团伙红帽军管，里面到处都是秘密警察和监视摄像头，可不是什么好地方。我们特工处有个叫昆奇的人在城里做卧底。"

"可靠吗？"

W又点了点头，"是个老牌间谍，外表绅士，内心狡诈，绝对极品。他虽然看起来扭捏做作，但必要的时候，绝不会心慈手软。我建议你找一身民兵军装混进城里，找到史密斯，把他们救出来。"

泳池另一侧，一名穿背心的年轻女子正和一个男人交谈，男人皮肤晒成了小麦色，下身穿着一条与温斯科特的尺寸差不多的短裤。两个人看起来格外健康，仿佛巴特林度假轨道舱广告上的人。温斯科特过了半晌才意识到，那两个人是苏珊和肖恩船长，苏珊没穿护甲时简直像变了个人。

"你说就一座城市？"温斯科特问，"那应该不难找。要不要我回来时顺便把这个叫克里米纳的家伙揍一顿？"

W 思考了片刻才开口:"用不着,特工处有其他计划。温斯科特,拉蒂西亚即将解体,我们固然希望它尽快终结,但我们同时也希望尽量减少流血牺牲——独裁统治者当然要斩尽杀绝。你想想吧,如果克里米纳举办的比赛,最后他自己队伍却输了,那他肯定颜面尽丧,备受打击。我觉得时机已经成熟,拉蒂西亚可以开始革命了。"

"正合我意,"温斯科特像海盗一样吼道,胡子都竖起来了,"电视将会转播这次革命。"

"嗯!我们要在克里米纳的赛场上赢他。找到史密斯,帮他逃出来。革命的种子早已播下,拉蒂西亚很快就要大获丰收——我指的不仅仅是农作物丰收。"

"好了,姑娘,"史密斯说,"我把球扔给你,你要接住。准备好了吗?"

"好了。"蕾哈娜说。

"你确定吗?"

"呃……对,好了,我准备好了。别这么讨厌。"

"我只是有点担心,怕你没接住,伤了自己。我不想你受伤,你明白吗。"

"没事的,伊桑巴德。我受过很多伤,多数时候是心里受伤,不过,也还是……"

史密斯把球扔了出去。蕾哈娜闭上眼睛,直到最后一刻才举起手臂。球仿佛撞到一堵无形的墙，直接反弹，打在史密斯脸上。史密斯想起蕾哈娜可以使用灵力，他顿时惊喜万分。

蕾哈娜赶紧过去把他扶起来。"对不起，"蕾哈娜说，"我讨厌打球，我刚刚只是通过灵力把心中厌恶的情绪释放出来了。伊桑巴德，我不知道会这样。我觉得球赛只有两方，太没意思了。"

"不，是我没接住。"史密斯不仅没接住球，反倒被球砸。当然这对蕾哈娜而言是种鼓励，她下次再练一定更有信心，但发生这种情况，史密斯完全没有料到。

苏鲁克在训练室另一侧对卡尔薇丝说话。昆奇注视着他们二人，脸上露出一丝惊愕的神情。苏鲁克说："你虽然身子单薄，但相比其他队员，你有一项突出优势，你是个女孩子，对你，别人会注意分寸。"

"苏鲁克！"史密斯说，"比赛的时候，这可不一定。"

"什么比赛都不会？"

"不论什么比赛。"

苏鲁克皱着眉头说："老实说，比赛规则我没认真学。我觉得只要有队员死伤，其他各种麻烦问题就够他们受的了。"苏鲁克四肢伸展，打了个哈欠，"其实，我们莫洛克也有类似比赛。只不过，我们的比赛双方人数更多，没有赛场，也没有什么观众，甚至连球都没有，但比赛可以使用武器。"苏鲁克抓耳挠腮琢磨了半天，"不对，我说的可能是打仗。"

"听起来像是。记住，我们要赢，而且要赢得光明磊落。我们要头脑冷静，理智应对比赛……"

史密斯身后的门开了，两名面色阴沉的卫兵踏步走进牢房。卫兵长得像大猩猩，不过，卫兵中间的人和他们不同，这个人身材矮小，体格结实，脸上怒气冲冲，胡子邋遢，和锅刷没什么区别，他更像早期人类。一名拉蒂西亚军官从他们三人背后出现。

"我们在外面发现这个人，"军官说，"他说认识你们，你们会帮他。最好别耍花招。"

"他说的没错，亲爱的长官，他是我们的朋友，他最近日子不好过，饭都吃不上，来这儿是为了求施舍。"

温斯科特瞪着史密斯，想反驳，但又不得不压低嗓子："放屁，我可是精锐士兵。我叫温斯科特。"

军官皱着眉头问道："真的吗？"

蕾哈娜上前回答说："你不仅日子不好过，脑子也糊涂。"她顿了顿继续说，"看到你这样，我真的很难过。你还好吗，韦恩叔叔？"

军官大笑，"想要免费的食物？只要你打完比赛，想要多少就有多少。不过，前提是你还活着。"

"什么？"温斯科特看了看身边的卫兵，"你们这些蠢货最好闪开，否则我直接把枪插你们屁股里，你们最好现在就投降。史密斯，没想到你还没……"

还没等温斯科特把话说完，昆奇立刻插了进来，动作干净利索："我们没事，真的。史密斯也没事——都是小问题。我们只有点小问题，你知道……"

"噢，"温斯科特说，"小问题啊？我懂了。"

特工处有多种表示形势严峻的暗号,其中包括"没事,谢谢"和"忍忍就好",但昆奇刚使用的暗号属于最高等级,史密斯意识到昆奇想告诉温斯科特,当前形势十分危急。

"哈,"温斯科特说,"比赛日是吧?好,算我一个。比什么?足球?还是其他球?"

卫兵头子笑着说:"足球太娘,废物才踢,我们可不踢足球,拉蒂西亚禁止踢足球。"

"行。"温斯科特哼着鼻子说。仿佛有人偷偷往他体内注入了狗獾基因,他突然变得异常生猛。

"一群人你追我赶,在地上滚来滚去,没什么意思!那橄榄球怎么样,马球也不错。还有种比赛,女孩子都穿内衣在沙滩上蹦蹦跳跳,这比赛叫什么?我们也可以打这种比赛,不管它叫什么,总之,大家极度低估了这种比赛。"

"呸!"军官说,"沙滩排球太娘。克里米纳亲自下过命令,拉蒂西亚只有男人可以玩沙滩排球,只有这样,沙滩排球才显得有阳刚之气。花样滑冰冠军赛也一样。"

"听着,"史密斯说,"就当你说的有道理。你不介意的话可以出去吗?我们要训练,我们改天还得比赛。"

03

没有硝烟的战争

"时间到了,"一名卫兵说,"别跟我胡闹,否则我一枪毙了你。听指挥,上赛场,然后乖乖比赛。这样你就有机会像男人一样倒下。"

蕾哈娜说:"其实我很讨厌你这种粗暴刻板的父权观念,也很讨厌你大男子主义的说话口气。"

"你们可以滚了,"史密斯接着蕾哈娜的话说,"走,大家一起上。"卫兵正要发火,史密斯又插了一句,"出发。"

他们离开训练室,沿着一条通道一直往前走,只见前方光线越来越亮,空气中的臭袜子味渐渐变得不再浓重。史密斯逐渐能听到远处的欢呼声,显然,这声音来自场上的观众。

通道前方地面逐渐变陡。史密斯再次检查了一番,确认自己的胸甲没有松动。昆奇摘下帽子当扇子用。"祝你们好运。"他说,"希望你们披荆斩棘,力压群雄!"

通道尽头是一扇气闸门。门后面就是赛场吧,史密斯想。

卫兵头子转身对他们说:"祝你们玩得痛快,死得也痛快!"

他的声音里不仅充满了傲慢，而且带有某种恩赐的意味。他说完就走到控制屏前按下开关，一阵嗞嗞声过后，门开了。

光线和噪声扑面而来。史密斯放眼望去，发现场馆面积有航天飞机机库那么大，他意识到这不是自己前几天醒来的地方。场馆四周看台上挤满了摊位，数不清的拉蒂西亚人在看台上欢呼咆哮，有人手里拿着食物，正在狼吞虎咽。

场馆上方传来非常响亮的广播声，这从天而降的声音盛气凌人，还显得有些幼稚："拉蒂西亚的臣民们，克里米纳的仆人们，大家欢迎来自不列颠太空帝国不堪一击的精锐战士。你们的主人克里米纳很开心为你们送上……帝国铁甲军团！"

观众高呼。史密斯有点紧张，他咽着口水说："好了，走吧！大家尽力，中场休息时我们再讨论战术。"

"下面这支队伍享有最高安保待遇，他们刚刚洗浴完毕。大家都知道，洗澡会使人精力消散，这种状态上场比赛往往凶多吉少，但他们却不担心。截至本赛季，这支队伍造成的死亡总数达到八十人。大家一起举起手中的牌子，让我们欢迎搏击重犯！战士们，上场吧！"

五名大汉从另一侧冲进赛场。他们身着橘黄色强化外衣，上面附有金属板和铁链。其中四人都一副歇斯底里、凶神恶煞的模样，只有队长咧嘴在笑，他露出的门牙连大老鼠见了都会自惭形秽。

赛场上的聚光灯一闪而过，照在评论间。史密斯看见评论间里有一对年轻的男女，青年身穿白色连体服，头戴圆顶高帽，站在他身旁的女孩大约十五岁，从表情来看，她显得很不开心。"欢迎今晚比赛的评论员：亚历克斯·拉格兰德先生和凯蒂·迪丝托皮亚！"

"实际上，"女孩的声音响彻全场，"我叫凯特，我把名字改了。我没说凯蒂是我名字，也没人问我，我说什么都没人听……"

"让我们呐喊吧！压抑的青年们！"亚历克斯·拉格兰德打断了女孩的话，"女士们，先生们，最爱的人们，逝去的人们！场上的两支队伍誓死争锋，我们即将为大家奉上一场精彩纷呈的视觉大戏。最后，是胜利一方获得俗套的荣誉呢？还是玩弄小聪明的一方遭到致命一击呢？让我们拭目以待。"

史密斯看着卫兵说："你知道他在说什么吗？"

卫兵咕哝道："当然知道。他在说比赛的事。呵！"

"这还用说，他具体说什么？"

"不知道，好了，快走！"

赛场顶端一块天花板打开，有东西从上面落下来。史密斯以为是手雷，吓得赶紧外后退，后来才知道那是只球。忽然，一名身体瘦弱，表情凶狠的男人抓住球就往前冲。

史密斯发现左侧有人穿着轮滑鞋从他身边掠过，那个人在赛场上滑了好大一圈。

"剃刀人维尼持球，"广播里传来凯特·迪丝托皮亚的声音，"漂亮。"

剃刀人维尼抛出球，史密斯看着球从头顶飞过，根本不知道发生了什么。此刻，他希望有官员现身球场，并且冲着他大喊战术规则，以便让这比赛看起来真的有分量。

"谁去把球断下来……"史密斯喊道。剃刀人维尼一拳打在他手臂上,史密斯痛得哇哇直叫。赛场上方的高音喇叭响了,场边的观众顿时爆发阵阵高呼。史密斯却独自在一旁揉着手臂。

"搏击重犯队一分!"评论员通过广播大声说。

史密斯一脸茫然,显得不知所措。他看了看队员,只见卡尔薇丝紧张兮兮地到处乱跑,显然,她害怕被球砸到,所以想躲开;苏鲁克正盯着一间热狗摊,热狗摊摊主心思缜密,想借此转移他的注意力;蕾哈娜眼睛注视着场馆顶部,一动不动;温斯科特——应该没错——居然在那儿拉裤子。难怪对手这么容易就得分,史密斯这下终于明白了。

"听着,各位,"他说,"我们要行动起来。你们谁有好主意?"

温斯科特点头说:"我去把卫兵勒死,你们在场内安上炸药,把体育馆炸塌了。然后我们撤回飞船。"

"温斯科特,你打算把这场馆炸了?"

"你没这想法吗?"

"没有。大家听着……"

史密斯刚开口,赛场显示屏就亮了,他的声音迅速被重播视频的声音盖过。显示屏上播放的是进球瞬间,画面上一名敌方球员踩着轮滑鞋从蕾哈娜身边一闪而过,然后把球投进得分线。"好样的!"亚历克斯·拉格兰德惊呼,"死囚王者戴夫要提前爆发了。"

"唔!"凯特·迪丝托皮亚说,"真是精彩。"

裁判哨声响起,紧接着,场馆上方传来高音喇叭声。"休息时间结束,看来我们要上场了,"史密斯说,"有没有人想到办法?"

苏鲁克点头说:"我!把他们头拧下来,他们就不能传球了。"

球飞了出去,敌方一名胸肌健硕的大汉拿到球立刻闷头往前冲。史密斯紧随其后,大汉见形势不妙,赶紧加速。史密斯纵身一跃,冲过去抱住大汉。苏鲁克从一旁迅速插入,手肘戳在大汉鼻子上。

大汉倒地,仿佛一块铁砧压在史密斯身上。"噢,我的宝贝!"亚历克斯·拉格兰德惊叹道,"倒地!"

"真没劲!"凯特·迪丝托皮亚说,"打个比赛,像小孩子一样。"

史密斯冲进敌方半场,朝苏鲁克大声喊道:"球传给我。"苏鲁克完全没有理会,他只是把球举在头顶,嘴里念念有词。苏鲁克希望通过这种方式让自己种族的长者看到自己,看到自己获胜的模样。

"苏鲁克,球!"

死囚王者戴夫脚踩轮滑鞋从左方长驱直入,他气势汹汹,眼看就要拦下苏鲁克。史密斯发现戴夫手中的金属物在闪闪发光。他再次纵身冲出去,扑在对方身上。

死囚王者戴夫摔倒在地,轮滑鞋踢到史密斯的头盔。史密斯一阵翻滚,挣脱戴夫,然后迅速起身。忽然,有个人影嗖的一下从史密斯身后冲进视野之内。原来是卡尔薇丝,她就像水果中挤出的果核,瞬间跑到敌人防守空当区。

"苏鲁克!"史密斯吼道,"把球传给卡尔薇丝!"

外星人四下看了看,仿佛刚从梦中醒来。

"卡尔薇丝——球——得分!"场馆内观众声音嘈杂,但史密斯依然扯着嗓子冲队友喊。

苏鲁克愣了半响,似乎意识到什么,他把球扔给了卡尔薇丝。

球打在卡尔薇丝头上,她像被人绊倒了一样,身体失去平衡,轮滑鞋在地上擦出阵阵火花。两名敌方防守队员手里戴着金属手套,拳头紧握,立刻赶来拦截。史密斯见状也马上过去解围。球随卡尔薇丝一起越过球门线。卡尔薇丝慢吞吞地从地上爬起来,坐在球上,一脸茫然。

高音喇叭再次响起:"进球啦!"

屏幕上出现我方进球画面重播,球员们都跌跌撞撞地回到自己半场。观众席里发生了一次小冲突,不过很快就有手握棍棒的民兵过来平息矛盾。一声哨响,天花板的球室内又弹出一只球。

这次,史密斯底气十足,他毫不犹豫,直接冲过去抢球。卡尔薇丝则跑到敌方半场,她要么是为了等待接应,射门得分,要么就是希望离大家越远越好。史密斯腾空而起,一把抓住球,然后稳稳着地,却没想到刚好落在死囚王者戴夫跟前。

戴夫猛地一拳,史密斯被打得脚步直晃悠。随后,戴夫用身体猛撞史密斯,史密斯一头栽在地上。他听到观众在欢呼,但很难听清大家到底在喊什么,因为戴夫正抓着他的脑袋不断往地上砸。有人跳到戴夫背上,那个人脸上长了胡子,似乎是温斯科特,也可能是别人,具体是谁,史密斯已经分不清。温斯科特背后也有人,那个人扯着他身子不放。苏鲁克从侧方赶来解围,他一只手搂着敌方队员,另一只手拿着一根热狗。

史密斯膝盖受伤,脑袋仿佛在杜松子酒里浸过一样,昏昏沉沉,不过还好，他终于从一片混战中爬了出来。一名穿橙色衣服的敌方队员忽然出现，神情十分得意，他正朝这边大喊大叫。

苏鲁克迅速撞过去，敌方队员脚下一个趔趄，倒在史密斯身上。温斯科特趁机竭力拼抢，想把球掏出来。"他手里，马祖兰，球在他手里抱着！"苏鲁克喊道。史密斯扯开敌人的双臂，结果却没有看到球——敌人一直搂着肚子，却没有球，那球在哪儿呢？

"嗨！各位！"蕾哈娜招呼道。她正站在球场边界线处，所在位置属于敌方球门线内。蕾哈娜镇定自若，眼神平静地注视着场上的一片骚乱，此时的她就像一名刚刚爬上山顶的登山者，正在享受眼下的景色。蕾哈娜手里拿着球说："看，这是什么？"

场上所有人都想要蕾哈娜手里的球。大家嘶吼，怒骂，手握拳头互相殴打，同时纷纷朝蕾哈娜冲去。此时此刻，球场内所有人，包括队员、裁判、评论员、商贩，还有观众，目光都集中在蕾哈娜身上。

蕾哈娜头脑一片迷茫，她眼神飘移不定，目光闪过数名队员，显然不知所措。"呃……"她说，"球我就放这儿吧！"

蕾哈娜刚放下球，裁判立即吹响口哨，高音喇叭里传来进球得分的旋律。看台上的观众把赌球投注单撕得粉碎，直接扔进赛场，顿时，球场上下到处都是飘扬的碎纸屑。

球场广播开始播放另一段旋律。人们可以看到，场馆上方出现全息投影人体像，几个虚幻的女孩手里挥舞着花球在那儿跳舞。

亚历克斯·拉格兰德在评论间里振臂惊呼："精彩得无与伦比！亲爱的观众，大家看呐！他们抢得这么激烈，其实一直是在转移对方注意力。小心思真多，厉害！"

"终于结束了，"凯特·迪丝托皮亚说，"我想去看电视。"

蕾哈娜双眼一直盯着观众，讶异之情不亚于儿童看到烟花时的模样。"哇！"她惊叹道，"怎么回事？"

卡尔薇丝溜到她身边兴奋地说："我告诉你怎么回事。我们没死，不仅如此，我们还赢了！"

04
向胜利进发

"嘿!"史密斯一边往场下走,一边说,"打得不错。"

"我们是打得不错,"蕾哈娜说,"但输的一方怎么办?他们现在是不是很没面子?"

卡尔薇丝略带调侃地说:"他们现在面子和头一样,严重擦伤。"卡尔薇丝穿着轮滑鞋快速转动,此刻她的身姿显得格外优雅——多亏这轮滑鞋,"敢惹我们?这就是后果。"

"别得意,卡尔薇丝,"史密斯说,"继续这样下去,你会失去理智,变得和独裁者一样,残暴歹毒。苏鲁克!"史密斯朝身后喊道,此时,他已经走到赛场通道的斜坡上,"快跟上,老兄!"

外星人从赛场一路小跑过来。斜坡尽头,大门慢慢关闭,观众的欢呼声也逐渐消失。"抱歉,朋友们。我不愿意离开观众,我想听他们的欢呼声。观众想看打斗争抢的刺激场面,敌人希望把我们都送进医院。我觉得我们要一直这样吊他们胃口,让他们永远得不到满足。"

温斯科特从苏鲁克身旁走过,脸色十分难看,仿佛连胡子都要翘起来了。"哼!"他说,"别显摆。"

他们走到训练室门口,卫兵打开门,室内光线黯淡,杠铃和跑步机都笼罩着一层阴郁的色彩。史密斯走在前面,大家也都进来了。很快,砰的一声,门被锁上了。

蕾哈娜叹了口气,"各位,赢得比赛真的不能代表一切。参与,交友,人们通过某个共同爱好走到一起,这些也很重要。运动是团结彼此的共同语言。"

"对,"苏鲁克说,"而且是高速团结在一起。我简直就像一架正义的吊桥,一下砸在敌人身上。我又像一扇钢铁筑成的实心橡木门……"

"你还精神错乱,"卡尔薇丝补充说,"我们现在赢了比赛,是不是会有赞助?总有馅饼店老板希望我把他家店铺招牌挂在我的胸前吧?"

"你还想把馅饼装进肚子里吧?"苏鲁克手握单杆做着引体向上,膝盖一使劲儿,身体翻转过来,倒挂在杆上,仿佛一只巨型蝙蝠。

史密斯摇头说:"不会有赞助。我们之前承诺过,我们要打赢比赛,让敌人出丑,现在只不过兑现了当初的承诺而已。我们要逃出去。"

"怎么逃?"卡尔薇丝问,"门都锁住了。"

苏鲁克假装很无奈,"你可以把那些铁栏当蛋糕,全部吃掉。"

"听着,"史密斯说,"这比赛和角斗士决斗一模一样。我懂一些拉丁文，我熟悉角斗士的决斗场，他们每个赛场都有一套地下供热系统。我以前通过了古典文明普通水平考试，我就知道总有一天能派上用场。"

温斯科特抬头张望，仿佛闻到了什么香味，"他说的没错，我们可以从地下供热系统逃出去。准备行动吧！"

史密斯蹲下身子，仔细检查地板，"我们不用爬厕所管道。我们可以扒开几块油毡，然后从底下钻出去。但是，我们还得把地板撬开……这样响动很大，需要掩护。卡尔薇丝，你去跑步机上跑步。"

"我讨厌跑步！"

"这办法很好，跑步机的声音可以掩盖撬地板的响动。蕾哈娜，你能做点什么？"

蕾哈娜想了想说："练瑜伽？"

"好主意，那开始吧！"

地板很快就被撬开了。撬的过程中，有卫兵曾打开铁门上的监视窗，不过，看见卡尔薇丝在跑步机上气喘吁吁地跑步，蕾哈娜双腿放在头顶做瑜伽，卫兵觉得一切正常，便没有留意。"可以了。"史密斯喊道。蕾哈娜慢慢放下双腿，优雅地站起来，结果却花了半天才找到鞋子。

卡尔薇丝跌跌撞撞地从跑步机上下来。"您已经消耗——十四——卡路里，"设备语音系统提示说。

"十四卡路里？"卡尔薇丝喘着气说，"就这么点儿？我拆一根巧克力棒也能消耗十四卡路里。"

撬起来的地板位置恰好处在一台健身器械的影子里。这台器械上有档位装置，有皮带，还有皮垫，其作用似乎在于让人体验非自然欲望的乐趣。至于真实作用，史密斯也还没弄清楚。大家都围在这块地板周围。

"我们应该把昆奇带上。"史密斯说。

温斯科特摇头表示不同意，"他如果是特工处的人，自己一定知道怎么出去。"

"好吧！那我先下去，蕾哈娜、温斯科特跟在我后面。然后是卡尔薇丝。苏鲁克垫后，没问题吧？"

苏鲁克显得很失望，"既然卡尔薇丝在我前面，那我只有选择垫后了。你确定她这身材能钻进去？"

卡尔薇丝听完非常不开心，但是由于在跑步机上运动了许久，她已经筋疲力尽，没力气再反驳苏鲁克了。史密斯回忆了一下，发现这应该是她第一次锻炼，至少她提前把轮滑鞋脱了。

史密斯率先爬进去，底下一股灰尘和化学品的气味扑面而来。史密斯蹑手蹑脚地往前走了一段距离，然后蹲下身子，此时，其他人也陆续下来了。"把地板盖上。"史密斯小声说。

地下除了通风井里亮着几盏小灯，四周几乎一片漆黑。借着微弱的灯光，他们只能隐约看清前方一米以内的地面。如果有人偷袭，就着这点光亮，他们根本没有招架之力，只能在被杀之前，看清来者的模样。

"大家跟着我。"史密斯低声说。

体育场综合建筑下方有一排水管从中间穿过，史密斯爬过水管，率领大家沿着地下通道一路向前。

走着走着，史密斯回头看了看大家，并清点人数，确认没有人跟丢。苏鲁克面带微笑跟在最后。毫无疑问，他准是想起了过去爬风井的经历。温斯科特则全神贯注，表情严肃，他就像个尼安德特人，发现自己心爱的洞穴里只有只熊。

忽然，他们身后传来一阵嗞嗞声，卡尔薇丝还没来得及捂住嘴就已经叫出声来。史密斯朝卡尔薇丝瞪了一眼，他真希望自己带了武器。"什么东西？"他问道。

苏鲁克沿着来路回头张望，"别怕，小姑娘。没东西跟着我们，可能是他们正准备用高温蒸汽清洗通风管，不用担心。"

蕾哈娜把散在脸颊上的头发往后捋了捋，在黯淡灯光的衬托下，她双眼显得非常大："我不知道。我能感觉到一股敌意，还有一副好身材。"蕾哈娜说。

苏鲁克哼了一声，"你摸到我了。"

头顶有金属反射出阵阵微光，史密斯发现原来是块天花板，上面有严重划痕。这块天花板边缘有裸露的金属材料，据此可以判断，板子似乎最近才换的。他用手摸了摸天花板，板子四周用了几个螺丝来固定。史密斯把手伸进口袋，掏了半天，找到一枚拉蒂西亚硬币。这枚硬币和英国普通硬币不同，英国硬币表面刻的是维克多国王和凯莉王后，而这枚硬币刻的则是克里米纳。硬币上，克里米纳弯着腰，身穿一条极短的内裤，仿佛一名罗马掷铁饼运动员。

史密斯盯着硬币上的图案,眉头紧锁,半天才回过神来。

用硬币拧下螺丝,史密斯轻轻地推动天花板,然后缓缓放下,上头有一个房间,里面依然漆黑一片。他爬了上去,房间里气味古怪,不过完全在意料之中。他没想到的是房间的天花板和墙壁上涂满了嚼碎的太妃糖。

黑暗中有不明物体悄悄移动,史密斯看见一排牙齿,他起初怀疑是张笑脸,但仔细思考后,觉得可能性不大。很快,牙齿越来越多,一排又一排,不断出现,似乎这黑暗中有一个柴郡猫营。微弱的灯光下獠牙闪动,唾液滴答,耳畔的嗡嗡声越来越大,史密斯赶紧爬了回去。

"小问题,兄弟们。上面都是普罗克图恩暗黑撕裂兽。还记得那次我们在冰箱后面发现的那只吗?就是那东西,只不过个头大点。"

温斯科特嘟哝着说:"我有个朋友也曾碰到类似情况。他当时在南部通道北边的上布里真德半岛,一觉醒来发现自己被普罗克图恩暗黑撕裂兽包围了。在当地,他是第一个发现撕裂兽的人,他的名字已经写进书里了。"

"他怎么脱身的?"

"他没能脱身,死了。可怕!真不走运。"

卡尔薇丝轻声问道:"你可不可以用你软磨硬泡的嘴皮子功夫让它们滚蛋?"

史密斯摇头说:"它们没有耳朵,根本听不见。我也不知道它们会不会讲英语。"

"有了，"蕾哈娜说，"我上去和它们谈谈，以理服人，怎么样？我可以使用灵力。如果不管用，呃……我可以给它们跳支形意舞，舞蹈是所有生物的共同语言，你们觉得呢？"

"天呐，"卡尔薇丝说，"我四岁生日快到了，我现在却站在马桶底下准备和上面房间里那群空着肚子的太空野兽谈什么舞蹈。我可是高级机器人，我不是来干这个的，我不是……"

风井里传来一阵剧烈的咳嗽声。史密斯迅速转身，头一不小心撞到墙上，他眨了眨眼，发现原来是昆奇来了。昆奇看上去既显得苍老脆弱，又显得寒气逼人，他赫然现身，就像一个跳芭蕾舞的女鬼。

"你从哪儿进来的？"史密斯问。

"呃，让我看看……准确来说是从这水管上面。天呐！你们蹲在风井里干吗？"

"我们在逃跑。"卡尔薇丝说。

"不用逃跑。我是特工处的管理者，也是你们的军师，我可以告诉你们，逃跑这种决定是错的，你们现在灰头土脸的模样真的很难看。看看这地方，多脏啊，你们就像一群烟囱清洁工。跟我回去吧，我给你们看样东西。"

训练室中央有只大包装箱，箱子侧面有个扭曲的香蕉标志，史密斯记得这个标志，他在赛场某个地方见过。

"上一场比赛，"昆奇说，"你们表现不错，你们三次进攻导致敌方三名队员受伤。但是，其中有两次进攻无效。为什么这么说呢？因为那两次进攻你们缺乏锐气。"昆奇讲话期间，卡尔薇丝正从地洞往外爬，大家又推又拉，折腾了半天才把她拖出来。

史密斯眉头紧锁，锐气是什么？直觉告诉他这是一种法国蛋糕，不过他依然心存怀疑。"什么意思？"

昆奇指着苏鲁克说："这位小伙子把敌方一名队员扔到热狗摊上，敌方队员脸先着地。你们知道医务人员抬走受伤队员那段时间，摄影机画面在热狗摊附近停留了多久吗？三秒钟。三秒钟足以让倒霉狗热狗摊的销量翻三倍。所以，朋友，我要给你一份特殊奖励——热狗。"昆奇打开箱子，拿出一根热狗，他一边挥动热狗，一边喊，"接着。"

他把热狗扔了出去，热狗飞过整个房间，最后却被卡尔薇丝抢到。卡尔薇丝果然吃性难改。昆奇又从箱子里拿出一根热狗，手舞足蹈地说："如果想推翻克里米纳，我们就必须赢得人民群众的支持，不论他们外在如何，我们都不能嫌弃他们。我们要让人民看到我们的实力。所以，赛场上仅赢得比赛，远远不够——你们还要够狠，够吸引人。"

"等一下，昆奇，"史密斯说，"你起初要求我们做好团队协作，后来你让我们穿盔甲，打扮得像外国人一样去比赛，现在你又希望我们赛场上狠一点？想都别想！"

温斯科特点头说："他说得对。深空作战小组办事特点是行动利索、悄无声息。一般来说，我们逃走以后，办事地点才会爆炸。"

昆奇恼火地转过身，手里冷冻的热狗左右晃动，他就像个乐

04 向胜利进发

队指挥。"你不明白吗?"昆奇用热狗指着史密斯的脸,质问道,"要放下个人身段,以大局为重,你不明白吗?"

"这样说话是不是针对性太强了?"

"我说的是大环境,不是大香肠!你们的气势呢?你们的拼搏精神呢?你们的表现欲望呢?你们到赛场上必须全部展现出来。一旦聚光灯照过来,你们不能只知道戴头盔——你们还必须记住:要拿出狠劲儿,展现实力,这是证明自己的时刻。"

卡尔薇丝举手说:"你希望我们展现实力,没错,但你为什么让我们和热狗扯上关系?我讨厌这样。"

"我知道你要我们干吗。"蕾哈娜说。她坐在房间的另一侧,盔甲和靴子都摆在身旁,"你希望我们像笼子里的野兽一样。你希望我们成为压榨百姓,巩固克里米纳统治地位的体制的一部分,成为这个国家的一部分。我们就像热狗,终将遭到体制处理。不过请你记住,我要告诉你两点:第一,我是个自由人,我的权利我做主;第二,我是个素食主义者,我根本不吃肉。"

昆奇做了个鬼脸,"这些热狗里根本没肉,你不会当真了吧?"

"哦,"蕾哈娜说,"既然如此,那我觉得应该没问题。"

不列颠太空帝国和盟友正在大举进攻拉蒂西亚,拉蒂西亚星球所在空间危机四伏,仅有一半空域具备轨道飞船降落条件。即便如此,飞行员还需谨慎操纵飞船,才能确保安全。指挥官 462 的飞船抵达拉蒂西亚星原本不需要太久,但由于安全问题,飞行时间有所延长。最后，系统毁灭号飞船晚了几个小时才抵达拉蒂西亚。飞船刚着陆，462便拖着瘸腿往政府大楼赶。

462来到一间奶油色的小型招待室。房间里，水龙头是金色的，墙壁上有一幅克里米纳的画像。大会开始之前，他在招待室等了几分钟。等他通过安检，到达会议室，大会已经开始了。

"我要把它们全部杀光。"克里米纳正在会上发言。他身型魁梧，怒火中烧，坐在领导席上，一副尖酸刻薄的模样，就像个双手撑着吧台的醉汉。"绝不留情，绝不手软。我要揍他们，杀死他们，把他们碾碎。我要在他们痛哭时，喝光他们的眼泪；我要在他们落魄时，嘲笑他们的悲惨。杀戮和碾压谁没见过，你们是不是这样想的？那现在你们要重新考虑考虑了，因为你还没见识过我的厉害。"

克里米纳手下几位部长听完讲话，同时鼓掌。462从禁卫军身边溜过，坐在二号首领旁边。"他说的是谁？"462低声问道。

"他自己也不知道，"二号回答说，"他手下人更不知道。据我了解，他每天早上都说同样的话。"

"是时候让他们见识见识谁才是这里的头儿了，"克里米纳一拳打在桌子上，"他们所有人、家人、孩子，通通杀光！今天日程安排有哪些？这些蚁族人在这儿干什么？"

二号首领压低嗓音，严厉地说："我是噶斯特帝国二号首领，我来这里向你传达光荣的一号首领的态度，你软弱无能，无法守卫自己的星球，一号首领对此表示非常失望。就在我们谈话期间，不列颠太空帝国和它盟友麾下的虾兵蟹将把你们军团打得节节败退。你是要战胜他们还是要放过他们？"

04 向胜利进发

"我已经承诺过了,不是吗?"克里米纳咽了口唾沫,"我是个信守承诺的人,我一旦发话,就一定会做。别人懒,别人经不住诱惑,但我不一样,我说到做到。我可不会整天坐等坏人过来给我行贿——我会自己冲过去索要贿赂。"

"有意思,"462接着二号首领的话说,"你上个月对你的将军们许下三个承诺:承诺一,你见到不列颠人就要马上杀死他们;承诺二,不列颠太空帝国士兵一旦投降,你就会展开屠杀;承诺三,你要亲自虐待凯莉王后。你手下听了都非常兴奋,但我们觉得你在放屁。"

"没错,"克里米纳说,"这些是我许下的承诺。不过,我对人民说的话,都不能当真。他们像猪一样,只知道吃萝卜,什么都不懂。只要有人上身没穿衣服,或者有人被处死,他们就喜欢看。我随便说些狗屁话,这群傻子就觉得我讲得好。他们对我极度膜拜,上次选举,百分之三百二的人把票投给我了。"

二号首领身体前倾,他的仿生眼球在灯光的照射下闪闪发亮:"克里米纳,你可别忘了,是噶斯特帝国把你派到这儿的。你现在有权有势,但如果背后没有我们撑腰,赛场上的小丑就是你,你连主人的触角都不配舔。一号首领命令你立即增加军事部署,否则,后果自负。"

"告诉他,我是克里米纳,我不会你说什么,我就做什么。如果要成倍增加军事部署,我就玩大的。你跟他说,我会部署三倍兵力,然后再增加一倍,不顺从我的人,都得死。我要……部署六倍兵力。"

"你做不到……"462 说。克里米纳的顾问下颚满是胡茬,他挺着大肚子探出身来,一副病恹恹的模样。

"别担心,"顾问笑着说,"我们可以做到。我们是坏蛋,我们有的是心机。"

二号首领说:"用'坏'来形容你们实在是太看得起你们了,'衰'更适合你们。禁卫军,你去告诉克里米纳,他的职责到底是什么。"

卫兵嘀咕了几声,举起使用子弹带的重型裂解炮,准备开火。

克里米纳抬手招呼说:"放下,放下。我们是一伙儿的,我们都是独裁者,我们都讨厌不列颠太空帝国,讨厌它的盟国。我给你们看样东西,你们会喜欢的。"

克里米纳手下走过来,把一件陌生的物品放在他们面前的桌子上。

这东西体积不小,两侧各有一只皮套,外形很像防护帽。462 用手指戳了一下,皮套里伸出两根管子。

"这是只帽子,"克里米纳说,"两侧口袋里可以放啤酒。"

"营养奶昔罐?"二号首领试探性地问道。

"随便称呼,你喜欢就好。这是比赛用品,你们两人可以每人一件。比赛你会看的,对吧?"

"我认为一名噶斯特帝国军官不会……"

"太好了!我为一号首领专门订制了一件,你们看这个。"克里米纳探身从椅子旁边拿出一件和刚才类似的物品,"看!前面有带触角的骷髅标志。我这儿还有件 T 恤,上面印着'我是一号首领,你们死心吧',和那顶'帽子'非常搭。够气派吧?"

"我们无话可说。"462 表示。

二号首领皱着眉头。"我们得花点时间好好品味这帽子的绝妙之处。"他用尖锐的嗓音说道，"一个人品味。"

两人离开会议室，一前一后走在走廊上，二号首领忽然怒气冲冲地冲到 462 身旁。"悲哀啊！他把人民当傻子，其实他自己才是最傻的那个。"二号首领低声说，"克里米纳残暴无能，简直是个累赘，我们怎么又遇上这种盟友？一号首领肯定会认为，我们干的事总能招来这种废物。"

"对啊，"462 说，"我觉得一号首领迟早要和他解除盟友关系。"

"你确定？我现在就开始后悔了，当初真不该填表，同意来这里访问。希望你没说错。一号首领一旦出个三长两短，我也必然吃不了兜着走。"

462 忍住笑意，回答说："别担心，有人保护一号首领，我保证不会出事。"

人群在咆哮，他们渴望杀戮，也渴望快餐和超级可乐。

"你们听，这群傻子吼起来像动物一样。"史密斯在走上赛场的途中说。

蕾哈娜说："伊桑巴德，对我们而言，看比赛并不是什么稀奇事，但对他们来说，这比赛可能是唯一能看到的娱乐活动。所以他们想要的和我们并不一样。"

"让他们做梦去吧！要比赛，他们自己去比，一群贼眉鼠眼的东西！"

"你理解错了，我是说他们想要和平，想要法治，想要终结腐败，想要一个安心生活的机会。"

"噢，这些他们当然可以有。而且他们最好有民主、法制等等这些，否则可没什么好下场！他们如果继续生活在担惊受怕之中，那他们宁愿自己从未出生过。看看所有这……"史密斯挥动手臂，观众、横幅和舞女尽收眼底，他还看见许多全息海报，海报上克里米纳身穿造型裤，眯着双眼，在展示自己的肌肉。"法治是银河系的期望，"史密斯说，"蕾哈娜，这不是法治，这根本就不是。这是……是胡闹，没错吧？"

史密斯一行人刚走进场馆，四周立刻响起山呼海啸般的欢呼声。史密斯注视着场馆对面的门，心里既感到愤怒，又充满鄙夷。苏鲁克张着嘴，站在他身旁。

"听着，"史密斯说，"最后一场比赛，他们不希望我们赢，也不希望我们能撑到最后。无论对面那几扇门里出来什么，我们都要齐心协力打败它。我们必须像支团队一样一起努力。苏鲁克，你曾经和我在莫斯卡拉卡并肩作战，你还记得我们当时的战绩吗？"

"当然记得，"苏鲁克说，"我们杀光了所有敌人。"

克里米纳在看台顶部一间镀金包厢里抬起手，示意大家安静。观众立刻静了下来，少数人还没住嘴，保安直接过来把他们打昏。人群上空有两只摄像飞行器，飞行器中间是块大显示屏。

克里米纳的面孔出现在屏幕上，他长得像鼬鼠一样，脸贴着镜头，眼睛很小，眼神中透着一丝狡诈。他扫视着底下的人群，仿佛早已心知肚明，有人想跟他玩什么把戏，不过，他又尚不清楚，究竟该拿谁问罪。

"各位市民！"克里米纳说，"拉蒂西亚勇敢、强壮、无所畏惧的建设者们。今天，我们要庆祝我们反抗不列颠太空帝国暴政所取得的成绩。不列颠太空帝国士兵想征服你们，想迫使你们服从命令，想剥夺你们的权利，让你们无法为你们敬爱的克里米纳投上一票。"

"今天，他们的间谍就在我们中间。他们满嘴胡言，招摇撞骗，他们毁掉了一切。这群造反的人无处不在，他们非常狡猾，难以被人察觉。有人可能会觉得我说的话都是胡编的，那现在你们看，他们就在场上。"

观众开始嘶吼，尖叫。此刻，史密斯在想：外边的战况怎么样了？待会儿会不会有地狱火来轮番轰炸？

"看看那几张傻里傻气的脸，"克里米纳大声说道，"长着大胡子的那人，像蠢货一样！对，就是个蠢货。那只绿毛猴子怪物。'咄！看着我，我是绿毛猴子爸爸。'那个山洞人，那个又矮又胖的小女人，还有另外一个。真是一群废物！我是你们的主人，我聪明极了，你们根本比不上我。"

蕾哈娜使劲用手挡着苏鲁克的耳朵，不想让他听到克里米纳目中无人的狂妄言论，但是都被外星人躲开了。苏鲁克居然在笑，虽然他笑的样子不好看，但史密斯还是感到很意外。

"听着，"史密斯说，"他们在屏幕上看到什么不重要，马上开始的比赛才是我们展示自己的精彩时刻。"

"拉蒂西亚的子民们!"克里米纳宣布,"今天我将为你们带来银河系最精彩的比赛。这场赛事你们前所未见,它最惊险刺激,最振奋人心,它既充满暴力和血腥,又富有魅力和情怀,它将成为你们人生中最炫耀、最动人的比赛,这……就是……超级大赛!"

蕾哈娜叹了口气:"他真会吹牛。"

赛场另一侧大门打开,六个人身穿相同颜色的服装陆续入场,有人蹦蹦跳跳,有人侧身翻着跟头。

苏鲁克大笑说:"克里米纳,这就是你最精锐的队员?看看这些人,蹦蹦跳跳,弱不禁风。我杀戮者一旦上场,你们就完蛋了,到时候,看你们还能不能笑。"

"苏鲁克,"卡尔薇丝说,"这些人是啦啦队员。"

三个彪形大汉从黑暗中走出,他们步伐沉重有力,仿佛凶神恶煞一般。大汉个个身高八尺,身穿重型装甲,史密斯起初看见他们,几乎以为他们是机器人,后来队长摘下头盔,史密斯才知道他们原来是人,只是头相对较小。

史密斯意识到,他们是重生人,而且都是新伊甸突击部队队员。他们服用噶斯特帝国提供的生长血清,身体非常强壮,是新伊甸的疯狂追随者,不过他们脑子却十分愚笨。

"异教徒们!"喇叭里传来重生人队长狂暴的吼叫声,"我是百夫长——戈尔布拉斯特。他们是我的队友,粉碎者——英博瑞乌斯和毁灭者——耶利米。我要以伟大的歼灭人的名义碾碎你们。我身型庞大,装甲上到处都是尖刺,你们有什么要说的,废物?"

04 向胜利进发

一只麦克风无人机降到史密斯跟前,史密斯清了清嗓子说:"作为一名来自不列颠……的船长,我想说……"

苏鲁克抓住无人机,把它拉到自己这边。他愣了一会儿才靠近麦克风,然后笑着说:"我觉得你们的脑袋和身体长得比例失调,真是太丢人了。"

球落入场中,苏鲁克抢到球,马上传给史密斯。史密斯持球前冲,避开戈尔布拉斯特的金属重拳,把球抛向温斯科特,温斯科特则直接将球传给卡尔薇丝。卡尔薇丝希望尽量避开混战,于是一下把球射入空当。重生人体态笨重,如战舰一般,他们费了好大劲儿才纷纷转身,结果却发现卡尔薇丝振臂一击,将球送到得分线附近。

史密斯点头表示赞许。忽然,他发现人群中闪过一道光。一个男人冲到看台前方,一只手举着一块写有脏话的广告牌,另一只手拿着一根大热狗。苏鲁克正要靠近过去,男人把手伸到热狗底部,就像将要拔剑的日本武士,从里面抽出一把长刀。

"小心!"史密斯喊道。男人从看台探身靠向苏鲁克,但是,由于靠得太近,一阵手忙脚乱后,苏鲁克抓住男人手腕,把他扔进场内,然后用男人自己的长刀将他干掉了。观众见此场景,一片欢呼。

"这就对了。好极了。耶!这就是暴力,对吧?成年人的东西?上帝啊。"凯特·迪丝托皮亚喃喃地说。没过多久,医护人员进入球场，把尸体拖走了。

"噢！有人死在自己刀下，精彩！血浆四溅的场面多美啊！"亚历克斯·拉格兰德喊道，"帝国铁甲军团得一分！快看上面，噢！我的兄弟姊妹，快看回放画面！"

"别人听不懂你说什么。大家都不在乎。"

"说什么呢，伤人心呐？小妹妹！不过，待会儿开球还有更多精彩时刻等着我们。"

"装得像个行家一样，你懂什么叫开球，小屁孩。"

球再次落入场中，比赛瞬间沦为一场野蛮的厮杀。重生人进球得分的欲望并不强烈，他们更想杀人，不过，史密斯的队伍也已经准备好了。苏鲁克手脚利索，翻着跟斗从毁灭者耶利米身边经过，希望借此分散他的注意力。英博瑞乌斯缓缓走过来，抓住蕾哈娜。史密斯和温斯科特以前从《突击队员高级战斗手册》和《威斯登星际板球年鉴》中学过几招，两人见蕾哈娜有危险，于是即兴发挥，快速出击，他们一人抱住英博瑞乌斯的脚，一人负责抢球。很快，英博瑞乌斯就像被打翻的邮筒，摔倒在地。

随后，一辆吊车驶进球场，史密斯赶紧躲到一旁。吊车放下电磁铁，吸住重生人队倒在地上的队员，哐当哐当地把他拖走了。场边的观众有的在讥笑，有的在怒吼。

"大家干得漂亮！"史密斯说。一只机器人冲上来开始冲洗赛场上的污渍。史密斯从早上醒来到现在，已经喝了四大瓶茶，但此时依然觉得口渴。看台上观众吼声不断，显示屏上画面滚动，史密斯注视着这一切，心里想，这地方问题就在于此：茶太难喝了。

克里斯宾·昆奇站在赛场边线,仿佛在欣赏歌剧,连连拍手叫好。他帽角上扬,匆匆走到场内,显得十分得意。"干掉一个!漂亮,史密斯。非常漂亮。观众喜欢这样。如果比赛结束你不是他们的明星球员,我就把围巾吃下去。"

英博瑞乌斯在被拖走的途中,肩垫擦在地上火花直冒。"看着都觉得疼。"史密斯说。

昆奇挥着手说:"我都怀疑他有没有感觉。克里米纳给他所有队员都灌了大量战斗药剂。你该不会认为他们要和我们公平比赛吧?"

"哼!"史密斯皱着眉头说,"被人操纵的比赛,真该死。我感觉自己就像个罗马角斗士。"

"我们都曾经是场上的角斗士,史密斯。我待会儿去看看,看他们能不能在半场休息时给我们也来点战斗药。"

史密斯想抗议,不过,一阵哨声过后,他的声音瞬间被淹没了。

比赛再次开始,喇叭响了,球从天花板落入场内。苏鲁克冲过去,抢到球。戈尔布拉斯特立即跟上,用腹部顶撞苏鲁克。球脱手了,虽然苏鲁克飞快翻滚到一边,但他已经受伤。戈尔布拉斯特从地上捡起球,直接传给耶利米,耶利米的手臂带有机械传感装置,球刚好投到他掌心。

耶利米手里握着球,就像一只犹狳紧抓着一颗橡子。他在场上轰隆隆地往前冲。蕾哈娜跑过去,试图和他比画一番,但是被推到一边。最后,耶利米将球狠狠地砸进帝国铁甲军团队的球门线。

"耶!"凯特·迪斯托皮亚兴奋地喊道,"一击制胜,我说的没错吧?"

球重新入场,史密斯持球。温斯科特和苏鲁克冲过去,把距离自己最近的重生人队球员毁灭者耶利米狂揍了一顿。耶利米身子跌跌撞撞,手舞足蹈,现在他根本配不上"毁灭者"这个头衔。他就像个穿着盔甲的小孩儿在和两只恶猫进行殊死格斗,绝望极了。

戈尔布拉斯特趁人不备快速接近史密斯,劈手抢走了他手里的球,把它扔向球场上空,然后自己轰隆隆地跟在球后。一路上,他两条腿就像消防栓一样,不断撞击球场草皮。蕾哈娜双眼紧闭,球在半空中突然改变方向,最终落在卡尔薇丝身旁。卡尔薇丝大惊失色,赶紧躲开,仿佛有只老鼠落到她衬衫上一样。

史密斯赶来拦截,但是,戈尔布拉斯特就像一块移动速度飞快的冰山,不断向前冲。"杀死这群异教徒!"他大手一挥,把史密斯推开了,嘴里嘀咕着说道,"烧掉球场!"

史密斯摇摇晃晃地从地上爬起来,紧接着他看到戈尔布拉斯特冲到卡尔薇丝身旁,正准备弯腰捡球。戈尔布拉斯特浑身都是装甲,史密斯拳头再硬也拦不住他——肯定还有别的方法,史密斯可以找东西充当武器……

"卡尔薇丝!站着别动!"

卡尔薇丝刚一转身就发现她被史密斯抓住腰,高高举了起来。卡尔薇丝哇哇大叫,手脚一通折腾。史密斯找准时机,身体扭向一侧,做出抛铅球的姿势,然后挥动卡尔薇丝,用她当武器来拦截戈尔布拉斯特。

卡尔薇丝的轮滑鞋击中了戈尔布拉斯特的头盔,这大家伙被撞得路都走不稳，他一边呻吟，一边揉着脑袋。卡尔薇丝从史密斯手中挣脱，一屁股跌在地上。史密斯抢到球，在赛场上飞速跑动。他注意到身后有一个大影子在追他，他还能听见耳畔隆隆作响的脚步声，这声音仿佛一头大象正在踩踏定音鼓。

球场边线就在不远处，看台上的观众都冲着他欢呼，人们脸上的表情都兴奋不已。面对这一切，史密斯深吸了一口气。他朝克里米纳的包厢瞟了一眼，希望看到这位独裁者愤怒的模样——结果却有点目瞪口呆。

克里米纳的确在包厢里，不过，克里米纳身边的人让他感到非常意外。那个人身材矮小，穿着一件皮大衣，浑身通红。几年前，史密斯把他一只眼睛射瞎了，现在他已经换上了机械眼。

"是你？"史密斯低声说道。百夫长戈尔布拉斯特趁机一拳打在史密斯背上。

史密斯被击倒，身子在地上滑了老远，直到撞在一块清爽饮料广告牌上才停下。他面部朝下，球压在身体下面，场边观众的咆哮声仿佛要把他淹没了。

史密斯眨了眨眼，挣扎着站起来，观众席传来阵阵欢呼声。有人从看台探出身，操着一口蹩脚的不列颠太空帝国口音对他说："漂亮，老哥们儿！"史密斯发现，球还在自己手里，他刚刚持球滑过了边线。帝国铁甲军团队 2-1 领先。

"各位观众，"亚历克斯·拉格兰德说，"刚刚收到消息，非常明确……该进球无效。严格禁止这种进球方式！"

"还是老样子，"凯特·迪斯托皮亚说，"太不公平了。"

史密斯注视着评论间,为什么进球无效?他明明已经过线了,不是吗?

"亲爱的观众,刚刚的进球存在越位。你们小脑袋瓜子可能在想什么是越位。下面就让亚历克斯大叔为你们做简单讲解。一名球员持球进攻,另一名球员提前在前方接应……"

史密斯觉得他说的没错。银河系中,无论你去哪里,无论打什么比赛,越位都是胡扯。"苏鲁克!"史密斯喊道,"比赛结束了。你可以停下了,不用拧断他脖子。"

外星人放开毁灭者耶利米。"懦弱的人类,愚蠢的比赛,"他大吼道,"太不公平了,马祖兰!我们不列颠太空帝国的人比赛从来没输过,这是我参加过的最糟糕的比赛。裁判肯定是瞎了,等着受死吧!"

温斯科特生气地说:"我觉得我们还有硬仗要打。这些混蛋会杀了我们。"

蕾哈娜走过来,摸着史密斯的手说:"抱歉,伊桑巴德。我们至少努力过。就像你说的,比赛输赢并不重要,过程才是最重要的。"

"比赛当然不重要!"史密斯怒气冲冲地反驳道,"对不起,蕾哈娜,我不是有意这么粗鲁的,我当时说那句话时,真正的意思并不是那样。我是说……我是说,既然你这么有体育精神,上帝怎么忍心让你输呢?这才是我真正想表达的意思。"

苏鲁克迷惑地摇了摇头,他指着屏幕说:"没听明白。不过还好,你说的话没那么难懂。你们看那个人,多可笑。"

赛场另一侧，一个穿着护甲的小个子正往这边走来，他走路的姿势摇摇晃晃，像个表演杂耍的醉汉一样，非常奇怪。一架摄像无人机一直跟在他左右。

"该死，那是卡尔薇丝，"史密斯说，"别大惊小怪。"

"我活不下去了，"卡尔薇丝哭着说，"头儿，我活不下去了！我们输了，我接受不了。我就要死在这么多镜头面前了。"

史密斯抬头发现摄像无人机正向卡尔薇丝四周聚集，每架无人机的传感器都闪着不同颜色的光。如果有人进球，电视收视率立刻提高，有人倒毙这种画面，想看的人更多。

"好了，头儿！你靠近一点，我把我的秘密武器告诉你。"

"什么秘密武器？别拐弯抹角。"

"互助合作，"卡尔薇丝说，她双眼盯着史密斯，一动不动。

蕾哈娜用手肘轻轻碰了一下史密斯："你说的没错，波莉。我们怎样才能帮到你？"

"噢，"史密斯说，"你说互助合作？呃，对，你这种价值观可真是老掉牙了，我们当然希望你能活着，是吧？苏鲁克？苏鲁克，我们不希望苏鲁克在赛场上倒毙，对吧？"

苏鲁克说："呸！她如果真的活不下去了，肯定会大喊大闹，呜呜咽咽叫个没完。她用电动牙刷的时候，声音都比这大。"

又一架摄像无人机飞过来了，不过这架无人机有些犹豫，不确定这里是否值得继续拍摄。昆奇在场边尽力拖住保安，史密斯和卡尔薇丝彼此以眼神示意，表示要开始演戏。突然，卡尔薇丝倒下了。

大家都跑到卡尔薇丝身边。"朋友，我忠诚的朋友，我该怎么帮你?"史密斯问。

"我要羞愧死了,"卡尔薇丝说。她半睁着眼睛,看着摄像机:"只有一样东西能救我。那就是让人神清气爽的帝国铁甲军团官方运动饮料:超级可乐。"

温斯科特仿佛发现了新星球一样,眼睛突然亮起来。"啊!我懂了,"他说,"医护人员,你们快给我们搬一箱超级可乐过来,否则,我要把你们的鼻子打塌。既然镜头都对着这里,"温斯科特把手放在腰带上继续说,"我不妨露两手,让全世界都看看。"

"住手,"史密斯说,"还不是时候,温斯科特,留到决赛再说吧!你看看卡尔薇丝的样子。"

昆奇从场边匆匆赶来,身后跟着一女孩,女孩穿着一件闪闪发亮的紧身衣,衣服一侧印有超级可乐标志,就像跑车车身的喷漆条纹。她从腰带上取下一罐可乐,把带有可乐标志的一面对着镜头,然后才递给卡尔薇丝。

卡尔薇丝喝了一口,嗓子里咕噜作响,很快就站起来了。"我活过来了,"她嘀咕着,"我活过来了。噢!感谢超级可乐公司,我又活过来了!我感觉浑身舒爽极了,我要找片沙滩,去翻几个跟斗。推荐大家喝超级可乐!"

蕾哈娜开心地搂住史密斯。温斯科特说:"奇迹发生了。"

"不只是奇迹,"卡尔薇丝转身对着镜头说,"超级可乐味道可口,简直是次生代首选饮品。"

人群上空,高音喇叭又响了,"好了,好了,兄弟姐妹们。你们的老朋友亚历克斯·拉格兰德刚刚从我们敬爱的赞助商那里

04 向胜利进发

得到消息：进球有效！比赛就此结束！帝国铁甲军团队二比一获胜！来点超级可乐，大家尽情放松吧！"

卡尔薇丝喝完饮料，无人机都开始撤离，最后，她冲着远去的镜头竖起大拇指。卡尔薇丝把饮料罐子扔到一边说："这才是享受比赛。不要让比赛享受你。"

"你果然思维敏捷，"史密斯说，"干得漂亮，卡尔薇丝。昆奇，你之前说要赢得人心，我现在终于明白你的意思了。"

昆奇点头说："想要人们一直关注你，你就要给他们一个充分的理由。"

温斯科特听了很不开心，他说："我一直都是这么做的。"

忽然，喇叭里传出一个新的声音，响彻全场："所有球员请退后。克里米纳和他的贵宾要亲自接见获胜球员！"

"真不是时候，"卡尔薇丝发了阵牢骚，"我们该怎么办？"

苏鲁克张着嘴，发出一阵低沉的咕噜声，"来的刚好，我们可以借此机会袭击他们。"

"说得轻松，"卡尔薇丝反驳道，"如果在这球场中间把他们杀了，你觉得我们还能活很久吗？肯定会有目击者，大侦探。"

"观众这么多，机会难得呀！在这儿干掉他们，就有无数人可以见证我的壮举，你想想吧，小猪仔。"

蕾哈娜举手示意说："大家冷静，我们不会有事的，相机都在拍着呢，他们不敢胡来，对吧？"

"没错，"史密斯说。话音刚落，球场通道的门开了，一群装甲卫兵排着队向球场走来，史密斯感到十分诧异。

走在前面的是一群红帽民兵,他们身穿护甲,戴着墨镜,举止十分粗俗。红帽民兵后面跟着许多邪恶卫兵,这些卫兵身材稍壮,蓄着板寸头,穿的衣服都不合身。克里米纳走在护卫中间,体态显得异常臃肿,他正在炫耀一种奇怪的化学染发剂。史密斯突然想起来,克里米纳身型如此庞大,肯定也和重生人队队员一样,服用了不少生长药剂。

意志不够坚定的人见到这场面肯定会吓一跳,不过史密斯根本没把克里米纳和他手下那群地痞流氓放在眼里。让人更忧心忡忡的是走在克里米纳一行人身后的四名噶斯特战士,这四个噶斯特人体型魁梧,比普通机器人还要大出三分之一,他们头盔上刻着带有触角的骷髅标志,象征禁卫军军团。在通常情况下,一架重型裂解炮需要一个二人蚂蚁分队来操作,但这四个人却人手一架。他们中间,那个身材矮小,体格瘦弱,但头很大的蚁人就是史密斯的老对手462。462走路一瘸一拐,脸上的伤疤仿佛一行行盲文,记录着二人由来已久的恩怨较量。

462的近身护卫伸着鼻子在空气中嗅气味,他随即往后退了几步。克里米纳双手拇指跨在腰带上,大摇大摆地走上前来。

"你居然把我的终极战队打败了,"克里米纳怒吼道,"我要处死你,你们所有人都得死!我是拉蒂西亚的克里米纳,你们算什么东西,胆敢违抗我的指令?"

史密斯注视着克里米纳,打算靠嘴皮子忽悠过去:"我叫伊桑巴德 · 道格拉斯 · 温斯顿 · 史密斯,是一名不列颠太空帝国的军官。我是这支优秀队伍的队长,我还有一艘非常不错的星际飞船。现在我要离开赛场,去喝杯茶。如果还有比赛,我随时奉陪。"

克里米纳的小眼睛眯成了一条缝,他往前挪了挪身子,以便避开摄像无人机:"你们国家衰败,人民腐朽懦弱。我的子民和我的肌肉一样,人人都强健挺拔,不屈不挠。他们要碾碎你们的军队,你们等着丢人吧!"

史密斯看着克里米纳的眼睛说:"很快你就要闭嘴了。"

克里米纳眉头紧锁,退了回去。他准备转身离开,一路上嘴里不断嘀咕,咒骂别人的懦弱。卫兵紧随左右。

462 停留了片刻,他发现史密斯在盯着他。"我们又见面了。"462 说。

"你想干什么?"史密斯问。

"慢慢你就知道了,"462 说完,脸上露出笑意,然后便转身,一瘸一拐地往看台方向走去。462 的臀部非常显眼,风衣搭在上面不断摆动。

"大家好,欢迎收看《赛后余波》,我是查德·布洛科,下面我将为您带来比赛决胜时刻的简要讲解。今晚现场来宾是刚刚意外获胜的帝国铁甲军团队的队长:伊桑巴德·史密斯。史密斯队长,赢得漂亮啊,你感觉如何?"

"嗯!还不错。"

"岂止不错,对他们来说,简直就是世界末日。看你们比赛真是激动人心呐,尤其是观众最喜爱的球员杀戮者苏鲁克,表现十分强劲。苏鲁克干掉了粉碎者英博瑞乌斯,当时你是什么感受?"

"感受?你想问我的真实感受?"

"好……那我们聊聊本赛季后半段即将开始的比赛。接下来你们还要面对几支重磅球队的考验,你期待夺冠吗?你觉得自己能否撑到最后?你对整个星球局势有何看法?网络上有很多观众收看我们的节目,你有话要对他们说吗?"

"对观众说?哎呀,太难了。我是说现在局势恶劣,大家都心知肚明,根本不需要我来指指点点。战争已经开始了,你们的星球政治腐败,庄稼都死了,人们连一杯像样的茶水都喝不上。"

"噢?"

"人们的食物单调匮乏,街道上民兵恶霸大行其道,你们却坐在电视机前,脑子里只想着'眼不见,心不念,我要忘掉人民的疾苦和国家的腐烂,我只想看看电视,看十个穿着重型盔甲的男人为争抢一只橄榄球互相厮杀,这就够了'。但我不想这样,我不希望你们蒙着双眼。"

"好了,史密斯船长。审查官刚告诉我直播现在结束。"

"我还没说完。我虽然不知道该怎么做才能让这个星球重新回归文明,也不知道该怎样才能结束独裁,结束战争,结束一切不文明,但我知道你们一定要自强不息。对,你们现在就要站起来终止不合理现象,要高喊……"

"史密斯船长……船长……你拿的麦克风是我的。你不能这样……还给……"

"所有观众,对,就是你们!我希望你们现在就站起来,我希望你们打开窗户,伸出脑袋,高喊'看节目的同胞们,你们好!我现在真的很恼火,这个腐朽的世界,我再也不要忍受了!'然后,你们就可以烧杯茶，好好思考该如何改变现状。"

后续比赛陆续开始，史密斯已经准备好了，他知道该如何应付对手，也知道该如何吸引观众。其实，吸引观众并不困难，因为你既不必招摇撞骗，又不用拐弯抹角，只需要尽情地做自己就够了。对史密斯而言，最难的是中场休息时必须得喝超级可乐，你不仅要喝，还需做出一副开心的表情，表示可乐不错。史密斯坚持要喝茶，昆奇只好从黑市买了些茶，藏在裤筒里，偷偷带进比赛场馆。

"好样的！"昆奇惊叹道，他一边说话，一边从裤筒卷边里翻出正山小种红茶，"我的上司对你们的表现非常满意。我帽子里缝了一个小口袋，里面装了些格雷伯爵茶，来，拿着。"

倒霉狗热狗摊和超级可乐公司近来发行了一本小册子，小册子封面光闪闪的，显得有几分华贵。史密斯稍微瞟了几眼，发现册子里说他坚守规则，公平比赛，对他赞赏有加。其他队友，册子上也都分别有评语：苏鲁克，近战大师，值得尊重；蕾哈娜，神秘莫测，战术如其本人；卡尔薇丝，勇敢坚毅，是帝国铁甲军团队的吉祥物。册子上称温斯科特最重要的特质是狡猾，这其实不符合事实，人们通常记住他并不是因为他狡猾——温斯科特还没在场上脱裤子。

"你们看，丰盛的英式早餐，我的一点心意！"昆奇说完从领圈扯下一条长绳，上面系满了茶包，"阿萨姆茶，这种茶相当有意思。"

当天下午，帝国铁甲军团队三比一战胜死神·洛斯·马里阿基斯队。比赛结束时，史密斯没有爬到对方队长埃尔·卢卡多头上，出人意料的是他居然和对方握手，并称赞对方："打得不错，先生！"观众看到这一画面，纷纷大声欢呼，以示认可。

卢卡多戴着面具，回答道："你也打得不错，先生。"

第二天清晨，两名卫兵早早地来到史密斯的牢房，两个人长得都很瘦，不过其中一位瘦得只剩皮包骨头，他仿佛做了吸脂手术，不仅脂肪被抽走了，连快乐也一并被抽走了。他说："我们要给你们看样东西，自上次以来，我和战友们都有些想法。"

史密斯赶紧站起来，苏鲁克就在他身后，像只庞然大物一般，威胁性十足。外星人苏鲁克已经等了好久，他一直想袭击卫兵，大开杀戒，现在机会终于来了。史密斯想，或许时机已到。

"对！"稍胖的卫兵说。他把外套拉起来，露出里面的T恤，只见肚子上有一幅史密斯的头像。

"够了，"史密斯惊讶地说，"赶紧把它抹掉，天呐！等会儿，上面写的是什么？"

"Spiff in' with the Tiff in，"胖卫兵说。"翻译成你们不列颠太空帝国语就是'一起杀了他们'，没错吧？"

"我觉得不列颠语根本没这意思。不过，非常好。你们想干吗？"

两名卫兵都笑了。"背上写的就是这句话。"瘦卫兵解释道，"体育馆外面的商贩正在卖这种T恤。"

卡尔薇丝看卫兵走出房间，然后把门锁上。"这种价格过高，品质不太可靠的品牌商品,我们自己也有。"她说,"我们现在可以称得上正规运动队了。"

第四场比赛更加艰难,对手是无情姐妹团队,她们坚持不留活口。但是,苏鲁克将她们全部击倒,最终帝国铁甲军团团队三比二战胜无情姐妹团队。即便是凯特·迪斯托皮亚,总结比赛时也表示,"这场比赛就是女性反对男权的抗争"。第二天,蕾哈娜收到《劲爆体育画刊》杂志邀约,该杂志希望她能与无情姐妹团队的明星球员丽兹·德·弗勒及大角星·琼一同现身该杂志纪念版封面。蕾哈娜看到拍摄时要穿的紧身束衣,觉得很不舒服,于是便拒绝了邀约,史密斯对此感到非常失望。"扩大影响力,这不正是我们努力的意义所在吗?"史密斯无力地反驳着。

第五场比赛对战反向冲压发动机队,帝国铁甲军团队共计三粒进球,没有人员伤亡。比赛结束后,他们拿着大罐超级可乐,大摇大摆地往回走,却不料在球员通道碰上一名从暗影中窜出的男子。男子身穿雨衣,戴着一顶帽子,慢慢放下手中的报纸。

"快看呐,是里克!"卡尔薇丝大声惊呼。

"里克是谁?我不认识,"德莱基特说。他把报纸叠好,递给温斯科特,温斯科特立即卷起报纸,插进一根管子里。"烤面包机,天然气管道。"少校情不自禁地嘀咕道。

德莱基特跟着他们一直走到牢房。"我叫迪克·拉科特,来自不列颠太空帝国球赛、娱乐及运动监管所。我来这儿的目的是保证比赛的纯洁性。"

卡尔薇丝悄悄地靠近德莱基特,身上护甲不时发出阵阵撞击声："我如果就是喜欢肮脏的比赛，怎么办？里克？"

"我叫迪克，女士。我只是为了做好我的本职工作，我来这儿看看有没有害虫。"

"害虫？"史密斯不解地说。

"对，"德莱基特瞟了一眼卫兵说，"就是甲壳虫、蟑螂、卡罗坦食头虫这种东西。"随后，他又低声说，"听着……我们要做好一切准备，帮你们逃出去。你们只需打球，最后决赛赢了就行。组织到时候会送你去见克里米纳，让你逗他开心，你可以趁机干掉他。没有克里米纳，拉蒂西亚就会垮掉。都说锡盘巷玩筛子的流浪汉路易活得开心，但其实根本不算什么，我们到时候胜利凯旋，一定比他还开心。你们说怎么样？"

史密斯犹豫了片刻，心想：这锡盘巷会不会是德莱基特自己创造的俚语，指的是厕所呢？他不敢确定。德莱基特说的悄悄话没什么逻辑，而且别人几乎听不懂。机器人的问题就在于此，不管怎么努力，底层程序终究会主导他的意识。

"等会儿，"史密斯说，"干掉克里米纳的主意是不错，但是然后呢？杀了他，你觉得我们还能活多久？克里米纳一旦倒下，我所有队友都会被乱枪射死。而且，群众还会爆发大规模骚乱。"

昆奇说："其实我倒觉得群众到时候可能会喝彩。"

"德莱基特，我不能承担这种风险，更何况卡尔薇丝四岁生日就要到了。德莱基特，你告诉 W，也告诉其他人，我不愿冒这个险。无论克里米纳派来什么对手，我都会堂堂正正打败他。这就足够了。"

德莱基特说："史密斯，这种做法，组织可不乐意。"

史密斯转身靠他更近,"你给我听着……如果采用你的方案,到时候报销的不只是我,包括卡尔薇丝在内,我们所有人都要送命。我绝不会因为某个小喽啰跳出来告诉我要这么做,就让我的队员去牺牲。听明白了吗?"

德莱基特叹了口气,"我明白了。你说的也有点道理,我会上报组织。请叫我二等兵迪克。"

一行人走到斜坡通道尽头,然后拐弯。胖卫兵打开训练室的门。

训练室里,风暴突击队指挥官462正坐在卧推凳上锻炼肌肉。两名禁卫兵站在他身后,面部紧绷,一直注视着他,就像私人教练一样。462看见史密斯,脸上露出笑意。

胖卫兵咽着口水说:"呃……有人要见您。"

一名禁卫兵朝他一阵怒吼。

史密斯看着德莱基特说:"你说你来这是要清除害虫的。"

462站起来,整个人已经被邪恶侵蚀殆尽。史密斯上次见到他还是一年前的事,他似乎变小了,狭长的脸上爬满了皱纹,上面透着一股暗沉的猩红。

"别担心,史密斯船长,"462说,"我不会在这儿待很久。人类的汗味真让人受不了。你说体育精神有什么意思。"462比史密斯矮一个头的高度。他瘸着腿往前走。"我们去走廊说话。卫兵,你们看好史密斯船长的同伴,我的禁卫兵负责盯着你。走吧。"他指着门说。

"大家冷静,"史密斯说,"我会回来的。"

二人走到走廊,462把门关上。

"你根本就不喜欢看比赛。"史密斯说。

"你说的没错。在我心里，只有不同人种互相争斗，为占领银河系打得昏天黑地，这才算真正意义上的比赛。坦克沙滩排球和集体行军礼也还不错。另外，我觉得运动饮料超级可乐很好喝。"

"我猜应该是蚁类容易消化糖水。"

"闭嘴。糖水也比你们地球上用热水和叶子混在一起的肮脏饮品好多了。史密斯，我一直在关注你们的进展，你们能战胜我们的盟友，让我非常感兴趣。你们居然打败了尤尔人，我们没料到。旅鼠人的溃败，对我们来说，是不小的麻烦。"

"旅鼠人自己也处境艰难。"

"史密斯，自从我们上次见面，我可没闲着，我一直都在往上爬，希望得到晋升。不过，"462咧嘴露出一丝丑陋的笑容，继续说道，"这晋升的道路就像一根油腻滑手的杆子，你可以想象一下。我目前处在瓶颈阶段。"

史密斯脑海里忽然闪现出一幅画面：462站在舞台上跳舞，背景音乐是噶斯特行军曲，他满手油污，正拼命往杆子上爬。想到这里，史密斯忍不住笑了。

"史密斯，我认为我是高级指挥官的理想人选。我狡猾，我无情，我好胜，我和我们的一号领袖有许多共同特质。一号首领对我教导有方，我觉得我身上有他的影子。"

"想说什么就直说吧，462。"

"你胆子不小啊！我可没那意思！夺权上位这种事可不是什么正派作风，你竟敢胡乱影射，等着被收拾吧——噢，我懂了。我也希望一号首领可以和你面谈。"

"你继续说。"

"史密斯，你想想，你我之间差别并没有那么大。我们都希望自己国家能赢。我们还……呃……"462想挠头，可头上却戴着头盔。462曾经试图偷走史密斯的剑，不料被抓住了，他偷剑那只手的手心因此被烙上了几个字：谢菲尔德制造。史密斯无意中发现，462手心的烙印依然还在。"我们的期望相同，包括杀掉一号首领，这都是我们共同的心愿。"

"当然，"史密斯回答说，"我要揍死那个小混球，我要把他做成标本，只要……等等，你刚说你想看到一号首领死？"

462朝肩膀瞅了瞅，随后把风衣的衣领竖起。他抬起触角，压低嗓音说："对！"

"啊，"史密斯说，"你终于想明白了？只要那只癫狂的小虫子掌控大权，你所面对的都将是毁灭。但是，如果除掉一号首领，你就可以合情合理地投降，然后戴罪立功，享受体面。你可以做我们帝国的臣民，你或许还有希望。462，或许有一天，不仅是你，你们种族所有人都会明白，暴政、谋杀和腐败终将归于一处……壁炉上面，我挂奖杯的地方。"

"其实是因为他杀了我的宠物蚂蚁。"

"你的宠物蚂蚁？就那丑东西？宠物蚂蚁多可怕呀！"

"我那只不一样……"

"抱歉，不就是能帮你拿拖鞋，舌头能碰到革片，这有什么了不起？眼光放长远一点，伙计，外面在打仗呢。我本来不喜欢说这事，但过去几年死了很多人，他们比那脏兮兮的宠物蚂蚁可有价值多了。你们不是一窝一窝地克隆宠物蚂蚁吗，我都听说了，一次可以克隆六只。"

462身体往前挪了挪，说话语气充满了愤怒和坚决，"史密斯，如果是你的宠物，你怎么做？我知道你有一只仓鼠，如果被枪杀的是你的仓鼠，你不想报仇吗？你不想把凶手塞进休眠仓，让他永远别醒过来吗？"

"仓鼠不是我的，是我飞行员的仓鼠。"

"假如他让你飞行员永远闭嘴了呢？你有什么感受？"

"你说的'永远闭嘴'不是指让她说话声音放小，而是把她杀了，没错吧？"

462点了点头。

"那我要像抓黄鼠狼一样，无论凶手跑到哪儿，我都要找到他，然后杀了他。"

"仔细听我说，史密斯。按照规定，你如果赢了比赛，克里米纳就会亲自见你。他希望自己的猎人队能获胜，你一旦让他念想破灭，你就有机会进入他的私人包厢刺杀他。"

"我明白你的意思了。"

"你还要清楚看决赛的可不只有克里米纳，一号首领也会以贵宾身份莅临现场。到时候，一号首领的贴身侍卫团——死亡之钳战队会一直守护他左右，你见到克里米纳时，有短暂时间接近一号首领，那时，你就可以抓住时机袭击一号首领，把他那瘦脖子给拧断。"

"然后呢？我如何脱身？"

"你不用脱身。"

"原来如此，"史密斯说，"我算是懂了。你的计划有点问题，你不觉得吗？"

"没什么大问题。"

"你们国家怎么办事，我不知道，我也不想知道。不过，让别人送死肯定不行。"

462耸了耸肩说："他死了，你也死了。史密斯，坦白说，这不就是你们人类所谓的共赢吗！"

"不是，谢了。"

"仔细想想，史密斯。干掉一号，你就会成为人们心中的英雄，你的牺牲将是最高荣耀，你将载入史册，成为你们历史上最伟大的战士之一，人们会永远记住你的……"

"记住我的死。"

"不，记住你的荣耀。再想想，想想战斗的荣耀，想想英雄般的牺牲，想想将来人们为你竖起的伟岸雕像。"

史密斯考虑了片刻说："那又怎么样？然后呢？又有另外一只大虫子上台，战争还会继续肆虐。我不能这么做。抱歉，搭上同伴和仓鼠的命，就为给你那只宠物蚂蚁报仇，这太不值了。"

462舔了舔薄薄的嘴唇，"我们可以协商停战。一号如果死了，必然会造成混乱，到那时，达成停战协定可不是什么难事。更何况他死后由我把控大局，停战就更不在话下。"

"除非我们主动提出交涉，否则，太空帝国不会和你这种禽兽打交道。卡尔薇丝曾经想在洗手间养只小马驹，于是便找各种理由说服我，但她当时说的理由没有一丝说服力。今天我算长见识了，你劝人办事的理由比她的还烂。"

"再考虑考虑，史密斯。"462注视着史密斯的双眼。史密斯首次觉得462的眼神里不只有低俗和狡诈，或许还存在一些实实在在的智慧。"除了首领，我们蚁人不相信其他个体也能干出一番壮举，但你们人类信。你可以干掉一号，你可以成为那个伟大的人。"

"我会再考虑的。"

"为了银河系，为了仓鼠，请你千万再考虑考虑。好了……"462又回头看了一眼，"我已经在这儿待很久了。"说完，他按下开关，打开训练室的门，"史密斯，你先请。"

二人回到训练室。温斯科特和苏鲁克埋伏在墙角下，卡尔薇丝正准备找地方藏起来，蕾哈娜则在训练室中间向462的贴身卫兵说些什么。

"有种烹饪海带的方式非常有意思，你可以试试。很多人听说过熏肉，却不知道素食主义者也可以熏蔬菜。我做过很多熏蔬菜，味道也不错。现在，我又开始熏水果。"

"长官，"一名禁卫兵大声喊道，"我强烈要求您现在下令，让我干掉这个人。如果不行，我希望您能把我派到莫洛克前线，其他战场也可以，只要没有绿色产品就好。"

"462，你最好快走，"史密斯说，"我每次见你，你最后都没什么好下场。"

苏鲁克用轻柔而又低沉的声音说："说得对。小东西，把你脖子拧断了就不好了。我放奖杯的房间离这儿还有很远呢！"

462看着苏鲁克，他似乎并没有被苏鲁克的模样吓到，史密斯觉得462胆量不错。苏鲁克颌骨那么长，很难看，但比起462背上凸出的一大块革片，这颌骨根本不算什么。

"你应该感谢我，蛙卵里生出的小子，"462说，"我送你个礼物吧，让你们战斗到死怎么样？"

"唔，"苏鲁克回答道，"好啊。"

"太好了，"462说，"你们可以完成国家任务，一号首领也能除掉，你们死得其所。所以大家都是赢家，我喜欢的就是这种比赛。"

史密斯身后的门关上了，他转身站在原地盯着大门，一时竟有点手足无措。

"头儿！"卡尔薇丝突然从休息区走过来，"各位！噶斯特人终于滚了，我是不是错过了什么？里克……呃，德莱基特——喘口气就过来。"卡尔薇丝四处看了看说，"为什么大家脸都拉得老长？我知道苏鲁克一直都这样，但是你们其他人都怎么了？有人有超级可乐吗？德莱基特可能需要。"

05

球场如战场

"我知道以前对你们要求很多,"史密斯说,"但这次决定事关大家性命,非常严肃,所以我这次采取民主决策的方式,让你们自行选择,这点先搞清楚。"

"噶斯特人的历史虽动荡不堪,但噶斯特一号这般暴君却从未有过,他残忍歹毒,崇尚极端武力,历史上无人能及。他已经把占领空间和吞噬子民当作人生事业——当然,他不是一个人。蚁人长相怪异,显得有些低级,原本并非人见人厌,但自从他上台以后,蚁人都成了野蛮、无脑的虫子。没错,他们一直都是虫子,但如今他们是穷凶恶极的害虫。噶斯特帝国只会输出战争,他们做的唯一好事就是为我们提供壁炉上的装饰品,给我们伸张正义、展现英勇的机会。"

"我们现在有机会除掉这个邪恶的小混球。拉蒂西亚星是通往噶斯特帝国的大门。不可否认,打倒克里米纳会导致拉蒂西亚陷入混乱,但我们可以为此牺牲这个星球。我们必须明白,一旦降服噶斯特一号,我们就有机会干掉整个噶斯特帝国。"

温斯科特举手示意有话要说。

"你说吧。"

"你确定?史密斯?假如我们把一号杀了,他手下再克隆一个噶斯特一号B,然后把B放在噶斯特一号原来的位置,你怎么阻止他们?"

卡尔薇丝说:"对,他或许冷冻了一群和他一模一样的克隆体替身。买冰激凌你总不能只买一球,一盒十二球一起买才是最好的冰激凌。"

苏鲁克迅速举手说:"你说一盒冰激凌只有八个!另外四个呢?肯定是你吃了。"

"那是小事,苏鲁克。"史密斯说。

"是,这是小事。但我不许任何人欺骗我杀戮者。马祖兰,你是这儿的队长,我强烈要求趁我还活着,把那四个冰激凌吃回来。"

蕾哈娜叹了口气,"各位,我们要讨论的不是冰激凌。"

"要顺利完成任务,有太多不可预测的变动,"温斯科特说,"我讨厌不确定性。"

史密斯抿了口茶水说:"这么说来,你打算退出?"

"放屁,我当然要加入。我一直希望有挫折,有不确定性。我们温斯科特家族的人怎么会放弃这种折腾的机会?自凯撒以来,我们就不安分。我们家族的信条就是'有战争的地方就有温斯科特人'。我不想连累你们,我如果回不来,你们告诉苏珊,我的职位由她接管。"

卡尔薇丝点头说:"好,温斯科特肯定行,他符合任务条件。"

"我也加入。"蕾哈娜说。

史密斯盯着她说:"绝对不行,蕾哈娜。我绝不允许。"

蕾哈娜有点坐立不安,"伊桑巴德,我们生活在一个自由国度,我可以自己做主,不是吗?"

"这里不是,这是个极端独裁政体,蕾哈娜。"

"一点自由都没有?"

"对,一点都没有。"

"那总得有人站出来改变现状。"蕾哈娜从队服里挑了一件长裙,穿上以后整个人就像只花里胡哨的鬼魂。她把垂在眼前的头发往后捋了捋说:"我要加入,没事的。"

卡尔薇丝小心翼翼地说:"不知道你最近有没有听广播,我们现在讨论的行动等于自杀。"

"没关系,波莉。我相信有来生,没事的。"

"来生成为什么,"温斯科特嘀咕着,"一根野草吗?"

史密斯举手说:"蕾哈娜,你勇于牺牲,非常好,但是,你要知道,这次任务九死一生,你即将面对的是噶斯特一号,这意味着你一旦去了就回不来了。"

"没事。穿这件裙子,走楼梯真不方便。"

苏鲁克一直倚着墙壁,双手抱在胸前。他突然站直,慢慢走到牢房中间:"蕾哈娜,老实说,我不知道你究竟是勇气非凡,还是糊涂过头,你根本不懂打仗。你心中的世界只是你头脑中想象的模样，其实并不是那样。"苏鲁克张开双颌继续说，"这种任务是我杀戮者该干的事。我要上去领奖。噶斯特一号这小东西给我颁发的奖杯算个屁，到时候我要先从他开始，把他头拧下来，做我真正的奖杯。杀了他，我会非常开心。克里米纳是下一个，我要取下他的头骨，用他的内裤做把弹弓，然后把他的头骨射过橡柱。我还要像收割玉米一样杀光他手下的虾兵蟹将。到时候如果还有人没倒下，我就找群众好好谈谈。等到一切都结束了，电视台如果想重播画面，我还可以再来一次。"苏鲁克咧着嘴四处张望，"问题是……谁想和我一起，加入这支死亡战队？"

拉蒂西亚首都正值节假日期间，非常热闹。许多坦克在城市主干道上缓缓前行，智能装甲战士排成队列，跟在坦克两侧，这些坦克都是克里米纳手下从前线撤下来的。街上小号吹得震天响，太空帝国战舰飞过的声音都被淹没了，天空已经被烟花遮盖，根本看不见火箭的影子。

克里米纳为了彰显自己热爱普通百姓，坐在一架巨型镀金马车上，让一千名百姓充当车夫。这些车夫都是穷人，克里米纳手下的坏蛋握着棍棒走在他们中间，马车一旦不稳，车夫就要遭打。市民有的站在街道两侧，有的站在阳台上，他们表面不断欢呼，不断尖叫，但脸上挂着僵硬的笑容，内心其实非常忐忑不安。

苏珊站在阳台阴暗处，以便避开人们的视野。她的脚下躺着一个身穿黑色紧身衣的女人，这个人戴着一副重型瞄准镜和一张骷髅面具，脸部全被遮住了。

"做刺客首先要明白一点：不能和我穿一样的衣服。"苏珊用窗帘擦了擦刀，对地上的尸体说。

船长肖恩站在苏珊身后看守窗口，"干得漂亮！"

"我以为他们会在屋顶上派几个狙击手。"苏珊正准备把尸体拖走，上衣从裤子里崩了出来。

"天呐，苏珊，"肖恩惊讶地说，"你背部怎么了？"

"你说伤疤吗？"苏珊把上衣往下拉了拉，脸上瞬间闪过一阵慌乱，"几年前骑自行车摔的。"

"骑自行车？你的伤疤看起来像是鳄鱼咬的。"

苏珊无奈，只好承认："我那辆自行车有火箭助推器，当时，助推器爆炸了，我从一座高桥上摔下去，掉进水里，遇到了几条鲨鱼。不过，现在没事了，谢谢关心。"

苏珊回头看见克雷格肩上扛着一名卫兵从门廊匆匆走过，"你要把他丢到一起吗？"

"对，我把他放在躺椅上。"克雷格说完便一头钻进隔壁房间。

"好主意。"苏珊打开耳麦说，"指挥部，我们已经就位。我们现在成功闯入克里米纳朋友的别墅，保镖已经全部干掉。"

耳麦另一头传来一阵低沉而又忧郁的嗓音："怎么样？"

"很丑，这别墅墙纸真难看。"

"我是说任务进展怎么样。"

"还行。阅兵你看过吗？我从未在同一个地方见过这么多傻子。"苏珊朝窗外瞟了一眼，只见一艘拖着横幅的小型飞艇缓缓飘过，"你确定不需要我们现在就在这儿干掉克里米纳?"

艾瑞克·林特和苏珊之间隔着两条街，林特说："不需要，我们还有要事要办，蚁人才是重头戏。苏珊，你继续行动。"

林特挂断通话，把衣领竖起。马路两旁都是空荡荡的大楼，他要去马路尽头的棚户区。这里距离主干道很远，房子都是混凝土结构，房子的玻璃都碎了，尖尖的，一块一块立在窗户框上，仿佛野兽的獠牙。

街头第一间棚屋里有一男一女，他们正坐在火炉旁取暖。男人身材矮小，戴着厚厚的眼镜。女人衣着整洁，显得十分干练，她看到林特，便从蓝外套里把手掏出来。

"怎么样?"男人抬头问道。

"局势不妙，乔治。"林特靠在墙上，搓着手说。他没想到拉蒂西亚这么穷。他进城的时候乔装打扮成流浪汉，就他这身装扮，居然一小时内有四个人向他打听裁缝的住处。"阅兵真丢人。正规阅兵都有花车，供孩子们坐；正规阅兵还应该有化妆间，孩子们可以把自己打扮成老虎。老虎呢?花车呢?"林特大吼，"准备好出发了吗?"

"当然准备好了，艾瑞克。"乔治·班森身穿一件破外套，头上戴着圆顶高帽。林特曾经看过一场现代戏剧，戏很烂，里面的主角根本懒得出场，乔治现在的模样就很像那部戏中的一个角色。

"昆奇已经就绪。别担心，老哥们儿，他是个好人。我们一起上过大学，你如果和一个人共处三年，必然非常了解他的为人。"

林特一边点头示意，一边问道："你是海伦？"

女人笑着点了点头，表情显得有些激动。"没事，我可以轻松搞定，就像这样。"她一边说，一边打了个响指，"林特先生，你只要一声令下，我就立即行动，像扫地机器人清理烟囱一样干掉克里米纳。"

林特又点了点头。机器人海伦·弗兰普顿以前是名儿童护理专家，后来被军队征用。当初在莫斯卡拉卡，她拿着高能步枪，一路吹着口哨，轻轻松松"清理"了几十个旅鼠人，她的实力早有显现。"好，"林特说，"不过，这次不要吹口哨了。"

"好嘞！"

林特转身，发现街上出现三个身板结实的彪形大汉，他们穿着沉重的军靴，肩上挎着背带，每个人头上还有一顶小红帽，靠近林特的大汉手里握着一根警棍。

"你们没收到命令吗？"拿着警棍的大汉问，"蚁人在城里，街上不许出现闲杂人等。你们这是在干吗？"

班森站起来，把帽子挪正，希望能糊弄过去："这几个人不是你们要找的间谍。"

"那就好，我猜也不是。"大汉放下警棍，但不出片刻又抬起来了，"等等，你刚才说'间谍'？"

"不，不，重点不是'间谍'。"

大汉挠着脑袋问："那重点在哪儿？"

"我觉得重点是现在该'再见'了。"

他们看着三个混球慢慢走远。林特觉得不可思议,在太空帝国,这种公然作恶的混球早就被警察制伏了,然而在这儿,他们却当上了警察。

"快走吧。"林特说,"我们要去体育场占座,你们乔装打扮的衣服都带上了吗?"

"当然带上了,林特先生。"弗兰普顿说完从旅行包里拿出一条大头巾,"我带了三条,颜色和我们三个都很搭,到时候戴上肯定完美。我们或许可以在场间休息时唱首歌,给他们加油。"

训练室里一片漆黑,史密斯独自坐在那里,身旁摆着一箱超级可乐,他已经习惯于把一堆罐子丢在训练室。超级可乐很难喝,不过用来充当健身器械的机油还是蛮方便的。

他打开电视,想借此转移注意力。屏幕上出现克里米纳的身影,他正站在台上发表讲话。

"朋友们,曾经,所有需要实实在在体力劳动的工作岗位都被机器人占据了。是我消灭了所有机器人,是我解决了就业问题,后来,依然是我,带来了奴隶制度。现在所有人都有一份谋生的工作。为我的萝卜种植园尽情欢呼吧!"克里米纳自豪地笑了,就像一只愉悦的青蛙。

史密斯不断换台,他发现电视上除了播放克里米纳和一群士兵合影的画面,就一个超级可乐广告还有点意思。画面中一位身着黑色长外套的女孩儿站在临时搭起的伦敦街头,手里拿着一把雨伞，不断旋转。女孩跟前有各种品牌饮料，她从中挑出一罐超级可乐，放在镜头前说："超级可乐甘甜可口，其他饮料都是垃圾！"

广告里的女孩儿和蕾哈娜长得十分相似。史密斯想，蕾哈娜如果打扮得这么时髦，那他走路都要跳起来，即便没有跳起来，他看着也腿软了。显然，帝国铁甲军团这个名字不仅是为了让人听着闻风丧胆，起这个名字更重要的原因是能增加汽水销量。"我就像特洛伊的海伦，"史密斯想，"我这张脸就可以吸引很多人来品尝超级可乐。"

史密斯继续换台，想找个与比赛无关的节目看看。忽然，苏鲁克的脸出现在屏幕上，从镜头可以看出，画面是从一块玻璃挡板后面拍的。

"我个人更喜欢巴赫，"苏鲁克在电视上说，"我也喜欢蜜妮·莱普顿的音乐。"苏鲁克似乎从不眨眼，史密斯已经记不清了。"曾经有只旅鼠人在战场上考验我的能耐，我一边听着《花》，一边把他的头拧下来了。"

采访他的记者是个衣着干练的年轻女孩，听完苏鲁克的话，女孩冷静了片刻才继续开口："你有没有话想对你的球迷说？"

苏鲁克扬起头，在空气中闻了闻说："我能闻到你的香水味，也有可能是你身上恐惧的气息。人类的气味我分不清。"

天呐！史密斯想，电视上到处播的都是我们。50岁以上的几乎都知道波尔达克，我们在拉蒂西亚人心中就是波尔达克。他们如果输了比赛，当地经济会发生什么变化呢？史密斯非常好奇。如今，卡尔薇丝已经接了许多广告授权，各种糕点、馅饼、巧克力上都有她的名字——她或许只是希望以后能拥有这一切。

"你好啊，伊桑巴德。"

蕾哈娜站在门口，表情祥和，在暗光的衬托下，她的裙摆晶莹透亮，整个人仿佛都在闪闪发光。此刻，她就像天使一般，来人间只为人类传递喜讯，但是，她仿佛又记不清这喜讯究竟是什么。

"嗨。"史密斯若有所思地说。

"想事情？"蕾哈娜问。

"对，想明天比赛的事。"史密斯叹了口气，"有种大战将至的感觉。上学时，我们学过一首诗，讲的就是这种时刻的气氛。"

今夜有一种悄无声息的静寂，
明日巳时有一场穷途末路的比赛，
向前，向前，战队向前，
加油，加油，比赛加油。

"很深奥。"蕾哈娜说。她安静了片刻，"这首诗有什么含意？"

"它就是一首诗，我觉得它没什么实实在在的含意，可能与滑铁卢战役和阿金库尔战役有关。诗中或许描述了一个女扮男装的姑娘，也或许描述了一只鬼魂。莎士比亚那个年代，这种事经常发生。"

蕾哈娜搬了把椅子。"莎士比亚当年真的在滑铁卢吗？"

"对。他和拿破仑、阿巴公爵这些人都在滑铁卢。我们历史课上学过。"史密斯借着电视屏幕黯淡的光线发现一只金属拉环，于是，他一边伸手去拿，心里一边想：如果是啤酒就好了。"你在新弗朗西斯科学过历史吗？"

"学过一点，而且学得挺不错，老师说我是全班最聪明的学生。我们当年学过太空飞船发展史，不过后来，就在我们要实地参观一艘太空飞船时，我辍学了。"

"你放弃了？"

"没有，我从气压舱摔下去了，脑部受到剧烈冲击。我好多年都没弄清发生了什么，不过……我……"

"现在好多了吧？"

"嗯，现在没事。"

史密斯拉开拉环，喝了一大口。不过，他很快意识到这不是啤酒，而是超级可乐，但已经晚了，他喉咙里咕噜作响，再怎么咳嗽也没用。"天呐，真难喝！"他看着可乐罐背面说，"你看饮料成分：德伦科姆、绒毛菊、复合碳酸岩石奶昔……等等，上面写的不是岩石奶昔，是石蛇，难道这是毒液？见鬼！"史密斯停了会儿继续说，"不行，蕾哈娜，我不能让你们买这种东西。"

"伊桑巴德……"

"还有一个星期就是卡尔薇丝生日，对机器人来说，四岁可是件大事。我总在想，她如果看见我为她准备的礼物，她那张小脸蛋该多开心。"

"你为她准备了礼物？"

"没有，还没有。我猜她生日那天会不高兴。还有苏鲁克，当年认识他时，我在防守军事要塞，他们族人对我发起猛烈攻击。

后来是他让我活了下来，如今，我们已经是多年好友。我欠他很多，但现在让他参与这项任务，让他去送死，这算什么报恩？"

"他真是个好人。"

史密斯点了点头，"当年他对我说，砍我脑袋会把刀砍坏，这根本就是浪费。他对很多人都产生了影响，非常深远的影响。你知道吗？至少有三只北欧金属乐队以他的名字命名。"

"他的确是他们族人的典范。正是因为他，本土外星人的议题才得到大家广泛关注。"

"对。如果有危险，每个人都应该得到公正的警示。尽管他杀了很多人，但让他就这样送死……似乎并不合理。"

蕾哈娜盘腿坐在椅子上，显示器屏幕的光照得她脸上闪闪发亮。"我知道。"蕾哈娜说。

"还有你，"史密斯说，"让你参与这项任务，让你面对一号，让你对抗他的手下，这些都不公平。"

蕾哈娜伸手轻抚史密斯的胳膊，"伊桑巴德，没事。我们如果能赢，那就太好了，但即便倒下也没关系，我们还有来生，来生可以转世为动物。"

"什么动物？"

"来生成为什么动物靠的是今生的修行，命运之轮，无法预料。"

"来生最好不要成为一只刺猬。"

"命运之轮不是真的轮子，它只是个概念。"蕾哈娜大致比画了一下，她手舞足蹈的模样仿佛在形容她刚抓的一条鱼有多大。

"来生我可以做一只狗獾吗?只要是不列颠太空帝国的动物都行,千万不要变成噶斯特人。"

"伊桑巴德,我们会一直陪伴你。"蕾哈娜从上衣的褶皱里抽出一管薄荷片,递到史密斯跟前。"要不要来片薄荷?可以清心养神,让你口气清爽哦。"

此刻,蕾哈娜就像拉斐尔前派画家画中颇具挑逗气息的妙龄少女。史密斯觉得,能收到她的帝国强效薄荷片,是人生中最美妙的事。史密斯仿佛又重返青春年华。当他把薄荷片送到嘴边的那一刻,他心里只有一个期许,他希望暂时逃离周边的嘈杂和杀戮,收获内心的喘息和安宁。

史密斯打了个嗝,差点没坐稳而从椅子上摔下来。蕾哈娜忽然跳起来,四处张望,表情显得有些愧疚。"门外有动静!"她叫道,"把薄荷片丢到马桶里。"

史密斯摇着头说:"是我,蕾哈娜。薄荷在肚子里起反应了。"史密斯又拿出一片薄荷,放在桌面上,"我觉得它……"

史密斯小心翼翼地在薄荷片上倒了三滴超级可乐,薄荷片闪闪发亮,发出雷鸣般巨响,桌子都被震动了。

蕾哈娜非常惊讶,她使劲摇头,"有添加剂。"

史密斯盯着薄荷片原来的位置,发现薄荷片和超级可乐发生了化学反应,现在已经被炸成了细细的棕色粉末。史密斯想,超级可乐中含有毒性化学物质,而帝国薄荷片阳性极强,两者结合所产生的物质必然无法在自然界中稳定存在,所以刚刚发生的那一幕是合情合理的。这样看来,拉蒂西亚将普通食物列为非法产品也情有可原。

史密斯说:"你知道吗,看到这种现象,我想到了一个好主意,我知道接来下我们该干什么了。"

"对!"蕾哈娜轻声说,"趁大家都在睡觉,我们做爱吧!到明天,我们可能就永远没机会了。"

"真的吗?"史密斯说,"我刚刚在想,我们可以利用超级可乐与薄荷片发生的化学反应来制造一种秘密武器,然后借助这种武器打败敌人,逃离这里。不过,你现在既然提到做爱,那我们开始吧……"

一群衣衫褴褛的市民围在体育馆门口,他们头顶是座高架桥,不管是管理拉蒂西亚的财阀还是流氓都从上面入场。桥上豪车络绎不绝,有米洛夫斯车、科维加斯车,还有杜朗哥斯车。

"这是什么?"艾瑞克·林特问道。在他身后,球迷互相嘶喊,闹成一片。

经营茶点间的小伙子一直盯着林特看,仿佛曾经听说过他这种生物,但从不相信他真的存在。"你的饮品。"小伙子说。

"不对,我点了杯茶。你给我泡的是什么东西,雾气腾腾的,还装在锥形塑料杯里,这能喝吗!"

林特背后的男人也在抱怨,他挥着杯子对小伙子说:"你给我看看,我要的是一杯格雷伯爵茶,你这灰不溜秋的东西,根本就不是格雷伯爵茶。"

"嘿,"小伙子说,"这饮料水温合适,既不烫嘴,也不冻手,对吧?上面还加了奶油,先生,我可没有额外收费啊!所以,拿着,赶紧走开。"

林特听到"奶油"这个词时,非常生气,他龇牙咧嘴正准备上前收拾摊主,忽然旁边有人戳了他一下。他转身发现原来是班森。"算你走运,"林特对小伙子说。他跟着班森离开了茶点间,来到与其他人会合的地方。

除了乔治·班森和海伦·弗兰普顿,还有两人也加入了这次行动,其中一位是女性,她身材高挑,热情洋溢,长了一头金发,另一位是个身体健硕的男性,脸上长着络腮胡,表情严肃,一副若有所思的模样。

"你们俩在这儿干吗?"林特问道。

班森说:"菲茨罗伊船长和可汗先生此行的目的是来告诉我们最新的外部局势。"

"顺便来看球赛!"费莉希蒂·菲茨罗伊兴奋地说,"我以前在帝国女士联盟打曲棍球,我猜拉蒂西亚球赛和曲棍球比赛有些类似,只不过曲棍球比赛要用球拍,而这里的球赛冲突性更强。"

"你不是应该待在轨道上?"

赫里沃德·可汗嘴里塞满了食物,他把食物推到嘴巴一侧,然后用另一侧嘴巴回答:"我们已经准备好了,随时可以把我们的人接走。特工处 Q 型飞船正在待命,菲茨罗伊船长的太空战舰负责保卫这艘飞船的安全。只要一声令下,Q 型飞船就可以马上行动,把大家带到安全区域。"可汗挺着胸膛,目光缓缓扫过四周,就像个正在炫耀自己新工厂的实业家,"想当初,史密斯还是我办公室的职员,他负责小行星数据录入工作,如今,这小伙子已经干大事了。不过,他的事业究竟如何,还有待观察。"

"我们进去吧,"林特看着手中的杯子说,"漫长的一天就要来了。"

"好了,朋友们,"史密斯说,"该上场了。"

他们都身穿重重的护甲,站在训练室。史密斯突然想到,他们一起完成了那么多任务,唯有这次大家都穿着统一的制服。队员们看起来已经准备充分,每个人脸上都一副跃跃欲试、无所畏惧的表情。即便是卡尔薇丝,也面色坚定,咬着牙打算拼一把,她这时就像溜冰的家长,心里虽然害怕,但她知道还有两分钟就结束了,忍忍就能过去。

"我们看起来怎么样?"史密斯问。

昆奇懒洋洋地靠在对面墙上说:"无坚不摧,同时又温文尔雅,随时可以上街。打扮得不错。"

他们再也不会回到这里了,想到这点显得有点奇怪。地板上放着几箱超级可乐,健身器材就像被人遗弃在城堡外的攻城设备,无人问津。无论如何,训练室已经多余。

"将来我会怀念这里,"温斯科特说,"松软的热狗让我想起了炸药棒和家。"

卡尔薇丝问:"你把炸药棒放家里?"

"当然不会，"温斯科特回答说，"那也太危险了，我放在我家院子的工具棚里，炸药棒外边裹着一层石蜡。"

"走吧，"史密斯说，"大家一起上。"

"祝你们好运。"昆奇说，"我已经和特工处通过话，上头希望我们'继续行动'。"

"不和我们一起走吗？"

"我到时候在场边看你们比赛。如果还能年轻一回，我就自己上了。真的很惭愧呀！我年轻时可是个迷人的小伙子。你们上场一定要把对手打得落花流水，绝不要留情。"

队员们站成一排，昆奇慢慢走到每个人跟前和他们握手，直到大家都走了他才离开。训练室的门开了，进来两名卫兵。"准备好了吗？"胖卫兵问道。

"一切就绪。"史密斯说。

这是他们最后一次走过通往体育场的斜坡通道。整个场馆看起来就像专门为克里米纳修建的大教堂。天花板上挂着巨型横幅，观众有的手里举着广告牌，有的挥舞着头巾。史密斯在众多广告牌中意外发现了自己的面孔——广告牌上照片的尺寸比他本人大几倍。史密斯和队员们进场的脚步声铿锵有力，如轰隆的雷声一般，他们刚走进观众视野，场馆内便再次爆发山呼海啸般的呐喊声。今天的观众很奇怪，似乎有不少人戴着假胡子和塑料圆顶高帽。

"你们看，"史密斯低声说，"观众为了表示自己对不列颠太空帝国的仇恨，打扮得多俗气。这场面就像欧洲电视网歌唱大赛一样。"

苏鲁克举起手说："大家听，马祖兰，他们在喊'嗨，嗨'。"

"这群混蛋，"史密斯一声怒吼，"他们在嘲讽我们。"

苏鲁克笑着说，"你错了，马祖兰。他们在向我们致敬。"

场边倒霉狗公司和超级可乐公司的广告牌闪闪发光。号声响了。

"该我们上场了。"史密斯说，"伙计们，让他们见鬼去吧！"

苏鲁克点了点头："穆罕穆德·达里说过，要像蝴蝶一样移动，像融化的时钟一样出击。"

史密斯正要纠正苏鲁克的错误，喇叭响了，他说话的声音根本听不见。

"女士们，先生们，男生们，女生们……冠军之战今夜打响。两支队伍都是精英中的精英，一场殊死较量即将展开，你们准备好了吗？"

观众发出一阵嘶吼。

"再来一遍，你们准备好了吗？"

观众再次发出一阵嘶吼。

"好，两小时的赛前广告时间现在开始。"

首先出场的是一群跳舞的女孩儿。史密斯心想，她们穿这么少，真是有伤风化，还没自己床底下那几本维密内衣杂志一半好看。舞蹈结束后，屏幕上开始播放一条短片，画面中克里米纳显得无比巨大，他脚蹬长靴，下身穿着一条骑行短裤，正在翻越一座大山。接着，屏幕上又播了三条短片，第一条短片讲述的是一个死去的孩子因为浸浴在超级可乐中，后来居然起死回生了。卡尔薇丝看到这条短片，愤怒地喊道:"这是我的创意。"第二条短片中,坦克工厂的工人们对着镜头绝望地微笑着,他们还被迫朝镜头挥手。最后一条短片播的是克里米纳探望海军学员,为他们送热狗的画面。

昆奇随身藏了大量禁运品,非常有意思。"这件外套是我自己做的。"昆奇说。他从背心里掏出一盒饼干。

第三个环节是采访。史密斯和队员们都坐在休息棚里,两名穿着装甲的士兵领着一位女孩向这边缓缓走来,女孩身上穿的是当地年轻人的流行服饰,样子看起来有点怪。"我自己能行。"女孩对卫兵说。她身后跟着一只无人摄像机,无人机一直在她肩膀附近盘旋,就像太空海盗肩上的钢鹦鹉。

"各位观众,大家好,我是凯特·迪斯托皮亚,我要和这几位队员进行一次赛前访谈。"女孩对着镜头说。

"你好。"史密斯说。

"我收到通知来采访你们,不过,上头似乎要求你们不能讲反动言论,真是太不公平了。"女孩说,"你们都准备好了吗?"

"当然,"史密斯说,"只不过是场普通比赛而已。"

"什么?想法也太守旧了吧!你待会儿比赛打算采取进攻策略,还是专注于防守?"

史密斯眉头紧锁,"很难选择。"

凯特·迪斯托皮亚使劲儿点头,头上异样的发型也跟着一起抖动起来:"对,完全同意。这就和选男朋友一样,两个男人供你选择,其中一个非常优秀,但你对他无感,另一个浑身痞气,但其实是外界对他存在误解,他还长着一双迷人的眼睛。你明白吧?"

"不对。"史密斯说。

"我不指望你明白。"女孩儿说。她肩上的无人机缓缓飞到她跟前,镜头正对着她的脸。"人们都不能切身理解青年人,压抑人性的社会环境更不能体会年轻人的真实想法。我刚给朋友发了一条短信,我朋友说……"

史密斯四处张望一番后,起身溜到休息棚的尽头。温斯科特坐在那儿,指关节按得咔咔直响,眼睛恶狠狠地盯着一根热狗,仿佛热狗是他的宿敌。"我看这是场硬仗啊,史密斯。"温斯科特说,"我曾经干掉了一个禁卫兵冲击师,我也曾被迫和女人打交道,对我而言,待会儿的比赛,难度绝不亚于此。"

"和女人打交道?很棘手吧!"

"你说的一点都没错,女人实在太苛刻了。我和三个女人打过交道,其中一位是苏珊,另外两位是精神病护士,她们每个人都非常挑剔,决不允许你出错。"

凯特·迪斯托皮亚被一名卫兵推了一下,她瞬间晃过神来,不再对着镜头自说自话。"似乎要开始了。"史密斯说。

蕾哈娜叹了口气,"终于来了。我要恢复平静,越快越好。场上时刻保持警觉,比赛期间鞋子不能脱……真是有违天性。"

他们都站了起来。

"好了,"史密斯说,"现在不是祈祷、拥抱或者宣泄的时候,你们要做,早就该做了。上吧,伙计们。"

他们再次走上赛场。

摄影机缓缓升起,镜头瞄准了看台上方那间金色大包厢。屏幕中出现克里米纳的身影,他穿着迷彩裤和军靴,坐在黄金王座上。克里米纳胸肌健硕,两条子弹带交叉挎在胸前,头上还戴着一顶花环。

"朋友们,拉蒂西亚的子民们,同胞们,"克里米纳开始讲话,"战斗的时刻已经到来。我很生气,朋友们,我非常生气。正义的怒火在我血液中熊熊燃烧,深沉的愤慨在我脸上潜藏已久!你们可以和我一起生气,但你们不能对我生气,否则,我就枪毙你。"

"我们要战斗,我们要坚强,我们要毁灭外敌,也要清除内鬼。所有叛徒必死无疑!大家叫起来!喊起来!让废话充斥在叛徒的耳边,让叛徒晕头转向,气死他们!"

助手跑过来把克里米纳的提词本抢走了,然后指了指另一段话。

"刚才的话不是我说的,"克里米纳补充道,"我要……铲除废物!"

人群中爆发出一阵高呼。

"今天,我有一位特殊客人,"克里米纳说,"他既是我们最热爱的盟友,也是我个人的朋友,同时还是一位聪明过人、道德高尚的领袖。他就是万物元首,统一银河系的噶斯特一号。"

摄像机掠过包厢,忽然停下,但镜头中空无一人。不出片刻,摄像机又缓缓下降了约一米的距离,这时,噶斯特一号才出现在屏幕上。

史密斯心里顿时感到一股涌动的力量,憎恶的情绪充斥四肢,他此时就像一个园丁,终于要和大鼻涕虫当面对质了。克里米纳消瘦的形象,他已经在电视上看过无数遍,他曾发誓一定要把这混蛋后台拆光。如今,克里米纳就在眼前,和他身处一室,呼吸着同一片空气。

不过,一切很快就要改变。

噶斯特一号笔直地站着,双眼凹陷,但炯炯有神,他就那样直愣愣地盯着观众,眼睛像灯泡一样。

他一边用拳头捶胸口,一边尖声喊道:"啊嘎!啊嘎—呐嘎—啊嘎呐嘎呐嘎!"

接着传来一阵格外平静的计算机合成音:"大家好。"

噶斯特一号在空中挥舞着拳头。史密斯发现,这小混球的每一个手势,他都非常熟悉。史密斯有个姑妈,头脑过激,行为怪异,看一号的一举一动就和看他姑妈一模一样。"啊嘎,嗒嘎,哈嗒嘎,"一号再次喊道,他喊的同时还不时停下来,用手做出劈砍的动作。

卡尔薇丝心里有一种宗教般的敬畏感,她低声说:"噶斯特一号真丑。"

"外表难看不算什么,和他腐烂的内心相比,根本不值一提。"史密斯回答道。

"你看,他浑身稀奇古怪,到处都是噱头。额头上的触角还是用鼻涕粘上的。"

史密斯正准备说些什么,一号突然愤怒地喊话,顿时,史密斯心里要说的话全忘了。

"什么是体育?"翻译机正在翻译一号的发言,"我们从体育比赛中学到了什么?你们回答我,今天你们聚在这里,比赛让你们明白了什么？我来告诉你们吧。体育是国家实力的重要组成部分。体育比赛中，个人服从队伍，服从单位，服从小组，服从大集体。弱者可以在比赛中学会接受指令，从而变强。他们还可以学会忠诚，学会服从，学会必胜的决心，这些都是重要技能。"

这种废话史密斯已经听过无数次了，系统失灵的机器人才会像他一样满嘴胡言。一号在贵宾包厢叫个不停，史密斯抬头一直看着他。史密斯此刻的心情就和苏鲁克遇见旅鼠人时的感受一模一样，他渴望自己即刻化身为一颗子弹，飞速射穿一号的小脑袋，没有一丝犹豫和恐惧。

"我们坚信赛场上的胜利就是战场上的胜利，所以，我们噶斯特人享受各种比赛，比如坦克排球，和声比赛。但是，要记住，"一号举起一只手，指着天花板说，"最终，你们自己开心才是关键所在。"

什么？史密斯想。

"谁赢谁输根本不重要，"一号继续说，"毕竟，所有人类都是浑身长虱子的废物！只有噶斯特人才是强者。不列颠太空帝国的人，一群喝茶的脏东西，我们一旦和你们做个了断，就要把你们清除出银河系。"

噶斯特一号说着说着，有点喘不过气来。他一只触角垂在右眼前方，鼻孔里都是鼻涕，口水挂在下巴上，流成了一条线。"比赛现在开始。"

赛场另一侧大门缓缓开启，所有屏幕上都是克里米纳的面孔。

"朋友们，下面有请拉蒂西亚最英俊、最顽强、最勇敢的球队:猎人队。猎人队每一位成员都有专属绝招,每一位都是致命战士。他们组建战队的目的就是为了打败帝国铁甲军团队。他们必将不可阻挡。"

话音刚落,一个身穿骑警制服的男人冲进赛场,他的衣服经过专门设计,外面加了一层保护装甲,看起来十分厚重。"首先,有请痞子警察!"

痞子警察跑到场边,停下来摆了个姿势。很快,猎人二号也从门后出来了,他双手各握一只手枪,一边小跑,一边朝空中做开枪的手势。观众看到这种场景,发出阵阵欢呼。紧接着,克里米纳手下其他猎人纷纷入场,他本人则在看台上一个一个喊名字。

"有请六枪……有请解构人……有请大厨子……最后,有请海军行动兵!"

蕾哈娜说:"这个国家有一股非常强烈的压抑感。"

猎人队入场完毕,一个肩膀宽厚的男人紧随其后,大步走进体育场。男人身穿一套黑色制服,裤子短得还没过膝盖,看他凶神恶煞的模样,必定是个混球。他拿起眼镜,慢吞吞地架在他那只又宽又丑的大鼻子上。

"这位是你们的裁判,你们可以完全信任他。"克里米纳说,"有请来自体育警察组织的道格尔·奥布劳恩。"

奥布劳恩示意史密斯往前走。史密斯和痞子警察走到赛场中央。

观众突然安静下来。奥布劳恩身体前倾,准备讲话。

"好了,我希望接下来是一场精彩刺激的比赛。只要不被摄像机拍到，腰带以下身体部位可以随意攻击踩踏。痞子警察，你们准备好了吗？"

痞子警察隔着头盔阴险地笑了，"准备好了。"

"你们听着，因为这是决赛，所以可以使用特殊方式得分。一次进球得四分，一次远射得两分，重伤对方球员，一次得一分。痞子警察，投币显示你方先开球。上吧。"

史密斯开始严重怀疑裁判是否公正。可糟糕的是，还没等他想明白，痞子警察的拳头就已经砸在他脑袋上了。

06
地狱球赛

"还好,"史密斯说,"局面不算太糟糕。"

大家都在休息棚里休息。球场上,一群女孩儿正围着充气坦克跳舞,女孩儿中有一半人身穿长外套,头上别着触角,浑身上下一副噶斯特人打扮,史密斯觉得很奇怪。穿成这样,噶斯特一号就会喜欢吗?史密斯不敢相信。

"吃点橘子,"昆奇用小刀把橘子切成四瓣,递给史密斯,"说了你可能不信,带这些东西过安检非常不容易。"

史密斯接过一瓣橘片。刚刚过去的混战历历在目,猎人队队员不仅能力突出,而且心狠手辣。他们比赛节奏快,进攻效率高,只要我方球员持球,他们便持续施压。上半场比赛苏鲁克将对方球员海军行动兵扔到广告牌上,这次进攻为帝国铁甲军团队赢得一分奖励,但自此之后,对方球员只要发现形势不利,就尽量避免身体接触。

比赛哨声响了,半场休息时间结束。史密斯吃了最后一口,便把橘子扔进垃圾桶。球员一路小跑,来到赛场中央,裁判奥布劳恩则在一旁小心翼翼地审视着他们。他就像酒馆老板一样,脑子里琢磨着究竟先要把哪个酒鬼罚下场。

"我们重新回顾一下上半场得分情况,"奥布劳恩说,"猎人队上半场有一粒精彩进球,得四分。帝国铁甲军团队上半场进球一次,重伤一次,获得一分奖励,所以共计四分!双方得分持平。"

"等一下,"史密斯说,"你算错了,奥布劳恩。进一球得四分,一次重伤得一分,加起来是五分。"

痞子警察居然在掰手指。

裁判推了推眼镜说:"胡说,史密斯,你脑子撞晕了吧?我们看实况录像回放,怎么样?"他脸上露出一丝诡异的微笑。

比赛回放视频配上了背景音乐,只见屏幕上有人弯腰闪躲,有人重拳出击,还有人纵身跃起,众多画面一闪而过。六枪冲撞卡尔薇丝的片段被剪成了慢动作,苏鲁克拿头盔猛击解构人的画面让人记忆犹新。屏幕角落的分数也跟着比赛进程慢慢滚动。

音乐达到高潮,比赛视频变成了超级可乐广告视频。

"我们的奖励分你没算,"史密斯说,"那家伙叫什么?海军拉克人?不管他叫什么,苏鲁克把他扔到广告牌上了,我们获得一分奖励。"

"根本没这回事,史密斯,你撞了脑袋,产生错觉了。"

苏鲁克走过来说:"裁判,你骗人!你说他脑子撞坏了,不了解真相,我的头骨可比人的头骨厚多了,同样的冲击撞在人头上,人会死,但我根本没事。所以,显然,不管发生了什么,我是最知情的人。真相是什么呢?计分错误是偶然吗?"

奥布劳恩不屑地说:"你想和我争?给你张红牌,背后再印上一份死刑通知,怎么样?史密斯,你们根本就没有得到奖励分。回去吧,输也要堂堂正正地输。"

史密斯无奈,只好转身离开,头顶的喇叭再起响起。"该死,"他嘀咕道,"裁判自愿偏心,我们该怎么办?"他抬头看着包厢里的克里米纳和噶斯特一号,此时伫立眼前的仿佛是一座难以接近的山峰。

欢呼声,嘘声,还有嘲笑声弥漫了整个体育场,看台上笼罩着一股虚伪、仇恨的氛围。

"简直就是歪曲事实,"苏鲁克生气地吼道,"这地方到底有多无耻?还有底线吗?裁判和对面的人不死,这比赛就谈不上公正。"

"不能这么做,"史密斯说,"杀裁判是犯规的,比赛就直接输了。不过,只要他还活着,他就不会让我们赢。真是进退两难。"

蕾哈娜在旁边听得非常认真:"哇,太可怕了,他们都压到我们头上了。"

"对啊,"史密斯说,"重播视频被他们剪了。如果能让裁判把原来的视频交出来,我们现在就领先了,有没有办法呢……"

"去他的,"温斯科特小声骂道,"法院曾说我是精神病罪犯,那家法院明显和这比赛一样,背后有人操纵。我们应该把法官找出来,弄死他,就像……我……不知道。"

卡尔薇丝一直在观察摄像机,她仿佛被屏幕中的画面催眠了。

"你没听到观众在喊什么吗?他们也知道比赛背后有人操纵。我有办法了。"卡尔薇丝说,"不过,不太光彩。"

球从天花板落到场中。"快点,各位,"史密斯大声喊道,"我们要赢。"

下半场比赛,猎人队故意放慢节奏,来回传球,不慌不忙,根本不想冒险进攻,实在令人恼火。史密斯想:九十分钟,平平淡淡,什么也没有,这样打球,还不如待在家里看足球甲级联赛。观众开始躁动起来,有人在大喊大叫,忽然,一罐超级可乐在空中划过一道弧线,落入球场内,可乐流在草地上嘶嘶作响,像硫酸一样。一群帝国铁甲军团队的球迷,胸前系着领结,头上戴着塑料高帽,手中高举标语,上面写着"差劲"。观众想看激烈的争斗场面,却什么也看不到,这根本就不是他们心中的比赛。

史密斯和队员们都在尽力,但对手毕竟不是一般人。卡尔薇丝从球场中央冲过,一脚踢在六枪的小腿上,动作非常娴熟,六枪抱着腿疼得哇哇直跳,卡尔薇丝借此机会将他推倒。温斯科特趴在解构人背上,先不断击打他的神经要害,然后又用手把他眼睛蒙住,经过一番折腾,解构人最终跟跟跄跄,一不留神跑到球场外面去了。蕾哈娜使用灵力挡住了大厨子两记猛烈投球。史密斯甚至把海军行动兵身上的肉抓掉了一块,后来碍于面子,只好放手。赛场上并非所有动作都能用——有几种争抢方式最好不要使用。

打破僵局的是苏鲁克。他盯着倒霉狗热狗公司的广告,双眼炯炯有神,就像一个面前摆着漂亮蛋糕的孩子。痞子警察这时犯了个错误,他想从苏鲁克身旁溜过去。苏鲁克设计的圈套开始生效。

他一头扑到痞子警察身上,骑着他,在地上滑出一道又一道火花,然后又拿着抢到的球从地上跳起来。这一番纠缠过后,球场地面已经被苏鲁克弄得面目全非。

敌方队员像导弹一样聚集过来,史密斯迅速插入空当,想借机传球。大厨子很快识破了史密斯的心思,立即抢占史密斯和苏鲁克之间的空间,前来拦截。

苏鲁克转身把球往回丢,砸在蕾哈娜头上。不知是有意还是无意,蕾哈娜手一挥,球直接反弹,直冲着史密斯的方向飞去。史密斯抢到球,迅速冲向对方半场。

史密斯想绕过敌方球员,但由于跑动速度不如敌方球员,结果还是被对方重重拦截。

温斯科特从侧面飞速跑过来接应。史密斯不知道温斯科特内衣丢哪儿了,不过,看到一个赤身裸体的疯子在场上跑,这足以让对方阵脚大乱。六枪面对这种情形也只能指着温斯科特大喊:"犯规了!"

卡尔薇丝踩着轮滑鞋,从史密斯身后怒气冲冲地滑过来。"头儿,这里。"她喊道。史密斯立即把球交给她,然后自己转身向解构人扑去。解构人一个趔趄,差点被撞倒。卡尔薇丝趁机脱身,一路滑到对方前场。她本想狠狠地把球砸进对方球门线,却不小心绊倒了,巧合的是,她刚好倒在得分区内,球还在手里拿着。

"进球无效。"奥布劳恩说。

"什么?"史密斯不解地问,"你脑子有问题吗?"

裁判用手不停比画,表示进球无效。看台上传来一阵带着嘲讽的吼叫声，观众丢进球场的热狗就像沙滩上搁浅的鳗鱼。

"进球无效，你们听见没有！"裁判大怒，"再惹麻烦我就叫卫兵过来处理。"

观众稍微冷静了些。

"不，"史密斯说，"你不能这样。你知道刚才那球有效。"

裁判笑着说："你们进球了？我怎么不记得你们进球？"

"你或许应该看看实时录像回放。"

奥布劳恩摇了摇头，"根本就没有实时录像回放。史密斯，即便有，我也不放，你又不能逼我。"

史密斯感到非常绝望。如果是平时，他肯定一把抓住奥布劳恩，来回摇他——也有可能直接揍他——直到他愿意合作为止。但现在，比赛规则是克里米纳定的，他们只能按照规则来。史密斯忽然意识到，这所谓的规则就是胡来。大家都说拉蒂西亚是个警察国家，其实根本不然，国家管理者并非警察，而是流氓。

史密斯抓住奥布劳恩的衬衫，"好家伙，你给我等着。"

卫兵迅速举枪瞄准史密斯。卡尔薇丝开始大喊。

她穿着轮滑鞋倒滑，一路跌跌跄跄，最后撞到赛场边的广告牌。接着，她又开始跌跌撞撞地往场上滑。"我快不行了！给我来杯超级可乐，否则我会死的！"

一架无人摄像机立刻被吸引过来，镜头对准了卡尔薇丝。要的就是这种效果，史密斯心想，我们需要观众站在我们这边。

但是，观众似乎并不买账，他们已经有人在喊，希望比赛继续。他们想要的是刺激，而不是公正。

"超级可乐可以起死回生。没有超级可乐，我会死的。"卡尔薇丝不断嚷嚷着。

"啊，老套路！"看台上一个男人喊道，"继续比赛吧！"其他人也开始跟着起哄。

史密斯在考虑要不要拧断奥布劳恩的脖子。对观众而言，杀了奥布劳恩，比赛可看性会增强，但对史密斯来说，杀了他意味着输掉比赛。卡尔薇丝挺直腰板，指着史密斯，非常郑重地说："我一直很爱你，如果比赛输了，我也活不下去了。"

温斯科特感到非常意外，他四处张望，仿佛刚才在梦游，现在才突然醒过来。"什么？你说什么？"

"我？"史密斯惊讶地说。

苏鲁克听到卡尔薇丝的话，差点吐了。

观众慢慢静下来。史密斯注视着卡尔薇丝，心里反复掂量，到底是该拒绝她呢？还是该顺应她的计谋呢？他不知道如何是好。史密斯想，上帝啊，希望这是她的计谋吧……

史密斯的后脑勺被不明物体砸中，他回头一看，发现地上有罐超级可乐。看台上又有人喊："谁在乎呀？快打起来吧！"

"对，"一个女人跟着应和，"继续比赛！"不出片刻，起哄的人增加到六个，他们都想要暴力，想要刺激。史密斯本想说些什么，但此时，他已经没有心情说话。观众的渴求尚未得到满足。

卡尔薇丝似乎在勉强自己。她深吸了一口气，非常坚定地走到史密斯跟前，对着摄像机大声说："我一直都很爱你，我无法忍受我们分开。"

"天呐,"史密斯说,"你是个大好人,卡尔薇丝,但是……"卡尔薇丝还没等他说完,就直接从他身边走过去了。

蕾哈娜双眼盯着天花板,一动不动,卡尔薇丝突然过来抱住她,亲吻她的脸颊,她起初身体有些抗拒,但后来两人拥抱了很久才分开。

"把内裤还我,"温斯科特说,"现在就还我。"

苏鲁克非常谨慎,他捂住史密斯的嘴,希望他不要搭理温斯科特。史密斯眨着眼睛往裁判那边走。

"请你把比赛回放视频交给我们。"史密斯说。

奥布劳恩瞪着他说:"根本没有……"

"回放!"观众里传来一个男人的声音,"我要看回放!"

昆奇站在球场边假装咳嗽发作,但史密斯知道,他其实在暗暗发笑。

"回放!"观众开始大声呼喊,"回放!回放!"

有人扔了一根大热狗,砸在奥布劳恩肩上,他非常生气,眼睛里燃起了熊熊怒火,迅速把热狗拂去。不远处还有一罐超级可乐,罐体已经摔烂,液体溅得到处都是。史密斯发现看台上几道蓝光闪过,原来是卫兵使用电棍镇压观众,但是,观众心中涌起的愤怒又岂是几根电棍就能平息的?他们有人在吟唱,有人在跺脚,还有人在拍手,声音越来越大,整个体育场都在震动。

奥布劳恩咽了口唾沫。痞子警察看着观众说:"你最好还是回放比赛视频。"

"放吧。"奥布劳恩说。

06 地狱球赛

屏幕瞬间亮了，队员躲闪，跌倒的画面一闪而过。摄影机从六个角度分别记录他们的每一个动作。奥布劳恩判定史密斯进球无效的画面也出现了。然后又开始进入慢动作。

"波莉，"蕾哈娜说，"视频中的人和我们两个一模一样。"

"那是你，笨蛋。"卡尔薇丝回答说。她握住蕾哈娜的手，高高举起。观众又是一阵欢呼。

高音喇叭响了，激光显示屏上得分滚动，最终定格在 8-4，帝国铁甲军团队领先。

苏鲁克拍着史密斯的肩膀说："马祖兰，看来我们赢了。你女朋友有分身术。走，我们继续比赛吧。"

"呃？"史密斯眨了眨眼，看着苏鲁克说，"或许你说的对。"

史密斯尽力不去想象那种画面。他们赢了。

球场边，两名士兵正在靠近昆奇。他们穿着密闭式装甲，看起来很像噶斯特骑士，其中一名士兵抓住昆奇的胳膊，把他拖走了。

昆奇已经被抓，下一个该轮到我们了。

史密斯注视着奥布劳恩说："你欠我一座奖杯。我还要和一号首领握手。"

裁判又咽了口唾沫。"好，"他说，"跟我来。"

奥布劳恩朝场边打了个手势，很快，看守训练室的两名卫兵过来了。这两个人和刚抓走昆奇的士兵相比，显得非常业余，他们仿佛穿着护甲的球迷，来这儿不过是为了搞笑。"漂亮。"胖卫兵说。

"你们把我的队员带到训练室去，怎么样？"史密斯说，"确保他们没事。"

瘦卫兵使了个眼色说:"放心吧,跟我们走。"

史密斯注视着队友,"提前祝你生日快乐,卡尔薇丝!"

苏鲁克身子向前微倾,以表示对史密斯的敬意。"我会好好照顾她,"苏鲁克说,"我也会好好看着温斯科特。"

史密斯和蕾哈娜两人互相看着彼此,有那么一瞬间,蕾哈娜似乎已经明白史密斯将要做什么。史密斯左思右想,希望临别之际告诉蕾哈娜,也告诉所有队友他心中酝酿已久的刺杀计划。可最后他只说了一句话:"打起精神来,姑娘。"说完便跟着奥布劳恩离开了球场。

史密斯和奥布劳恩沿着台阶往上走,两侧都是观众,有些球迷靠在护栏上冲他们招手。忽然,史密斯前方有人想和他握手,史密斯没有犹豫,直接伸手以示友好,但是,士兵很快把那个人推开了。

史密斯左手放在护甲一侧,一小包超强薄荷片从衣袖滑入掌心。他随即摘下头盔,遮住左手手掌,并不断用右手向观众打招呼,借此转移观众注意力,从而暗中打开包装。这种氛围就像学校的颁奖日一样,史密斯感到非常紧张,心脏都快跳到嗓子眼儿了。

克里米纳和噶斯特一号在看台顶部的包厢里朝这边看,史密斯向他们招手示意,但他们一动不动,似乎并不领情。史密斯觉得他们毫无体育精神。

台阶上有辆手推车,车里装满了超级可乐。"我能来一罐吗?"史密斯对推车的小贩说。小贩很开心,爽快地给史密斯拿了一罐。史密斯拉开拉环,假装喝了一口。

他们现在已经非常接近包厢了。刚才紧张难受的心情已经消失，此刻，史密斯自信满满，浑身充满了力量。

《火星蛇蝎机器人》这类文学作品中的坏人通常被描绘成内心邪恶、心灵扭曲、精神萎靡的形象。但是，史密斯觉得实际情况并非如此，银河系中，很多坏蛋外表光鲜耀人，活得挺开心。当然，这不包括噶斯特帝国政府内的显要人物，噶斯特一号的精神面貌连他手下士兵都比不上，他就是文学作品中描述的典型坏蛋。

一号双眼内凹，眼珠子仿佛要从后脑勺窜出去。他脸部中间是鼻子，鼻梁并不高挺，两个方形鼻孔周围沾满了鼻涕，几乎要合二为一了。一号头上有一根触角偏向一侧，触角与头部相连的部位有油脂物，这种物质很可能是他自己身体分泌的。462 在他的调教之下，外形酷似长了手臂的维纳斯。

史密斯深吸了口气，然后继续沿着台阶往上走。距离一号还有几米远时，禁卫兵举起枪，示意他停下。眼前的人就是噶斯特一号，他不仅拥有规模史无前例的超级军队，还一心妄想独裁整个银河系，史密斯就这样站在那儿目不转睛地注视着一号。

"天呐，"史密斯说，"长得这么小。"

一号身体一阵颤抖，眼珠子仿佛受到惊吓的小虫子，在眼眶里直打转。

史密斯清了清嗓子，让声音尽量显得有吸引力。他用噶斯特语说："一号首领，您请留意。我们凭借不懈努力，"说着说着，他突然停了，他脑子在想，该如何用最贴切的噶斯特语表达"公平比赛"，"坚毅品质和先天身体优势，战胜了克里米纳的球队，所以……"

一号好像吃了柠檬一样,身体猛地颤了一下,他看着克里米纳,克里米纳点了点头。

克里米纳手下一名士兵向这边走来,士兵浑身上下都是装甲,手里握着一只巨大的奖杯。他走起路来,装甲叮当作响。奖杯是金色的,顶部就像教堂的洗礼盆,奖杯下方酷似攻城槌上放了根十字架。

士兵头盔外部有扬声器,他隔着头盔对史密斯说:"拿着,马上滚蛋。"

史密斯举起奖杯,观众发出阵阵欢呼。他拉开一罐超级可乐,把可乐倒进奖杯里,并做出畅饮的姿态。

史密斯心里暗暗掂量着,首先把薄荷片塞到一号鼻子里去,然后用超级可乐淋他。

克里米纳一边拍手,一边笑。忽然,他从牙缝里冒出一句话:"现在你可以走了。"

史密斯转身准备离开。"等等,"他说,"我们还没握手吧?"

克里米纳想了片刻说:"握手?像大男人一样?"

克里米纳手掌非常大,两人握手过程中,史密斯的手完全被裹在克里米纳的手掌里。克里米纳试图把史密斯往自己这边拽,不过史密斯早有准备。最后,两人双手短暂地握在一起。克里米纳握完手立刻后退,示意史密斯可以走了。

"该您了,"史密斯一边说,一边把手伸到噶斯特一号面前。

噶斯特一号低头看了看史密斯的手。

"不！"他发出一声尖叫，身体连忙往后缩，结果不小心撞到一名近身侍卫，"我可不要碰那只手！把这个人带走——谁知道这只手摸过什么！"一号冷静一番后，举着拳头朝天花板胡乱挥舞。"地球自然环境污染严重，地球人类懦弱不堪。这些点点滴滴，噶斯特科学界早已证实。低俗、腐败和肮脏就是人类的本性，根本不用怀疑。还有谁比人类更无耻、更垃圾吗？尤其是不列颠太空帝国。"

"呃，闭上你的臭嘴。"史密斯说完，拿起奖杯朝一号砸去。

突然，史密斯背部受到重击，倒在地上。薄荷片从手里滚落，他能感觉到四周都是震耳欲聋的声音，但实际什么也听不清，此时的他仿佛置身游泳池旁，泳池对面有一帮咿呀学步的小孩儿在嬉戏打闹。噶斯特人不停地咆哮怒吼，克里米纳也喊着寻求援助。看台上的人群似乎已经爆发骚动。六名士兵冲着对讲机大喊："收到命令……请求紧急支援……"

史密斯发现远处有一名禁卫兵独自一人架着裂解炮，准备开火。突然，另一名士兵冲过来，差点把架炮的禁卫兵撞倒，禁卫兵身子还没站稳就不停地喊"保护首领"。从史密斯所见的情景来看，士兵的行为有可能是故意的。

"起来！"史密斯身后传来一个男人的声音。他很快被人拉了起来，旁边还有支枪贴在他身上。另一名士兵跑过来抓住史密斯的手臂，把他往包厢后门拉。拖拽过程中，史密斯眼角余光忽然闪过一个庞然大物，一辆浑身插满尖刺的装甲车从体育场地下坡道轰隆隆地驶进场内。球场音乐再次响起，屏幕上出现女孩儿跳舞的画面,群众的声音依然嘈杂不堪。就这样,史密斯被人拖走了。

"再次,"噶斯特一号大声说,"我再次蒙羞,遭人行刺。但上天英明,他再次选中我,让我活了下来。所以,我命中注定要统治整个银河系,这是显而易见的公理。"

通道里光线黯淡,禁卫兵搂着噶斯特一号慢慢往前走,前方是引路的士兵。克里米纳光着膀子走在一号身旁,身上的汗水闪闪发亮。

忽然,克里米纳一行人身后传来说话声,跟在他们后面的禁卫兵立即停下脚步,朝通道后方开枪,只见墙壁上火光闪动。"废物必须除掉。"禁卫兵用低沉而又尖锐的嗓音说。

"你居然朝我的人开枪!"克里米纳惊讶地说。

前方的门开了,克里米纳的首席顾问格里斯勒摇摇晃晃地走进通道。他满脸赘肉,大汗淋漓。"这些混蛋,"格里斯勒喘着粗气说,"他们疯了,我们要……"

禁卫兵举起重型裂解炮,只听见一声巨响,格里斯勒就已化作一滩血水,溅在墙上。禁卫兵用钳子滑过墙壁,然后慢慢舔了下钳子上的血水:"味道不错。"

噶斯特一号暗自高兴。

"你竟敢这么放肆!"克里米纳说,"我可是拉蒂西亚的克里米纳,这地方归我管。我的人你也敢动?在这个星球上,只有我的人动……"

忽然，一道光一闪而过，克里米纳感觉自己肚子仿佛被什么东西揍了一拳，他低头一看，发现血已经淌到裤子上了。一号胳膊瘦长，手里正握着一把手枪。

"你开枪打我。"克里米纳说。

"这个人是累赘，"一号表示，"他手下会照顾好他的。把他丢在这儿大有用途，他可以吸引敌人注意。卫兵，我们走，速度再快一些！"

卫兵抱起一号，把他裹在风衣里。他一面前进，一面朝后方开枪，以此驱散追赶的敌人。

噶斯特一号手下的脚步声越来越远，克里米纳只能任凭他们逃走。混蛋虫子，居然把我丢在这儿等死！我一定能熬过去，克里米纳想。谁有我这么强壮。我要死了吗？

"克里米纳。"

他抬头看见身旁站着两名士兵，士兵脸上都戴着面罩。一名士兵打开医疗箱，帮他擦药，另一名士兵负责给他打针。两人一起把克里米纳从地上扶起来，架着他慢慢离开。

"走这边，"右侧士兵说，"有车在等我们。"

通道越来越宽，一直延伸到一处货运间。克里米纳被带到一辆装甲运兵车后，车门缓缓开启，克里米纳捂着伤口钻进车里，他一屁股坐在座位上，闭着眼睛说："开车！这地方都毁了。"

对讲机里突然传来说话声："说得太对了，伙计。"

克里米纳意识到声音不对劲，他抬起头才发现，坐在对面的是伊桑巴德·史密斯。帝国铁甲军团队——不管他们究竟是谁——

队员都在车厢里，他们冲着克里米纳一边招手，一边问好。车门砰的一声关上了，装甲车开始前行。车厢里有两名女孩，个子稍矮的那名递给史密斯一小盒饼干。

士兵们纷纷摘下头盔。高个子女孩外表看起来十分硬朗，她取下头盔的瞬间，长长的发辫从头顶滑到背后。另一名士兵是位六十岁左右的长者，他的长相非常精致，浑身上下干净利落，没有一丝突兀之处，他护甲领口处别着一枚领结，微微挺起，与他气质恰好相符。

"你……"克里米纳说。

"是我们，"史密斯说，"我们赢了。要不要吃块饼干？"

克里米纳伸手从盒子里拿起一块饼干，由于身体受伤，动作显得非常吃力。"要不是因为一号那个小混蛋，我才不会落得这种下场。"他低头看着自己身体受伤的部位说，"你们刚才有机会应该把我杀了。"

史密斯把饼干递到克里米纳面前说："你说的没错。但是，杀了你我们岂不是太没体育精神了？"

装甲车停了，史密斯起身按下开关，车门自动打开。顷刻之间，阳光涌入车内，史密斯眼睛都睁不开。

他们周围都是坦克和轻型卡车。史密斯用手挡在眼睛上面，四处看了看，发现周围车辆全副武装，车前都装了推进器，车身布满尖刺，车底下则都配有涡轮增压器。深空作战小组的队员们都坐在卡车上，等着与史密斯会合。里克·德莱基特是驾驶员，他帽檐低垂，坐在驾驶座上。

温斯科特下车说:"回来真好。"

"对,真好。"德莱基特回答道。

昆奇拍了拍史密斯的肩膀。

不远处有六只袋鼠,一个男人身穿斯塔里安骑兵制服,站在袋鼠中间。士兵架着克里米纳,正准备把他带走,丛林船长肖恩摘下头上水桶一样的头盔:"史密斯船长,别来无恙啊,见到你真开心,兄弟。大格雷格做了个简陋的天线盘,所以,决赛我们也看了。你们比赛战术打得不错呀!尤其是那位年轻的女士。我猜你们肯定迫不及待地想把身上穿的队服脱掉。"

史密斯直摇头,他说:"我现在什么都没有,克里米纳手下那帮混蛋把我的东西都拿走了。"

"不对,史密斯,"苏珊说,"我们刚才灵机一动,趁场上场下一片混乱,随手帮你带了点东西回来。肖恩,给他看看。"

肖恩从里皮身上的鞍囊里一件一件往外掏,"你的开化者手枪,还有步枪,你的外套在里皮背上挂着,就在这儿,唉……你那件红外套好像不见了。"袋鼠仰着鼻子,仿佛想表达什么。"里皮,你说什么?外套在你袋子里?对,你说的没错。"肖恩掏出史密斯的外套,"兄弟,老实说,外套放里面这么长时间了,你最好拿出来透透气。哦,对了,呃,穿上这身衣服,你可能不想靠近任何男同胞。"

"谢谢。"

"继续待在这儿没什么意义,兄弟们都迫不及待想继续行动了。我和别人告别从来都不会黏黏糊糊。里皮,你说什么。里皮觉得词语根本无法表达出人们的真实想法。总而言之，语言这种机制存在缺陷，思想比语言更完善。好了，"肖恩说，"我该走了。"

在众人注视之下，肖恩爬上袋鼠，坐在鞍座上。袋鼠背上背着一包杂物，都是刚才球场骚乱时得到的战利品。肖恩船长把头盔取下，放进包裹，接着他又从包裹里翻出一顶宽檐帽戴上。肖恩准备出发，装甲车的增压发动机轰轰隆隆地响个不停，似乎已经迫不及待了。"大家再见，我们后会有期！"

车队后方掀起一股灰尘，十分浓厚，如墙壁一般，肖恩和手下骑兵很快在烟尘中不见踪影。

史密斯说："可喜可贺，我们都活着，我们还能自由地呼吸清新空气。"说完，史密斯长长地吸了口气，结果却被呛住了，他只好喘着气说："只是打个比喻。"

"波莉，"德莱基特拿出低温休眠管，杰拉德就在里面，"你的仓鼠在我这儿。"

附近的烟尘开始慢慢落下，远处扬起的白色沙粒依然清晰可见，这是斯塔里安 603 装甲师经过的痕迹。

"来也匆匆，去也匆匆。"苏珊说。

"你们看，"史密斯说，"他们有一堆废铁忘记拖走了，简直是污染环境，没错吧，蕾哈娜？"

蕾哈娜摇头说："伊桑巴德，我觉得那堆废铁是我们的飞船。"

史密斯仔细一看。"天呐，没错。那我们快回去！"

再次看到约翰·皮姆号，史密斯心里轻松多了，他用手掌拂过飞船船体，趁着大家不注意，小心翼翼地把船身钢板上的一块污垢擦掉。史密斯回家了。

史密斯打开舱门,进入飞船内,一切还是熟悉的模样,连气味都没变。头顶电线依旧挂在那儿,他过去碰都不愿意碰,更别说把它修好了。他用嘴唇蘸湿手指,摸了摸电线的质感,结果指尖沾满了灰尘,感觉并不好,但家终归是家。

驾驶舱传来卡尔薇丝的声音:"头儿,我检查了,飞船他们修过。"

史密斯弯腰穿过低矮的舱门,来到驾驶舱。这么多控制台,各自究竟有什么功能,史密斯一直也没有完全搞明白,但现在看来,所有控制台似乎都井然有序,和当初一模一样。整流罩也重新调回到原来的角度。

背后一阵温柔而低沉的嗓音打断了史密斯的注意力,他回头一看,发现苏鲁克站在门口。"马祖兰,拉蒂西亚星已经被我们拿下,我们去寻找下一个目的地吧!这次,我们不比赛,我们要开战。"

史密斯坐在船长位置,椅子吱吱作响。"没问题,伙计,我们走吧!"

"去哪儿,头儿?"卡尔薇丝问。

"你们都该休息休息了,"史密斯回答说,"折腾这么久,放松一下也是天经地义的事。我们去一个安宁祥和、风景优美的地方,就选迪德科特星吧,卡尔薇丝,出发!"

第二部分

瓮星:迪德科特星系四号星球—72 型文明世界

人口:4 600 000

本土外星人:无

气候:温暖、潮湿

土地主要用途:城市建设 4%,农业耕种(种植园)96%

政治体制:非独裁政权

主要出口产品:茶

《帝国百科全书》,第 43 卷(蒂芬—文达鲁)

01

卡尔薇丝四周岁

迪德科特星球全称为迪德科特·普莱姆星。这里的天穹十分宽广，放眼望去，无边无际。湛蓝的天空笼罩在茶园之上，没有一丝云彩，仿佛一片无比纯净的海洋。几只太阳龙从头顶飞过，史密斯看到这场景想起了鱼游动的画面。

飞船着陆地点在斯特维尔城郊外，距离首都三十公里。史密斯、苏鲁克、蕾哈娜三人租了辆车，一同去首都为卡尔薇丝买生日礼物。虽说重头戏已经准备好了，但根据以往经验，史密斯知道，仅有重头戏根本不够。

两年前，史密斯曾在这里打过仗。短短两年时间，这里就发生了令人意想不到的变化，你根本看不出来噶斯特人和新伊甸人曾经占领过首都。蕾哈娜和史密斯刚经过的地方比较特殊，两年前，就在相同的地点，史密斯用等离子炮炸掉了一辆气垫坦克，如今，这里开了一家针织品小店。

但是，这里并非没有一丝敌人侵略过的迹象。为了纪念战役阵亡英雄，政府修建了一座三层纪念碑，路边可以看到通往纪念碑所在地的棕色指示牌。有些房子窗户没关，当你路过这些窗口时，还能听到收音机里传来的起义歌谣。这些都表明首都曾经并非太平。史密斯走着走着，听到了几句熟悉的歌词，是奈斯·T的《杯具杀手》。

史密斯从口袋里掏出一张纸，"这是卡尔薇丝生日礼物清单，我们每人负责一部分，大家分头购物，能买到什么就买什么，最后在卡片屋门前会合。"

如今，噶斯特帝国大军即将来袭，很多军方出版物都受到审查影响。史密斯找到了一本盟军杂志《耶！自由》。这本杂志封面十分光鲜亮丽，但由于内容过分强调事实细节，人们通常认为它就是《美国时尚》的翻版。《每日时报》则刊登了一张黑发男子照片，男子坐在坦克炮台上向外张望，报纸头条标题写的是"帕基·帕金森宣称六型虎虾号生物坦克归他所有"。警察在当地新闻上郑重承诺，要打击毒品犯罪。

正合蕾哈娜心意，史密斯想。

迪德科特人待人友好，非常礼貌。无论史密斯去哪家商店，他总会问店员："朋友四岁生日，买这个合适吗？"他在卡片屋受到热情招待，买到了心仪的礼物，但史密斯在酒水店吃了闭门羹，老板甚至威胁要报警。史密斯在当地一家面包房看到一本政府宣传手册，标题是《大家来做假蛋糕：合成火腿——孩子生日新选择》。史密斯不信宣传册上的内容，他买了食材，准备做一个货真价实的巨型抹茶蛋糕。

蕾哈娜有点糊涂,分不清卷纸和包装纸的区别,不过,除此之外,蕾哈娜的购物之旅还算顺利。卡尔薇丝生日很快就到了,现在看来她的生日会可能只是一次豪饮和狂欢,无法做到像成年礼一样,面面俱到。蕾哈娜想着想着,觉得非常羞愧,不过话又说回来,既然别人希望那样过,你又有什么资格阻止别人呢?到时候再提醒他们也没什么问题。

苏鲁克就没那么走运,他来到一间肉铺,结果发现肉铺虽然开着门,但里面没人。他只好独自一人在柜台前来回晃悠,心里忧虑重重,担心待会儿买不到小香肠。忽然,苏鲁克感觉背部一阵刺痛,他转身发现背后站着一个老头,老头身穿条纹围裙,手里握着一把长矛,和自己的一模一样。

"抓住他了!"老人在空无一人的店铺里喊道,"我抓到了一个外星侵略者!"

苏鲁克无奈地叹了口气,"你老糊涂了吧,我在找小香肠,不知道你们店里有没有,你脖子上挂着的东西就很像。"

"香肠?少来这套。迪德科特的家园护卫永远不会让外星人的手玷污我们星球的肉。我脖子上戴的是HN-20型塑胶炸药管,不是香肠。这些炸药直连我的心脏,我如果遭到怪物攻击,心跳停止,炸弹就会自动爆炸,让怪物和我一起同归于尽。"

"是吗?精神可嘉,不过……"

"你说对了!"肉铺老板大声说,"我们永远不会投降!你可以杀了我,但是……但是……"他双手抱在胸前,"我跟我妻子说……不……等等……我现在没事。"

"这样吧，"苏鲁克说，"我拿些小香肠，零钱我放在柜台上你自己收。过去，人们都称我迪德科特狂暴屠夫，你考虑考虑。"

尾声蛋糕坊咖啡厅坐落在赛特广场对面。广场上曾发生过一场血腥大战，当地曲棍球队"狗獾人"队曾在这里大败新伊甸狂热分子。狗獾人队队长瑞德·道恩当年非常勇猛，如今广场中央竖起了他的雕像，只见瑞德·道恩高举球棍，英姿飒爽。

咖啡厅老板是位女性，她有一只黄铜假肢。老板站在柜台后面，一边等待客人光临，一边用另一只手擦拭自己的假肢。她围裙上画的是艘坠毁的噶斯特飞船，围裙下方有一行字：你要喝我茶水——我要拿你茶托。

"苏鲁克。"史密斯打着招呼。服务机器人往他盘子里加了些自凝奶油。"我对你的遭遇深表同情，需不需要我去和老头理论一番——趁你还没动手？"

"没必要，马祖兰。"苏鲁克说。他已经开始吃第三块培根三明治了。"他只不过是个老糊涂。这个国家的确变了很多，我上次来这种咖啡厅，他们根本不让我点单。不过必须承认，我上次是从窗户进去的，当时，那个老板还骂我是只没见识的癞蛤蟆。"

"给人取粗俗的外号，真不像话，"史密斯说，"你长得一点都不像法国人。"

"一个老糊涂骂我，我根本不在乎，即便他说得没错，我也不在乎。"苏鲁克说，"我不是个心胸狭隘的人。我明明可以比他过得好，为什么还要浪费时间报复呢？只有一种情况，别人可以低头看我，那就是我把他头拧了，放在高高的架子上当奖杯。"

"好样的，老兄。"史密斯说。

"你知道，我觉得自己一直都很走运。我遇到了很多友善的人，也遇到了很多讨厌的人，还有些人，我看见他就想杀了他。我记得'摩洛克'这种称呼是乔治·奥威尔提出的，如果有人说你是一个'摩洛克'，那他就是在侮辱你——已经很久没人这样骂我了。"

"听你这么讲，我非常开心，"蕾哈娜说，"这不正是我们苦苦奋战的目的吗？我们的希望不就是人人都能平等吗？人人平等才是关键所在。我们今天都享有平等权利，这是人们用生命换来的。"

"对啊，"苏鲁克大声说，"他们只要明白这个道理，就知道该如何尊重我个人和我的权利了。"

史密斯和苏鲁克刚回飞船就去货仓整理给卡尔薇丝的生日礼物。苏鲁克的房间里有很多罐装的闪亮先生清洁剂，因为他喜欢收藏骷髅。这么多骷髅长期以来还能保持原来的光泽和风貌，靠的就是这些清洁剂。蕾哈娜觉得整理东西很费劲，于是她决定去准备蛋糕。

"真漂亮，"史密斯一边说，一边往后退。清洁剂的味道弥漫了整个货仓。史密斯在一旁叹气。

苏鲁克把抹布丢进超级碗奖杯里去了。"马祖兰，你还在因为一号的事难过？"

"苏鲁克，我在拉蒂西亚本来可以杀了他的，但我错失了机会，导致其他星球现在还在打仗。"

"你，"苏鲁克说，"你不能这么说！"

"你觉得我对自己太苛刻了吗？"

"我不知道。不过你说什么打仗，让我听了很不舒服。"苏鲁克耸了耸肩，"大家都平静地过日子……终结动乱……呃。"

他们把餐桌和椅子都搬到了茶园。没多久，深空作战小组的装甲卡车来了，温斯科特和队友用小旗子在茶园周边地带围了一圈，每隔一定距离还设有自动哨兵机枪点，一旦侦测到动静，这些枪就会立刻射击，只不过枪里用的是纸子弹。

史密斯一行人刚准备坐下，一辆指挥车从茶园开过来了，车子附近的茶树都被压弯了腰。一位高高瘦瘦的男人从车里下来。餐桌上显得十分热闹喜庆，但男人似乎不为所动，他只是面无表情地往这边走。一只茶壶在男人肩膀附近盘旋，茶壶之所以能在空中漂浮，是因为内部装有微型反重力引擎。

"是特工处的W！"卡尔薇丝喊道。

"生日快乐！"W对卡尔薇丝说，"听说这边有聚会，所以，肯定不能没有我。"他先看了看餐桌，然后又把目光转向天空。"我觉得还不错，"W说完和大家坐在一起，"我有张贺卡要送给你。"

卡尔薇丝打开贺卡，上面写着：送给今天生日的女孩。为你四年来度过的自由时光喝彩！继续加油！"谢谢，"卡尔薇丝说，"谢谢你的祝福和鼓励。"

卡尔薇丝收到了很多贺卡，她把它们都放在一起。吉见既是机械师，又是飞行员，她的贺卡上有一张色彩鲜艳的照片，照片里是一个巨型机器人。艾米丽·霍斯沃尔斯和卡尔薇丝一样,也是机器人,她以前对主题公园情有独钟,她送给卡尔薇丝的鲜花贺卡外观非常典雅。卡尔薇丝当初热衷于攀结上层人士,霍斯沃尔斯很看不惯,她曾经有谋杀卡尔薇丝的企图,不过现在看来,她好像根本不记得这回事。喜欢夸夸其谈的塞莱斯特送给卡尔薇丝的礼物是一幅手绘水彩画,这幅画非常惊艳,但显然不是出自塞莱斯特之手,因为他根本就没有手。

"这是送给你们所有人的。"W说。他做了个手势,茶壶迅速从椅子背后飞起来,一直飞到餐桌中间,在桌子上方30厘米左右的位置停住。"新伊甸人喜欢这种反重力小玩意儿。我们当年打进派奥斯·帕尼克镀金宫殿,茶壶是我们的战利品,茶壶上的反重力马达是我们自己装上去的。我觉得你们在太空或许可以用上它。如果不介意,你可以把你的仓鼠放进去试试。"

"太好了,"卡尔薇丝说,"还有什么?"

温斯科特递给卡尔薇丝一个时间盒。"这个盒子可以帮你管理午餐。盒子里面有一只内置时间锁。你早上把午餐放进盒子里,中午之前盒子无法开启,这样就可以防止你提前把午餐吃光。"

盒子正面是一张照片,卡尔薇丝看着照片说:"幸运星,我喜欢。不过,到了明天上午十一点,我可能就没那么喜欢了。"

蕾哈娜站了起来,微风把头发吹到了脸上。"我有个非常贴心的礼物,波莉。"

"太好了!等等,不会是精神或者口头上的祝福吧?你想表达爱意,还是赞美友谊?"

温斯科特凑过来咕哝着:"我觉得她的贴心礼物应该是向你表达爱意,就像上次赛场上一样。你们两个人的合作非常精彩。我为了做好复赛准备,一直在研究你们的比赛视频。在我看来,做事一定要有始有终。"话没说完,温斯科特就咧着嘴,身子慢慢缩成了一团。坐在桌子对面的苏珊翻了个白眼,独自吹着口哨,脸上一副"不是我踹的他"的表情。

蕾哈娜从桌子底下搬出一个大箱子,箱子上有 SHAM 标志。蕾哈娜旁边的几个人赶紧把椅子往后挪。尼尔森则一直在嘀咕。

"现在,"蕾哈娜宣布,"我知道你们在想什么。我做蛋糕,你们都看见了,你们肯定会觉得我拿出的东西就是蛋糕。没关系,对,的确是蛋糕。但我的蛋糕不一样,我知道合成食材对健康不好,所以我做蛋糕用的都是纯有机食材。你们看!"

史密斯在斯特维尔的五金店买了四根蜡烛,这时,蜡烛恰好派上用场。"你这些蜡烛没什么用,"温斯科特说,"我给你们看我的大红蜡烛。"

温斯科特把手伸到腰带附近,从口袋里掏出一根大红蜡烛,握在手中来回挥动。大家都非常意外,他裤子居然没掉下来。

"收起来吧,伙计,"德莱基特说,"那是根炸药棒子。"

苏鲁克拿出一小盒火柴,划了一根。"我来点吧!"苏鲁克说完便把蜡烛点上了。

大家品茶,饮酒,切蛋糕,生日聚会办得很顺利。史密斯看见一条太阳龙慢悠悠地飞过天空,他回头才注意到,蕾哈娜已经坐在身边。

"想什么呢？可以聊聊吗？"蕾哈娜说。

史密斯微微一笑。"谢谢你，蕾哈娜。你会不会觉得我早该把一号给杀了？"

蕾哈娜耸了耸肩说："你做得没错。"

"是吗？"

"呃……绝对没错，一点都没错。我现在问你，"蕾哈娜说，"当时如果有机会，你会把一号杀了吗？"

"我不知道。我显然想杀他，不过，我不想你们受伤。"

"对，因为你认为我们很重要。伊桑巴德，如果是噶斯特人，他就不会想这么多。你知道为什么吗？因为我们有一样东西，他们没有。"蕾哈娜指着手，眉毛不断上扬。

史密斯明白了，蕾哈娜希望他能猜出自己想表达的东西。史密斯手里拿着茶杯，看了看自己的手说："茶，他们没有茶。"

"很接近了，"蕾哈娜说。

"饼干？"

"道德和信念。"她说，"四年前噶斯特人向我们宣战，面对他们规模庞大的军队，我们当初如果没有这些，你知道会发生什么吗？"

史密斯点着头回答道："我们会放弃。如果没有道德和信念，我们早就死了，早就成了禁卫兵的盘中餐。"史密斯似乎想明白了，"你说得对，太对了。我没做错。你知道我现在有什么打算吗？"

"你已经知道你爱的人对你非常珍贵，所以，你打算和他们好好聚一聚？"

"我要买更多弹药,把尚未了结的任务完成。我有一整面墙都是用来挂奖杯的,墙壁中间我特意为一号留了个位置。"史密斯停下来喘了口气,他发现蕾哈娜表情不对,于是,他继续说,"当然,我还要和大家好好聚一聚。"

"嗯!"蕾哈娜说,"那我们去找其他人聊聊吧!"

"等等,"史密斯说,"蕾哈娜,谢谢你的开导。你是对的。一个人只要不发泄情绪,单独把自己的心事告诉另一个,他的心理负担就能得到缓解。"

蕾哈娜脸上露出一丝微笑。"我们晚点还可以继续聊。"

"太好了。到时候,你可不可以用英式口音来说'道德信念'这词?你说晚点再聊,睡觉的时候可以吗?"

茶园里绿草如茵,W手里拿着纸餐盘,慢慢向史密斯这边走来。他脸上虽然没有笑容,但看起来很放松,至少刚来时那股沉闷已经不见了。

"你们都知道,"W说,"我平时遇到这种场合会不舒服,但今天好多了。我现在才知道,原来和人打交道有时候也可以很愉快。你们都没事,我很高兴。"W继续说,"我愿意和你们聊专制,聊世界的黑暗,说起这些话题我就感到兴奋。"

史密斯觉得,W是个好人,只是有时候听他说话就仿佛自己困在电梯里,而身边那个人却是托马斯·哈代[①],场面有些尴尬。

[①] 托马斯·哈代,英国诗人、小说家。

01 卡尔薇丝四周岁

忽然,哗啦一声,一只酒杯摔碎了,史密斯立刻回头张望,原来是苏鲁克,只见外星人站在椅子上,一只手拿着大号刀具,另一只手拿着碎酒杯,准备说些什么。

"各位朋友,人类,各位同胞,"苏鲁克一本正经地说,"大家听我讲,否则我就不客气了。波莉·R·卡尔薇丝是一名飞行员,一名战士,一名功能失调的性爱机器人,今天我们在这里相聚,为她庆祝生日,也在这里见证她又度过了一年时光。四岁了,对一个机器人来说,非常不容易,我在此请大家举起手中的酒杯或餐具,祝贺卡尔薇丝,祝贺我们的大寿星。"

"祝贺大寿星!"

"这就对了,"苏鲁克继续说,"多年以前——准确来说是三年前——为了保卫我们心中至爱,我和大家一同并肩作战。在这片土地,在迪德科特星的田野上,敌人的鲜血曾经如茶水一般,灌满了整条河流。也正是在这片土地,卡尔薇丝证明了自己,她为自己赢得了'阿诺拉克勇士'称号,也即我族人所说的'小猪仔'。"

"自此以后,我们共同进步,一起走过了漫漫长路。如今,我们长大了,心智也更加成熟了。无数仇敌在我们刀下丧命,战场上,我们除掉的旅鼠人数不胜数,头骨可以堆成一座金字塔。杀戮漫漫,战争的伤痛依然记忆犹新,但激战过后,我们取得了伟大胜利,我们从中明白……我们明白……我忘了自己要讲什么。"

"生日!"卡尔薇丝喊道。

"对,生日。阿诺拉克勇士的生日,一个经历过战场磨炼,纵情于美酒佳肴的战士的生日。卡尔薇丝袭击敌人时非常注重隐蔽,通常情况是，敌人还没来，她就已经早早躲在桌子底下，等到时机成熟，她就像看见坚果的松鼠一样，纵身而起，扑向敌人。朋友们，胜利的大门为我们敞开。如今拉蒂西亚正处于动乱之中，我们可以组织舰队直接攻击黑暗势力核心地区——噶斯特帝国。然后，我们继续推进，攻打噶斯特人老巢，一举铲除暴政根源。死亡和毁灭在等着他们，末日即将到来，新生就在前方。"

史密斯站起来说："卡尔薇丝，你的重头戏来了。我们都知道你作为机器人，很享受生命，我们也知道你非常迷恋小马驹，所以，我们给你准备了这个！"

德莱基特推着一辆手推车从货仓出来，手推车上有一个小女骑士。

"这是专门送给你的盔甲，"史密斯说，"赛场上有个老传统，比赛结束后，两队互换衬衫。我们不久前打败了无情姐妹花队，大角星·琼说她是女性，换衬衫显然不太合适……"

"她真没有体育精神！"温斯科特突然打断史密斯说，"我每次比赛结束，内裤都脱了。"

"温斯科特，我说的是衬衫，不是内裤，你就瞎扯吧！所以，她没换衬衫，而是把这套盔甲送给我们，后来，我让昆奇从体育场偷偷运出来了。这套盔甲每个部位都装了保护板，背后还可以放东西，护甲腰部具有伸缩性能，昆奇说这种衣服在巴黎非常流行。"史密斯有点迷糊，他不清楚昆奇刚刚提到的巴黎到底是被称为时尚之都的巴黎，还是百年战争中的巴黎。

卡尔薇丝眼睛直勾勾地盯着盔甲。"送给我的吗？"

"当然是送给你的。这套盔甲还能防弹哦!"

"好开心呀,谢谢你!等等,"卡尔薇丝仿佛意识到什么,"你刚才是不是提到了小马驹?"

"对。你如果参加马上武术比赛,就可以穿上这套盔甲。"

"好主意!"卡尔薇丝正准备起身,大家纷纷往她身上扔蛋糕,以示庆贺。她慢悠悠地跑到史密斯跟前,步子比平时克制许多,然后十分拘谨地抱住史密斯。史密斯搂着她,像对待孩子一样,轻轻拍她脑袋。"我可以现在就穿上吗?"

"没问题。"史密斯回答道。

"穿着睡觉也行吗?"

德莱基特手里拿着威士忌,他放低酒杯,盯着卡尔薇丝说:"绝对不行,我虽然是机器人,但我没办法接受女人晚上睡觉穿得像铁罐子一样。"

天黑了,夜晚的空气中暗香涌动,有茶的气味,还有蕾哈娜手中香烟的味道。蕾哈娜抽的是火星红草烟叶,那是一种不含尼古丁的香草烟。苏珊则在一旁用自己胡乱组装的喷火器取暖。烟头的点点光亮和喷火器的熊熊火焰在黑夜的背景下相互点缀。

史密斯坐在蕾哈娜身旁,手里端着一杯加了奎宁水的杜松子酒,慢悠悠地品尝着。他已经飘飘欲仙了,心里却泛着一丝惆怅,仿佛大家以后再难有机会像今天一样相聚一堂。

苏珊手握喷火器,向天空喷出一股滚滚火浪。火焰似乎把蕾哈娜的眉毛烧焦了,她皱着眉头说:"呃,是不是有点危险?"

"不会,"苏珊回答道,"这个牌子相当可靠。用它,我们可以驱虫,还能清理飞船气压舱。"

"大多数动物遇到火就会逃走,"温斯科特说,"我个人倒是喜欢火。"

苏鲁克打了个哈欠,"好了,大家晚安。折腾了一天,我要回房睡觉了,吃了这么多东西,得慢慢消化消化。"他站起来,长舒一口气,"早睡早起,惊喜等你。"

卡尔薇丝也准备回去。她走起路来,身上的盔甲叮当作响,光线照在防护板上闪闪发亮。

"波莉,你还好吗?"蕾哈娜问。

"蛋糕吃太多了,"卡尔薇丝说,"我感觉自己就像个胖子,肚子撑得不行。"

前方不远处有个高高的人影在移动,火光照亮了他的花呢外套。"史密斯?"W 低头看着他,就像小学校长正在和一个成绩一般的学生谈话。

"对不起,"史密斯说,"我还没缓过神来。"

"没关系,我也很享受聚会的氛围。"W 说完,喝了口啤酒。他站在没有光的地方,注视着漫漫黑夜。

蕾哈娜和温斯科特在讨论灵力战。史密斯说:"W,我们能聊两句吗?"

"当然可以。"W 说。他又重新回到火光之中。

"我一直在反思拉蒂西亚发生的事。克里米纳觉得超级碗是银河系最重要的赛事,他错了,铲除噶斯特一号才是最重要的事。我想抓住他。"

"明白。"

"我觉得自己在拉蒂西亚错失了机会。但是,我如果当时就把一号给杀了,那现在这一切就不会发生,我们肯定也没办法为卡尔薇丝庆生。你看,她那张小脸蛋,笑得多开心。"

卡尔薇丝在远处一个趔趄,差点摔倒。她扯着嗓子喊道:"我要吐了,我要滚到草丛里去了。"

"呃,脑补一下也行。"史密斯说。

W喝了口啤酒,"噶斯特一号的事,你不用担心,你还有机会。舰队马上就要开往噶斯特人的核心星球赛琳尼亚,各大强国必然不会示弱,都要派出各自的飞船。太空帝国所有星球,只要有军事力量,都将参与此次大战。相信我,噶斯特人一定会不惜一切,与我们拼死相争的。史密斯,这才是重头戏。"

史密斯喝了口杜松子酒,"那就让他们试试看。"

第二天上午史密斯起得很早,他来到厨房,烧了壶茶。正当他在检查反重力茶壶的控制器时,他忽然发现沙发旁边有只箱子,箱子已经被人拆开,邮戳显示:瓦尔丹运输。这表明箱子是从特工处寄过来的。史密斯把桌上的盘子和杜松子酒酒瓶推到一边,然后把箱子搬上来。

箱子里有一大盒袋装茶叶。史密斯觉得能用上,但是,目前来看,飞船上茶叶充足,如果没有紧急情况,他们根本不需要这么多茶叶。茶叶下面是一条胡子蜡膏,箱子底下还有多块小型木质盾牌。

史密斯拿出一块盾牌，琢磨了半天，不知道它究竟有何用途。他把盾牌安在墙上，墙壁对面是一个禁卫兵人头标本，已经在那儿挂了三年。
　　多余的茶叶，胡子蜡膏，还有奖杯装裱板，就这么多。我们出发吧！

02

太空舰队

"就在这儿停,"462对自己的座驾说。462乘坐的豪车外形优美,线条流畅,就像一颗黑色导弹,车身设计灵感源自梭鱼,所以,车身到处充满梭鱼元素。他刚发出指令,车立刻停在路边。刚下车,赛琳尼亚后街的气息扑面而来。462裹紧外衣,沿着一条狭窄的小巷,一瘸一拐地往前走。前方有一扇小门,两名蚁族工人在门边来回走动。462放大仿生眼镜头,通过观察二人嘴唇,来了解他们的谈话内容。

"整个娱乐行业已经完蛋了,"其中一名工人说。他从大衣里掏出一根可燃性增强的类电子烟营养棒,点上之后继续说,"他们希望一天能制作五十档节目。五十档呀!这叫我怎么办?"

"我知道,"另一个说,"上周,我问制片人我为什么要去片场?他对我说,我如果不去,就得死,这就是原因。呼,麻烦来了。"

462慢慢走近,问他们:"这是后台入口吗?"

前面那名工人放下手中的营养棒说:"没错,但这是工作人员专用通道，其他人需要从前门进。"

"你们在发牢骚，对吧？"462掏出几张纸，摆在他们面前，"我刚在街道那边观察你们的唇语，你说了什么我都知道。你们上司来了，我可要建议他把你们调走，到时候就没这么轻松了。快开门。"

工人听完，立刻把营养棒吐了，身体站得笔直。以前，462看到这种画面，心里肯定乐坏了，可如今，他根本不屑一顾，直接进去了。462走过一条狭窄的走廊，来到一间里面全是风衣的更衣室——噶斯特帝国的服装设计非常简单。最后他发现前面有扇门，门上的装饰品是个黄金骷髅。

462推开门，发现梳妆台前坐着一个噶斯特人，他身穿花呢外套，正在往脸上抹粉色面膏。可以猜测，他在政宣片子里扮演的是人类角色。这栋楼里的镜子都是单向透明玻璃，使用这种镜子可以防止演员入戏太深，自我感觉良好，462因此大致了解了演员日常演戏的环境。

"《审判秀中秀》的参赛选手都关在哪儿？"462问道。
"你问的是主持人，还是犯人，还是他们的食物？"
"犯人。"
"在楼下，这周关进来很多人，他们都是莫洛克前线的逃兵。凶多吉少啊。"

462坐电梯来到楼下，眼前是昏暗的走廊，大门后面是小牢房，每间牢房都关着一个雄蜂人。他们的头盔满是划痕，头上触角低垂，表情非常难看，所有人没有一点精气神。462沿着牢房门一间一间往前走，忽然一个雄蜂抬头看着462。

"嗨。"

462 转身对他说:"今后你就是我的手下!"

雄蜂人耸了耸肩说:"我为什么要做你的手下?有区别吗?反正今晚都要把我拿去喂蚂蚁。"

"过来。"462 说。

雄蜂人站了起来。战场上大多数雄蜂人活不了多久就死了,他们身上除了伤口,什么都没有。可以看到,这只雄蜂不一样,他穿的风衣打了好几个补丁,衣服上挎着六条网带,上面琳琅满目,挂着各种杂物,有日常工具、餐具、汽车零件、能源包、罐头,还有牙刷。他右手手腕还绑着一条绷带,绷带是块橙色的碎布片,很有可能是从莫洛克战旗上撕下来的。

"编号多少?军衔呢?"

雄蜂漫不经心地告诉 462 说:"编号 SVN/2187,5973 死刑军团中尉,曾经隶属 844 禁卫兵师——无情怒火,但现在不是。"

"你是从莫洛克前线下来的?"

雄蜂点了点头,"他们把我们送到前线当炮灰,结果,他们没料到,我们生存能力超出预期。后来,他们又把我们调进禁卫兵团,我们以为是自己的生存能力得到赏识,所以能和他们并肩作战。"

"其实呢?"

"其实我们只是他们的早餐而已。"

"后来发生了什么?"

SVN/2187 又耸了耸肩,"战场上不幸发生变故,我们的指挥官发生意外，惨遭敌军射伤，还一不小心惹火烧身，掉进洞里。后来，也不知道为什么，一只生物手雷跟着他一起进洞了。最高指挥部认为我们应该为此事负责。"

"真倒霉，"462说，"不过，常识考察环节还没到，所以，准确来讲，你还没有被定罪。"

SVN/2187无奈地叹了口气，"他们每周都重写历史，从来没有人能通过常识考察环节。"

"对。不过，我或许可以放你出去。中尉，你头脑不错。你只要愿意为我做些……特殊工作，谁知道会发生什么？"

"特殊工作不包括帮你擦革片吧？"

"当然不会。但是你要忠诚，有些不合我意的官员，你要帮我除掉。我相信杀人的快感你已经体验过了。"

"我杀人是为了不被人杀。"

门外走廊的灯突然亮了，楼梯间里传来一阵怒吼："你这是什么意思？"

462转过身，一个噶斯特人穿着一件崭新的的风衣，站在门口，身上闪着光。

"你竟敢擅闯牢房，还威胁绑架我的参赛选手？"主持人指着牢房，气势汹汹地说，"这些雄蜂都是我旗下的明星。"

"我以为他们只不过是群众演员，那群要吃掉他们的疯蚂蚁才是明星，"462掏出军官徽章继续说，"我是风暴突击队指挥官462。我要征用你的犯人，把门打开。"

主持人愤怒地看着他说："没演员我怎么主持审判秀？"

462 皱起了眉头。"你不是演员吗？"他低声说。

"我当然是。"

"那好办，到时候即兴发挥就好了。"

主持人盯着 462 看了很久，眼神里满是怒火。最后，他重重地吐了口气才愤然离去。

462 脸对着伤疤代码辨识器，扫描过后，牢门自动打开。

"我部下的士兵怎么办？" SVN/2187 问。

"你对部下的责任让我感动，但是……"

"要走一起走，要么就都不走。"

462 注视着他说："你居然违抗指令，公然对上级无礼，我真没想到。我们会好好相处的，SVN/2187 中尉。嗯，为了方便起见，我就叫你斯文吧。怎么样？"

"斯文？"雄蜂笑着说，"我喜欢这名字。但是，我还有两名助理，DIQ/4914 和 ARS/7942，我们得把他们救出去。"

"他们两人我随便称呼就行了。"

太空辽阔无边，飘荡其中的无畏舰看上去就像丝绒布上的针头一般。

"太空让你明白，一个人竟然如此渺小。"史密斯正在飞往舰队的途中，飞船外面就是迪德科特星逐渐远去的背影，史密斯看着窗外的画面说："我是说，我们，约翰·皮姆号飞船，无畏舰，还有整支舰队，这一级一级不断增大的空间感没有尽头，我想着想着就会头脑发胀。"

蕾哈娜点着头说："所以人们才把太空称作深空。"

"因为太空很辽阔？"

"不，因为太空可以让你产生深沉的思考。比如说，宇宙是什么？宇宙里有什么？宇宙为什么存在？我的生命何去何从？时间是什么？"

"你要去的地方是一艘战舰，"卡尔薇丝郑重地回答道，"你要喝茶，你要打入噶斯特人本土。你叫蕾哈娜。其他问题都是废话。"她弯着腰，脸凑到杰拉德的笼子旁边，帮它把水槽挪到合适的位置，"我有一只仓鼠，感觉真好。"

飞船逐渐靠近一艘战舰，舰身之庞大让人叹为观止。史密斯抬头看着窗外，此时的他就像一只站在浴缸旁边陷入迷思的蜘蛛，除了尽情领略这壮丽的场面，什么也做不了。卡尔薇丝不停摇头，显然被这画面惊呆了。"战舰可以装下多少杜松子酒啊！想想就可怕。"她打开无线电，"舰队，你好，这里是谢菲尔德级飞船，约翰·皮姆号，请求停靠。"

无线电另一头传来一阵电脑合成的声音。"收到，约翰·皮姆号，这里是 HMS 卓越号战舰，请到三十七号舱口……"

忽然，一个女人的声音插了进来。"是你吗，史密斯？我是菲茨罗伊船长。来我的专用码头，我派人给你们开门。你们在拉蒂西亚的比赛我看了，我要亲自祝贺你，尤其是你的飞行员，精神可嘉。把飞船开到后面，我马上给你们安排妥当。"

通话中断。

卡尔薇丝摇着头说:"太空这么大,我们却偏偏总是遇上她。这就是你们人类说的命运吧?我有时候在想,我前生到底是什么?为什么今生有这种经历?"

"三明治机?"苏鲁克答道,"或者装满了蛋糕的水桶?"

战舰机舱大门的高度是约翰·皮姆号飞船船身高度的八倍,所以,飞船停靠不是什么难事。容纳飞船的机库空间极大,仿佛一座钢铁筑成的山谷,机库里有一尊独角兽铜像,高度堪比摩天大厦,约翰·皮姆号就降落在铜像脚下。除了约翰·皮姆号,码头还有两艘飞船,一艘是莫洛克秃鹰号,飞船外部插满了尖刺,船身最近换了新涂层,涂层材料很可能是红漆,另一艘是人类的飞船,但他们并非本土人类,这艘飞船装有大型机翼和巨型铬合金保险杠,飞船船身修长,整体外形非常优雅。

"哇!"卡尔薇丝身后的气舱慢慢关闭,她惊叹道,"看呐,好大!"

"对啊,"史密斯感觉站在这里,自己显得有点微不足道,"不过,缺少人气。"

机库吊桥缓缓落下,温斯科特的改装大货车轰隆隆地驶出来了。开车的是苏珊,温斯科特坐在车后机枪手位置,他就像神志癫狂的国王一样。

一辆高尔夫球车从机库内门开进库舱。史密斯发现,司机是位女性,一只巴格帕辛条纹架子猫趴在她肩上一动不动。她一路开过来,汽笛高鸣,非常兴奋,史密斯则站在原地,静候主人的热情接待。

"好久不见，小史！"菲茨罗伊船长大声招呼道，"你怎么把飞船停在我那艘大船角落里，我差点没注意。最近过得怎么样？"

"还不错，谢谢。"史密斯回答道。

"那就好，"菲茨罗伊船长满面红光，"温斯科特少校，你们住宿区的路线图马上就会上传到你卡车的电脑系统。今晚大剧院有节目，我一定帮你们搞到票。史密斯，这就是 HMS 卓越号战舰，我们国家第一艘超级无畏舰。这艘舰不仅是皇家太空部队最大的战舰，也是人类拥有的最大战舰。从古至今，人类对战舰有各种幻想，卓越号就是人类幻想的极限。一直以来，我和一名领导人查阅了大量科幻小说，书里的飞船和我这艘相比，都是小巫见大巫。在卓越号面前，欧洲的'坚定决心号'无畏战舰，美国的'去死吧--亚布拉罕·林肯号'太空航母都是小喽啰。它甚至比扬子江还长。"

"你说的是中国太空部队的主力战舰？"史密斯问。

"不，我说的是那条河。"

"天呐。"

"战舰为什么要这么大？"卡尔薇丝冷不丁地问了句。

菲茨罗伊船长很不解地看着她，"你说什么？"

"我说战舰为什么要这么大？有什么意义呢？它能运的导弹数量有限，多出来的空间有什么用呢？"

菲茨罗伊把目光转向史密斯，"史密斯，快让她脑子转过来，不要让我亲自动手。修建这么大的战舰，原因有两点：第一，我们攻打噶斯特人老巢，需要输送大量士兵、坦克、机器人，战舰体积大，运载量就大；第二，战舰大还有一个优势，万一有敌人登上战舰，他们会因为战舰太大而迷失方向，最终还没找到对手就饿死了。你们看，左边墙上那是无线电发射台，你们如果在飞船上走丢了，可以激活附近的无线电发射台，我们会派直升机找到你们。上车吧，我们走。"

他们开车穿过一间巨型大厅，厅内空荡荡的，什么也没有。根据这种设计风格，不难猜测，卓越号的设计师喜欢天主教堂，但同时，他又觉得教堂空间还不够大。车开了五分钟，他们途中仅遇到两个安装手机通信电缆的工人，一辆军火车和一个骑自行车的警察。"等随舰工厂把设备都造出来了，我们到时候就把它们放在这儿，"菲茨罗伊船长说，"有坦克，还有其他设备。"

菲茨罗伊开车右转，前方一扇大门缓缓开启，嘈杂的声音立刻从门后涌出。高尔夫球车进了一间超大型盥洗室，盥洗室内立着一排排金属洗手池。史密斯放眼望去，根本看不到尽头。士兵都站在池边洗漱。忽然，一名身穿货运技师制服的女工人从车旁走过，史密斯初看她，以为她手里抱的是一枚新式导弹，后来仔细观察才发现，原来那是一大管牙膏。

"早上好，小伙子们！"菲茨罗伊一边开车，一边招呼。她手上功夫格外灵活，一名突击兵正从车边经过，菲茨罗伊从毛巾架上抓起一条毛巾，嗖的一声从士兵裤裆里丢过去，然后从他屁股后面接住毛巾。"他们都非常厉害。有没有人想看战斗机器人？"

小车再次右转，沿着一条巨型管道飞驰而下，很快，他们来到一间大货仓。"你们看。"

进入视野的是一个类似泰迪熊工厂装配线的地方，这里每面隔墙上都挂着一排机器人，数量之多难以计算。机器人身高三米，外部装有专门为城市作战环境而设计的灰色条纹护甲。机器人身体浑圆，肩膀非常宽，所以，尽管它仅腿部就是人类身高的两倍，但它外表看起来依然显得又胖又矮。

一个胖胖的男人开着一辆高尔夫球车停在不远处，他身穿马甲，站在一个已经激活的战斗机器人跟前查阅手中的记录册。

史密斯轻拍菲茨罗伊手臂说："就在这儿停吧？这么近距离看战斗机器人，还是头一次。"

史密斯下车后才发现，穿马甲的男人是菲茨罗伊船长的副手，他叫查博，也是个机器人。

"看起来不错啊，"史密斯说，"这些机器人都在运行吗？"

"当然，先生，"查博回答道，"战斗机器人！请告诉我们，你什么情况下愿意投降。"

机器人发出一阵巨响，身体内部的驱动装置开始运作，它四指并拢，很快，一阵金属碰撞声之后，它高度增加了几十厘米。机器人头部很小，但脖子很粗，头卡在肩膀中间靠前的位置，看上去简直就是多余的，它转动脑门，面朝查博，大声说："我们从不投降。"

"非常好，我来试试你的追踪功能。"查博抬起手，四处移动，机器人的头也一直跟着移动。

蕾哈娜说："它们只能用来打仗吗？"

"你说的没错，女士，"查博回答道，"它们的用途就是打仗。"

"真可怕，"蕾哈娜伸出两根手指，做了个和平手势，"机器人，这是几根手指？"

"胜利。"机器人回答说。

"呃。"

"没关系,"史密斯说,"你想想吧,我们一旦铲除噶斯特人,大家就都能和平生活了。"

菲茨罗伊笑呵呵地说:"小史,说得好。我们要派出无数装甲战斗机器人一起攻打噶斯特老巢,我们要让那群混蛋死得不明不白。天呐,我想想就开心。"她深吸了口气,然后对着天花板慢慢呼出,贴在肚子上的外套也随着她的呼吸上下起伏。卡尔薇丝朝小车方向退了两步。

史密斯脑子里突然冒出一个想法,他觉得菲茨罗伊船长其实是个相当有魅力的女人。

"好了。"菲茨罗伊目光转向高尔夫球车,"接下来去哪儿?"

"引擎盖。"史密斯说。他眨了眨眼,不断摇头,"我是说上车,继续逛逛。"

"这才对。"菲茨罗伊回答道。她兴奋地回到车里,"走吧!"

"好。"史密斯心里感到一丝内疚和尴尬。他想换个话题,于是他问道:"你现在开车带我们参观,你的副手在检查战斗机器人,那谁开飞船?"

"阿达。"菲茨罗伊回答说。小车拐进了一个陌生的地方,这里到处都是竖起的铜管,就像一片森林,"她是个超级逻辑引擎,智能化程度非常高。飞船的武器系统和动力系统都由她来掌控,她甚至还可以在 NAAFI 卖袜子。"

史密斯眉头紧锁。听起来,菲茨罗伊船长选了个轻松活儿。

史密斯作为船长，各种事都要自己亲自动手，比如和外星人打仗，驾驶飞船避开陨石，一天泡四杯茶等。他每天在茶壶上就要花两小时工夫。"既然电脑帮你掌控飞船，那你这个船长的价值在哪儿？"

"我自己有很多重要的事要处理。"菲茨罗伊说，"一方面，我要管理舰上的长曲棍球队，保证他们成绩不能下滑；另一方面，我还要组织他们强身健体，为他们开展心理疏导工作。很多杂事都要我管。"

小车不断前进，通道里的黄铜装饰也变得越来越多，很快，墙壁上出现用铆钉固定的壁纸。小车停在一扇宽敞的大门前。"你们就住这边。"菲茨罗伊说，"用餐时间是八点。"

"用餐？"卡尔薇丝听到这两个字，立刻站起来，体内仿佛注入了双倍能量。

"对，你们到时候都可以享受船长级别待遇。等不及了吧？"

和这里相比，约翰·皮姆号的住宿条件根本不值一提。史密斯现在住的地方，只有伟大的太空船长才配得上。卓越号不仅可以容下他一人，他如果有家人，全家住这里都没问题。在约翰·皮姆号上，卡尔薇丝只能睡双层床，而苏鲁克则大多数时间是趴在小酒吧吧台上休息的。

卓越号的确是一艘让人叹为观止的战舰。卡尔薇丝为了防止大家离开房间时，有人伤害杰拉德，把所有人都连上了内部监控系统。史密斯在公共空间到处游走，这里有讲堂，橄榄球场，还有一家名叫"仿生臂"的酒吧,专门为太空部队内部人员提供服务——甚至还有一片小型草地保龄球场。走着走着,史密斯路过一间更衣及赛后沐浴室,他刚开始心里有些忐忑不安,但看到门上显示:菲茨罗伊船长,请输入密码,他顿时如释重负。

所有太空帝国兵团都在一间巨大的兵仓里开展战前操练,并接受最后的指示。在38B区训练的是来自斯卡索普·塞孔都斯的突击兵,他们身着褐色大衣,外披锃亮的装甲,正在进行一场热火朝天的足球比赛。41D区的士兵来自火星公国,他们头顶是一条巨型横幅,上面画了一只形态古怪的蜘蛛。这些士兵先吞下蛋白质丸,然后纷纷戴上头盔,准备迎接即将到来的任务挑战。

"好了吗,头儿?"卡尔薇丝在卧室门后,探着脑袋问。她穿上了生日那天收到的盔甲,浑身上下闪闪发亮,为她增添了一丝天使般的气质。

"差不多了。"史密斯说,"你肩膀上有金属抛光剂。穿这么多,有必要吗?"

"绝对有必要。"卡尔薇丝回答,"多穿一点,就多几只口袋,这样我就可以多装些食物。这些护甲都是强化钢板,我穿上就不怕疯子船长了。你看……"她在前侧口袋里一阵翻腾,"我找到了一只塑料袋,我觉得它应该是餐馆的狗食袋——或者是病人用的。"

他们出发时,就餐时间还剩十分钟。八分钟后,他们来到一扇气势雄伟的大门前。"看上去不错。"史密斯说。他转动门把手,打开大门。"你先请,蕾哈娜。"

蕾哈娜看着房间说:"伊桑巴德,这是我们的天地。我们和生命里所有事物一样，从一个地方辗转到另一个地方，充满了神秘气息，但最终我们又回到起点。"

"我的晚餐呢？"卡尔薇丝问，"我要饿死了。我们得找人问问路。"

"绝对不行！"史密斯说，"我可不是随意问路的人。"

"你是说你一般不问路？"

"没错，我和一般人可不一样。不列颠太空帝国的船长从不问路，他无论在哪儿，只会把脚下的土地变成不列颠太空帝国的领土。这样一来，问路这种小事自然迎刃而解。库克船长问过路，你们看，他落得什么下场。"

"什么下场？"

"我不知道。没人为他指路，他被人杀了。"

"对！"卡尔薇丝说，"我去看看我们到底在哪儿。"

卡尔薇丝踱着步子走进套房，立刻把监控系统激活，手指在键盘上快速敲击。"正在跟踪菲茨罗伊船长信号源……好了。她肯定在餐厅。"

摄像头画面中心是一张桌子，背景里有两个人在跳舞，他们性别未知，身体舞动缓慢，就像两个精疲力竭的拳击手。整体来看，画面显示的场所似乎是一间音乐礼堂。忽然，不明物体击中桌子，摄像头发生剧烈抖动，菲茨罗伊终于出现在画面中。她嘴里叼着雪茄，身上穿着一件舰队指挥官夹克，里面居然没穿衬衫，只有一件文胸。

"你们在哪儿？"她问，"真是……开胃菜都吃到一半了，等上了布丁……"

房间开始不断震动,菲茨罗伊头顶的水晶吊灯像钟摆一样来回摇晃,空气里满是房顶落下的灰尘。"什么情况?"菲茨罗伊问。

卡尔薇丝看着史密斯。"头儿?"

蕾哈娜说:"我感觉有异常。"

菲茨罗伊站在屏幕前,像个刚刚赌博抽老千被抓的小混混一样。音乐礼堂的红色灯光开始闪动。

"见鬼。"她骂道,"我们受到攻击。查博,我的衬衫呢?把我的衬衫和猫找回来,记得锁上杜松子酒酒柜!我们去控制室。快叫辆输送车!"

史密斯凑近麦克风说:"菲茨罗伊,我们马上就到。告诉温斯科特,让他们做好准备。"

"好的!"菲茨罗伊喊道,"听着,史密斯,现在情况紧急,我需要你……"

猫发出一声惊恐的叫声,忽然扑到摄像头上,屏幕画面消失了。

卡尔薇丝对着屏幕直眨眼。"晚餐没了。"她嘀咕道,"我们应该去吃晚餐,但现在没办法过去,该怎么办?"

"我们通信中断了。"史密斯说。他抓住卡尔薇丝的肩膀使劲儿摇,"姑娘,你能不能控制一下自己的情绪!我们必须去控制室。蕾哈娜,你能联系一辆车过来接我们吗?苏鲁克,你出去找找,看有没有地图之类的东西。"

战舰遭到不明物体袭击,地板在颤抖,墙壁轰隆作响,仿佛有只巨兽从附近经过。史密斯非常紧张,他时刻准备掏出手枪开战。

他把船员都带到走廊。

蕾哈娜站在一边,手指划过发间,眼神逐渐迷离,和往常大不一样。

史密斯问:"蕾哈娜,你还好吗?"

蕾哈娜眉头紧皱,继续专注于自己的灵力。"我在通过心灵感应寻求支援。"她说,"我已经成功了……有人很快就会过来。"

一辆高尔夫球车开进走廊,车的引擎盖擦得锃亮,发动机模块也经过特别订制,设计成了天使吹小号的形状,而小号就是车的排气管。车的前半部分改造工艺似乎出自克里斯托弗·雷恩之手,车尾堆了很多书,还有不少手提箱。开车的女人是个小个子,她穿着一件黑色长袍,身后的衣摆随风飘动。女人停车后,看着史密斯一行人。

"你是谁?"苏鲁克问。

"我是飞船上的全能神职人员。"女人回答说,"我听见黑暗中有人召唤我,说她迷路了。现在,你们没事了。"

"你是个牧师吗?"史密斯问。

"对,准确来说,我是英格兰国教牧师,不过我已经获得国家批准,同样可以主持其他教派活动。"她打开手提箱,里面有各种小道具,让人眼花缭乱。"如果有亚伯拉罕的信徒,我箱子里就有相应宗教的道具,其他宗教也一样!"

"真的吗?有些人认为神是否存在是不可知的,这部分人的宗教事务你也会处理吗?"史密斯问。

她皱着眉头道:"这个我不确定。不过,他们自己也不知道。

上车吧,我送你们一程,别坐在引擎上。"

大家纷纷上车。"飞船遭到攻击,我们要去上层甲板。"史密斯说。

牧师发动引擎,高尔夫球车沿着走廊向前飞驰。小车先左转,进入一间大厅,然后又加速穿过数不清的穹顶和门廊。史密斯能明显感觉到狂风掠过头发和胡梢。车辆行驶过程中,大家仿佛坐上了过山车,在修道院的门廊四处穿梭。

"左转,"史密斯喊,"不对,右转。"

忽然,大厅发生爆炸,天花板通风口火光喷涌。史密斯迅速抓住方向盘,绕过火焰,开进一条侧道。大厅周边人影涌动,大家眼睛里都是熊熊燃烧的火光,还有几十个机器人在不停号叫。

他们开着车在机器人中穿行,一个男人的车忽然从旁边飞速驶过,史密斯差点撞上他。男人大喊:"长眼睛没有!"苏鲁克咯咯直笑,很快,他们身后传来一阵沉闷的金属撞击声。史密斯回头一看,发现一根屋梁就像大树一样缓缓倒下。

"开慢点。"卡尔薇丝大声说,"传动轴要炸了。"

地面开始变得凹凸不平,小车前轮被抛入空中。全能牧师破口大骂。作为全能牧师,她主持过各个教派的宗教事务,熟悉各路神灵,所以一旦开骂,什么神灵都可能被她亵渎。苏鲁克爬到车前座,想用自己的身子把前轮压下去,最后,小车终于四轮着地,恢复正常。

"应该就在前面。"史密斯说,"那扇门里面就是。"

他们开车冲到大厅尽头,大门就在眼前。最后一刻,门开了,他们迅速把车开了过去。

"等等。"史密斯说,"不对。"

门后是机库,他们又回到来时的起点。

卡尔薇丝跳下车,跌跌撞撞地往约翰·皮姆号方向走,她一路上绕来绕去,就像一只被烟熏晕的蜜蜂。"蠢货!"她说,"我们回到起点了。不对,我们没有。我们回到了最初的地点,而不是上次出发的起点。"

史密斯冲到她面前,对她怒吼:"你居然敢骂我是蠢货!在这儿,我是船长。卡尔薇丝,快去启动飞船,把通信系统打开。"他又对全能牧师说,"女士,你可以和我们一起走,我们会保护你。"

牧师盯着约翰·皮姆号看了很久,接着,眼光又扫过史密斯和苏鲁克。"这次我跟上帝走。"她说。

"好,那祝你好运。"

史密斯弯腰穿过飞船气舱门,他刚踏上约翰·皮姆号,就匆忙来到驾驶舱。很快,飞船上的各种设备都开始运转。史密斯一屁股坐在自己的座位上,打开金属手臂上的便携电视,然后迅速转动旋钮。最初,屏幕上播放的是一档和企鹅相关的儿童节目,史密斯一边不停地咒骂,一边焦灼地把弄手指。终于,企鹅的画面消失了,菲茨罗伊船长出现在屏幕上。

看来情况不是太糟,菲茨罗伊也并没有借此机会纵情玩乐。从画面中可以看到,菲茨罗伊身后有东西着火了。几名少尉在屏幕两侧晃来晃去,就像一支喝醉了酒的伴唱乐团。

"是你吗,小史?"菲茨罗伊喊。

"是我，"史密斯说，"我们在约翰·皮姆号上，我们可以协助人员撤离。"

"别担心，一切都在掌控之中。"

菲茨罗伊头顶的自动灭火装置突然开始喷水。一名服务机器人惊恐地胡乱挥动手臂，从画面中一闪而过，隔着屏幕能隐约听见机器人在说："高压危险！"最后，机器人不幸栽在墙壁上。

"听着，"史密斯说，"我们先把飞船开出去，然后启动巡航模式。你如果需要把谁解救出去，我们会随时待命。我们可以把深空作战小组……"

温斯科特出人意料地从屏幕左下角伸出脑袋，就像地鼠一样，忽然从洞里冒出来。他眼睛睁得浑圆，比平时要大一倍。"我们没事。"他扯着嗓子说。一根电缆从天花板掉下来，仿佛一条埋伏已久的大蟒蛇。"一般般。"

约翰·皮姆号忽然遭不明物体袭击，船身吱吱作响。史密斯立刻抓住扶手。由于船体晃动，一瓶杜松子酒沿着酒架搁板来回滑动，最后，一本书挡住了酒瓶，这本书名叫《简的战斗飞船》，已经出了第2522版。

"头儿，"卡尔薇丝说，"真是太吓人了！"

"出发吧！"史密斯说，"菲茨罗伊船长，等机舱稳定了，我们就回来。卡尔薇丝，发动引擎。"他探着身子，朝走廊方向喊，"关闭气舱！"

他能听到气舱门转动的声音。"气舱已关闭，"蕾哈娜说，"啊——各位，我裙子夹在门缝里了。"

约翰·皮姆号飞出机舱，卓越号战舰舱门附近由于压力急剧减小，冒出一股雾腾腾的蒸汽。飞船速度极快，前方的空间如帘幕一般迅速崩塌，飞船后面是卓越号战舰，只见战舰体积不断收缩，变得越来越小。卡尔薇丝在控制飞船，她一会儿矫正船体，一会儿倾斜船身，一会儿又把飞船拉出既定航线。没过多久，皮姆号卷入了一场太空大战。

飞船右侧有三艘噶斯特人的巡航战舰，敌人的战舰呈灰色，外形线条流畅，就像海豚一样。三艘战舰瞄准卓越号，发射了大量鱼雷，数道火光在前方一闪而过，朝卓越号呼啸而去。鱼雷在飞行途中还会发出静电干扰通信。无线电里的声音逐渐锐化，开始变得模糊不清。

见鬼了！史密斯想。飞船船首观景台外，一枚碎裂鱼雷急速掠过，它不仅速度惊人，在飞行过程中还能自动调整航向。这鱼雷简直就是一款鲨鱼仿生设计产品。

"太惊险了。"史密斯说，"飞行员，启动闪避模式。"

"你以为我在干吗？"卡尔薇丝不解地问道，"我刚才差点把自己给闪过去了。"

史密斯转头朝走廊喊道："蕾哈娜在吗？我们需要你的灵力护盾帮忙，不管它叫什么，我们需要你。苏鲁克？"

苏鲁克脑袋凑在门附近说："真的吗？"

"快去找蕾哈娜，让她施展灵力帮帮我们，拜托了！"

"好嘞！我马上把你女朋友叫起来。"苏鲁克停了半刻，继续说，"我需不需要扯她头发？"

扬声器的声音吱吱哇哇,无线电信号正在慢慢恢复正常。"该死,"史密斯嘀咕道,"这些鱼雷,我们根本应付不了,我们需要一艘大型飞船。"

"哦!真的吗?"卡尔薇丝说,"你有大型飞船?"

"有,"史密斯指着雷达显示屏说,"你看。这是人类飞船的信号源,它肯定是过来支援我们的。我们虽然不能随便让他们停下来等我们,但登陆应该没什么问题。"

"总比没有强。"卡尔薇丝说,"坐稳了!"

卡尔薇丝踩下加速器踏板,飞船立刻冲了出去。史密斯感到一股力量把自己顶在椅背上。飞船前方鱼雷密布,忽然,卓越号发出一道防御激光,差点把皮姆号船头削掉。卡尔薇丝吓坏了,她破口大骂,像变了个人似的。

飞船一侧的舷窗外出现战舰群,但很快又飞到另一侧,消失不见了。飞船外面子弹横飞,漫天都是激光束。敌人的飞船和炮火遍布附近大范围空域,约翰·皮姆号飞船在火光中穿行的身影就像舞池里的醉汉。

"那里。"卡尔薇丝喊道,"在那里!"

史密斯从屏幕底下取出一个紧急锁定仿生望远镜,放到眼前,转动旋钮,将镜头拉至最近。他看到了卡尔薇丝说的位置,人类巡航舰看起来像石板一样,就在不远处,穿过前方一片混战区域就能抵达——舰体中部是开放式机舱。

"去那边着陆。"史密斯说。他放下仿生望远镜,开始调试无线电,希望能收到卓越号发出的信号。皮姆号船体倾斜,开始慢慢调整自身飞行姿态，以便和即将对接的巡航舰同步。

飞船右侧，一艘噶斯特人驱逐舰被撕裂成了两半。舰身划开了一条巨大的裂痕，火光四射。战舰在空中绕了个弯，速度非常缓慢，看起来就像一只遭到鲨鱼攻击的蝠鲼。很快，舰内的逃生系统启动了，一大批逃生舱犹如果核一般自动弹出，有些逃生舱在空中和约翰·皮姆号擦肩而过。

"速度太快了，"卡尔薇丝喊道，"我们只有硬着陆。"

飞船冲进了人类巡航舰的机舱，周围是钢铁筑成的墙壁，上方是一个巨型顶盖。皮姆号轰隆一声撞到地面，船体滑出阵阵火花，最终被前方一个庞大的废旧涡轮机挡住了。由于惯性，史密斯胸口被安全带勒得很紧，直到飞船完全停下，他才重新恢复自然坐姿。飞船后方的舱门砰的一下关上了，巨大的声响在皮姆号船体内回荡了良久。

四周一片寂静。

卡尔薇丝到处看了看说："还好我们都没死，对吧？"

史密斯喊道："大家都没事吧？有谁受伤了？"

"断了两根骨头，"卡尔薇丝说，"不过，走运的是，都不是我身上的骨头。"

"噢！天呐！"史密斯说。他解开安全带，摇摇晃晃地站了起来。"蕾哈娜，你没受伤吧？"

苏鲁克走进走廊说："两个我最喜欢的奖杯摔碎了。为了得到这两个骷髅，我可花了好几年工夫，你们看，现在都变成这样了。都怪卡尔薇丝，不过，我估计她不会赔。她毕竟只有一个头，怎么换?"

蕾哈娜看着房间外面说:"哇!好惊险!你们都没事吧?"

"应该都没事。苏鲁克的骷髅摔碎了——但是,是别人的骷髅……"他听到身后有人说话,转身发现卡尔薇丝站在驾驶舱门口,表情异常凝重。

"这到底是……"

"嘘,"卡尔薇丝用手指挡住她的嘴唇,"有问题。"

"怎么回事?"

"这不是人类的飞船。我们搞错了。"

"什么?"

卡尔薇丝又回到驾驶舱。史密斯看着蕾哈娜和苏鲁克,他们两位也表示无奈。史密斯只好跟随卡尔薇丝一同来到驾驶舱。

卡尔薇丝蹲下身子指着屏幕说:"你看!"

约翰·皮姆号正面是机舱后墙。机舱内到处都是废品,有两种可能性:第一,这些废品是空战之前船上机组人员清理机舱留下的残次零件;第二,机组人员打算把这些废品丢进太空,现在只是暂时储放而已。前方墙壁上有一面钢铁浮雕,浮雕形态是一只蚂蚁,它张开的双腿就像两只翅膀,造型非常做作。浮雕下方刻着几个铬合金大字,字体和人等高,上面写着:WASP。

"工人士兵党!"史密斯说,"这一定是噶斯特人的飞船。"

"我们上错飞船了。"卡尔薇丝低声说,"我们进了敌人的机舱。怎么办?"

"首先我们要想办法从这里逃出去。"史密斯说。

"一点都没错。"

"然后控制这艘飞船。"

"什么？你在开玩笑吧！这可是艘战舰。"

"我没有开玩笑，"史密斯脸上露出一丝狡黠的笑容，"当了这么多年船长，我知道所有战舰都有一个大缺陷：舰上的机枪炮火都只能朝外发射，但我们现在已经在战舰内部。"

苏鲁克笑出了声："好主意，值得尝试，马祖兰。我们在怪兽肚子里，我们就是它吃下的咖喱，现在我们要从内部行动，给它致命一击。"

"没错。"史密斯说，"机舱门已经关上了，传感器显示这里的空气适合呼吸。我们先从这里溜出去，找到控制室，然后占领这艘飞船。怎么样？"

"正常人会觉得你这种做法就是疯子行为，"卡尔薇丝说，"但我们现在已经成疯子了，那我们就疯一回吧！"

"坦白来讲，"苏鲁克说，"除非我们都死了，否则，我不觉得会出什么乱子。走吧，出发！"

蕾哈娜抬头盯着舱顶说："耶，对，行动吧！"

卡尔薇丝叹了口气，"你们都不害怕吗？"

"一点都不怕，波莉。"蕾哈娜说，"我有时候会害怕，但是，我会很快冷静下来，把所有让我恐惧的事都忘掉。"

"忘掉就不会害怕吗？"

蕾哈娜摆出一副若有所思的模样。

"哦，算了，"卡尔薇丝说，"问你这种问题就像问一条不长记性的金鱼，上周的事它早就忘了，还怎么让它回答？我跟你们一起去。"

卡尔薇丝转过身，把手伸进杰拉德的笼子里，仓鼠立刻爬到她手心上。她手里托着仓鼠杰拉德就像哈姆雷特拿着尤里克的头骨。"小家伙，和我一起走吧。"

卡尔薇丝关闭了皮姆号飞船引擎。如果走运的话，别人会误认为这艘飞船和涡轮机本来是一体的，现在都只是废品。他们现在希望自己能尽早控制战舰，希望皮姆号能熬到最后，不被丢进太空。

"大家都准备好了吗？"史密斯站在气舱门口问道。

大家纷纷点头。卡尔薇丝身上的盔甲非常牢靠，她把自己能找到的武器全带上了——她扛着一门马克西姆大炮，结果自己看起来反倒显得有些多余。

史密斯转动阀门，一架升降梯从船舱延展到地面。

他们蹑手蹑脚地下了飞船。这艘巡航舰体积也不小，但比起卓越号，还是差远了，史密斯心里松了口气。史密斯原本打算带队员一路小跑，但很快大家就乱了步伐。苏鲁克走在最前面，一点都不累。史密斯在中间。落在后面的是蕾哈娜和卡尔薇丝，她们一人穿着拖鞋，另一人拖着满身盔甲和武器，速度迟缓是理所当然的。走了好久，她们终于穿过机舱，来到战舰船舱的内侧大门前，不过，此时队形已经完全走散了。

苏鲁克拍着史密斯的胳膊说："你看上面，那里是不是有个通风井？是我眼花了吗？"

"你眼睛完全花了，"卡尔薇丝喘着气说，"不过你没说错，上面确实有一个通风井。"

"推我一把。"苏鲁克说,"小姑娘走累了,先歇歇,我上去帮你们探探敌情。你永远不知道太空飞船的通风井里会出现什么东西,我非常喜欢干这种事。进去就是一场冒险,老鼠、流浪汉、大型旋转刀片,里面什么都可能遇到。"

"吃人的外星生物有吗?"

"等会儿再告诉你。"苏鲁克回答说,"我还没进去呢!"

两分钟后,苏鲁克从通风井爬了出来。"大家好,"苏鲁克小声说,"我去前面观察了一番,发现我们的行踪早就被人觉察到了,有敌人要过来杀我们。"

"完蛋了!"蕾哈娜说。

"前方有四个噶斯特人和一个人类叛徒,他们正往这边走。噶斯特人在前面,猥琐的人类跟在他们身后。我们可以轻轻松松干掉他们。"

"对。"史密斯扳上扳机,开化者手枪随时待命,"等一下,苏鲁克,我们负责除掉四个噶斯特人,你处理人类叛徒,怎么样?尽量不要搞得到处都是血。如果能把他身上的制服扒下来,那我就可以带领大家进入控制室,然后混进飞船内部。"

"好主意!我会——等等,我刚有个想法……别,"苏鲁克说,"我居然忘了。算了,我们行动吧!"

史密斯弯腰推了苏鲁克一把。外星人手握长矛,又爬进了通风井,很快就消失不见了。

卡尔薇丝紧盯船舱的控制屏,"传感器显示他们就要来了。"

"大家准备好了吗?"

卡尔薇丝咽了口唾沫,内心十分紧张,"好了。"

蕾哈娜没吭声,只是默默点头。

史密斯按下控制板上的开关,舱门轰隆轰隆地开了。四个噶斯特人站在门后,就像舞台上的演员。肤色暗红的噶斯特人头戴黑色头盔,身穿皮革外套,他们有两只手臂长在靠后的位置,这两只手臂高高地往上翘起,使得他们看起来仿佛长了两只残破的翅膀。

史密斯看到他们长这副模样,大吃一惊。虽然这艘船上有人类叛徒,但他们的样子依然显得格格不入。一直以来,蕾哈娜都不愿把别人放在自己的对立面,也不愿异化他人,因为她觉得根本没有必要。但这几个凶神恶煞的噶斯特人一眼就能看出不是好人,异化他们又何妨呢?

"阿卡……"靠近史密斯的外星人吼道。史密斯迅速开枪。

忽然,史密斯右侧一颗马克西姆炮弹呼啸而过,炮声完全盖过了他的手枪声。卡尔薇丝架着大炮,把噶斯特人脚下炸了一个大坑。

"厉害!"卡尔薇丝说。

"干得漂亮!"史密斯说。一个噶斯特人虽然倒在地上,眼睛却依然盯着史密斯,眼神里充满了邪恶,无奈生命已经奄奄一息了。死板的学究看到文件中有小字印刷条款,他们会非常恼火,这个噶斯特人的死板气质和学究有几分相似——他直到死都斜着眼睛,做出一副龇牙咧嘴的模样——这龇牙咧嘴的模样和他们平时的表情相比,倒也是一种进步。

"天呐，他们好丑！"卡尔薇丝说，"看长相就知道他们不是什么好东西。"

蕾哈娜说：“你说的可能没错，波莉，但是并非所有的丑都等于邪恶。我是说……人们通常不会觉得苏鲁克长得好看，然而，他内心……好了……我们最好赶紧行动！"

飞船突然一阵抖动，远处随即传来警报声。

苏鲁克在楼梯上等史密斯。他身后阴暗处有一具尸体，尸体脚上的皮鞋露在灯光底下。

"叛徒杀了没有？"史密斯问。

"扭断他的脖子就和掰开一块饼干一样，非常轻松。"苏鲁克回答说，"不过，我发现一个问题，其实我之前提到过。"

"制服上有血迹？这样我就没办法穿了。"

"不是。"苏鲁克把尸体拖到楼梯上。

卡尔薇丝惊讶地说："是个女的。"

"对，"苏鲁克说，"但是，作为太空猎手，随机应变是我们强大的武器。所以，史密斯，如果你能穿上她的制服，然后声音稍微女性化一些……"

"绝对不行，"史密斯说，"这种皮衣，我穿着不合身。等等……卡尔薇丝，你体形和她差不多，穿上刚好，有可能短了些，不过还是……"

"我才不要穿成那样，"卡尔薇丝说，"我得保住名声。我绕了半个银河系，来这儿可不是为了打扮成大流氓。"

"你在家就可以这样穿。"苏鲁克说。

"没错。等等,你什么意思?再说,我和她长得一点都不像。她虽然头发是金黄色的,但是肤色和我不同,我皮肤白皙,她皮肤偏橄榄色。"

"像我一样?"苏鲁克说。

"不,不像你,她皮肤呈橄榄色,你皮肤是绿色的,你就像个橄榄,区别很大。"

蕾哈娜说:"呃,波莉。"

卡尔薇丝叹了口气,"什么?你该不会想告诉我,把苏鲁克比作橄榄是一种种族歧视吧?我也可以把他比作其他东西。"

"我穿吧!"蕾哈娜说。

史密斯对队员说:"听着,各位,你们不要再争了,这里我说了算。你们如果提出中肯建议,我依然愿意听你们讲,不过现在我们要赶紧行动。"

"伊桑巴德,让我干吧!"

"你?"史密斯说,"但是,你是……你是我女朋友。我不会让你冒生命危险。我觉得,解放人类的事业根本不需要你打扮成叛徒。"

卡尔薇丝检查了马克西姆大炮上的弹药筒。"他说的有道理,蕾哈娜。你要做足表面功夫,时刻保持警惕,把精明能干的状态拿出来。"

蕾哈娜皱着眉头。"我完全可以做到。你知道我是怎么想的吗?"她抬高嗓门继续说,"我觉得这件事就应该我来做。我要成长,变成一个坚强、独立的女性。"

"好吧。"苏鲁克说,"无论你要做什么,请你继续。希望你少一点紧张,多花点心思把自己打扮好,让自己更像外星独裁者手下的人类叛徒。"

"行,"蕾哈娜说,"你们现在可以回避一下。如果不愿意,我也不介意,我对自己的身体非常自信。"

"我也一样,"苏鲁克说,"无论是把身体遮住,还是露出来,我都不介意。"

五分钟后,蕾哈娜把头发捋到背后,戴上新军帽,假触角从帽檐伸出来,在外面晃来晃去。

卡尔薇丝看着蕾哈娜,仔细打量了一番。"太像了,"她说,"你感觉怎么样?"

"尴尬,难受。"蕾哈娜还没来得及开口,史密斯就已经插话了。他的余光察觉到通信显示屏上有动静。"等等——有人要来了,蕾哈娜,你待会儿让他们带你去舰桥,我们在后面跟着。其他人先和我躲起来,蕾哈娜,你能不能过去看看,到底是谁?"

"呃,好。"

"祝你好运,姑娘。别太善良,精神一点。我知道不容易。"史密斯说完,在蕾哈娜脸颊上吻了一下。

"赶紧!"苏鲁克说。史密斯躲到掩体后面,一把将卡尔薇丝拽到身后。

史密斯先听到楼梯上有脚步声,接着开始有人说话,这人声音低沉粗哑,但有些许人性味。"你总得杀个人,让其他人见识见识你的威严吧?但你也不能总做这种事,否则,人都杀光了,你向谁展示威严？这是我从八号首领身上学到的。"

"没错，我们上司就是聪明。我们只要深刻领会到这一点，改造人类就一定不会失败。"另一个人回答道。第二个人的声音清脆、凝重，但同时也非常敏感。

"对。大家都要不惜一切，顽强斗争，只有这样我们才能清除废物，也只有这样，噶斯特士官阶层才能站上巅峰。"

"你们好。"蕾哈娜说。

"你是谁？"两个男人匆忙走下楼梯。史密斯躲在角落偷偷看着他们。两人穿同样的制服，戴同样的帽子，手里都拿着手枪，就连头顶的触角也都是假的。其中一个男人挺着啤酒肚，胡子拉碴，看着就不是什么好人；另一个男人高高瘦瘦的，长得像一根皮鞭似的，他虽然比较年轻，但同样看起来十分险恶。

他们看见蕾哈娜，身体立刻紧绷，呈敬礼姿势。"一号首领万岁！"

"一号首领很好，"蕾哈娜说，"你们怎么样？"

年轻男人一直盯着旁边那堆噶斯特人尸体。"首领在上！这是怎么回事？"

"啊？哦，你说这些尸体？他们遭人枪杀了。"

年长的男人是名士官，他看到这些尸体，惊讶得像鱼一样目瞪口呆。"暴击指挥官……，我们刚发现气舱附近存在热信号异常现象。"他注视着蕾哈娜身上偷来的徽章说，"以前见过你吗？我怎么没印象？"

史密斯拉动手枪扳机，随时准备行动，不过，动静似乎特别大。

蕾哈娜双手放在太阳穴，然后按压前额，帽子不小心掉下来了。

"等等。"年轻男人说。

蕾哈娜嘴里念念有词，她的声音若隐若现，有一种诱导的意味。"你们什么都看不见。"

两个男人互相看着对方。

蕾哈娜把手伸到他们面前，做了一个旋转的手势，然后说："消失。"

年轻男人掏出手机，按下通话键。"暴击指挥官头部受到冲击，行动效率降低，有可能留下后遗症，立刻派一支医疗队来阿尔法-7号气舱。该死！他们肯定都应付鱼雷去了，医疗队来不了。"

"我们可以护送你去医疗中心。"士官说，"跟我们走，长官。"

"好，"蕾哈娜说，"带我去见你们老板——头儿，带我去见你们头儿。"

两个男人走在前面，史密斯小心翼翼地跟着他们。苏鲁克在史密斯身旁，一直如影随形。卡尔薇丝却像个垃圾桶一样，她不仅落在后面很远，而且一路上总是发出各种响动。不过算她走运，自始至终没被敌人发现，因为飞船上的喇叭也在不停地响，有时候是汽笛声，有时候是警报声，还有时候是没完没了的通知，每次卡尔薇丝发出的响声都被喇叭声掩盖了。

他们路过一幅画像，画像中的男人双眼炯炯有神，直勾勾地盯着来往人群，从男人的衣着打扮来看，他和香蕉共和国的汽车售票员有几分相似之处。史密斯根本不需要看底下牌匾上的名字，他知道这个人就是大叛徒，噶斯特军团前任统帅爱格伯·腾奇。他投靠噶斯特人也是意料之中的事。史密斯上次遇到他时，他把一个年轻姑娘绑在火车铁轨上。腾奇品性歹毒，但噶斯特人要的就是这种人，所以他们才会让腾奇掌管一艘战舰。

战舰由于受到外部爆炸和内部异常情况的影响，地板下面轰隆隆地响个不停。忽然，六名人类士兵从一扇侧门跑出来，很快又冲进一条出入通道，一个噶斯特人跟在他们后面，一边跑，一边用噶斯特语喊口号。史密斯的身子立刻缩了回去。年长的男人想把士兵拦下，但士兵根本没理他。

年轻人在一旁苦笑。"这些士兵要往反应堆运原子燃料，整天忙个不停，太空帝国利用完他们就要把他们丢进太空。你算运气好，没落得他们这种地步。"

"别瞎说，你的意思是我们会输，如果被他们听见，那就糟了。"

"战争本来就不是好事。"蕾哈娜试图引导他们。

史密斯听到蕾哈娜的话，表情有些不自然。

"你如果输了，那就惨了。"年轻士官说。

"战争没有赢家。"蕾哈娜说。

不列颠太空帝国是个例外，史密斯脑子里暗暗在想，我们代表正义，所以我们能赢。

"什么？"年轻人说，"天呐，斯科洛特，她真的脑子撞坏了。我觉得我们应该把她丢出去，她脑子有问题，我可不想和这种人扯上关系。"

蕾哈娜摇着头说:"你们不要这样,一号首领又不在附近。你们不是依然崇敬他吗?我是说我们都很崇敬他。"

"你疯了吗,布劳恩?我们已经有一支噶斯特人小分队被杀了,你难道还想让这位长官出事吗?"

"为什么不行?她根本没脑子,起不到任何作用。"

蕾哈娜生气地说:"嘿!别人对你们没用,你们就要除掉别人,怎么可以这样?你们是法西斯吗?"

忽然大家都没说话,气氛非常尴尬,两个男人互相看着对方。

"对,"斯科洛特说,"我们和法西斯差不多。你不是吗?"

史密斯朝苏鲁克看了一眼,手枪已经瞄准目标。苏鲁克从腰间抽出飞刀,握在手里,随时准备攻击。

布劳恩舔了舔嘴唇说:"听着,斯科洛特。噶斯特人小分队遭人暗杀,上头肯定要怪罪下来。你知道到时候会发生什么吗?我们人头落地。不过我们可以找个死人——对我们没用的人——替我们顶罪,这样我们就可以逃过一劫。这想法怎么样?"

史密斯手里拿着开化者手枪,忽然现身,"你们想多了。"

"我脑子迷糊了,你能说清楚一点吗?"蕾哈娜说。

"等等。"布劳恩刚说完,斯科洛特迅速掏出手枪。

就在一瞬间,斯科洛特身体打了个转,跟跟跄跄地撞在墙上,然后直接顺着墙壁滑倒了。只见斯科洛特脖子上插着一把飞刀,苏鲁克站在不远处嘴里咕噜作响。

布劳恩看见同伴遭遇不测,立刻举起双手跪在地上,"别开枪!"

"你现在是不列颠太空帝国的俘虏，"史密斯说，"马上带我们去舰桥。"

"带你们去舰桥？"

"对，现在就站起来，带我们去！别耍花样。"

"否则，我就把你脖子拧下来。"苏鲁克说，"你看着办。"

"野蛮人！"布劳恩骂道。但他最终还是选择带路："你们会遭报应的。"

"我们可不是野蛮人，你低估我们了，"史密斯说，"我们是不列颠人。不列颠军官绝不会遭报应。唔……听起来没有想象中那么潇洒。"

"蠢蛋，"布劳恩说，"你真恶心，你们都很恶心。你们的社会糜烂不堪，国家实力一直在走下坡路。你看看你的同伴，长得像个怪物，简直就是地痞流氓。"

"你如果再这样骂我女朋友，我马上杀了你。"

蕾哈娜说："呃，伊桑巴德，我觉得他说的是苏鲁克。"

"噢，只要是我同伴，他骂谁都不行。"

"你同伴根本就不是人。"布劳恩说，心里有点害怕。

"那又怎么样？那又怎么样？我开明，我包容，我愿意给机器人和外星人机会，我也愿意让女性展现自己。你闭嘴吧，否则你会自找麻烦。"

"哈！人类！受到一丝挑拨，文明的外壳就立刻崩塌。我们作为噶斯特帝国的追随者至少敢坦诚，我们的野心就是征服整个银河系。只要一号首领统领世界，我们也会和噶斯特人一起共享至高荣誉。"

"对，"卡尔薇丝说，"因为他们会吃了你。"

眼前这个人居然如此高傲，如此愚昧，史密斯恨得咬牙切齿，但最终还是压制住了自己心中的怒火，没有把他扔出去："说的没错，卡尔薇丝。等等，你的口音好熟悉。"

布劳恩眼睛里露出一丝同情的目光，他看着史密斯说："我真不敢相信我们生活在同一个圈子。"

"天呐，你居然有不列颠口音。"

"你是不是又要问我是跟谁偷学的？"

史密斯抓住布劳恩的衣领，像教导小孩儿一样让他转过身，然后狠狠地把他按在墙上。"你这个混蛋叛徒。"史密斯把枪顶在他耳旁，"天呐，一个不列颠人居然打扮成噶斯特人，想想都觉得耻辱。丢人现眼的渣滓，我真想一枪杀了你，再让你活过来，然后再杀了你。我要让你清清楚楚地知道我到底有多恨你。"

布劳恩终于开始慌了，"快把枪拿开，你不敢……"

"我他妈随时都敢开枪杀了你！"

"行了，行了——冷静！我说这些不是有意要惹你生气。"

"惹我生气？那我让你看看什么叫生气。"史密斯把手枪插进皮套，噌的一声，从腰间抽出一把剑，"以牙还牙的时候到了。"

"伊桑巴德！"

史密斯转过头，其他人都在看他。蕾哈娜说："伊桑巴德，我知道你干掉过不少人，也用剑砍过不少人。我知道你因为正义，所以从不后悔。但现在这个人没有武器，你怎么能朝他开枪，怎么能用剑砍他呢？他是个俘虏。"

苏鲁克说："她说的没错，马祖兰。把枪交给布劳恩，这样才公平。你可以快速下手，趁他还没来得及开枪，先把他砍死。"

史密斯叹了口气，"你们说得对，我承认我错了。我刚才太生气，如果把他杀了，我就成了杀人犯，而且，别人肯定还会骂我没有情绪控制能力，谢谢你们为我指出缺点，有你们的陪伴，我感到非常光荣。你，继续带路！"史密斯情绪逐渐平复，声音也冷静多了，他扯着布劳恩说："快点，快点，否则，我要来修理你了，到时候，你就永远没机会大摇大摆地走路了。"

他们继续沿着走廊往前走。"谢谢你不杀我，"布劳恩愤愤不平地说，"不过，这表明你们骨子里就很懦弱。"

卡尔薇丝轻轻推着史密斯，把他叫到旁边。

"干吗，卡尔薇丝？"

卡尔薇丝掏出一块方形皮革制品，"你刚把他按在墙上时，他钱包掉了。我在想，他既然惹你生气了，那这钱包可不可以当作补偿……里面有五十英镑。"

史密斯夺过卡尔薇丝手中的钱包，直接递给了布劳恩。"拿去。"

"非常感谢，"布劳恩说。他朝钱包里瞄了几眼，"女人，把拿走的钱还给我。"

"少废话，"卡尔薇丝说，"二十块钱算是情绪补偿费，我收下了。"

他们加快了脚步，走着走着，忽然看到一条用英文和噶斯特语写的标识语。"舰桥快到了，"布劳恩指着标识语说，"你们先右转,然后一直往前走。"

"正合我意,"史密斯说,"你不能溜。"

他们穿过通道,来到一扇门前。"大家准备好了吗?"史密斯问。队员们都纷纷点头。

史密斯按下按钮,门开了。他们走进舰桥,发现里面只有两个座位,舰桥的空间比无畏战舰的驾驶舱小多了。穿黑色制服的男人坐在前面,负责操作各种控制开关,坐在他身后的是一名噶斯特士官。

"左边,陨石。"噶斯特人低声说。

"把手举起来!"史密斯说,"飞行员不用。"

噶斯特人转过头,看了看后面,然后一声不吭地站起来,所有胳膊都举在空中。

"这艘飞船现在由不列颠太空帝国控制,"史密斯说,"指挥权移交给我。"

噶斯特士官非常生气,嗓子里呼呼地响,头顶的触角也跟着抖动起来。但他很快又变得非常客气,他慢慢抬起手,指着自己的座位说:"你们随便。"

"我从来都不客气,"史密斯坐在椅子上说,"飞行员,你只要继续驾驶飞船,就不会有麻烦。好了,蚁人,无线电在哪儿?"

噶斯特士官用钳子指了指说:"你头顶上。"

史密斯抬起头,发现舰舱顶部到处都是外星人的生物科技装置,他好像钻进了一个老人的鼻子里。史密斯眉头紧锁。

忽然,舱顶一个隔间开了,弹出一只生物面罩,史密斯的脖子被面罩上的氧气管抽了一下。面罩不断向前突进,史密斯的脸几乎就要被面罩盖住,他猛地抓住面罩,想用手把它推开。这时,他的余光看到周围有人在大喊大叫,场面十分混乱。

史密斯一声嘶喊,终于挣脱了面罩,他随即把面罩扔了。噶斯特士官趁乱抽出一根电棍,但已经被卡尔薇丝发现。只听见一声枪响,卡尔薇丝就把外星人炸飞了。外星人身体撞到大门旁边的控制屏,滚落地面时,手中的电棍激起了阵阵蓝色电光。布劳恩佝偻着身子,从腰间抽出一把匕首。蕾哈娜发现情况不妙,立刻大喊:"伊桑巴德!"

史密斯想躲开,但是已经太迟,布劳恩已经冲过来了。不料半路杀出个苏鲁克,他抓起布劳恩,直接把他扔到墙上。

"别动,废物!"飞行员站在旁边,手里拿着一把自动手枪。

史密斯转过身,试图软磨硬泡,糊弄过去,"少废话,叛徒!"

"后退,"飞行员一边使劲喘气,一边说,"我警告你——"

"够了,谢谢你,把枪放下,别把事闹大了。"

飞行员停顿了一下,然后说:"当然……我也是迫不得已,先生……我以为你……"

史密斯以迅雷不及掩耳之势从飞行员手中夺下手枪,"关闭武器系统,马上。现在我们说了算,别再犯傻了。我刚刚差一点就……卡尔薇丝,小心!"

舱内暗处有不明物体窜了出来,像眼镜蛇一样。史密斯看到眼前闪过很多手指,还有一条摆动的尾巴,接着就是生物面罩,飞速扑向卡尔薇丝。

"不要!"苏鲁克大喊。他迅速推开卡尔薇丝,自己挡在她身前。

突然,面罩不见了。史密斯眨着眼睛,满脸困惑。苏鲁克站在中间,嘴里嚼个不停,他打了个嗝说:"没事了!"

"现在我们说了算,对吧?"蕾哈娜问,"我能换回原来的衣服吗?我穿这身制服,皮肤都擦伤了。"

"你请便!"史密斯说,"干得漂亮,卡尔薇丝,外面现在情况如何?"

卡尔薇丝看了看监控仪说:"不好,这艘飞船所有炮台都在攻击卓越号。"

"关掉炮台。控制器上有覆盖选项。"

"搞定,头儿。不过,内部也有问题。"

"当然,"苏鲁克回答道,"我要吐了。"

卡尔薇丝面前是一排监控仪屏幕,画面不太清晰。史密斯从监控画面中看到,战舰上穿着风衣的人类和噶斯特人正在聚集,有人专门为他们派发武器,并指示他们接下来该如何行动,夺回战舰控制权。他们挥着手臂,仿佛一场大战即将来临。"让他们把枪都放回原处,否则,我就要开始紧急撤离。"

卡尔薇丝环顾四周,突然满怀希望,"你的意思是我们要撤了?"

"当然不是,要撤的是他们。给他们十秒钟时间,如果他们不服从指令,就把所有船舱的气闸门全部打开。"

史密斯说完,重新回到船长座位。"飞行员,你把通信系统打开，信号切换到不列颠太空帝国频率。快点。"

通信显示屏吱吱作响，出现了一张人脸。紧接着，屏幕闪过一道道线条，人脸消失了，取而代之的是测试卡画面。但很快画面又恢复正常，影像背后还有另一个人。

"嗨，叛徒！"菲茨罗伊船长说，"你们舰队已经垮了。你是选择悄悄过来投降，还是吃我一个等离子鱼雷？等等……怎么回事？"

"我是史密斯。我们已经控制了这艘飞船，武器都关掉了。"

"干得漂亮！"菲茨罗伊凑到摄像头前，双眼炯炯有神。她向屏幕外的人招手说："快来看，你一定会很开心。"

温斯科特的脸慢慢出现在镜头前。"天呐！"他说，"居然有这种事！"

"没错。"

史密斯靠在椅子上，心情非常愉悦。他不仅同时引起了菲茨罗伊和温斯科特两个人的注意，还给他们带来了这么好的消息，这种事的确难得。

"这是第一次。"温斯科特说。

"你们好，"蕾哈娜在舰桥后方朝他们打招呼，"你们不要介意，我换一下衣服。"

史密斯皱起了眉头，"看这里，菲茨罗伊，或者你眼睛看别的地方，耳朵听着就行。这艘飞船现在归我们控制，你马上派些人过来，我有个计划，速度一定要快。"

史密斯关了屏幕，转身对着队友。蕾哈娜正在穿衣服，她既像贝壳里的维纳斯，又像马背上的葛黛瓦，简直太美了。

"大家今天表现不错，"史密斯说，"尤其是蕾哈娜。"

迪德科特星系轨道上布满了飞船残骸，这些碎片在光线的照耀下，反射出刺眼的光芒。太空战终于结束了，尽管人类损失惨重，但总算击溃了噶斯特人舰队。卓越号已经派出大量海军陆战队士兵，乘坐小型飞船登陆敌军战舰，抓捕俘虏，爱格伯·腾奇号飞船现在基本处于无人看管状态。

史密斯和队员们在约翰·皮姆号飞船外玩板球，忽然船舱内门开了，进来一群人。史密斯发现他们都是自己人，其中包括深空作战小组所有成员，菲茨罗伊船长，几个从特工处来的间谍，还有那只反重力茶壶。看到深空作战小组成员都没有受伤，史密斯松了口气。菲茨罗伊船长这次终于穿上了衬衫。他们刚到不久，头顶盘旋的茶壶就准备给大家送茶。

跟在他们身后的是一支莫洛克太空战士团，他们都戴着护目镜，身着棕色风衣，依照民族传统，他们胳膊上还绑着布条。人群中间是一个巨大的铁箱子，战士们站在箱子旁边毫不起眼，就像一窝老鼠围着一个面包箱。铁箱子门开了，里面是有颜色的水，一只外表介于鼠海豚和鳄鱼之间的生物忽然游了过来，朝大家挥手。

一名莫洛克战士喊道："鳃状舵手，太空探秘飞行员，虚无深空冒险家，无限深水管道工，他就是塞德里克。"

铁箱子上的喇叭响了。"大家好。"塞德里克说，"你们在开秘密会议吗？"

"差不多。"W 走过来说，"看到大家都没事，我很开心。"

塞德里克在箱子里上下蹿动，"我飘起来了。"

德莱基特来到卡尔薇丝跟前，"姑娘，你还好吧？"

"我没事，里克。"

"没有坏蛋欺负你吧？"

卡尔薇丝拍着自己的马克西姆大炮说："里克，没这大家伙，我还算什么机器人？"

德莱基特说："别模仿我的说话风格。"

"我皮糙肉厚，脑子好使，"卡尔薇丝继续说，"我就像鸡蛋，一颗性感的鸡蛋。因为……鸡蛋被人睡了？天呐，你们私家侦探的说话风格真难学。"

"好了。"史密斯说，"卿卿我我，说够了吧。这艘战舰现在是我们的，我们要把它充分利用起来。有敌人飞船逃走了吗？"

"应该没有。"菲茨罗伊说，"自从半人马座女性长曲棍球决赛之后，我就没这么痛快赢过。红皮肤的混蛋到处都是。你有什么打算？收拾收拾这堆烂摊子，然后继续行动？"

史密斯用胳膊夹着板球棒说："一举击败噶斯特帝国是我们的终极目标。但要实现这个目标，我们首先必须突破噶斯特人的太空防线，捣毁他们在赛琳尼亚的总部。上次我们已经解放了拉蒂西亚，拉蒂西亚的胜利为我们后续进攻清除了不少障碍。但是，你们知道，这次一号肯定会不惜一切代价阻止我们登陆赛琳尼亚星。轨道武器平台、密集导弹发射器、超功率激光等各种军事装备将会投入战斗。我们如果绕过这些武器防线,先偷偷靠近,然后再进攻,结果会怎么样呢?阻力一定会小很多,对吧?"

W四处看了看说:"史密斯,你的意思是开启隐形飞行模式吗?先不说是否公正,这样做违反国际法,属于犯罪行为。"

"他很聪明,说的没错,史密斯,"温斯科特说,"隐形飞行是违法的。我觉得我们本色进攻就行了,让他们看看我们飞船到底长什么样,我们还要问他们'怎么样?'这才是我们的做事风格。"

"根本不是你们说的那样。"史密斯回答道,"我们一旦靠近敌人,就会亮出舰徽,冲击敌人舰队,直接突破太空防线。然后,我们登陆赛琳尼亚星,摧毁地面部队,炸掉装甲部队,最后抓住他们领导人。这样,我们就赢了。"

W摸着下巴说:"赛琳尼亚星的可利用着陆点我们已经列出,我们可以从这些地方发动全面进攻。具体消息我不能透露太多,但我可以告诉大家,我们已经骗过噶斯特一号了……总而言之,现在的首要任务是到达目的地。"

"对。"史密斯说,"进攻点我们已经找到,但进攻之前,我们还要搞清楚敌人究竟是谁。有时候表面只是假象。小狗溺水了,你去救它,没问题,但一只海狮妈妈正在发怒,你却要去偷它的宝宝,这下你就摊上大事了。我只是打个比喻,"史密斯情不自禁地挠了挠右边屁股上的伤疤,"打个形象的比喻。"

W摇了摇头,"史密斯,赛琳尼亚星戒备之森严,在银河系可是数一数二的,你忘了吗?一号多疑,而且建立了军工一体。没错,我们有太空帝国最好的战士,但是赛琳尼亚至少有一百四十亿全副武装的噶斯特士兵,参加这次行动就等于自杀。"他停了片刻,继续说,"告诉你吧,我经常觉得生活有茶相伴会轻松许多。"

"我讨厌这种说话口气。"苏鲁克说。

"我们烧壶茶喝吧。"

"好了,"W说,"大家已经喝过茶,聊过天,我们特工处认为你的计划非常危险,几乎等于自杀,但是依然可行。塞德里克,你觉得呢?"

"我喜欢这个计划,"舵手回答说,"我虽然在鱼缸里生活,但我一听就明白了,他的计划是经过思考的,所以我支持他。"

W喝了口茶,"既然如此,那我们就决定了。我们先乘坐爱格伯·腾奇号深入敌人所在区域,然后发动进攻。史密斯,到时候菲茨罗伊船长一旦突破敌人防守,你就驾驶约翰·皮姆号……"

"等等,"史密斯说,"菲茨罗伊?"

菲茨罗伊拂去左臂肩章上的灰尘,"没错,史密斯。我们需要一位技术突出,战舰驾驶经验丰富的船长。"

"可是你已经有一艘战舰了。这艘是我攻下的,所以船长应该由我来当,何况我还没好好尝过驾驶战舰的滋味,该轮到我了。"

W眉头紧锁。"理由都很好——至少有一条理由还不错。不过,我要提醒你,史密斯,驾驶战舰对你而言,是一次能力和智慧上的极大考验,你有可能回不来。"

头顶上方忽然传来一阵低沉而又略带恶意的笑声,史密斯抬头看了一眼，发现原来是苏鲁克。他像个恼人的小妖精一样蹲在约翰·皮姆号飞船船翼上，手里拿着一根木制帐篷钉，用它来当牙签掏牙缝。"别怕，有我屠宰者和你一起并肩作战，你就不会输。我要让这次'自杀行动'变成'刺杀行动'。"

"当然！"卡尔薇丝说。

"谢谢你，小猪仔。啊，这将是一次荣誉之战！我们要重新武装这艘战舰，穿上盔甲，拿起武器，"苏鲁克的笑声让人毛骨悚然，"迎接银河系大战。"

"对，"史密斯说，"我知道你们有些人可能会认为，这次任务虽然可行，但是我缺乏领导经验，不足以带领你们顺利完成这项任务，所以，我提议大家举手表决。"

史密斯率先举手。

卡尔薇丝是第二个举手的人。

"漂亮，卡尔薇丝！有你相伴，我非常自豪。"

"你理解错了，"卡尔薇丝说，"我举手是有问题想问你。"

"哦……好吧，那你想问什么？"

"我们举手到底要决定什么事情？"

史密斯放下手说："听着，各位。我们有了这艘战舰，就有机会给敌人造成致命打击。不列颠太空帝国进攻的时刻到了。我们要借此机会告诉外星盟友和地球盟国，噶斯特帝国并非坚不可摧。"

菲茨罗伊说："对！"

史密斯眼神里有一种英雄般的光芒，他目光凝重，显得非常有智慧。"我一直都很清楚我们可以打败噶斯特人，可以打败那些虾兵蟹将。但是，太空帝国之外，却有很多人不敢相信。我们要为这些人开启先河，引导他们勇敢斗争起来。有人可能会说，我们一路奋斗是为了大事业，所以小国、弱国可以弃之不顾，但我不这么认为！不列颠太空帝国从不抛弃盟友。我的价值观是永远不要背叛他人。"

"说得太对了，"德莱基特插了一句，"胡言乱语的疯子永远都有。"

"木屐和盆栽日本人比我们做得好，其他国家也各有所长，总有比不列颠太空帝国做得好的地方。所以，不列颠太空帝国并非十全十美。但现在，我们有机会做一件我们最擅长的事，来让所有人生活得更好。我们要攻占噶斯特帝国，我们要用无畏战舰轰炸他们的城市，我们要击垮他们的军队，夺回属于人类的财富，消除他们对文化的践踏。蕾哈娜，你为什么用那种眼神看着我？或许千年之后噶斯特人会感谢我们。"

史密斯环顾四周，看着每个人的表情。"各位，我说完了。时机就要到来，我们要告诉全世界，我们从不抛弃盟友。我们为正义而战，为自由而战，我们从不退缩，永远都在。帮助弱者、保护弱者是我们的职责，我们一直铭记在心。你们如果愿意全力以赴，把这场战争进行到底，就举手为我的计划投上一票！你们如果相信自己可以永不屈服，就举起双手为自己喝彩！"

"举手不是投降的意思吗！"

03
"地狱"之行

史密斯站在新战舰的控制室，看着外面无垠的太空，"啊！"史密斯感叹道，"这就是生活。"

"不，这不是，"卡尔薇丝说，"我们以前在一艘不起眼的小飞船里生活，现在我们搬进了一艘不属于我们的大战舰。"

"卡尔薇丝，你多虑了。"

"我不觉得我多虑。我只想平平安安。我肯定不会多虑。天呐……"卡尔薇丝回头看了看说，"如果的确是我多虑了怎么办？"

"卡尔薇丝，冷静，放空思绪。一位好船长视察飞船控制室时，通常下巴高高扬起，双腿微微分开，精神异常饱满。每次只要我忧虑太多，我就会摆出这副姿态。然后，我会低头看看自己，我发现我所认为的好船长应有的坚定意志和正直品格，自己身上都有。也就是说，我就是一位好船长。就像这样。"史密斯分开双腿，把手放在背后，然后扬起下巴，眼神迷离，摆出一副十足的领导姿态。

"你刚才的姿势很像切断了电源线的战斗机器人，"卡尔薇丝说，"你的表情很像表演吞剑的人，他把剑吞下去了，指望剑能自己出来。"

"我就当没听见。"史密斯说，"我们距离敌人领空还有多远？"

卡尔薇丝马上开始观察雷达扫描仪。扫描仪屏幕闪着绿光，她的脸色在绿光的映衬下显得更加难看。"很近。再过半小时，我们就可以抵达敌人所在空域边界，进入争议领空。然后……我们就要一步一步向前推进，争取不被敌人发现，关键就看我们能走多远了。"

史密斯摇头表示不赞同。无意间，头发碰到了一件飞船模型，这艘飞船模型是他从约翰·皮姆号上带过来的，史密斯希望用它来装点新战舰的驾驶舱，借此提升驾驶舱严谨专业的氛围。"卡尔薇丝，我们在开创时代，没有人比我们更接近敌人老巢。你将会成为下一个捷列什科娃，杰拉德将会和捷列什科娃的狗巴拉莱卡齐名。"

"谁和谁？"

"她们是两位太空探索者，捷列什科娃是一位女航天员，巴拉莱卡是她的狗，苏联人几百年前就把她们送上了太空。人们在太空探索早期，通常会用一些低等生物来做实验。"

"她们后来发生了什么？"

"捷列什科娃没事，但她的狗巴拉莱卡死了。狗肯定因为好奇，把头伸到飞船窗外了。"

"明白了，头儿，你让我一个人静一静？"

"没问题，我到处走走，整理整理思绪。"

"你脑子已经够清晰了，"卡尔薇丝低声说，"蕾哈娜在哪儿？"

"她看设备去了，她之前提到过船上的通信装置。"

"她该不会想用舰上的广播系统播放鲸鱼音乐吧！天呐，吵死了，地板都要震得吱吱响。"

史密斯离开了，让卡尔薇丝一个人待着。他沿着控制室外的走廊一直往前走，途中经过几间广场大厅，大厅地板上写了几个大字：保持警惕！保持愤怒！保持武力。大厅曾经非常华丽，一号首领和人类叛徒的海报以前就挂在这儿，但现在大厅早已蒙上一层衰败感，一号这些混蛋的海报不见了，取代它们的是一幅莱斯特城太空港的照片。

爱格伯·腾奇号以前有一间小卖部，噶斯特人会来小卖部买一些政宣手册和行军音乐卡带，现在小卖部转型了，改卖鞋带和茶。此刻，史密斯已经走到小卖部门前，站在外面排队。他手里拿着一个塑料杯，前面有两名突击兵和一名莫洛克步枪兵。史密斯正喝着水，忽然苏鲁克不知从哪儿冒出来了。

苏鲁克拿着一块干瘪的馅饼对史密斯说："要么是这馅饼低温脱水过多，要么我吃的不是馅饼，而是一个手提包。"他们一边走，一边聊天，"我们要尽快抵达噶斯特人老巢，然后杀光它们，越快越好。"

"没错，但我还想多体验一下这艘战舰。"史密斯伸手打开墙上的监控器，画面显示的是机库，"看看这些太空战机，地狱火号，暴风雪号，大黄蜂号，我们都有。我们还有一个货仓，里面全是战斗机器人。"

"爽。"他们走下几级台阶。

一个穿着白袍,手里拿着记录板的女工作人员从他们身旁经过,"船长好!"

"嗯!"史密斯咧嘴笑了,他对苏鲁克说,"我喜欢这种感觉。"

"看出来了,"苏鲁克的声音忽然变得低沉,又很严肃,"听着,马祖兰……我无意中听到两名莫洛克步枪兵的谈话,其中一名士兵说他在外面得到消息称噶斯特人正在撤离莫洛克前线,我的族人因此已经开始武装自己,准备全面进攻噶斯特人。我的族人已经把刀叉磨成利刃,用拖车组装太空飞船,他们开始计划攻进噶斯特帝国——尤其是赛琳尼亚。我觉得只要有噶斯特人的地方就一定有这种反抗。"

"这是件好事,不是吗?"

"对,这样他们就可以站在我们这边。他们在莫洛克前线打过仗,心里肯定满是怒火。我只希望他们的愤怒和癫狂不要刺激到国家的太空部队,不要引导他们再犯傻,朝着太阳进发。"苏鲁克半晌没说话,仿佛脑中浮现了悲伤的回忆,"不过,哈,你们特工处肯定希望亲手干掉噶斯特一号的是你们太空帝国的人。"

"你宁愿我们杀了一号?"史密斯问。

苏鲁克点了点头,"就你我而言,我更希望胜利属于我们。更准确来说,我希望胜利属于我。"

"我没看出有什么不同。毕竟我们一直都希望向盟友证明自己。我们现在有机会了,即便没有,我们也要向盟友展现我们的决心和目标。"

"你说的有道理，"苏鲁克说。

墙上一只对讲机嗡嗡直响，史密斯到处看了看，感到有些惊奇。因为以前在约翰·皮姆号上，大家日常通话要么直接喊，要么用勺子敲茶杯就行了。如果飞船上有什么东西嗡嗡直响，那很可能表明要爆炸了。

"嗨，伊桑巴德！"对讲机里传来蕾哈娜的声音，"我侦测到了大家伙，你最好过来看看。"

"好，你在哪儿？"

"唔……我在一个方形舱室，墙上有雷达扫描仪……"

"应该是通信室。我马上到。"

史密斯打开通信室的门，发现舱顶有很多挂在外面的电线。他弯着腰从电线下面走过，这让他仿佛回到自己的飞船——约翰·皮姆号。史密斯心里想：工程师真用心，不过也有可能是他们偷懒，工作没干完就提前下班了。

通信室墙上有几块雷达显示屏，整个通信室都笼罩在屏幕绿色的光线之中。蕾哈娜像女王一样，坐在房间中心指挥官的位置，只是她没有戴皇冠。她头上的装置形似一只倒置的漏斗，上面连着很多电线，一直接到舱顶。通信室角落里弥漫着一股红草的味道。

史密斯看到眼前的场景，心想这应该就是灵力放大装置吧。

蕾哈娜睁开眼睛，慢慢转过头来，看着史密斯，她仿佛扛了一门大炮，动作非常缓慢。"你好，"蕾哈娜说，"我有不祥预感，宇宙深处的躁动太强烈了，好像有一百万人在同时呐喊。"

"他们喊什么？"

"啊嘎!"

"那一定是因为快要接近敌人领空了,"史密斯看着雷达扫描仪说。"我们要尽量减速,假装战舰遭到严重损坏,无法和他们进行正常通信。你如果有其他预感,立刻联系我们。"

"好的。"蕾哈娜回答道,"唔……伊桑巴德?"

"怎么了?"

"你有没有看到我的卷纸?"

苏鲁克和卡尔薇丝都在驾驶舱,史密斯进来刚关上门,他发现卡尔薇丝把什么东西藏进马甲口袋里。

"卡尔薇丝,"史密斯说,"你口袋里是不是装了个随身酒壶?"

卡尔薇丝摇着头说:"没有,我只是看见你太高兴了。"

"胡说,你刚才在喝酒。"

卡尔薇丝叹了口气,"只喝了一点。我即便在飞船上喝了酒,驾驶技术依然是一流的。我一直认为,天才靠的是百分之六十的灵感和百分之四十的实力。"

"记住,到了赛琳尼亚领空,你就别喝了。"

"有意思,"苏鲁克说,"实在是帅呆了。"

史密斯回过头发现苏鲁克站在一排监控仪旁边,似乎在和一台小型电脑对话。史密斯走近一看,才知道那不是电脑,而是一面镜子。

无线通话系统响了,苏鲁克抬起头,眉头紧锁。

"是他们,"卡尔薇丝低声说,心里很害怕,"是噶斯特人。"

"打开扬声器,把摄像头关掉。"史密斯说,"苏鲁克,待会儿只要我点头,你就开始干扰音频信号;如果我再次点头,你直接把通信中断。"

"行,你放心吧!"

卡尔薇丝犹豫不决地按下通信信号开关,喇叭里传来一阵粗粝而刺耳的嗓音。"爱格伯·腾奇号请注意!你们的指定任务是打败敌军,你们现在的航行不符合任务规定,属于违法行为,请立即解释原因,否则,后果严重。"

史密斯对着麦克风说:"你好,一号首领万岁!我们在与不列颠太空帝国太空战队交战过程中,战舰遭到严重损坏,呃……我们不想做无谓牺牲,因此决定返航修理战舰,以便再次进攻。"

卡尔薇丝朝史密斯点了点头。

麦克风另一端的噶斯特人大声回复道:"明白。你们为什么进攻失败?"

"不列颠太空帝国战舰的性能明显比我们更好。也就是说,他们偷偷地……呃……部署了新式武器,来和我们对抗。"

"武器名称叫什么?"

史密斯头皮开始发麻,"道德信念。"

"解释一下'道德信念'这种武器如何操作。"

"你没办法理解。"

"你说什么?"

史密斯点头示意苏鲁克开始行动。苏鲁克收到信号后,从头顶柜子里掏出长矛,然后迅速抓起矛柄,猛砸无线电通信仪。

"抱歉,"史密斯说,"您那边信号不好,可不可以大声点?"

"我在问你问题呢！"对方吼道。

"好，你想了解什么？"

"我刚才问的问题你听清没有？"

"没太听清。飞船需要维修，我们要求马上返航。"

"你竟敢对上级提要求，闭嘴！"

"随你吧，收到！"史密斯说。

苏鲁克把嵌入船舱墙壁的通信仪拔了出来。

"干得漂亮，老兄！"史密斯心脏扑通扑通跳得厉害。他觉得敌方太空交管真难对付，女孩儿都没那么难沟通。"我们蒙混过关了——至少从目前来看已经够了。卡尔薇丝，我们是否进入了噶斯特帝国领空？"

"已经进入了。"卡尔薇丝回答说，"没有退路了。前面就是轨道码头。"

"轨道码头？不会有危险吧？"

"没有！从雷达显示器上看，我觉得轨道码头应该就是比较混乱的太空服务站。我们现在和噶斯特人是一伙儿的，所以轨道码头就是我们靠岸维修的地方。"

卡尔薇丝打开监控仪，画面中出现了一间缓慢转动的太空站。史密斯站在监控仪屏幕旁边仔细看，一排排大炮和机库大门都清晰可见，太空站前有一面浮雕，浮雕形象是一只姿势怪异的蚂蚁，远看就像埃及古墓里的圣甲虫。

"他们肯定希望我们不要继续前进，不要登陆赛琳尼亚星，就在这儿停下。"卡尔薇丝说。

"没错,不过,卡尔薇丝,调整航线,我们去轨道码头。"

"什么?"卡尔薇丝立刻变得十分恐慌,脸上就像起了皮疹一样,"你不会真打算去那地方靠岸吧?"

"当然不会,我们要撞过去。"

苏鲁克窃笑,"好主意,马祖兰!服务站的混蛋,你们的末日到了!以前,他们出售食物时总是漫天要价,现在终于要用血来偿还。无尽的太空即将吞噬他们飞船上的空气清新剂和塑料三明治,迎接他们的将是长久的悲恸。"

卡尔薇丝面色惊恐,仿佛吞下了一颗桌球。"收到。"卡尔薇丝说,"一切按照你的指示行动,头儿。"

"非常好。"史密斯看着监控仪上的太空码头,又仔细端详了一下敌人的机枪和舰徽,"敌人的太空服务站马上就要遭殃了,卡尔薇丝……全速前进!"

史密斯靠在船长椅上,心潮澎湃。这声指令,他期待多时,只是一直没机会。这么多年来,约翰·皮姆号撞过的飞船数不胜数,但从来都不是他期望的那一艘。史密斯把麦克风拿到嘴边,打开了飞船的公共广播系统。

"大家好!我是你们的船长。"从飞船内部摄像头画面可以看到,船上的士兵都一动不动,竖着耳朵听史密斯讲话。"我们已经设定了飞船航线,准备冲击敌军太空码头,所以前方会出现船体颠簸,希望大家理解。各位请把帽子戴稳,确保战斗机器人头部螺丝已经拧紧,如果你有易碎物品,请立刻收好。温斯科特,在此提醒你注意,在接下来的冲击中,飞船可能会与敌方太空码头残骸相撞，我们希望大家不要受伤。"

"反正遭殃的是噶斯特人。"苏鲁克说，"我们马上就要全力冲击了，现在大家可以想象飞船是只猛虎，一只扑向敌人的铁老虎。"

史密斯捡起地上的无线电通信仪，重新装回原处。通信仪另一端有很多人用噶斯特语不断咆哮，虽然听不清他们说什么，但从语气中能感受到他们很生气、很恐慌，他们已经意识到，爱格伯·腾奇号正飞速向他们驶去。忽然，混乱的嘶吼声中传来一阵尖锐的嗓音："最高指挥部命令你们立即停下，不要靠近太空码头！"

史密斯没有理会，反而把通信仪的视频通话连接激活了。一只龇牙咧嘴的红脸蚂蚁出现在通信显示屏上，从他身上佩戴的徽章可以看出，他是一名暴风上校。"你刚才说视频通话已经失效，"上校的嗓音十分粗哑，"但现在又能正常使用，马上解释原因！"

"行，"史密斯说，"我给你解释。飞船不可能停下，因为我本来就要撞你。我是不列颠太空帝国的军官，你这种专横莽夫的指令我绝不可能接受。腾奇是个叛徒，是个懦夫，这艘飞船现在归我们掌管，所以它不再是爱格伯·腾奇号，我们把它改名为霍雷肖·纳尔逊号。卡尔薇丝，让他们看看！"

卡尔薇丝打开战舰灯光开关。霍雷肖·纳尔逊号船首和两侧顿时灯火辉煌，亮起了红白蓝三色彩灯。《统治吧！不列颠尼亚！》的歌声迅速飘荡在飞船的每个角落。一台投影仪也开始播放视频文件，画面中有只斗牛犬坐在狮子背上，背景是太空舰队的军徽。

整体效果十分惊艳。敌方上校看到这种场面，吓了一跳，仿生眼球都差点飞出来。他一改往日噶斯特人低俗、无脑和只知道发怒的惯有情绪表达，让人顿时觉得眼前一亮。

苏鲁克忽然身体前倾，眼神闪闪发亮，非常得意地朝敌人喊道："这是个圈套，你们上当了，傻子。"

"发射鱼雷。"史密斯说。

鱼雷如食人鱼一般从大鲨鱼——霍雷肖·纳尔逊号飞船射出，敌方太空码头的防御系统还没激活就已经被鱼雷击中。

太空码头爆炸产生了大量飞速旋转的飞船残骸。不出片刻，霍雷肖·纳尔逊号就已进入残骸笼罩区。受撞击影响，无线电通信仪又掉在地上。可以看到，残骸和纳尔逊号飞船船体相撞，然后迅速反弹。窗外还有飘浮在太空中的禁卫兵尸体。一个貌似联络小组成员的旅鼠人手里握着战斧，身体不停打转，动作非常优雅，可最终还是撞到飞船舷窗。这次碰撞虽然冲击力不大，但依然把卡尔薇丝吓了一跳。几秒后，旅鼠人的尸体才慢慢飘走。

史密斯从监控仪画面中看到，飞船前方缓缓转动的星球后面就是噶斯特母星系，该星系不同星球有不同功能，有些星球上都是工厂，有些星球负责驻兵防守，还有些星球专门负责制作短片。这种短片通常播的都是一群蚁人对某件物品分别展开评论，史密斯觉得这种片子和他藏在床底下的《束衣世界》杂志内容相差无几。噶斯特母星系所有星球和该星系的太阳处在同一直线上，这种空间布局就像一张桌球技法图表，为史密斯提供了绝佳进攻机会。他们轻轻松松就能绕过防御系统，直接把飞船开进赛琳尼亚。

对讲机突然响了，"伊桑巴德，没事吧？我有预感，周围怒气很重。"

"那当然，我们刚刚冲破敌人防线，摧毁了他们的太空码头。"

"哦！这就没问题。"蕾哈娜说话口气中带着一丝伤感，"发怒会毁掉你的生活。"

"发怒也可能引发撞船。"卡尔薇丝说。

史密斯把手放到唇边说："嘘，卡尔薇丝，小声点。这是历史性的时刻，我们既不是叛徒，也没有死，我们是首批闯入噶斯特母星系的人。天呐，这不会是噶斯特帝国的最后一片领土吧？"

"没错。"卡尔薇丝手指着窗外说，"我们已经穿过了整个噶斯特星系，这就是噶斯特帝国最后一片领土。"

"我只是打个比喻。让我把话说完，到时候你就明白了。今天不是噶斯特帝国的末日，我们的行动才刚刚开始。我们撞毁了噶斯特人的太空码头，他们走向灭亡的先兆已经出现。所以，我们要继续走下去，把末日带给噶斯特人！有疑问吗？我觉得应该没有，继续行动吧！"

"我原本有机会一次控制两艘战舰。"菲茨罗伊船长说。

她躺在一张巨大的皮椅上，脚搭在桌面上。周围的布置和弗里斯·贝吉尔号上的休息间一模一样，菲茨罗伊船长似乎把休息间原封不动地搬过来了。她之所以在这里停靠，原因是去地狱火俱乐部搬一个酒柜。特工处代表团成员站在她背后，等待霍雷肖·纳尔逊号回复消息。

"胡说,"W 回答道,"没有人可以同时控制两艘无畏舰。"他坐在椅子上,精神抖擞,正在细细品尝斯托瓦特温酒,希望借此消除内心的紧张感。史密斯这次任务的成败事关整个银河系命运。菲茨罗伊船长的起居室是通往她卧室的唯一入口。W 曾经见过菲茨罗伊船长卧室的床柱,上面有很多深深浅浅的凹痕,仿佛被伐木工人砍过似的。这说明菲茨罗伊要么私生活放荡不羁,要么她和苏鲁克上过床,无论选择哪个答案,其实都是一回事。

菲茨罗伊倒满酒杯,说:"同时控制两艘无畏战舰对我而言不是什么难事。只要有人愿意,我非常乐意拥有两个机组团队。"她停顿了一下,身体凑到 W 跟前,非常小声地问他,"你有没有想过,史密斯可能根本不值得你信任?"

W 的目光透过菲茨罗伊手中的酒杯,愤怒地盯着她说:"从来没有。我对他充满信心。等这一切都结束了,我们要向所有人讲述我们大战噶斯特人的秘密故事,我们要向世人宣告:银河系虽然有很多愚昧无知的混蛋,但只要我们团结坚定,就一定可以与他们抗争。史密斯会成为伟人,他的名字将永垂青史。"

中尉手里拿着步枪走进指挥部。462 拖着受伤的腿,一瘸一拐地跟在他后面,尽量不让自己落下。"什么人?"卫兵吼道。

"有急事,"462 说,"马上把二号首领叫过来。"

卫兵眯着邪恶的小眼睛说:"这里只有二号首领能向别人下命令,你算什么。"

"那你让他快点过来,给我下放一些特权。"

卫兵眉头紧锁,他知道462在绕弯子,但脑子就是转不过来。他只好举起大钳子,不情愿地按下对讲机上的通话按钮。

462手下的士兵来自5937死刑军团,而且都是雄蜂侍卫。他们浩浩荡荡地冲进大楼门厅,仿佛一支进攻部队。二号首领身边的禁卫兵人高马大,头脑灵活,身上穿的皮外套也干净整洁。462手下的雄蜂侍卫和二号首领的禁卫兵不同,他们不仅浑身是伤,而且脏兮兮的,看上去就像强盗。

房间大门开了,二号首领匆匆忙忙地走进来。他看见自己副手那一刻,仿生眼睛瞬间睁大:"462,你来这儿干吗?你应该待在通信塔,监测敌人的电波信号。"

"我正是从通信塔过来的。我们的传感器收到信号,有多艘战舰正在进入噶斯特帝国领空一号区域。轨道封锁已经被突破。三十七号太空站——警戒天线号信号传输已经中断。我们几乎可以确认,该太空站已经遭敌人摧毁。"

二号首领点了点头,"我早就知道会发生这种事。"

"你早就知道?那我想以一号首领的名义问问你,你为什么没有采取任何行动?"

二号首领笑着说:"我已经采取了行动。一号首领无比英明,他早就警告过我,一旦拉蒂西亚失守,敌人就有可能展开全面进攻。所以,我做了一点小小的防备措施。小伙子,跟我来,我们去密室单独谈谈。"

密室?是这里吗? 462心里想。难道二号已经知道我要刺杀噶斯特一号？难道他受到一号指使，要除掉我？正合我意，我早就等不及了。462 脸上挤出了一丝笑容。"非常乐意。中尉，你在这儿等着，我如果长时间没回来，该怎么办你心里清楚。"

二人上了电梯。电梯门关上后，里面光线黯淡。很快，电梯开始下降。

电梯门旁的屏幕亮了，画面中出现一张噶斯特人的脸。镜头缓缓外后拉，他开始吟诵：

噶斯特无数种，谁是最强者？
大猩猩？人类？还是大象？
他们命中注定走向毁灭——
明天属于蚁人！
越来越多人跟着吟唱：

顺从便安好，奈何要思考？
从无知中寻找力量。
擦亮你的武器，杀戮即将来临——
明天属于蚁人！

枪炮随身伴，文化请滚蛋！
铭记首领语录。
我们的时代就要开启——
明天属于蚁人！

"关掉。"二号首领一声令下,屏幕即刻熄灭。他对着电梯顶部自言自语,仿佛受到神的启发,灵魂觉醒了一般。"462,敌人这次进攻,一号首领早有预料。他一直在筹备如何应对。大家已经看到,我们的盟友都是废物。新伊甸共和国分崩离析,亚里西亚三脚怪连滚带爬地赶着去投降,即便是旅鼠人,他们也无奈夹着尾巴被人赶回了老家。但是没有人可以侵略赛琳尼亚,我们的舰队将会好好收拾那帮蠢蛋。我自己也有个小计划……你还记得蟾蜍星四号吗?"

"记得,莫洛克人的星球,那里有大片沼泽,矿产丰富,我们六个月前已经把它吞并了。"

"没错。当时我抓了四百个莫洛克人后代,他们不到一岁。人类如果入侵赛琳尼亚,我就给他们下最后通牒……如果人类不撤退,我就把这四百幼崽全杀光。"

462咽了口唾沫,"这办法行吗!"

"你难道不忍心?"

"当然不是,我才不会这么懦弱,否则,侮辱了我们一号首领。但是,你如果杀了那些幼崽,人类会更生气。"

二号首领把头盔挪正,"462,这次战争事关亡族灭种,我们一定要直击敌人痛点。他们一旦知道我们手中有幼崽,就一定会犹豫不决,到时候我们就可以趁机反击,一举把他们歼灭。"

电梯速度慢慢下降,最后终于停了。

462刚走出电梯就听见一阵阵呜咽的叫声,他以为这下面养了一窝蚂蚁宠物。低矮的天花板,生物水泥材质的墙壁,前方地面还有一个大坑，里面飘来一股令人反感的外星人气味。

"你看。"二号首领说。

462走到大坑附近，但没有接近边缘。他朝下面瞥了一眼，发现底下有一大群胖乎乎的小人，他们脸上很脏，小手高高举起，目不转睛地盯着462。

"关于你的人肉盾牌，我有一个小问题，"462说，"他们是莫洛克人幼崽，根本不是人类。"

二号首领耸了耸肩说："他们有相似的地方，他们都不堪一击。"

数百双黄色的眼睛一直注视着462，他们有长长的舌头，宽厚的嘴唇，一排排邪恶的小牙齿在黑暗中闪闪发亮。462无法确定他们到底是在自然鸣叫还是在有意呼喊。

忽然，一只莫洛克人幼崽朝462这边跳起来——再等等，462心里暗暗想，但高度远远不够，最后撞在墙壁上，又滑下去了。

"我的卫兵会把残废的蚁人丢给他们，"二号首领说，"这些小东西什么都吃，真恶心。"

462知道有时候最复杂的计划并不是最好的。你可能谋划已久，但你必须接受现实，因为想在噶斯特帝国得到晋升，你更要懂得抓住时机。你如果在恰当的时机采取了恰当的行动，那一切自然会顺心如意。

"什么都吃吗？"462敷衍地问道。

"对，他们不分好坏，毫无品位，这正是他们低人一等的显著标志。一号首领如果在，他肯定会这样说。其实——"

二号首领话还没说完，462就猛地推了他一把，结果恰好摔进坑里。

惊恐至极的二号首领在底下鬼哭狼嚎，但很快幼崽呱呱的叫声就将他完全淹没。二号首领的皮革外套被撕得粉碎。他死了，死得非常惨，但也算干脆痛快，462想，至少坑里的幼崽没有折磨他。

才一眨眼的工夫，你曾经卑躬屈膝服侍过的那个人就被喂青蛙了，462想着想着，嘴角露出了一丝笑容。

活该！

霍雷肖·纳尔逊号已经深入噶斯特人领空，距离他们的老巢越来越近。这次可不只有一艘飞船，纳尔逊号后面有一大群帝国军团战舰跟着，它们都如狼似虎，朝着同一个目标前进。

"飞行员，立即报告状态信息。"史密斯说。

"我还是很害怕。"卡尔薇丝说。

"我是说飞船状态信息。"

"飞船状态稳定。对吧？至少舰队其他飞船都跟着我们。不过我觉得它们应该跟紧一点，噶斯特帝国现在随时想把我们弄死。"

"他们一直想弄死我们，卡尔薇丝。"史密斯此刻内心有一种莫名其妙的满足感。他想了想，或许是因为自己终于要进攻敌人老巢了吧。朗姆酒打翻了又怎样，他现在一点都不心疼。

史密斯从监控显示屏上看到登陆小分队的士兵在货仓武装自己，他们动作之快，效率之高，完全不比噶斯特士兵差，而且他们还有一个优点，那就是他们不会胡乱嚷嚷。战斗机器人站在货仓一动不动,等待随时被激活。机库这边,工作人员正在为地狱火号和暴风雪号加油,飞行员、特种部队,还有工程师,所有人都在自己的岗位上认真准备。

"看看他们,"史密斯说,"这就是噶斯特一号眼中的弱者,这就是噶斯特人打算轻松铲除的人。噶斯特人认为干掉我们的士兵就像收玉米一样简单,现在看来,他们收割机卡到石头了他们面对的是太空帝国的精英。上帝啊,他们看起来就像一群身强力壮的马戏团杂技员。蕾哈娜曾经带我们在新弗朗西斯科看过一次游行,那次,街上有很多长着胡子、肌肉健硕的男人,今天是我第二次看到同样的画面。"

"没错,"苏鲁克说,他坐在史密斯后面,"好一副热血阳刚的气势,水星人弗雷德里克看了一定会叹为观止。莫洛克步枪兵团,复仇的日子快到了,你们久等了吧。噶斯特一号这个大混蛋,你们一定希望给他点颜色看看。马祖兰!我也一样,我迫不及待地想干掉他。噶斯特人,你们种下的恶种马上就要丰收了。你们知道什么人会在地下播恶种吗?废物!你们这种废物。卑鄙无耻的小东西,我们要把你们碎尸万段,把你们的骷髅堆满整个星球,用你们的骷髅埋葬你们的老巢。"

"呃哼!"卡尔薇丝说,"我不是有意扫兴,当前情况紧急,有大量敌军战机和战舰正向我们这边驶来。"

"有多少?"史密斯问。

"从观察来看,似乎是全体出动。"

监控屏上显示的是人类舰队驶入噶斯特领空的飞行轨迹:轨

迹呈箭头状，其中一条轨迹位于中间，已经穿过敌方领空纵深处，轨迹颜色和不列颠国旗相仿。其他轨迹则从四面八方往中间靠拢，但彼此之间又相互交错。所有箭头跨越整个屏幕，最终聚集点正是帝国舰队。

"噶斯特一号貌似认为自己能拦下我们。"卡尔薇丝说。

"他觉得自己跟谁闹呢？"史密斯说。他取出对讲机，"战机分队请注意！我是船长。周边空域有敌军来袭，请各位启动所有战机——我再重复一遍，请各位启动所有战机。兄弟们，让他们去死吧！"

462赶紧回到楼上。他在办公室里找到一块闲置的横幅，从上面扯下一部分布条当绳子，然后用这条绳子绑了一个空恶绿素罐子。462双手颤抖，他知道自己时间不多了。

他拿着罐子重新来到地下密室。462在地坑旁边非常小心。他一只腿跪着，另一只腿由于受伤，只好伸在一旁。他稳住身子以后，才慢慢探出身体，把空罐子丢进坑里。莫洛克的幼崽似乎都在休息，罐子落在坑底一团烂泥上，并没有发出太大响声。

462小心翼翼地拉动罐子，忽然黏糊糊的烂泥里冒出两个闪闪发亮的金属物体，他立刻用罐子把它们套住。罐子取上来后，462把两个金属物体倒在手心，原来是二号首领的仿生眼。系着罐子的长绳挂在坑边，462没有拉上来，他希望底下这些幼崽可以借助绳子爬上来。他起初也不知道自己为什么要这样做，思考片刻之后，他逐渐意识到：这些小家伙的獠牙和残暴的欲望让他想起了一号攻击犬。

二号首领办公室有一个带虹膜锁的保险柜，462用仿生眼打开保险柜，从里面取出一叠文件，其中一份是他的照片。462打开这份文件，"忠诚度可疑"几个大字映入眼帘。他把这份文件藏在外套里，然后又拿了二号首领的身份证件，最终才匆忙离开。

斯文负责驾驶公务悬浮车，462在后座上指点方向。车很快来到首领蚁巢大楼外围，六个禁卫兵迅速冲过来。462摇下车窗，手里拿着二号首领的身份证件说："二号首领有急事要处理，我要见一号首领。"

公务悬浮车缓缓前行，两侧是生物坦克仪仗队，道路上其他车辆都已经被驱散，如有特殊情况，仪仗队甚至会开枪驱逐。他们的车停在一座生物工程堡垒外面，这座堡垒外形就像罗马斗兽场和海螺壳的结合体。462由禁卫兵护送上楼，楼梯两旁各有一排大型雕塑。接着他们又来到大楼后方一间安检室，462的枪被没收，脸贴在疤形码解析仪上扫了一下。最后他被推进门廊，进入一个小房间。

房间里摆了一张桌子、一把椅子和一面镜子，一号首领坐在桌后吃蛋糕。六名官员站在桌子旁边，心惊胆战，害怕引起一号首领的注意。桌面上有一条噶斯特文标语：在此工作不必癫狂暴躁，但如若癫狂暴躁，必将事半功倍。

"光荣的一号首领万岁！"462高呼。

一号抬起头，用沙哑的嗓音说："你是谁？竟敢打扰我？我是这儿的头儿，我是整个银河系的主人，你到底是谁？竟敢打扰我吃蛋糕？"一号握着叉子朝462指指点点，嚼碎的蛋糕屑不断从嘴里喷出，弄脏了462的衣领。

462 想：我现在就可以用钳子割开他的喉咙，杀了他。但如果他死了，我也得丧命。我可是 462，我不能死。

"你上司呢？"

"二号首领出事了，情况不妙。"

几位官员连忙往后退，直到背部贴着墙壁，他们仿佛挂在墙上的大衣。一号放下叉子，这一声微妙的响动就像铜锣一般打破了房内的压抑感。他用手把头顶的触角来回挪动，身体抖得厉害。"462 留下，其他人走。"

官员们听到一号的话，纷纷朝门外涌，几乎把 462 也挤出去了。门廊上的脚步声慢慢远去，一个长得像怪物的禁卫兵来到门口，关上门。此时，房间里只剩 462 和一号。

一号仿佛见了太阳一样，冷若冰霜的脸终于露出了一丝笑意。"二号是你杀的吧？"

"当然不是，我的伟大领袖，他……"

"别对我撒谎，462。我能看出来，我能看穿你的内心。"

一号两只凹陷的小眼睛直盯着 462 一动不动，他眼神里泛着烛光的仁慈和怜悯，脑子里仿佛有只老鼠在操控他的意识。

"啊？"462 非常紧张，"我……真的吗？"

"没错。"

好戏要登场了。462 此刻已经不在乎门外是否有卫兵，他想复仇，他要杀掉一号。"你杀了我的宠物。"

"对，"一号说，"是我，很显然那是给你的一次教训。丛林法则，不是吗？你杀了二号，你想接近我，你知道自己为什么这么做吗？"

我来告诉你吧，因为你崇拜我的智慧，欣赏我的完美，爱慕我浑身上下无尽的魅力。"

"呃。"462眨了眨眼，满头雾水，刚刚还想杀了一号，转眼念头就消失了。"对，当然。但是我们有麻烦了，不列颠太空帝国舰队已经进入我们星系。"

一号稍微点了点头："非常好，我的计划即将生效。让他们再靠近一点，然后一举歼灭。"

"请听我讲，"462急切地说，"他们有大批无畏战舰，舰队已经突破我们的外层防御体系，马上就要打过来了。"

一号身体再次颤动，他阴险地笑着说："就他们？人类？462，你说的是我们的新式营养品。谁会害怕自己的食物？我们根本不把人类放在眼里。"

"不是这样的，你听我说，求你了。"462想吼他，想给眼前这个蠢蛋一巴掌，但最后还是压制住了自己，他平静地说："你还记得旅鼠人吗，他们号称格杀勿论，绝不投降，他们字典里就没有'撤退'这两个字；还记得新伊甸人吗？还记得八号首领吗？他可是禁卫兵培育计划的巅峰之作。最终呢？他们都败在人类脚下。一号首领，人类讨厌我们，对我们恨之入骨。你挡不住他们。"

"你顾虑太多了。"一号说，"你的恐惧和怯懦毫无根据，这不是噶斯特帝国未来军官应有的气质。走，我让你冷静一下。禁卫兵！"

从禁卫兵开门那一刻起，462就意识到自己已经错过刺杀一号的机会。

一号身边有两名身强力壮的护卫，462就这样跟着一号挤进了电梯。

电梯一直往下,他们最后来到一间实验室。六名科学部的白袍机器人看到一号来了,立刻打起精神。

桌面上躺着一个巨型机器人,即便从人类的角度来看,它也只能算是人类与机器的畸形混合体。

"这是机器人,"一号说,语气里满怀希望,"我们早期曾经仿造过基因调配设备,让人心惊胆战的噶斯特军团就是从那里培育出来的。这种机器人战士的制造方式和噶斯特军团类似。"

"我明白,首领。"

"看着。"一号朝科学家打了个手势,机器人科学家立刻上前,来到机器人旁边。他手上虽然戴了手套,但手指动作非常灵活,科学家一边拆机器人胸前的护甲,一边偷偷地笑。

护甲掉在地上,一号把手伸进机器人胸腔,从里面掏出一张纸条。"462,三周前,一艘不列颠太空帝国太空船坠毁了,我们在事发地点发现了这个机器人,显然是因着陆失败,才造成了这场事故。这张纸条是我们检查残骸时在它体内找到的。"

一号打开纸条,462虽能看到上面有文字,但看不清写的到底是什么。一号把纸条凑到灯光附近,念道:

"亲爱的老婆,这是我偷偷写给你的一封信。他们一直不让我说,但我知道和噶斯特人对抗等于送死,所以我要把真相告诉你。"

一号放下信纸说:"听见了吗,462?和我们对抗等于送死,这个机器人有点脑子。"

"对……"

"呃哼！我挚爱的另一半。一号头脑聪明，是银河系历史上最伟大的领导人。尽管打败他的机会渺茫，但我们还是想尝试一次，所以组织派我来完成一项任务。我们发动一艘飞船在赛琳尼亚沙漠上降落，敌人一旦侦测到这次行动，一定会派出大量兵力来围堵。这艘飞船的目的就是吸引兵力，造成星球其他区域出现防御空当，这样，我们就可以趁着敌人兵力被调开，马上入侵赛琳尼亚。读完这封信，请立即毁掉，千万不能落入大魔头一号之手。再见了，爱人，也替我向孩子们告别。"

462转头四下看了看，发现科学家们都尽力避开一号，不敢站在一号附近。他深深吸了口气。

"没话说了吧？"

"我不知道从何说起。真的，我不知道。"462很无奈，"首领，我稍微提醒您一下。我为了打败人类，曾经对他们做过深入研究，说实话，我从来不记得哪个机器人有老婆。"

"是吗？如果信不是写给它老婆的，那为什么它钱包里有老婆照片？"一号从信纸背后取出一张照片，放在462面前，"你看，它妻子有很多条腿，身上还有两个插槽，我猜是用来连接通信设备的。"

462接过照片，"您的判断没错，我做梦也不会怀疑。不过，这根本就不是机器人的妻子，这是个烤面包机。首领，这封信您给其他人看了吗？"

"当然没有，我为什么要给别人看？"

你太自以为是了，他们就知道你不会给别人看，462想。

03 "地狱"之行

"那我先走了,您真是太聪明了,我要派手下士兵按您的计划行动。"462说。

"那当然,"一号笑着说,"462,你很有潜力,适合跟着我。"

斯文开车送462回办公室,一路上,462一直在翻二号首领的文件。下车后,他匆匆忙忙地来到通信室,拨通了一个保密号码。

"你是谁?"电话另一端有人问道。

"我是最高指挥官。你们如果收到一号首领的命令,要求你们在赛琳尼亚边境部署兵力,你们千万不要听。我要求你们将兵力调到沙漠地带,那边有敌人即将入侵。"

"重新部署兵力需要不少时间,希望你清楚自己在说什么。"

"我当然清楚,一切后果由我个人承担。我是五号,五号首领。"462说完便把电话挂了。

霍雷肖·纳尔逊号率领一群太空战机撕破了噶斯特人的领空。忽然,前方有生物导弹来袭,纳尔逊号飞船上的反导激光迅速启动,将导弹削成碎片。与此同时,纳尔逊号全新的反制武器也发挥作用,弹出大量干扰物质,导致敌军部分导弹无法锁定目标。前方,首先进入大家视野的是一艘敌军轻型巡航舰,它位于纳尔逊号舷窗一侧,舰上的武器装备已经启动,准备向人类战舰展开攻击,但还没来得及开火,一支暴风雪号战机中队就把它炸得粉碎。

监控显示屏画面中间是赛琳尼亚星,纳尔逊号距离这颗星球越来越近。从远处看,赛琳尼亚星表层灰蒙蒙一片,很像大号的月球，不同之处在于月球之所以呈灰色，是因为月球表面都是岩石，但赛琳尼亚星的颜色则是由于星球空气中存在大量尘土。传感器收到一段来自赛琳尼亚的视频信号：噶斯特一号站在一张地球地图前指手画脚，满嘴胡言，能听到他在谈论以地球人为食，每月可以获得多少卡路里。

窗外，激光和导弹一闪而过，战斗机每次进攻都是致命一击。敌军飞船残骸如死鲸鱼一般在太空翻滚碰撞，隐约闪现的火花仿佛在告诉人们：快看呐，伤口在这里！纳尔逊号右侧有不明飞船引擎爆炸，剧烈的冲击波震动了整个船身。卡尔薇丝摘下护目镜，飞船继续前行。

忽然，无线通信仪传来一阵尖锐的嗓音："人类废物，赶紧投降，否则……"

史密斯正准备拿起对讲机回话，却被苏鲁克抢先了一步。"你说错了，"苏鲁克喊道，"小虫子，我们马上就来找你。要遭殃的是你们的帝国，你们的星球，你们的城市，你们的士兵，还有你们的头颅！我没说漏吧？"

"讲得很好。"史密斯说。

史密斯站起来，把手搭在椅背上，"各位，我们的时刻就要到了。我们只要干掉万亿蚁人，就一定能获胜。"

"还有拿到一号的脑袋。"卡尔薇丝说。

"对，我们如果胜利了，就可以坐他脑子上。卡尔薇丝，我们的导弹是否可以打到赛琳尼亚？我要成为第一个轰炸他们星球的人。"

"快了。"卡尔薇丝说，"我们即将进入赛琳尼亚大气层。"

飞船上的显示屏开始闪烁，船首出现火花，霍雷肖·纳尔逊号船身轰隆作响。

史密斯打开麦克风说："还有两分钟，陆战分队请准备。"

"收到。"温斯科特喊道，"还有两分钟，苏珊，去把战斗机器人激活。"

卡尔薇丝说："这么大的飞船并不适合登陆，你应该清楚，对吧？"

"当然清楚，"史密斯回答道，"但是噶斯特人糊涂，我要给他们来点惊喜。"

驾驶舱外火光四射，但很快火焰又突然熄灭了。飞船前窗外面是一片裸露的大地，上方是奄奄一息的太阳。由于星球上工业过度发展，这块土地已经被破坏。地平线上可以看到瘦长的塔楼，地面有很多冒着浓烟的洞口。赛琳尼亚星空气污染严重，但一排排老旧的生物烟囱依然喷着绿色的火焰，烟雾腾腾。史密斯原本以为可以看见很多城市，却没想到赛琳尼亚只是一片废土。

"摩多。"蕾哈娜说。

史密斯四处张望，寻找着蕾哈娜。蕾哈娜头上依然戴着灵力放大器，这使得她看上去就像个戴着锡铁头盔的鬼魂。"嗨，"史密斯说，"你怎么把电线拔了？"

"我没拔，电线可以延长，"蕾哈娜解释说，"真是个充满邪恶气息的地方。我迫不及待地想见到索伦之眼。"

"但愿吧！"史密斯说，"我们要用文明的力量击败邪恶。卡尔薇丝，我们需要降落。那座山旁边怎么样？"

"那不是山，那是座雕像。"

天呐，史密斯心里暗自惊叹道。卡尔薇丝说的没错，那是噶斯特一号的雕像。雕像非常庞大，如巨人一般耸立在赛琳尼亚星灰暗的云层中，一股凶狠的气势迎面而来。一号的雕像身体结构布置极为荒谬，为了显示他的英雄形象，雕像肩膀呈方形，两只眼睛狭小，目露凶光，直勾勾地看着地平线。雕像的姿势是一号对着天空挥动拳头的模样，他背后的钳子朝上，仿佛恶魔的翅膀。

"混球……"史密斯说，"卡尔薇丝，把他头炸了，然后开飞船冲过去。"

卡尔薇丝拉动操作杆，船首六枚导弹迅速向雕像飞去。

"跟上，"史密斯命令道，"我要亲眼看见导弹把他下巴炸掉。"

"我尽力。"卡尔薇丝说，手中使劲握紧飞船操纵杆，"控制飞船很困难。"

导弹与雕像相撞，一股烟尘腾空而起。"当心大蚂蚁！"史密斯喊道。

"我看不见了……"卡尔薇丝高呼，"天呐，坐稳，坐稳了！"

雕像的脸被炸烂了，仿佛要把他们吃了。纳尔逊号飞船恰好从雕像头部中间穿过。轰隆一声，史密斯摔倒了，一股巨大冲击力把卡尔薇丝狠狠地按在座位上。蕾哈娜被推到史密斯旁边，她站稳后，把头上的装置挪了挪。

史密斯从地上爬起来，摇摇晃晃地来到监控仪旁边，打开开关，看到陆战分队的士兵都系着安全带，心里的石头这才落下。温斯科特透过显示屏冲他竖起了拇指。史密斯接着调出飞船的状态信息。

纳尔逊号卡在一号雕像头部。一号头部虽然遭到飞船撞击，结果却比原来显得好看——他可能是银河系历史上独一无二的奇葩。

"我们被困住了，"史密斯说，"情况不妙。"

"我们下方还发生了剧烈地质运动，更糟的还在后头。"卡尔薇丝说。

"天呐，你不会是说，一号鼻子要爆炸了吧？"

"波莉说的没错，"蕾哈娜说，"你们有没有感觉？底下有东西在动，是岩浆！"

飞船驾驶舱开始晃动，史密斯隐隐约约听到蕾哈娜所说的飞船底下的动静，仿佛有什么东西碎了。轰！雕像的头要塌了！

"快发动引擎，"史密斯大喊，"就现在。"

飞船引擎发出一阵巨响，史密斯能感觉到脚底下甲板的震动。金属墙壁的嘶鸣声呜呜作响，仿佛有一支噶斯特军要从墙后冲出来。船身开始晃动，最后总算挣脱了出去，一号的头终于掉了。雕像内部是空的，地底下肯定有大型设施通过雕像来排气。头像落到地面，撞得粉碎，一阵过热蒸汽呼啦一声向周围散开。

"他肚子里一直都有热气，"史密斯说，"快看……"

飞船船身还没有稳定下来，史密斯也跟着打了个趔趄。

"哈！"苏鲁克忽然喊道，"他那张瘟神一样的脸摔烂了。让我们用怒火包围他的头颅——其实我不太喜欢这个比喻。进攻吧！"

地面上岩石滚动，地表塌陷，巨大的坑穴顿时显现出来。史密斯发现地底下有数以百计的坦克、生长舱和人员运输车。

"天呐！"史密斯惊叹道，"他们住在地下！噶斯特人一直像——像蚂蚁一样住在地下！我应该这么惊讶吗？管他的，我们上！"史密斯按下对讲机的开关，"释放攻击舱和战斗机器人！开始进攻！"

舰队的登陆舱已经着陆，有些舱体甚至穿过地表，冲进地下城里去了。舱门开启，不列颠太空帝国最精锐的士兵纷纷往外冲。

温斯科特的飞船放下一架吊桥，他喊道："前进，苏珊！"一辆战车飞驰而出，沿着一条铺满鹅卵石的斜坡驶进一间地下机库。黑暗中，外星人飞船的轮廓若隐若现，仿佛发射器里的导弹。温斯科特咧嘴一笑，一道激光一闪而过，敌人飞船的起落架瞬间被砍断。几个噶斯特飞船护理工人的身体也被切成了两半，断成两截的软管不断翻腾，就像一条受伤的蛇。激光划过一艘次维空间战斗飞船，飞船头部火花四溅，温斯科特坐在车里，一阵欢呼。

"开快点！苏珊！多一点激光！多一点爆炸！多一点坦诚相见！"

"大家准备出发，"史密斯说。纳尔逊号降落在一片石架上，周围卷起了大量尘土，不过现在看来，飞船至少停稳了。

"我们要下船吗？谢天谢地，太好了。"卡尔薇丝一边从椅子上爬起来，一边目不转睛地看着窗外，这次降落是我经历过的最艰难的一次，自从……"

史密斯举手说："你是不是要说吃了咖喱那次？"

"是豆子！"

"别说了，别把这次登陆记忆给毁了。我如果想听你讲厕所里才会发生的恶心故事，那才真是见了鬼了。你的确行动积极，这一点倒是为你添了不少光。走吧！"

"等等，我们要出去吗？我以为我们会回到约翰·皮姆号。"

"我们当然要出去。这颗星球现在是我们的，轮到我们出去好好教训这帮疯子了。"

史密斯打开武器柜，拿出步枪。苏鲁克没忘记带上自己的长矛。蕾哈娜则在帮卡尔薇丝把马克西姆炮背上。蕾哈娜的鞋又不见了。

史密斯率领队员来到船舱走廊。"我不能出去，"卡尔薇丝忽然抗议说，"我没带饭盒。我对炮火过敏。这星球上都是怪物，就不能让别人上吗？"

十几个战斗机器人站在舱门口，准备下飞船。站在前面的机器人转过头看着史密斯，并朝他敬礼。机器人的下巴就像攻城槌一样。"飞船周边区域已被命名为1B着陆点。所有投降协议均已删除。"机器人的嗓音有些低沉，同时又带有一丝刻薄。他拿起一个井盖大小的弹夹，装进枪里，"胜利之战即将开始。"

"非常好，"史密斯说，"机器人，你精神可嘉，值得所有人学习。"史密斯打开舱门前，又问了一句。"还有谁有话要说？"

"明年，"卡尔薇丝说，"我们去本尼多姆·普莱姆星。"

史密斯没有回话，直接拉下舱门控制杆。

第三部分

赛琳尼亚：噶斯特人老巢，噶斯特帝国核心星球

人口数量：未知，万亿以上

本土外星人：多种

土地主要用途：修建兵营、防御工事以及噶斯特一号雕像

政治体制：独裁

主要出口产品：独裁、邪恶

《帝国百科全书》，第39卷（鲁巴布—斯皮费恩）

01

叛变，462！

如果你对新世界情有独钟，那起初肯定很享受——但卡尔薇丝心里很害怕。霍雷肖·纳尔逊号已经控制了敌人的部分领土，太空舰队的其他飞船也陆续着陆，协助纳尔逊号稳固防线。飞船放下装载通道，船舱里驶出大批运输车，士兵们也陆续下了飞船。深空作战小组领着几支突击队，已经对着陆区进行排查，尚未发现任何异常。卡尔薇丝现在明白了，"排查"某个区域意味着杀掉该区域所有异己，不仅要让噶斯特人无法重新夺回这片区域，还要让他们完全放弃夺回这片区域的念头。着陆区周边有一台巨型机器在四下巡视，机器的外形既像割草机，又像只大小便失禁的兔子。机器背后有一条凝固的油灰棒，长约两米，如香肠一般。油灰棒可以灵活转动，但卡尔薇丝不想碰它。

卡尔薇丝正准备拿饼干盒，没想到噶斯特人从地底下一涌而出，突然展开反击。大批生物坦克驶上地表，空中遍布战舰，炮弹横飞。大战如火如荼地开始了。卡尔薇丝启动了约翰·皮姆号飞船引擎。起初,史密斯和苏鲁克觉得卡尔薇丝能在这种危险时刻临危不乱,勇气可嘉,但后来他们发现,卡尔薇丝发动飞船并非打算协助战斗,而是想逃走。

一支名叫"灭绝人类"的禁卫兵团开始冲击着陆区周边防御屏障,大量蚁兵被屏障挡在外面。部分屏障刚建成不久,材料尚未干透,它们就像巨大的粘蝇纸,困住了不少企图依靠蛮力突破的蚁兵。

战斗结束后,卡尔薇丝从桌子底下钻出来,拿掉遮在头顶的饼干盒。着陆区地面到处都是噶斯特人的尸体,敌人的生物坦克被炸成了废铁,火还在隐隐燃烧。敌军战俘都被聚集在一起,部分战俘由于罪行恶劣已经被发配到赛琳尼亚星球轨道上。战区司令扣留了部分噶斯特人,他打算让这些士兵做苦力,把地面推平,建一个板球场。战争太可怕了,刚才的画面历历在目,卡尔薇丝想,如果自己是个旧式机器人,那该多好啊,这样她就可以抹去那些痛苦的记忆了。但卡尔薇丝明白,幻想毕竟不是现实。她给自己调了一大杯加了奎宁水的杜松子酒,但愿这杯酒能冲刷她的记忆,让她忘掉痛苦,变成一个旧式机器人。

无论是登陆,还是刚刚发生的战事,我方都非常顺利,史密斯想。

着陆区有一支灵力部队,蕾哈娜打算找部落里的人谈谈,但奇怪的是,蕾哈娜似乎必须站在他们旁边才能和他们对话。沃尔人是一股意念,像鬼魂一样,没有实实在在的肉体,他们的代表团都围在舵手塞德里克的水箱旁边。那天傍晚,有一个貌似沃尔人的物体跨过了着陆区边界,史密斯非常友善,想过去找他聊聊,但最后发现那是一大片卷风草,并不是什么沃尔人。

苏鲁克在整理房间。他在赛琳尼亚找到了几个装骨头的大罐子,打算搬回飞船,所以现在他要把自己收集的一些小骷髅装进箱子里,腾出一些空间来。史密斯和卡尔薇丝坐在约翰·皮姆号外面的躺椅上,不远处有一群火星高地人在扎营。

史密斯靠着躺椅,一边喝加了奎宁水的杜松子酒,一边说:"苏格兰格子裙,真搞笑!他们明明穿着宇航服,外面却还要套一件苏格兰格子裙,为什么要这样?我实在无法理解。"

卡尔薇丝也喝了口酒,"宇航服和苏格兰格子裙确实不搭,但我猜他们之所以这样穿,是因为他们希望借此来凸显自己的身份,告诉全世界他们是火星高地人。我如果看到一个穿着宇航服的小伙子,嘴里插着一团有很多根管子的不明物体,还发出非常难听的声音,我肯定觉得那是种寄生虫;不过小伙子如果穿了件苏格兰短裙,我立刻就明白了,那不是什么寄生虫,而是一支苏格兰风笛。"

"没错,"史密斯说,"人生很荒诞,你有没有这种感觉?我从来没想过战争会结束。可现在我们真的在噶斯特人老巢,而且胜利仿佛就在眼前。战争如果结束了,你准备干吗?"

"我都不知道自己能不能活下来。和平和战争一样,都让我感到恐慌。我很担心,担心自己还没有尝尽和平的喜悦,也没有体会够清醒的滋味,下一场战争又开始了。假如战争结束了,我们可以一起去城里,去看场电影。有一部电影叫《动物农场2——动物就是未来》，里面有小马驹，我觉得应该不错。"

"卡尔薇丝，你这么喜欢小马驹，你和马到底是什么关系啊？你连笔友都是一匹会说话的太空马。我真不明白，小马驹到底有什么特质，居然让你如此痴迷。"

卡尔薇丝耸了耸肩，"我也说不上什么特质，喜欢就是喜欢，不喜欢就是不喜欢。你总不能脚踏两只船，对吧！当然，花式马术比赛不同，赛场上你如果脚踏两匹马，裁判会给你加分。"

苏鲁克每次打理自己收藏的骷髅时都会穿一件围裙，这次也不例外。苏鲁克来到飞船外面，一边挥着鸡毛掸子，一边说："马祖兰！电话，找你的。"

"噢，"史密斯说，"应该是最高指挥部发来的贺电，他们要祝贺我们驾驶飞船登陆赛琳尼亚，开创银河系新篇章。"

"不！是咖喱店打来的。"苏鲁克回答道。

史密斯感到很奇怪，他摸着肚子左思右想。史密斯记得很清楚，自己至少三天没吃过咖喱了，到底是怎么回事？史密斯满是困惑。于是他匆匆忙忙来到驾驶舱，拿起电话说："你好，请问你是？"

"史密斯，"扬声器里传来一阵粗粝而又刺耳的声音，很快这个人的声音又变得非常柔和阴郁，"我们又见面了。"

史密斯皱着眉头，没想到自己猜错人了。"你是哪位？我这边信号不好，音质有干扰，你听起来有点像噶斯特人。"

"我就是噶斯特人，我是462。"

"居然是你？你到底想干什么？你为什么在咖喱店？咖喱对你们蚁人来说不是毒药吗？"

"人类都是废物,我才不会去你们的咖喱店,这只是个幌子。史密斯,你在拉蒂西亚让我很失望。你和一号都还活着。"

嘶嘶嘶,通信信号不稳定,462 的声音越来越小,扬声器里传来另一个人的声音:"您好?请问您需要开胃菜吗?"服务员刚说完话,462 的声音又出现了。

"史密斯?你能听到吗?"

"可以听到。462,你怎么有我的号码?"

"这还不简单。你当初离开拉蒂西亚的时候,有几样东西丢在体育馆的储物柜里,忘了带走,其中就有一张叫作'舌尖上的印度'的商务名片。我拨通了名片上的号码,用生物扫描仪窃取了他们常用联系人名单。然后我把所有名叫史密斯的顾客的电话全部列出来,我相信只要挨个打电话,总会找到你。"

"不可能这么快。"

"因为名单上第一个人就是你。"

"呃……"

"您好,"又有一个声音插了进来,"您需要点菜吗?"

"闭嘴!"462 大吼,"我还没打算点菜,你先等着!把电话挂了!马上滚!我们说到哪儿了?啊,对了,关键时刻要来了,史密斯。你在拉蒂西亚失手了,我可以原谅你,但现在还有机会,这次我需要你全力配合。你帮我杀了一号,我可以给你荣誉,否则,你什么都得不到。"

"先生,请问您要原味还是蒜味?"

"我在跟史密斯说话,没跟你说!史密斯,你听着,一号有重兵保护，死亡之钳战队几乎每天都守在他身边。而且，这支战队装备精良，配备了两种新式坦克：AV-943 和 AV-945，也就是你们人类所说的蚁狮号和虾王号……"

"先生，需要米饭吗？"

462 不耐烦地说："效率低得让人恶心，你们人类怎么受得了？"

史密斯抬高嗓门，"462，有话快说，有屁快放，说完赶紧挂了。信号太差了，说着说着我都饿了。"

"你听着，"462 说，"明天中午当地时间十二点整，我们在弗米坚广场见。不要跟任何人说这件事，你必须一个人来。到时候我左手会拿一卷《每日告密者》杂志。"

"瘸腿的大蚂蚁，还有一只仿生眼，你不拿杂志我也认得出。广场具体位置在哪儿？"

"四号大陆，坐标是 60，48。"

"抱歉先生，您说的地点，我们无法送餐！"

462 挂了电话。

"真没礼貌，"服务员说，"竟然这种态度，应该是蚁人吧！"

史密斯下了飞船，着陆区另一侧有一艘巨型战舰，这是他此行的目的地。他走着走着就来到一个服务机器人跟前。地狱火号战机率领三艘突击飞船从头顶呼啸而过。他停下脚步，往机器人投币口里投了十便士，然后礼貌性地将目光移开。机器人为他准备了一杯茶和两块用纸盘子装着的饼干，史密斯拿着茶杯和饼干继续赶路。

战舰舱门上写着"无关紧要的官僚机构"，史密斯快步爬上战舰。

战舰的货仓非常大，有一丝动静就能听到回声，墙边是塞德里克的大水箱，百叶窗都关着，塞德里克不在。

货仓一角的壁上挂着五颜六色的布条，地上摆满了坐垫，这场景看起来颇具异域风情。史密斯起初以为是小商贩在那边摆摊，后来才知道那是蕾哈娜的。蕾哈娜坐在垫子上闭着眼睛，似乎穿着一条裙子，但随着她慢慢舒展身体，忽然，裙子又变成了裤子。

"嘿，"史密斯轻声招呼道，"你在使用灵力吗？"

蕾哈娜睁开双眼，"嘿，伊桑巴德，我在做灵力训练，后续会用上的。他们说刚开始的时候非常微妙。"

"嗯，我知道。那最好不要搞砸了。"

"对啊，你也坐吧！"

史密斯弯下身子，把坐垫挪到旁边，直接坐在地板上，他觉得这样才像男人的作风。这不是他第一次坐地板，曾经有一次在餐厅吃饭，苏鲁克因为开胃菜的事和餐厅服务人员起了争执，把椅子都砸坏了，那次他也坐在地板上。

"灵力世界是什么样的？"史密斯问。

蕾哈娜耸了耸肩，"可能比你想象中好，应该说确实比你想象中好，现在，让我想想。"

史密斯忽然开始头痛，他猜应该是蕾哈娜在施展灵力的缘故。

"人们不把我的灵力当儿戏，我觉得很开心。"蕾哈娜说，"我讨厌别人总问我能不能用灵力把勺子掰弯，我根本不想做这种事，他们是在强迫我。"

"你能预见未来吗？"

蕾哈娜皱了皱眉头。"嗯……"她说，"我知道未来有好事要发生，但至于具体什么时候发生，我还不清楚。现在，我掌控灵力的能力越来越强，我很快就能预见未来了，至少我自己是这么认为的。但我又不确定……因为目前我还不能预见未来。过度使用灵力会头痛。"

"我也头痛。蕾哈娜，我一直希望多花点时间和你在一起，但最近由于各种原因，我们见面的次数变少了。等战争结束，我们永远不要分开，好不好？"

蕾哈娜想了片刻，说："嗯！"

"太好啦！"史密斯坐在地上，尴尬的局面再次出现，他想抱住蕾哈娜，却又手足无措，不知道怎么开始。这一刻就像驾驶战舰穿越陨石带一样，史密斯非常紧张。他心里明白，直接扑过去肯定不行，自然温柔，慢慢靠近才是最好的方式。于是，他试着握住蕾哈娜的手，可就在那一刻，一阵剧痛涌过掌心，他立刻把手缩回去。

"抱歉。"蕾哈娜说。她换了只手拿雪茄。

"我知道一个人不应该说女性漂亮，因为女性听到这种话会觉得对方在侮辱自己。"史密斯明白，蕾哈娜深谙女性主义。史密斯说："但是，你今天穿这条裤子——不管是裤子还是裙子，看起来真的很漂亮。你就像辛巴达，不，像苏丹的新娘——谢赫拉莎德。"

"好吧,"蕾哈娜说,"你平时看起来就像压迫他人的殖民者,不过,有时候我又觉得你更像佩伯中士乐队的备选乐手。"蕾哈娜长长地吸了口烟,然后吻了他。

史密斯知道,显然,此刻正是蕾哈娜所谓的"有时候"。

蕾哈娜居然忘了把烟吐出来,结果咳个不停。史密斯从来没想到,蕾哈娜的几声咳嗽竟然也如此性感。随后,两人相拥在一起。史密斯心想,这个女人真可爱。他希望自己足够优秀,能配得上她,他甚至不忘告诉自己,如果看到蕾哈娜的胸脯,一定不要大叫,不要吓到她。相爱的感觉真好!

第二天,史密斯很早就起床了——至少时钟显示的时间很早。赛琳尼亚星就像一个破旧烟灰缸,空气中笼罩着一层橙色的大雾,无论早晚,永远都是这般模样。远处有栋建筑着火了——希望是噶斯特人据点。蚂蚁人占据的星球最后几乎都落得污染严重,满目疮痍的下场,为什么会这样?真奇怪!赛琳尼亚原本生机勃勃,物种繁多,后来,噶斯特人吃光了星球上的所有生物,现在这里已经成了一片荒原。盖亚是大地女神,蕾哈娜觉得噶斯特人的行为就是对盖亚的无情攻击。在史密斯看来,噶斯特人的行为等于鲁莽,等于无知,等于不必区分厕所马桶和厨房水槽。

史密斯起床洗漱,穿好衣服,然后拿出一张纸,写道:

我要会见 462，和他商量如何杀掉噶斯特一号，这次行动属最高机密，我没有提前告诉你们，请原谅！我如果惨遭出卖，被人杀害，你们一定要继续前进，完成使命。卡尔薇丝，卡仕达酱在衣柜上面，你叫苏鲁克帮你拿。

史密斯

他停下笔，感觉好像忘掉了什么。

冰箱门上贴满了苏鲁克的画，史密斯扯下一张画，用磁铁将自己写的便签贴在腾出的位置。随后，他带上剑和开化者手枪，穿上外套，悄悄地溜了出去。居然没有吵醒其他队友，史密斯自己都觉得了不起。

史密斯打开门，下了楼梯，准备坐下来穿靴子。

他抬起头，忽然发现苏鲁克、蕾哈娜和卡尔薇丝都站在他面前。"你们好，"史密斯说，"你们在这儿干吗？"

"你说你打算独自赴约，"蕾哈娜说，"我们在想，你或许需要帮手。"

史密斯站起来说："谢谢你们的好意，我必须一个人去。"

卡尔薇丝摇着头说："不用担心，如果情况不妙，我可以自己溜走。"

苏鲁克咯咯直笑，"我们偷偷跟你去，噶斯特人很蠢，他不会发现我们。"

史密斯说："兄弟们，我真的不需要任何帮助。你们怎么知道我要出去赴约？"

"昨天我们在一起的时候,我对你用了读心术。"蕾哈娜说,"你把衣服扎进裤子后面了。"

"你能猜透我在想什么?"史密斯脱下外套,决定不提裤子的事,"不行,你不能随意入侵别人的大脑。"

"我控制不住,"蕾哈娜说,"我知道你很害怕,心里非常恐慌。"

"我才不怕,"史密斯回答道,"我作为不列颠太空帝国的军官,永远不会害怕——在部下面前更不能害怕。我曾经在太空舰队学院学习,老师告诉我情绪就像疾病,一旦打开,就可能无尽蔓延。无论如何,谢谢你们。"

"马祖兰!无花果卷,要不要来一个?"苏鲁克问。他把包装盒递到史密斯跟前。

"太好了!"

西边天上有一团橙黄色的云雾,忽然,云雾里出现一块巨型屏幕。屏幕中,噶斯特一号挥着小拳头,好不威风。不出片刻,一颗导弹击中屏幕中心,画面顿时消失了。一号拥有银河系规模最庞大的军队,但他本人不仅长得十分矮小,而且总是一副神经兮兮的模样,他的权力和自身形象落差实在太大,卡尔薇丝和他比起来,简直就是圆桌骑士兰斯洛特。

"既然你们执意要跟着我,那我们走吧!"史密斯说。

他们整个上午都在赶路。史密斯能看出来,船员们都是认真的。卡尔薇丝走了几个小时才问是否已经抵达目的地。蕾哈娜这次不仅没有到处找鞋子,而且还看了地图。

周围开始出现敌人的设施。前方有一面铁丝网,苏鲁克剪开一圈铁丝,带大家钻了进去。忽然,史密斯发现地面上有一根金属手指,他俯下身,把手指附近的泥土扒开,一张阴森的脸赫然出现在眼前。

"什么东西?"卡尔薇丝问。

"一尊噶斯特人雕像。这个人我不认识,他一定是失宠的小兵。噶斯特人一旦失宠,他们就会把自己的雕像藏起来。"

"哪里是失宠,明明是太丢人了,所以才藏起来。"苏鲁克说。

卡尔薇丝眯着眼睛眺望远方,"你说话真搞笑,简直赶上了科沃德和王尔德这样的智者"。

苏鲁克把手遮在眼睛上方说:"王尔德听起来不错,科沃德不行。"

"只是名字而已,又不是什么头衔。"

"嗯……你确定?"

"非常确定。顺便问一下,我们现在到哪儿了?"

"我们去那边。"蕾哈娜指着前方说。

"好。"史密斯说,"那里看起来正是我们要找的地方。从现在开始,大家把无线电都关了,即便《弓箭手》时间到了也不能打开。"

距离目的地还有几十米,苏鲁克手一挥,做了个砍人的手势。史密斯停下来,半蹲着身子,卡尔薇丝也做了同样的动作,身上的护甲发出叮当的撞击声。史密斯发现蕾哈娜没有意识到已经接近约定地点，于是朝蕾哈娜做了个手势，希望能引起她的注意。蕾哈娜顿时缓过神来，但她没有蹲下，而是直接原地打坐。

史密斯蹑手蹑脚地来到苏鲁克身边。前方地面上有两具噶斯特人尸体，沙子已经把骨头磨得光滑锃亮。

"你们待在这儿别动，"史密斯说，"我去看看，你们千万别被人发现。"

"明白，马祖兰，如果看到敌人，我就学猫头鹰叫。"

卡尔薇丝说："我敢肯定这种地方一定有很多猫头鹰。"

苏鲁克瞪大眼睛看着卡尔薇丝，"那你能学其他鸟的叫声吗？猫头鹰不太合适的话。"

"秃鹫怎么样？"

史密斯匍匐前行。突然，前方的地面裂开了，一个大坑赫然出现在眼前，他差点就掉进去。这个坑直径大约50米，深度大约10米，下面是一个小型军事基地旧址，坑里既有岩石凿成的房间，又有围着沙袋的裂解炮。大坑中间是一个巨型半生物合成装置，它可能是个炮位，也可能是根烟囱，不过从外表来看，它更像四支粘在一起的大蜡烛。

炮位早已被太空帝国舰队炸毁，地面烧得焦黑，外星人的军事设备也已经支离破碎，落得满地都是。墙上有一条半垂着的横幅，一号的宣传海报上有一道道煤灰，这煤灰就像牢房的铁栅栏把一号困在里面。坑底有几具噶斯特人的尸体。史密斯沿着斜坡慢慢向下爬。

坑底的军事基地看起来早已无人问津，不过也可能有敌军在周围埋伏,只是他们看不见。史密斯内心有种被人监视的感觉,他很想知道苏鲁克是否也有同样的感受。

史密斯顺着坑底往前走,来到坑中央设备旁边。

"史密斯,"忽然,周围传来一阵刺耳的嗓音,"是你吗?"

"是我,462。"史密斯沿设备绕了一圈,发现设备主体有一间向外凸出的舱室。462坐在舱里,胳膊底下夹着一份噶斯特报纸。462在吃东西,他手里拿的食物既像土耳其烤肉,又像鞋带。

462说:"你来了,这地方如何?"

"烂,以前可能更烂。"

462拿着食物对史密斯说:"蚁肉干要不要尝尝?听说和你们人类的假肉罐头差不多。这边我没咬过,你可以试试看。"

"不用,谢谢。咱们谈正事吧!"

"如你所愿,一号根本没脑子,他说自己有个了不起的计划,可以一举打败不列颠太空帝国。这种号称了不起的计划,我见多了,结果往往不仅起不到什么成效,反而害了自己。我估计他这次的计划也一样。"

"二号首领的档案在我手里,我从中得到了一些有用信息。我即便不说,你也能猜到,一号这种人总担心自己遭遇不测,所以,为了自身安全,他一直行踪不定,即使给下级下命令也不会亲自露面,而是借助视频通话来完成。一号出行一般依靠地下火车,两天后,他要去二十一号蜂巢,距离这里大概160公里。"462用钳子指着远方说,"就在那个方向。他会在当地逗留一天,公布各项指令,然后转向其他地区。他的行程毫无规律,即便是我,也不知道他下

01 叛变，462！

一站要去哪儿。"

史密斯和462之间的恩怨由来已久，他低头看着自己的宿敌说："你怎么知道他要去二十一号蜂巢？"

462笑了，他搓着触角说："我们噶斯特人喜欢糖，大部分噶斯特人喝点蔗糖水就心满意足了，但一号不一样，他特别喜欢糖衣。一号曾为了提前一个月吃上生日蛋糕，不惜更改噶斯特帝国日历——他爱糖的名声早就传开了。三天前，餐饮军团某部门接管了二十一号蜂巢地下堡垒，他们不仅带了一名人类高级顾问，连餐饮设备也搬过去了，他们准备做一个巨型蛋糕。一号到时候一定会去。"

"顾问是厨师吗？"

"不是，顾问是专门从事蛋糕相关工作的人。"

"你的意思是顾问就像蛋糕广告女郎？"

"不，顾问就像一种做蛋糕的食材，有了它才能做出好蛋糕。"462笑着说。

"我明白了。那么，两天后，我们要想办法闯进一号的地下火车，找到他，然后杀了他。"

"没错。"462掏出一条蚁肉干，塞进嘴里，使劲用牙咬，他摇头晃脑的模样就像吃老鼠的小猎犬。肉干终于咬断了，462咽下肉干，仿佛一只塘鹅。他抬头问史密斯："你确定不尝尝？"

忽然，一声枪响，肉干上半截被炸得粉碎。

史密斯抓住462，把他压倒在地，然后拖着他来到废弃设备后面。史密斯拿出开化者手枪，指着462伤痕累累的下巴。二人蹲在阴暗的角落,四下一片寂静。

"你想陷害我!"史密斯说。

"没有!史密斯,如果我想害你,你就活不到现在。"

"不,如果你想害我,那死的人就是你。"

"你们两个都得死!"坑顶传来一阵咆哮,仿佛上帝的怒吼。史密斯环顾四周,什么也没发现。462 蹒跚地站起来,掏出手枪。

"不列颠废物伊桑巴德·史密斯,风暴突击队指挥官 462,你们是噶斯特帝国的敌人,你们都必须死!你们现在已经被包围了。462,你企图杀害一号首领,犯有叛国罪,已经遭到指控,你将被处以死刑。现在你可以求饶了,我们等着看好戏。"

二人什么也没说。地坑外面各种噼里啪啦的声音此起彼伏,有引擎声,脚步声,还有武器上膛的声音。噶斯特人已经蓄势待发,准备开战。

"462,听我口令。如果我大喊一声,你就从坡道往上跑。"史密斯说,"我的同伴在上面。"

"你还带了同伴?我不是跟你说过,你必须一个人来吗?算了,其实我也带了同伴,斯文!"462 喊道,"准备好,保护我们。"

废弃设备的窗户上逐渐出现许多张脸,这些面孔还有些羞涩。他们戴着头盔,脸是红色的,没有鼻子,相貌很丑。史密斯知道他们就是雄蜂人,但他们和大部分雄蜂人不同,他们看起来更凶,长得也更丑。他们穿的外套打满了补丁,上面缝了口袋,还有拼在衣服上的护甲,外套压在身上很沉。

"462,你记住,"史密斯说,"一步错,步步错,别让自己将来后悔。准备好了吗？我们上！"

二人从设备后面冲了出来。史密斯发现坑顶有一个身材高大的禁卫兵，手里拿着裂解炮，朝他嘶吼。史密斯瞄准开枪，禁卫兵随即一头栽进坑里。

双方仿佛同时收到了信号，冲突瞬间爆发，坑里坑外一片混乱。忽然，坑顶出现十几名禁卫军，他们向斜坡这边冲来，462的部下纷纷走出舱室，准备和他们大干一场。噶斯特人太多了，他们一边开枪，一边吼，就像发疯的鸭子。史密斯半拉半拽地把462带到斜坡上，他不仅要忙着逃跑，还要忙着对付敌人。

一枚生物手雷从坑顶落入坑中，刚好掉在四名462部下的脚下。轰隆一声，炸弹掀起了一片沙土，顿时，四个噶斯特人被炸得血肉横飞。史密斯也差点摔倒，他眨了眨眼睛，站稳脚步，发现462正在往上爬，他立刻拔出手枪，跟在462身后。

"这就是服从的力量。"左侧一名禁卫兵喊道。史密斯转身，给了他一枪，462也同时开枪了。禁卫军中弹，身子摇摇晃晃，但还没倒，史密斯又补了一枪，终于把他解决了。

他们来到坡顶。附近有两辆运兵车，车后门开了，一大群噶斯特士兵喊着口号，蜂拥而出。史密斯皱着眉头，开始攻击敌人。

忽然，史密斯身体左侧遭不明物体袭击，他摔倒了，462压在他身上。头顶是呼啸而过的裂解炮炮弹，462开了两枪，子弹用完了，他弹出弹夹，准备从外套里再拿一个。史密斯趴在地上展开反击，击中了一名中尉，中尉不断挣扎，就像一只翻不过身来的甲虫。

其中一辆运兵车遭到炮火的猛烈袭击，禁卫军被炸飞了，他们撞在车身上，装甲擦出阵阵火花。另一辆运兵车不知为何，一直晃得厉害，车窗玻璃都碎了。忽然，窗口飞出一个人头，车上的动静终于停了。苏鲁克从窗口爬了出来。

枪声逐渐平息，周围陷入一片沉寂，静得让人难以忍受。卡尔薇丝和蕾哈娜也现身了，她们二人，一个身着铠甲，背着大炮，另一个一袭长裙，头发飘飘。

蕾哈娜看着 462 说："作为禁卫兵，你是不是太矮了？"

"我不是禁卫兵，"462 回答道，"我是代理二号首领"。

"你如果只是代理二号首领，那谁才是真正的二号首领呢？"

"没有真正的二号首领。他出事了，癞蛤蟆把他吃了。"

苏鲁克咯咯直笑，表情异常狡黠。

462 手下一名雄蜂士兵来到附近，直勾勾地盯着苏鲁克。士兵战战兢兢地说："462，你暴露身份了。"

462 点了点头，"传言说我得到了晋升，显然这些说法都在夸大事实。"

卡尔薇丝站在一名禁卫兵尸体旁边说："头儿，你看，这个面罩很有意思。"

禁卫兵的嘴巴和鼻子都被面罩遮住。面罩的出气管和步枪枪托相连，步枪望远镜的位置装有楔形生物部件，部件两侧分别开有一孔。

"是气味追踪器，"462 低声说，"他们在跟踪我们。"

"我是杀戮者，没人会跟踪我。"苏鲁克说，"噶斯特人、旅鼠人、国家税务局，都不可能，就连我的后代也找不到我。"苏鲁克四处扫了一眼,继续说:"那是什么?"

远处烟尘滚滚,一支车队来了。史密斯发现车队上方有一面迎风飘扬的不列颠太空帝国国旗。"是我们的地面部队。"史密斯说。

"啊,"462说,"史密斯,你最好让你同伙离开这里。我手下都是我亲自挑选的老兵,他们不仅在莫洛克前线战斗多年,经验丰富,而且对我忠心耿耿。"

"砰",有东西掉在地上,史密斯身后传来一声响动。史密斯回头发现斯文放下步枪,双手举在头顶,说:"我投降。"

"什么?"462说,"你说什么?你投降?"

"我是说,"斯文回答道,"去他的战争!462,你别误会,作为上司,你不是最差的,但我已经受够了战争。三年来,我一直充当炮灰,身上的装甲都打烂了。我不想自己人头落地,还被这种野蛮人当奖杯……"

苏鲁克清了清嗓子说:"我是高贵的野蛮人,谢谢。"

"打仗的时候,我总是冲在军队最前方,负责帮他们扫雷。三年来我努力不让自己人头落地,结果呢?他们却要把我扔去喂蚂蚁——毫不夸张。我已经厌倦了任人摆布,我要投降,我要向不列颠太空帝国投降。"

"你不会想要什么花招吧?"卡尔薇丝说。

"卡尔薇丝,你别说话。"史密斯呵斥道,"噶斯特人,恭喜,你现在是我们的俘虏。你们如果想弃暗投明,做个正人君子,首先得学会把队排好,这样我们才能正式逮捕你们。"

462叹了口气,"好极了,就剩我一个人了,我现在似乎属于第三阵营。你们没意见的话,我就自己下令,自己撤退。再见。"他拖着瘸腿转过身,准备离开。462 手里依然握着步枪,只不过看起来丧失了斗志,他每走一步,身上残破的装甲都会跟着上下抖动。

苏鲁克扬起双眉,回头看着史密斯,他举起长矛问道:"要不要动手?"

史密斯一边摇头,一边朝 462 喊:"462,你快回来。我现在以不列颠太空帝国的名义逮捕你。你可以享受《日内瓦公约》赋予你的一切权利,嗯,另外一个公约叫什么?"

"《费尔波特公约》。"蕾哈娜说。

"对,包括《费尔波特公约》赋予你的一切权利。妈的!快站住!你以为你能走?你现在是通缉犯,是一只逃亡的蚂蚁。462,他们如果抓住你,一定会毫不留情地把你枪决了。"

462 停下脚步,慢慢举起所有手臂,场面有些讽刺。"好了,史密斯船长,对我而言,战争已经结束了。"

苏鲁克笑道:"我们交手不是一年两年,经历了这么多次战争,你现在竟然露怯了。"

"不是露怯,是叛变。"462 回答道。"我知道我在说什么。"

"不要走弯路,"史密斯说,"要学会仰望光明!"

462 回头问史密斯:"到底什么是光明?"

"我们就是光明。"史密斯说,"欢迎来到文明世界。"

02 行动计划

"我还是想不明白。"462说。他坐在飞船客厅的一张破沙发上,钳子夹着一个塑料杯,里面是橙汁。卡尔薇丝坐在对面,密切监视他的一举一动。史密斯靠着墙壁,手里拿着马克杯,一边喝茶,一边听他讲话。"为什么夏尔马比设得兰马大?"

"设得兰小马驹。"卡尔薇丝说。

"好吧,设得兰小马驹。既然设得兰小马驹这么小,为什么夏尔马不吃光它们?"

"你们噶斯特人果然心肠歹毒。"卡尔薇丝说,"这种话,虫子听了也会反感。"

"我们是活着的人,我们不必愧疚,不必后悔,也不需要幻想。这杯'橙汁'不错,不过,味道很淡,我不说你也知道。你可以把配方给我吗?"

"你如果觉得味道不够,可以多加一点糖。"

"再加糖水?算了吧,下次再说。"

462被捕应该不是第一次。不过,他作为一个噶斯特人,竟然若无其事地坐在史密斯的客厅里,这场景简直就像鸡蛋盒子里住着一只狼蛛,它不仅来错了地方,还手举标语"别理我",实在是怪异。

462喝了口饮料说:"我看到那儿有个骷髅。"

史密斯看了看远处那面墙,他都忘了墙上有一个禁卫兵骷髅标本。462发现史密斯并未在意墙上的噶斯特人头,于是,心里也就接受了这件事。

462盘起双腿说:"你把噶斯特人的人头拿来做工艺品,我其实无所谓,所以,你也不用多想。指挥官打仗赢了,当然有权力这么干。其实这艘飞船上不到处都是从原始文化中偷来的工艺品吗?比如这张旧沙发,还有痴迷小马驹的机器人——卡尔薇丝。"

462转身对史密斯说:"史密斯,我对你这艘飞船印象深刻。"

"谢谢。"

"你这艘飞船都烂成这样了,航行过程中船翼居然还没断,我真佩服!"

"462,虽然约翰·皮姆号并不欢迎你,但既然你在这儿,我们就一定要做对的事。"

462点了点头,"一直以来,我以为噶斯特人最优秀的将军都在莫洛克前线作战,而我们只能留在国家和白痴待在一起。这些将军的名字最后都出现在最高司令部年度晚宴菜单上,我以前以为这不过是误会,后来才知道,他们真被那群白痴当食物吃了。我现在怀疑所有上司都是白痴,他们根本比不上我。史密斯,我们的指挥官都被骗了。一号一直宣称自己是天才,但他现在一天不如一天。"

史密斯说:"他唯有满嘴废话从来没变。"

"史密斯,我曾经学过地球文化,有很多不懂的地方。古希腊人有一个概念叫作'死对头',指的是两人之间注定互相对抗,在我心里,你就是我的死对头。有时候晚上睡觉,我脑海中会出现我们两个人困在一起,互相厮打的画面。"

"呸,"史密斯说,"我不知道古希腊人想表达什么,不过我希望你晚上千万不要梦到我,谢谢!我躺在床上想的都是女王,当然,我没有非分之想。"

"我是说有些人注定是死对头,他们必然互相残杀。"

"放屁,"苏鲁克站在门口说,"哪有什么死对头,我见人就杀。"

蕾哈娜从他面前一溜烟儿过去,穿过客厅,烧了壶茶。她盯着462看了好久,若有所思地摇摇头说:"我没别的意思,不过我觉得你提这种话题真的不合时宜。"

"史密斯,你知道吗,你们人类之所以能打动我,并不是因为你们取得的成就。"462说,"当然,你们的某些成就的确让噶斯特人叹为观止,比如银河邮政系统,盎格鲁—莫洛克军事协议……世界最大的康沃尔馅饼工厂……这些都很了不起。但最让我敬佩的是你们成就背后的秩序感。在我们噶斯特帝国,寄个邮件都很困难,鸡飞狗跳、人命关天的闹剧经常发生,等邮件寄出去,内容早就被人看光了。我们星球,没义务的事就不能做。大街上每天都在播放政治宣传片,简直就是噪声,人们的日常生活根本得不到安宁,我脑子从来没有喘息的余地。不仅如此,我们还全盘否定客观事实,经常擅改历史，所以你无法了解过去某个时间段究竟发生了什么。人与人之间相互不信任，我们的社会饱受困扰。"

史密斯说："你知道他们怎么看待不信任这个问题吗？"

"不知道，"462 回答说，"他们怎么看？他们是谁？和我有关吗？我必须知道！"

"嘿，冷静，冷静，"蕾哈娜说，"你觉得自己要崩溃了？该崩溃的应该是我们。我们的客厅里现在有一只会说话的巨型蚂蚁，这是我近两周以来最疯狂的经历。"

"没错，"卡尔薇丝插了一句，"你给我打起精神来。"

462 深深地吸了口气，然后指着苏鲁克说："还有它，这个不明生物，我一直以为它是一种猎犬，结果你们却一直把它当成自己人。"

蕾哈娜皱着眉头说："是'他'，不是'它'。虽然从某种层面来说，他的确不是人类。苏鲁克，'他'和'它'，你更喜欢别人用哪种方式称呼你？"

"我更喜欢别人叫我先生，"苏鲁克回答道，"不过，叫我'大军阀'我也可以接受。"

蕾哈娜站起身说："462，我们共同生活在这艘飞船上，彼此之间非常融洽。大家互相理解，互相包容，团结一致，正因为这样我们才能心往一处，亲如一家人。"

462 无力地笑了，"真让人反感。不过，我想我还是会继续待在船上。既然你们都这么正义友善，我不知道自己还能在飞船甲板上溜达多久。"

史密斯看着他说:"你该担心的不是能在甲板上溜达多久,而是陪审团。你必须面对审判。"

"啊,"462说,"我想我可能会……怎么说来着?对,认罪求情。我有女王的把柄。"

苏鲁克轻蔑地哼了一声:"呸,勇士永远不会辩解,也永远不会留下把柄。这么多年来,我跟很多陪审团成员都说过,最好的辩护就是进攻!"

462看着史密斯说:"你不介意的话,我把飞船上的电视打开,我对你们的BBC有点兴趣。你们人类宣称报道真相,我想问的是,你们所谓的真相究竟是自以为是的真相还是噶斯特人眼里的真相?"

史密斯按下开关,屏幕亮了。画面中一名身穿绿色铠甲,头戴小帽子的外国军官正在接受记者采访。

"卡恩比将军,您提到了打击和敬畏两个字眼。"记者说。

"对,"卡恩比将军回答道,"敌人已经被我们打得狼狈不堪。现在,关键在于战场指挥。北边,我们可以实施幽灵战术;南边,一切依照可否决的黑色战略条款;至于西边,我们直接进攻,这一点对于整个战略布局非常关键。"

"他是个外国人。"史密斯说。

462若有所思地点了点头。

卡恩比将军把帽子挪正,继续说:"胜利,胜利完全就是放屁。每个人都想胜利,但有些人根本不知道什么是胜利。我不一样,我尝过胜利的滋味。我喜欢早上获胜的感觉,但是对于——那是什么?"

两个人目光同时移向远方,接着,屏幕上出现一道道黑杠,画质受到影响。

"天呐,可能是敌人在袭击我们。"记者说。

"袭击?有我在,他们就不敢放肆。来人,准备反击……"

屏幕逐渐变黑,画面切换到了新闻编辑室。

卡尔薇丝问:"这是在哪儿?"

史密斯回答说:"他们的语言很像英语,联合司令部用的就是这种语言。所以,我猜他们应该离我们不远……各位,情况不妙。"

462说:"看来我的同伴——以前的同伴——决定开始反攻了。你们已经侵入赛琳尼亚领土,你们觉得一号会善罢甘休吗?"

"他对任何事都不会善罢甘休,但同时他也不会正面迎战。"史密斯说,"不过,接下来我要让他尝尝受伤的滋味,这个他躲不了。伙伴们,我们要速战速决。时间不多了,苏鲁克,你去找温斯科特和深空作战小组。"

"啊?"卡尔薇丝说,"不找他行吗?他总是喜欢裸奔,我实在受不了。"

"抱歉,我们现在需要他的帮助。他的确有裸奔的怪癖,但你不能就此全面否定他。我知道他喜欢派老队员办事,但到了紧要关头,这些都无关紧要。"

"我明白,我见识过,但现在的问题不是一句'无关紧要'就能解决的。"

苏鲁克走到门口说:"行了,别说了,我把盟友都叫来。"

他站在原地，一一看着队友。"战争就要打响了，我们得抓紧时间。我双手已经迫不及待，准备大战一场。老实说，这种时刻我早就经历过，只是过去早已远去，现在却触手可及。我们要集中力量，一举击败敌人。"

462看着史密斯说："史密斯，冒犯地问一句……你长期保持头脑清醒的秘诀是什么？"

史密斯耸耸肩说："多喝茶，多放松，多努力。我记得吉普林曾说过，'如果周围的人毫无理性地向你发难，你仍能镇定自若保持冷静……'"

"那你就可以和我一样！"苏鲁克迫不及待地说。

壶里的水烧开了，大家手里拿着饼干围在餐桌旁，准备听他讲后续行动计划。

史密斯说："女士们，先生们，还有其他各位朋友们，今天我召集大家，是想跟大家商量个计划，这项计划或许可以毁灭整个噶斯特帝国。首先我要说明一点，此次计划非常大胆，同时也非常危险。"

"好，"温斯科特说，"我支持你。"

"你们知道，风暴突击队指挥官462已经投降，他为我们提供了大量敌军情报信息。"

德莱基特把嘴角的雪茄夹在手里说："你怎么知道他的情报就可靠呢？他风衣都穿不利索，一看就知道是个废物。对了，他在哪儿呢?"

"关起来了,在禁闭室。卡尔薇丝,没错吧?"

卡尔薇丝站在桌子对面,犹豫了半晌,然后问:"哪儿?"

"禁闭室。"

"什么是禁闭室?"

"就是飞船上的牢房。"

"头儿,我们的飞船没有牢房。海恩斯飞船手册里根本没有牢房信息。"

"你让他逃走了?"

"没有,我知道他在哪儿。你刚才说'禁闭室'的时候,我以为是'控制室'。我让他在控制室待着。"

"好吧,"史密斯说,"行了——等等,飞船操作系统都在控制室。"

卡尔薇丝不耐烦地摇着头说:"别担心,我把他锁在武器柜里了,他出不来,也没法捣乱……呃,武器柜!我好像有点蠢,我不该这么大声。"

史密斯说:"只要他逃不了就行。我还要告诉大家,462现在是我们的盟友。噶斯特一号把他的宠物蚂蚁给杀了,任谁都会报仇。当年尤利亚人威胁卡尔薇丝,要吃了她的小马驹,卡尔薇丝是怎么做的,你们还记得吗?"

大家纷纷对史密斯说的话表示赞同。尼尔森原本站在卡尔薇丝旁边,他听完史密斯的话,立刻往后退了几步,他担心勾起卡尔薇丝的往事,导致卡尔薇丝故态重现,让他招架不住。

史密斯清了清嗓子说："不管怎样，你们知道我最恼火的是什么吗？"

苏鲁克说："偷羊贼？"

"是噶斯特一号，是向我们挑起战争，却依然可以躲在外面逍遥法外的噶斯特一号。现在，我们知道怎么找到他。大家注意，一号藏在二十一城，桌子上的模型已经标出找到他的路线。干掉他，噶斯特帝国就会崩塌。"史密斯不断比画着说，"假如这几个麦片盒是二十一城政府大楼，这个面包机是法务部，当然，这种比喻似乎是对我们国家议会的亵渎。"

"把它炸了。"温斯科特说。

"玩具士兵刚好在这儿，这不是我买的，我不可能买这种玩具。我们暂且把这些士兵当作噶斯特一号的巨型雕像，到时候，我们以这些雕像为进攻节点。我们可以坐飞船贴近地面飞行，快速抵达二十一城。这架模型飞船就是我们。卡尔薇丝，给大家展示一下路线。"

卡尔薇丝拿起扫帚，沿着桌面推动模型飞船，飞船在麦片盒之间左右穿插，"咻——"

"不要弄出这种声音，"史密斯小声说，"这样看起来很傻。"他抬高嗓门，继续说："空中行程一旦结束，我们就离开飞船，开始陆上行进突击，让噶斯特人尝尝苦头。敌军有重兵器，包括力场重型坦克，我们要当心。"

温斯科特信心满满地说："我能提供战机支援。如果你们行动迅速，这应该不难。"

史密斯说："谢谢。战机在二十一城附近区域飞行不安全，所以，后半程我们得坐车。"

苏珊站在在桌子另一侧说："我们什么坦克都能应付。"

"这还不容易？"温斯科特说，"如果敌人兵力遭到重创，我们就直接推进。如果有谁像挡风玻璃上的臭虫一样挡路——"

卡尔薇丝说："就凭你那辆卡车？我觉得太小了，我们这么多人肯定坐不下。不如，我们选几个人留下。"

温斯科特看了看桌上的模型图，摸着下巴，仿佛在思考什么问题。"一旦开战，我们要动用手头上所有的装甲车来应付噶斯特人的反击。我们现在装备有限，应该借一辆备用装甲车……对了，我可以去联合军团借一辆。别用这种眼神看我，没事，你靠左行驶都没问题。其实，如果你是装甲车，随便怎么行驶都行。"

"太好了！"史密斯说，"那么，到时候我们首先从空中接近二十一城；然后转向陆路，进入二十一城；紧接着，我们要干掉一号身边的侍卫；最后抓住他。根据我得到的情报，附近有一个隧道系统入口，可以通往一号藏身之地。他每次只在一个地方待儿天，所以我们必须抓紧行动。"

苏鲁克咧嘴笑了，他说："我们的猎物埋伏在地下，觉得自己现在很安全。我们应该追踪这个野兽，找到他的老巢，然后趁他在酒吧喝酒，用长矛刺死他。"

"哎哟。"卡尔薇丝说。

"呃，各位？"

他们回头一看，发现原来是蕾哈娜来了。蕾哈娜穿着一袭长裙，长发飘飘,就像一个准备指认谋害自己凶手的女鬼。"我有个想法。"

"好,"史密斯说,"说来听听。"

"保护噶斯特一号的死亡之钳战队怎么处置?"

"到时候一起收拾,"史密斯说。

"哦,行。"

"等等,"卡尔薇丝说,"不行。他们人很多,而且一直都是噶斯特一号不断宣传的对象,没错吧?那他们应该体形魁梧,有大批武器。我知道我们的标准……不一样,但是他们毕竟有几百人,而我们只有十几个人。我们如果能穿过这座塔(麦片盒子)就已经很走运了,更别说法务部(面包机)。选个弱一点的对手不行吗?"

苏鲁克大笑,"胆小鬼。"

大家半晌都没说话。卡尔薇丝环顾四周,然后说:"我只是说说而已。"

史密斯说:"卡尔薇丝说的没错,但是不要忘了,事情总有转机。"

"对。他们到时候看到我们只有十几个人,一定非常震惊。"

联合军团的装甲车车库是一个巨型绿色建筑,外观呈倾斜状,由漩涡形装饰梁支撑。车库作为区域部署的重要硬件设施,是从赛琳尼亚星轨道上送下来的。车库内,利维坦登陆舰和卡拉塔库斯坦克依次排开,十分整齐。车库顶部有机械臂,正在对船体进行点焊作业。工程师戴着护目镜,身穿厚重的外套,他们为了引导机器人手臂，直接从坦克上爬过去。飞船引擎的咆哮声在机库四周回荡，不时也能听到电焊的嗞嗞声。

史密斯和同伴走进车库，一个穿着地勤装甲的女性正慢吞吞地朝大门这边走，她用机械钳子拿着一摞板条，问："你们找什么？"

"请问十二区在哪儿？"史密斯说，"我是特工处的人。"

女人掏出一根雪茄烟，装甲手臂也跟着做出相同的手势，但她已经习以为常。女人说："那边角落就是，你们的工程师早上已经打听过十二区。"

史密斯看了卡尔薇丝一眼，对女人说："这是我们的工程师，早上的人是她吗？"

女人耸耸肩，装甲肩部活塞跟着上下窜动："今天早上来的是一个小伙子，开着一辆改装的血猎犬号装甲车。他说他来报答一个朋友，他还说要平等待人。"

"平等待人？他是不是口音很滑稽？"

"现在是太空时代，有没有口音都是相对的。不过，他确实有口音。他头上的东西像水桶，不知道到底是什么。"

"水桶？是金属头盔吧？他是不是穿了一件棕色长外套？"

"好像是。"

"他是不是还骑着一只大袋鼠？"

女人来回走动，若有所思地搓着下巴，她忽然意识到装甲手臂可能会一拳把自己击倒，于是赶紧把手放下。她说："你这么一说，好像还真是。"

"我知道是谁了，谢谢。"

02 行动计划

装甲车已经备好。车底下是四个大型装甲轮胎,车身侧面平整,很不吉利,整辆车看起来就像架在轮子上的碉堡。车子尚未升级之前,外表就已经足以让人胆战心惊;如今,车首装上了捕牛器,车内新增了引擎进气道,使得这辆车给人一种别样的威慑感。血猎犬号的主武器在车顶,是一架坦克级轨道炮,长得很像起重机的手臂。

"哎呀,"卡尔薇丝说,"我已经迫不及待想试试这辆车了。"

他们回到约翰·皮姆号时,温斯科特已经等候多时了。他正站在一个战斗机器人背后抽烟。卡尔薇丝停下血猎犬号,史密斯迅速从炮舱爬出来。

温斯科特慢慢往外走,战斗机器人跟在他身后。"我想你可能需要这个。"他说。

史密斯跳下装甲车,"机器人,你能为我们提供火力支援吗?"

机器人看着史密斯,下巴微微向前伸,它大声说:"我能奉献的唯有热血、汗水、汽油和齿轮。"

"报出你的程序?"

"第十行——迎战,第二十行——战斗,第三十行——结束。"

"不错,我们可以把机器人放在血猎犬号后面,但是会很挤。"史密斯往飞船方向看了一眼,他发现深空作战小组的战车已经在货仓后方就位。"装甲车后门必须打开,我们可以找些绳子把机器人绑在后面。卡尔薇丝,把装甲车开上去,别撞到温斯科特的卡车。"

史密斯回头对温斯科特说,"我们基地再见?"

温斯科特摇着头说:"绝对不行,史密斯,我和你一起去,我已经把枪放车上了。"

"合适吗?你好像每次打仗都会受伤。第一次是太空战,一块金属片插进你脖子里;第二次是在拉弗纳拉里,一只大老鼠把你咬得浑身是伤。哥们儿,我没别的意思。462受伤次数比你更多,我和他每次碰面,他都要挨子弹。"

"没关系,算我一个。我一直都想亲眼看到不列颠太空帝国普通民众推翻噶斯特一号独裁政权那一刻的情景。"

装甲车行驶在飞船入口的斜道上,车体上下颠簸,发出阵阵金属撞击声。卡尔薇丝大喊:"胡说。"

"你们恰好是最普通的民众。"

"好,既然这样,那你负责看守462。我们进去吧!"

深空作战小组被安顿在飞船起居室,房间已经年久失修,深空作战小组队员们坐在房间里,表情严肃。史密斯看到这幅场景,想起了牙医诊所的候客厅。接着,史密斯来到驾驶室。

苏鲁克和蕾哈娜正躺在折叠椅上。史密斯回到自己的船长专座。

卡尔薇丝挤进驾驶舱,坐在飞行员座位上。她转动点火钥匙,启动飞船引擎。

"货仓大门不会出问题吧?"史密斯问。

"放心吧,我们用绳子把门加固过了。"卡尔薇丝朝史密斯看了一眼,她又说,"不用担心,绳子是战场专用绳,非常结实。我们很快就能到达指定地点。顺便问问,我现在有保险吗?"

引擎轰隆隆地响,他们仿佛坐在一只咆哮的巨兽背上。史密斯回答说:"这艘飞船上了保险,飞船一旦遭遇陨石、彗星、食人外星生物、巨型怪兽、哥斯拉或者马力全开的太空基站,而且受到损坏,我们都可以得到赔偿。"

"我说的是我们自己,不是飞船。我是机器人,我有十年保修期吗?我每次坐这艘该死的飞船,都感觉保修期要过了。"卡尔薇丝叹了口气,"算了,现在已经晚了,我们走吧。"

"这就对了,飞行员,起飞,向胜利进军。"

卡尔薇丝说:"头儿,一切听你指挥。"

她按下加速按钮,引擎发出一阵巨响。苏鲁克房间里的骷髅受船体震动影响,一直晃个不停,仿佛精神失常、哈哈大笑的大活人。驾驶舱里,拴在绳子上的飞船模型来回摇摆。飞船外面暴雪肆虐。终于,约翰·皮姆号离开地面,一飞冲天。

03
以寡击众

对讲机忽然响了:"这里是644分队,我们来自珀西瓦尔营地。我们受命来护送你们前往敌占区。"

史密斯试图与他交谈,但是引擎太吵了,史密斯只好抬高嗓门,"好的。"

"我们没有收到护送你们返回的命令,你可以再确认一下吗?"

"可以,我们不回去。"

"先生,你们的牺牲将永垂青史。你们有这种勇气,就算战争持续一百万年,也能赢。"

"不用一百万年,"史密斯说,"我们今天下午就能赢。"

地狱火战机的机身线条流畅,就像致命的大鲨鱼。一架地狱火忽然出现在飞船左舷,很快就和飞船速度保持一致。一个男人坐在战机驾驶舱,朝史密斯和队友竖起了大拇指。史密斯也朝男人挥手致意。

地狱火摆动机翼，加速向前。其他战斗机纷纷跟上，在它附近聚集，其中除了地狱火号，还有暴风雪号，以及一架巨蚊号战舰。巨蚊号战舰大小和约翰·皮姆号飞船不相上下。

"这里视野真好，马祖兰。"苏鲁克说，"我一把长矛可以直插敌军后院。"

史密斯坐在椅子上转身对船员们说："各位，我们到了，马上准备行动。噶斯特一号一旦知道我们要来，一定会派出全部兵力进攻我们。所以，无论接下来发生什么，都是一种乐趣，一种光荣。"

"对，"蕾哈娜说，"加油！"

"这次任务凶多吉少，从此以后，我们可能再也无法同坐一艘飞船，我们可能会死得很惨，但无论如何，能与你们并肩作战，我真的非常开心。"

"天呐，和你们在一起，前方即便是死亡陷阱，我也愿意闯。"卡尔薇丝说，"我居然能说出这番话？有你们相伴，我非常开心。你们是我唯一的朋友，只希望我们以后还有机会去一些美好的地方。"

史密斯回头对卡尔薇丝说："飞行员，我们这次如果能活着回来，我答应你，我们一定去一个美丽的地方。你觉得博格诺·里吉斯怎么样？我们夏天去如何？"

"我们能去巴哈马吗？"

"加迪夫恐龙公园也行，里面有个儿童动物园。"

"坐稳了，我们准备着陆。"

前方就是二十一城，黑压压的一大片，就像一只巨型甲壳虫的外壳。城里的大烟囱浓烟滚滚,仿佛一根根奇形怪状的黑骨头。加工厂附近不时火光冲天,大楼顶部是闪闪发光的噶斯特人徽章,这种徽章无处不在,只要有平面就能看到它。大楼中间,巨大的雕像拔地而起,如穿行在黑色河流之中的巨人。雕像人物都是一号,有的指着远方,有的呈敬礼姿势,还有些雕像举着拳头和钳子,朝天空挥舞。地面上有探照灯,灯束在空中四处扫动,以便发现敌人飞船。

"天呐,"史密斯说,"这是什么鬼地方!"

"头儿,"卡尔薇丝说,"我们收到异常热信号,可是,那里什么都没有……"

飞船右舷忽然出现一道白光。史密斯咧着嘴,眼睛都睁不开。很快,白光消失了,只剩一个移动的小白斑。

"是敌人的战机。"史密斯喊道,"他们从哪儿冒出来的?各位,注意,两点钟方向有敌人。"

对讲机又响了,"我看到他们了。"644分队队长说。

橙色的天空中白光越来越多,它们刚出现就消失了,战机跟在光束后面,每次都扑了个空。"到底是什么东西?"史密斯问。

"是传送门。噶斯特一号现在已经使出所有伎俩。别担心,我们会抓住他的。好了,我就护送你们到这儿了!巨蚊号,你负责为约翰·皮姆号开道。史密斯,无论如何都不要放弃,祝你们好运。"

"非常感谢,也祝你好运。"

战斗机群转向,前去拦截敌方飞行器。史密斯顿时感觉飞船仿佛突然少了一层装甲。只有高速战舰巨蚊号还在为约翰·皮姆号护航。对讲机传来一个声音:"走!"

巨蚊号开始俯冲,速度极快,史密斯以为它要撞上地面了。战舰直到最后一刻才骤然减速,刚好停在一排排蓝色的街灯上方。史密斯伸着脖子往下看,他发现街上不仅有路障,还有大批坦克车队和各种移动炮位。

"跟上。"史密斯说。卡尔薇丝立刻调整飞船,准备下降。

约翰·皮姆号下方街灯闪闪发亮。卡尔薇丝按下按钮,飞船发射出大量干扰弹。巨蚊号则直接开火,没过多久,街道已经成了一片火海。坦克被炮火炸翻了,有些甚至已经散架。装甲碎片像煤渣一样在空中飞舞。

"好了,"巨蚊号飞行员说,"任务完成。记得多杀一个,算我的。"

巨蚊号开始爬升,挡风玻璃和噶斯特一号雕像的触角擦肩而过。

现在只剩我们了,史密斯想。"卡尔薇丝,我们下去。"

约翰·皮姆号不适合低空飞行。卡尔薇丝为了保持飞船稳定,手里紧握操纵杆,仿佛勒着敌人的脖子。驾驶舱开始发生震动。"雷达扫描仪显示前方有大量敌军!"卡尔薇丝说。

"蕾哈娜?"史密斯回头喊道,"快使用灵力。"

"没问题。"蕾哈娜闭上双眼,嘴里念念有词。

卡尔薇丝稳住飞船,大家立刻拥过来。监控显示屏中央出现一个又大又丑的穹顶建筑,建筑周围是雕像和居民区。"就是那里,"卡尔薇丝说,"法务部。我们一分钟后着陆。"

史密斯解开安全带，走到驾驶舱门口。"所有人都在吗？"他问道。

温斯科特双眼疲倦，脸拉得老长，他看着史密斯说："简直就是灾难。我刚才把烟掉进茶杯里去了。上帝啊，战争好可怕。"

"兄弟们，准备冲锋！"德莱基特在休息室里喊道。

史密斯回到驾驶舱，他能感觉到约翰·皮姆号在下降。一场战斗即将开始，可此时，他内心非常沉重。

史密斯打开武器柜，462困在柜子后面，仿佛棺材里的吸血鬼。史密斯知道柜子里虽然有枪，但462不能用，因为里面空间非常狭窄，他根本动弹不得。

462满脸阴郁，他问道："我们快到了吗？"

史密斯把他拖出来说："还有三十秒。希望你没骗我。飞船一旦着陆，我们马上出发。"

"那我所有的随船物品怎么办？"卡尔薇丝大声说，"噶斯特人会偷走的。"

苏鲁克哼着鼻子，表示很不屑："你那些东西谁会偷？不过是八瓶染发剂和一堆减肥杂志。你不用担心，我在你房间装了暗器。"

飞船距地面越来越近。史密斯可以看清马路上的各种细节。忽然，一个噶斯特居民区引起了他的注意，他发现窗户背后每个家庭的电视都在播放同样内容：一列行进中的蚁兵。

约翰·皮姆号开始着陆，飞船船体轰隆作响，液压装置呼哧呼哧，响个不停。慢慢地，周围安静下来。"所有人都下船，"史密斯说，"我们出发。"

"我要带上我的仓鼠。"卡尔薇丝说完，拿起杰拉德的低温休眠仓，"午餐也不能忘了。"

蕾哈娜把头上的灵力放大器挪正，然后，帮卡尔薇丝搬出马克西姆大炮。卡尔薇丝背着大炮，费了好大劲儿才挤出驾驶舱大门，穿过飞船内部走廊。

史密斯匆匆忙忙来到飞船货仓。深空作战小组已经到了，他们正坐在自己的战车上检查枪械。卡尔薇丝身上背的东西太沉了，苏鲁克又推又搡，费了九牛二虎之力才帮卡尔薇丝爬上血猎犬号装甲车。战斗机器人绑在车后，一动不动。

苏鲁克和蕾哈娜跟在卡尔薇丝后面，史密斯最后上车。史密斯坐上指挥官座位，一声令下，装甲车的巨型引擎开始运转。

温斯科特解开绑在货仓大门上的绳子，按下开关，随着一声巨响，货仓大门缓缓开启。史密斯忽然感觉自己快要吐了，他大喊："前进！"

血猎犬号慢慢驶下通往飞船外部的坡道，温斯科特的战车紧随其后。W 直到最后关头才手忙脚乱地爬上车。史密斯按下钥匙上的控制钮，关闭货仓大门。两辆战车立刻加速，冲进前方的暗夜。

史密斯坐在装甲车炮塔里，头顶是炮塔舱门。他关上舱门，看了看炮塔的控制器。黄铜材质的操作器械闪闪发亮，所有设置似乎非常简洁。

卡尔薇丝就在他底下，她喊道："我准备测试轨道炮。接下来炮塔由我控制。"

发射装置的伺服系统呜呜作响。很快,炮塔开始上升,座椅逐渐后移,史密斯感觉自己似乎要被射进太空。"轰",轨道炮响了。

一颗等离子穿甲弹呼啸而出,500 米外,一号雕像的裆部被击中了。"漂亮,卡尔薇丝。难怪一号总是一副凶神恶煞的模样,原来是裆部中弹了。"

"这一刻我等了四年。"卡尔薇丝说。血猎犬号飞速驶过街道。

史密斯打开对讲机:"温斯科特,你跟上了吗?"

"当然!"温斯科特说,"今晚真舒服,很适合开车,对吧?外面空气清新,我能感觉到风掠过我的胡梢。苏珊,开快点,我的短裤要飘起来了!"

蕾哈娜和苏鲁克坐在装甲车后车厢,这里堆满了补给物资和各种沏茶装置。"各位,"蕾哈娜说,"我感觉附近有杀气。"

"姑娘,应该是我。"史密斯说,"我们去找那些混蛋。"

"我的意思是有附近敌情,而且我能感觉到他们心中的熊熊怒火。他们开着喷气摩托,就在我们后面。"

"该死!温斯科特,有敌人。卡尔薇丝,全速前进,我来解决他们。"

史密斯踩着左侧脚踏板,炮塔开始转动。三辆噶斯特人的攻击摩托从后方迅速逼近。史密斯把瞄准屏放在自己的金属臂上,然后放大目标。他发现离自己最近的那辆摩托车外形怪异,摩托车前侧装甲是一个骷髅头,两个车把相当于头顶的触角,骑手戴着护目镜,满脸敌意,恶狠狠地盯着史密斯。摩托车的边斗里,一名禁卫兵拿出一架大黄蜂发射器,扛在肩上。史密斯手握控制杆,将准心对着摩托车，射出一颗等离子炮弹。

只见车后一团火焰腾空而起，喷气摩托消失了。另外两辆摩托车发现情况不妙，想转向逃走。温斯科特的卡车立刻跟上，用车后的大炮攻击敌人。一辆摩托车由于速度太快，径直撞上了一块政宣广告牌。

最后一辆敌人摩托发射了一颗生物导弹。导弹腾空而起，眼看就要击中装甲车车顶。

"这次交给我。"蕾哈娜说。

导弹到达最高点，开始向目标进发，后来却在车顶上方30米左右的位置爆炸了。

"干得漂亮！"史密斯说。

对讲机响了。"史密斯？"温斯科特喊道，"探测仪显示有两辆坦克正在接近我们。你们车上有穿甲炮，交给你们。"

"好的。"史密斯说，"各位，准备迎战。"

苏鲁克拿出一把刀。

"天呐，"卡尔薇丝惊呼，"屏幕上出现两辆重型坦克，其中一辆是虎虾号，另一辆是虾王号。看来，死亡之钳战队要来了。"

"非常好，"史密斯说，"说明我们没有来错地方。"他瞭了一眼电脑屏幕，画面中是噶斯特人的重型坦克，坦克后方是推进器和分段式引擎，前面是巨型炮杆。坦克炮台旁边刻有带触角的骷髅头像，周围画着一群战机。

"马祖兰，"史密斯身后传来苏鲁克的说话声，他声音就像动画片里勾人魂魄的恶魔。"我好开心，你如果不介意，我就先动手了,我要先干掉一个。"

史密斯打开弹药切换开关,将炮筒里的高能炸弹换成了穿甲弹。"老兄,不行。"

"你希望我把两个都干掉?"

史密斯刚开口说话,爆炸就把他的声音淹没了。血猎犬号被震得上下颠簸,卡尔薇丝突然转向,史密斯瞬间感到一股力量将自己按在座椅上。"我们遭到攻击。"他大喊。

"没有,他们打偏了。"卡尔薇丝说。

"伊桑巴德……"史密斯回过头,发现蕾哈娜坐在车里,像井底的女鬼一样抬头看着他,她左边鼻孔流血了。"我阻止不了他们,炸弹威力太强了。我只能让它减速,但是……"

"好了。"史密斯说,脸上表情十分严肃,"卡尔薇丝,开启闪避模式!"

卡尔薇丝开车右转,史密斯踩下踏板,炮塔转向左侧。瞄准屏上的十字星正对着虎虾号。"稳住,飞行员……"

十字星锁定目标,史密斯立刻按下发射按钮。轰的一声,穿甲弹飞了出去,整个炮塔都震得跳了起来。

穿甲弹在距离坦克还有七八米的地方爆炸了——坦克周围有能量盾。噶斯特人这两辆坦克的确很大,坦克里面装几台辅助系统绰绰有余;不过,比起火星死亡行走器,它们依然是小巫见大巫。说来也很奇怪,以前,无论是坦克还是飞船,只要体积不及火星死亡行走器,噶斯特人都不会部署能量盾,看来这次他们破了常规。

"见鬼!穿甲弹根本没伤到它!"

史密斯又将发射器对准虾王号。虾王号正在疯狂攻击温斯科特的卡车。温斯科特加强反击,但目的并非炸毁它,而是希望借此吸引它的火力。炮弹在敌人坦克前方的能量盾上爆炸,就像落在玻璃上的雨滴,根本无法击穿这道屏障。

"撞它们!"苏鲁克说,"快!"

"卡尔薇丝!可以直接撞过去吗?"

"可以,但是,为什么要这样?"卡尔薇丝问,"我是说,我们一旦穿过能量盾,然后怎么办?"

苏鲁克咆哮着说:"然后我们直接上去强攻!"

史密斯瞟了他一眼,说:"你确定?"

"狭路相逢勇者胜,我非常确定。"

"好,卡尔薇丝,撞过去!"史密斯说。

卡尔薇丝深吸了口气说:"准备!"

虎虾号又开始攻击史密斯的装甲车,血猎犬号被炸得摇摇晃晃,看上去就要散架了。突然,装甲车前轮腾空而起,然后重重地砸向地面,车体吱呀作响。卡尔薇丝吓坏了,一直在尖叫。

苏鲁克像蜘蛛一样爬过指挥官座位,来到驾驶座,从座位后面掏出一个金属盒子,盒子正面闪着红灯。

"那是我的午饭!"卡尔薇丝大喊道。

血猎犬号突然转弯,苏鲁克打了个趔趄,狠狠地撞上史密斯的鼻子。车载电脑受静电影响,画面变得模糊不清。史密斯感觉装甲车受到一股冲击,速度慢慢降了下来,就像马路上有胶水一样,车前的破障板和虎虾号尾部紧紧贴在一起。

史密斯拉动操作杆，炮塔舱门开了。苏鲁克来到炮塔外面。史密斯负责控制炮塔，将轨道炮对准敌方坦克。

苏鲁克沿着轨道炮的炮杆往前冲，最后纵身一跃，跳到虎虾号上。史密斯看到苏鲁克落在敌人坦克后方，手里举着卡尔薇丝的午餐盒，来回挥动，向他示意。午餐盒上有一个时间锁，锁盘一角闪着红光。"有了这个秘密武器，我就能毁了你！"苏鲁克说。

虾王号从右侧逐渐靠近血猎犬号装甲车。坦克顶部的舱门开了，一个噶斯特人探出脑袋，脸上露出诡异的笑容。他拿出一架裂解炮，准备朝虎虾号后方开火。"小心！"史密斯喊道。血猎犬号立即减速，敌方两辆坦克距离越来越近，几乎碰到一起。这时，噶斯特人的炮口已经瞄准苏鲁克。

苏鲁克发现情况不妙，迅速扔出长矛，不偏不倚地插在噶斯特人胸口。敌人死了，卡在坦克舱口，导致舱门无法关上。

"舱门开了！"卡尔薇丝喊道。

苏鲁克一声怒吼，从虎虾号跳到虾王号，恰好落在舱门旁边。他把噶斯特人的尸体拖上来，放在旁边，自己从舱口爬下去了，就像白鼬钻进了兔子窝。

虾王号坦克左右摆动，忽然一个急转弯，直接撞到建筑物。坦克里面想必发生了战斗，具体情况史密斯无从知晓，只能猜测。接着，虾王号推进器加足马力，使得坦克原地打转，差点把旁边的虎虾号掀了个底朝天。

史密斯打开瞄准屏，屏幕上出现了一个陌生的图形。从表面来看，这张图既像在演示数学中的某个三角形问题，又像在呈现烤面包机内部工作原理。史密斯将轨道炮对准虎虾号车身,就在此时,屏幕上的图形忽然开始闪红光。

一声炮响,穿甲弹窜到虎虾号底部爆炸了。最初,坦克似乎依然完好无损。但不出半响,坦克开始发生爆炸。炮塔瞬间被掀飞了,像扔出去的锤子一样在空中不停地打转,最终落在马路对面。车身各种管道都有火焰喷出。虎虾号已经失控了,它胡乱冲撞队友坦克,在马路上折腾了半天才停下来。

"开慢点。"史密斯说。卡尔薇丝缓缓踩下刹车。"我们去找苏鲁克。"

卡尔薇丝把车停在敌人坦克旁边。马路前方有一个人影,手里举着长矛,来回挥舞。史密斯知道那是苏鲁克,他注视着苏鲁克,脸上露出开心的笑容。"老兄,好样的。"

"一场大战!"苏鲁克说,"可惜我收藏骷髅的货架放不下这个炮塔!"

卡尔薇丝生气地问:"我的午餐盒呢?"

"在这儿,"苏鲁克说,"我刚拿它砸死了坦克指挥官,现在,盒子角上有个缺槽,不过,你的三明治还在。今晚,我们来点奶酪和泡菜,一起庆祝一下吧!"

"温斯科特,我们走吧,"史密斯喊道,"坦克已经消灭了。"

前方有敌人在设置路障,血猎犬号几个飞弹就把路障全部炸毁,深空作战小组负责处理路障附近的士兵,战斗很快就结束了。他们加速驶过路障,背后零星的枪声根本无力阻止他们前进的步伐。温斯科特心里有些得意,一路上拿着对讲机说个不停。

史密斯看了看瞄准屏说:"我们到了。"

一栋横跨马路两侧的黑色建筑赫然出现在眼前。这栋建筑有几百英尺高,从正面看,就是一块大理石板。史密斯看到建筑外形,想起了墓碑。建筑大门两侧是蚁人雕像,它们面部对着天空,表情怪异,手臂动感十足。建筑外墙挂了很多横幅。探照灯划过夜空,从他们身边一闪而过。

"这栋楼虽然看起来很恶心,却让我食欲大开。"卡尔薇丝说。

"大楼材料是一种分泌的松香。"蕾哈娜说。

"嗯,什么东西分泌的松香?"

"兄弟们,这就是我们的目的地,"史密斯说,"黑暗势力的神经中枢。这高墙里面就是敌军大脑——工人士兵党党魁噶斯特一号。兄弟们,今天我们要摧毁噶斯特帝国的脊梁骨,将他们一举拿下。"

"这大楼有点像椒盐卷饼。"蕾哈娜说。

"对,蕾哈娜,一个充满独裁味道的椒盐卷饼,我们要用正义消灭它。全速前进,卡尔薇丝!"

"遵命。"卡尔薇丝说。

大楼门口有一段台阶,几个穿着风衣的噶斯特人匆匆忙忙地跑出来,在台阶上排队。"蕾哈娜,待会儿我需要你使用灵力护盾帮我挡住敌军火力。"

"好,"蕾哈娜说,"大家马上就要进去了,可以拥抱一下吗?"

卡尔薇丝没有回头看她。"我们在装甲车里啊,傻姑娘。"

"唉,"蕾哈娜说,"你真讨厌——"

"够了,别说了!"苏鲁克喊道。"他们的士兵在台阶上排队,这场景好像在《南瓜战舰》里见过。机器人姑娘,把车再开近一点,我要杀他个片甲不留。"

史密斯瞄准大楼门前的台阶,开始发射轨道炮,台阶瞬间陷入一片火海。他又启动了同轴激光枪,朝台阶方向疯狂扫射,几个噶斯特禁卫兵身体被切成了两半。

敌人的步兵队发射了三枚破甲火箭弹。蕾哈娜发现情况不妙,立刻集中精神,嘴里念念有词,准备使用灵力。很快,两枚火箭弹在空中爆炸,第三枚偏离飞行轨迹,最后消失不见了。敌人除了发射火箭弹,还不停使用轻型武器攻击血猎犬号,车身前方不时传来子弹击中装甲的声音。温斯科特的卡车在右侧,车身完全笼罩在炮火之中。史密斯此刻心情很复杂,他既感到有些愤怒,同时又有些昂扬。史密斯再次向敌人开炮,炸弹爆炸的地方掀起了一片沙石,噶斯特士兵被炸得手脚横飞。

忽然,装甲车车底发生爆炸,导致整个车身上下剧烈晃动,轮子几乎和车体错位。"有地雷!"卡尔薇丝喊道,"轮轴毁了。"

"撑住,"史密斯大声回应,"带我们冲过去。"

血猎犬号开始突击敌人防线,车外面火光四射。它冲破了前方敌人筑起的障碍物,像一艘搁浅的轮船一样缓缓地往台阶上爬。最后,装甲车撞上法务部大门,又弹了回来,停在台阶上。

炮塔里的警示灯亮了,附近能听到十分清晰的嘶嘶声。史密斯眨了眨眼,发现空气中弥漫着一股浓烟。"兄弟们,快下车!"他喊道,"我闻到一股焦味,这辆车可能随时会爆发。"

"呃，是我。"蕾哈娜拿出雪茄烟，"我太紧张了，你们抽吗？"

"我们不要烟，我们需要火力。"史密斯抓起步枪说，"出发吧！"他打开舱门，第一个冲了出去。

血猎犬号停在一片枪林弹雨中间。深空作战小组其他队员都下车了，并且已经开始清理噶斯特人余党，只有温斯科特还待在车上，身前驾着一挺机枪。

史密斯从车上跳下来，和敌人展开激战。一名体格健硕的禁卫兵把一架大黄蜂发射器甩到肩上，准备发射导弹，还好史密斯提前发现，一枪打过去，正中眉心，禁卫兵很快倒在地上。不出片刻，史密斯再次遇敌，另一名噶斯特人从背后抱住他，苏鲁特看到队友深陷困境，马上过来解围，他掏出一把刀，刺进敌人喉咙。

"把战斗机器人放出来！"史密斯躲在车后说。血猎犬号装甲车已经报废，一群噶斯特士兵正在用机枪扫射装甲车车身。

卡尔薇丝打开装甲车后车厢，战斗机器人身体逐渐展开。它头部很小，浑身上下都是钢板，站起来足足有十英尺高。机器人开始观察周围环境，机枪已经上好膛。"变态科技。"她吼道。

史密斯右方传来一阵低沉的巨响，他四处张望，发现原来是温斯科特，他站在那儿表情坚定，手里的步枪还冒着烟。462站在他旁边——稍微靠后，心思藏得很深，容貌也比往常丑多了。

禁卫军余党还在拼命抵抗，温斯科特的部下迅速将他们一一拿下。终于，大楼外的敌人全部被消灭了。可就在这时，周围忽然陷入一片寂静，只有远方还能听到爆炸声。此次进攻虽然才开始不久，但他们仿佛熬过了好几天，这是他们第一次体验到寂静的感觉。

"史密斯，很高兴见到你。"温斯科特说，"这一路走来真是惊心动魄啊！"

"对，一路上很辛苦。"史密斯说，"装甲车都废了。不过，我们有信念。"

温斯科特穿着一条大号短裤，大摇大摆地走上台阶。"克雷格……尼尔森！你们负责安装炸药，把门炸开，其他人准备进攻。"

蕾哈娜举手说："等等。"她来到门前，把手放在门把手上，然后闭上双眼，仿佛在接收门后传来的信息。"里面都是噶斯特士兵，"蕾哈娜一字一句地说，"死亡之钳战队几百号人都守在门后面，但这是大楼的唯一入口。无论是谁，进去必死无疑。我们现在处境不好。"蕾哈娜说完又恢复到原来的状态。

462站在台阶下面，举着钳子说："她说的没错，死亡之钳战队等着你们进攻，不对，是我们。我原本可以跟他们谈条件，不过现在我是这里的'全民公敌'，在一号眼里，我的名声早就毁了。"

"我们可以派机器人进去。"温斯科特说。

卡尔薇丝听到这番话，迅速转身，"不行，你不能这么做。我才不想挨枪子儿。这条裤子在我心中数一数二，破了怎么办？你为什么不去？"

"我说的是战斗机器人。"温斯科特解释道。

史密斯抬头看着天空。远处，一场空战打得正激烈，战舰如街灯周围的苍蝇一样，在空中四处盘旋翻转。今夜的空气格外温润，探照灯的光束来回扫动，一直跟在战舰左右。

史密斯眼前忽然出现不明物体，史密斯回过神来，发现原来是苏鲁克的手。"你好像在做梦,马祖兰,你是不是开悟了?"

"什么?"

"你刚才是不是开悟了?"

"开悟?嗯……对,没错!漂亮,苏鲁克!各位,我有个主意。你们看,我们周围光线很亮,对吧?"

卡尔薇丝叹了口气,"你要干吗?"

"但是大楼里很黑?对吧?"

"对,一片漆黑……"

"那么,我们也可以拿个探照灯过来,向大楼里面照。这样就可以让他们头晕眼花。他们到时候一眨眼,我们就冲进去。"

温斯科特哈哈大笑:"这主意不错。苏珊,你觉得怎么样?我们可以把门炸开,然后冲进去。我要让他们见识见识我的厉害。"

"我倒觉得你不如直接开枪,"苏珊回答说,"你的厉害,我已经见识过了。"

噶斯特人的探照灯和他们的其他设备相似,外表都有生物特征,让人一眼望去就觉得不舒服。卡尔薇丝看到这台探照灯,脑海中浮现的是一只色眯眯的大眼睛盯着别人小粗腿的画面。机器人将灯光对准大门。忽然,有人在卡尔薇丝肩膀拍了一下。

"嘿,女士。"

"嗨,里克。"

德莱基特看起来比平时更英俊,也更自信。"你看那边,"他说,

"这座城市的黑暗势力遍布街头,到处充满邪恶,必须有人站出来,改变现状。姑娘,今晚站出来的人就是我们。"

"里克,我害怕。"卡尔薇丝说。

德莱基特看着卡尔薇丝说:"嘿,我还以为战斗女孩从不害怕!这是你当初接受《耶!自由》杂志采访时自己说的。"

"里克,我还说过我是核能科学家,是女王的第六代传人。"

"我知道,"他回答说,"那篇采访文章我还留着,尤其是你坐在坦克大炮旁边的那张照片,我一直小心翼翼地藏在自己的衣柜里。当初我们在拉蒂西亚荒漠并肩作战,周围只有黄沙和坦克,我无数次濒临崩溃,但每次想到你,我就重新振作起来。"德莱基特朝深空作战小组其他成员看了一眼继续说,"每次这群人快把我逼疯了,我也会想到你。"

卡尔薇丝抓住他的风衣,把他拉到自己旁边。"哦?这是什么?"她从口袋里拿出一个小酒壶,"你果然乐意见我呀!"

德莱基特点点头,"我以为你会爱上喝酒。"

"没错,"卡尔薇丝拧开瓶盖,喝了一大口,"给。"

德莱基特接过酒壶,也喝了一口。"谢谢。"

苏鲁克来了。"朋友们,我们现在在打仗,打架要少说废话,多做事。小猪仔,你脸色不好。别担心,明天我们就是太空帝国的英雄。你如果不幸遇难——可能性很大,你就想想来生,想想到时候你祖先对你的赞赏。"

"我是一个机器人,苏鲁克。我祖先是打字机和文字处理器。"

"那你就想想它们将来处理的关于你的每一个词——鲜血、

动乱和末日！所有内存卡都将存储你的英勇事迹，所有打字机都将为你系上绸带，所有软盘读到你的名字都会肃然起敬。"

"你疯了。"

"小猪仔，"苏鲁克说，"我如果能得到你的头颅，摆在我的收藏架上，我会非常自豪，但是，能和你并肩作战，我感到更自豪。"

"这……听起来怪怪的。"

史密斯拍了拍手，说："兄弟们，现在一切就绪。大家有什么想说的吗？"他朝每个人看了一眼，"好，那我们行动吧。大家楼里见。"

大楼正门左侧门板被炸弹炸飞了，门体已经完全变形，仿佛被野兽咬过一样，门板落在探照灯旁边。

法务部大楼内部传来一阵嘶吼。

"灯光！"史密斯喊道。

机器人打开探照灯，史密斯立刻转身回避，但即便眼睛闭上了，他依然能感觉到那束刺眼的强光。顿时，法务部大楼里一片鬼哭狼嚎。

"行动！"

苏珊和尼尔森往门后扔手榴弹，砰的一声，一阵浓烟从大楼门口喷涌而出。浓烟中还夹杂着一股气味，像奶酪味，又像狗身上淋湿的毛发味。

"现在敌人的气味追踪器找不到我们。"温斯科特说，"我们上吧！"

"大家跟着我！"史密斯情绪激昂地说，"为了太空帝国，冲啊！"

门后浓烟滚滚，一片黑暗，史密斯没有犹豫，第一个冲进去。他才走了四步，烟就散了。"糟了。"他说。

法务部内部就像音乐厅一样，是一个超大型单间。大楼顶部有四个炸开的大窟窿，微弱的夜光从窟窿射进楼内。远处墙壁上是一只形态怪异的蚂蚁雕像，雕像体型庞大，从钳子顶部到脚底，足足有二十米高。雕像由青铜材质铸成，底下是一个演讲台。

雕像前方是石椅，几座石椅垒在一起变成了路障。借着微弱的光线，史密斯发现石椅后面有横幅、画像，还有上百个头盔。

史密斯顿时感到毛骨悚然，他迟疑片刻才缓过神来。这就是噶斯特帝国的中心，一个亵渎文明、侮辱信念的地方。他站在原地，浑身颤抖，心里充满了愤怒和厌恶。忽然，史密斯身边传来一阵低沉的声音："兄弟们，时候到了！杀光他们！"

战斗开始了，大楼里陷入一片火光。史密斯躲在一尊雕像背后，拿起步枪，准星对着敌人。他发现所有敌人头盔上都有死亡之钳战队的标志。史密斯朝敌人开了一枪，穿甲子弹击中敌人头盔，杀死了一名禁卫兵。

"一个。"史密斯说。

卡尔薇丝在史密斯左侧，匆匆忙忙地爬到一处石膏掩体背后。敌人的炮火打在石膏上，碎屑横飞。卡尔薇丝迅速卧倒，朝敌人的防线发射马克西姆大炮，史密斯在旁边为她提供火力掩护，爆炸的炮弹溅起了一片碎石。

忽然，一束强光划过大厅，敌人的头盔和外套都被切成了两半。苏珊没有多想，大摇大摆地往前进攻。尼尔森结合榴弹发射器和斯坦福枪，将飞弹射进敌人的石椅后面，敌人遭到重创。战斗机器人在枪林弹雨中缓缓前行，就像暴风雨中的人。大厅里枪声隆隆，响个不停，史密斯修机器时，声音也是如此。

前方有人影移动，史密斯发现一群禁卫兵沿着大厅西墙鬼鬼祟祟地往前走。"他们想从侧翼攻击我们！"史密斯喊。周围太吵，史密斯不知道队友有没有听见他的话。

一名禁卫兵背着一个圆筒不停往前跑，圆筒上的管子有粘稠的液体往下滴。酸液发射器！史密斯忽然想到。史密斯举起步枪，准心和胸腔持平，然后又把准心稍稍往后移了一点。他一枪击中敌人背上的酸液罐，敌人的武器被炸得粉碎。

"第八个。"史密斯说。

卡尔薇丝从地上爬起来，和德莱基特并肩作战。蕾哈娜站在深空作战小组其他成员中间，双手按着太阳穴，正在使用灵力帮队友抵挡敌人的炮火。这次，温斯科特又把短裤脱了，他光着下身站在一堆碎石上，一只手开枪，另一只手拍胸膛，像大猩猩一样。战斗机器人肩部遭到袭击，爆炸如涟漪一般散开，一直蔓延到噶斯特人筑起的石椅路障附近。

苏鲁克在哪儿？史密斯到处找，但眼前是一片灰蒙蒙的浓烟，除了敌人的影子和武器发出的火光，其他什么都看不清。于是，史密斯冲着敌人的方向胡乱开枪，却没想到打死了一个体格健硕的禁卫兵。很快，史密斯的弹夹打空了，他蹲下身子，开始重新装弹。

大厅左侧火光四射，爆炸声连绵不绝，战斗非常激烈。战斗机器人走起路来摇摇晃晃，就像一个喝醉酒的舞蹈演员，最后，它手舞足蹈地冲过敌人的防线。"明天我可以得到维修！但你们不行！"一路上，它一边喊，一边朝敌人竖中指。"胜利！"话音刚落，机器人就爆炸了。

苏鲁克在大厅廊柱之间来回穿梭，如鲨鱼一般，移动速度极快，周围尽管枪声四起，但都被他一一躲过。他溜到一根柱子后面，敌人的炮火立刻被吸引过来，柱子被炸烂了，空气中满是灰尘。这时，苏鲁克忽然蹲下，趁灰尘还未落定，在地上翻了个跟斗，想借此机会躲开敌人火力。不料，他跟前竟然是一名扛着大炮的禁卫兵。禁卫兵发现苏鲁克，立即准备开炮。苏鲁克没有慌张，而是迅速用刀划伤禁卫兵的小腿，在禁卫兵尚未倒地之前就把他的头砍下来了。

苏鲁克心里很恼火，同时也很愉快。这不是克里米纳的竞技场，也不是什么比赛，这是真实的战争，就像当年在安多。苏鲁克曾经在安多杀了无数旅鼠人，尸体堆积成山，苏鲁克对此一直念念不忘，在他眼中，安多之战才称得上战争。

苏鲁克想知道先人是否在天上注视着他，于是，他闭上双眼，神态虔诚，乞求先人给他一些明确指示。忽然，一个手里拿着骷髅电棍的禁卫兵冲过来了，骷髅头上两根触角电光闪动，禁卫兵想用电棍袭击苏鲁克。这种恶棍走路都瘸，我堂堂杀戮者如果被他打败，那该是什么场景？ 苏鲁克想到这里，情不自禁地大笑起来。他随即甩出一把小刀，插进禁卫兵的胸膛，然后用手按住他的头盔，像人类突击兵一样，扭断他的脖子。

禁卫兵身首分家，但苏鲁克显得很不屑。他扔出头颅，将另一名禁卫兵击倒在地。苏鲁克这番英勇举止是先人的骄傲，也是长矛的荣耀。

一个噶斯特人躲在廊柱后面，探出脑袋，用枪击中了苏鲁克的肩膀。苏鲁克受伤了，他心里非常恼火。很快，附近出现六名蚁人士兵。苏鲁克知道接下来必是一场混战。

苏鲁克纵身而起，踢中走在最前面的士兵，他抓住士兵头部，对准眼睛，狠狠打了几拳。接着，苏鲁克躲到附近一根廊柱背后，撕下一条横幅当武器。正当其他几名蚁人士兵举起武器，准备开枪时，苏鲁克迅速扔出横幅，将士兵的头部重重蒙住。士兵手忙脚乱，胡乱挣扎，但怎么也挣不开。苏鲁克拿着长矛，像乐队队长一样，在空中挥舞了几圈，然后径直走向被困住的敌人。

炮火消停了一会儿。史密斯发现队友都在装弹，只有苏珊满脸愁容地注视着他。

卡尔薇丝急匆匆地跑到史密斯身边。"天呐，"卡尔薇丝说，"敌人数量太多了。"

忽然，噶斯特人防线后面传来一阵尖锐的嗓音，"我是高级军官——暴风少校637。我们人数是你们的二十倍，你们不是死亡之钳战队的对手,现在投降吧,我们要马上吃掉你们。"

"胡说。"卡尔薇丝嘟囔道。

"听到没有?"史密斯朝敌人大声说,"我们的战斗女孩认为你在胡说,我们所有人都觉得你在胡说。"

"废物!"噶斯特人喊道,"等我们把地球灭了,你们就会永远消失,就像从来没有存在过一样。"

"对,我们永远消失,不过,我要让所有人都记住你,小东西。"史密斯说,"因为我要把你做成标本。"

禁卫兵站在青铜蚂蚁雕像下面嘶吼,怒号。但由于周围环境太嘈杂,史密斯怎么也听不清他们在喊什么。史密斯回头看了看,目光扫过德莱基特和卡尔薇丝。"怎么回事?"

W站在门口,靠着墙壁,正在与克雷格说话:"他们马上要倾巢出动向我们发起进攻。"克雷格说。

"苏鲁克去哪儿了?"

克雷格耸了耸肩。

史密斯看到大厅远处有一堆碎石,石堆上有几具被沙土盖住半边身体的外星人尸体。苏鲁克一定不在那儿,一定不在,史密斯反复告诉自己。

屋顶有不明生物在移动,史密斯抬头发现一个人扶着雕像的钳子,先跳到军官肖像的相框上,然后又借助横幅在空中穿行。那个人正是苏鲁克,他要从上面进入敌人防线。

史密斯的目光从苏鲁克移向大厅深处,他看见那尊青铜蚂蚁雕像上拴着两根大铁链。"德莱基特,我们有等离子炮吗?"

"老兄，除了芝加哥钢琴，我们什么枪都有。"

"好，我还需要一个炸药包。蕾哈娜在哪儿？"

蕾哈娜看了看四周，发现到处都是战火，她显得有些不安，"嘿，伊桑巴德。"

"我需要你使用灵力帮我挡住敌人炮火，可以吗？"

"当然。"

"谢谢！你头上的灵力放大器歪了。"

蕾哈娜耸了耸肩说："它原本就这样。"

"温斯科特，你们掩护我，怎么样？"

少校点点头。大家互相协助，把装备传到史密斯手中。史密斯背上炸药包和等离子炮，又将步枪装弹上膛。行动即将开始。

"走，兄弟们，跟着我！"

史密斯冲在最前面，蕾哈娜双手按着太阳穴，跟在他旁边。蕾哈娜虽然穿着凉鞋，但脚步异常轻快。史密斯边冲边朝敌人开枪，希望从气势上压垮敌人，使得他们不敢上前。身后的队友也纷纷开火扫射敌军，为史密斯提供火力支援。

步枪子弹用光了，史密斯丢下步枪，掏出开化者手枪，继续前进。史密斯在雕像之间来回穿梭，耳畔有子弹击中大理石的声音。他躲进一尊雕像背后，却发现身边站着一名面色惊恐的禁卫兵。禁卫军立刻举起裂解炮，试图攻击史密斯，但史密斯速度极快，禁卫兵还没来得及开火就已经被他打了两枪。

苏鲁克喘了口气。蕾哈娜站在他身边，掏出一根雪茄，目不转睛地看着雪茄末梢闪闪发亮的火星。"这地方真丑，"蕾哈娜说，

"它不但布局过于紧凑，地面上还到处是碎石，很容易摔倒的。"

卡尔薇丝漫不经心地摇了摇头。

史密斯发现苏鲁克已经差不多抵达青铜蚂蚁正上方。史密斯指着炸药包，朝苏鲁克使了个眼色。苏鲁克大笑，但立刻用手捂住嘴，害怕惊动敌人，他差点从天花板上掉下来。

"就是现在，"史密斯说，"兄弟们，掩护我。"

史密斯从雕像背后出来，奋力往前冲，最后爬上了石椅附近的一堆碎石上。突然，史密斯身后出现拿着武器的噶斯特人。子弹和干扰弹呼啸而来，但都被蕾哈娜的灵力护盾挡住了。史密斯举起炸药包，想把它扔给苏鲁克，大腿一不小心在碎石块上划伤了。

苏鲁克接住炸药包。史密斯立刻转身，原路返回。一路上，史密斯的靴子踏着大理石地板，声音非常急促。史密斯躲进雕像背后，旁边是队友蕾哈娜和卡尔薇丝。史密斯没有停歇，刚回来便把等离子炮扛在肩上，准备攻击。

史密斯探出身，朝青铜雕像上方看。他发现炸药包固定在雕像右侧铁链和雕像躯干相连的位置，炸药包上的指示灯正常闪烁，苏鲁克也已经离开。

史密斯瞄准铁链，扣动扳机。等离子炮嗖的一声，瞬间击中目标。炸药包被引爆了。

固定雕像的两条铁链发出一阵巨大的金属摩擦声，最后，铁链终于断了。雕像挣脱墙壁，地面上的阴影越来越大，眼看就要扑过来了。这场景和吊桥下降非常相似，只不过没有铁链控制速度。

死亡之钳战队的末日即将来临，但他们依然遵从上级指示，守在自己的岗位上，继续开枪，继续保卫法务部大楼。他们要么是太忠诚，要么就是太傻。直到最后一刻，雕像如铺路石板一般马上就要砸在他们头顶，这时他们才开始恐慌，不过为时已晚。一阵震耳欲聋的巨响传遍整个大厅，死亡之钳战队瞬间灰飞烟灭，死在自己国家的标志底下。

史密斯拖着沉重的步伐走在废墟上，仿佛刚刚经历了一次坠机事件。史密斯喊道："蕾哈娜？卡尔薇丝？苏鲁克？你们在哪儿？"

卡尔薇丝躺在地上。蕾哈娜缩着身体在她旁边，周围是一圈碎石。她抬头看着史密斯，朝他做了个表示安全的手势。

"你们还活着，"史密斯说，"谢天谢地。周围一片狼藉，你们身上居然这么干净。"

"奇迹啊。"卡尔薇丝嗓子哑了。

其他人也纷纷现身。苏珊非常干练，一如既往。德莱基特手里拿着小酒瓶，走到卡尔薇丝旁边，打算和她喝一杯。克雷格和尼尔森也出现了，他们一边走路，一边掸装甲服上的尘土。跟在他们后面的是W，他咳得厉害。W抬头看着史密斯，拍了拍粘在胡子上的灰土。"暴政——零分，"他说，"我们所有不列颠太空帝国的普通人——得一分。"

"等等。"卡尔薇丝说，"苏鲁克呢？"

蒙蒙灰尘之中，出现一个人影，这个人正是苏鲁克。苏鲁克弓着背，一只手撑在腰间，颤颤巍巍地往前走。他很吃力，一屁股坐在地上。

"苏鲁克！"史密斯跑到朋友跟前问，"你怎么了？"

苏鲁克抬起头，盯着史密斯看了半天才认出他来。他嘴角浮出一丝微笑，说："马祖兰，我受伤了。"

"天呐，怎么回事？"

"刚才蚂蚁雕像倒了，我……离它太近。"

"你被碎片伤到了……"

苏鲁克摇摇头说："我看着雕像倒下来。我也看清了那群禽兽垂死时的面孔。我不应该走这么近。雕像就像一把镰刀似的压在他们身上，那一刻，他们终于意识到自己要完了。当时的场景让我非常开心，我笑着笑着，居然从腹股沟里掏出一样东西。"

卡尔薇丝不信，"真不知道你腹股沟里能有什么东西。"

史密斯把苏鲁克扶起来说："加油，老兄。咱们走吧！啊……你头上有个伤口。"

"没关系，这种小伤影响不了我，我根本不放在心上。"

"这可不行。"

"马祖兰，只是头上有个伤口而已，又不是头受伤了。"

"我明白，苏鲁克。"史密斯迟疑了半晌，"等等，我们少一个人。"

卡尔薇丝看了看背包，发现仓鼠还在。"别担心，杰拉德没事。"

"我说的不是杰拉德，温斯科特在哪儿？"

W走上前说："史密斯，老兄……"

"他走了。"苏珊回答道。

史密斯盯着她说:"什么?走了?他本来就是逃出来的疯子,咱们得把他找回来。"

苏珊摇着头说:"他死了,雕像把他砸死了。"她看了一眼其他人,"我现在是深空作战小组的代理队长,我希望增援部队还没来以前,这里不能发生任何事故。史密斯,你去楼顶,用无线电发布消息,告诉大家,我们已经占领法务部。赶紧行动。"

"好!好!"史密斯心里有一种说不出的气闷。

法务部大楼的楼梯气势磅礴,但非常阴森,看起来好像有个鬼魂在楼上等着上楼的人。史密斯匆匆上楼,发现一扇门,于是用肩膀把门推开。他刚走进去,一股温热却又污浊的空气迎面扑来。

苏鲁克收起不列颠太空帝国国旗,然后拿出特工处的旗帜,插在地上,这意味着大楼现在归他们掌控。卡尔薇丝接通通信设备,拨通了最高指挥官的电话。

"各位,"蕾哈娜说,"温斯科特少校如果还活着,他一定会为你们感到骄傲。"

"谢谢。"史密斯说,"他死了,但鞋子没脱,这是他唯一一丝遗憾。"

卡尔薇丝说:"我已经把我们的地理坐标传给总部,上级会马上派人过来封锁这栋大楼。"

苏鲁克站在楼顶,望着夜空说:"可惜还没抓到噶斯特一号,我真希望现在就取下他的头颅。曾经,别人把我装进笼子,丢在水底,让我和鲨鱼待在一起,那一次我非常失望;不过,今天我更失望。"

大家都没有说话。忽然，远处的夜空中升起一团火光，但很快又消失了。这火光就像一朵花，瞬间绽放，瞬间凋零。

卡尔薇丝说："即使没有抓到噶斯特一号，我们现在也赢了。我不太了解你，不过我觉得你的话是在放屁，我们应该高兴才对。我要进去了。我们可以用苏珊的激光枪烧点茶。"

他们走在楼梯上，快到楼下了，忽然，尼尔森大喊："我们找到了。"

史密斯立刻冲进大厅。他发现地板上有个洞，克雷格跪在洞口附近，身后是462和W。"大家快过来，"苏珊喊道，"我们找到了。"

"是我找到的。"462一边敲着金属盘，一边用尖锐的嗓音说，"一号就在底下。"金属盘直径一米左右，上面涂了一层油漆，看上去很像大理石板，盘中央是一个工人士兵党的标志。

"看样子像检修井。"史密斯说，"不过，我觉得下面即便是臭水沟，一号照样活得很自在。"

苏珊摇着头说："底下什么都可能有。刚才声音这么大，周边二十公里内每个噶斯特人都能听见，所以，我猜敌人的援兵马上要来了。这间屋子是最佳防守地点，我们要守住。"

"我不这么认为。"史密斯说，"我们打了这么久，一号知道自己行踪已经暴露。所以，他现在肯定想逃跑，我要下去抓住他。"

"史密斯，你一个人下去太危险了。"

"苏珊，没关系。我会带上我的船员。卡尔薇丝，别用那种眼神看我，跟我下去吧，人们会记住你的英勇事迹。"

"对，死人的事迹总会有人记住。"卡尔薇丝说，"但总得有人站出来，去他的！我们走！"

苏鲁克首当其冲。他腰间拴着一根火炬，沿着扶梯往下滑，最后十米，他一鼓作气，加速滑进洞底。史密斯是第二个进洞的人，他的靴子一直叮咚作响。蕾哈娜和卡尔薇丝依次跟在史密斯后面，为了安全起见，462被安排在二人中间。

"462，快点。"史密斯命令道。

"太难爬了，"462说，"我的腿很僵硬，不适合爬这种楼梯。一般情况下，我会叫我下属帮我爬。我视线也被挡住了，都怪上面那个胖子……"

"我没踩你触须，你应该感到走运！"卡尔薇丝不客气地说，"你大红屁股很厉害，掉下去可以再弹上来，要不然，我真想一脚把你踢下去。"

"你竟敢和我顶嘴，真没礼貌，"462说。他一边喘气，一边往下爬。"真奇怪，人类明明都能太空旅行了，怎么还没有给机器人配备静音按钮呢？啊嗄！你踩到我钳子了！脚别乱放，注意点。"

"嘘！"史密斯说，"我们快到了。"

苏鲁克在洞底等着。史密斯要下来了，苏鲁克赶忙过去搭手。接着，两人一起把462从梯子上抬下来。卡尔薇丝跳到地上，手里拿着散弹枪。"终于知道你们噶斯特人为什么把所有东西都弄得这么大了，"卡尔薇丝说，"不然你们这些胖子都进不去。"

洞底下是一间方形小室，四壁只有一扇门，除此之外，没有任何特别之处。空气中弥漫着灰尘的气息。

"虹膜锁,我有钥匙可以打开它。"462 说完,从上衣口袋里掏出一只仿生眼。他把仿生眼贴近扫描仪。"谢谢你,二号首领。史密斯,请!"

史密斯点点头,462 按下按钮,门开了。

他们眼前是一间白色密室,密室前后距离较长,两侧较窄,就像一个干涸的游泳池。噶斯特人的机器排成竖排,嗡嗡作响,机器的陈列方式让史密斯想起图书馆的书架。密室里有一股淡淡的气味,很像廉价的洗涤剂,这种气味虽然清新,却会让人反感。

史密斯小心翼翼地走进密室,然后迅速躲在一台机器后面,探着头,观察里面是否有异常。史密斯发现周围似乎没人,于是,他示意其他人跟上。

"这是什么地方?"蕾哈娜嘀咕道。

462 看着机器,点了点头。每台机器中间都有一个形状怪异的管子,管子长约两米,上面有一层藤蔓一样的电线。"克隆箱。"462 说。这次,他说话的嗓音不再尖锐刺耳,反而显得越来越柔和。身为噶斯特人,这是一种进步。"我听说一号通过克隆自己,转移记忆,来延续生命。他实在太狡猾了。"

史密斯说:"少来这套,他的克隆体长得像凉拌对虾一样,这算什么聪明?"

机器的控制台在墙上,各种指示灯闪闪发亮,控制屏显示的是赛琳尼亚星地图和银河系地图。忽然,一台屏幕上出现不列颠群岛的画面,屏幕顶部是滚动的文字:一区……德文郡和康沃尔郡……

估计每月卡路里产量……

"我们去找这个小混蛋。"史密斯说。

"别急。"密室里忽然传来一号首领的说话声,而且声音非常清晰,仿佛凭空产生的。史密斯四处看了一眼,立刻掏出开化者手枪,开始检查密室的各个角落。最后,他发现墙上有音箱格栅,显然声音是从里面传出来的。"密室刚建成的时候,我为了能随时听见自己的声音,在墙上装了几个喇叭。现在,你们能听到我的声音,也算非常荣幸。我没带枪,我在里面等你。"

苏鲁克动了动嘴巴,但没有出声。从口型判断,他说的是:陷阱。

史密斯点点头,小声说:"大家分开,不要站在一起。"

卡尔薇丝和蕾哈娜走到密室左侧,苏鲁克来到右边,史密斯和462站在一起。

"你带枪了吗?"

"你同伴把弹药拿走了,但是我藏了一部分。你把头转过去,我马上给你。"

史密斯转过头,看着远处。等他回过头来,462手里拿着一支手枪,正在装弹夹。"你太容易受骗了,史密斯,我可什么东西都能藏。"

"对,正因为这样,我才不想偷看。"

462皱着眉头说:"说实话,我费了好大劲儿才把弹夹藏好。现在取出来了,我反而觉得不舒服。还好我一直在头盔里藏了一个备用弹匣,这是运气。"

"头盔里面？"

"当然，你以为我把弹夹藏在哪儿？一个聪明的蚁人总是懂得提前准备。"462说，"除非他分不清胳膊和腿。"咔嗒一声，枪已经上膛。"该走了。"

两个人继续往密室深处走。中途，史密斯偷偷取下开化者手枪上的击铁。他每走一步，机器低沉的嗡嗡声就越来越响，似乎要麻痹他的大脑。

墙上有一块木板，木板上贴满了形形色色的拼贴画，有些画是从书本上剪下来的，有些是从杂志上剪下来的。木板底部是大金字塔，金字塔上方依次是帝国大厦、埃菲尔铁塔、泰姬陵、大本钟和勃兰登堡门。一号首领的照片在所有拼贴画顶部。整个作品名称叫作"征服地球纪念板"。

史密斯想，噶斯特人的建筑的确高大，不过，他们思想非常狭隘。

密室后方摆满了生物机械装置，这些装置的管道如脊柱一般从墙壁延伸到房顶，每隔一段距离还有一个闪光的节点。人们看到墙壁上的管道，很容易联想到变异的植物藤蔓。天花板上有两个条形物体，形态介于机械臂和蝎子尾巴之间。

一号首领站在条形物体下面，双手高举。他左手拳头上有一个LED灯，一直在闪红光。

"够了，别再往前走了。"和462相比，一号首领的英语语调更加刺耳，语气更加沉稳，他说话就像在背书。"首先我想告诉你们——你们如果杀了我，或者我把这个引爆装置扔出去，整个实验室就会爆炸。第二点——唔,唔,你是不是拉蒂西亚竞技场上那个人?你叫不列颠船长?我不管你叫什么,既然你把队友都带过来了,你难道打算打一场复赛?"

"算了吧,你根本就没有一丝体育精神。"史密斯说。

"一群可恶的喽啰!"一号吼道,"你看看你自己,看看脸上悲催的胡子——你长得像青蛙一样,应该去沼泽地里生活。再看看你队友,两个女人——一个是有灵力的怪物,另一个是……唔……死胖子。还有462,大叛徒。"

462十分愤怒,他低声说:"你杀了我的宠物。"

"果然,有些人就算经过基因改造,大脑却还是冥顽不灵,你这种态度说明了一切。我总是告诉手下:要努力。我随时准备给他们泼冷水,但他们总是背叛我。"一号有点自我陶醉,仿佛在吸收空气中的恶意。"新伊甸人、噶斯特人、克里米纳人、旅鼠人,甚至我的仆人——他们都背叛了我!我以自己的名义赐给他们活着的机会,这就是他们对我的报答!不可理喻!"

一号开始往前移动,手里紧紧地握着引爆装置。指示灯一直在闪,似乎在刺激旁人,让他们把炸弹抢走。"你们登陆我的星球,冲破我的防御体系,也摧毁了我的精英部队——死亡之钳。你以为这样就能显示你们很厉害吗?"

史密斯说:"没错。"

一号阴险地笑了。因为仇恨,他的脸部原本就已经干瘪扭曲,所以笑起来十分吓人。一号的脸就像帽子,而他的笑容就是放在帽子上的烂水果。"你们是一群废物,你们人类都是废物。自从科技部第一次和你们打交道，我就知道。我给你们看个东西。"

一号旁边的屏幕亮了，画面中的场景是地球。一名小个子男人穿着破烂的外套，站在画架后画水彩画，背景是一名吹大号的男子和一群跳华尔兹的观众。

"600年前，我为了一项调查，曾派飞船去你们星球取样。从那时起，我就知道你们人类到底有多么不堪。"

"那只是个别人，你不能以偏概全。"史密斯说。

画面里的男人背对着镜头，往后退了几步，他似乎在对自己的画发脾气，男人看上去和一号有几分相似。忽然，两名禁卫兵从男人身后的灌木丛里冲出来，把男人拖走了。

很快，场景切换到一艘噶斯特太空飞船内部，噶斯特帝国的标志随处可见。小个子男人站在一条红色横幅后面，被迫脱掉裤子。男人身子扭来扭去，最后才转过脸，看着镜头。史密斯发现，画面中的男人有一双奔放的眼睛和一条四四方方的小胡子。

"天呐！"史密斯说，"这个小胡子我太熟悉了！人群、横幅，还有画面中所有事物——我明白了。你绑架了查理·卓别林！"

"我才不管他叫什么。你们人类都一样。调查结束后，我就把他放了，小个子当时非常恐惧。"一号说，"但是，当他看到我的实力、我的军团、我的宣传横幅，还有我的众多肖像时，他内心只有嫉妒——嫉妒我的伟大！他说的第一字就是'哇'！我们当时正在调查他，所以他说的也可能是'啊'！"

"天啊，我终于明白了，难怪卓别林走路姿势那么滑稽。"

"不重要。我们后来把他放了，让他回到自己原来的处所。"

在我看来，他没什么了不起的地方。不过自从那次调查，我发现征服人类的时机已经成熟，我要做的就是坐等你们亲自送上门。"

史密斯看着他的眼睛说："你的缺点是自负。"

"自负？我已经无人能敌，为什么要自负？以后，你们地球要长期为我们供应食物。"

苏鲁克大笑道："愚蠢的小东西。我是杀戮者，不是晚餐。你既然想吃，那我就让你尝尝干·乌特吉飞刀和先人之矛的滋味。"

一号抬起手说："我知道你们会来找我，所以我早就设了圈套。你们居然这么容易上当。我手下子民已经吃光拉蒂西亚的所有生物，这里的生态系统几年前就毁了。地核热能是我们唯一的资源。这么多年来，赛琳尼亚社会之所以能持续运作，靠的正是大批地核热能反应堆。现在，我已经在反应堆上装了炸弹。"

"什么？"史密斯大喊道，"所有反应堆都装了炸弹？"

"反应堆一旦爆炸，拉蒂西亚就会变成一个大号炸弹。到时候，所有城市都会崩塌，然后灰飞烟灭！你们所有人都逃不掉。当然，我数十亿蚁兵也得死，但是，我知道有失才有得。以后，我还能重振旗鼓，再次超过你们。"

卡尔薇丝说："你也得死，不是吗？"

"不。我们的科学家制造了传送器，目前虽然有缺陷，但可以正常使用。他们可以使用传送器把我送到安全的地方。到时候，我会离开拉蒂西亚，征服整个银河系，而你们，等着被烧成灰烬吧！"

一号非常激动，身体一直在抖。史密斯看到这种景象，心里暗暗发笑，他想，一号是不是把自己插在插座上了？一号逐渐恢复正常，他指着旁边的机器说："这就是传送器，只有我的 DNA 才能启动它。现在，反应堆炸弹的控制器是你们的命根子，没有控制器，你们根本无力回天。我告诉你们，我的 DNA 是操作控制器的唯一密码。我邀请你们留下，让你们亲眼见证星球的毁灭。其实，你们也没有其他选择。"

"天呐，"史密斯说，"你真是个小混球！"

"我可不小！"

"对，我的飞行员才小，你是弱。苏鲁克，你去处理传送器。"

苏鲁克嘴里咕噜咕噜地响。

一号用钳子捋了捋触角，触角表面油光发亮。"我送你一句罗马帝国的古语——欢呼吧！再见！"

"我也送你一句不列颠太空帝国流行语——噶斯特人！做梦去吧！"

史密斯拿起开化者手枪，但没有攻击一号，而是朝传送器不断开枪，机器上火花四射。苏鲁克扔出长矛，传送器被捅了个窟窿。随之而起的火光吞噬了一号，一号消失了。

"趁现在，"史密斯说，"大家抓住那个混球。462，你过来，告诉我怎么找到他。"

462 一瘸一拐地走到史密斯旁边，身子靠在控制台上。462 说："让我想想。找人不是我的强项，不过……你可以使用传送器，无论在他哪里，你都能找到。"

"好，那我们开始吧！"

"等等。"462 举起手说，"传送器一次只能传送一个人，你现在还不能用。警示牌上写着：目标传送区如果有噶斯特人，请不要激活传送器。一旦发生事故，你的 DNA 就会和一号发生拼接。这样不安全。"

"我们还有多长时间？"

"距离首次爆炸还有 4 分钟。"

"好。大家待在这儿不要动。如果我抓住他，我有办法让他把炸弹停下。"

史密斯站上传送台，头顶是两台粒子投射仪。史密斯握紧步枪，说："大家记得跟上，我们另一个世界见。"

462 按下开关。传送器发出一道光，史密斯捂住眼睛，然后便消失了，仿佛被炸弹炸成了灰。

462 回过头，问其他人："他好像人间蒸发了。下一个是谁？"

忽然，传送器发出巨响，机器中央涌出一道强光，电流在墙壁上一闪而过。

史密斯蹲在传送器中央，慢慢站起来。"啊，"他说，"哦，我回来了。奇怪，肯定是设置出错了。"他转身看着传送器，"各位，我觉得……很奇怪。我有点不舒服，大家快上去。"

蕾哈娜走到史密斯身边，对他说："伊桑巴德，你的灵场……正在变红。"

"我没事，"他说，"就是有点累。各位蚁人，你们不用担心我。"

"蚁人？"

"你们快走，"史密斯说，"回去协助苏珊。"

"你生病了。"蕾哈娜说。

史密斯忽然转头，背对着她。"没有，我很好，很强大。我没什么好抱怨，只有弱者才会抱怨，而弱者注定要被毁灭！"

大家顿时哑口无言。史密斯的声音在密室中四处回荡。

462发现传送器附近地面存在不明黏稠物，他弯下腰，用钳子摸了摸，然后问："史密斯，这是你的分泌物吗？"

"当然不是，它看起来像噶斯特一号的口水。"

"这是遗传物质。"462说。

"哦，不。"卡尔薇丝说，这个声音像是从她内心深处发出来的，"你不能……放过史密斯吧！我们该怎么办？"

"快走，"史密斯说，"你们所有人，赶紧走。这是命令，决不允许违抗命令！等等，各位，你们走之前，我想说，你们是我最棒的船员。你们杀过……"史密斯指着大家，然后握紧拳头。"你们最优秀，最值得珍惜。好了，你们快走，不然就来不及了。"

"我们必须走，"462说，"这是命令……"

"马祖兰！"苏鲁克说，"总有一天，我们可以天堂再见。到时候我们要一起享受，一起放肆。这根长矛陪我经历过各种风风雨雨，现在我把长矛留下，希望它也能陪你渡过难关。"

卡尔薇丝非常难过，她张着嘴，发出一阵刺人心肺的呼号。苏鲁克扶着卡尔薇丝的肩膀，将她转过身，然后推着她走到门口。

"蕾哈娜，"史密斯说，"我——啊——，我不擅长和女孩子交流，但是我会表达自己的情感。"

"嘘，伊桑巴德，"蕾哈娜说，她又往史密斯那边挪了几步，"你不用说了，我有灵力，你的心意我都懂。"

蕾哈娜转身离开，没有回头。史密斯听见门关上了。他举起双手，皮肤开始变红。他用手指划过头发，发现两侧太阳穴逐渐出现异物，似乎有角要长出来。

触角，竟然是触角。

史密斯来到传送器旁边，手心对着 DNA 扫描仪。他感到手上一阵刺痛，接着，机器用噶斯特语说："DNA 序列已通过。请指示，一号首领！"

"立刻终止运行。"史密斯说。

茶壶呜呜地响，苏珊把激光关了，克雷格拿着一个折叠水罐，往里面倒满水，然后用军用匕首不断搅拌。

"我们这边还没爆炸，他一定把炸弹拆除了，这也就意味着……"尼尔森说。

"他已经死了。"苏珊说。

462 坐在地上，摘下头盔，一只受伤的腿伸在前面。他说："或许更糟。"

卡尔薇丝在一旁抽着鼻子，心情尚未平复。

德莱基特走过来递给卡尔薇丝一杯茶。"很久以前，"他说，"我负责捉拿一个发疯的机器人，那个案子非常难破。机器人当时明明纵身一跃就可以跳到对面坚果工厂，他却把我赶到屋顶，自己脱下衬衫，拿着一只死鸟在我眼前晃来晃去，然后居然开始吟诗。我脑子里一直在想，你是个男人啊。当然，他疯了，光着膀子，手里拿着一只死鸟，还像吸毒鬼一样在我面前趾高气扬，不过，无论如何，他是个男人啊。史密斯也是，他无论如何都是男人。"

W面容阴郁，仿佛亲人去世了一样，他走过来恭恭敬敬地倒了杯茶。"没错，史密斯虽然变得半人半虫，但他的牺牲依然非常值得，像个男子汉一样。"他说，"传送器这种东西，我一直觉得有问题，都是科幻小说里胡编乱造的。"

蕾哈娜非常平静地说："各位，如果……如果他还活着呢？我的意思是，半人半虫的状态对他而言岂不是更难以接受。"

"放心吧，"W说，"如果他还活着，我就杀了他。"

"不，你不能。"卡尔薇丝喊道，"你不能杀船长，"她有点喘不过气来，"如果有必要，他会自己解决自己。"

苏鲁克叹了口气，"没有史密斯，没有长矛，生活中两个最好的伴侣都不见了，我觉得生命仿佛少了些什么。还有谁愿意和我聊那些打打杀杀？没有史密斯，我该怎么办？"

"不用担心我。"外面突然传来一个声音。

大家转过身，发现史密斯正站在门口。他衣服破破烂烂，眼睛里布满血丝，腰都挺不直。史密斯吃力地往大家这边走。

蕾哈娜和苏鲁克赶紧过去搀扶，把史密斯带到房间。史密斯站在那儿，低着头，显得非常疲倦。

"头儿，"卡尔薇丝语气轻和地问，仿佛声音再大点就会把他震碎，"头儿，你还好吗？"

史密斯舔着嘴唇说："我还行，这不算什么。"卡尔薇丝目瞪口呆。史密斯好像生病了一样，转过身不愿面对队员。他把手放在额头，然后开始扯头发，一边扯，一边痛苦地呻吟。等他再次转过身来，大家发现他头发上有血迹。

他把两根触角丢在地上。

"我以为我要变成噶斯特人了，"史密斯说，"现在看来，我没有，是信念支撑我扛过来了。"

W端着一杯茶，"喝点茶，史密斯。"

"干杯。"史密斯喝了一大口，"现在好多了。"

卡尔薇丝盯着他说："所以，你不会变成噶斯特人？"

"不会，我觉得体内的噶斯特人基因已经通过汗液消解了。"史密斯低头把外套拉到一边，"卡尔薇丝，你是内行人，你告诉我，我屁股变大了吗？"

"没有，很正常。"

"天呐，吓死我了。难怪噶斯特人脾气这么臭。"

德莱基特说："兄弟，见到你真开心。一切终于快结束了。你看看这个鬼地方，到处都是钳子，简直就是龙虾小吃店后院的垃圾桶。"他点了根烟，深深地吸了一口，"既然现在我们已经搞定一号的大钳子战队，不如现在就回飞船吃顿龙虾大餐。肉已经切好，只要倒上几杯烈酒，写个报告，一切就完美了。苏珊，你看怎么样？"

"只要不是你写报告，那就没问题。"苏珊说，"可怜了温斯科特，他死得好惨。"

他们低声商量，最后，双方终于达成一致。

"等等，"史密斯看着手表说，"还有几分钟。"

史密斯手指的方向，大约两米外，地面上出现一个白色光斑。

光斑慢慢变亮,变大,后来光线实在太强,他们只好闭上眼睛。强光从房间内一闪而过。

一名噶斯特军官站在光斑亮起的地方,他身材矮小,眼睛像两个窟窿。

"我等了好久!"一号咆哮着说,"士兵,把控制器拿过来。我人身安全……唔……"

"真没想到还能见到你,"史密斯说,"你来得刚刚好,来喝杯茶。"

"离我远点!我是指挥官,我有银河系最庞大的军队……"

"你现在被捕了。"史密斯说。

一号耸了耸肩,小眼睛左右晃动,忽然,他脸上露出绝望的神情。

卡尔薇丝用散弹枪指着他说:"你被捕了,我们要把你关起来,你绝对要坐牢。"

一号看着她,想说什么,却没开口。最后,他说:"怎么会这样?"

史密斯清了清嗓子说:"我偷偷把传送器的设置改了。一号,欢迎来到不列颠太空帝国最新省份——赛琳尼亚。"

04
审判

　　史密斯不但没变成大蚂蚁，反而慢慢恢复了，对此大家都感觉有些恍惚，显然还没缓过来。一号首领已经转交给警务人员，被押送到一艘飞船上关起来。移交仪式上，一名BBC记者也来了，他拍了几条视频，然后就走了。

　　很多噶斯特人已经被愤怒腐蚀心灵，至今还不愿放弃挣扎，当然也有可能是因为他们太蠢。后来几天，禁卫军团被歼灭，人类叛徒也如大家所料，跟随禁卫兵和决意送死的旅鼠人一起葬身地狱。赛琳尼亚星球议会落入莫洛克634自由突击军手中。634军非常好战，但找不到对手，他们最后只好向635军宣战。

　　几艘巨型货运飞船成了帝国舰队新成员，这些飞船负责将战犯运到其他地方。不列颠太空帝国会组织人员，慢慢引导噶斯特军的降兵，让他们学会如何正常生活。禁卫兵战俘则遭到发配，被送往银河系边界，他们在那里开疆拓土，为人类建造新世界。

　　史密斯制作了一个无畏战舰模型，并且把模型挂在自己房间的天花板上。

一号首领被俘,二号首领惨死莫洛克蛙人口中,现在的霸主是代理二号首领:462。特工处已经安排462公开发表声明,号召所有噶斯特人立即投降。声明前半段进展很顺利,但后来,462开始傻笑,并大喊:"现在我是首领!"

两天后,一艘飞船来了,降落地点距约翰·皮姆号只有几十米。史密斯站在船舱门口,观察对方。首先下飞船的是一个胖男人,他解开外套,卷起袖口,怒气冲冲地往前走。男人身后跟着四个战斗机器人和六名大胡子警察。

三名警察抓住胖男人,把他往回拉。"我就打一拳。"胖男人挥着拳头说。他要去的地方正是关押一号首领的飞船。"就朝下巴打一拳,该死。"

"首相,不能这样,"一名警察说,"为您的选民想想!"

"噢?他们也想打吗?"

苏珊和德莱基特派人送走首相,二人来到约翰·皮姆号。开门的是史密斯。"你好啊!"苏珊问候道,她手中提着茶和蛋糕。"身体康复了吗?"

"好多了,谢谢,"史密斯回答说,"我上嘴唇有点麻木,不过,没什么大问题,我能抗得住。你们呢?还好吗?"

"没有了温斯科特,生活中总觉得少了些什么,"苏珊说,"他就这样离开了,不过,即便他活着,他也对胜利不感兴趣。"

"我觉得,他过不了平民百姓的生活。"

苏珊点了点头,"如果他还活着,他宁愿穿着制服,永远战斗下去。紧身衣算制服吗？"

蕾哈娜打开饼干盒说："或许他现在正在天上看着我们呢！"

苏鲁克使劲摇头，"不会。天堂容不下温斯科特。我猜他早就偷偷转世再生，成了我族人一员。他体内流淌着我们最伟大战士的血液，他现在或许正在战斗。"

"好了，"苏珊说，"这样坐着聊天，我很喜欢，但是，特种部队还有任务。我现在是盎格鲁—斯塔里安联络委员会成员，肖恩和里皮是我的同事，不过，里皮只是个顾问。"苏珊犹豫了片刻，继续说，"肖恩是个好人。他送了我一种花，非常漂亮。他生活的星球几乎所有植物都有剧毒，唯独那种花是安全的。"

"真贴心。"史密斯说。

"W问你们是否想见噶斯特一号，他正在接受盘问。"

他们来到关押一号的无名飞船，飞船里的气氛很愉悦，但同时也很严肃，好像一个会计的婚礼宴会现场。货仓里有十几个人在等着看审判，他们包括特工处的可汗和班森，莫洛克星舵手塞德里克，铜管乐机器人，以及菲茨罗伊船长——菲茨罗伊一直认为自己驾驶飞船运送一号有功。众人见史密斯来了，纷纷向他和他的队员们表示祝贺，史密斯也一一和他们握手。只有鳃状舵手塞德里克通过敲击水箱壁向史密斯问好。

"你快来，"可汗说，"你还没见过我们的特别来宾。"

货仓后方被一扇玻璃隔开，里面摆了一张桌子，W和一号分别坐在桌子两侧。

卡尔薇丝看到一号，连忙朝他比了个手势。"这是一面单向透明玻璃，他看不见你。"可汗说。

史密斯握着蕾哈娜的手说："我猜你从他身上感受到了敌意？"

"没有，"蕾哈娜回答说，"我感受到的是失败。"

W 在记录板上做笔录。一号坐在椅子上，由于身高太矮，双脚悬空，根本没办法着地。

"他居然是噶斯特人的首领，真可笑。"卡尔薇丝说，"一点都不像当首领的料。"

"你也一样，"苏鲁克说，"你还是个战斗少女。"

W 双腿交叉，问道："你脑子里什么时候开始冒出这个想法，要占领银河系？"

一号盯着 W 说："我需要一名律师，我要求立即终止现有法律体制。"

"好吧，既然这样，那我们谈谈别的。当你听到……道德信念时，你脑子里想到的美好事物是什么？"

一号发出一阵尖叫，然后靠在椅子上，就像吸血鬼看到了十字架。"我有人权。"他喊道，"我跟人类说话，永远都有对的权利。"

史密斯说："怎么处置他？"

可汗摸着胡子说："我们会把他送走，让他永远不能再伤害任何人。你知道法国的小王子吗？他被流放到一个孤独星球，只有一朵花陪着他，我们也要把一号流放到这种地方。史密斯，银河系或许无法实现绝对文明，但我们离目标又近了一步。"

史密斯点了点头，"嗯！"情绪总是复杂的，此刻的史密斯心里有百种滋味，却无从说起。

星期五早上,苏鲁克蹲在约翰·皮姆号船顶,用油石打磨飞船尾翼,他想让尾翼变得更加尖锐,以便将来靠近敌人飞船时可以起到攻击作用。他正准备把磨下来的碎屑清理干净,忽然来了一艘太空飞船。飞船船舱大门是黄铜材质,擦得闪闪发亮,飞船观景台的穹顶上有金色的卷轴画,非常漂亮。可以看出这是一艘老式飞船,保养得很好。一支拉弗纳拉里枪骑兵小分队下了飞船,他们身穿束衣,系着腰带,打扮得非常光鲜耀人,和赛琳尼亚星灰暗的环境形成了鲜明的对比。他们身后是一名莫洛克军官,这名军官长得很瘦,穿着一身白夹克。他跟着枪骑兵往约翰·皮姆号这边走,一路上,他一边微笑,一边招手。

苏鲁克看到军官,马上从船顶跳下了来,笑呵呵地说:"兄弟?什么风把你吹来了。你来打仗吗?"

"天呐,不是。旅鼠人已经够我们忙活了。我们和旅鼠人之间基本上是一场手对爪子的较量,我们苦战多时,现在正在清理余党。战争终于快结束了。我这次来的目的是为了押送战犯462。"

"非常欢迎,"苏鲁克说,"462这个小东西,太弱了,我懒得杀他。战场上,他似乎根本不想遇到我。他喝了大量橙汁,喝的时候不加水,像野人一样,想想我就吃惊。野蛮已经深入噶斯特帝国骨髓。"

他们一起走进飞船。伊桑巴德·史密斯正坐在椅子上喝茶,462则手里捧着一本书,坐在长沙发上。

"我想不明白,"462说,"马普尔女士如果把所有嫌疑人都杀了,她就不用浪费时间找凶手了,她办事效率真低。她原本可以利用自己的权力,轻松铲除死敌,掌控整个玛丽米德女子研究所。你给我的另一本书……恶鬼毛毛虫指挥官知道自己吃太多了吗?他暴饮暴食,为什么手下军官没人阻止?"

"嗯哼,"莫尔加说,"我来把462带走。"

462抬头看着他说:"好样的!"他举起两只钳子,相互摩擦,显然没有弄清楚情况。

苏鲁克说:"你要被捕了,居然还这么欢快?"

"我很快就能重获自由,噶斯特帝国终究要人掌管。"

史密斯放下茶杯说:"老兄,你说得没错,但掌管噶斯特帝国的人是我们。"

"或许是……又或许不是。就拿这名军官来说,"462指着莫尔加,"他来自拉弗纳拉里,掌管他们星球的几乎都是本族人。"

"对,"史密斯说,"但是,莫洛克人从来没有打算侵略银河系,也没有吃人的嗜好。"

"目前还没有。"苏鲁克说。

462耸了耸肩,"噶斯特人需要一个值得他们仰望的人,他们需要正确领导。"

"你以为你就是那个人吗?"

"没错,我要站上观礼台,让他们排好队,再次挺直腰杆。我如果成为他们的领导人,我要带领他们团结一致,不断进步,用双钳把握未来。当然,到那时,我不会对任何人产生威胁。"

"哼。"史密斯说。

"大批禁卫军团要被送去服劳役,即便这样,将来依然有大量噶斯特人缺乏领导。他们在这种状态下很难生活,但是,有我在,他们可以在紧要关头渡过难关。"

"要明白,现在就是紧要关头。"

462放下书继续说:"我相信这次坐牢只是一种形式。噶斯特人需要我,你们也需要我。我如果掌权了,一定会帮你们铲除所有对地球别有用心的不良分子,与你们携手迎接新世界。"

"铲除所有不良分子?我看你们只有上厕所时才有机会干这种事。他们说你要关很多年,你知道吧?"

"我宁愿吃粥(坐牢),也不吃蚁人肉浆。"462说。他站起来,一瘸一拐地走到莫尔加跟前。"铐哪双手?"他说完,转头看着史密斯,"再见,史密斯,祝你好运。"

夜晚的街道寒意绵绵,音乐会已经结束,人们纷纷从音乐厅往外走。系着长围巾的学生,三两成群,聊得非常起劲。有钱的艺术赞助商虽然觉得音乐会难熬,但他们依然装出一副自己很懂音乐的模样,并且互相吹嘘。普通百姓看完音乐会,都打算去小酒馆喝上几杯。

艾瑞克·林特是个记者,也是个间谍,他双手插在口袋里,跟着人群。他非常喜欢听街道上的各种声音。他发现,人们说话的语气变了,那是一种坚强的信号,人们要告诉世界,他们不仅要继续生活,还要享受生活。太空帝国城市上空飞艇依旧在飞,不远处依然有紧急服务机器人在四处游走,此刻,这片土地上希望和失望并存。胜利是必然的,至于什么时候到来,那只是时间问题。

商店橱窗里灯火通明,林特看着这幅画面,想起了圣诞节。一间裁缝店门口挂了块广告牌,上面写着:花呢外套,不论气候,不分种族——军人特价,九折优惠。前方忽然出现不明生物,它长得既像恐龙,又像拔了毛的秃鹰,一个机器人递给不明生物一件马甲。

"打扰了,伙计。"

林特转过头。

一个身材瘦小的男人坐在街边长椅上,肩上搭着一件破外套。"我是个老兵,求您给点施舍。"

林特坐在长椅上,双腿交叉。"真的无法想象,"他说,"一个老兵居然流落街头。"

"总比住在精神病院好,"男人说,"街头可比音乐厅里舒服,对吧,我看你表情就知道。节目怎么样?"

"非常糟糕。节目叫《仙境铃铛》,是一首民歌,表演嘉宾是皮特·皮森。整个演奏过程就像一座钢琴工厂爆炸了,乐器声十分混乱。皮森本人是个傻子,他唱起歌来仿佛喝了漱口水。以前有个节目不错,两个女孩女扮男装,唱着非常接地气的歌,比今天的表演好多了。"

"我也喜欢以前的节目。你如果问我,我肯定会说现代音乐根本就是胡来。我有次花钱去听爵士乐,结果那混蛋竟然一直假唱。"

"行了!你装得不错,大家都以为你死了。"

"谢谢夸奖，"温斯科特说，"不容易啊。我当时也考虑过把衣服留在沙滩上，然后游到安全的地方，但我觉得人们已经习惯了我光着屁股的样子。对不起，我不是有意要穿衣服的，我只是担心自己下体万一露出来了，该怎么办！苏珊还好吗？她是不是已经找人顶替我的位置了？"

"我听说他们采访了一个叫提米的。"

"他是哪个部门的？"

"搜救部门，它是一条边境牧羊犬。"

温斯科特哼着鼻子说："你接下来干吗？"

W点了根香烟。"我要休息一段时间，"他说，"西格纳斯九号附近有一颗星球不久前刚刚改造完成。那里景色不错，没有人类，还有一家自动酿酒厂，专产威士忌。我可能会从特工处离职，去那儿玩一阵子。"

"可能吗？"

"当然，我很开心。趁着没人烦我，我要出去好好放松。"

"我是说你真打算离开特工处？"

"对，我要给自己放个长假。特工处高层为了庆祝抓获噶斯特一号，下周准备出去吃咖喱。我本来也想邀请你一起去，但是既然大家都以为你死了，那我得先把你杀了，才能带过去。"

"谢谢你还记得我。"两人坐着，沉默了半响。"只是再也不能战斗了，我真不知道该做什么，"温斯科特说，"或许我可以去探望我姐姐，看她有没有找到男朋友。"

"战斗不会终止的，温斯科特。"W深深地吸了口烟，"这里的独裁政权倒台了，其他地方还有独裁。一台逻辑引擎已经失控，它自称机械之王——钢铁人，目前它控制了一艘飞船，独自在深空游荡。我们需要人站出来，让它停下。"

温斯科特笑着说："交给我。战斗不息，生命不止。"

"这才是你该有的样子。"W说，"欢迎回来。"

"作为一名不列颠太空帝国军官，我一定要信守承诺，"史密斯一边说，一边拿锤子往客厅墙上钉钉子，"我早就和这个混蛋说过，我要把他做成标本。现在，我没有食言。"史密斯手里拿着死亡之钳战队队长的脑袋。脑袋被嵌在一块镶有铜边的木质盾牌上，头顶触角耷拉，两只眼睛怒气十足，直勾勾地盯着房间对面。

"往左挪一点，马祖兰。"苏鲁克说。

史密斯往后退了几步，仔细欣赏自己的佳作。"漂亮。和当初恶龙号上那件非常搭。经过大家的不懈奋斗，银河系终于安宁了。苏鲁克，你为什么愁眉苦脸？难道……你平时就这副表情？"

"安宁？"苏鲁克说，"我有点失望。我希望战争能换一种方式结束，我甚至希望战争永远不要结束。还会打起来的，对吧？有没有可能？"

"我觉得不会。"

"万一有人挑起……万一发生国际事故……"

"你想多了，老兄。"

蕾哈娜进来了，"怎么回事？"

"不是我，我没有说要打仗，"苏鲁克说，"真的。"

蕾哈娜看见墙上的禁卫兵标本，赶紧把头转过去。"伊桑巴德，波莉不舒服。她有点……情绪低落。"

"啊！亲爱的，需要我去鼓励她吗？"

"不用了，你和她说说话就行，尽量理解她。"

史密斯来到驾驶舱，看见卡尔薇丝站在驾驶座旁边，眼睛盯着窗外，没有一丝光彩。史密斯感到莫名其妙的紧张。电影里遇到这种场景，对面那个人通常会忽然转身，然后大家发现她其实是个怪物。卡尔薇丝听到响声，也转过头，史密斯顿时松了口气，因为他发现眼前还是那个熟悉的面孔，还是那个年纪虽小，但看起来像三十岁的机器人。

"没事吧？"史密斯问道。

"我在看窗外的风景。"卡尔薇丝说，"干这一行，最大的福利就在于你不但有工资，还能享受太空的景色。"

杰拉德在笼子里踏着轮子，吱吱作响。

卡尔薇丝拿起一个纸杯，杯口的边缘印了一行字：今年你四岁。"想想真有意思，"卡尔薇丝说，"几年前我在这儿第一次遇到你。经历了这么多年风风雨雨，我们依然在这间小房子里。"

"对啊！"

"除了打仗，我几乎什么都不懂，"卡尔薇丝说，"我经历过这么多次战争，你肯定以为我喜欢打仗。"卡尔薇丝拿起纸杯，喝了一口，结果皱着眉头把杯子放下。纸杯里装的是酒，卡尔薇丝才四岁，显然她还没有学会喝酒。"头儿，接下来我们干吗？"

"快六点了，喝酒时间到了。"

"我是说我以后干吗？这艘飞船以后会怎样？飞船不会报废吧？如果飞船报废了，我是不是也要被销毁？"

"当然不会，你是合成机器人，受法律保护。至于飞船，我们可以想办法修好，我相信我们负担得起。苏鲁克杀了那么多噶斯特人，取了那么多人头，他可以在卧室里开一家博物馆，向公众开放，然后收取门票，为我们筹集资金。"

"我们还会待在飞船上吗？你、蕾哈娜、苏鲁克，大家还能在一起吗？你们是我唯一的亲人。"

实际上，卡尔薇丝和大家没有任何血缘关系，她是个机器人，她和冰箱是近亲，但卡尔薇丝不想把自己当机器人。史密斯脑子里忽然冒出冰箱的画面：白色的外表，里面装满了食物和饮料。"你在担心？"

"很奇怪，对吧？四年了，我一直很怕死，但现在没人要杀我，我却非常恐惧。"

"啊！"史密斯说，"我一直在想，要不要叫他们进来。苏鲁克！蕾哈娜！你们进来吧？"

终于，大家都在一起，场面非常温馨。

史密斯说："我在想，大家最近都在打仗。现在战争结束了，所以，我们要做一些不一样的事。我最近收到可靠消息，特工处需要人帮他们搞运输，刚好适合我们。"

"大家都知道，最近因为战争，太空帝国有很多地方遭到破坏，我们不久前从敌人手中夺下的领土也是一片废墟,而且,银河系有大量珍贵物种几近灭绝,现状令人忧虑。大家都各有特殊才华,如果就这么荒废了,那是自己的耻辱。"

"所以,我有个提议。我们可以向银河系野生动物基金会申请一笔资金,然后找个大星球,比如拉弗纳拉里或者瓮星,在上面建立一个自然保护区。我们先找一些大笼子或者特百惠塑料箱,把约翰·皮姆号的货仓改装成动物收容舱,然后驾驶飞船把所有濒危生物都运到特定星球,让它们自然繁衍。等到它们数量充足,我们就把它们放回野外。"

蕾哈娜说:"你说得有点像动物保护。"

"没错。当然,做这件事不容易。这些濒危生物体型都很大,而且非常危险。杀它们很容易,但活捉它们非常困难。"

苏鲁克表示不服气:"危险?"

"对,所以我们需要专业猎手。你不能把动物的头给砍了,动物要完完整整地送回野外。苏鲁克,虽然你的收藏嗜好没机会得到满足,但从事这份工作,可以提高你的知名度。"

"嗯!你是说报纸会报道我?我喜欢,马祖兰。银河系的新闻机构长期以来只报道一些琐事,比如把卡在树里的猫救出来了。这种事怎么可以和引进普罗克图恩的暗黑撕裂兽相比呢?我们已经推翻独裁,拯救了银河系,接下来,我们要拯救一群濒危野兽,让银河系从无聊中解脱出来。想到这儿,我很担心,我担心和平也会无聊。如果每一艘飞船,每一辆逃生舱,每一个通风井,都是一次冒险,那人还会无聊吗?'爱它,就给它自由!'这是莎士比亚的名言吧？我非常热爱危险的大型动物……"

"细节问题我们后续再一一解决。"史密斯说。

卡尔薇丝喝了口酒，"残忍的行为我们先不谈，我有个问题。所有动物一定很危险吗？"

"不一定，"苏鲁克还没来得及开口，史密斯就插了一句。

"那么，有没有可能……"

"我觉得我们可以养几只设得兰羊，以后把它们放在儿童动物园。"

"同意。"

"可以，"史密斯说，"我要写一份提议书，交给相关部门。我们有决心，也有能力，所以我相信我们可以搞定。即便倡议书审批出问题了，我们还有特工处的朋友可以帮我们。卡尔薇丝？"

"啊？"

"暂时把酒放下，设定新目的地。"

"我没事，"卡尔薇丝说，"我可以一只手操控飞船，另一只手端着酒杯喝酒。"

"既然这样，那不如把酒都拿出来，大家一起喝。"史密斯撕掉酒柜上的封条，倒了三杯酒，"兄弟们，胜利属于我们。太空帝国不仅安全，而且领土面积比以前更大。无论这个世界是否喜欢，文明和启蒙之光很快就要照亮整个宇宙。曾经有人说，过去是陌生的，所以我觉得我们一定不要重返过去。有待征服的目的地只有一个，"史密斯举着酒杯说，"那就是明天！为明天干杯！"

尾声

462睁开眼,看着天花板。他脑子里一片混乱,只记得当初坐上低温休眠仓,准备前往国王的死刑殖民地。462充满警惕。

他发现自己躺在一张软绵绵的床上,周围光线明亮,空气清新,让人感觉精神焕发。四周既没有政宣海报,也没有显示屏,他根本不知道现在几点。他的外套和头盔也不见了。

462小心翼翼地下了床。他头脑昏昏沉沉,仿佛昨天晚上喝了不少中等烈度的蔗糖水,但总体来说,还不算太难受。他需要去趟洗手间让自己清醒一下。

房间另一侧有一扇门,门后就是洗手间。462关了门,坐在马桶上,脑子里反复回想到底发生了什么。忽然,他发现洗手间门后有一张大海报,海报上的男人是个大胡子,用手挡着眼睛。旁边的文字是:没有人在看你。

他又回到卧室,心里依然非常不安。壁橱里挂着衣服,很像他的外套,不知道哪个傻瓜把衣服的褶边给缝起来了,头盔和手枪

尾声

也不见踪影。

"早上好!"

房间外面传来一个女孩儿的声音。462迅速转身,然后披上外套。

女孩穿了一件蓝色大衣,戴着一顶小帽子,脖子上围着条纹围巾。她坐在一间客厅沙发上,客厅里摆设非常整洁,她微笑着对462说:"美好的一天!"

"我在哪儿?"462问。

"殖民地。"女孩儿说。

"你是谁?秘密警察?"

女孩儿站了起来,"胡说。我在这儿照顾你。你是新来的吧?"

"你有什么指令?"

"我其实并没什么指令。在这里,你不用给人下指令。你可以像成年人一样,一切由自己做主。我叫海伦。"女孩说,"我们去外面看看,怎么样?"

462眉头紧锁,"你在给我下命令吗?"

女孩儿指着门说:"出去逛逛!"

"这是命令吗?"

女孩儿打开门,阳光如潮水一般涌入房间。462咧着嘴,显得有点不舒服,倒不是因为外面光线太强,而是眼前的环境让他无法适应。面对一座绿意盎然、安静祥和的小镇,462有些不知所措。喷泉里的水哗啦哗啦地往外流,声音愉悦轻快。一名机器人警察站在草坪上晃来晃去,根本不觉得匆忙。远处还能听到铜管乐队演奏的乐曲声。

海伦来到门外，462小心翼翼地跟在她身后，仿佛地面随时都会塌陷。

他们穿过一个小广场。

"小镇竟然这么落后。"462说。在这儿生活的人们自然愿意聊聊家长里短。"在发达世界，这种小镇早就被铲平了，镇上的居民也早已被磨成肉浆，充当别人的营养品了。"

"根本没必要。"海伦说，"这儿的人互相之间都很友善。我们说话也比较温和。"

不远处，一栋建筑外面挂着一块布条，和宣传横幅很像，只是上面没有徽章标志和一号首领的头像。布条上印有一个端茶杯的大胡子男人，上面写着：来喝杯茶吧？你自己选！

462目光离开那块布条，摸了摸头上的触角，站在原地体验阳光洒在身上的感觉。乐曲声越来越响，小号的音色最为突出，还伴有低音鼓点。

462看到一个噶斯特人，他身穿条纹运动服，头戴草帽，手里握着一根有纹理的棍子，来回挥动。很快，又有一个雄蜂人从街角走过来，这个人是吹小号的。他们身后跟着一大批雄蜂人，每个人手里都举着小三角旗。

"这场游行是我见过的最差的一次。"462说，"坦克呢？我敢打赌，国家根本就不允许使用这种小旗子。"

嘈杂的游行队伍慢慢走过路旁的长椅，步调一片混乱。其中一个雄蜂人看到462，朝他挥了挥手，示意462过去。

尾声

"你们在干吗?"462问,"附近有集会吗?"

"没有。"雄蜂人衣服上有一枚徽章,上面写着:罗德。站在他旁边的同伴穿了一件淡紫色套头毛衣,徽章上的信息是:弗雷德。"我们只是出来透透气,我们已经通过了基本心理健康测试,马上就可以自由活动了。"

"什么?你必须马上终止这种行为!"

一名雄蜂人盯着462说:"我们已经不使用'必须'或者'必须不'这种表达了。"

另一名雄蜂人凑到462左侧,她徽章上写的是:简。"'必须不'这种表达有恶意。"

"真是荒谬!"462恶狠狠地看着海伦说,"你们!你们把雄蜂人洗脑了!"

"没有,我们其实是在帮他们摆脱过去被人灌输的思维,"海伦说,"而且的确有效。"

462听完海伦的话,顿时惊呆了。他跟着海伦离开了游行队伍。不出片刻,一支打扮得五颜六色的乐队从他们身边走过,人们头顶既有飘动的小三角旗,也有旋转的小花伞。刚才那几个雄蜂人朝他挥手道别。"出去走走吧!"他们喊道。

"人们思想太自由了,我受不了。"462义正词严地说,"这就是没有领导人的后果。"他一直愤怒地盯着海伦,"有没有地方可以让我发号施令?"

"茶馆,那边服务很好。"

462感觉自己憋不住了,"我要去厕所。"

"没问题。"海伦说。

公共厕所在广场另一边，462进去之后，把自己锁在里面。他迅速爬到马桶座上，用自己的钳子把厕所窗户砸碎了，场面显得有些尴尬。

突然让他改变，实在太难了。462手忙脚乱地爬出窗口，从地上捡起几片碎玻璃。

前方马路上空无一人，462一边傻笑，一边匆忙地往前走。

人类的房子不仅空间小，还花样百出，462觉得人类居然可以忍气吞声，住在这种地方，实在是不可思议。462举目眺望，远处只有蔚蓝的天空，没有一座雕像，他在想，自己到底该去哪儿！对，他要找到同伴，至少也得找个可以随意指使的人。

路边有一个长了两个轮子的机器，不知道哪个傻子把它靠在一张地图板上。462费了好大劲才坐上去，他骑着这个二轮机器沿一条鹅卵石道一路向前，他算是体会到在这种路面骑车到底有多困难了。

附近有一栋白色建筑，占地很宽，462听到建筑里有很多人在说话，以为别人在开集会。如果真是这样，他或许可以向里面的人发表讲话，对他们发号施令，然后让他们告诉自己，如何离开这里。462下了自行车，蹑手蹑脚地来到建筑的窗户底下。

一排穿着长袍的男人坐在桌子旁边，眼睛盯着一块屏幕。他们是新伊甸人，462想，他们虽然愚昧、极端、信奉宗教，但至少可以充当手下，让他们接受命令。毕竟，有总比没有强。

屏幕上出现一个女人的照片。一名女性问道："她是谁？"

"巴比伦的妓女,"其中一个新伊甸人尖声喊道,"烧死她,烧死她!"

人群中传出一阵嗡嗡声,一名新伊甸男子忽然跳起来,然后又慢慢坐下,他挠着后脑勺说:"一位……友善的……女士?"

"说得好,给你一块饼干。"

"拿着。"女人说。462转过身,他发现海伦站在路上,看上去非常和蔼可亲。

"我们在这儿教导新伊甸人,让他们学会开心地活着。"海伦说,"给他们发饼干是我们的教导机制的一部分。"

"我不是新伊甸人。"462说完,甩头就走。前方是一条阳光笼罩着的狭长小道,小道尽头是一片海。

"没必要这么粗鲁,你可以学会文明。"海伦说。

462来到小道尽头,站在沙滩上。头顶有海鸥在鸣叫,他觉得胸口透不过气来。远处有人在玩沙滩排球,他知道人类肯定希望他也参与这种愚蠢的游戏,因为在人类看来,打败对手不重要,参与才是关键所在。

一个噶斯特人坐在前方沙滩上,默默地看着大海。462慢慢向他靠近,噶斯特人转过头来。

"斯文?"462惊讶地说,"是你吗?我们赶紧离开这里。"

"你好,"斯文说,"坐,坐下。美好的一天。你不用这么匆忙,享受……"

"你也被他们洗脑了,"462说。他心头逐渐涌起一股恐惧感:他们要把斯文留在这儿,让他变得温顺,变得和周围人一模一样。

462 吓得不停往后退。海伦来了,她手里举着雨伞。462 不敢再靠近她。

"别过来,"462 喊道,"离我远点,我不要被你们驯化!我不要讲道理,不要快乐,也不要友善;我不要排队,不要谈天气,也不要吃饼干。我怎么会被流放到这种死气沉沉的烂地方?我应该掌管噶斯特帝国——噶斯特帝国剩下的领土。"

"行了,"海伦说,"只要你准备好,我们随时可以为你提供教导服务。别急,你现在是自由人。"

"不要!"462 喊道。他举着钳子在空中胡乱挥舞。"我不是自由人,我是串数字。"

"真的吗?"海伦说,"别闹了!"

版权专有　侵权必究

图书在版编目（CIP）数据

死亡攻势 /（英）托比·弗罗斯特著；兰钦鑫译. — 北京：北京理工大学出版社，2020.3

（史密斯船长大事记）

书名原文：THE PINCERS OF DEATH

ISBN 978-7-5682-8156-0

Ⅰ. ①死… Ⅱ. ①托… ②兰… Ⅲ. ①幻想小说－英国－现代 Ⅳ. ①I561.45

中国版本图书馆CIP数据核字（2020）第023123号

北京市版权局著作权合同登记号　图字：01-2019-6003

Cpoyright © Toby Frost 2018

Toby Frost has asserted his right under the Copyright,Designs and Patents Act 1988 to be identified as the author of this work.

The simplified Chinese translation rights arranged through Rightol Media(本书中文简体版权经由锐拓传媒取得 Email: copyright@rightol.com)

出版发行 / 北京理工大学出版社有限责任公司	
社　　址 / 北京市海淀区中关村南大街5号	
邮　　编 / 100081	
电　　话 /（010）68914775（总编室）	
（010）82562903（教材售后服务热线）	
（010）68948351（其他图书服务热线）	
网　　址 / http://www.bitpress.com.cn	
经　　销 / 全国各地新华书店	
印　　刷 / 三河市华骏印务包装有限公司	
开　　本 / 880毫米×1230毫米　1/32	责任编辑 / 徐艳君
印　　张 / 11.625	文案编辑 / 徐艳君
字　　数 / 236千字	责任校对 / 周瑞红
版　　次 / 2020年3月第1版　2020年3月第1次印刷	责任印制 / 施胜娟
定　　价 / 49.80元	排版设计 / 飞鸟工作室

图书出现印装质量问题，请拨打售后服务热线，本社负责调换